U0104031

漢學研究叢書・文史新視界叢刊

明清小說倭患書寫之研究

A study of the Writing of Yamato Peril in Ming-Qing Fictions

曾世豪　著
by Tseng Shih Hao

如蝶振翼

——《文史新視界叢刊》總序一

近年赴中國大陸學術界闖盪的臺灣文科博士日益增多，這當中主要包括兩類人才。一類是在臺灣學界本就聲名卓著、學術影響鉅大的資深學者，他們被大陸名校高薪禮聘去任教，繼續傳揚他們的學術。另一類則是剛拿到博士文憑，企盼進入學術職場，大展長才，無奈生不逢時，在高校發展面臨瓶頸，人力資源飽和的情況下，雖學得一身的文武藝，卻不知貨與何家、貨向何處！他們多數只能當個流浪教授，奔波各校兼課，猶如衝州撞府的江湖詩人；有的則委身屈就研究助理，以此謀食糊口，跡近沉淪下僚的風塵俗吏。然而年復一年，何時了得？於心志之消磨，術業之荒廢，莫此為甚！劉芝慶與邱偉雲不甘於此，於是毅然遠走大陸，分別在湖北經濟學院和山東大學闖出他們的藍海坦途。如劉、邱二君者，尚所在多有，似有逐漸蔚為風潮的趨勢，日益引發文教界的關注。

然而無論資深或新進學者西進大陸任教，他們的選擇與際遇，整體說來雖是臺灣學術界的損失，但這種學術人才的流動，卻很難用一般經濟或商業的法則來衡量得失。因為其所牽動的不僅是人才的輸入輸出、知識產值的出超入超、學術板塊的挪移轉動，更重要的意義是藉由人才的移動，所帶來學術思想的刺激與影響。晚清名儒王闓運應邀至四川尊經書院講學，帶動蜀學興起，因而有所謂「湘學入蜀」的佳話。至於一九四九年後大陸遷臺學者，對戰後臺灣學術的形塑，其影響之深遠鉅大，今日仍在持續作用。當然用此二例比方現今學人赴大陸學界發展，或有誇大之嫌。然而學術的刺激與影響固然肇因於知識觀念的傳播，但這一切不就常發生於因人才的移動而展開的學者間之互動的基礎上？由此產生的學術創新和知識研發，以及伴隨而來在文化社會等現實層面上的實質效益，更是難以預期和估算的。

劉芝慶和邱偉雲去大陸任教後，接觸了許多同輩的年輕世代學者，這些學人大體上就屬於剛取得博士資格，擔任博士後或講師；或者早幾年畢業，已升上副教授的這個群體。以實際的年齡來說，大約是在三十五歲至四十五歲之間的青壯世代學人。此輩學人皆是在這十來年間成長茁壯起來的，這正是中國大陸經濟起飛，國力日益壯大，因而有能力投入大量科研經費的黃金年代。他們有幸在這相對優越的環境下深造，自然對他們學問的養成，帶來許多正面助益。因而無論是視野的開闊、資料的使用、方法的講求、論題的選取，甚至整體的研究水平，都到了令人不敢不正視的地步。但受限於資歷與其他種種現實因素，他們的學術成果的能見度，畢竟還是不如資深有名望的學者，這使得學界，特別是臺灣學界，對他們的論著相對陌生。於其而言，固然是遺憾；而就整體人文學界來說，無法全面去正視和有效地利用這些新世代的研究成果，這對學術的持續前進發展，更是造成不利的影響。

因而當劉芝慶和邱偉雲跟我提及，是否有可能在臺灣系統地出版這輩學人的著作，我深感這是刻不容緩且意義重大之舉。於是便將此構想和萬卷樓圖書公司的梁錦興總經理與張晏瑞副總編輯商議，獲得他們的大力支持，更決定將範圍擴大至臺灣、香港與澳門，計畫編輯一套包含兩岸四地人文領域青壯輩學者的系列叢書，幾經研議，最後正式定名為《文史新視界叢刊》。關於叢刊的名稱、收書範圍、標準等問題，劉、邱二人所撰的〈總序二〉已有交代，讀者可以參看，茲不重複。但關於叢刊得名之由，此處可再稍做補充。

其實在劉、邱二君的原始構想中，是取用「新世界」之名的，我將其改為同音的「新視界」。二者雖不具備聲義同源的語言學關係，但還是可以尋覓出某種意義上的關聯。蓋因視界就是看待世界的方式，用某種視界來觀看，就會看到與此視界相應或符合此視界的景物。採用不同以往的觀看方式，往往就能看到前人看不到的嶄新世界。從這個意義來說，所謂新視界即新世界也，有新視界才能看到新世界，而新世界之發現亦常賴新視界之觀看。王國維曾說：「凡一代有一代之文學。」若將其所說的時代改為世代，將文學擴大為學術，則亦可說凡一世代皆有一世代之學術。雖不必然是後起的新世代之學術優或劣於之前的世代，但其不同則是極為明顯的。其中的關鍵，就在於彼此觀看視域的差異。因而青壯輩人文學者用新的方法和視域來研究，必然也能得到新的成果和觀點，由此而開拓新的學術世界，這是可以期待的。

綜上所述，本叢刊策畫編輯的主要目的有二：第一，是展現青壯世代人文學術研究的新風貌和新動能；第二，則是匯集兩岸四地青壯學者的最新研究成果，從中達到相互觀摹、借鑑的效果。最終的目標，還是希冀能對學術的發展與走向，提供正向積極的助力。本叢刊之出版，在當代學術演進的洪流中，或許只不過如蝴蝶之翼般輕薄，微不足道。但哪怕是一隻輕盈小巧的蝴蝶，在偶然一瞬間搧動其薄翅輕翼，都有可能捲動起意想不到的風潮。期待本叢刊能扮演蝴蝶之翼的功能，藉由拍翅振翼之舉，或能鼓動思潮的生發與知識的創新，從而發揮學術上的蝴蝶效益。

西元二〇一七年九月十二日

車行健謹識於政治大學

總序二

《文史新視界叢刊》，正式全名為《文史新視界：兩岸四地青壯學者叢刊》。本叢刊全名中的「文史」為領域之殊，「兩岸四地」為地域之分，「青壯學者」為年齡之別，叢書名中之所以出現這些分類名目，並非要進行「區辨」，而是立意於「跨越」。本叢刊希望能集合青壯輩學友們的研究，不執於領域、地域、年齡之疆界，採取多元容受的視野，進而能聚合開啓出文史哲研究的新視界。

為求能兼容不同的聲音，本叢刊在編委群部分特別酌量邀請了不同領域、地區的學者擔任，主要以兩岸四地青壯年學者來主其事、行其議。以符合學術規範與品質為最高原則，徵求兩岸四地稿件，並委由萬卷樓圖書公司出版。系列叢書不採傳統分類，形式上可為專著，亦可為論文集；內容上，或人物評傳，或史事分析，或義理探究，可文、可史、可哲、可跨學科。當然，世界極大，然一切僅與自己有關，文史哲領域門類甚多，流派亦各有不同。故研究者關注於此而非彼，自然是伴隨著才性、環境、師承等等因素。叢刊精擇秀異之作，綜攝萬法之流，即冀盼能令四海學友皆能於叢刊之中尋獲同道知音，或是觸發新思，或是進行對話，若能達此效用，則不負本叢刊成立之宗旨與關懷。

至於出版原則，基本上是以「青壯學者」為主，大約是在三十五歲至四十五歲之間。此間學者，正值盛年，走過三十而立，來到四十不惑，人人各具獨特學術觀點與師承學脈，也是最具創發力之時刻。若能為青壯學者們提供一個自由與公正的場域，著書立說，抒發學術胸臆，作為他們「立」與「不惑」之礎石，成為諸位學友之舞臺，當是本叢刊最殷切之期盼。而叢書出版要求無他，僅以學術品質為斷，杜絕一切門戶與階級之見，摒棄人情與功利之考量，學術水準與規範，乃重中之重的唯一標準。

而本叢刊取名為「新視界」，自有展望未來、開啟視野之義，然吾輩亦深知，學術日新月異，「異」遠比「新」多。其實，在前人研究之上，或重開論述，或另闢新說，就這層意義來講，「異」與「新」的差別著實不大。類似的題目，不同的說法，這種「異」，無疑需要吸收前人研究成果。然領域的開創，典範的轉移，這種「新」，又何嘗不需眾多的學術積累呢？以故《文史新視界叢刊》的目標，便是希望著重發掘及積累這些「異」與「新」的觀點，藉由更多元豐厚的新視界，朝向更為開闊無垠的新世界前進。

最末，在數位時代下，吾輩皆已身處速度社會中，過去百年方有一變者，如今卻是瞬息萬變。在此之際，今日之新極可能即為明日之舊，以故唯有不斷追新，效法「天行健，君子以自強不息」之精神，方不為速度社會所淘汰。當然，除了追新之外，亦要維護優良傳統，如此方能溫故知新、繼往開來。而本叢刊正自我期許能成為我們這一時代文史哲學界經典傳承之轉軸，將這一代青壯學者的創新之說承上啟下的傳衍流布，冀能令現在與未來的同道學友知我此代之思潮，即為「新視界叢刊」成立之終極關懷所在。

劉芝慶、邱偉雲　序

序一

記憶、想像、補史、娛樂，這許許多多的心理活動，在閱讀各種不同的素材，如何整合到一個可以被概括的議題裡，世豪以自己的興趣，形塑了「倭患書寫」這一問題來勾勒明清以降一個豐沛的文化精神面向。

文化基因庫有哪些元素可以做為動因？相關的資料搜索與整理是一個扎實而又漫長的歷程，在這歷程當中還加上到日本實地踏查，對豐臣秀吉的蛟龍形象、「日本乞師」的遺民之思與殖民帝國、臺灣民間抗倭活動、劉永福神話等等，這個跨時代、跨國的文化之旅，也促成了對自我的認識與了解。「海洋中國」對於一個在島嶼長大的學者，從理性到感性的追尋中得到相當程度的成全與開拓。

我先後擔任世豪碩士與博士論文指導教授，他一直是我最放心的學生之一，論文寫作的積極主動，全程掌握，在學術養成的過程中，總是能從大家熟悉的材料與課題，開發出更為廣闊與新視角的詮釋。從《三國演義》到「倭患書寫」，世豪帶有「棒球魂」的學術性格，對於「戰爭」的反思非常有深度，如：「嘉靖大倭寇」的災殃中，對於「加害者」與「被害人」是無法化約為「中國／日本」兩個國度之間壁壘分明的紛爭；對於明朝另一個中、日交流史上的重大事件「萬曆朝鮮戰爭」，祭告海神的行動之敷衍神怪，其中關帝與天后信仰的心理因素，甚至派員遠汛，正是明朝經略海洋從金門到澎湖的海防觀念演進；從〈斬蛟記〉的「蛟」到《天妃娘媽傳》的「鱷」中，「倭王」形象的「龍蛇之變」，以關公和媽祖安撫面對戰爭的恐懼之情是當時書寫的寓言精神。

學術研究有時啟動想像力，往返時空隧道，也是非常重要的一環，回到書寫現場，世豪經常有一種臨場感的描繪，如第二章討論真／假倭的結語，指出：「倭患」與其他外族衝突，交火的場所是在「萬里潮聲雜鼓聲」的舟船海疆，小說中對「海戰」的描寫猶如今之「蛙人」戰術；在討論孤本小說《臺灣巾幗英雄傳》時引日本外相陸奧宗光（Mutsu Munemitsu）的見解，說明昔日說部的「仁慈之念」，竟成了今天「人道精神」的遠見。凡此，都能比較理性客觀的認識「倭患書寫」是基於激情、反思、恐懼、夢想等心理。

可以說，榮獲科技部「愛因斯坦」計畫獎勵的世豪，是非常具有生命力的研究者，透過本書的出版，也預示將有更多具有創意的學術成果，我很期待熱愛棒球的世豪，在揮出每一個安打的論文之後，不斷的有像這本書一樣精彩的全壘打呈獻，讓曾經伴你走過一程的老師，繼續為你喝彩。

高桂惠

二〇二〇年七月十五日

序二

與世豪君結識是在2011年，在桂惠老師的引薦下，我請世豪來研究室幫忙，當時世豪還是名青澀的碩士生，我則是剛到政大任教不久的青澀教員，彼此可說是見證了對方青澀的模樣。那一學年，和系裡幾位老師及學生們一起組讀書會，讀杏雨書屋庋藏剛公布出版不久的《敦煌秘笈》，世豪也參與其中，他選了敘事性比較強的〈大目乾連冥間救母變文〉進行導讀，這是他頭一次讀敦煌文獻，但已能就他原本專擅的敘事學切入，精讀細解，一新耳目，此後不久，他在桂惠老師的指導下順利完成以《三國演義》變異書寫為題的碩士論文。

2016年，世豪再次來到我研究室，這次也是桂惠老師的牽線，得以再續師生緣。前一年，我在桂惠老師的引導下，完成了一本以敘事學、物質文化為基底的專著，而世豪博論想關照的則是明清小說中戰爭書寫對異族——日本的想像。記得師生三人在政大藝文中心白堊紀咖啡，曾有次四、五個小時的長談，一方面確立、肯定世豪能著眼於異族想像此一長久以來小說家著意刻劃的主題，在大航海時代來臨之際，明清小說家，不論是在經營時事、世情，或者神魔等不同題材類型的作品，均從面向陸路，轉為關注來自海洋的威脅；另一方面也冀望世豪能暫且放開夷夏之辨的框架，就各別文本、題材類型的細讀過程中，尋找書寫中的說、未說與禁說。而世豪也不負所望，將各別文本、題材類型的表象與潛在內容，做了理據充分的展示，包括中心／邊陲、內／外、自我／他者、新／舊、國族／性別等，而這些不僅帶領了小說讀者大開小說文本中的眼界，也讓世豪的讀者見識到世豪的眼界。

2020年暑假，偶然的因緣際會，在澎湖列島的虎井嶼慢遊了多日，寧靜的漁村裡，有座立有「十二客官神位」及「拾弍兄弟」石碑的小廟，祂的由來眾說紛紜，其中有則傳說，道：明朝末年，倭船來到澎湖，有十二名倭人于虎井嶼為地方官兵擒斬，鄉民憐憫他們魂斷異鄉，遂為之修墓造墳，後發生多起感通事跡，又為他們立了廟。這讓人想起世豪論文中曾提及的馮夢龍〈楊八老越國奇逢〉，小說中楊八老被擒往日本，飄零異國十九年，無可奈何，只能「首丘無計傷心切，夜夜虔誠禱上天」，發出「寧作故鄉之鬼，不願為夷國之人」的浩歎，虎井十二兄弟和楊八老的處境其實是如出一轍，只是主、客體易位。周楫《西湖二集》中的〈胡少保平倭戰功〉在敘說胡宗憲定亂，使數省生靈獲免塗炭之餘，末尾還附有數種救荒良法——〈辟穀方〉、〈服蒼朮方〉、〈山谷救荒法〉、〈避難小兒啼法〉，這些所謂的良法，不是真能讓百姓吃飽的好法子，而是只能讓人有飽足感，且求的是七日不饑，四十九日不饑，甚至是永不饑，讀來不覺啞然、心酸。有此也可知，周楫纂此一故事，不僅為表彰胡宗憲，更存有撫慰、激勸人心的一面，而這也是世豪君此一論文未說出的用心之處。

楊明璋序於百年樓

二〇二〇年九月三十日

自序

拙著《明清小說倭患書寫之研究》出版在即。關於此題目的構想，最早來自於碩士時期與同學舉辦讀書會，拜讀廖肇亨老師的論文〈長島怪沫、忠義淵藪、碧水長流——明清海洋詩學中的世界秩序〉，發現中國文學與這個幅員廣大的國度一樣，不只有大漠孤煙直、長河落日圓、楊柳岸、曉風殘月，更有綿長的海岸線，以及浪濤中的興衰與悲歡。再來在曾守正老師「中國文學史專題研究」的課堂中，接觸到了王文進老師《南朝山水與長城想像》中關於「南朝邊塞詩」的觀點，又鬆動了我對中國歷史上所謂「邊塞」的理解，原來不只於萬里長城，更可能存在於每一個與四裔相接的疆埸——兩者加總起來，遂讓我對於明朝的倭寇（揚帆而來的異族）與伴隨而來的「海洋邊塞」問題有了一定的興趣，並在課堂報告的基礎下修改成〈烽火與浪濤——論明朝抗倭戰爭中邊塞詩的海洋新貌〉一文，發表於《國立臺北教育大學語文集刊》第20期（2011年7月）。

由於我本身研究主軸在於古典說部，博士班階段也從詩歌的關注，轉而考察明清小說中關於「倭患」的書寫，從「嘉靖大倭寇」到「乙未戰爭」，慢慢集腋成裘，並有以下的發表成果：

1、2016年4月，〈潭底潛蛟噴血涎——論〈斬蛟記〉之豐臣秀吉圖像〉，「第二屆國學學術與應用研討會」，臺中：逢甲大學中國文學系、臺中市嗣雍齋國學研究社主辦。後收錄於蔡桂郎主編：《第二屆國學學術與應用研討會論文集》（臺中：逢甲大學出版社，2017年8月），頁121-150。（即本書第四章第一節之初稿）

2、2016年5月，〈桅影重疊：《花月痕》中的「逆倭」與歐洲人〉，「東アジア文化交渉学会・第8回年次大会『東アジア交渉学の新しい歩み』」，大阪：東アジア文化交渉学会、関西大学主辦。後修改為〈桅影重疊與醫國隱喻：《花月痕》中的「逆倭」及時局寄託〉，並發表於《東吳中文學報》第34期（2017年11月），頁205-226。（即本書第五章第二節之初稿）

3、2017年5月，〈不征之國的破滅：《野叟曝言》、豐臣秀吉與渡海之戰〉，「東亞文化交涉學會・第9屆國際學術大會『全球史觀與東亞的知識遷移』」，北京：東アジア文化交渉学会、北京外國語大學主辦。後修改為〈不征之國的破滅：《野叟曝言》、豐臣秀吉與「渡海之戰」在小說之實現〉，並發表於《漢學研究》第36第4期（2018年12月），頁113-142。（即本書第四章第二節之初稿）

4、2017年6月，〈海上「女」牆：論明、清小說中王翠翹故事從「型世」到「情性」之嬗變〉，「2017年『語言、文學暨文化國際學術研討會』」，臺中：國立臺中科技大學應用中文系主辦。後發表於《佛光人文學報》第1期（2018年1月），頁153-184。（即本書第三章第一節之初稿）

5、2017年7月，〈此三桂之續也：論「乞師日本」在清代小說之呈現〉，「第十五屆澳大利亞中國研究協會雙年會『鑒古論今——中國古今價值觀』Chinese Studies Association of Australia 15th Biennial Conference: CHINESE VALUES AND COUNTER-VALUES: PAST AND PRESENT」，雪梨：澳大利亞中國研究協會（CSAA）、麥考瑞大學（Macquarie University）主辦。後修改為〈此三桂之續也：論「日本乞師」在清代小說之呈現〉，並發表於《清華中文學報》第19期（2018年6月），頁225-264。（即本書第五章第一節之初稿）

其餘未有機會發表之論文，後來都成為博士論文的章節，最後榮獲2018年臺灣中文學會第六屆「四賢博士論文獎」第二名的肯定，這都要歸功於我的指導教授高桂惠老師、楊明璋老師，謝謝兩位師長的諄諄教誨，並答應為此書作序。也要感謝初審及口試委員李志宏老師、徐志平老師、康韻梅老師、楊玉成老師（按照姓氏筆劃排序）惠賜意見，才能使我的論述臻於完整。至於其餘貴人，我在博論謝辭中已有致意，在此雖不贅述，但感恩之情，依舊不減。

如今博士論文將要出版成書，要感謝的名單又更多了，同時也有些許感慨想要訴說。從2018年畢業到2020年得以出版，之所以耽誤了兩年時間，是因為畢業之後成了「流浪博士」，短暫跨海在中國大陸江西省上饒師範學院服務，沒想到才兩個月就傳來爸爸腦溢血的噩耗，遂回到臺灣。在那之後，開始專心在臺灣尋求工作的機會，約莫半年之後，才確定定錨於國立臺北教育大學語文與創作學系。從畢業後到經歷家中巨變，尋求教職的期間，充滿了徬徨，所以要由衷感謝政大中文系的老師們，以及朱錦雄學長、劉芝慶學長、王志瑋學長、曾暐傑同學、許愷容同學等等；無論是提供機會、撰寫推薦信或給予建議，總之這段時間非常謝謝幾位師友的幫忙——當然也要對語創系表示感恩的心情。再來，更要感謝家人的耐心，並提供經濟的支撐，讓我可以走過這段低潮。

在北教大慢慢站穩腳步後，終於有餘力可以將博士班階段的辛苦結晶付梓，首先要謝謝幾位助理，特別是林好同學、林宣同學幫我進行初步的勘誤。其次，要感謝萬卷樓圖書公司的幫忙，包含呂玉姍女士、陳胤慧女士、張晏瑞先生、楊家瑜女士、廖宜家女士、蘇輗女士（按照姓氏筆劃排序）幾位同仁協助外審及校對、編輯事宜。由於原來論文引用材料中，多有俗體字、異體字、簡體字等狀況，在正式出版時，皆經本人同意後統一改為通行之正體字，以增加閱讀上的方便與流暢，凡有任何不侔於原文之處，其紕繆之責在我。最後，也要謝謝二位匿名審查人予以指正，讓本書可以在細節上避免離譜的錯誤。

緣份是很巧妙的，我在學術生涯第一篇正式發表於期刊的論文，出版單位竟是我現在的東家，而這也是《明清小說倭患書寫之研究》發軔的起點；回首這段學思歷程，大約歷經十個寒暑，不免讓人唏噓。此外，我來自於北海岸，在家就能遠眺大海，也時常散步到海邊，或與朋友歡聚於海景之下，小時候更三不五時跟著爸爸及叔叔到岩岸拾螺捉蟹，無形間我與文學中的海洋已結下不解之緣。大海是我永遠的原鄉，也承載了明清小說一個寡為人知的面貌：「倭患書寫」，在此拋磚引玉，求教於方家，也要將這本書獻給我的家人，包括在西方極樂世界的父親。

曾世豪誌於國立臺北教育大學篤行樓Y428研究室

二〇二〇年八月二十四日

目次

第一章
緒論

第一節　研究動機與目的

自古以來，中國就是一個疆界綿延，周邊民族複雜的國度。葛兆光曾指出，中國作為文化世界，由於秦漢、宋代、明代的三次凝固，逐漸形成以漢族為核心的主軸與邊界，開始出現了「華」與「夷」的界分，這種被稱為「華夷之辨」（Hua-Yi distinction）的意識，其實正是一種「內／外」、「我／他」的分判與認識，也是中國人建構世界觀的鏡像；一般認為，這樣的突顯自我與排斥他者，係以長城為熱區，或以所謂「四裔」（滿、蒙、藏、回、苗）為邊緣的劃分。[1]民族之間的接觸與齟齬，影響了中國人對於邊域的紀錄、理解與想像，也成為文學中的重要題材。明清小說中涉及異國交流之敘述，大抵有行旅與戰爭兩種接觸之途徑。前者有來自「《山海經》模式」的殊方絕域、佛教空間觀念，或者與神魔小說合流的新發展之啟迪，像是《鏡花緣》、《西遊記》、《三寶太監西洋記》等[2]；後者則以「家將小說」[3]為大宗。

1 以上詳見葛兆光：《何為中國？──疆域、民族、文化與歷史》（香港：牛津大學出版社，2014年6月），頁111-144。至於探討中國族群邊緣在「華夏／非華夏」之間的游移變化，亦可參考王明珂：《華夏邊緣：歷史記憶與族群認同》（臺北市：允晨文化實業公司，1997年），頁61-94。

2 所謂「《山海經》模式」，其特點是以中國為世界的中心，將中國以外的世界描繪成離奇的、詭異的地方，那裡生存的也是各種奇形怪狀的生物，清代小說《鏡花緣》是此模式的靈活運用。此外，佛教傳入中國後，對西域的認知，有許多幻想的國度，或者多有遇風浪漂至異國的故事，《聊齋志異》中的〈羅剎海市〉即有《佛本因行旅而接觸之異邦，由於小說家的想像馳騁與認知限制，為數不少是全然架空的虛擬國度，無法從地圖上找到指涉的寄託，如《西遊記》中的朱紫國、車遲國、比丘國；《鏡花緣》中的君子國、女兒國、黑齒國等等。而因兵燹而點燃創作火苗的小說，則是對於鄰邦敵對意識的最大表現，即便摻雜著扭曲、貶抑的味道，卻往往帶有真實的投射，虛實之間便產生敘事上的張力，對讀者認識當時中國人如何看待異族或外侮，不啻是一塊敲門磚。就像班納迪克・安德森（Benedict Anderson）將民族看作是「想像的共同體」：「區別不同的共同體的基礎，並非他們的虛假／真實性，而是他們被想像的方式。」[4]

本書主要想處理的是因戰爭而起的異族想像，特別是中國與海外國度之齟齬。普遍來說，這類作品以「家將小說」為大宗，但包括敘唐與東突厥、高句麗戰爭的《說唐後傳》[5]、敘北宋與遼（契丹）戰

集行經》卷49的影子。另有一些是全然幻設，把外國當作中國文化的延伸或翻版，如《西遊記》的朱紫國、車遲國、比丘國等；或根據中外實際交往的文獻記載開拓想像的空間，顯示的是當時中國人對異域的認知水平，如《三寶太監西洋記》是在《瀛涯勝覽》、《星槎勝覽》等基礎上進行虛實交錯的小說創作。以上可參見劉勇強：〈明清小說中的涉外描寫與異國想像〉，《文學遺產》第4期（2006年），頁133-136。

3 所謂「家將小說」，根據張清發的定義，乃是「明代中後期到清代後期，在江南地區刊刻流傳的長篇通俗小說，屬於世代累積型，繼承史傳文學『紀傳體』的藝術結構，『以一人一家事為主而近於外傳、別傳、家人傳者』具有『英雄傳奇小說』的特點，敘述內容主要是『民族戰爭』，故事軸心在於英雄及其後代的功業，呈現公式化、模式化和類型化的傾向，主題思想上，處處強調家族延續和榮譽的重要」的一批小說。見氏撰：《明清家將小說研究》（高雄市：高雄師範大學國文學系研究所博士論文，2005年），頁7-8。

4 〔美〕班納迪克・安德森（Benedict Anderson）著，吳叡人譯：《想像的共同體——民族主義的起源與散布》（臺北市：時報文化出版社，2010年5月），頁42。

5 《說唐後傳》共55回，實際上包括兩個部分，分別是第1回到第14回的「羅通掃

爭的《北宋志傳》、《楊家將演義》、敘南宋與金（女真）戰爭的《說岳全傳》等，基本上皆反映了唐宋王朝與大陸各民族之間的周旋，即使在《說唐後傳》中，有「小將軍獻平遼論，瞞天計貞觀過海」之情節，主戰場仍集中在陸路之刻劃，海洋元素的傾注是相對薄弱的。

家將小說文本，昔日受到比較廣泛的關懷，學界碩果已多[6]，然而，筆者受到王文進提出「南朝邊塞詩」[7]，及廖肇亨對「海洋詩學中的世界秩序」[8]研究之啟發，試圖鬆動「邊塞」的概念，不再以長城或四裔為焦點，並將目光移至東南沿海，觀察在此帝國的角落所點燃的烽火，如何展現別開生面的文學樣態。事實上，中國在朱明以

北」，與第15回到第55回的「薛仁貴征東」，前者即是唐與東突厥的戰爭故事，後者則是唐與高句麗的衝突情節。

6 目前所見，綜合討論「家將小說」的學位論文，除上引張清發：《明清家將小說研究》之外，尚包括卓美惠：《明代楊家將小說研究》（臺中市：逢甲大學中國文學系研究所碩士論文，1994年）、〔韓〕成始勳：《狄家將通俗小說研究》（臺北市：政治大學中國文學系研究所碩士論文，1996年）、吳建生：《《北宋志傳》與《世代忠勇楊家府演義志傳》的敘事比較研究》（南昌市：南昌大學中國古代文學研究所碩士論文，2005年）、胡樂飛：《「薛家將」故事的歷史演變》（上海市：上海師範大學中國古代文學研究所碩士論文，2005年）、常毅：《元明時期「楊家將」戲曲小說研究》（廣州市：暨南大學中國古代文學研究所碩士論文，2005年）、柳楊：《薛家將故事的演變及其文化解讀》（太原市：山西大學中國古代文學研究所碩士論文，2006年）、蔡連衛：《「楊家將」小說傳播研究》（濟南市：山東大學中國古代文學研究所博士論文，2006年）、萬甜甜：《「楊家將」故事演變研究》（上海市：上海師範大學中國古代文學研究所碩士論文，2007年）、龔舒：《《楊家府演義》與明清家族型歷史小說研究》（長沙市：湖南師範大學中國古代文學研究所碩士論文，2007年）、李佩蓉：《說唐家將小說之家／國想像及其承衍研究》（臺北市：政治大學中國文學系研究所碩士論文，2009年）、黃鈺媖：《楊家將故事形成與演變之研究——以《北宋志傳》、《楊家府演義》為中心》（嘉義縣：中正大學中國文學系研究所碩士論文，2011年）、李榕：《羅家將系列小說、戲曲研究》（福州市：福建師範大學中國古代文學研究所碩士論文，2013年）等。

7 詳見王文進：《南朝山水與長城想像》（臺北市：里仁書局，2008年6月）。

8 見廖肇亨：〈長島怪沫、忠義淵藪、碧水長流——明清海洋詩學中的世界秩序〉，《中國文哲研究期刊》第32期（2008年3月），頁51-58。

後，「北虜南倭，警息日至」[9]；不單是來自陸路的韃靼人持續帶給北京嚴峻的壓力，海疆之外——「十季海浪噴長鯨，萬里潮聲雜鼓聲」，東洋「倭寇」（Wokou）騷擾邊陲，海警不斷，以及後來豐臣秀吉（1537-1598）指揮的虎豹之師「旦暮且渡鴨綠」[10]，更直接威脅了以傳統以中國為核心的東亞秩序，當然亦成為小說創作者關注的議題之一。

雖然，日本與中國的緊張關係，亦能納入「華夷之辨」的光譜之中，尤其以海洋新貌的姿態引領風騷，開啟明清兩代面對大航海時代（Age of Discovery）以降的強權挑戰，按理說是能夠吸引到諸多關注的目光的。可是，這類作品首先在數量上就不多（相較於家將小說的鴻篇巨帙）；再者，相關的描寫也很零散，非是某部小說或某篇小說之主軸，在材料方面，便已構成研究上的躓礙。因此，著力於此的學術成果其實仍有深入的可能。

儘管如此，筆者仍然試圖對相關作品進行搜羅與統整：一方面呼應於碩士時期對於中國文學走到明朝，「海洋／邊塞」[11]概念融合的關注；二來是聚焦於小說文體，探討明清時人在當代直接接受倭患侵擾的記憶，以及干戈載戢之際對往事的想像，其中拉鋸著怎麼樣的創作意識，左右著小說創作者對於「倭患」所投射的迥異筆墨，從中反映「日本」在明清兩代不同歷史氛圍中，呈現出何種特殊形象，以此提出一個比較宏觀的視野。

筆者所以抽繹出明清小說中「倭患書寫」，目的在於延續以唐宋

9 〔明〕焦竑編：《國朝獻徵錄》（臺北市：明文書局，1991年），卷57，頁708。

10 〔清〕谷應泰撰：《明史紀事本末》（臺北市：華世出版社，1976年），卷62〈援朝鮮〉，頁671。

11 參見拙作：〈烽火與浪濤——論明朝抗倭戰爭中邊塞詩的海洋新貌〉，《國立臺北教育大學語文集刊》第20期（2011年7月），頁91-122。

英雄豪傑為主軸的民族衝突下，展現出來的異邦形象建構之研究，不過試圖將目光由大陸轉移到海疆，突出的是在其中的海洋屬性，以及輻射出的相關人文、自然現象，包括軍備、戰術、舟楫、貿易、水文、風候等諸多面貌，都是頗與北方陸路參差的景色。透過上述，將可以發現中國人對「倭患」的凝視，確實衍生出特殊的日本記憶，且由明入清，影響了小說家對「倭寇」、「豐臣秀吉」及「殖民帝國」之塑造，並呈現出「內／外」、「新／舊」彼此纏繞的特點。譬如說，明朝倭寇本有「假倭」（中國人為主）的成員，但在若干作品如《玉蟾記》，卻一律將之視為「真倭」；與之相反，短篇小說〈斬蛟記〉則把豐臣秀吉寫成出身於中國的孽龍，展現「我者」與「他者」的混淆。另一方面，明代小說如〈楊八老越國奇逢〉提到了倭寇的伎倆「蝴蝶陣」，而在一八九五年的《臺灣巾幗英雄傳》中，寫的雖是現代化的日本軍隊，但竟也赫然出現了「倭刀」與「蝴蝶陣」，可見「過去」與「現在」時間軸的交疊，這也是「倭患書寫」與大陸民族的迴異之處。

揚帆而來的異族固然很多，但會選擇以「日本」作為探討的對象，首先是因為其與中國的恩怨情仇時間跨度相當大。與歐美殖民帝國不同，從明朝開始，雖然荷蘭人、葡萄牙人、西班牙人等已將勢力延伸至中國，中國文獻中亦不乏相關身影，如李光縉〈卻西番記〉提到：

> 大西洋之番，某種有紅毛者，譯以為和蘭國，疑是也。負西海而居，地方數千餘里，與佛朗機、乾絲蠟兩國主並大，而各自君長，不相臣畜；俗尚、嗜好、食飲相類。去中國水道最遠，譯者云在崑崙西北。[12]

12 收於〔明〕沈有容輯：《閩海贈言》（南投縣：臺灣省文獻委員會，1994年），卷2，頁35。

「和蘭國」即今荷蘭、「佛朗機」(Frank)為今葡萄牙、「乾絲蠟」(Kingdom of Castile)為今西班牙。這些歐洲人有時與日本人一起出現在中國文學作品中，如莊時講、謝夢彩各有詩作〈贈沈將軍平東番退紅夷〉二首[13]，歌頌沈有容在海防方面的戰功彪炳，其中便包含擊潰倭寇與諭退荷蘭軍官韋麻郎(Wybrand van Warwijck);但這些舊帝國主義(Old Imperialism)國家隨著競爭殖民地失利，不得不將遠東控制權讓位予英國、法國、美國、俄羅斯、日本、德國等新帝國主義(New Imperialism)陣營——亦即是說，它們並沒有成為中國的宿敵，反而換為一批船堅炮利的搆釁者。

職是，對中國而言，包括倭寇和朝鮮問題，以及明治維新後的積極向外拓展在內，其中就只有日本是持續令明清兩代朝廷焦頭爛額的勁旅；加以鼎革之際，南明「日本乞師」[14]的秦庭之哭以失敗告終，不免讓中國人對日本衍生出各種各層複雜的情愫，這些都是應該綜而觀之的歷史背景。

其次，直至二十一世紀的今天，以中日兩國一衣帶水的親密關係，卻仍在若干主權爭議或史觀問題上瀰漫著方興未艾的緊張氛圍，顯現雙方的對抗意識，並未隨著中(指北京當局)／日邦交正常化

---

13 收於〔明〕沈有容輯：《閩海贈言》，卷5，頁94。

14 綜合日本〈寬永小說〉、《通航一覽》、《大猷院閣下實記》、〈富田文書〉、《華夷變態》和中國〈日本乞師紀〉、《南疆逸史》、《小腆紀年》、《思文大紀》、〈浮海記〉、《魯春秋》等文獻之記載，唐王一系的鄭芝龍、周崔芝(周鶴芝、崔芝)曾派遣林籥舞、林高(林臬)、黃徵明到日本，而魯王一系的黃孝卿、馮京第、阮美、湛微、石器□(石某？)則親抵日本，為的便是向江戶幕府請求援軍、甲冑、戰艦、金錢或軍糧等。但在日本方面，薩摩(今屬鹿兒島縣)對出兵一事雖然較為慷慨，幕府卻多有躊躇：一方面擔心滿清重演元朝攻掠中國後，揮兵日本的恐怖；一方面認為援兵無功則本邦蒙羞，且與外國結仇，反貽禍害、取勝又猶獲石田，等同廢物，最後也因南明政權陸續淪亡而作罷。詳參〔日〕增田涉著，由其民、周啟乾譯：《西學東漸與中國事情》(南京市：江蘇人民出版社，2010年11月)，頁128-146。

（1972）而被掃入歷史的灰燼，也因此這個議題尚有其源源不絕的生命力。中日是交流頻繁的鄰邦，地緣上的依存更難以割裂，無論對彼此的看法如何，都無法否定這個客觀事實；而臺灣位處於兩者錯綜難解的網絡中，自身的命運與定位更受到極大的牽扯，甚至曾淪為血流漂杵的沙場，故亦有認識這些轇轕的需要——明清古典小說中的「倭患書寫」，正好可以作為一面鏡子，映照著數百年來橫亙在兩個古國間的漫長恩怨。

明清日本與中國之間的重大衝突，主要包括有明朝「嘉靖大倭寇」（Jiajing wokou raids）、「萬曆朝鮮戰爭」（Japanese invasions of Korea, 1592-1598）、清朝「甲午戰爭」（First Sino-Japanese War, 1894）、「乙未戰爭」（Japanese invasion of Taiwan, 1895）等。[15]在這些事件中的交鋒，文人騷客對於「倭患」之記憶如何被忠實保留或增添召喚，而選擇以小說這種同時具有「補史」要求與想像馳騁的文體為載負，筆者認為，在「虛／實」之間的留心損益，可以看出中國對日本崛起的群體焦慮，以及愛憎分明的對峙心態。

筆者認為，這一批直接以「倭患」為主調的小說或者側面寫出「倭患」背景的小說，除了近乎於史以外，更有小說作者價值判斷的

15 「嘉靖大倭寇」是明朝倭患的高峰，肇因於明政府貿易政策的封閉，導致沿海居民鋌而走險，聯合日本海盜乃至於朝鮮人、歐洲人，組成「倭寇」集團，造成社會極大的動盪。「萬曆朝鮮戰爭」指的是一五九二至一五九八年，發生在朝鮮半島的東亞區域性戰爭，日本方面稱為「文禄・慶長の役」、韓國方面稱為「임진왜란」（壬辰倭亂）、「정유재란」（丁酉再亂），這場由豐臣秀吉發動的侵略行動，結果是明朝、日本、朝鮮「三敗俱傷」。「甲午戰爭」發生於一八九四年，日本方面稱為「日清戰爭」，因雙方爭奪朝鮮半島控制權而交鋒，結果是清軍戰敗，簽訂《馬關條約》，割讓臺灣、澎湖予日本，朝鮮正式脫離與中國的宗藩關係。「乙未戰爭」發生於一八九五年，日本方面或稱為「台湾平定作戦」、「台湾征討」等，乃是臺灣人民不滿於日本接收而引爆的武裝對抗，包括成立「臺灣民主國」和劉永福「黑旗軍」的牽制，結果是臺灣民主國滅亡、劉永福撤回中國大陸，日本取得臺灣控制權。

挹注，可能如《戚南塘剿平倭寇志傳》、《胡少保平倭記》是歌頌浴血奮戰、運籌帷幄的民族英雄；也可能是如〈斬蛟記〉、《野叟曝言》帶有「直搗黃龍」的寄託；甚至像乙未戰爭小說，展現出且戰且錄的告捷想像，都是饒富意味的文化現象。不同時期因應倭患的挑戰，亦發展出迴異的敘事特徵；同樣的時事性質，卻可能有著「補史」的沉澱、「滅倭必矣」的激情，這樣或近或遠的風貌，須將之並陳討論，方能相得益彰。因此，本書的目標之一，亦即針對明清小說家各自不同的寫作動機、策略與作品之特色，提出「文／史」互見的討論。這些文獻材料，雖然過去尚未有充分的整合與連貫的關注，但是實際上卻隱藏著幽微的時代意識，確實是可以開拓的膏壤沃土，值得深入鉤沉。

第二節　文獻回顧與探討

本書著重於自「嘉靖大倭寇」至「乙未戰爭」所產生的一系列小說文本，或者側面以此為背景之創作。而在前人研究中，也曾零星地對於這些材料展開介紹和論述，但最大特色就是多以斷代為存眷，而非鳥瞰式的關注。以明代為限者，如呂靖波〈傳統敘事視角下的歷史記憶——解讀明代小說戲曲中的「倭寇」〉[16]、霍現俊、趙素忍〈論晚明「涉倭小說」的書寫特點及其思想內涵〉[17]；清代為主的，如林琳《論清代通俗小說中的日本人形象及其發展演變》[18]，皆未針對明清

16 呂靖波：〈傳統敘事視角下的歷史記憶——解讀明代小說戲曲中的「倭寇」〉，《徐州師範大學學報》（哲學社會科學版）第38卷第3期（2012年5月），頁37-40。

17 霍現俊、趙素忍：〈論晚明「涉倭小說」的書寫特點及其思想內涵〉，《中國文化研究》第96期（2017年5月），頁140-148。

18 林琳：《論清代通俗小說中的日本人形象及其發展演變》（杭州市：浙江大學日語語言文學研究所碩士論文，2004年）。

小說進行有機的整合，是以仍有得以著力的空間。以下分別就筆者所見，提出前人文獻的成果和侷限。

一　嘉靖大倭寇相關小說之論文檢討

關於「嘉靖大倭寇」，最為出名的抗倭將領，自然非戚繼光（1528-1588）莫屬。根據黃仁宇的敘述，戚繼光麾下的軍隊，在剿倭戰役中，可謂是所向披靡、勢如破竹：「戚家軍的勝利紀錄無出其右。從一五五九年開始，這支部隊曾屢次攻堅、解圍、迎戰、追擊，而從未在戰鬥中被倭寇擊潰。除了部隊的素質以外，主帥戚繼光卓越的指揮才能是決定勝利的唯一因素。」[19]如此一位驍勇能戰的將才，扭轉了中國軍隊在「嘉靖大倭寇」以降的頹勢[20]，自然成為令人讚賞的民族英雄，是以在明代「時事小說」[21]的群體之中，亦有專門針對戚繼光抗倭功績的作品寫成，這部具有代表性的小說，便是《戚南塘剿平倭寇志傳》。

以《戚南塘剿平倭寇志傳》為主的研究成果，有顏美娟〈一部值

19 黃仁宇：《萬曆十五年》（北京市：生活・讀書・新知三聯書店，2009年），頁212。

20 倭寇之所以能夠恣肆蹂躪中國沿海，在於戰術的優勢和武器的精良，他們嫻熟使用雙刀、弓箭或標槍等武器，並以摺扇或海螺聲作為指揮的信號，進退有序，與中國官軍僅憑血氣之勇來衝鋒陷陣大相逕庭，也因此明朝往往兵敗如山倒，被形容是「中國的外行對付職業化的日本軍人」，參見黃仁宇：《萬曆十五年》，頁203-204。

21 根據陳大道的定義，「時事小說」指的是事件方止隨即出書，由同代人寫作同代事的成書方式，在萬曆年間漸成風尚，特色是成書迅速且不重文采，又常夾抄大量詔令、尺牘、邸報，結構鬆散，呈現「章回／筆記」合流情況的一批小說。詳參氏著：〈明末清初「時事小說」的特色〉，收於清華大學人文社會學院中國語文學系主編：《小說戲曲研究》（臺北市：聯經出版事業公司，1990年），第3集，頁181-220。明代時事小說群體之研究，如《警世陰陽夢》、《魏忠賢小說斥奸書》、《皇明中興聖烈傳》等，可參閱王珍華：《明末時事小說人物形象之研究》（臺北市：中國文化大學中國文學系研究所在職專班碩士論文，2001年）。

得注意的小說──《戚南塘平倭全傳》〉[22]、遊佐徹〈明清「倭寇小說」考（二）──『戚南塘剿平倭寇志伝』について──〉[23]、聶紅菊《《戚南塘剿平倭寇志傳》研究》[24]、張世宏〈明代小說《戚南塘剿平倭寇志傳》考論〉等。[25]

顏美娟主要從小說中反映的政治思想與現實意義出發，探討倭寇問題帶來的制度缺失與官員黑暗議題。遊佐徹有很大的篇幅在於指出小說與史料之間的對揚，對於小說的「虛／實」性質有著令筆者獲益匪淺的整理，可以看出《戚南塘剿平倭寇志傳》相當著重於史料的運用。

聶紅菊主要從《戚南塘剿平倭寇志傳》的產生背景、人物研究和敘事藝術為章節的核心，兼論及其他「倭患小說」，包括「忠於歷史的倭患小說」與「文學虛構下的倭患小說」，對於筆者所欲討論的「倭患書寫」的「記憶／想像」，亦有著不小的啟迪作用，加上作為一本學位論文，其篇幅較為遼闊，可以涵蓋的面向也比單篇論文還要多，很具參考價值。

張世宏以小說出版背景、時間為考察，也提到了文本中反映的明代社會問題，認為此書「樹立起一個以戚繼光為代表的靖海英雄譜」。只不過，上述諸家畢竟是以《戚南塘剿平倭寇志傳》為論述的

---

22 顏美娟：〈一部值得注意的小說──《戚南塘平倭全傳》〉，收於'93中國古代小說國際研討會學術委員會編：《'93中國古代小說國際研討會論文集》（北京市：開明出版社，1996年7月），頁264-283。

23 〔日〕遊佐徹：〈明清「倭寇小說」考（二）──『戚南塘剿平倭寇志伝』について──〉，《岡山大学文学部紀要》第33号（2007年7月），頁63-87。

24 聶紅菊：《《戚南塘剿平倭寇志傳》研究》（成都市：四川師範大學中國古代文學研究所碩士論文，2010年）。

25 張世宏：〈明代小說《戚南塘剿平倭寇志傳》考論〉，《集美大學學報》（哲社版）第18卷第4期（2015年10月），頁69-76。

主脈，因此對於「嘉靖大倭寇」以外的「倭患」書寫，仍存留著開發的餘地。

二　萬曆朝鮮戰爭相關小說之論文檢討

「嘉靖大倭寇」以後，中國、日本之間最激烈的軍事碰撞，是由豐臣秀吉所主導的「萬曆朝鮮戰爭」。在這場耗時七年，牽動明朝、朝鮮、日本三國的烽火動盪中，明朝雖然勉強地維持了以中國為中心的東亞秩序，但卻元氣大傷[26]，因此時人對發動惡鬥的豐臣秀吉深惡痛絕，入於小說文本，則是將其降格為禽獸的短篇小說——〈斬蛟記〉。

較早對〈斬蛟記〉予以注目的是孟森，其人曾在〈袁了凡〈斬蛟記〉考〉[27]謄錄小說全文，並提出相關看法，然而該文僅聚焦於〈斬蛟記〉作者之辨正，未觸及敘事藝術上的論述，遑論其中的「倭患」書寫。

日本方面注意到這篇小說的，首推青木正兒所撰之〈支那戲曲小說中の豐臣秀吉〉[28]，而〈斬蛟記〉則為其人論述的重要文本之一。青木正兒對〈斬蛟記〉的內容有扼要介紹，簡言之，豐臣秀吉（小說作「關白平秀吉」）是蛟龍遺腹子化身之妖怪，自中國輾轉逃至日本，因挑起戰禍的罪愆而為道士所斬殺。不過，青木正兒在文中視此

26 《明史》〈朝鮮傳〉云：「自倭亂朝鮮七載，喪師數十萬，糜餉數百萬，中朝與屬國迄無勝算，至關白死而禍始息。」見〔清〕張廷玉等撰：《明史》（北京市：中華書局，1974年），卷320，頁8299。

27 孟森：〈袁了凡〈斬蛟記〉考〉，收於氏著：《明清史論著集刊續編》（北京市：中華書局，1986年），頁73-80。

28 〔日〕青木正兒：〈支那戲曲小說中の豐臣秀吉〉，收於氏著：《江南春》（東京：平凡社，1988年），頁115-125。

役為母國「痛快な壮挙」、豐臣秀吉為「不世出の英雄」，是稍有爭議的部分。[29]

另外，李光濤站在史學角度，認為〈斬蛟記〉乃時人以豐臣秀吉為中國亡命之徒下的產物，不足徵信且言之可笑。[30]嚴紹璗認為從思想和藝術來說，這篇小說荒誕不經，非是成功之作，但卻反映了民眾心態，也是第一部專為日本人所創作的傳奇作品，因此仍有在文壇的一席之地。[31]

王勇指出這篇小說曲折反映出中國對萬曆朝鮮之役的觀點，並提出〈斬蛟記〉「表面是傳奇小說，骨子是時事小說」（いわば表は伝奇小説だが、骨子は時事小説）的判斷。[32]鄭潔西〈明代萬曆時期における豐臣秀吉像〉[33]一文中有「『斬蛟記』から見た秀吉像」之討論，主要是針對小說作者與版本之考證、故事梗概的日文譯介，並就「秀

---

29 〔日〕青木正兒：〈支那戲曲小説中の豊臣秀吉〉：「この役は我国人に取っては極めて痛快な壮挙であったが、明国に取っては寔に迷惑千万な頭痛事であったに相違ない」、「『斬蛟記』及び『野叟曝言』に描かれている秀吉は猛悪無道の妖精、鬼のような蛮族の酋長であって、我が不世出の英雄豊臣秀吉の誇りを毀けること甚しいものであるが、それにしても外国の小説にまで描かれてその雷名を轟かした事は吾々の痛快を覚ゆる所である。」見頁118、124-125。王勇即認為這些言論輕率，有失名家風範：「ただし、青木正児は豊臣秀吉を『英雄』と見なし、その朝鮮侵略を『壮挙』と讃え、北京まで押し寄せんとする野心に『痛快』を感じたところは、いささか軽率にし、名家の風格を損ねたといわざるをえない。」收於氏著：《中国史のなかの日本像》（東京：財団法人農山漁村文化協会，2005年），頁222。

30 李光濤：〈朝鮮壬辰倭禍中之平壤戰役與南海戰役兼論「中國戲曲小說中的豐臣秀吉」〉，《中央研究院歷史語言研究所集刊》第20本上冊（1948年6月），頁276。

31 嚴紹璗：《中日古代文學關係史稿》（長沙市：湖南文藝出版社，1987年9月），頁305-306。

32 詳參王勇：《中日關係史考》（北京市：中央編譯出版社，1995年1月），頁199-214；王勇：《中国史のなかの日本像》，頁224-229。

33 鄭潔西：〈明代万暦時期における豊臣秀吉像〉，《史泉》第109号（2009年1月），頁26-32。

吉の中国人說」、「蛟精退治の民間伝說」及「秀吉の急死說」等幾種流傳於當時中國的傳聞，析剖〈斬蛟記〉故事撰成的可能要素。

除了〈斬蛟記〉之外，青木正兒在〈支那戲曲小說中の豐臣秀吉〉中，還額外注意到《野叟曝言》第一一六回文素臣俘虜「關白木秀」、後來第一二九回、第一三〇回更有文容、奚勤、寤生、長生東渡日本之情節。[34]此處的「關白木秀」，與歷史上的「關白」（*Kanpaku*）豐臣秀吉有很大的出入，其實是小說作者借用其名義捏造一個「蠻族酋長」的形象，但仍可以側面看出中國人的日本想像，因此也很值得討論。

上述研究成果，雖然有很大的廓清作用，不過，畢竟著力於豐臣秀吉相關的文本，所以仍然無法涵蓋明清小說中，「倭患」書寫的全貌。類似的情況，亦可見於「甲午戰爭」和「乙未戰爭」的相關小說研究。

三　甲午戰爭相關小說之論文檢討

「甲午戰爭」的部分，以洪子貳（洪興全）所作之《中東大戰演義》（《說倭傳》）[35]較為著名，書名的「中」指中國、「東」則為東洋（日本）。過去包括蔡國梁〈甲午戰爭的重現——《中東大戰演義》〉

34　筆者按：青木正兒所使用的《野叟曝言》版本不明，但疑為152回本（殘本），而非154回本（全本），只不過查152回本，相關情節的回目當是117回、130回及131回，至於在154回本則是119回、132回及133回。此外，古田島洋介也曾介紹〈斬蛟記〉、《野叟曝言》、《水滸後傳》等與豐臣秀吉有關的明清小說創作，見氏著：〈中国人の日本人像〉，收於〔日〕平川祐弘、〔日〕鶴田欣也著：《内なる壁——外国人の日本人像・日本人の外国人像》（東京：TBSブリタニカ，1990年），頁26-33。

35　《說倭傳》（排印本，2冊，1897年）與《中東大戰演義》（石印本，4冊，1900年）實為一書，只不過是「刊刻／集成」前後名稱的不同而已。

[36]、賴芳伶〈清末幾部有關甲午之役的小說〉[37]、竹村則行〈清末小說『說倭伝』に全文転載された李鴻章編『中日議和紀略』をめぐって〉[38]、〈『說倭伝』から『中東大戰演義』へ〉[39]、王永健〈《說倭傳》平議〉[40]、陳昭利〈甲午戰爭小說研究——論洪子貳《中東大戰演義》〉[41]等，皆曾留意到這部小說。

蔡國梁詳盡介紹了故事梗概，同時對其敘事藝術提出批判，大抵認為該書根據掌握的史料進行亦步亦趨的創作，故在虛構方面的韻味不夠突出，簡略無味。賴芳伶的意見與蔡國梁截然不同，不僅讚揚作者的器識，認為小說對虛實之拿捏恰如其分，面對挫敗亦有反省精神。

竹村則行提到該書轉載在中國官方檔案已闕（日本內閣文庫尚存）的〈中日議和紀略〉全文，表現李鴻章（1823-1901）內外交煎的難堪立場，更暴露了時人對東洋小國（倭）日本之橫暴的憤慨，作為一部小說作品，雖然文學的醇度稍低，卻擁有卓越的即時性及史料意義。竹村則行並且看重該書之版本，認為從排印本（2冊，1897年，題名「說倭傳」）到石印本（4冊，1900年，題名「中東大戰演義」），因為接近甲午戰爭的時間遠近不同，蘊涵的義憤與沉痛之思是有著程度上的差別的；而透過閱讀，儘管已經歷時百年，仍能感到力

---

36 蔡國梁：〈甲午戰爭的重現——《中東大戰演義》〉，《河北大學學報》第2期（1988年），頁35-39、58。

37 賴芳伶：〈清末幾部有關甲午之役的小說〉，《興大中文學報》第7期（1994年1月），頁145-157。

38 〔日〕竹村則行：〈清末小説『說倭伝』に全文転載された李鴻章編『中日議和紀略』をめぐって〉，《文学研究》第96号（1999年3月），頁15-34。

39 〔日〕竹村則行：〈『說倭伝』から『中東大戰演義』へ〉，《清末小說から》第56号（2000年1月），頁21-25。

40 王永健：〈《說倭傳》平議〉，《明清小說研究》第2期（2011年），頁250-256。

41 陳昭利：〈甲午戰爭小說研究——論洪子貳《中東大戰演義》〉，《萬能學報》第33期（2011年7月），頁37-50。

透紙背的愛國熱情不斷傳來。[42]

王永健對《中東大戰演義》的藝術評價近於蔡國梁，而指出小說目的有三：表達甲午戰爭後國內日益高漲的愛國熱情、總結甲午戰爭的歷史教訓、為盡力降低中國損失的談判代表李鴻章辯護。

陳昭利則注意到這部描寫對外戰爭的小說，有別於過去往往帶有神魔鬥法的元素，完全以「人」為中心去處理，且中國不再是那個游刃有餘的戰勝者，對國勢不振帶有嚴肅的焦慮感。

四　乙未戰爭相關小說之論文檢討

而在「乙未戰爭」的部分，雖然《中東大戰演義》亦有所涵蓋（第22回至第33回為割臺事件相關章回），但尚有若干小說文本是以黑旗軍或臺灣人民頑抗日本接收部隊為主旋律的作品，自有其特色，因之須獨立討論，這些作品包括了《劉大將軍平倭戰記》、《臺戰演義》、〈劉大將軍平倭百戰百勝圖說〉及《臺灣巾幗英雄傳》。

目前所見乙未戰爭小說研究成果，則有朱恒夫〈新發現的小說兩種——《五劍十八義》和《劉大將軍平倭百戰百勝圖說》〉[43]、黃錦珠〈甲午之役與晚清小說界〉[44]、陳佑慎〈抗日英雄的建構與記憶——試釋《劉大將軍平倭戰記》的史料意義〉[45]、歐陽健〈《臺灣巾幗英雄

42 〔日〕竹村則行：〈『説倭伝』から『中東大戦演義』へ〉：「本稿で取り上げた講和会談の原資料をそのまま引用するのはその難点の一であるが、該書からは、百年の時間を越えて、作者の愛国の情熱が今もひしひしと伝わって来る。」見頁23。

43 朱恒夫：〈新發現的小說兩種——《五劍十八義》和《劉大將軍平倭百戰百勝圖說》〉，《明清小說研究》第4期（1991年），頁1-9。

44 黃錦珠：〈甲午之役與晚清小說界〉，《中國文學研究》第5期（1991年5月），頁237-254。

45 陳佑慎：〈抗日英雄的建構與記憶——試釋《劉大將軍平倭戰記》的史料意義〉，《臺灣風物》第56卷第2期（2006年6月），頁167-199。

傳》及其他〉[46]、鄭凱菱《乙未劉永福抗日事蹟之作品研究》[47]、王嘉弘《如此江山：乙未割臺文學與文獻》[48]、陳嘉琪〈臺灣歷史傳說與讀物中的劉永福抗日形象〉[49]等。

朱恒夫介紹其所發現的小說兩種，除太平天國題材的《五劍十八義》外，第二種即題名管斯駿所作之《劉大將軍平倭百戰百勝圖說》，除點明該書之回目、梗概與旨在歌頌抗日軍隊的創作意識外，更指出這部小說雖然講的是時事，卻因為臺灣與中國大陸聯繫斷絕，多有以訛傳訛與心理投射之成分，而這些不合事實的描寫，反而帶有精彩的藝術水平，是值得注意的地方。

黃錦珠提到《臺灣巾幗英雄傳》(以總兵孫秉忠遺孀張秀容為主角)、《臺戰演義》兩部作於乙未割臺當年的小說，但僅說這是描寫臺胞抗日的故事。歐陽健則深入介紹上述兩部小說，認為創作者對戰事走向抱持樂觀態度，說明這些作品的誕生，是為了鼓舞士氣，蘊涵可貴的愛國精神。

陳佑慎認為，歷史人物的形象集體記憶（collective memory）的反映，聚焦於劉永福（1837-1917）在《劉大將軍平倭戰記》中的英勇形象，乃是受特定時代脈絡之影響，雖然重點不在於「倭患書寫」之析剖，但注意到小說作者是隨著戰事發展，一邊落紙成書，提醒了筆者乙未戰爭小說「記憶／想像」之間相距不遠的時間差。

---

46 歐陽健：〈《臺灣巾幗英雄傳》及其他〉，《古代小說與人生體驗》網站，2007年4月28日，網址：http://qianqizhai.blog.hexun.com/9116456_d.html（2015年7月17日上網）。

47 鄭凱菱：《乙未劉永福抗日事蹟之作品研究》(臺中市：中興大學中國文學系研究所碩士論文，2009年)。

48 王嘉弘：《如此江山：乙未割臺文學與文獻》(臺南市：臺灣文學館，2011年12月)。

49 陳嘉琪：〈臺灣歷史傳說與讀物中的劉永福抗日形象〉，《臺灣文學研究學報》第14期（2012年4月），頁9-38。

鄭凱菱頗為詳細地比對各小說之版本，而在「乙未劉永福抗日事蹟作品的主題」上，點出當時電線中斷，軍情受阻，消息不易傳遞，故這類時事小說多有潤飾、虛構之成分，並就小說之軍事思想，介紹其中寫出的火攻、伏擊等巧妙戰術，在在突顯出劉永福之「智」冠勍敵，才能以寡擊眾，化腐朽為神奇。

王嘉弘談到這些小說以「呈現劉永福英雄事蹟為主」、「情節虛實交雜，極其誇大」、「內容相互抄襲，前後沿用」及「多附錄圖像畫報為輔助，以佐文字」之特色，並反映出「以商業利益為主的文學消費」、「時事結合小說的行銷手法」和「滿足清國人民仇日的情緒」等現象。

陳嘉琪點出在時間縱軸上越接近劉永福抗日史事的讀物形象，對劉永福歷史評價越趨於主觀，必須經過一段時間的淬鍊，始能站在各方視角，給予劉永福持平客觀的歷史評價——時事小說由於最接近戰事進行之浪頭，也就愈加乖離史實，表現出甫經歷戰敗之恥的中國人對日本激情亢奮的一面。

上述這些探討「甲午戰爭」、「乙未戰爭」小說之論文，皆有針對專門史事或人物的深入挖掘，成績斐然，極有啟發性，但除了受限於篇幅及範圍外，也無意於對明代小說中的「倭患」書寫進行比較研究，是以趨於斷裂，僅著眼於清朝的中日關係反映。然而事實上，中國對兵敗日本、簽訂城下之盟的「痛」與「恨」，當有更遙遠的記憶召喚，且同樣是時事小說，敘事之策略與關懷之焦點各有側重，如果可以提出統整性的觀看，會更為清晰、全面。

五　綜合性倭患相關小說之論文檢討

其實，在過去的學術成果當中，並非沒有關注層面較廣泛之討論。把明清兩代作為一個整體來探究的，包括遊佐徹〈明清「倭寇小說」考（一）〉[50]、謝君〈析倭寇小說〉[51]、《明清小說與倭寇》[52]、劉曉婷〈明嘉靖時期的倭寇及嘉靖倭寇題材小說研究〉[53]及萬晴川〈明清小說中的倭寇敘事〉[54]、〈明清「抗倭小說」形態的多樣呈現及其小說史意義〉[55]等。這些論文的最大貢獻，在於臚列了其所認定的「倭寇（抗倭）小說」，讓筆者能大致掌握明清小說「倭患書寫」之範圍。

遊佐徹所提出來的「倭寇小說」，包括〈楊八老越國奇逢〉（《喻世明言》卷18）、〈胡總制巧用華棣卿，王翠翹死報徐明山〉（《型世言》第7回）[56]、〈胡少保平倭戰功〉（《西湖二集》卷34）、《胡少保平倭記》、《戚南塘剿平倭寇志傳》、《金雲翹傳》、《綠野仙踪》、《雪月梅傳》。很明顯地，遊佐徹所關注的「倭寇小說」，皆以「嘉靖大倭寇」為故事舞臺，小說要角如戚繼光、胡宗憲（1512-1565）、王翠翹（？-1556[57]）、徐海（？-1556）、王直（汪直，？-1559）、嚴嵩（1480-1567）等，都是那個時代的風雲人物；即便是時間座標置於蒙元的〈楊八老越國奇逢〉，實際上反映的仍是明朝福建一帶的倭寇活

50 〔日〕遊佐徹：〈明清「倭寇小説」考（一）〉，《岡山大学文学部紀要》第23号（1995年7月），頁49-59。

51 謝君：〈析倭寇小說〉，《語文學刊》第4期（2010年），頁24-26。

52 謝君：《明清小說與倭寇》（杭州市：浙江工業大學中國古代文學研究所碩士論文，2010年）。

53 劉曉婷：〈明嘉靖時期的倭寇及嘉靖倭寇題材小說研究〉，《中國古代小說戲劇研究》第10輯（2014年），頁91-97。

54 萬晴川：〈明清小說中的倭寇敘事〉，收於黃霖、陳廣宏、鄭利華主編：《2013年明代文學國際學術研討會論文集》（南京市：鳳凰出版社，2015年12月），頁741-751。

55 萬晴川：〈明清「抗倭小說」形態的多樣呈現及其小說史意義〉，《中國古代、近代文學研究》第3期（2016年），頁74-81。

56 又作〈生報華萼恩，死謝徐海義〉，以此為題名者，收於《三刻拍案驚奇》第7回。

57 筆者按：王翠翹姓名正史不載，但據筆記及見聞則應實有其人，死於徐海被殺後不久，詳見後文介紹。

動——爰此，無論是當下撰錄或事後追溯，這批文本皆顯示了中國對倭寇猖獗的高度關心與記憶猶新的深刻烙印。[58]

謝君提到的相關小說，除上述之外，還包括〈風月相思〉(《清平山堂話本》卷2)、〈劉伯溫薦賢平浙中〉(《西湖二集》卷17)、〈打關節生死結冤家，做人情始終全佛法〉(《鴛鴦針》)、《娟嬋娟》(《筆梨園》第2本，共6回)、《女仙外史》、《歧路燈》、《野叟曝言》、《綺樓重夢》、《九雲記》、《玉蟾記》，數量較遊佐徹所整理的要多，但也留有但書，其中有不少寫到倭寇內容者，不過是穿插於文本的一小部分、一個情節，倭寇問題雖未淡出作者的視野，卻也並非小說之主軸[59]——這個觀察大致公允。

謝君的看法，有助於釐清本書何以以「倭患書寫」為研究對象，而非所謂「倭寇小說」，因為前者相對寬泛而後者的群體較為緊縮。更精確地說，有些文本僅僅將倭患的出現視作衛星事件（satellite）[60]來處理。例如《女仙外史》原是敷演「嫦娥／唐賽兒」與「天狼星／燕王」天上宿怨、人間相爭的故事，嚴格來說，很難歸類為「倭寇小說」；然而，作者卻在第四十四回摻雜了「十萬倭夷遭殺劫」的情

58 〔日〕遊佐徹：〈明清「倭寇小説」考（一）〉：「すなわち、『倭寇小説』が背景とする嘉靖年間とわ、『倭寇』が中国史上最も猖獗を極めた時代、別の言い方をすれば、中国側の『倭寇』に対する關心が高まり、『倭寇』が記憶に焼きついた時代だった、といえるのである。」見頁219。

59 謝君：〈析倭寇小說〉，頁26；謝君：《明清小說與倭寇》，頁11。

60 「衛星事件」(satellites）乃對應於「核心事件」(kernel）之概念。核心事件產生連續的或交替的事件的可能性，引發、增強或包含著某種不確定性，故而推進或概述一個由諸多轉化形成的序列。衛星事件則通過維持、推遲或延長核心事件，去擴張或填充某個序列的輪廓，可被省略、打亂或替換而不改動那個序列。參見〔美〕史蒂文・科恩（Steven Cohan）、〔美〕琳達・夏爾斯（Linda M. Shires）著，張方譯：《講故事：對敘事虛構作品的理論分析》(臺北市：駱駝出版社，1997年9月)，頁58。

節，這與靖難之役（1399-1402）或唐賽兒民變（1420）其實絲毫無涉，但不能據此認為小說家沒有在作品中傾注其人對這些特定歷史的「記憶／想像」，反而這類時空錯置的拼湊接合，更有敘事上匠心獨具的深意。

劉曉婷之文較為晚出，又比遊佐徹、謝君多列舉了〈王翠兒〉（《續豔異編》卷6）[61]、〈矢熱血世勳報國，全孤祀烈婦捐軀〉（《醉醒石》第5回）兩篇小說；萬晴川則留意到《載陽堂意外緣》這部清人作品。另外，聶紅菊也舉隅了其所接觸到的「描寫倭患的小說」，除以上之外，尚包括明朝的〈王翠翹傳〉（《虞初新志》卷8）、《關帝歷代顯聖志傳》、〈斬蛟記〉；清朝的《水滸後傳》、《玉樓春》、《續歡喜冤家》、《醒世姻緣傳》、《十二樓》、《花月痕》。[62]而王勇則額外提到了明代的《朝鮮征倭紀略》[63]和清代的《蜃樓外史》，甚至還有韓國漢文小說《懲毖錄》、《壬辰錄》（又名《抗倭演義》）、《日本往還日記》等反映萬曆朝鮮戰爭之文獻，遂將域外文學也納入討論之範疇。[64]

可以看得出來，這些歸納各有弛張寬嚴的不同標準，但無論如何，前人研究成果對本書進一步搜羅相關文本，建構明清小說「倭患書寫」的視野，誠然有著指引性的作用。然而，上述文章雖然有囊括「倭寇／倭患」小說書目之企圖，卻側重於「嘉靖大倭寇」或「萬曆朝鮮戰爭」的相關文本，對清代「甲午戰爭」與「乙未戰爭」小說的

---

61 又作〈王翹兒〉，以此為題名者，收於《廣豔異編》卷11。

62 聶紅菊：《《戚南塘剿平倭寇志傳》研究》，頁130。

63 此書已遭清廷禁毀，故今亡佚，僅存書目。據王彬主編：《清代禁書總述》（北京市：中國書店，1999年1月）：「明蕭應宮撰。應宮曾任明按察使。乾隆四十八年（1783）九月，檢查紅本處辦應銷毀書籍總檔續辦第六次應毀書目中列入此書，系『蕭應宮奏疏，內多干礙，應毀』。」見頁104。

64 王勇：《中国史のなかの日本像》，頁222-223。筆者按：《日本往還日記》，王勇錄作《日本往還錄》。

說明付之闕如。這些議題，其實都有再拓墾的餘地，是以筆者認為仍須進一步來整合與挖掘。

綜合以上，筆者以為歷來學界關於明清小說「倭患書寫」的專門研究，雖然已取得一定成績，但大多著眼於斷代文本材料，無法針對明清兩代小說家心目中「倭患」之「記憶／想像」，提出綿延連貫的闡釋。即使是宏觀鳥瞰的文章，也大多受限於篇幅，僅能羅列一些作者所界定的「倭寇／倭患」小說，未能進行細緻的析剖，因此相較空泛，但中國人如何在這些衝突中「記憶／想像」日本之形象？以及這些形象揭櫫怎麼樣的文化心理？這些論述上的縫隙，皆有賴於後人給予更完整的補充。

第三節　研究範圍與方法

本書以「明清小說倭患書寫」為研究範圍。之所以使用「倭患」一詞，而非「倭寇」，在於前者可以指涉所有中國人在中日衝突中對日本之蔑稱，而後者則通常指日本海盜對東亞沿海之劫掠。要廓清二者之差異，可觀魯迅《中國小說史略》介紹《三寶太監西洋記》之語：

> 蓋鄭和之在明代，名聲赫然，為世人所樂道，而嘉靖以後，倭患甚殷，民間傷今之弱，又為故事所囿，遂不思將帥而思黃門，集俚俗傳聞以成此作，故自序云：「今者東事倥傯，何如西戎即序，不得比西戎即序，何可令王、鄭二公見」也。[65]

又說「前有萬曆丁酉（1597）菊秋之吉羅懋登敘，羅即撰人」。[66]此時

65 魯迅：《中國小說史略》（北京市：北京大學出版社，2009年3月），頁121。

66 魯迅：《中國小說史略》，頁120。

正值萬曆朝鮮戰爭如火如荼之際，這位小說創作者倘若受到「倭患甚殷」、「東事倥傯」之刺激，不可能痛心疾首於距離「萬曆丁酉菊秋之吉」一段時間的嘉靖大倭寇，卻對跟前「萬曆三大征」[67]之一的朝鮮之役無動於衷；因此可以這麼說，用「倭患」一詞，涵蓋面較廣，當更能切合於明清小說對中日軍事活動之反映。

上文已經闡明，明清關於「倭患書寫」的時代背景，可區分為四個階段：「嘉靖大倭寇」、「萬曆朝鮮戰爭」、「甲午戰爭」和「乙未戰爭」，因此小說家對於「倭患」的「記憶／想像」軌跡，基本上也可以此作為參照的時間標準。不過，本書在取材上，之所以有別於前人研究著重於斷代的文獻材料，而須分為四個階段來進行時間跨度較大的討論，是因為筆者以為，明清關於「倭／日本」的定位，有著不同階段的曲折嬗變，以下將稍占篇幅地提出說明。「倭」在中文的本義，可見《說文解字》：

> 倭，順皃。从人委聲。《詩》曰：「周道倭遲。」[68]

《說文解字》對「倭」之解釋，並無辱罵的意思。在日文中，「倭」這個字彙，音讀作「*Wa*」，訓讀作「*Yamato*」，與漢字的「和」相同；至於「大和」一詞，亦唸作「*Yamato*」——今天日本人除北海道的阿伊努族和沖繩的琉球族外，絕大多數隸屬大和民族（Yamato people）。中國正史自兩漢開始，即稱日本為「倭」，最早可見《漢書》〈地理志〉：

---

67 「萬曆三大征」包括寧夏之役（平定蒙古人哱拜叛變，1592）、朝鮮之役與播州之役（平定苗疆土司楊應龍叛變，1599-1600）。又明人茅瑞徵撰有《萬曆三大征考》一書。

68 〔漢〕許慎著，〔清〕段玉裁注：《說文解字》（臺北市：萬卷樓圖書公司，2004年），頁372。

> 然東夷天性柔順，異於三方之外，故孔子悼道不行，設浮於海，欲居九夷，有以也夫！樂浪海中有倭人，分為百餘國，以歲時來獻見云。[69]

這也談不上有什麼貶義，甚至還帶有點揄揚的味道（天性柔順）。而日本人本來亦自稱為「倭」，例如遣唐使山上憶良在《萬葉集》（現存最早的日語詩歌總集，收錄4至8世紀作品）中，作有〈好來好去謌〉一首：「神代欲理，云傳久良久，虛見通，倭國者，皇神能，伊都久志吉國，言靈能，佐吉播布國等，加多利繼，伊比都賀比計理。[70]」（從神代口口相傳至今的是，我們大和國，是天皇神威之國，言靈昌盛之國。）[71]

「倭／和」為互通概念，一直到近代仍為日本人所沿用。金子堅太郎云：「然若涉獵古今之學問，窮極天人之物理而無倭魂漢才，則不能探學問之閫奧。所謂倭魂漢才者，乃學問之精神也。」[72]在這裡的「倭魂」，猶如今日日本人所自豪的「大和魂」（*Yamato-damashii*），是其精神主體與立國之本，所以這番話當然不是出於自譴自侮。職是，「倭」原本是很中性的字彙，那麼是從何時開始，成為令人尷尬的詞藻呢？中國史冊最早在《舊唐書》〈東夷傳〉提到日本人對「倭」這個名稱感到排斥：

---

69 〔漢〕班固撰，〔唐〕顏師古注：《漢書》（北京市：中華書局，1962年），卷28下，頁1658。

70 〔日〕高木市之助、〔日〕五味智英、〔日〕大野晉校注：《萬葉集》（東京：岩波書店，1963年），卷5，頁102。

71 轉譯自王小林：《從漢才到和魂：日本國學思想的形成與發展》（臺北市：聯經出版事業公司，2013年），頁39。

72 〔日〕金子堅太郎：《新撰國體論纂》（東京：大日本國體會編刊，1919年），頁107。轉譯自王小林：《從漢才到和魂：日本國學思想的形成與發展》，頁128。

> 日本國者，倭國之別種也。以其國在日邊，故以日本為名。或曰：倭國自惡其名不雅，改為日本。或云：日本舊小國，併倭國之地。[73]

《新唐書》〈東夷傳〉有雷同的記載，但語境稍有參差：

> 咸亨元年，遣使賀平高麗。後稍習夏音，惡倭名，更號日本。使者自言，國近日所出，以為名。或云日本乃小國，為倭所並，故冒其號。[74]

「倭國自惡其名不雅」和「後稍習夏音，惡倭名」意思略有不同，前者是自認「倭」不正式、不美好，改以「日本」更為適切；後者則是在習得中文後，發現中文中的「倭」字意義上令人嫌惡，所以易名。雖然從語源的推敲來說，看不出「倭」字究竟有何不妥之處，但是「後稍習夏音，惡倭名」卻暗示日本接受到了「他者」的惡意訊息，從而對自我定位改弦更張。[75]這與楊瑞松詮解「想像民族恥辱」頗有接近之處：「……，『產下』了『病夫』說的西方，雖然根據本章的分

73 〔後晉〕劉昫等撰：《舊唐書》（北京市：中華書局，1975年），卷199，頁5340。

74 〔宋〕歐陽修、〔宋〕宋祁等撰：《新唐書》（北京市：中華書局，1975年），卷220，頁6208。

75 日本人對「倭」名義的使用呈現雙軌的狀態，有人如上文所引，仍舊視之為「和」的同義詞，但也有人大力排斥。像是田中健夫曾經提到：「第二次世界大戰中因為不喜歡『倭寇』這個名詞，曾經把它從日本史教科書中抹掉過，也有人用史料中從未出現過的『和寇』二字來代替『倭寇』二字，但是使用這種新造名詞反而有使倭寇實情含糊不清的危險。最初使用『和寇』名詞的好像是賴山陽，而忌避『倭』字，換上『和』字，反而會忽視『倭寇』的本質。」見氏著，楊翰球譯，隋玉林校：《倭寇──海上歷史》（武漢市：武漢大學出版社，1987年），頁3。筆者按：賴山陽為江戶時代後期的漢學家與歷史學家。

析，對於它後來在中國的『成長變化』的歷程，可以說是局外人；但弔詭的是，西方並沒有在中國『病夫』論述中缺席，尤其是在強調這是莫大的羞辱的論述中，西方是不可能被允許缺席的。」[76]

西方世界在甲午戰爭後，用「病夫」（Sick Man）形容老大清國的積弱不振，並提出一些政治改革的建議，本來不失為一種善意批評，但後來卻被中國「想像」成傲慢無情的羞辱名詞。「倭」的負面意義——倘若被「想像」是來自於中文語境的話，確實與這種建構過程相似，因為中國人一開始在使用上並無任何不腆，然已不自覺地對日本人造成不快。

中國人真正有意識地將「倭」視作惡意的字彙，還是與倭寇的肆虐有關。元明倭寇開始騷擾中國、朝鮮後，「倭」慢慢浸淫為輕蔑的意味。據林彩紋之研究，早期「倭寇」的匯流，肇因於國內南北朝（1336-1392）的分裂動盪，饑民、浪人等邊緣分子，為求生計而遁入大海，淪為盜寇，不僅危害鄰邦，也對日本本土造成威脅[77]——所以中日兩國原是共同取締倭寇的戰略夥伴。且自永樂帝（1360-1424）與足利義滿[78]建立盟好關係後，中國官方還會刻意避免在外交文書上使用「倭寇」一詞，僅以「海寇」、「海賊」、「海盜」等字眼稱呼這些亡命之徒，就是不希望治安事件升級國與國層級的芥蒂，並籲請「日本國王」（實際上是幕府而非天皇）禁戢諸島，尤其當「嘉靖大倭寇」時，中州「編戶之齊民」亦加入這個複雜的陣容，更應謹慎將「倭寇」與「日本」區分開來。

76 楊瑞松：《病夫、黃禍與睡獅：「西方」視野的中國形象與近代中國國族論述想像》（臺北市：政大出版社，2010年9月），頁52。

77 林彩紋：《明代倭寇——以其侵掠路線及戰術為中心》（臺北市：中國文化大學日本研究所碩士論文，1988年），頁4-8。

78 足利義滿為室町幕府第三代征夷大將軍。在其主政時期，結束了分裂為「一天二帝南北京」的南北朝，並與明帝國建立朝封關係，有效地遏止了倭寇橫行。

不過，自朝鮮之役爆發後，日本有意識地以國家力量組織精銳的入侵部隊，動機、規模等皆不能與民間武裝的倭寇同日而語，中日雙方正式進入交戰狀態，中國遂開始出現將「倭寇／日本」等量齊觀的嚴厲口吻，「倭」的貶義亦甚囂塵上，逐漸影響了民間的日本觀。[79]

從倭寇到豐臣秀吉，造成的傷痕實在難以令人釋懷，所以即使「日本」在唐朝以後，已然具備高度文明規模，但有心人士仍刻意沿襲「倭」的舊稱，暗示這個寇鄉之國的野蠻落後。甚至到了清代，「倭寇」記憶也未曾隨著朱明滅亡而一同走入歷史。以「甲午戰爭」和「乙未戰爭」之交兵來說，雖然脫離了「倭寇」的海盜性質，中國文獻中仍不乏這樣的蔑稱，如〈李鴻章函（答製火器）〉有言：

> 夫今之日本，即明之倭寇也，距西國遠，而距中國近，我有以自立，則將附麗於我，窺伺西人之短長；我無以自強，則將效尤於彼，分西人之利藪。日本以海外區區小國，尚能及時改轍，知所取法，然則我中國深維窮極而通之故，夫亦可以皇然變計矣。[80]

李鴻章自然清楚日本欲躋身列強之林的雄心，也通達日本的政治目的是建構殖民帝國，與「明之倭寇」的打家劫舍、衝州撞府截然不同，

---

79 如《明神宗實錄》記載：「上曰：『釜山悉收，倭寇蕩盡，朕念將士勞苦，宜加恩敘，該督撫等官便將功次確議，勘明馳奏，以慰軍心。……。』」收於黃彰健校勘：《明神宗實錄》（臺北市：中央研究院歷史語言研究所，1984年，據中央研究院歷史語言研究所民國五十一年刊本縮編），卷329，頁11725。有關明朝對「倭寇／日本」定位之演變，可詳參劉曉東：〈明代官方語境中的「倭寇」與「日本」——以《明實錄》中的相關語匯為中心〉，《中國史研究》第2期（2014年），頁175-191。

80 收於中華書局編輯部、李書源整理：《籌辦夷務始末（同治朝）》（北京市：中華書局，2008年11月），卷25，頁1088。

但在措辭上還是用「倭寇」來稱呼之，用意之一便在於喚醒清廷「明」鑑不遠的憂患意識。

從以上可見，中國人並非全然不曉「倭寇」與「日本」之間的差異，然一旦陷入兵革，情感上往往會將二者兜籠在一塊。[81]儘管如此，「倭寇」仍是一個專指元明時期（14至16世紀），騷擾東亞沿海的海賊的術語，且不限於日本籍。根據田中健夫之定義：

> 然而一般所說的倭寇，是指十四至十五世紀的倭寇與十六世紀的倭寇，本書也是以這兩個時期的倭寇作為記述的對象。倭寇是以東亞沿海各地為舞臺的海民集團的一大運動，其構成人員不只是日本人，也包含有朝鮮人、中國人、歐洲人。因此，倭寇的問題與其說是日本史上的問題，不如說是東亞史上或者世界史上的問題更為合適。倭寇的活動是以東亞各國國內原因為基礎，以國際關係的不正常為導火線發生的，在中國大陸、朝鮮半島、日本列島、琉球列島、臺灣島、菲律賓、南洋各國人民中，留下了很大的影響與痕跡，影響了這些地區歷史的發展。[82]

---

81 時至今日，華人世界面對中日主權或史觀爭議事件時，部分激進人士仍會用「倭寇」來指摘日本。二〇一二年日本政府宣布將釣魚臺列嶼（日本方面稱為尖閣諸島）國有化，兩岸均有人發出不滿的聲浪；據《自由時報》，〈日駐北京使館被包圍 赫見臺灣國旗飄揚〉（2012年9月15日）：「今天適逢週末，中國出現大規模抗議日購釣島的人潮，包圍日本駐北京使館，有人憤而撕毀、焚燒日本國旗與日本軍旗，有人高舉『消滅倭寇』、『保釣衛國』等白底紅字的標語，有人則揮舞中國旗幟吶喊，還有人祭出雞蛋，『蛋洗』日本使館，民眾群情激憤。」又據《蘋果日報》，〈日在臺交流協會 遭噴漆寫「倭寇」〉（2012年9月18日）：「日本在臺交流協會今日傳出於附近的人行道上，遭人以油漆寫下『倭寇上班的地方，自古以來日本=倭寇，寇就是海盜，竊占釣魚臺。』疑似有民眾因抗議釣魚臺問題而噴漆。」

82 〔日〕田中健夫：〈前言〉，收於氏著，楊翰球譯，隋玉林校：《倭寇——海上歷史》，目錄前頁1。

所謂「倭寇」，既包含日本人、朝鮮人、中國人、歐洲人[83]在內的複雜族群，因此後來中日之衝突，並不適合以「倭寇」來統攝，應用「倭患」較為準確。筆者關注的焦點，在於明清中日齟齬所衍生之小說，無論出於記憶或想像，如何指涉「倭」這道古老又深刻的歷史傷痕？爰此，本書使用「倭患書寫」一詞，探究文本世界展現出來的華夷觀，並以日本形象為核心。

在題材上，本書欲處理創作時間落於明清（1368-1911）之小說，包括背景設定在隋、唐、宋、元之文本，如《說唐演義全傳》、《玉樓春》、《水滸後傳》、〈楊八老越國奇逢〉等，且須涉及中日交兵之情節。因此，現代小說如蕭麗紅《桂花巷》（1977）之故事濫觴於晚清臺灣的小漁村，亦提到日本入主臺灣之變局：「她嫁瑞雨那歲，正是甲午隔年；隨後，朝廷把臺灣割給日本。剔紅一覺醒來，聽得女婢們議論紛紛：『慶嫂才從街上回來，說大街滿是倭夷的小矮人。……。』『倭夷大概就是番邦吧！不知是不是長得青面獠牙，看了吃不下飯？』」[84]然因為溢出上述創作時間之斷代，故非筆者研究之範圍，本書選擇從略。

又如清人王韜有小說〈海外美人〉（《淞隱漫錄》卷4）一篇，描寫陸梅舫、林氏夫婦海外遊歷之遭遇，其中一站曾到日本外島：「經六、七晝夜，抵一島，島中人皆倭國衣冠，椎髻闊袖，矯捷善走。男女皆曳金齒屐；女子肌膚白皙，眉目姣好，惟畫眉染齒，風韻稍減。見生夫婦登岸，群趨前問訊，語啁啾不可辨。挽生同行，入一村落，古柏參天，幽篁夾路，一澗前橫，渡以略彴，隔澗茅廬四、五椽，頗

---

83 關於明代倭寇記憶及西方列強的形象結合，詳見本書第五章第二節〈《花月痕》中的「逆倭」與歐洲人〉之探討。

84 蕭麗紅著：《桂花巷》（臺北市：聯經出版事業公司，2002年），頁120。

似中華宇舍，餘皆板屋。」[85]

類此，雖然出現「倭」之關鍵字詞，但乃是出於行旅之接觸，在意義上與《鏡花緣》、《西遊記》、《三寶太監西洋記》等文本更為貼近，且刻描之處並沒有流露出貶義，只是一種對異國風俗的寫真罷了，也與本書聚焦的中日由大動干戈所帶出的「倭患書寫」有所出入，是以亦非筆者探索之對象。以此標準來說，聶紅菊提到的《續歡喜冤家》中，雖曾出現倭人之題詩而被其歸類為「描寫倭患的小說」[86]，但實際上並無烽火氣息，亦可摒除於本書的討論範圍之外了。

此外，域外漢文小說或翻譯小說，如前文王勇所提到的《懲毖錄》、《壬辰錄》、《日本往還日記》等明代朝鮮人作品[87]，或如晚清之際，英國水手阿倫（James Allan）撰述、蘭言翻譯的《旅順落難記》（*Under the Dragon Flag: My Experiences in the China-Japanese War*，又譯作《在龍旗下——中日戰爭目擊記》，1898），紀錄甲午戰爭時，日軍在旅順大屠殺（1894）中的暴行，雖然也頗具學術價值，但畢竟代表的是他者的觀點，故本書不擬納入主軸來討論，只會作為適度的參照。

本書依據故事背景、創作時間與小說類型，有以下步驟之安排。在「嘉靖大倭寇」的部分，可以《戚南塘剿平倭寇志傳》為代表。這部時事小說徵引了許多史料，又以《紀效新書》、《宗子相集》為主，

---

85 收於〔清〕王韜撰：《淞隱漫錄》（臺北市：廣文書局，1976年），卷4，頁154。

86 第3回〈馬玉貞汲水遇情郎〉：「道：『昔聞日本國倭人住此遊湖，他也題了四句詩：「昔年曾見此湖圖，不信人間有此湖；今日往從湖上過，畫工猶自欠工夫。」看此倭詩，果是有理。』」收於〔清〕西湖漁隱人著：《歡喜冤家（續集）》（臺北市：雙笛國際事務公司出版社，1994年），頁54-55。

87 此外，田潤輝還提到三部以「壬辰倭亂」為背景的韓國漢文小說，分別是《周生傳》、《崔陟傳》、《韋敬天傳》。可參見氏撰：《以「壬辰倭亂」為背景的漢文小說中的中國形象》（濟南市：山東大學亞非語言文學研究所碩士論文，2012年）。

具備「半實錄」的性質，且由於距離「嘉靖大倭寇」並不遙遠，因此表現出高度「補史」創作意識，也不至於有太多光怪陸離的虛構成分。筆者此言，並非對小說的「虛／實」藝術成分進行褒貶陟黜的價值判斷，而是要強調明中葉時事小說中，「倭患」之形象仍有很大的寫實性，接近於民眾之記憶，但隨著時代的演進，相關材料也開始出現劇烈的變異。

除此之外，倭寇集團裡的中國籍領袖，以及其美妾的風流故事，則成為明清小說「倭患書寫」中，異軍突起的一種創作現象，這就是學界所謂的「王翠翹故事」。[88]「王翠翹故事」雖然也以「嘉靖大倭寇」為舞臺，但顯然重心在於一位奇女子顛沛流離的不凡一生，與上述「半實錄」的時事小說旨趣迥異，應該要獨立討論。無獨有偶，清代還有為數眾多的世情小說，在才子佳人的繾綣旋律中，注入平倭、剿倭的肅殺變奏，顯示小說類型的合流、整併現象。這些文本雖然不見得對「倭患」有何傷痛的體驗，看來比較像獵奇的敘事策略，卻也側面展現了中國人的倭患「記憶／想像」。

「萬曆朝鮮戰爭」的生靈塗炭，重新召喚中國人對於「倭寇」的慘痛記憶，創作者大大發揮小說虛構的筆力，將罪魁禍首豐臣秀吉刻劃成形象醜陋的妖怪、性好漁色的登徒子。這種「想像」的馳騁，不僅造就小說藝術的活化，同時呼應了中國人對「倭患」之「記憶」的延續，即使有過分的扭曲與變形之處，卻不失為一種特殊的文化現象。饒富意味的是，在〈斬蛟記〉中，豐臣秀吉（孽龍遺腹子）便是為一批道門龍象所消滅，類此，由神祇人物介入人間烽火，並以倭

---

88 「王翠翹故事」有其一定的史實根據，大抵而言，故事梗概是「嘉靖大倭寇」的魁首之一徐海，及秦淮名妓王翠翹的愛情故事，最終結果是王翠翹勸降徐海成功，徐海被戮，王翠翹亦隨之自殺。學界比較有系統的綜合性相關研究，可參見陳益源：《王翠翹故事研究》（臺北市：里仁書局，2001年12月）。

患為翦除對象，頗有神魔小說的影子，自有其可觀之處，當一併納入討論。

江戶幕府（1603-1868）建立後，日本積極的海外擴張行動完全沉澱下來，並重新回歸禮制之邦的規模。待到明清易代之際，中國正處於「華夷變態」（*Kaihentai*）[89]的天崩地裂。南明士人在面對世變的一籌莫展，興起了「日本乞師」的構想與嘗試，相較之下，對於「倭寇」的記憶也被沖淡了，取而代之的是「文化日深，道德日明」的日本觀。[90]由於中日在這段時間大致相敬如賓，玉帛笙歌，所以以時事小說之姿呈現的「倭患書寫」亦趨於平緩，取而代之的是遺民痛切檢討何以明朝會淪亡於外族之手？前代的倭寇肆虐與乞師不成，被視為是敗筆之一，部分小說遂將二者綰合，發出幽微的批判。

甲午戰爭之後，反映戰事的時事小說再度攀上高峰，然包括〈夢平倭奴記〉、《中東大戰演義》、《孽海花》、《孽海花三編》、《中東和戰本末紀略》、《無恥奴》、《宦海升沉錄》和《英雄淚》等，雖然描寫的歷史時間點較「乙未戰爭」為先，卻在事過境遷後嶄露痛定思痛的情緒，對中國之失敗的反省意味較為濃厚，也不再陷入於單純的民族仇恨之中，可以算作明清小說「倭患書寫」的煞尾，筆者欲留待最後討論，而反映「乙未戰爭」的系列小說，自有其特色，可以先行提出剖析。

乙未戰爭相關「倭患書寫」小說，通常以「黑旗軍」領袖劉永福

89 〔日〕林叟發題：〈華夷變態序〉：「崇禎登天，弘光陷虜，唐魯纔保南隅，而韃虜橫行中原。是華變於夷之態也。」收於〔日〕林春勝、〔日〕林信篤編，〔日〕浦廉一解說：《華夷變態》（東京：株式会社東方書店，1981年），卷1，頁1。筆者按：林叟發應即為林春勝，該書注解有「林恕、春齋と號す」之說明，又「林叟發題」前有「弘文學士」字樣，即江戶幕府授予林春勝之稱號。

90 關於「日本乞師」與「倭寇記憶」，可詳參劉曉東：〈南明士人「日本乞師」敘事中的「倭寇」記憶〉，《歷史研究》第5期（2010年），頁157-165。

為主角，陳佑慎指出此文本群最大的特色是創作、出版的方式：「隨見隨聞，筆之於書」，具有很強烈的即時性，乃是隨著戰事發展，一邊落紙成書的。[91]但是，小說創作者畢竟非親歷現場的史家，且隔海而筆耕，所以道聽塗說和想像寄託的色彩非常鮮明，對於戰事的發展有很大的樂觀性——這當然與現實大有出入。可以說，乙未戰爭小說中的「倭患書寫」，是以另闢蹊徑的方式，去「想像」小說作者心目中的「日本」，並以優越的文化視野，凌駕在「倭／日本」之上。

綜上所述，筆者所要討論的，實際上不只是單純以「倭寇」為主要題材的小說群，而是要將範圍擴大至涉及「倭患書寫」的明清小說，也就是廣義的談到「中國／日本」衝突或者「倭寇」相關領袖，如汪直、徐海等中國人盜魁的文本，時間從「嘉靖大倭寇」、「萬曆朝鮮戰爭」、「甲午戰爭」到「乙未戰爭」，橫跨明清兩季。

本書的研究將涉及「中心」及「邊緣」位置的檢視，除了就「記憶／想像」來觀照小說的「虛／實」張力外，更從中透視相關文本的海洋特色，進一步窺探明清兩代圍繞著大海所衍生的種種文化現象，藉此檢視「內／外」、「我／他」、「新／舊」相互交纏的複雜關係。在種族與時間的雜揉以外，關於「中心」與「邊緣」之間的錯位，還將會涉及「國族」與「性別」之間的辯證關係。「倭患書寫」乍看屬於陽剛的男性角度敘事，但在相關文本中，女性也會占據舉足輕重的位置，倭亂肆虐下的江南煙花世界，女性除了作為海寇的禁臠而道出一頁悲慘的歷史，如《媚嬋娟》、《雪月梅》中有所刻劃外，也有以女諜游移於國家秩序與身分認同的「王翠翹故事」及《花月痕》小說，道出女性胴體是為「救國」抑或「淫蕩」的政治／情色之叩問，於焉產生了道德的敘事張力。此外，女性亦參與了抗倭之戰爭，例如《玉蟾

---

91 陳佑慎：〈抗日英雄的建構與記憶——試釋《劉大將軍平倭戰記》的史料意義〉，頁179。

記》、《女仙外史》，更有甚者是《臺灣巾幗英雄傳》，以「女性」、「臺地」、「布衣」的多重「邊緣」身分，企圖重振晚清中國（中心）的「丈夫之氣」，道出了小說家「禮失而求諸於野」的時代焦慮，這些都是值得討論的議題。

除此以外，「倭患」的問題看似屬於外族的侵略，但實而與帝制中國的腐敗有著千絲萬縷的因果關係。當消極的海禁遇上了商業需求與殖民企圖，封閉的王朝勢必無法有效地因應海外勢力的挑戰，而欲以傳統的「天下」秩序框架維持「四裔」之附庸位置，就只能派出同樣缺乏遠見的部隊。小說家對此一貫的無效作為亦有所反映，如《戚南塘剿平倭寇志傳》的「客兵」問題，或如《升仙傳》、《綠野仙踪》、《玉蟾記》中貪婪的權臣與暴虐的官兵，激化了倭寇的鋌而走險，並將損失轉嫁於窮苦的百姓之上，這些人都是明代倭患中的加害者，讓中華大地雪上加霜。關於此「國家暴力」的議題，甚至還能延續至甲午戰爭，駐守於朝鮮半島的清軍如何夜夜笙歌，兵虐於盜，王師喪失解民倒懸的正義標籤，進而成為《蜃樓外史》、《無恥奴》等作品中抨擊的對象，可知戰場實為官場之縮影，筆者亦將在文中提出析論。

本書在論述方式上，側重於歷時性的研究進路，原則上會以事件發生的斷代作為章節安排的切割，呈現出不同時期作者的創作意識及表現方式，依次從半實錄性質的「時事小說」──《戚南塘剿平倭寇志傳》為主軸，然後到「嘉靖大倭寇」流衍的「王翠翹」故事、才子佳人故事等世情小說為變奏。其次，從〈斬蛟記〉、《野叟曝言》等觀察中國人心目中的妖怪化、蠻王化的豐臣秀吉形象。也有些小說是由神祇降臨，殄滅難纏的入侵者，這些帶有神魔色調的小說，將可一併討論。此外，清朝建立以後，遺民們如何在小說中回顧前朝倭亂與秦庭之哭，甚而融合二者，亦頗有特色。再次，在反省意味強烈的《中東大戰演義》之前，先行討論「隨見隨聞，筆之於書」的乙未戰爭小說，挖掘其中樂觀的想像。最後，回歸理性的譴責與自省，以《中東大戰演義》為主的甲午戰爭系列小說當作論述的尾聲。

第二章

「嘉靖大倭寇」相關小說中的烽火與離亂

明朝倭寇最嚴重的時代，在於嘉靖年間，因此被稱為「嘉靖大倭寇」。在這個波濤洶湧的時代中，東亞水域鼎沸，也將沿海省分蒸騰成人間煉獄。值此亂世，民族英雄與海外盜魁彼此爭鋒，寫下許多浴血奮戰的故事，但同時無辜民眾也暴露於倭寇刀俎之下，在顛沛流離中喪失寶貴的性命與財產。這頁歷史的真實，不只載於史冊，也被小說家寫入作品。本章即討論「嘉靖大倭寇相關小說中的烽火與離亂」，其中包括以《紀效新書》、《籌海圖編》為材料來源，「事紀其實，庶幾乎史」的靖海英雄譜：《戚南塘剿平倭寇志傳》與《胡少保平倭記》；以及驅馳想像力，激化中國與日本「華夷」對立的《升仙傳》、《綠野仙踪》、《玉蟾記》。另外，《歧路燈》則以黃粱一夢的方式提出「虛／實」之叩問。概括來說，帶有時事性質的「補史」作品，愈能正視「嘉靖大倭寇」以中國人王直、徐海等人為主導的事實；而時代較晚的文本，則單純化了倭寇陣營的複雜性，多視之為「真倭」。最後，《鴛鴦針》卷一〈打關節生死結冤家，做人情始終全佛法〉、《醉醒石》第五回〈矢熱血世勳報國，全孤祀烈婦捐軀〉、《筆梨園》第二本《媚嬋娟》等作道出了倭寇肆虐下的離亂；《雪月梅》、《蟫史》、《瑤華傳》、〈楊八老越國奇逢〉等作品，則栩栩如生地寫出了「假倭」的存在與身為俘虜的辛酸，也是一幅值得注意的社會圖像。以下先就《戚南塘剿平倭寇志傳》提出討論。

第一節　《戚南塘剿平倭寇志傳》的半實錄性質

在中國，倭寇問題始於元代[1]，不過組織化的活動還是在嘉靖朝。在這段時間，梟雄蜂起，虎將迭出，導致沿海省分血流漂杵，生靈塗炭。在眾多巨擘之中，最富盛名，且是有明一代唯一為其量身創造小說的重要人物者，乃是戚繼光——而這部描述戚繼光抗倭大業的作品，亦即明清最早以「嘉靖大倭寇」為背景的小說[2]：《戚南塘剿平倭寇志傳》[3]。雖然在此以前，嘉靖大倭寇是以王直、徐海與胡宗憲的對抗為主軸，但隨著上述英豪相繼退出歷史舞臺，終結倭寇餘黨氣燄的功績，反而完成於戚繼光手上，且最初問世的倭患小說亦是以其為主角，所以本書選擇率先討論這部作品。

據顏美娟考證，該書至早成於嘉靖四十三年（1564）以後，版刻

1　〔日〕田中健夫：「《元史》順帝二十三年（1363）條記載，倭人寇蓬州，守將劉暹擊破之。自十八年以來，倭人連寇濱海郡縣，至是海隅遂安。雖然廣東省也有蓬州這個地名，但是根據後藤秀穗的考證，這裡記載的是山東省的蓬州。這裡見到的日本人的活動，從年代來看，也是緊接著一三五〇年以後的時期，在以濱海郡縣為攻擊對象不以官憲為攻擊對象等等方面，情況都與慶元倭商不同。把他們看做是在朝鮮半島活動的倭寇原班人馬向山東方面移動，大概不會錯誤。」見氏著，楊翰球譯，隋玉林校：《倭寇——海上歷史》，頁29-30。

2　根據呂靖波的觀察，明清小說中最早出現「倭寇」身影的，是永樂年間之《剪燈餘話》卷3〈武平靈怪錄〉：「除嘉興府同知，倭夷登岸，失不以聞，被罪，死秋官獄中」。見氏著：〈傳統敘事視角下的歷史記憶——解讀明代小說戲曲中的「倭寇」〉，頁37。不過在此出現的「倭夷」，顯然不是指「嘉靖大倭寇」。另外，張哲俊則以《清平山堂話本》卷2〈風月相思〉為最早提及倭患的小說，見氏著：《中國古代文學中的日本形象研究》（北京市：北京大學出版社，2005年），頁239。《清平山堂話本》是嘉靖年間的作品，與《戚南塘剿平倭寇志傳》大約同時，因此二者都可視為最早以「嘉靖大倭寇」為背景的小說。

3　本書使用版本為《古本小說集成》編委會編：《戚南塘剿平倭寇志傳》（上海市：上海古籍出版社，1990年，北京圖書館所藏明刊本）。以下為行文方便，所引原文但標卷數、頁碼，不另加註。

時間則在萬曆年間。[4]張世宏依照《千一錄》的記載，進一步限縮小說成書的時代，落於隆慶至萬曆之間，又以萬曆二十六年（1598）為下限。[5]不管哪一種說法，總之，《戚南塘剿平倭寇志傳》的付梓十分接近相關史事發生的時間點，因此可歸類於「時事小說」。學界最早發現、整理這部小說的是鄭振鐸：「《京鍥皇明通俗演義全像戚南塘剿平倭寇志傳》三冊，存卷一至三，明刊本。這是一部未見著錄的明代小說，以剿平倭寇為主題，有重大的政治意義。二月前，見之開通書社，亟取之歸。付裝後，始可翻閱。一九五八年五月十六日西諦記。」[6]

目前此書僅存三卷，卷二有殘頁，小說未完。《戚南塘剿平倭寇志傳》作為一部時事小說，深刻地反映時人對於嘉靖大倭寇的鮮明記憶，確實如前賢所言「有重大的政治意義」。顏美娟指出，這主要表現於「海禁→倭患→客兵→海禁」的惡性循環，海禁助長倭患，為了

---

4 其云：「插圖的線條樸拙，人物用白底黑線條勾勒輪廓，磚牆、馬匹、桌椅等則多以黑底白線條描繪，造成強烈而生動的對比，這是萬曆時期閩刻本較為流行的形式。因此，此書的版刻時間應在萬曆年間。而成書的時間依據現殘存卷三最後內容所記粵兵入寇建陽、戚繼光剿平倭寇十戰十捷事發生在嘉靖四十、四十三年間。因此，成書時間當在嘉靖四十三年以後。」見顏美娟：〈一部值得注意的小說——《戚南塘平倭全傳》〉，頁264-265。

5 〔明〕方弘靜撰：《千一錄》（上海市：上海古籍出版社，1997年，續修四庫全書·子部·雜家類，北京大學圖書館藏明萬曆刻本）：「嘉靖中，浙、直平倭之功未有出於績溪胡公宗憲之右者，蓋人人能言之，不可誣也。近有志倭事者，盡沒其實，使其書行，何以信後？又羅中書龍文者，曾為間於徐海耳，未嘗見王直，而敘其徃見甚詳，益無稽矣。古之人於其所不知，闕如也，乃今好事者，枝言日出而無當，若以雌黃可肆者，曾不慮其不祥耶？」（卷14，頁314）張世宏認為「近有志倭事者」即《戚南塘剿平倭寇志傳》，羅龍紋說汪五峰之事，的確僅見於該書。方弘靜此論應在隆慶六年（1572）胡宗憲被平反後，《千一錄》卷首又標明「萬曆戊戌季夏既望」（1598），可判斷成書之時間範圍。見氏著：〈明代小說《戚南塘剿平倭寇志傳》考論〉，頁71-72。

6 鄭振鐸：《西諦書話》（北京市：生活·讀書·新知三聯書店，1998年），頁486。

打擊倭患而調募外省客兵，客兵卻因薪餉不足而劫掠地方，人民等於被倭寇與客兵扒了兩層皮（若加上貪官污吏則更屬雪上加霜），但為了維持海禁又不得不借助客兵；爰此，要解決倭寇問題的病灶，開埠與練兵才是真正釜底抽薪之計——戚繼光有效建制新軍並活用於實戰，正呼應全書之主旨：「客兵宜罷不宜調」。[7]

聶紅菊也認為，小說反映了一個雖依舊挺立，但已經千瘡百孔、危機四伏的大明王朝，包括「腐敗成風、正不壓邪的內政」、「守備無力、爭利推諉的軍事」、「承受重創、官逼民反的民生」。[8]從上述意見來看，學界已經留意到該書的社會意義，觀察大致公允。此書不僅「事紀其實，庶幾乎史」，且融入「十苦」、「十慨」等歌謠，指摘阮鶚（1509-1567）赴任福建後，賄賂倭寇、殘害百姓的惡行，於正史記載外補苴罅漏，文字又語俗通眾，確實能達到「補史」的積極作用。[9]

不過，在認識到《戚南塘勦平倭寇志傳》的政治意義外，不能忘記這畢竟是一部文學創作，在其中依舊存在著虛實之間的辯證，作品必然與歷史保持著若即若離的關係。正好比愛德華・摩根・佛斯特（Edward Morgan Forster）對於小說性質一段饒富意味的形容：「小說，頂多是文學領域中的一塊濕地，由上百條小河灌溉著，偶爾匯聚成一片沼澤。所以，我不驚訝，詩人雖然對小說不屑一顧，但一不小心就會蹚了一身泥水。我也不詫異，當史學家意外發現小說被當作正史時，他們會有多麼惱怒。」[10]

7 詳見顏美娟：〈一部值得注意的小說——《戚南塘平倭全傳》〉，頁271-276。

8 詳見聶紅菊：《《戚南塘勦平倭寇志傳》研究》，頁18-40。

9 關於小說的「補史」作用，可參考范道濟：〈小說「補史」論概觀——明清小說功能論研究之一〉，《明清小說研究》第4期（1996年），頁79-91。

10 〔英〕愛德華・摩根・佛斯特（Edward Morgan Forster）著，蘇希亞譯：《小說面面觀》（臺北市：商周出版，2009年1月），頁22。

《戚南塘剿平倭寇志傳》雖然是小說，但卻還未完全翦除與史乘之間的臍帶；換句話說，在史實與虛構之間，仍然存在著藕斷絲連的關係，代表著明代小說「倭患書寫」的奠基階段。對於這樣的文本，除了反映「史實」的政治價值之外，小說怎樣移花接木，發揮想像，背後所映射出來的藝術特徵，也頗值得關注。以下即就《戚南塘剿平倭寇志傳》中倭患生發的緣由、人物的捏合等筆墨進行析剖，窺探小說的「半實錄」性質。

一　從歷史到小說：《戚南塘剿平倭寇志傳》的虛構性

縱然這部小說諸多情節都能在史料中找到參照，或甚至直接改自《紀效新書》、《宗子相集》等文獻，舉例來說，卷二〈戚參將天台觀談兵〉提到倭寇戰法弔詭：

> 戚公曰：「曩在山東長沙島，亦常與倭對陣，時身經百戰。但見諸賊據高臨險，只至日暮，乘我墮氣衝出。或於官兵錯雜，乘而追之。又其盔上，飾以金銀牛角之狀，五色長絲，類如神鬼，以駭士氣。多執明鏡，善磨刀槍，日中閃閃，以奪人目，故我兵持久，便為所怯。余常切切分詳退兵之法，諄諄面諭士卒以鴛鴦陣勢利速戰者，良以此也。……。」（頁61-62）

這部分與《紀效新書》的文字基本吻合：

> 余數年百戰，但見諸賊據高臨險，坐持我師，只至日暮，乘我墮氣衝出。或於收兵錯雜，乘而追之，又能用乘銳氣盛以初鋒。又其盔上，飾以金銀牛角之狀，五色長絲，類如神鬼，以

駭士氣。多執明鏡，善磨刀槍，日中閃閃，以奪士目，故我兵持久，便為所怯。余所著操練圖令內，切切分詳退兵之法，諄諄面諭鴛鴦陣勢速戰之條者，良以此也。[11]

又卷二〈宗提學計守西門〉敘述宗臣臨危受命，戍守城池：

卻說嘉靖戊午四月既望，福建提學宗臣號方城者，乃直隸廣陵人也，出巡至自汀州。是時都御史阮鶚被逮北去，倭寇直犯閩省淮安縣，省中民徨急走，而諸大夫日議守城之計，遂即趕回宗公都守西門。城凡七門，而西門者，道通芋源、橫塘、南臺諸路也。（頁72）

此亦可在《宗子相集》找到雷同的敘述：

戊午四月既望，余至自汀州。是時都御史阮公被逮北去，島寇直犯閩，省中人徨急走，而諸大夫日議守城事，遂以余守西門。城凡七門，而西門者，芋源、橫塘、南臺之所取道也。[12]

《紀效新書》、《宗子相集》分別屬於戚繼光與宗臣的著作，作為抗倭戰爭的親歷者，這些記載真實性很高，小說取而謄錄，自然拉抬了相關書寫的可信度。但回過頭來檢視小說與歷史之間的距離，其實更引人注目的，不單純是《戚南塘勦平倭寇志傳》究竟多貼近史實，而是

11 〔明〕戚繼光撰：《紀效新書》（臺北市：臺灣商務印書公司，1978年），總敘，頁6。

12 〔明〕宗臣：〈西門記〉，收於氏撰：《宗子相集》（臺北市：偉文圖書出版公司，1976年），卷13，頁663。

在多少程度上傾注虛構的筆墨？以及這些架空的描述代表著什麼樣的敘事意義？

遊佐徹從小說高潮（climax）「十戰十捷」（與《明史》〈戚繼光傳〉記載「先後九戰皆捷」[13]之史實吻合）之順序提出比對，按照時代順序應該是「桃渚之戰」、「海門之戰」、「南灣之戰」、「新河之戰」、「花街之戰」、「溫嶺之戰」、「白水洋之戰」、「白碧之戰」、「隘頑之戰」、「藤嶺之戰」，但作者將「南灣之戰」、「海門之戰」、「桃渚之戰」這三場被譽為台州「三大保衛戰」的戰役分別置於一捷（南灣寨戚公計沉賊船）、十捷（戚公進兵救海門）和四捷（桃渚賊受反間計），恰恰是最初、最後與中程均衡（balance）的安排；並將「花街之戰」（戚參將大破花街賊）與「白水洋之戰」（戚公進圍白水洋）分別置於卷二之末與卷三之首，這兩場戰役則是戚繼光的成名之戰。[14] 遊佐徹認為，小說家是刻意在卷與卷之銜接安排重大且呼應的劇情，像卷一是以吏部尚書李默的冤死獄中收尾，而卷二則以義民謝介夫的敗死沙場開頭，可資佐證。[15]

這部分出於小說結構美學的安排，而另一方面，倭寇首領汪五峰（即王直）、徐碧溪（即徐惟學）、許朝光（即許老）在歷史上都不曾

---

13 《明史》〈戚繼光傳〉:「四十年，倭大掠桃渚、圻頭。繼光急趨寧海，扼桃渚，敗之龍山，追至雁門嶺。賊遁去，趁虛襲台州。繼光手殲其魁，蹙餘賊瓜陵江盡死。而圻頭倭復趨台州，繼光邀擊之仙居，道無脫者。先後九戰皆捷，俘馘一千有奇，焚溺死者無算。」見〔清〕張廷玉等撰:《明史》，卷212，頁5611。又《罪惟錄》記載:「嘉靖四十年，島彝入台州，繼光兵搗賊花街，斬首數百，然後朝食，蓋二旬有九日，九接戰，無不以全取勝，稱戚家新兵云。」見〔清〕查繼佐著:《罪惟錄》（杭州市：浙江古籍出版社，2012年），列傳卷19，頁2407。

14 戚繼光在浙江的抗倭活動，可參見龔劍鋒、鄭慧日:〈論戚繼光在浙江抗倭〉，收於閻崇年主編:《戚繼光研究論集》（北京市：知識出版社，1990年），頁247-260。

15 以上參見〔日〕遊佐徹:〈明清「倭寇小說」考（二）——『戚南塘剿平倭寇志伝』について——〉，頁83-84。

與戚繼光交手，卻因惡名昭彰而以「記號化的存在」作為小說中的主要反派，此也是一種「虛化」的描寫。從上述出發，可見《戚南塘剿平倭寇志傳》已開始從真實性（reality）的束縛中解放出來，為倭寇事件進入小說文本樹立重要的里程碑，亦在這樣的基礎上，被遊佐徹目為是「半實錄」的創作。[16]

從以上的整理來看，《戚南塘剿平倭寇志傳》固然有倚重史料文獻的一面，亦反映當時明朝許多社會問題，「有重大的政治意義」，但其中更有虛構的色彩，且這並非來自於情報的錯誤，而是小說家的蓄意安排，所以作為「半實錄」的文本去理解是很恰當的，以下本書也試著自虛實互見的角度分析。

從小說現存的開篇來看，作者的初衷是將倭寇滋擾的根源，放在中日之間的國讎家恨：

> 曰：「本國國王親弟盡恭侯好在海中閑耍，不□柯分守、盧都司二人以為盜賊，妄虜將去，冒功請賞。……我主撫膺痛哭，曰：『我兄弟止二人，如何將我親弟殺了？』……我主告於九廟，及刑白馬、烏牛，以祭天地，欲興兵報仇，擄掠贓官污吏寸斬，以舒此大戚。幸垂洪恩，生死不忘。」因以倭鐵刀二把及諸海寶為獻。五峰、碧溪曰：「吾二人前蒙深恩，未能酬報，適有其會，可速發兵前來，我二人當效力焉。」（卷1，頁1）

這自然是小說創作者恢奇之想像。學界已指出，嘉靖大倭寇之蹂躪乃肇因於經濟問題，如田中健夫以為的日本內亂，造成饑民鋌而走險、

16 〔日〕遊佐徹：〈明清「倭寇小説」考（二）——『戚南塘剿平倭寇志伝』について——〉，頁65、84-85。

中國取締走私，刺激商旅化身強盜[17]；或陳懋恒所謂，明朝嚴整海禁，限縮了貿易期限，日本船隻無法任意往來，加上沿海大姓扣剋其資，許棟、王直等身為居中斡旋的調停者，為了彌補日本賈人的損失，勾結九州區域的倭寇劫掠[18]，總之都不脫溫飽、貨殖之利益干係。不過，《戚南塘剿平倭寇志傳》卻將導火線牽涉至日本皇弟遇害的政治問題，遂讓治安事件升級到國家投入動員力量的「戰爭」之規模。

以一部描寫「華夷之辨」的文學作品來說，讓漢人名將對抗精銳盡出的他邦、異族之番騎、勁酋，總是比較吸引人的。如張清發整理出明清家將小說的基本公式，皆由「番邦侵擾、國家危難」為引，包括外族挑釁、反叛、入侵等，造成朝廷受辱、皇帝遭困、疆土被奪之驚險局面，進而帶出「英雄出征」、「英雄退敵」的結構；在這之中，為了製造懸念，往往會穿插擅使妖法的敵將或邪魔歪道，甚至是陣前招親、化敵為友的女將，以增添故事的波瀾起伏。[19]

更早一點的講史章回小說，如《三國演義》之七擒七縱，也大抵循著上述之方式呈現，由諸葛亮率領著趙雲、魏延、馬岱等國之爪牙，五月渡瀘，深入不毛，並讓金環三結、董荼那、阿會喃、忙牙長、孟優、朵思大王、帶來洞主、木鹿大王、祝融夫人、兀突骨等虛構蠻將一一粉墨登場，發揮了小說家源源不絕的想像力。相較之下，《戚南塘剿平倭寇志傳》雖然有意以倭國主興兵報仇為開場，卻沒有延續這個中日不共戴天的基調，而是很快地將主帥的指揮權讓位予汪五峰、徐碧溪、許朝光等中國人渠魁。

在小說中曾經出現的倭寇軍賊，包括只罕、蔣文紳、呂正中、李鐵槍、大刀王、長槍王、江森、保兀王、高棋、楊時春、鐵面大王、

17 〔日〕田中健夫著，楊翰球譯，隋玉林校：《倭寇——海上歷史》，頁72-76。

18 陳懋恒：《明代倭寇考略》（北京市：人民出版社，1957年），頁34。

19 張清發：《明清家將小說研究》，頁103-105。

罰羅王、剛杜王、雙劍潭、王吊眼、胡猱頭、眼銅鈴等，其中僅只罕、罰羅王、剛杜王、雙劍潭確是日本人[20]，其餘有的是中國人，有的身分不明，呈現混雜且日籍將領居於輔弼地位的情況。正如聶紅菊所言：「而那些『真倭』往往形象模糊單一，他們常常呈現人云亦云、無足輕重的狀態。」[21]尤其當戰敗的雙劍潭重返日本海洋，招徠新倭時，全未曉以國家大義，或動以同胞罹難的血淚之情，僅僅以利誘之：

> 雙劍潭至日本海洋，以金銀寶物誇於諸倭，曰：「吾至中國，摽掠子女、玉帛，有如此者，且飲食豐美。汝等無用整日只管在海旁捕魚蛤，竟亦何益？且自勞耳。孰若我輩錦衣玉食，合等受用乎？」群倭咸美慕之，……於是曦集而來，何啻五、六萬人。（卷3，頁133-134）

作者讓倭寇出征的動機回歸經濟層面，且沒有求助於官方的奧援，已然偏移了倭國主為報弟仇而揮師中國的設定。不僅如此，《戚南塘剿平倭寇志傳》兩次提到官員賄賂倭寇，以乞和平：

---

20 只罕為倭國主親自任命的將領。罰羅王、剛杜王部下倭子曾被戚繼光收為反間，小說提到彼此用倭語相呼應，可見二酋為真倭。聶紅菊亦持此見，見氏撰：《《戚南塘剿平倭寇志傳》研究》，頁88。雙劍潭在日本海洋自誇自己在中國劫掠，以此吸引新倭，亦應屬於真倭，且此人曾出現於文獻記載之中，非小說家杜撰之人物，見〔明〕戚繼光：〈上應詔陳言乞晉恩賞疏（隆慶丁卯為閩、浙將士訟功）〉：「臣回兵至福清縣，又遇新倭雙劍潭者，率倭萬眾，先領親倭三百餘徒，初五到牛田，以待後倭齊而深入。臣又獎率疲卒復戰，倭猛器精，六戰而後敗之。」收於〔明〕陳子龍等編：《皇明經世文編》（臺北市：國風出版社，1964年，中央圖書館珍藏明崇禎間平露堂刊本），卷347，頁661-662。

21 聶紅菊：《《戚南塘剿平倭寇志傳》研究》，頁88。

錢御史越懷憂懼，復遣羅中書、孫秀才入桐鄉縣見五峰、碧溪，道：「御史三司欲與之連和，每歲願輸白金二萬兩、黃金二千兩、布帛四萬匹。」五峰笑曰：「諸官既畏吾等雲擾州郡，每歲當貢納白金四萬兩、黃金四千兩，布帛八萬匹，方許連和，不爾，吾兵到處，豈愁無金銀財帛耶？」……五峰、碧溪既受賄賂，暫回海島，……後人有詩以譏之云，詩曰：「倭奴忙突入吳中，擾亂生民西復東。血髓漂流同野水，髑髏悽愴怨秋風。衣冠變作腥胡穴，花錦偏作草莽叢。幸得官司生巧計，年年獻幣買身容。」（卷1，頁13、16-17）

鶚即遣心腹家兵十八人，潛地逕至賊営，許以金帛買陣。……都院即於布政司支銀八萬兩，打造金花一千枝，並改機五千匹、牙簥十乘，送至賊營。汪、許受金帛訖，乃謂軍士曰：「汝歸告阮鶚，明日辰巳時分，可引軍出戦，吾等當自退舍下海，使其成功。」……至於松下，官軍大喊而進。賊望見官軍，疾奔下海。（卷2，頁46-47）

豈有國讎家恨而可以收買抵銷、逢場作戲者？這除了反映朝廷的無能，更道出了倭寇的貪婪。種種疏離原旨的敘述，都讓開篇的義憤填膺顯得雷聲大雨點小，反而漸次往有錢能使「倭」推磨的歷史事實靠攏。

進一步來說，《戚南塘勦平倭寇志傳》安排汪五峰、徐碧溪、許朝光作為倭寇集團的領袖，亦可看出小說家在營造華夷對立之氛圍上的筆力支絀。前文已敘，戚繼光並無與汪、徐等人直接對壘的經驗。汪五峰即王直或汪直，本名鋥，出身徽州鹽商，早年跟隨許棟（許朝光之養父），後來受松浦隆信[22]延攬，在五島、平戶一帶建立根據地，

22 松浦隆信是肥前國（今屬佐賀縣與長崎縣）大名。其在位期間，積極與東南亞、歐

被呼為「五峰船（舶）主」、「老船主」，僭稱「徽王」、「淨海王」等，坐擁船艦數百，與日本大名（*daimyo*）、中國官憲、鄉紳、富豪皆保持著良好的關係，是嘉靖年間勢力最大的倭寇。[23]

徐碧溪又名徐銓、徐惟學，其姪即赫赫有名的徐海。兩雄曾聯手橫行於東亞海域，後來才因嫌隙而分道揚鑣。[24]徐惟學早在嘉靖三十三年（1554）即戰歿海上，淪為波臣；王直則失腳於嘉靖三十八年（1559），乃是感於出身同鄉的浙江巡撫：胡宗憲之招安而投誠，卻不意為朝廷所不容，慘遭處決。王直、徐惟學活躍的時期，完全在戚繼光「先後九戰皆捷」（1561）之前。事實上，正是在王直死後，群龍無首的倭寇全面失控，變得無以復加地狂暴、猖獗，造成沿海更大的損失；戚繼光在浙、閩、粵成功止血，才被後世譽為抗倭名將。至於許朝光，又稱許老、許西池，在併吞養父許棟舊部後，嘉靖三十七年至四十二年（1558-1563）間流竄廣東，後遭部下狙殺[25]，雖然與戚繼光平倭的時間重疊，地點上卻無甚交集。

洲貿易，收容明朝商人，特別是積極購入火繩槍（日本又稱「鉄炮」），與從王直到鄭芝龍的中國海盜互動良好，在九州征討（1586-1587）的衝突中維持中立，又積極支援豐臣秀吉發動的朝鮮之役，以外交手腕、軍事力量奠定松浦氏在屬地的穩固勢力，直至幕末。

23 王直相關事蹟與活動範圍，詳見陳懋恒：《明代倭寇考略》，頁129-131；鄭樑生：《明代中日關係研究——以明史日本傳所見幾個問題為中心——》（臺北市：文史哲出版社，1985年），頁428-444；〔日〕田中健夫著，楊翰球譯，隋玉林校：《倭寇——海上歷史》，頁66-85。

24 〔明〕鄭舜功纂：《日本一鑑》〈窮河話海〉（出版地不詳，出版者不詳，1939年，藏於中央研究院人文社會科學聯合圖書館），卷6：「時銓與王直奉海道檄，出港拿賊送官，而海船倭每潛出港，劫掠接濟貨船。遭劫掠者，到列港復遇劫掠賊。倭陽若不之覺，陰則尾之，識為海船之倭也，乃告王直。直曰：『我等出港拿賊，豈知賊在港中耶？』隨戒海。海怒，欲殺王直，而銓亦復戒海，乃止。」至此無二人合作之紀錄。見頁11。

25 詳見陳懋恒：《明代倭寇考略》，頁135-136。

不管是時代稍早於戚繼光的王直、徐惟學，或是活動範圍在戚家軍之外的許朝光，在歷史上都沒有與戚繼光直接交手的紀錄，但在《戚南塘剿平倭寇志傳》中，卻讓這些海盜頭子戲分吃重——何以如此？這勢必是一個需要解釋的問題。前文提到遊佐徹所分析的，汪、徐等人因名聲響亮而成為「記號化的存在」，可說是倭寇的「箭垛式的人物」[26]。聶紅菊則認為，在文本中胡宗憲僅簡單模糊提過，且原來屬於其人的蓋世奇功（剿滅王直），被張冠李戴地歸於戚繼光頭上，一來是為了烘托主角的風采，二來亦與胡宗憲的負面評價有關。[27]胡宗憲最為人詬病的，即是與嚴嵩父子千絲萬縷的干係。根據《明史》〈胡宗憲傳〉之記載：

> 帝命張經為總督，李天寵撫浙江，又命侍郎趙文華督察軍務。文華恃嚴嵩內援，恣甚。經、天寵不附也，獨宗憲附之。文華大悅，因相與力排二人。……宗憲多權數，喜功名。因文華結嚴嵩父子，歲遺金帛子女珍奇淫巧無數。文華死，宗憲結嵩益厚，威權震東南。[28]

---

26 「箭垛式的人物」之概念來自胡適〈三俠五義序〉:「這種有福的人物，我曾替他們取個名字，叫做『箭垛式的人物』；就同小說中說的諸葛亮草船借箭時用的草人一樣，本來只是一紮乾草，身上刺蝟也似的插著許多箭，不但不傷皮肉，反可以立大功，得大名。包龍圖——包拯——也是一個箭垛式的人物。古來有許多精巧的折獄故事，或載在史書，或流傳民間，一般人不知道他們的來歷，這些故事遂容易堆在一兩個人的身上。在這些偵探式的清官之中，民間的傳說不知怎樣選出了宋朝的包拯來做一個箭垛，把許多折獄的奇案都射在他身上。包龍圖遂成了中國的歇洛克福爾摩斯了。」收於氏著：《胡適文存第三集》（臺北市：遠東圖書公司，1968年），卷6，頁441。

27 聶紅菊：《《戚南塘剿平倭寇志傳》研究》，頁120-122。

28 〔清〕張廷玉等撰：《明史》，卷205，頁5410、5414。

在同樣以「華夷之辨」為主旋律的家將小說中，「忠奸抗爭」應該是一種橫亙於文本世界的重要公式。奸臣「掌握軍權，陷害沙場勇將」、「權傾朝野，冤屈國家忠良」、「通敵賣國，謀殺抗敵英雄」，像是《楊家府演義》的「潘仁美／楊業」、《萬花樓》的「龐洪／狄青」、《說岳全傳》的「秦檜／岳飛」，構成「文臣／武將」內外對立的態勢。[29]然而，當小說家意欲以抗倭戰爭為題材去循序發揮時，卻在弔詭地在「嚴嵩／胡宗憲」這個組合上找不到相呼應的脈絡。[30]這首先肇因於《戚南塘剿平倭寇志傳》距離嘉靖大倭寇的時間較近，作者尚未能對嚴嵩集團的憎惡沉澱下來；二來也說明這部作品比較貼近史實，無法馳騁天翻地覆的想像力，以醜化嚴嵩、美化胡宗憲的方式，創造壁壘分明的朝中宿敵，於是倭寇首領仍以汪五峰等人為首，主角光環則轉嫁至戚繼光身上。

不過，嚴格來說，現實中的戚繼光亦非完人。戚繼光在《明史》〈戚繼光傳〉中被拿來與另一位抗倭名將俞大猷（1503-1579）比較，所得到的評價竟是：「操行不如，而果毅過之。」[31]兩人雖因驍猛善戰而並稱「俞龍戚虎」，但黃仁宇尖銳地指出：有時英勇的軍人不一定就是廉潔的將領。戚繼光晚年駐守薊州，負責拱衛帝京的重任，而能夠在明朝充滿掣肘的文官體系中屹立不搖，全賴中樞重臣張居正

29 張清發：《明清家將小說研究》，頁271-279。必須說明的是，小說中的人物性格不等於史實。如錢靜方提到，歷史上與狄青同時的只有龐籍，沒有龐洪，且其人賢良，曾向天子建議勿遣文官干擾狄青帶兵，後來捷報傳回京城，天子還讚賞龐籍信賴狄青之功。見氏著：〈五虎平西平南考〉，收於氏著：《小說叢考》（臺北市：河洛圖書出版社，1979年），頁90。

30 明人何喬遠曾如此評價胡宗憲：「世譏宗憲內結嚴嵩外比趙文華以自固，身沒既久，浙人思之不忘。自古未有權臣在內而大將能立功於外者，道在委蛇矣。」收於〔明〕談遷著，張宗祥校點：《國榷》（北京市：中華書局，2005年），卷64，頁4018。

31 〔清〕張廷玉等撰：《明史》，卷212，頁5613。

（1525-1582）的支持；然而，二人之間似乎不僅是「千里馬／伯樂」的關係——據說，這位勳臣曾進獻美女「千金姬」予首輔，張居正的書牘上更明文記載著來自塞北的厚禮清單，而戚繼光卻未能提供可資交代的帳簿，如此瓜田李下的行為，使之在張居正死後受到彈劾，最後在貧病交加的寂寥中離世。[32]從這樣的角度去看，戚繼光未必比胡宗憲更光風霽月，甚至還有個「懼內」的毛病，不如一般人想像地丈夫氣概。[33]

儘管如此，在嘉靖大倭寇結束不久，《戚南塘剿平倭寇志傳》這樣一部作品終究還是誕生了。書中以戚繼光連戰連勝的功績為核心，將其塑造為帝國的救星、不群的良將。最可能的原因，正在於是時戚繼光甫奉命北調，創作者落筆成書之際，白璧、青蠅尚未混同，這位抗倭名人仍然以高山仰止的姿態，受到庶民大眾的愛戴，以其為主角的時事小說遂孕育而生。職此，可以這麼說：在胡宗憲、戚繼光二人之中，雖說皆與權相有著曖昧不明的聯繫，但後者因抗倭時期仍無朋黨之非，大有棄短取長之可能，自然雀屏中選。

筆者在上述釐清小說家為何擇取戚繼光，而非胡宗憲來揮灑筆墨，呼應的是學界對《戚南塘剿平倭寇志傳》以汪五峰、徐碧溪、許朝光等與戚繼光時代、地點無涉之人物，作為主要反派的解釋；包括這些倭寇頭目最富盛名，且因胡宗憲道德有虧，遂把屬於其人的功績，移花接木至戚繼光身上。由此可知，史實與虛構之間，存在著折

32　以上詳見黃仁宇：《萬曆十五年》，頁216-229。

33　以描寫悍婦著稱的小說《醒世姻緣傳》，便曾經揶揄「戚虎」家中更有「河東獅」，道高一尺、魔高一丈的趣聞軼事：「我朝戚太師降得那南倭北敵望影驚魂，任憑他幾千幾萬來犯邊，只遠遠聽見他的炮聲，遙望見他的傳風號帶便即抱頭鼠竄，遠走高飛，真是個殺人不睞眼的魔王！怎樣只見了一個言不出眾、貌不驚人的令正就魂也不附體了？像這樣的大將軍，也不止戚太師一個。」見〔清〕西周生：《醒世姻緣傳》（臺北市：臺灣古籍出版社，2006年），第62回，頁594。

衷裁剪的可塑性。一如愛德華・摩根・佛斯特所云：「倘若小說人物和維多利亞女王一模一樣，不是有點像，而是完全一樣的話，那麼這個人必定是維多利亞女王本人，而這本小說本質就只是一部傳記或回憶錄。……小說的基礎則是事實加X或減X，X這個未知數，就是小說家的性格，這個未知數不停地修正著事實對小說的作用，有時候甚至讓它改頭換面。」[34]

但回過頭來說，以「華夷之辨」出發的文本，卻充斥著中國人首領的「假倭」，不免有掛羊頭賣狗肉之嫌疑。翻閱小說，不難發現作者確實有心將「華夷觀」置於書中，例如：

> 勇絕長淮膽氣雄，甲兵數萬列胸中。宣尼俎豆昭文事，卻穀詩書出武功。
> 海岸已無烽火警，蠻陬常有捷書通。從今解甲儒更服，坐見遐荒禮讓風。（卷3，頁127）

> 南天烽火正憂沖，大將平夷一劍中。諸葛陣雲橫漳海，亞夫營柳散晴風。
> 宵聞雉堞悲笳靜，日望疆場戰馬空。試向轅門問消息，景鍾今已上豐功。（卷3，頁131）

> 一戰長驅入海門，直衝巢穴殄妖氛。陣分奇正軍容壯，威震華夷號令尊。
> 百戰已能降巨敵，七擒今喜奏元勳。平生為有憂時念，翹首遙瞻露布文。（卷3，頁134）

---

34 〔英〕愛德華・摩根・佛斯特著，蘇希亞譯：《小說面面觀》，頁69。

這些文字雖洋溢著戰勝「異族」（蠻陬常有捷書通、大將平夷一劍中、威震華夷號令尊、七擒今喜奏元勳）的歡慶之情，但實際上，兩軍交戰的場景，卻不乏戚家軍追擊中國衣冠之軍賊的畫面（見本章附圖一），看上去更像是「安內」，而非「攘外」——難道除了汪五峰、徐碧溪、許朝光以外，沒有讓戚繼光棋逢敵手的「真倭」魁首了嗎？

載稽史冊的日本籍倭寇其實不少，除前文提到的雙劍潭（戚繼光曾在福建與之交手）真有其人外，據陳懋恒的整理，嘉靖大倭寇期間出現的「真倭」有高贈烏魯美他郎、周乙、辛五郎、二羅表乃、尚乾、喚沙士、機尾安噠、薛柴門三不郎（可能還包括馬二郎）。[35]另外，鄭樑生還提到了灘捨賣、通三囉、五郎、如郎、健如郎、八大王、二大王、三大王、六大王、丘古所、大郎哥嚕等。[36]然而，這些「真倭」大多出身、事蹟不明，只有被俘虜的紀錄，大概是審問時自報家門，方有名字留下。《戚南塘剿平倭寇志傳》之作者「詳於閩而略於浙」[37]，不可能全盤通曉這些零散的見聞，也似乎不太能掌握日本人命名之邏輯與習慣，是以自創了幾位「真倭」，看上去卻不倫不類，暴露了材料運用上的侷限——明清小說「倭患書寫」能夠較為準確地讓符合史實的日本人進入文本，必須留待〈斬蛟記〉的「平秀吉」（即豐臣秀吉）、「平秀嘉」（即宇喜多秀家）、「行長」（即小西行長，1558-1600），以及「清正」（即加藤清正）。[38]

---

35 陳懋恒：《明代倭寇考略》，頁138-140。

36 鄭樑生：《明代中日關係研究——以明史日本傳所見幾個問題為中心——》，頁508-509。

37 顏美娟認為，《戚南塘剿平倭寇志傳》對閩人閩事記述詳細，如某年月日，倭犯何處，推官為誰，路徑如何，又能為閩地小人物作傳，如謝介夫單身戰寇、鄭仲脩禦賊死難事等，非史籍所能見，作者若非閩地之人，也必是久居此處，故「詳於閩而略於浙」。見氏撰：〈一部值得注意的小說——《戚南塘平倭全傳》〉，頁265。

38 宇喜多秀家為豐臣秀吉心腹大名，是朝鮮之役的日本總大將，亦是豐臣秀吉託孤的「五大老」之一，最後被德川家康流放。小西行長是商人出身的大名，因為貿易的所以，儘管這部小說的創作者有意以一個中日國讎家恨的開篇出發，書中亦不斷流露「華夷之辨」的激情，卻因為案頭資料的匱乏，只能不斷借助自己熟悉的中國籍渠魁來搬演故事，造成這樣內戰色彩濃重的面貌。雖說如此，《戚南塘剿平倭寇志傳》中還是有一些獨到的描寫，揭示了這類作品對「日本」形象的記憶，以及「倭患書寫」的海洋屬性，以下分別提出析論。

二　介錯、倭刀、倭語：小說中的日本記憶

《戚南塘剿平倭寇志傳》中的若干情節，揭示了時人對「日本」形象的記憶。例如，小說中多次提到倭寇戰敗後的「介錯」（*Kaishaku*）行為[39]：

> 賊不知官軍多少埋伏，卒然遇之，慌忙不及戰鬥。倭賊皆投戈跪地，引頸受刀。大凡倭寇廝殺，勝則任意殺戮，敗則跪而□斬，此其故態也。（卷2，頁29）

> 至是賊不意官軍卒至，忙惶不及操戈，跪以待刃者，何啻千人？是戰通共斬首三千二百級。（卷3，頁130）

經驗，對中朝語言、地理有一定認識，成為朝鮮之役的先鋒總大將，也負責鋪設補給線，還被指派與明朝使節沈惟敬談判，最終在關原之戰（1600）戰敗被處決。加藤清正亦豐臣秀吉麾下大將，朝鮮之役與小西行長同樣擔任先鋒，並建立起抵禦中朝軍隊反擊的據點，後來因不滿小西行長而向德川家康靠攏，但直至病歿之前，仍致力於保全豐臣秀吉的後裔。

39 「介錯」是日本人「切腹」儀式中負責斬首的輔助動作，用意是縮短瀕死者的痛苦，通常由親朋來執行，但也有交給對手施予的情況，以示光榮與敬重——Edward M. Zwick導演，Tom Cruise、渡邊謙、小雪主演的電影《末代武士》（*The Last Samurai*, 2003）中，有相關影像的呈現。

> 官軍追之甚急，諸賊咸跪船上，引頸受刃，斬首五千餘級，焚死、溺死，莫知其數。（卷3，頁136）

《戚南塘剿平倭寇志傳》的創作者不見得知道日本人在戰爭中的生死觀，但對於倭寇戰敗後屈膝求死的姿態，想必刻骨銘心，因此在小說中用精練的語言，描繪出這些鬥士們命赴黃泉的最後身影。除此以外，小說中也提到了「倭語」：

> 乃喚倭奴四十餘人，賞以酒食，謂之曰：「吾用汝為間，功成當復厚賞。」眾倭許諾。……令軍士作倭語大呼曰：「可下手麼？」其賊船側，倭子應曰：「正好下手。」再呼再應，三呼三應。哥羅王、剛杜王二人聞知，即在樓船上望。時遙見火光中，有倭子四十餘應聲，疑是自部下倭子與官軍有合，盡皆殺之。（卷3，頁126）

所謂的「倭語」，應該指的是日本人的語言，但也可能包括閩、粵一帶的方言，在混雜的情況下，中國人聽來「言如鳥語，莫能辨也」[40]，若無深入研究，很容易如小說般以籠統模糊的方式呈現。不過，薛俊《日本國考略》中，已對日文詞彙有一定程度的整理，包括天文類、時令類、地理類、方向類、珍寶類、人物類、人事類、身體類、器用類、衣服類、飲食類、花木類、鳥獸類、數目類、通用類等，如不要（いや，*iya*）是「依也」、「殺」（「斬る／切る」，*kiru*或「殺してやろう」，*korositeyarō*）是「其奴善咀即」。[41]是以後來的小說也有能巧

40 〔明〕采九德撰：《倭變事略》（臺北市：藝文印書館，1967年，明天啟樊維城輯刊鹽邑志林本），卷2，頁11。

41 詳見〔明〕薛俊撰，王文光增補：《日本國考略》（臺南市：莊嚴文化事業公司，

妙運用這些資料者，如《型世言》第七回〈胡總制巧用華棣卿，王翠翹死報徐明山〉：

> 正打著馬兒慢慢走，忽然破屋中突出一隊倭兵。華旗牌忙叫：「我是總制爺差來見你大王的。」早已揪翻馬下。有一個道：「依也其奴瞎咀郎」（華言「不要殺。」）各倭便將華旗牌與軍伴一齊捆了，解到中軍來，卻是徐明山部下巡哨倭兵。[42]

雖說《型世言》只是按照中國語法，將兩個詞彙組合在一塊，並未考慮到日文的文法順序——日文動詞否定型應是動詞字尾發音改成「*a*」，再加上「ない」（*nai*），「不要殺」則作「斬らない」（*kiranai*）。這邊「いや」其實是嫌惡的意思，與「ない」並不等同。儘管有這樣的錯誤，但已足以顯示小說家刻意汲取相關文化資源，以求讓筆下人物豐滿、立體的嘗試。

回過頭來看《戚南塘剿平倭寇志傳》，在兵器的描寫上，也反映了抗倭戰爭的特殊風味。在小說開始，提到了「倭鐵刀」：「天下□□之鐵，惟倭鐵惟可貴。中國之鐵槍柄為倭鐵刀所折者，如截竹耳。」

1996年，四庫全書存目叢書．史部255，北京圖書館藏明藍格鈔國朝典故本），頁280-283。「其奴善咀即」的「善咀即」對應之日語不明，據馬之濤考訓為「*hatasu*」，但這與「殺」沒有任何關係，只能確定「其奴」音「*kiru*」（斬る／切る），即使其他版本有作「瞎咀即」（東洋文庫本）、「膳咀即」（《國朝典故》）、「瞎咀郎」（《籌海圖編》），亦無從解釋。見氏撰：《明代中国資料による室町時代の音韻についての研究──『日本国考略』を中心に──》（東京：早稲田大学大学院文学研究科博士論文，2014年），頁71。另外，遊佐徹認為，「其奴善咀即」可能訓為「*kinu（ru？）siataro*」，是「殺してやろう」（*korositeyarō*）的訛誤。見氏著：〈明清「倭寇小説」考（一）〉，頁55-56。

42 〔明〕陸人龍著，覃軍點校：《型世言》（北京市：中華書局，1993年），第7回，頁107。以下為行文方便，所引原文但標頁碼，不另加註。

（卷1，頁1）王鴻泰曾提到了「倭刀」如何透過「師夷之長技以制夷」的過程，深入到中國文化的骨髓之中，戚繼光正是以倭刀制倭寇的學習者[43]，這種近似趙武靈王「胡服騎射」的模仿，當然也是應對「倭刀」威脅的方法，然而小說中若干敘述，也是當時中國試圖採取的策略。如前文所言的武僧，便帶給倭寇不小痲煩，後來才被汪五峰用計剷除：

> 先是，官軍統領少陵寺僧，屢致克捷。賊患之，乃令呂正中等尋夜將三百七十名勇士盡剃頭髮，伏於武林山傍。接戰未久，詐敗，引過武林山坡，令賊兵剃頭者雜官軍。及五峰回兵交戰，寺僧不能識別，遂致大敗，乘勢打入杭州。（卷1，頁3）

武僧作為打擊倭寇的生力軍，並非出於小說家杜撰，《籌海圖編》（編纂者為胡宗憲之幕僚：鄭若曾）即有「僧兵」條，以少林、伏牛、五臺最為精銳。[44]僧兵之棍、槍固然可以發揮抗衡「倭刀」之功效，但終究還是需要個人武藝之配合，並不能成為勝利的保證[45]，故小說中

43 王鴻泰提到，擅長於用游擊戰以寡敵眾的倭寇，相當看重個人武藝之造詣，而銳利的日本長刀（武士刀）更有效地增強了其戰力，往往使明軍猝不及防；在這樣的情況下，江南倭患嚴重之區域不僅鼓吹習武（其中就包括運用長刀）、徵調僧兵（主要倚賴其棍術）禦倭，更開始將「倭刀」列為軍隊正式配備——戚繼光正是最早的實驗者之一。詳見氏著：〈倭刀與俠士——明代倭亂衝擊下江南士人的武俠風尚〉，《漢學研究》第30卷第3期（2012年9月），頁63-98。

44 〔明〕鄭若曾撰，李致忠點校：《籌海圖編》（北京市：中華書局，2007年6月）：「今之武藝，天下胥推少林，其次為伏牛。要之伏牛諸僧亦因欲禦礦盜，而學於少林者耳。其次為五臺。五臺之傳，本之楊氏，世所謂楊家槍是也。此三者，其剎數百，其僧億萬，內而盜賊，外而夷狄，朝廷下征調之命，蔑不取勝，誠精兵之淵藪也。」見卷11下，頁739-740。

45 黃仁宇：「在戚繼光以前，在軍隊中受到重視的是個人的武藝，能把武器揮舞如飛的士兵是大眾心目中的英雄好漢。各地的拳師、打手、鹽梟以至和尚和苗人都被招

又寫出兩種兵器，都是克敵制勝的關鍵，亦即「偃月刀」與「鳥嘴銃」（見本章附圖二）。〈戚參將智敗倭奴〉描寫道：

> 賊不虞官軍大至，前後受敵，只罕欲殺回歸路，劉都督當前截住。戰不數合，劉都督手起刀落，斬只罕於馬下。……碧溪憤甚，挺長槍望官軍殺來，被戚參將鳥銃中其咽喉，墜馬而死。（卷2，頁42）

在這場混戰中，劉龔顯斬殺只罕、戚繼光擊斃徐碧溪，雙雙立下大功，而其倚仗的武器可說是「倭刀」的剋星。《籌海圖編》云：「若曾按：使刀無如倭子之妙，然其刀法有數，藝高而能識破者，禦之無難。惟關王偃月刀刀勢既大，其三十六刀法，兵仗遇之，無不屈者，刀類中以此為第一。馬上刀要長，須前過馬首，後過馬尾方善。」[46]

「倭刀」的過人之處在於長度與鋒利，但遇上長柄且沉重的偃月刀，確實很難占上便宜，特別是當武將身跨驊騮，居高臨下，倭寇勢難抵擋。劉龔顯在《戚南塘剿平倭寇志傳》中，正是位偃月刀的使用者，以關王的姿態痛擊敵軍，立下汗馬功勞：「賊兵望見劉都督面若塗朱，騎一匹胭脂赤兔馬，手持青龍偃月刀殺來，無人敢敵。」（卷3，頁141）

偃月刀雖然本身有這種大開大闔的優勢，但仍需要神力才能輪轉自如，不適合普及於行伍（與棍、槍的差異僅在武器本身即極有威力，然亦非人人可活用），是以明軍還用一種長距離的熱兵器來對付倭寇，那就是鳥嘴銃。《籌海圖編》載：寇所最畏於中國者，火器

聘入伍。等到他們被有組織的倭寇屢屢擊潰以後，當局者才覺悟到一次戰鬥的成敗並非完全決定於個人武藝。」見氏著：《萬曆十五年》，頁207。

46 〔明〕鄭若曾撰，李致忠點校：《籌海圖編》，卷13下，頁957。

也。天助聖朝，除凶滅寇，而佛狼機、子母炮、快槍、鳥嘴銃，皆出嘉靖朝。鳥嘴銃最後出，而最猛利。以銅鐵為管，木橐承之，中貯鉛彈，所擊人馬洞穿。」[47]鳥嘴銃在小說中屢建奇勳，除了前文戚繼光甫出茅廬，即射殺倭寇第二把交椅的首領徐碧溪外，又陸續發揮效果：

> 把總秦經國、都司戴翔海分為兩翼，掩出賊後。火箭交馳，鳥銃四發，火磚、火炮飛天，噴筒響如雷霆。諸軍合擊，賊兵大敗，自相踐踏，陷溺湖中，死者不可勝數，斬首二千餘級。（卷2，頁43）

> 忽喇叭天鵝聲響處，官軍吶喊，火箭交發，鳥銃飛馳。賊眾迎戰，大敗，死者甚眾。餘黨皆徒步涉水而走，望見旗幟，以為淺處，各爭趨之，陷溺死者殆半。（卷3，頁128）

> 許朝光、雙劍潭僅以破船逃走，王吊眼引一彪軍殺出，被把總陳文澄、陳京截住。火箭交馳，鳥銃四發，王吊眼為鐵彈子正中其額，墜水而死。（卷3，頁136）

鳥嘴銃是現代步槍的雛型，「倭刀」再怎麼削鐵如泥，也無法與之匹敵，配合其他的火器（如小說中的「火箭」、「火磚」、「火炮」、「噴筒」），剿滅倭寇想是輕鬆的事情——但事實上卻不然。

俞大猷曾指出，殲敵於海上，別讓其有登陸的機會，是打擊倭寇最有效的方法，而這需要戰船與火炮的生產與管理。可是，此建議牽涉到國家財政與後勤的改革，在以農村為主體的帝國，俞大猷只能賚

47 〔明〕鄭若曾撰，李致忠點校：《籌海圖編》，卷13下，頁909-910。

恨以歿。撇開鳥嘴銃面對人海戰術效果有限（小說中劉龔顯便曾吃此大虧），來自各府縣分散供應的武器，質量參差，常有膛炸的風險，大量使用於軍旅。務實的戚繼光也坦承，火器為接敵之前用，不能倚為主要戰具。取而代之的，是由藤牌、毛竹、鐵叉為標準武器的兵班，這便是名聞遐邇的「鴛鴦陣」[48]——這才是戚繼光蕩平嘉靖大倭寇的真相，僧兵、大刀、鳥銃雖說是抗倭戰爭中，真實記憶的呈現，卻也只有在小說裡面，才能展現所向披靡的神效了。

三　海濱、潛水、潮汐：小說中的海戰書寫

除了介錯、倭語、倭刀等日本人圖像，還有與之抗衡的兵器譜之外，在《戚南塘剿平倭寇志傳》中，由於對手是揚帆而來，因之海洋屬性的書寫，也是相當引人入勝的一頁，展現出有別於北方大漠，金戈鐵馬的風光。在小說的一開始，就用頗為奇幻的筆法描繪汪五峰、徐碧溪的巢穴：海洋山，事由羅龍紋、孫復初奉命下海招撫：

> 二人由蘇、松入海，……少焉，日出於東山之上，其形大如山，而圓如箕，色若朱塗，但無光灼目，故可久視而目不眩。僕從相顧吐舌驚怪，曰：「吾等素不知日有許廣大，真好驚殺我也！」……倏忽之間，逕自女人國。望見女人國之山，俱是赤泥，不生草木，類多坑巢，古稱「八百媳婦國」，即此是也。……頃之，風停浪息，藹然復霽，有大紅船自海洋山側蕩漾而來。……歌聲響亮，樂韻鏗鏘，不啻若蓬萊□仙境。因所食居多海味，其中殺饌，不可識別者甚眾。（卷1，頁5-8）

48 以上詳見黃仁宇：《萬曆十五年》，頁207-210。

在地理知識未臻成熟之前，海洋具有遼闊且未知的性質，加之風浪與霧靄，又為其裹上一層神秘的面紗，往往觸發文人浪漫的寄託。在《戚南塘剿平倭寇志傳》中，羅龍紋、孫復初一行人看到的是碩大和煦的旭日、赤泥不毛的女人國、難以辨識的海鮮——「生」的活力與「死」的孤寂一齊交會，皆是遠離中原經驗的「非常」異物。藉由海水的過渡，實際來到倭寇的巢穴，意外地是由瓊樓、仙樂、珍饈、美女、珠寶構成的蓬瀛世界，揭露出一種與現實脫鉤的異化記述。[49]

儘管小說中的海洋山是如此地壯麗，但在遭到戚繼光焚毀之後，並沒有就此瓦解倭寇集團的士氣，反而驅使汪五峰、許朝光由浙江轉戰福建，補償其損失。[50]這與《籌海圖編》的觀察大致呼應：「邊海自粵抵遼，延袤八千五百餘里，皆倭寇諸島出沒之處。」[51]中國海岸線綿延數千里，只要是深水可避風之灣嶼，都可能成為海盜之淵藪，一旦被摧毀就轉移到另一個地區，就像寄居蟹不斷更換硬殼一般。所以，包括浙江之雙嶼、瀝港；福建之月港、浯嶼；廣東之南澳；臺灣之北港等，俱有倭寇跳梁的紀錄[52]，側面顯示出禦倭戰爭的艱困。

《戚南塘剿平倭寇志傳》的主戰場位於海上，也是有別於其他異族戰爭小說之處。在〈劉給事劾奏阮都唐〉情節中，劉祐指責阮鶚的

---

49 〔日〕遊佐徹：「また、汪五峰の海上の根城の周辺に『女人国（八百媳婦国）』を配したりと、明らかに事実と掛け離れた記述も現われており、『戚南塘』が単なる実錄性小説ではないことを想像させる。」見氏著：〈明清「倭寇小說」考（二）——『戚南塘剿平倭寇志伝』について——〉，頁65。

50 《戚南塘剿平倭寇志傳》：「五峰、朝光既敗，當夜下海。回至海洋山上時，只見樓臺宮殿已為戚參將遣把總方以中統義烏兵預襲，破其巢穴，焚毀殆盡，所得寶貨，皆為煨燼。……五峰乃謂朝光曰：『今巢穴既破，浙省又有勇將，難與為敵，可引新□突入福建，以償所失。』朝光曰：『此計甚是。』乃率□□倭奴八千，逕入福建去。」（卷2，頁45-46）

51 〔明〕鄭若曾撰，李致忠點校：《籌海圖編》，凡例，正文前頁11。

52 見〔日〕田中健夫著，楊翰球譯，隋玉林校：《倭寇——海上歷史》，頁66-88。

罪行之一就是在閩省收購軍馬：「兼派各縣大戶照糧買馬，押赴軍門差用，而不知倭寇出沒海濱，買馬置於無用。況馬非閩中出產□，時馬價騰貴，百姓尤為不堪。」（卷2，頁68）若說在陸地與游牧民族作戰時，良駒是必需戰備——漢武帝為了打敗驍勇善戰的匈奴人，甚至願意用黃金打造的金馬交換大宛出產的汗血馬。[53]可到了濱海地區，馬匹派不太上用場，上述的「鴛鴦陣」也是以步兵為主體，原因就在於南方的水田不適於騎士的往來馳騁。[54]〈戚參將天台觀談兵〉在戚繼光分析了「鴛鴦陣」之優勢在於進退得宜，速戰速決後，又提到北方往往千軍萬馬壓境，我方亦須大量動員，才能與之對峙：

> 戚公曰：「……若夫北方厚曠，地形既殊，虜動以數萬，眾寡亦異，馳如風雨，豈可以此用之？」……戚參將曰：「北方之事，須革車三千、練驥萬餘、甲兵數萬，興十萬之師，如李衛公之法，而不泥其跡，乃可收功尺寸，出塞千里，少報國恩之萬一也。」（卷2，頁62）

這顯示了沿海必須以異於草原地形的方式來布署與運籌。事實上，中國開始經營海防，正是以抵禦倭寇為濫觴，如明人茅元儀《武備志》所言：「防海豈易言哉？海之有防，自本朝始也，海之嚴於防，自肅廟時始也。」[55]肅廟者，明世宗（嘉靖帝，1507-1567）也。而在小說中，「十戰十捷」的首役「南灣寨戚公計沉賊船」，就是以海戰拉開序幕：戚繼光用「載浮載浮」之計謀，漂亮地殲敵於海上：

---

53 《史記》〈大宛列傳〉：「天子既好宛馬，聞之甘心，使壯士車令等持千金及金馬，以請宛王貳師城善馬。」見〔漢〕司馬遷撰，〔日〕瀧川龜太郎考證：《史記會注考證》（臺北市：洪氏出版社，1986年），卷123，頁1313。

54 黃仁宇：《萬曆十五年》，頁213。

55 〔明〕茅元儀輯：《武備志》（海口市：海南出版社，2001年），卷209，頁95。

> 乃選軍士善沒水者，得五百人，趫捷異常，能入水中，盡日不起，或浮水上，盡日不沉，如鯨鯢偃仰，以鵜鴨縱橫，蓋水軍之異絕者也。戚公令各带竹筒，貯三日乾糧，縛於身畔，手持斧鑿，候夜深風波響時，鑿破其船，……但見五百號賊船盡行沉沒水中。五峰、朝光見前哨船將溺，先乘小船冒圍殺出，乃得不死。是戰大獲全勝，不損一人。（卷2，頁107-108）

這種如現代蛙人水下滲透的伎倆，可媲美陸上的地道戰；在海上只要失卻了舟船，也就等於敲響了敗北的喪鐘。《戚南塘剿平倭寇志傳》所運用的殺手鐧，在《水滸傳》中也還找得到熟悉的影子[56]——巧合的是，《水滸後傳》中又被倭丁、黑鬼用來反將梁山好漢一軍[57]——但海戰與江戰畢竟還有些出入，那便是每日皆有潮汐往復，很有可能左右戰局的走向。第五捷「戚參將新河大捷」：

> 戚參將見兵勢欲敗，急命眾軍將豆撒於賊船上，既而豆為戰血所漬，賊兵踐之，輒致僵仆，官軍乘勢剿殺，賊兵大敗。……

56 《水滸傳》：「只聽得蘆葦中金鼓大振，艙內軍士一齊喊道：『船底漏了！』滾滾走入水來。前船後船，盡皆都漏，看看沉下去。四下小舡，如螞蟻相似，望大舡邊來。高太尉新舡，緣何得漏？卻原來是張順引領一班兒高手水軍，都把鎚鑿在水底下鑿透船底，四下裡滾入水來。」見〔明〕施耐庵著：《水滸全傳》（臺北市：萬年青書店，1974年），第80回，頁1325。

57 第35回：「到三更時候，舵師叫道：『船上發漏了。』忙把灰麻等物塞住。不一時，各船上俱是海水滾進，有半艙的水，修塞不住，船要沉下去。關勝叫快攏岸，都到旱寨裡。大將軍道：『戰船盡是堅牢的，怎的都發漏？』只得也紮一寨，相望對守。原來是關白的計策，一萬倭丁有五百名黑鬼在內。那黑鬼可以晝夜在水中，飢餓時就捕魚蝦生食。關白叫去鑿穿船底，海水滾進，使他紮不得水寨。這是梁山泊上水軍頭領的長技，反被他著了道兒。」見〔清〕陳忱：《水滸後傳》（臺北市：桂冠圖書公司，1992年），頁355。

> 官軍追之時，潮水新退，賊船陷於泥淖，不能前驅，乃舍船登岸。秦把總引諸軍趨而擊之，賊望泥淖而奔陷，溺死者不可勝數，俘馘五千餘人。（卷3，頁128）

上引小說原文中，戚家軍於敵艦撒豆，使倭寇重心不穩，正是利用甲板的平滑特性來克敵制勝，若是在摩擦力大的陸地，根本不可能會產生功效，職此，只有在水戰才能施展此特殊之戰法。

此外，《籌海圖編》中已明言行軍於海上，須注意季風與潮汐之變化：「風潮有順逆，椗舶有便否。蛟龍之驚，觸礁之險，設伏擊刺之難，將官之命危於纍卵，無惑其爭執為難行也。」[58]潮汐除影響船隻行進之順逆，還可能暴露出本來隱藏於海平面下的暗礁或泥砂，倘若測量不足或戰線延長，容易造成擱淺的後果，任多麼堅固的艨衝鬥艦，也巧婦難為無米之炊。

從以上可以窺見，《戚南塘剿平倭寇志傳》雖然是一部語言質樸、結構鬆散的時事小說，但因為目光由塞北轉移到海疆，不乏許多獨樹一幟的海洋場景，可以說是明清小說中，海戰書寫的領航者之一。

四　弔民伐罪：《戚南塘剿平倭寇志傳》的「補史」作用

最後，讀者能自小說中庶民的淒楚與哀號，看出作者追述時事的苦心。《戚南塘剿平倭寇志傳》表面上是一部歌頌英雄的作品，小說家用中日之間的國仇家恨開場，倭寇來勢洶洶又貪婪無饜，暗示惟有道德崇高又戰功彪炳的戚繼光可以拯救中國於水火，並以「十戰十捷」作為全書的高峰，乍看之下，是民族英雄成功抵禦「外侮」的創

58 〔明〕鄭若曾撰，李致忠點校：《籌海圖編》，卷12上，頁772。

作。但在前文已經說到，「倭寇」的成分有很值得商榷的空間——抱持血海深仇的倭國主，竟只在開頭有跑龍套的戲分，後來完全將調度之權讓位予汪五峰、徐碧溪、許朝光等中國籍盜魁，「倭寇」的起事動機亦徹底轉移至貨殖之利。此外，在戚繼光之前，有些官兵也曾宣稱對「倭寇」取得勝果，但實際上呢？小說家將殘酷且荒謬的真相暴露在世人面前：

> 時有潼州兵顧元二等追賊，回至宏路驛，見平民挐妻子避賊者百餘人，盡殺之而奪其貨，取其首，用火焴去毛髮，令臃腫如倭奴狀，歸獻都院。□□核功論賞，士卒歡騰動地，百僚相賀，以為真倭也。（卷2，頁40-41）

> 時遠近村里農夫聞知賊退，爭出耕田，經商買賣者，咸出於途。官軍路上相遇，盡皆殺死，斬首擕去，俱用火焴毛髮，使其臃腫，相似倭奴邀功。……故百姓曰：「倭來猶可，兵來殺我！」眾官不知，但見頭無毛髮，皆言：「是真倭頭也。」（卷2，頁47-48）

《戚南塘剿平倭寇志傳》本可以對這些劣跡隱而不宣，將小說粉飾為中國與日本之間的「戰爭」，放大對「他者」的恐懼與憎恨；然而，正因為阮鶚的暴行實在過於醜陋，超越了種族之間的仇視，所以即便全書主旋律是「華夷之辨」，敘事者卻不禁在若干情節上往背道而馳的方向駛去，揭發惡吏對同胞的虐殺，毫不護短。可以理解的是，作為一部時事小說，創作者距離激情的冷卻還很遙遠，如鯁在喉，不吐不快，遂在作品中將真實的記憶，用尖銳的筆觸刻鏤下來。而在小說中出現的歌謠，則進一步道出了罹難者的心聲——倭寇與官兵是合謀的共犯：

> 一聲苦，倭寇東來遍城圩。二聲苦，南臺屍首如堆土。
> 三聲苦，東岐血色紅江滸。四聲苦，紅粉佳人被倭擄。
> 五聲苦，焚盡萬家華棟宇。六聲苦，無籍家兵猛如虎。
> 七聲苦，按兵不動徒講武。八聲苦，和倭金帛並絲縷。
> 九聲苦，科派里甲並大戶。十聲苦，貧民養兵守城堵。（卷2，頁49）

> 一可慨，欺君逆黨阮僉都，密地通倭掠閩界。
> 二可慨，南臺東嶺血漂流，輕視生民同草芥。
> 三可慨，烽火連煙百里餘，數萬棟宇今何在？
> 四可慨，堪憐粉黛多嬌娥，無侯冰媒作倭配。
> 五可慨，不戰日費萬餘金，空調官兵數千隊。
> 六可慨，殺得倭首重賚賞，無辜閩人總成替。
> 七可慨，倭子清閑入境遊，金花千朵紛紛戴。
> 八可慨，縱容家兵肆暴淫，總是吾閩欠伊債。
> 九可慨，坊里大戶號旻天，日夜愁苦重科派。
> 十可慨，矜誇擒斬千萬倭，此時何不逞英邁？（卷2，頁49-50）

倘若在官方的戰功中，剿滅「倭寇」的勝利竟可憎地摻雜了善良黎民的血淚，壁壘分明的「華夷觀」，就不免帶有矛盾的成分了。小說家直白地戳破這種虛假的誇耀，發揮了作品弔民伐罪的「補史」作用。

本書首先討論的是《戚南塘剿平倭寇志傳》這部明清最早涉及「嘉靖大威寇」的小說。鄭振鐸說，該書「有重大的政治意義」，而遊佐徹則從其中的虛構手法，提醒讀者此實是一部「半實錄」的作品。誠然，從小說主題來看，反映當時明代社會內部的官場黑暗，及國際局勢的騷動不安，應該就是前賢所看重的現實性之所在；而另一方面，小說選擇將平倭戰功全盤歸於戚繼光，還有適度的挪移史事發生之順序，將主角塑造成一位「完人」的敘事策略，也的確在藝術上展現了虛構的手腕。從這個角度來看，將之目為介於「虛／實」之間的「半實錄」作品，是較為恰當的作法，這也是筆者據以切入的觀點。

作者在開篇即有意將小說定調為「華夷」之間的國讎家恨，但從情節的安排上卻有點眼高手低，很快地讓中國籍渠魁的貪婪之心取代了倭國主的喪弟之痛，從此將「倭寇」之成因回歸史實上的財貨之利。儘管如此，仍無損於這是一場民族英雄與「外邦（日本）」的交鋒，從介錯、倭語、倭刀，到與之抗衡的少陵僧、偃月刀、鳥嘴銃等意象，都可看出作者的日本記憶。除此之外，有別於北方大漠的金戈鐵馬，這場與舟上異族的激戰，顯然帶有澎湃的海洋屬性。在「十戰十捷」的小說高潮中，「載浮載浮」的「蛙人」戰術和倭寇因潮汐變化而敗北的細節，便側面道出海戰書寫與傳統陸戰的不同況味。

而當讀者把保境安民的掌聲給予戚繼光的同時，小說家亦赤裸裸地揭穿貪官污吏收買倭寇頭子，並拿無辜百姓冒充「真倭」請功的惡行，稱職地呼應了中國古典小說的「補史」傳統。「倭寇」的真相原來不單單是日本海盜的劫掠，而更包括了來自同胞的摧殘與壓榨。莫怪乎百姓會沉痛地發出「華寇未除夷寇至，內倭陰引外倭跳」（卷2，頁39）的吶喊了。

第二節　明清小說中的嚴嵩、胡宗憲、王直、徐海與抗倭戰爭

嘉靖大倭寇終結於戚繼光的力挽狂瀾，而起始則可以「寧波事件」（1523）為契機。朱明建國之初，因倭寇橫行多年，採取嚴格的海禁政策，拒絕朝貢以外的船隻來華。然而，在日本方面，足利義滿結束「一天二帝南北京」的南北朝後，為填補財源枯竭，積極與中國建立盟好關係，恰好明成祖以爭議的方式踐阼，也樂於能得到這個「不征之國」的承認。於是頒發給日本勘合（派遣使者證明身分的憑證），固定於寧波登陸，展開名為朝貢，實為買賣的「勘合貿易」。此活動持續至嘉靖二年，卻因細川氏、大內氏爭奪派遣遣明船的權利而生變。當時大內氏以謙道宗設為正使，不僅持有正規的「正德勘合」，且又早到，而晚來的細川氏以鸞岡端佐為正使，只有失效的「弘治勘合」，按理應以大內氏為合法使節；可是，細川氏副使宋素卿（1445-1525）透過賄賂，扭轉此局。謙道宗設非常不滿，襲擊了鸞岡端佐，並一路殺掠良民，搶奪中國船隻，這就是所謂「寧波事件」。自此，中日的交往越趨限縮，取而代之的是利益更大、更難管控的走私黑市，「倭寇」勢力亦死灰復燃。[59]

盛清時的作品《歧路燈》[60]，便是以「寧波事件」為背景，藉由譚忠弼之口，提到了倭寇滋擾，與中國官憲揩油、奸民從中圖利的腐敗風氣有關：

---

59 以上詳見〔日〕山根幸夫著，邱明譯：〈明代倭寇問題研究〉，《黃淮學刊》（社會科學版）第1期（1992年），頁78-82、116。

60 本書使用版本為〔清〕李綠園：《歧路燈》（臺北市：大申書局，1983年），108回本。關於《歧路燈》中的「名將與盜魁的穿梭」，筆者將於本節第四部分另行詳述。以下為行文方便，所引原文但標回數、頁碼，不另加註。

> 近日倭寇騷動的狠，……原其所始，總由日本修貢入中國，帶有番貨入內地，由市舶司太監掌之。這太監們那曉得朝廷柔遠之道，其貪利無厭，百倍於平人，斷斷未有不秉權逞威而虐及遠人者。……看來日本之修貢，非不知來享來王之義，而導之悖逆者，中國之刁民也。貢人之代販番貨，不過以其所有，易其所無，思得中國之美產，以資其用，而必迫之窘之，使懷忿而至於攻劫者，閹寺之播毒也。（第10回，頁116）

文本又以王忬之奏折闡明事件之本末，雖與事實略有參差，包括省略了審查「勘合」的程序、是謙道宗設而非鸞岡端佐犯下血案等，但仍大致點明了相涉的人物：

> 日本納貢，一歲遞至，例以先至後至為準，……嘉靖二年先至者，日本國左京兆大夫內藝興與所攜之僧宗設也；後至者，則其國右京兆大人高貢與所攜之僧端佐也。照例辦來，何至啟衅？乃因鄞縣積匪宋素卿，固私投日本者，洋海歸於寧波，代僧端佐行賄市舶司太監，……舊例不守，倭人遂以爭座位自相戕殺。宋素卿私以刀劍助端佐，致毀堂劫庫，殺備倭都指揮之案起矣。貢寶獻琛之國，自此成伺隙乘衅之邦，……。（第105回，頁1044-1045）

謝君亦已留意到《歧路燈》中反映的「朝貢、貿易與倭患」[61]，以此為濫觴，嘉靖大倭寇逐漸蔓延沿海各省，介入其中的官員、海盜，包括嚴嵩、胡宗憲、王直、徐海，也成為小說家記憶與想像角力的書寫重點。

---

61 謝君：《明清小說與倭寇》，頁18-19、26-27。

一　貪婪的權相：嚴嵩父子與倭寇

首先，可以看到嚴嵩與倭寇的關係。延續上述的討論，在《升仙傳》[62]中的嚴嵩，被認為是趁「勘合貿易」上下其手的饕餮：

> 且說那些倭子，乃是日本琉球國的蠻夷，因往中國進貢，嚴嵩把貢禮私自留下，未有表禮答和，國王動怒，所以發了萬數人馬來伐中國。為首的大將名叫乜律洪，手使斬馬大刀，重有三十六斤，還有許多的邪術，從定海蛟門上岸，直撲到紹興的城池困住。（第19回，頁106）

《升仙傳》今存道光（1847，文錦堂重刊本）、光緒（1881，東泰山房刊本、1887，聚錦堂刊本、1889，文成堂刊本）諸本，敘述濟登科、徼承光、苗慶、韓慶雲、蘇九宮之修煉登仙，雜以嚴嵩、倭寇等嘉靖朝事，與後文將討論的《綠野仙踪》相當雷同。雖然一般自刊刻時間視《升仙傳》為晚清小說，但胡勝從《紅樓夢》中〈丁郎認父〉戲文之本事出於該書、小說不避「玄」（康熙帝名玄燁，1654-1722）、「丘」（聖人孔丘）、「弘」（乾隆帝名弘曆，1711-1799）等諱，推斷該書應成於明末清初。[63]無獨有偶，同樣以嚴嵩收賄解釋倭寇來犯的作品，還包括有《玉蟾記》[64]：

---

62 本書使用版本為〔清〕倚雲氏著：《升仙傳演義》（南昌市：百花洲文藝出版社，1993年）。以下為行文方便，所引原文但標回數、頁碼，不另加註。

63 關於兩部作品的比較，還有其餘《升仙傳》應成書於《綠野仙踪》之前的線索，詳見胡勝：〈論《綠野仙踪》對《升仙傳》的承繼〉，《明清小說研究》第2期（1997年），頁148-155。

64 本書使用版本為〔清〕通元子著，董文成校點：《玉蟾記》（瀋陽市：春風文藝出版社，1998年）。以下為行文方便，所引原文但標回數、頁碼，不另加註。

> 迄於元，地在東海之東，與日本、琉球兩邦接壤，沃野數千百里，雄兵數十萬人。洪武初年，輸誠納款稱臣，世未有二心。只因嘉靖朝奸相嚴嵩當國，徵求無饜，且以奴隸待之，倭王大怒，遂舉兵，以清君側為名，隱懷奪取中原之意。卻也怪不得他。（第8回，頁622）

倭寇之所以跨海而來的初衷，非為資源、貨殖的掠奪，而頗有官逼「倭」反的意味，相當諷刺。後來倭王重新歸順中國，也獲得了相當的報酬：「倭王拜表謝恩，情願歲歲來朝，年年納貢。王爺差了兵校，封大海船十隻，送他回倭。……四隻大船裝跟隨兵將。張王爺送他許多中華禮物，裝在四隻大船上，擇日餞行。」（第52回，頁817）

謝君認為，上述描寫正反映了朝貢貿易的「不等價交換」，也就是明朝以昂貴的代價換取朝貢方低廉的貨品，以維持異邦對中國的臣服。[65]另外，嚴嵩與其子嚴世蕃（1513-1565）、其生趙文華（？-1557）雖俱入《明史》〈奸臣傳〉，而胡宗憲亦被視為其黨羽之一，但在抗倭戰爭中，趙文華、胡宗憲被指責的是排擠張經（1492-1555）、李天寵、曹邦輔（1507-1576）等人，攬功卸責，重賦收賄，還不至於出賣國家的地步。可是，到了其垮臺之際，竟被彈劾通倭。[66]無論

65 謝君：《明清小說與倭寇》，頁26。此外，海外諸國（包括日本）之所以願意接受朝貢貿易，與白銀／銅錢的交流有關。中國在元代開始形成以白銀為根本的交易體系，而特產的銅錢則流入海外並為大家所接受，朝貢體制促進國際金融體系的建立。且對各方來說，在這種特殊制度下，才有實務交涉的可能，海外諸國甚至透過中國天子的調解來解決外交糾紛。事實上，中日之間的互倚比想像中更深厚。日本在一五二六年發現石見銀山，並引進中國的烤鉢冶煉法技術，一躍為白銀一大供給國（占當時全球產量30%），不但舒緩了中國的需求，且日本也需要中國的銅錢、生絲。相反地，朝貢貿易的層層限制過於緩慢，無法滿足雙方的交流，則是黑市興起的原因之一。以上詳見〔日〕上田信著，高瑩瑩譯：《海與帝國：明清時代》（桂林市：廣西師範大學出版社，2014年），頁97-101、194-196。

66 詳見〔清〕張廷玉等撰：《明史》，卷308，頁7919-7921。

內容是真是偽，通敵謀反的罪狀正好挑撥到明世宗之逆鱗，嚴世蕃被判論斬棄市，嚴氏父子勾結倭寇的惡名亦不脛而走。

在明清小說中，提到了嚴世蕃通倭的，包括《喻世明言》卷四十〈沈小霞相會出師表〉，重現了徐階起草、林潤上奏，扳倒嚴嵩父子的史實，與《明史》〈奸臣傳〉的記載吻合：「未幾，又有江西巡按御史林潤，復奏嚴世蕃不赴軍伍，居家愈加暴横，強占民間田產，畜養奸人，私通倭虜，謀為不軌。」[67]又《十二樓》之〈萃雅樓〉，更直指嚴世蕃是引狼入室的禍首：「正在躊躇之際，也是他命該慘死，又有人在「火上添油」，忽有幾個忠臣封了密疏進來，說：倭夷入寇，乃嚴世蕃賄賂交通者，已非一日，朝野無不盡知。」[68]

以上兩種文本，都展現了被害者（沈襄、權汝修）忍辱負重，終得雪恨的敘事走向，但同時與倭患掛鉤，頗值得注意。張哲俊以為，〈沈小霞相會出師表〉的內容與倭患多少有些關係，但是嚴世蕃勾結倭寇並非史實，事實是胡惟庸（？-1380）曾與倭寇勾結，馮夢龍將胡惟庸之事附會到嚴世蕃身上，自然是為了塑造奸臣的形象。[69]

嚴世蕃通倭的真實性與否，都還是其次，但調和鼎鼐的首輔，或者逞雄海疆的軍閥，有開門揖盜，誘引倭寇之可能，已足以造成明朝統治者的不安。《明史紀事本末》〈沿海倭亂〉記載：「十三年春正月，胡惟庸謀叛，約日本，令伏兵貢艘中。會事覺，悉誅其卒，而發僧使於陝西、四川各寺中，示後世不與通。……先是，元末瀕海盜起，張士誠、方國珍餘黨導倭寇出沒海上，焚民居，掠貨財，北自遼海、山東，南抵閩、浙、東粵，濱海之區，無歲不被其害。」[70]

---

67 〔明〕馮夢龍著：《喻世名言》（臺北市：桂冠圖書公司，1994年），卷40，頁654。

68 〔清〕李漁：《十二樓》（臺北市：桂冠圖書公司，1994年），頁133。

69 張哲俊：《中國古代文學中的日本形象研究》，頁250-251。

70 〔清〕谷應泰撰：《明史紀事本末》，卷55，頁585-588。

洪武帝（1328-1398）接連遇到張士誠、方國珍餘黨及胡惟庸暗通倭寇（或日本）的事件，使之保持緊縮的海洋方略：「片板不許下海」，這種態度被其鳳子龍孫們傳承下去[71]；「通敵海外」也成為天子最敏感的忌諱。嚴世蕃通倭之罪，難免召喚時人對元末明初海疆不寧之記憶。

《西湖二集》卷十七〈劉伯溫薦賢平浙中〉，正敷演方國珍串通日本的故事，其中提到海上交鋒之困難：「洪武爺遂遣湯和率師討之，國珍遁入海島，師勞無功。劉伯溫奏道：『方國珍倚海保險，狡黠難制，苟不識沿海形勢，港泊淺深、礁巉突兀、避風安嶴、藏舟邀擊之處，難以避敵扼險、設奇出伏決勝也。……。』」[72]這足以說明何以明朝杜絕一切奸民與倭寇接觸的可能。在小說中，明朝是以反間、火攻等謀略擊潰倭夷的：

> 話說亮祖得夷狄攻夷狄之法，以陳敬、陳仲做了心腹，裝載船隻，假張方王旗號，開出海洋，果遇方國珍遣人迎倭船四隻而來。陳仲通了倭話，跳上倭船，盡將倭夷殺死，……號炮三聲，初其不意，突占上風，雜施火銃，長短標槍弓弩齊發。群倭束手，不能出艙，駕舟舵公都被擊傷。煙焰障天，倭被我兵圍攏，竄水者俱被撓鉤搭起，殺死八千餘人，一鼓而盡擒之，豈不暢快也哉！生擒倭首哈日郎、薩多羅真、古歡昔容、夜郎孟哱羅等數十人，朱暹都綁縛到黃岩城下，一刀一個斬了這些倭奴驢頭。[73]

---

71 這兩大事件構成明太祖決心施行海禁的原因，相關論述可參見鄭樑生：《明代中日關係研究——以明史日本傳所見幾個問題為中心——》，頁21-31。

72 〔清〕周清原著：《西湖二集》（北京市：人民文學出版社，1999年1月），卷17，頁286。

73 〔清〕周清原著：《西湖二集》，卷17，頁289-290。

阿英認為，成書於崇禎年間的《西湖二集》，因當時內憂外患，貪污橫行，民不聊生，所以喜歡談洪武盛世，不僅是「有所為」，且是很正面的提將出來，就是希望當時的帝王無忘祖先創業之難，能夠振作起來。[74]這正當是〈劉伯溫薦賢平浙中〉中，作者安排中國以壓倒性勝利驅逐來犯的日本的原因之一。

回到嘉靖大倭寇的時代，朝廷內部除了可恥的通敵者之外，更引人注目的當是胡宗憲。前文已述，在倭寇最熾之際，胡宗憲出按浙江，雖有設計誘捕寇首徐海、王直的偉績，然而，卻因其人與嚴嵩、趙文華等權臣朋比，不免受人指責，甚至鋃鐺入獄，抑鬱而終。是以戚繼光雖附於驥尾，卻後來居上地以抗倭英雄之姿入於說部——《戚南塘剿平倭寇志傳》（可能創作於胡宗憲被平反之前）作為較早的「倭患書寫」作品，胡宗憲卻只能屈居跑龍套的陪襯。

不過，正是因為史實中胡宗憲毀譽參半的仕宦生涯，使之在不同作者筆下產生南轅北轍的裂變，既有氣吞牛斗的一面，也有膽若鼷鼠的一面。呂靖波、張文德便注意到了，明至清初的小說，胡宗憲基本上被當成有作為的大臣來塑造，對其抗倭功績予以讚揚；相較之下，盛清以降小說，以乾隆年間付梓的《綠野仙踪》[75]為代表，此時距嘉靖倭亂已遠，人們對這一影響重大的事件較為冷淡，胡宗憲的東南再

---

74 阿英：〈西湖二集所反映的明代社會〉，收於氏著：《小說閒談四種》（上海市：上海古籍出版社，1985年），頁4-5。

75 本書使用版本為〔清〕李百川著，侯忠義整理：《綠野仙踪》（北京市：北京大學出版社，1986年），100回本。以下為行文方便，所引原文但標回數、頁碼，不另加註。筆者按：《綠野仙踪》另有80回本，二本差異如下：100回本為抄本，80回本為刻本。據侯忠義：〈前言〉：「《綠野仙踪》現在通行的本子，是八十回的刻本。刻本與抄本相差二十回回目，從故事內容來看，大體是相同的。但兩種不同版本之間，內容、情節上有些區別和差異，那就是：抄本在前，刻本在後；抄本是『繁本』，刻本是『簡本』；抄本是『原本』，刻本是『節本』。」收於《綠野仙踪》，正文前頁8。是以本書以較完整的100回本為圭臬。

造之功也幾乎無人再去感念了，評價亦隨之一落千丈。[76]

本節之重點，並非針對胡宗憲等人的形象是否合於史實，提出藝術手法上的批評，而在於指出不同的創作意識，左右了「倭患書寫」的迴異面目。以胡宗憲為英雄者，大抵時代較早，敘事較平實，貼近時人之記憶；反之，以胡宗憲為鷹犬者，一般出於清代中期，虛構的色彩比較濃厚，也多將剿滅倭寇的戰功讓位給其他角色，發揮更為徜徉恣肆的想像。前者，可以《胡少保平倭記》為佐證；後者以《綠野仙踪》、《玉蟾記》等為中心，以下分述之。

二　胡宗憲的臉譜之一：《胡少保平倭記》中的「倜儻之才」

《胡少保平倭記》[77]今僅存抄本一卷，與《西湖二集》卷三十四〈胡少保平倭戰功〉、《西湖拾遺》卷四十七〈胡少保平倭奏績〉等文本實為同一作品，彼此之間的差異，僅在傳抄之間的魯魚亥豕罷了（《胡少保平倭記》的訛誤較多）。《西湖拾遺》刊於乾隆年間，自屬晚出，至於《胡少保平倭記》與〈胡少保平倭戰功〉何者較先，則稍有爭議。[78]不過，李夢生在該書之〈前言〉提到，小說應作於萬曆年

76 呂靖波、張文德：〈試論《綠野仙踪》對胡宗憲形象的重塑〉，《明清小說研究》第3期（2012年），頁230、232。

77 本書使用版本為〔清〕錢塘西湖隱叟述：《胡少保平倭記》，收入《古本小說集成》（上海市：上海古籍出版社，1990年，上海圖書館藏抄本）。以下為行文方便，所引原文但標頁碼，不另加註。

78 蕭相愷認為《胡少保平倭記》署名「西湖隱叟述」，內容又是為胡宗憲翻案之文章，應該是一位距離平反尚近，避免麻煩而姑隱其名的作者才對。另外，以名氣而言，「西湖隱叟述」並未比周清原更有吸引讀者的影響力，亦不可能從《西湖二集》中抽出單刻印行的本子，是以《胡少保平倭記》應是被編選收入《西湖二集》為是。見氏著：《珍本禁毀小說大觀——稗海訪書錄》（鄭州市：中州古籍出版社，

間，文中凡稱「朝廷」時均前留空格，書末引萬曆二十一年（1593）朱鳳翔所上書，談及「肅皇帝」、「莊皇帝」、「我皇上」等處，均前留空格，《西湖二集》則無此格式，可見周清原應以《胡少保平倭記》為底本（正文前頁1-2）。本書從其說。又萬曆二十一年正好是朝鮮之役爆發後一年，當時胡宗憲不僅已獲平反，且符合魯迅所謂「倭患甚殷」、「東事倥傯」之焦慮，小說家當此之際，以演繹前人抗倭事蹟來振奮人心，亦有一定的時代需求與意義。[79]職是，後所引原文，俱以《胡少保平倭記》為主。

《胡少保平倭記》對胡宗憲的評價，顯然與《明史》有所出入，乃用「嫂溺叔援」開脫其廁身權門之苦心。戴不凡推測該書可能出於胡宗憲在浙江網羅的文人或門下士[80]；遊佐徹則指出，小說情節有八成以上來自《籌海圖編》卷九〈擒獲王直〉（謝顧撰）、〈紀剿徐海本末〉（茅坤撰）[81]——而《籌海圖編》本來就是胡宗憲幕僚鄭若曾之作。另外，胡宗憲既運籌於浙省，連番擄獲徐海、王直，對深受倭患荼毒的在地人來說，實是久旱逢甘霖的及時雨，會獲得當地人的愛戴亦不足為奇，作者自號「錢塘西湖隱叟」，恰好顯示了濃厚的地方色

1998年），頁522-524。不過，遊佐徹則持相反之意見，其人認為《胡少保平倭記》抄自《西湖二集》方為合理。見氏著：〈明清「倭寇小說」考（一）〉，頁50-51。

79 吳大昕曾提到，明代「嘉靖大倭寇」專書幾乎都在萬曆二十年代出版，這很明顯來自於萬曆朝鮮戰爭的刺激。在嘉靖大倭寇橫行的年代，江南社會的資訊傳播僅止於朝廷的驛傳系統，或者私人間的傳說或書信往來，尚未進入大眾化的階段；但到了萬曆年間，出現了許多報紙形式的資訊媒體，書坊也處於活絡的狀態。因此，在時事的推波助瀾之下，嘉靖大倭寇的形象再一次重新被定義，並被正式認知為日本人，也就其來有自了。詳見氏撰：《海商、海盜、倭——明代嘉靖大倭寇的形象》（南投縣：國立暨南大學歷史學系研究所碩士論文，2002年），頁84-107。

80 戴不凡：〈《西湖二集》取材的來源〉，收於氏著：《小說見聞錄》（臺北市：木鐸出版社，1983年4月），頁238。

81 〔日〕遊佐徹：〈明清「倭寇小說」考（一）〉，頁57。

彩。這也可說明何以從文本撰成至收錄於《西湖二集》、《西湖拾遺》，這部作品仍有一定市場的緣由——因為胡宗憲贏得了特定區域人民的涕零之情。[82]從前賢的意見來歸納，可知小說會站在揄揚胡宗憲的角度，不外乎兩個原因：小說極可能出於其幕僚之手或潤飾自沙場之見聞，且呼應了浙江一帶百姓的情感寄託。

在《胡少保平倭記》中，胡宗憲被譽為「倜儻之才，英雄之氣，機變百出，胸藏韜略」（頁15），但實際上其禦倭手段，並不是什麼超人的本領，也沒有神化的親冒矢石，只是審時度勢，善用心理戰術為主。如其初次登場，便是以美酒、良米鬆懈敵軍之心，伺機毒殺：

> 胡公道：「兵法攻謀為上，角方為下，況且如今無兵，何以處之？」因暗暗取酒百餘瓶，將泥頭鑽通，放毒藥於酒中，仍舊塞好，載了兩船，選有膽量機警、走得快的兵士假扮解官，解酒賜軍。船頭上掛了號牌，故意載到賊人所過之處，見賊人殺來，即忙解去冠帶逃走。賊人遂不疑心，走報倭酋。正在口渴之際，見了此酒，都歡哉樂也的打笑。打開泥頭，一陣香味樸鼻，遂開懷放量而飲之，卻不是《水滸傳》道：「倒也，倒也！」胡公又名村市酒家都放了毒藥，償以酒價；民家所有之米，浸以藥水，潛地逃去。賊人爭先飲酒，取米煮飯，食者都死。四、五停中死了一停。（頁16-17）

此事最早可見於《籌海圖編》卷九〈王江涇之捷〉（胡松撰）：

---

82 此說參考自林雅芬：《「西湖小說」之研究》（臺中市：東海大學中國文學系研究所碩士論文，2002年），頁54。又明人王士性亦云：「故論浙中倭功，當首祠胡公、譚公以及俞、湯、盧、劉、戚等，而戚功在閩，其方略又出諸將之上。」見氏著，周振鶴校：《廣志繹》（北京市：中華書局，2006年），卷4〈江南諸省〉，頁272。

> 公曰：「在法，攻謀為上，角力為下，矧又無兵！」乃密屬吏取酒百餘罌，鑽其顛，投以毒劑，塞如故，載兩船。選兵卒機警而猛者，假冠服，持赤牘，坐船上，稱解官解酒餉軍，載向賊所。從道見賊，即褫去冠服，走。賊信不疑，馳報諸酋長。諸酋長得酒大歡，相率高會痛飲，率多死。已，又令村市酒家皆入毒甕中，約償以直。民所有米漬藥水，淅而遺之，賊往往爭取飲輟，輒又死。[83]

《明史》也有相關事蹟之記載[84]，從中可以看出這部小說基本上是綴合胡宗憲幕僚的隨軍紀錄，以之為基礎進行語體化的整飭和改造，因此並沒有任何荒誕不稽的敘事。王江涇之捷（1555）亦呈現於《胡少保平倭記》之中：

> 又別有苗兵一枝屯在平望，適征總督張經從松江兼程而來，又永順宣慰彭翼南復從泖湖西來。胡公得知兩路有兵，遂檄參將盧鏜與總兵俞大猷統浙、直狼、土兵，躬穿甲冑，親自激勵，馳馬趨出，四面合圍，軍聲大振。賊人大敗，逃還王江涇。蓋前此來戰輸者心膽俱喪，只道倭奴如鬼神一般不可犯，自此之後，方知賊甚可殺，人人有勇志矣。此初出茅廬第一功也。（頁20-21）

胡宗憲在該役展現少有的被堅執銳，也獲得了激勵士氣的作用，這同樣取資〈王江涇之捷〉，按圖索驥之比對，在此從略。《胡少保平倭

83 收於〔明〕鄭若曾撰，李致忠點校：《籌海圖編》，卷9，頁600。

84 《明史》〈胡宗憲傳〉：「倭寇嘉興，宗憲中以毒酒，死數百人。」見〔清〕張廷玉等撰：《明史》，卷205，頁5410。

記》在後來的情節發展，集中於胡宗憲如何洞察王直、徐海等人為倭寇之首腦，並設謀挑撥，準備窩弓射猛虎，安排香餌釣鰲魚，而非刻劃其人如何英勇地以敵軍廝殺（與《戚南塘剿平倭寇志傳》的「十戰十捷」截然不同），側重的是其「文官宦績」。這與馬雅貞對明人戰勳圖繪的觀察不謀而合：

> 這與〈三省備邊圖記〉中雖然發展出複雜的作戰圖式，但其中的主角——「奉敕整飭都清、伸威、興泉等處兵備」之蘇愚——並非著戎衣，而是以一襲官服和官帽在傘蓋與旗幟的簇擁下，與其說是指揮戰局不如說為視察戰場的形象，有異曲同工之處。明代文官的戰勳圖固然蔚為流行，但強調的不是其軍事領袖的武藝，而是仍在文官形象的框架內，描寫其坐鎮出兵、運籌帷幄或獎功犒賞等行事。[85]

對胡宗憲文官之記憶，正面者視之為「機變百出，胸藏韜略」，但貶抑其人的文本，如《綠野仙踪》者，則塑造出一位「腐儒」的形象。[86]回到小說《胡少保平倭記》本身，胡宗憲在招安王直、徐海時，除動之以情，軫恤桑梓之誼、釋宥家屬之恩，許以開市、赦罪、封爵之外，更能脅之以力，說明中日之間的規模畢竟懸殊：「……，統領數十萬雄兵，益以鎮溪、麻寮、大剌土兵數萬，揚帆而來，足下卻以區

85 馬雅貞：〈戰勳與宦蹟：明代戰爭相關圖像與官員視覺文化〉，《明代研究》第17期（2011年12月），頁58。明代以胡宗憲平倭事蹟為主題者，如文徵明畫，卷首書「靖海奇功」的《胡梅林平倭圖卷》，亦為該文討論的作品之一。

86 《綠野仙踪》第70回：「宗憲心上甚是作難，一定要留文煒在自己公館住幾天；文煒固辭，方肯依允。……文煒見他一片真心，又念他是個腐儒，也低低說道：『老師宜急思退步！趙大人行為，非可共事之人；總僥倖一時，將來必為所累！』」見頁594。

區彈丸小島與之抗衡，何異螢螳螂之臂以常車轍也？」（頁30）或者示之軍容壯盛：「胡公就以牌衣幣之類，極其繁盛，賜與來酋。……弓上弦，層圍攏，擺了密札的干戈，盔甲鮮明，耀武揚威，的見其盛。酋長得了這若干貨物而去，又見兵強將勇，好生利害，心裡有些忌憚，……徐海方纔死心塌地，情願投順。」（頁37-38）

王直、徐海因之願意歸降，正是胡宗憲突破心防的結果，但由於二人實在過分狡猾，不是一時可以請君入甕的，主人翁遂以「驅虎吞狼」[87]、「枕邊靈」[88]、「反間計」[89]的方式分化倭寇，最後讓內部矛盾的盜魁們自投羅網。小說頻頻穿插市井常用的套語「隨你乖如鬼，也喫洗腳水」（頁44）、「計成月中擒玉兔，謀成日裡捉金烏」（頁55）等，說明了對錢塘西湖隱叟而言，這場抗倭之役的主戰場不在血流成渠的前線，而在於主帥／賊首之間艱困的「心理攻防」。

儘管小說相較而言寫策略多而寫兵革少，但仍在若干書寫中承負了明人對日本形象的觀察，以俞大猷與倭寇的交手為例：

> 原來倭酋交戰之時，左手長刀，卻不提防他右手短刀甚利，官兵與他交戰，只用心對付他左手長刀，卻不去提防他右手短刀，所以雖然用心對他長刀之時，而右手暗暗掣出短刀，人頭

---

87 《三國演義》第14回，荀彧曾獻「驅虎吞狼之計」，讓呂布趁隙併吞劉備的地盤，藉之分化二人。在《胡少保平倭記》中，胡宗憲為求證王直、徐海歸順中國之心，曾令王直部將葉宗滿、王激剿滅舟山賊寇百餘人，令徐海剿滅上海賊寇萬餘人。

88 《水滸傳》第51回，白秀英為了報雷橫毆打老父之仇，與知縣加油添醋地告狀，因二人舊有首尾，知縣勃然大怒，被稱為是「枕邊靈」。在《胡少保平倭記》中，胡宗憲向徐海寵妾王翠翹、綠珠贈送珠寶、彩幣、簪花、錦繡等等，望其說服徐海綁縛葉麻（《明史》皆作「麻葉」）來獻，徐海果然枕邊之言，一說就聽。

89 《三國演義》第45回，周瑜曾故意洩漏蔡瑁、張允勾結東吳的假消息，讓曹操除去二人。在《胡少保平倭記》中，胡宗憲偽造葉麻與陳東預謀殺害徐海的書信，洩予徐海得知，徐海遂決心騙陳東來，綁縛獻與胡宗憲。

已落地矣。胡公細細訪知此弊，卻叫軍士專一用心對付他右手短刀，因此得利。（頁41-42）

在這邊的描寫，應該就是日本籍倭寇活用「打刀」（*uchigatana*）與「脇差」（*wakizashi*）[90]的詭譎戰術。綜觀《胡少保平倭記》的敘事，由於大多取資胡宗憲幕僚之紀錄，且成書時間距離嘉靖大倭寇較近，更多程度地反映了時人之記憶，內容貼近史實，沒有太多的偏差。

雖然小說尾聲寫道：「話說胡公梟了海賊王直之頭，那些海上餘賊，聞知這個消息，驚得魂不附體。果然蛇無頭而不得，游鳥無翅而不得飛，……胡公親督官兵，四下裡搜剿，不上一年，殺得個乾淨，蕩平了沿海數十年來之患。」（頁72-73）這點並非事實，前文已述，正是王直的失腳，才反而造成嘉靖大倭寇的全面潰堤。不過此亦非錢塘西湖隱叟溢美之言，乃是翻作自〈擒獲王直〉：「其餘從賊，魚散鳥驚，奔聚山谷。公親督官兵，掃除黨與，皆絕。」[91]換句話說，這不是創作者之杜撰，而屬其來有自。職是，遊佐徹認為這部小說實錄風格較強，被作為一種「嘉靖大倭寇始末記」亦不為過的說法[92]，筆者是同意的。

明清小說對於胡宗憲的正負評價，決定了文本在「記憶／想像」之間的距離，這包括了創作者如何形塑王直、徐海在嘉靖大倭寇期間所扮演的角色。在《胡少保平倭記》中，二人無疑占據著主導的地

90 一般而言，日本刀配置中一長一短，長刀是「打刀」，刀刃約長六十至八十公分；短刀是「脇差」，刀刃約長三十到六十公分。

91 〔明〕鄭若曾撰，李致忠點校：《籌海圖編》，卷9，頁624。

92 〔日〕遊佐徹：「……このふたりの討滅記を描く『胡少保』は、一種の『嘉靖大倭寇始末記』であるといっても過言ではない。実録風に非常に詳細な記述がなされていることからも、『胡少保』には基づく史料があったことを窺わせるが、……。」見氏著：〈明清「倭寇小說」考（一）〉，頁56。

位，這也符合於史實，開篇更有童謠云：「東海小明王，溫台作戰場。虎頭人最苦，結局在錢塘」（頁1），錢塘西湖隱叟一一解釋：「『東海小明王』者，徐海作亂於東海，稱小明王也。『溫台作戰場』者，那時倭亂溫、台，無不殘破也。『虎頭人最苦』者，應募之人多處州，「處」字是虎字頭也，其殺死尤多。『結局在錢塘』者，賊首王直被胡少保擒來，斬於錢塘市也。」（頁1-2）

在此，以徐海、王直為剿倭之役的始終，證明了小說家確實認識到嘉靖大倭寇是以中國籍海盜為領袖，還有其「以射利之心，違明禁而下海；繼之忘中華之義，入番國以為奸。勾引倭夷，比年攻劫，海宇震動，東南繹騷」（頁71）的「海商／海盜」形象轉換，關鍵正在於官方施行海禁的壓縮，迫使這些往來於中日水域的賈人只能鋌而走險，相當平實地反映東南海疆騷動不安的緣由。亦即是說，所謂的「倭寇」，有很大成分是尋求溫飽的百姓，《胡少保平倭記》並不諱於揭櫫這種時代背景。不過，在其他視胡宗憲與嚴嵩同流合污的作品當中，則展現迥異的文學風貌，虛構之色彩更為濃厚，可以看出作者天馬行空的想像。

三　胡宗憲的臉譜之二：《綠野仙踪》、《玉蟾記》中的「膽怯無謀」

首先，可以《綠野仙踪》為討論之對象。《綠野仙踪》為清人李百川的作品，成書於乾隆年間，以冷于冰、連城璧、金不換、溫如玉等人修仙成道、降妖伏魔的故事為主軸，穿插了林岱、朱文煒剿滅師尚詔、倭寇等戰功，更有嚴嵩一黨樹倒猢猻散的興衰，被楊建波、張玲認為是一本以得道成仙的宗教形式（仙踪）表現紛繁複雜的人間社會（綠野），結合神魔、歷史與世情的小說。[93]書中的「倭患書寫」雖集中於第七十三回至第七十八回，但其實在第四十回就埋下了一道伏筆：「不幾年，倭寇由大隅島首犯象山，致令攻破城垣，任情殺戮。其時龍奎鑽在一地板下躲避，餓了兩天一夜，旋即火發，龍奎從地板中扒出。倭寇倒去了，家中男女一個也不見，房屋燒得七零八落。」（頁318）

在此雖然敘說了龍奎、谷大恩拐騙溫如玉財物的報應，但也側面刻劃了倭患肆虐，覆巢之下無完卵的慘況。至於胡宗憲則登場於第三十回師尚詔叛亂，當時就已被目為「文氣甚深，膽怯無謀」的顢頇老朽之人，後來與趙文華同授軍務，征討倭寇，也處處受其擺布。包括參劾朱文煒、張經等，都逕自將胡宗憲列名在內，甚至計誘王直、徐海的奇功，在小說中也轉化為趙文華因懼怕難敵倭寇，不得已施行的緩兵之計：

> 午後宗憲親送字來，內中與汪直敘鄉親大義，並安慰陳東、麻葉、徐海三人，若肯裡外合謀殺賊，便將殺賊之策詳細寫明；功成之日，定保奏四人為平寇第一元勳，爵以大官。若不願回中國，只用勸日本主帥約會戰地，須佯輸詐敗，退回海嵎，要銀若干，與差去人定歸數目，我這邊架船解送，亦須約定地方交割，彼此不得失信。如必執意不允，刻下現在二十萬控弦之士，皆繫於與浙江男婦報仇雪恨之人等語。文華看了道：「也不過是這樣個寫法。」（第74回，頁595-596）

當胡宗憲在小說中被塑造成一個昏庸糊塗、全無主見的「木偶」，身

---

93 楊建波、張玲：〈神魔、歷史與世情的結合──《綠野仙踪》〉，《湖北社會科學》第12期（2005年），頁116。

為主帥者竟然只能替趙文華寫點文書，淪為幕客之流的人物時[94]，王直、徐海等人亦被翦去羽翮，遜色地屈居於輔弼「真倭」的通事，不復為叱吒風雲，稱王東海的梟雄。在《綠野仙踪》中，倭寇的主帥是夷目妙美，副頭目是辛五郎：

> 汪直久知三人無歸故鄉之心，說道：「我的主意：我們既歸日本，便是日本人；……！」……，同到日本主帥夷目妙美公所處，又將副頭目辛五郎請來，著他兩個看書字。……汪直用日本話，向兩個頭目說了送銀並交戰日期，又說丁全怕有失信反悔事。夷目妙美向汪直說了幾句，又拿起他國的一支令箭來，折為兩斷，著人遞與丁全。汪直道：「我們元帥說了大誓：若是欺謊你家元帥，不詐敗歸海，和這折斷的箭是一般！你二人回去，替我問候胡大人，我著人護送你兩個過塘西。」（第74回，頁596-599）

在上述引文中，可以看出王直、徐海等人仰息於夷目妙美、辛五郎的附屬地位，不再擔任指揮倭寇的首腦，而僅僅是充當獻謀、翻譯的工作，與歷史事實相當乖離[95]——王直、徐海雖稱海外之王，卻未到以

---

94 呂靖波、張文德：〈試論《綠野仙踪》對胡宗憲形象的重塑〉，頁231。

95 查《明史》，僅有「夷目善妙」而無「夷目妙美」，這裡可能是小說家的訛誤。事實上，「夷目」也並非人名，而是「外國使者」的意思。《明史》〈日本傳〉載：「宗憲與直同郡，館直母與其妻孥於杭州，遣蔣洲齎其家書招之。直知家屬固無恙，頗心動。義鎮等以中國許互市，亦喜。乃裝巨舟，遣其屬善妙等四十餘人隨直等來貢市，於三十六年十月初，抵舟山之岑港。」見〔清〕張廷玉等撰：《明史》，卷322，頁8355。「義鎮」或「源義鎮」即大友義鎮，後易名大友宗麟，是位九州大名。大友義鎮在蔣洲等人赴日勸誘王直之際與之接觸，並派僧侶善妙、德陽訪華，希望能進行貿易，但由於沒有攜帶可資證明的勘合和金印，被視為倭寇而驅逐。可見「夷目善妙」或「倭目善妙」原非倭寇，純粹是中國方面的誤會而造成衝突，與

日本人自居的地步，而透過這樣的改造，則進一步加強了「華夷之辨」的壁壘分明。

饒富意味的是，李百川在敘述相關情節時，卻刻意援用《明史》作為佐證，如張經為趙文華誣陷，小說云：「看《明史》並張經本傳，所載極詳。聞其死有『天下冤之』一語，『六十萬兩銀子買倭寇』話，無不家傳戶議。」（第74回，頁603）敘趙文華因驕縱得罪嚴嵩事，則云：「從文華進酒起，凡嚴嵩父子叱辱逐出，祝壽被逐，對眾文武跪院，歐陽氏客留臥室討情，事事皆入趙文華本傳。讀者必以為小說未免形容過甚，要知小說不過文理粗俗，作者於文華有何仇恨也！」（第75回，頁609）

然而，查《明史》〈張經傳〉，並無「六十萬兩銀子買倭寇」的記載。關於這個問題，楊敬曾比對第九十二回評點「請徐階用婦女，跪求救世蕃，徐階、嚴嵩本傳皆有之」一語，發現這其實不見於目前所流行的張廷玉編的《明史》，推測《綠野仙蹤》多次提到的《明史》可能屬於另一個版本，兩部《明史》內容大多相同，但在個別地方有所出入，也可能是評點者記錯了內容的出處。[96]上述說法頗值得注意，當然，這亦或許根本就是李百川有心模糊化史傳／小說的敘事手腕。無論如何，創作者一面宣稱自己繼承春秋筆法，以超然的態度演

王直亦無主從關係。可參〔日〕田中健夫著，楊翰球譯，隋玉林校：《倭寇——海上歷史》，頁84-85、〔日〕鹿毛敏夫：〈『抗倭図巻』『倭寇図巻』と大内義長・大友義鎮〉，《東京大学史料編纂所研究紀要》第23号（2013年3月），頁297-302。另外，辛五郎或作「新五郎」（《嘉靖浙江通志》卷60〈經武志〉），綜合《籌海圖編》、《明史》等文獻之記載，其人是徐海的副將，大隅島主之弟，亦非倭寇的魁首。參見鄭樑生：《明代中日關係研究——以明史日本傳所見幾個問題為中心——》，頁414、509。

96 楊敬：《《綠野仙蹤》與嘉靖史實》（煙臺市：魯東大學中國古典文獻學研究所碩士論文，2012年），頁31-32。

繹忠奸，但另一方面，胡宗憲、王直、徐海等人的事蹟卻猶如煙籠霧鎖，鏡花水月，虛實之間產生微妙的錯位。

小說續寫趙文華食髓知味，在倭寇第二次大軍壓境時，仍幻想以賄賂的方式買陣，孰料這次情勢全盤失控：

> 須臾，望見倭船隻桅桿便與麻林相似，也不鳴鑼擊鼓，各趁風使船，飛奔前來。文華望見形勢與前次大不相同，……兩腿蘇軟起來。口裡說了聲：「快放箭！」不知不覺，就倒在船內。……倭寇大眾，泰山般壓來，官軍著傷沉水者，不可計數。胡宗憲聽得前面喊聲漸近，知是兩軍對敵，早嚇得神魂無主，渾身寒戰起來。……口中只說：「快回！快回！」……孰意敗軍船隻，反將宗憲的各船上亂碰；後面倭寇刀槍齊至，喊殺如雷，官軍死亡者甚多。（第75回，頁611-612）

上述引文毫不意外地重演了官憲的怯懦與倭寇的貪婪，浪濤般的攻勢侵入鎮江，原本在史實中指揮若定的主帥既然狼奔豕突，倉皇失措，這次，輪到虛構人物登場收拾殘局了。在李百川筆下，剿平倭寇的除了俞大猷這位與戚繼光齊名的驍將外，主要功績落在林岱、朱文煒身上。相較於朝堂內的忠奸對抗，小說的「倭患書寫」展現更高的架空成分。[97]

林岱、朱文煒在征討師尚詔時便已嶄露頭角，令胡宗憲相形失色，但當時還有冷于冰介入與秦尼的鬥法，加上師尚詔妻子蔣金花亦

97 楊敬：「另外，李百川在處理抗倭鬥爭時，並不是與前面寫朝堂之上的忠奸鬥爭一樣，與史實高度符合。這一部分內容，歷史中真實存在的人物與作者虛構的人物一起組成了抗倭鬥爭，即使作者選用真實的歷史人物，而人與事的結合往往和史實出入很大。作者李百川對於抗倭歷史進行了獨特的藝術加工。」見氏撰：《《綠野仙踪》與嘉靖史實》，頁40。

通妖術，所以是役頗有《封神傳》「各逞道術，互有死傷」[98]的味道。到了與倭寇交戰之際，雖已無神魔書寫的摻雜，卻也不免帶有誇大、簡化的筆墨：

> 只見林岱當先提戟直入賊陣，百餘人隨後跟來。馬頭到處，賊眾如波開浪裂一般，顛顛倒倒，往兩邊亂閃。……夷目妙美大為驚駭。正欲上前，林岱的戟已到身邊，急忙用力隔架，無如林岱力大戟重，那裡隔架得過！響一聲，已透心窩，倒撞在地。徐海率眾賊舉刀亂砍，被林岱用戟一攪，打倒十二三個。百餘將士齊上，早將徐海、汪直殺死。……我軍看見大旗一倒，知是林岱成功，一個個勇氣百倍，大呼陷陣，無不以一擋十。……辛五郎率眾直迎林岱，被林岱一戟刺倒。眾頭目拚命報仇，林岱戟刺鞭打，紛紛倒地。（第78回，頁632）

誠如謝君所言，小說中的抗倭勝利，全憑林岱這位虎賁之士「個人英雄主義的表演」，掩蓋了明軍兵力缺員、戰備損壞的不利條件[99]，靠著拔山扛鼎的衝鋒陷陣，掃蕩了倭目夷目妙美、辛五郎、汪直、徐海諸人，徹底擊潰倭寇，堪可媲美楚霸王「斬將刈旗」、莽張飛「探囊取物」的勇猛表現。此外，海口、水路又有朱文煒、俞大猷設下埋伏：「前後倭船，凡到文煒等候處，十喪八九；即有逃去船隻，到焦山地界，又被大猷火炮，連船打得粉碎。」（第78回，頁634）

在天羅地網的擺布之下，中國不僅打了場勝仗，而且是全殲敵軍，展現壓倒性的優勢。倭寇的兵敗如山倒完全為俞大猷所預料的一樣：「倭寇舉動，與苗蠻情性大概相同：勝則捨命爭逐，敗則彼此不

---

98 魯迅：《中國小說史略》，頁119。

99 謝君：《明清小說與倭寇》，頁21。

顧；惟利是趨，不顧後患；大數雖多，總算烏合之眾，難稱紀律之師。」（第77回，頁628）張哲俊認為，倭寇在潰逃的過程當中，為了爭上渡舟，甚至自相殘殺，毫無秩序，被貶低作「苗蠻」這樣未開化的文明狀態，完全是丑類化的具體表現。[100]《綠野仙踪》就在林岱過人的勇力，以及朱文煒、俞大猷精彩的謀略之下，讓中國成功地驅逐了外侮。

這種書寫，或許會帶給讀者痛快淋漓的樂趣與張力，但卻過分單純化了抗倭戰爭中明朝的動員、軍備、訓練、調度等複雜因素，也取消了胡宗憲與王直、徐海之間曠日費時的心理攻防——作為「嘉靖大倭寇」主角的三人，反而光環盡失，無足輕重。取而代之的，是僅僅透過一、二虛構人物電光石火的孤注一擲，轉瞬讓蹂躪中國沿海的倭患斬草除根。

但是，這恰好與前文討論《戚南塘剿平倭寇志傳》時的情況相反：個人武藝在抗倭戰爭初期受到朝廷的倚重，直到應聘而來的拳師、打手、鹽梟、和尚，乃至於苗人被有組織的倭寇擊潰，當局者才終於覺悟到建制新軍的務實性，戚繼光也因之聲名大噪。[101]所以不得不說，這全然是在創作者樂觀想像之下，「日月雙懸照九天，金塘山迴亦燕然」的敘事走向。

儘管如此，小說中亦多少透露了中國在禦倭戰爭中的困難。作者藉朱文煒之口言道：「日本遠在大洋之外，剿滅須大費經營，重耗國帑；崇明原在內地，今為倭寇來往潛聚之所，若不斬絕餘黨，克復國家版圖，數年後，賊眾必定復來。」（第78回，頁635）上述提到中國對日本作戰的困難，而且暗示了倭寇入華後的經濟控制。[102]後來官軍

100 張哲俊：《中國古代文學中的日本形象研究》，頁324。

101 黃仁宇：《萬曆十五年》，頁207。

102 黃仁宇：「在他們的凶焰最為高熾之際，可以有兩萬人據守占領區內的軍事要地。

收復崇明，除解救擄掠的江浙百姓男女約三千餘人，並有金銀、珠玉、古玩、珍寶、綢緞、銅錫等不下十餘庫，倉糧則有三十餘萬石，可見倭寇對沿海居民生命、財產之侵害到達怎樣嚴重的程度。

以上大致是《綠野仙踪》中的「倭患書寫」，而以胡宗憲為反派的小說，值得討論者還包括有前文提到的《玉蟾記》。《玉蟾記》是清中葉的作品，付梓於道光年間（1827，綠玉山房刊本），全書貫穿正統（至天順）、嘉靖（至隆慶）兩世，讓土木之變（1449）、奪門之變（1457）中遇禍的忠臣于謙（1398-1457）、王文（1393-1457），托生為張經、曹邦輔之子，分別名為張昆、曹昆；又將奸佞王振、石彪托生為趙文華、胡宗憲之子，分別名為趙懌思、胡彪。其餘寇讎化為十二美，各憑玉蟾蜍與張昆定情聯姻（故本書又名《十二緣》），贖其愆忒。

趙文華、胡宗憲因構陷張經、曹邦輔，其子亦專橫跋扈，作威作福，於是由張昆、曹昆平倭建功，封東浙王、英勇公，並將趙文華、胡宗憲父子剮心正法，了結兩朝、兩代公案——《玉蟾記》以土木之變、嘉靖大倭寇為起訖，大概是二者正好召喚了勝國「北虜南倭」的歷史記憶吧！

胡衍南曾說這部小說寫家庭少，又因通元子不時地出入戰場，點化佳人而帶有神魔武俠小說之特色，且主人翁暴發、變泰地高中科舉、平亂立功、權傾天下、大享齊人之福的人生結局，可說是才子佳人小說的超完美想像，足見其靠向色情小說，取悅非菁英的、無涉學

本地的居民在威逼利誘之下也有不少人參與他們的行列，其中有的人在以後被押送至日本作為奴隸。他們劫掠的物品不限於金銀珠寶，根據需要和可能，他們也奪取內河船隻和其他商品。有一段記載提到他們曾大批蒐集蠶繭並勒令婦女們繅絲。這種情況業已與占領軍在當地組織生產沒有多少差別。」見氏著：《萬曆十五年》，頁203。

術的、不專為文人服務的男性市場走向。[103]從上述來看，可以想見《玉蟾記》為了強化忠奸對立，誇大冒險歷程的藝術需要，會以更濃厚的虛構色彩來進行渲染；在此前提下，史實中功過相酬的胡宗憲，自然不由分說地被打為一大惡棍。胡宗憲在小說中的罪愆包括攘功自肥：「可恨趙、胡二賊殘殺忠良，橫屍海畔。……趙文華、胡宗憲商議說：『降倭之功，我兩人攘為己有，受些封賞。這等便宜之事何不討來？』」（第10回，頁630）

此外，還有勾結倭寇：「那趙文華、胡宗憲因嚴嵩奸謀敗露，革職歸家。他們原是小人，雖然回來亦不能安靜，暗中著人通信倭王，約為內應。……城中武營全未預備，再有趙、胡二賊開城納寇，麻圖阿魯蘇帥領眾將早已搶了府城。」（第42回，頁773）《玉蟾記》既取消了胡宗憲的平倭功績，還將其形塑為開門揖盜的漢奸，較之《綠野仙踪》中的形象更為醜陋。小說中沒有王直、徐海的蹤跡，胡宗憲等於塗抹上了王直、徐海的臉譜，也接踵了嚴世蕃在〈沈小霞相會出師表〉、〈萃雅樓〉中的劣跡。

另一方面，關於張經、曹邦輔的冤屈，小說中所敘者跟事實頗有出入。首先，兩人在抗倭之役中並未有共同行動的紀錄。張經的戰功主要在王江涇之捷：「斬賊首一千九百餘級，焚溺死者甚眾」[104]（《明史》〈張經傳〉）；曹邦輔則殲滅流竄陶宅、太湖的倭寇：「以火器破賊舟，前後俘斬六百餘人」[105]（《明史》〈曹邦輔傳〉）。其次，兩人的結局亦不同。經過趙文華的誣奏，張經在嘉靖三十四年（1555）問斬——然同死者為李天寵而非曹邦輔；曹邦輔雖在同年謫戍朔州，但

103 胡衍南：〈清代中期世情小說研究——以《蜃樓志》、《清風閘》、《雅觀樓》、《痴人福》、《玉蟾記》為主〉，《國文學報》第47期（2010年6月），頁279-281。

104 〔清〕張廷玉等撰：《明史》，卷205，頁5407。

105 〔清〕張廷玉等撰：《明史》，卷205，頁5416。

隆慶年間還曾總督薊、遼、保定軍務，後卒於萬曆三年（1575）。[106]儘管如此，兩人仕宦生涯的挫折，不僅攸關於個人的毀譽清濁，還加劇了濱海黎庶的犧牲[107]，自然贏得普羅大眾的憤慨。清人沈學淵〈嚴家兵詩歌〉即將二人之事蹟綰合，發出不平之鳴：

> 鄉閭保障亦奇功，綽楔先應表忠義。
> 豈知填海本冤禽，銜盡人間不平事。
> 君不見王江涇頭張尚書，凱歌聲裡徵囚車。
> 又不見滸墅關前曹巡撫，捷音一奏丞相怒。
> 何況吾儕是小人，區區戰功何足數？[108]

《玉蟾記》將此「天下冤之」的情感表露無遺，而與趙文華關係密切的胡宗憲，亦不免遭到抹黑、醜化的命運。另一方面，小說不僅在相關人物、事蹟上有偷梁換柱的架空，對於倭寇的成員也充滿著瑰奇的想像。在小說創作者筆下，所謂「倭寇」皆是「真倭」，而且是國家力量正式動員，御駕親征的「軍隊」：

106　以上整理參考自劉柏正：《才學與情懷：清中葉（1791-1849）才子佳人小說承衍之文化考察》（臺北市：政治大學中國文學系研究所碩士論文，2011年），頁63。

107　鄭樑生：「因處事慎重的張經不取寵於文華，故雖獲王江涇大捷，卻為文華所陷，而有戰功之李天寵亦被害。致倭寇在此後仍猖獗不已。如文華不陷經、天寵以莫須有之罪，而以光明正大的態度對待他們，則倭寇或可較早平息。因此，文華的『公報私仇』，非僅將張經、李天寵二人送上斷頭臺，而且使數十百萬的濱海居民之生命財產成為倭寇的犧牲品。」見氏著：《明代中日關係研究——以明史日本傳所見幾個問題為中心——》，頁397。

108　收於〔清〕沈學淵：《桂留山房詩集》（上海市：上海古籍出版社，1995年，續修四庫全書・集部・別集類，中國科學院圖書館藏清道光二十四年郁松年刻本），卷3，頁308-309。

> 這倭王名叫麻圖阿魯蘇，武藝件件皆精，登舟如履平地。其妻名叫百花娘娘，能撒豆成兵，剪紙為馬，……先鋒大將名叫鐵骨打，有萬夫不當之力，……看他三人怎生打扮：倭大王面如腐炭，圓睛突出，唇長四寸，紅如朱砂。頭戴烏金盔，拖貂狐尾，插雉雞毛，背後小黑旗四面，身穿黑鐵甲，足下烏皮靴，手執黑纓長槍。倭娘娘面不加脂粉，好似嬌滴滴一枝帶雨梨花。……出征海上不減水漫金山白娘子。倭先鋒赤髮散披，金腦箍上一朵紅絨球。身穿火浣布的氅衣，腰圍赤豹皮。……此三人各帶雄兵二萬，個個都如水怪、水妖。（第8回，頁622-623）

倭大王渾身黑，倭娘娘一襲白，倭先鋒則是遍體赭色的紅大漢，帶有相當醒目的震懾效果。但張哲俊提到，這與其說是「倭／日本」的形象，毋寧更接近西南少數民族頭領的打扮，虛構的成分多於真實。[109] 事實上，在明朝的《倭寇圖卷》（舊題《明仇十洲臺灣奏凱圖》），已清楚地繪出頭剃半月形（月代，*sakayaki*），身著類似浴衣（*yukata*）的單衣，跣足，持弓箭、長槍、大蓬鏟、刀、火槍、鐮型槍、三刃矛、偃月刀、海螺、扇子等武器的倭寇隊伍，足見時人對「倭／日本」之觀察。[110]（見本章附圖三）

然而，既然在明代便對倭寇產生鮮明的視覺記憶，何以道光朝的

---

109 張哲俊：《中國古代文學中的日本形象研究》，頁336。

110 〔日〕田中健夫著，楊翰球譯，隋玉林校：《倭寇——海上歷史》，頁100-102。自明朝開始，日本人的視覺圖像即開始產生裂變：《三才圖會》中是以使節為模特兒（model），描繪帶有慈愛表情、拱手辭儀的僧侶圖；而《學府全編》則是半裸赤腳、肩扛凶器的強暴之徒。王勇認為，這恰好代表中國人心目中，日本人「半為商人，半為海賊」、「時而朝貢，時而掠奪」的兩面性。見氏著：《中国史のなかの日本像》，頁210-212。

《玉蟾記》會產生如此偏差？班納迪克·安德森的說法可以參考：「縮寫自『斜眼的』（slanted-eyed）一詞的『斜仔』（slant）這種字眼並不只表現出一種普通的政治敵意而已。借由將對手化約到他的生物性相貌特徵，這個字眼抹煞了對手的民族屬性。由此取代『越南人』的稱呼，它否定了『越南人』；……同時，它將『越南人』連同『朝鮮人』、『中國人』、『菲律賓人』等一起攪進了一堆無名的爛泥之中。」[111]僅僅以衣不蔽體的暴徒來描繪倭寇還不夠，還將之劃入「蠻夷」的隊伍，使「倭／日本」和「西南少數民族」形成文明程度同樣落後，且缺乏自我民族屬性的「無名的爛泥」，正是小說家所運用的貶抑策略。

這部小說因通元子、百花娘娘各顯神通的表現，在「倭患書寫」上有著比《綠野仙踪》更濃重的神魔筆墨，不過這類刻劃自有特色，後文將一併討論，在此先將目光轉至小說前半段比較突出的海戰場景。在文本的開端，就已聚焦在海上，這時與倭軍對峙的是張經、曹邦輔：

> 倭營安排已定，放下五百號戰船，皆有水輪八個，行動如飛。每船桅檣十丈，三道蒲帆。船頂四圍雉堞，女牆洞中俱有西瓜滾水炮。水營中軍是麻圖阿魯蘇，左軍是鐵骨打，右軍是百花娘娘，乘風破浪、耀武揚威。這邊張元帥吩咐：「三軍小心迎戰，不可貪功。」只見張元帥以紅旗殺入倭王黑隊中，倭先鋒赤條條精身殺入曹軍白隊中，真如神龍戲海，四散水花。（第9回，頁625）

111 〔美〕班納迪克·安德森著，吳叡人譯：《想像的共同體——民族主義的起源與散布》，頁210-211。

作者對鬥艦的驅動、防禦、軍火等配置都寫得相當仔細，毫不含糊，映入眼簾的是一排水中蛟鼉的雄姿，而且兩軍交戰的往來，也被譬為是「神龍戲海」般驚濤駭浪的場面，相較於《綠野仙蹤》靠林岱在陸上的活躍而擊退倭寇，《玉蟾記》顯然把重點放回濱海特有的蜃闕鮫宮，視野也隨之轉移到了「怪沫一何繁，水與水相澡」的湛藍世界。是役，中國固然靠著通元子的神通而取得優勢，不過曹邦輔的謀略亦起了關鍵性的作用：

> 那巨鑑何以不能行動？因曹參謀命三軍往眾山上把亂草長藤運到海邊，順流而下，那倭邦五百號大船的水輪都絆繞起來，何能行動？此時倭兵皆無鬥志，百花娘娘無計可施，只得寫了降書，面縛銜璧，跪在軍門請降。（第10回，頁629）

正所謂「車摧輪，則無以行；舟無楫，則無以濟」，海戰最忌諱的，便是艨衝失去動力，而中國利用海流的有利條件（頗類似火攻需風向來配合），讓草藤破壞倭軍水輪的正常使用，自然就此定下了勝負的分水嶺，可以看出小說家在戰略方面的想像力是豐富而活潑的。

前文可見，《綠野仙蹤》和《玉蟾記》兩部作品都是以胡宗憲為反派，進而將平倭的主要戰功讓位給其他虛構人物：林岱、朱文煒、張昆、曹昆，包括俞大猷、張經、曹邦輔等真實人物則充當跑龍套的點綴，增添小說的可信度；同時，倭寇陣營方面也強化了「華夷之辨」，讓大盜王直、徐海或者屈居「真倭」夷目妙美、辛五郎的副手，或者乾脆由虛構人物麻圖阿魯蘇、百花娘娘、鐵骨打扮演倭軍的中堅，揭櫫了「記憶／想像」之間的北轍南轅。除此之外，還有一部以「嘉靖大倭寇」為背景的小說可以討論，在其中並無嚴嵩黨羽的陰影，而純粹以主人翁的浮沉生涯為主軸，並將抗倭戰爭視作其發跡變泰的轉捩點，亦即《歧路燈》這部創作。

四　《歧路燈》：名將與盜魁的穿梭

《歧路燈》為康乾年間李海觀的作品，敘述出身「賢良方正」之後的譚紹聞，如何因年幼失怙而誤結損友，耽溺於「呼盧叫雉，偎紅倚翠」的糜爛生活，後來家道中落才洗心革面，最終隨著族兄立下平倭勳業而官拜黃岩縣正堂的故事，是典型「浪子回頭金不換」的道德教訓。全書共一〇八回，「倭患書寫」的高潮則在第一〇二至一〇五回，已接近煞尾。

除上述「寧波事件」的反映外，早在第九回譚紹聞之父譚忠弼已閱浙江奏疏「倭寇猖獗，蹂躪海疆」，並夢至邯鄲，有盧姓官員邀道：「弟今叨蒙聖恩，付以平倭專閫。……倘蒙不棄，俟海氛清肅，啟奏天廷，老先生定蒙顯擢。……倘欲廁卿貳，現有幞頭象笏；欲專節鉞，現有龍標金瓜。弟所已經，皆仕官之捷徑也。」（頁109-110）「邯鄲」、「盧生」等元素，顯然挪用〈枕中記〉的典故，與抗倭之役聯袂書寫，顯示倚戰功而晉升的虛幻性。然而，最終譚紹聞卻是憑此飛黃騰達，可以看出這大團圓結局背後的悲涼之感。[112]

在《歧路燈》中，雖未見嚴嵩、胡宗憲、王直，但仍出現王忬、俞大猷、湯克寬等將領，及盜魁徐海、林參的身影，展現虛實雜揉的文學向度。譚紹聞所用的殲敵戰術為火攻，這是從元宵煙火「火燒戰船」故事得到的靈感，也可看出小說步武赤壁、黃天蕩兩役的痕跡[113]：

---

112 李延年、康靜認為，《歧路燈》表面是花團錦簇的美滿結局，卻無法掩蓋背後末世來臨的腐朽氣息，小說中譚家的振興只是少數，其餘包括盛希僑、張繩祖、夏逢若等世家子弟的落敗，可看出一個時代走向衰落的縮影。見氏著：〈諷刺性描寫：《歧路燈》的美學意涵及審美價值〉，《河北學刊》第35卷第2期（2015年3月），頁93-94。若配合本書注意到的抗倭戰功是建立在黃粱一夢般的虛妄性，確實可以從中察覺到李海觀的悲觀情懷。

113 《歧路燈》第104回，匠人介紹「火燒戰船」煙火架的故事道：「曹操下武昌有七

> 及近岸，倭寇袒胸露乳，手執大刀闊斧長矛銳刲，飛也似奔來。這邊火箭齊發，著胸者炙肉，著衣者燒身，著篷者火焰隨起，入艙者逢物而燃。……那日本國殘軍敗將，齊要尋島避火。看那篙工舵師，論他的櫓，猶似劉向閣中太乙杖，論他的船，也似蔡邕案上焦尾琴。俱駕在普陀山根，希保島上的山寨。……那燒死而焦頭爛額者不計，餘共斬首二百五十三級，生獲三百四十三人。中國這一番大捷，日本這一場大敗，王都憲題奏上去，詳述倭寇跳梁之橫，浙江被劫之慘，俞、湯二總兵統兵之盛，譚紹聞一書生設計之奇，定海寺火箭幾萬支，為向來韜鈐所未載。（第104回，頁1041）

上述戰功可見於《明史紀事本末》〈沿海倭患〉。[114]譚紹聞一戰成名，完成了先父午寐所見之功勳，與書中一再強調「用心讀書，親近正人」的教誨相左，主角最後卻是靠著弭盜安民而光耀門楣，不免令人

十二隻戰船。這煙火要做諸葛孔明壇上祭風。做幾隻小船兒是黃蓋放火。黃蓋船上放了火老鴉，撒了火箭，一齊發威。這黃蓋船與曹操船兒有一根繩兒，穿了一個烘藥馬子。馬子下帶一個將軍，手執一把刀，烘藥走到曹船，一刀把曹操頭砍下。又有一個馬子帶一個將軍，到許褚船上殺許褚，到張遼船上殺張遼。這兩個將軍，還用烘藥馬子帶回來，到孔明七星壇上獻功。那七盞燈是硫磺配的藥，可以明多半更。那七十二隻曹船，這邊火箭亂射，射中曹船的消息兒，那船上俱裝的是炮，一齊兒萬炮亂響，響的船俱粉碎，齊騰火焰，登時紅灰滿地。這七星壇上披髮仗劍的孔明，機兒燒斷，還要慢慢的退入軍帳。」見頁1038。又第102回：「譚紹聞想起元宵節在家鄉塔寺看煙火架，那火箭到人稠處，不過一支，萬人辟易；射到人衣裳上，便引燒而難滅。當日金兀朮在黃天蕩，用火箭射焚韓蘄王戰船，因而逃遁而去，想來就是這個用法。」見頁1019-1020。

114 〔清〕谷應泰撰：《明史紀事本末》：「倭魁汪直等結砦海中普陀諸山，時出近洋襲官軍。忬偵知之，乃夜遣俞大猷帥銳兵先發，而湯克寬以巨艘佐之，逕趨其砦，縱火焚之。倭倉皇覓艅艎走，官軍隨擊大破之，斬首一百五十餘級，生獲一百四十三人，焚溺死者無算。」見卷55，頁591。

錯愕。可以說，這段情節既有史實的支撐，又帶有黃粱一夢的荒誕，李海觀在此成功地模糊化「真實／虛構」的分際，未嘗不是一次絕妙的想像力馳騁，留給讀者咀嚼的空間。

本書在此節以嚴嵩、胡宗憲、王直、徐海幾位梟雄、巨奸為中心，兼及趙文華、王忬、俞大猷、湯克寬、曹邦輔、張經、林參、陳東、麻葉、辛五郎等真實參與「嘉靖大倭寇」的風雲人物，如何在《胡少保平倭戰功》、《升仙傳》、《歧路燈》、《綠野仙踪》、《玉蟾記》中因著不同的價值判斷或敘事需要，展現「記憶／想像」之間的敘事張力。此外，對於嚴世蕃「通倭」的指控，也在〈沈小霞相會出師表〉、〈萃雅樓〉等文本中有所呈現。

《歧路燈》、《升仙傳》、《玉蟾記》都把倭寇的成因放在中國官憲在朝貢貿易中的不當揩油，包括「寧波事件」對中日雙方的衝擊，或將此惡行加諸於嚴嵩身上，表現出愛憎分明的創作意識。在若干文本當中，對於胡宗憲評價的迴異，則是「倭患書寫」在「記憶／想像」光譜擺盪的關鍵。透過文獻的比對，可以發現《胡少保平倭戰功》顯然改易自《籌海圖編》之〈王江涇之捷〉、〈擒獲王直〉、〈紀剿徐海本末〉等記載，亦即胡宗憲幕僚筆下的隨軍見聞，加以時代較早，貼近浙省對其的孺慕之情，所以故事主人翁展現出超群的姿態，被譽為是「倜儻之才，英雄之氣，機變百出，胸藏韜略」，貫徹至晚明清代的《西湖二集》、《西湖拾遺》等作品。同時，《胡少保平倭戰功》中的主戰場座落在胡宗憲與王直、徐海兩雄之間的心理攻防，也與歷史事實吻合，敘述上合乎常理，可見這部作品擁有較強的實錄風格。

反之，乾隆以降的《綠野仙踪》、《玉蟾記》等，則將胡宗憲目作嚴嵩黨羽，不僅對其品格提出詆毀，視之為「腐儒」、「小人」，亦將其平倭功勳移花接木至林岱、朱文煒、張昆、曹昆等虛構人物身上，甚至倭寇（倭軍）也不符史實地以「真倭」為主幹，包括夷目妙美、辛五郎、麻圖阿魯蘇、百花娘娘、鐵骨打等人取代了王直、徐海的領袖位置。這種改造既深化了「華夷之辨」的壁壘，也展現了高度杜撰的成分，戰爭描寫大多浮誇、荒誕，毋寧是更具想像色彩的文本。最後，敘述「浪子回頭金不換」的《歧路燈》，雖無對胡宗憲等人的毀譽評判，但將主人翁發跡變泰的平倭戰功塗抹上「黃粱一夢」的不切實際，則是從另一種角度提出虛實的叩問。

第三節　明清小說中的「假倭」與俘虜生涯

以「嘉靖大倭寇」為故事組成之一的明清小說，除了有上述文本中突出的浴血奮戰，刻劃下層百姓因倭患而民墜塗炭的場面，亦為數不少。例如《鴛鴦針》卷一〈打關節生死結冤家，做人情始終全佛法〉有以下之描寫：

> 卻說徐鵬子離家之後，倭寇作亂，浙江一帶地方，並無寧宇。經過地方，鼠逃鴉散。未經過的地方，鶴唳風聲。大小男婦，東邊的走到西邊，西邊又走到東邊。山谷之中，啼號不絕。所在地方，皆負擔載鍋而立。這樣流離奔走之苦，真個說不盡的。[115]

根據王汝梅的考證，《鴛鴦針》的創作者「華陽散人」，可能就是一位叫作吳拱宸的明遺民[116]，那麼這部作品相較於清中葉小說，應該更貼

115 收於〔清〕華陽散人編輯，李昭恂校點：《鴛鴦針》（瀋陽市：春風文藝出版社，1985年），卷1，頁37-38。

116 王汝梅：〈《鴛鴦針》及其作者初探〉，收於〔清〕華陽散人編輯，李昭恂校點：《鴛鴦針》，附錄，頁225-229。

近於明人對倭寇的創傷記憶。事實上，除了《鴛鴦針》之外，反映「嘉靖大倭寇」下庶民之艱困與苦難的文本還有很多，像馮夢龍筆下的〈楊八老越國奇逢〉[117]，就寫實地描述到倭寇隳突下，無辜百姓的倉皇無助：

> 舟車擠壓，男女奔亡。人人膽喪，盡愁海寇恁猖狂；個個心驚，只恨官兵無備禦。扶幼攜老，難禁兩腳奔波；棄子抛妻，單為一身逃命。不辨貧窮富貴，急難中總則一般；那管城市山林，藏身處只求片地。正是：寧為太平犬，莫作亂離人。（頁270）

所謂「寧為太平犬，莫作亂離人」，是多麼精確地切中逃難者的心聲。明清小說「倭患書寫」中，下層黔首的眼淚與呻吟，絕對是重要的文化現象。筆者將在本節聚焦這些顛沛離亂的書寫，並說明倭寇如何將中國良民改造、訓練成馬前卒的俘虜生涯，以下先就小說中的倭寇暴行提出論述。

一　寧為太平犬，莫作亂離人：小說中的倭寇暴行

在相關的小說當中，《雪月梅》（又名《第一才女》、《濃情兒女傳》）[118]毋寧是值得矚目的一部創作。《雪月梅》顯然模仿《金瓶梅》

---

117 收於〔明〕馮夢龍著：《喻世名言》，卷18。以下為行文方便，所引原文但標頁碼，不另加註。

118 本書使用版本為〔清〕陳朗著，喬遷標點：《雪月梅》（上海市：上海古籍出版社，1987年）。以下為行文方便，所引原文但標回數、頁碼，不另加註。另外，陳年希提到《義勇四俠閨媛傳》與《雪月梅》只是兩部回目的文字大異，人名也不同，但是故事內容一致，正文文字也幾乎全同的相同作品。見氏著：〈《義勇四俠閨媛傳》與《雪月梅傳》〉，《明清小說研究》第1期（1988年），頁305。

將三位女主角（潘金蓮、李瓶兒、龐春梅）之芳名各取一字，為小說命題的手法，分別以許雪姐、王月娥、何小梅為本書題名之來源，而這三位女性則正好是主人翁岑秀之妻室。無獨有偶，另一部涉及「倭患書寫」的才子佳人小說：《玉樓春》，亦就是取名自黃玉娘、翠樓、霍春暉三美，筆者將在後面章節進一步討論這部作品。

《雪月梅》成書於乾隆四十年（1775），而故事的時代座標恰好落在嘉靖年間，敘述岑秀因避仇遠遊，結識蔣士奇、劉電、殷勇、文進等勇士，幾經波折，多歷轗轉，最終以靖海戰功升授太子少保，並與「雪、月、梅」締結良緣。劉芳曾指出，《雪月梅》雖說是才子佳人小說，但對愛情著墨不多，集中於描寫與倭寇之間的戰爭，同時反映了廣闊的社會生活，有較深刻的認識價值。[119]

與前文提到的一系列小說一樣，書中也出現了徐海、王直、胡宗憲、趙文華、俞大猷、戚繼光等史實人物的身影，如第二十八回借王翼之口說道：「並說近日海寇汪直、徐海勾連倭奴，從江、淮、台、寧沿海地方分道入寇，勢甚猖獗，蘇、松、嘉、湖，處處戒嚴。詔用監察御史胡宗憲巡撫浙直，又命工部尚書趙文華巡視江淮各處，招募武勇甚緊。」（頁226）

不過，上述諸人在書中都只是陪襯。以倭寇的組織來說，領袖是趙天王、赤鳳兒夫婦，中堅是「分水牛」江二、「穿山甲」江四、「就地滾」江五（江瀾，與其妻郎賽花）、「混江鰍」江七（江濤）兄弟，早逝的「青草蛇」江六也曾「暗吃海俸」，其餘還包括金鐘道人、野叉楊仙蟾、黑煞神凌滄虬等擅於鬼兵、飛刀、攝魂的術士。

至於官軍中則以岑秀等人為主力，書中的胡宗憲既非嚴嵩黨羽，也無特殊才幹，面目相對模糊。于平就說，主角身負封疆重任後調集

119 劉芳：《《雪月梅》研究》（贛州市：贛南師範學院中國古代文學研究所碩士論文，2013年），頁1。

兵力，分路進剿大獲全勝的情節，是以王江涇大捷為藍本的，所不同的是，小說除襲用講史中槍挑刀砍的手法外，還出現了神魔小說的鬥法手段，真假參半，倒為仕士各顯身手，大增風采，成功克服民族矛盾的風口浪尖上的磨礪考驗。[120]

除了梟雄、豪傑馳騁沙場的宏大敘事外，《雪月梅》也鉅細靡遺地道出了倭寇對老百姓的蹂躪，在「華秋英急智刺淫倭」的情節之中，尤其著墨在其淫虐：

> 且說這倭奴攻破崇明，大肆殺掠，……婦女三十以上、無姿色者殺戮無存，少艾者驅使作役，青天白日，群聚裸淫，少不如意，揮刃濺血，群婦股裂受污，天日為慘。……一日早辰，有數十倭奴聚集在一大宅院內，著眾婦女與他造飯，其餘各嬲一個，當眾宣淫，……望見離東門不遠，只聽得後面哭聲震天，回頭一望，見西頭煙火沖天而起，原來這些倭奴飽飯後探聽得有官兵到來，卻將這些婦女關閉在屋，放火焚燒而去。可憐這些婦女既遭淫污，又活活燒死，慘不可言！（第23回，頁181-183）

書中的華秋英智勇雙全，用計刺殺心懷不軌的倭奴，不但保全了清白，且成功出逃。然並非每位婦女都能這麼幸運，更多的是被奴役、玷污、屠戮的際遇。[121]在中國人的理解中，倭寇即是淫慾的代名詞，《雪月梅》便道：「但群倭淫毒，原屬性成」（第48回，頁427）。爰

120 于平：〈暗渡陳倉 紙上黃粱——《雪月梅》創作意蘊和時代背景探釋〉，《明清小說研究》第2期（1992年），頁213-214。

121 與小說的敘述雷同，陳懋恒綜合《倭變事略》、《籌海圖編》之記載，提到「倭寇之伎倆」，包括有：「擄婦女，驅令繅繭，夜則縱淫，將行，聚而焚之。」見氏著：《明代倭寇考略》，頁152。

此，像這樣的地獄圖像，履見於明清小說：

> 擄得婦女，恣意奸淫，弄得不耐煩了，活活的放了他去。也有有情的倭子，一般私有所贈。只是這婦女雖得了性命，一世被人笑話了。（〈楊八老越國奇逢〉，頁270）

> ……，男子強壯的著他引路，女婦年少的將來奸宿，不從的也便將來砍殺。也不知污了多少名門婦女，也不知害了多少貞節婦女。（〈胡總制巧用華棣卿，王翠翹死報徐明山〉，頁100）

> 一酋長名滿雄者，大言道：「……，搶他小年紀的婦女，滿載而歸，豈不逞俺們的意嗎？」從來倭奴的性最淫，聽了這樣好話，齊和一聲，……卻見城頭上有幾個絕色的女子，都騎著驢兒走，只道是逃避的，眾倭奴爭先覓路上城。……遙見棗園內兩個婦女，被兩個倭酋按在地下奸淫，外面無數倭奴圍繞著。（《女仙外史》[122]，第44回，頁495-498）

> 倒從那炕面前放煤炭的地坑裡，救了許多女人出來，約有千人，餘外都壓死了。……眾女人道：「……我們被賊擄去用的，替他們洗衣、煮飯，年輕的由著他們侮弄、取樂。」……先從本帥起受用一番，再給你們諸將輪流擺弄作樂，倘或還活的，就賞給兵丁們大家開開心，難道十萬條的雞巴弄不死這三個害病小孩子嗎？（《綺樓重夢》[123]，第18回，頁122-123）

122 〔清〕呂熊著，劉遠游、黃蓓薇標點：《女仙外史》（上海市：上海古籍出版社，1991年）。以下為行文方便，所引原文但標回目、頁碼，不另加註。

123 本書使用版本為〔清〕王蘭沚撰，李建茹校點：《綺樓重夢》（西安市：太白文藝出版社，1998年）。以下為行文方便，所引原文但標回數、頁碼，不另加註。

張哲俊以「奇淫無比的倭人」概括小說中的淫倭形象，其以為無論在怎樣的險境，怎樣的情況，倭寇將帥的行為都圍繞著淫慾的宣洩——倭寇侵襲中國的行動中，總是缺不了奸淫中國女人。[124]饒富意味的是，在同樣以「華夷之辨」為核心的家將小說中，此類的暴行卻寥若晨星，微乎其微。這或許是因為北方的胡人多被萬里長城或精兵悍將拒於青樓林立，畫舫凌波的春花煙雨之外，而踏浪而來的倭寇，則深入富庶、溫存的江南區域，帶來的破壞性也更嚴重，留給中國人民刻骨銘心的傷痛烙印。而在倭患肆虐之下的受害者中，當然也就包括了懷璧其罪的薄命紅顏，側面顯示海疆的防守不易。

可以想見，在這樣的情況之下，會有多少的良家婦女或者逃亡，或者被俘，不得已而與父母、丈夫、兒女分離，這在某些小說甚至構成「敘事的內驅力」[125]，推動情節的發展。比方說，《醉醒石》第五回〈矢熱血世勳報國，全孤祀烈婦捐軀〉[126]中的姚指揮、曹瑞貞伉儷因倭亂而分離、殞命，造成「實實一箇將官，死在戰場上；實實一個女人，殺死在路上」（頁64）的悲劇，但此同時為上天賦予的「臣死國，妻死夫」之考驗，小說家藉之宣傳了「忠／節」的道德勸戒[127]，這也正是小說題名的由來。

另外，《筆梨園》第二本《媚嬋娟》[128]，總共六回，寫的是江武

124 張哲俊：《中國古代文學中的日本形象研究》，頁329-330。

125 宇文所安（Stephen Owen）曾以「天命」、「性格」和「意志」作為事件產生的方式和泉源，稱之為「敘事的內驅力」，這三個層次並非孤立，每個層次都會滲透進以下的層次。見〔美〕宇文所安：〈敘事的內驅力〉，收於氏著，田曉菲譯：《他山的石頭記——宇文所安自選集》（南京市：江蘇人民出版社，2006年8月），頁54-78。

126 本書使用版本為〔清〕東魯狂生編輯，程有慶校點：《醉醒石》（南京市：江蘇古籍出版社，1994年）。以下為行文方便，所引原文但標頁碼，不另加註。

127 關於《醉醒石》「醒世警人」的道德教化的勸勉，可參考嚴玉珊：《《醉醒石》研究》（嘉義縣：嘉義大學中國文學系碩士論文，2009年），頁109-121。

128 本書使用版本為〔清〕瀟湘迷津渡者編輯：《筆梨園》，收入《古本小說集成》（上

韜和媚娟的狹邪故事，二人在花街柳陌中萌生真情，後來才輾轉得知佳人竟為先妻之表妹，乃因倭患而不幸墮入風塵：「宋氏道：『咳！說起心疼。一個小兒，前年被倭兵殺去了。還有兩個花枝般的小女，也被倭兵擄去，故此我的眼兒都哭壞哩！』……宋氏道：『大女兒擄去時十七歲，今年有廿二歲了；次小女擄去時十五歲，今年有二十歲了。大女名喚福姑，次女名喚祿姑。江大爺在江湖上，可替小親打探打探。萬一有相會之期，也不可知哩。』」（第4回，頁70-71）

宋氏即為江武韜岳父之妹，而原來媚娟就是祿姑，福姑則一度為徐海所掠，兩人偶然重逢。值得注意的是，像福姑這樣的女性，即使被解救出來，也並未獲得重返故里的自由，而是被官兵賣與民間，揭櫫身為倭寇俘虜的悲哀。最終「福、祿」共事一夫，形成齊人之福的大團圓結局；而雖說《媚嬋娟》是因倭患而促成一段風流姻緣，但一個完整家庭也就此破碎，姊妹二人淪為海賊與嫖客之玩物，豈不悽慘？

不僅是侵犯無辜的女性，小說中的倭寇有時也以向兒童施虐取樂。〈矢熱血世勳報國，全孤祀烈婦捐軀〉寫道：

> 這倭全不介意，仍在城外擄掠。拿著男子引路，女人奸淫，小孩子搠在槍上，看他哭掙命為樂。劫火遍村落，血流成污池。野哭無全家，民牧亦何為。（頁57）

田中健夫歸結中國典籍中關於倭寇暴行的記載，其中「縛嬰沃湯」、「孕婦刳腹」在徐學聚《國朝典彙》、鄭若曾《籌海圖編》、鄭曉《皇明四夷考》、涂山《明政統宗》等都有雷同的記載，並說其荒淫穢惡達

海市：上海古籍出版社，1990年，北京圖書館分館所藏清刊殘本）。以下為行文方便，所引原文但標回數、頁碼，不另加註。

到不可言狀的程度，已經成為誇張宣傳倭寇殘暴性的固定化表現。[129]言下之意，對於婦孺的非人虐殺，文獻可能與事實有一段差距；只不過，若配合《醉醒石》中相關的情節，類似的罪孽恐怕是雖不中亦不遠矣。

回到《雪月梅》本身的討論，這一部小說除了細緻描繪出中國百姓受倭患侵擾的傷痛與哭喊，還很突出地塑造出勾結倭寇的奸民形象。如前文所述，在其他的小說中，雖然也注意到了「真倭」與「假倭」的不同，但多將私通之罪放在朝中佞臣或濱海劇盜的身上，嚴世蕃、趙文華、胡宗憲、徐海、王直等因名氣較大，遂成為千夫所指的「箭垛式的人物」。然而，歷史上有更多的是沒有留下名姓的沿海居民，這些人或者因生活的需要、或者因利益的驅使，甘願與倭寇勾結，出賣自己的同胞，開門揖盜，引狼入室。此亦即《明史紀事本末》〈沿海倭亂〉所謂的：「並海民生計困迫者糾引之，失職衣冠士，及不得志生儒亦皆與通，為之鄉導」。[130]

這類人物，在其餘小說中也有出現，但一如史傳中沒有遺下惡名，如〈矢熱血世勳報國，全孤祀烈婦捐軀〉提到：「或是通番牙行，或是截海大賊，或是嘯聚窮民，都各勾結倭夷，蹂躪中國」（頁56）。《雪月梅》則架空出一批躍然紙上的有名有籍的「漢奸／假倭」形象，以下析論之。

二 暗吃海俸，作內地奸細：小說中的「假倭」形象之一

《雪月梅》屢屢提到「且聞有沿江盜賊之徒暗通倭線」（第11

---

129 〔日〕田中健夫著，楊翰球譯，隋玉林校：《倭寇——海上歷史》，頁102-103。

130 〔清〕谷應泰撰：《明史紀事本末》，卷55，頁589。

回，頁82）、「且聞內地有奸細暗通線索」（第20回，頁157）、「且有內地凶徒匪類、逸犯逃兵勾連響應」（第23回，頁180）、「且有內地奸細勾連外應」（第44回，頁378）等等，就包含前文提到的江七等人。

江氏兄弟不僅與倭寇暗通款曲，並且從事人口買賣的勾當，在小說前半部拐騙了許雪姐、謀害了林嫗（殷勇的母親），所以與岑秀等人既攜國仇，也帶家恨：「原來這江六就是謀害殷勇母親的混江鰍江七的哥子。……且又勾連倭趙天王，暗吃海俸，作內地奸細，一發肆惡無忌。……那江二、江四早已去投奔汪直，做了頭目。他娘已死，這江五、江七知道江六事發，恐有連累，帶了郎氏三人扮作洋客，連夜投奔倭首趙天王去了。」（第19回，頁148）這些人對「真倭」來說，就像開啟中國門戶的鑰匙，讓這夥海盜如入無人之境：

> 就中單說這赤鳳兒與就地滾、郎賽花夫婦，與海寇汪直的頭目黎格、盧龍率領海賊、倭奴數千之眾，直犯松郡之華亭、金山、上海、南匯等縣，在圖山、沙川等處分立十餘屯，左出右入，夜劫宵攻，十分猖獗。楊舍參將耿自新、都使同知汪龍、嘉鎮中軍游擊吳端等屢戰不克，反被他暗通內線，裡應外合，攻破了金山，大肆殺掠。（第43回，頁368-369）

反之，失去了中國人的指示，倭寇馬上會變成一群無頭蒼蠅：「……，這千餘倭寇除被官兵砍殺了三分之一，所剩七百餘人，一來趕得心慌，二來沒了江五弟兄的引導，只顧往前亂奔，恰恰往孟河港這條路上奔來。已是起更時分，卻被殷勇伏兵等個正著。」（第24回，頁191）通倭者本是沿海居民，熟悉地理；相對地，中國守軍為了增強戰力，引進了外省客兵，結果一來一往之間，反而在戰略布署中屈居下風。陳懋恒有云：「通倭奸民既眾，故倭入寇之時，地利曲折，無不周知，伏匿奔竄，左右咸宜。而中國調集客兵，反以不明地利敗。」[131]

在《雪月梅》中，除了引導的作用外，勇力過人的「假倭」，還可充當衝鋒陷陣的主力，讓本來就難以對付的「真倭」如虎添翼：

> 正在混戰，又聽螺聲四起，喊殺連天，江五、江七領左右兩屯倭兵蜂擁殺至，復將官軍圍住。鄒吉正遇郎賽花拍青驄馬、揮日月刀殺來，鄒吉欺他是個少婦，舞刀相迎。交馬數合，郎賽花賣個破綻，讓鄒吉一刀砍入懷來，他將身閃過，把左手的刀逼住鄒吉的刀柄，右手的刀早飛起當頭落下，錚地一聲，連肩帶頭砍於馬下。官兵大敗，自相踐踏。（第37回，頁309）

江氏兄弟與郎賽花等人，被于平稱之為「江山社稷的蛀蟲」，但同時認為其在陳朗筆下是「反面人物草草帶過，面目模糊，充其量只是惡勢力和社會險象的化身」。[132]小說在藝術方面的成功與否，筆者暫擱毋論，但作者能嘗試於描繪一群有名有姓的「漢奸／假倭」，可以看出《雪月梅》在明清小說「倭患書寫」中的獨樹一幟，乃是在史傳的基礎之上，進一步向虛構的堂奧深入，展現出了豐碩的想像力。其他如《蟫史》、《瑤華傳》，亦有中國人假冒倭寇或通倭之情節：

> 蠋生曰：「……然備倭之事，不以畀鎮官而責成本衛，知真倭、假倭，消長存亡，繫於君之赤手。吾謂真倭前攻神泉，被吾伐謀誅其內應，必不敢再犯。致有損摧，應鄘城之招致者，

131 陳懋恒：《明代倭寇考略》，頁18。

132 于平：〈暗渡陳倉 紙上黃粱──《雪月梅》創作意蘊和時代背景探釋〉，頁214。

必偽倭黑魚頭也。……。」[133]

……，探問路人說：「大盜真珠泉為倭寇暗約其到京口接應，故此全夥都在江中。」……瑤華聽了，道：「……。我想那廝始終是個草寇，容易撲滅，若倭寇他傾國而來，又加那廝作為鄉導，如虎添翼，其勢可知，豈我們這幾個可以抵擋的？」[134]

然而，倭寇隊伍中的「假倭」，不只是充當穿針引線的工作，也不一定如徐海、王直、江七等人享有為王為將的地位，也有被利用於在前線於欺敵的馬前卒，混淆中國的軍隊，目的是保存「真倭」的實力，不至於在躬蹈矢石中耗損兵員。這又分作兩種，〈矢熱血世勳報國，全孤祀烈婦捐軀〉中是用喬裝為官兵的方式滲透城池，讓守軍猝不及防：

倭營中早計議：先把些中國人充官兵在先，倭兵大隊在後，積些草，放上一把火。城中見了也是一把火。兵到開門，進得二三百，一聲海螺響，只見前隊官兵，拔刀把守兵砍殺，倭兵已到了。袖中出蜂蠆，見者無不驚。何須杵血流，唾手頹名城。（頁58）

這類的戰術也並非全然出於小說家之虛構，在《倭變事略》就提到倭寇會假扮鄉民或官兵來使中國守軍鬆懈，取得不錯的成效。[135]正所謂

133 〔清〕屠紳著：《蟫史》，收入於《古本小說集成》（上海市：上海古籍出版社，1990年，上海古籍出版社庭梅竹氏藏板磊砢山房原本），卷2，頁67-68。

134 〔清〕丁秉仁編著：《瑤華傳》，收入於《古本小說集成》（上海市：上海古籍出版社，1990年，鄭州大學圖書館所藏濤音書屋本），第30回，頁694-695。

135 〔明〕采九德撰：《倭變事略》，卷2：「時賊來寇，多效吾鄉民裝束，又類吾軍裝束，混而無別，遂致常勝。」見頁2。又同書卷3：「二十三日，先鋒丁總戎駐兵方

「明槍易躲，暗箭難防」，小說家用「袖中出蜂蠆」來形容「真倭」的陰險，也是同樣的意思。歷史上或小說中，有如此多的中國人投入倭寇的隊伍，莫怪乎早期嘗試取締海禁的浙江巡撫朱紈會感嘆地說道：「去外國盜易，去中國盜難。去中國濱海之盜猶易，去中國衣冠之盜尤難。」[136]

像〈矢熱血世勳報國，全孤祀烈婦捐軀〉這類為虎作倀的「假倭」，當然是中國人深惡唾棄的對象，但是還有另一種被倭寇放在先鋒位置的，卻是身不由己的良民，因為被俘虜而為「真倭」擺布，前有官兵，後有倭寇，進退兩難，徬徨無助，形成明代倭患橫行下最可憐的犧牲品。《雪月梅》曾提到：

> 這倭奴狡猾凶殘，大約攻破城池，先肆擄掠。那年老者不分男女，殺戮無存。把那些少壯男人驅在一處，遇著官兵到來，先驅使沖陣，倭奴卻伏在背後，有回顧者即行砍殺。官兵不分皂白，槍銃矢石齊發，殺的卻是些無辜百姓，還割了頭去冒功請賞。這些倭奴卻四分五落避開，待官兵銳氣已過，他卻四下呼嘯合圍攏來，官軍十場九敗。因此這些倭奴藐視官軍，全無畏懼。(第24回，頁189-190)

> 且對陣交鋒，倭奴驅使擄掠平民當先透敵，官兵不分皂白，銃箭並施，所殺盡是平民，甚至割首請功，濫邀升賞，殊堪髮指，真正倭奴並不曾傷損。及官軍銳氣已過，彼方呼嘯雲集，以致官兵屢屢為其所敗。(第46回，頁399)

炊，會大風起，賊冒吾民服色至軍前，詒曰：『寇至矣。』兵方卸甲，置器待食，即錯愕而視。賊伏起掩擊，我師大潰，覆千餘人。」見頁2。

136 見〔清〕張廷玉等撰：《明史》，卷205，頁5404-5405。

這種摻雜與含混，便構成了抗擊倭寇最大的困難。明清小說中的「倭患書寫」，與同樣以「華夷之辨」為題材的家將小說，有一個頗大的區別，就在於鏤刻出因「俘虜」而被迫加入「外族」的身分轉變，那是充滿血淚的時代哀歌。

《楊家府演義》或《北宋志傳》之中，雖然也有像楊延朗（楊四郎）被契丹俘虜後，化名「木易」投降，甚至被招為駙馬，於北地忍辱負重十八年，直至與宋軍裡應外合，攻破遼國而重返故鄉的情節。[137]不過，楊延朗畢竟不是平民，況且在蕭太后的賞識與瓊娥公主的愛護下，還曾享有一段優渥的物質生活。除了這種特例外，歷史上還有一批無辜百姓因為被捲入戰火，流落至殊方異域的悲慘生涯。中國古典小說史上對於這個議題用力最深的，首推《喻世明言》卷十八之〈楊八老越國奇逢〉。

三　我成俘虜獲何愆：小說中的「假倭」形象之二

根據小川陽一《三言二拍本事論考集成》之整理，〈楊八老越國奇逢〉的故事可溯源至《古今譚概》卷三十六〈一日得二貴子〉和《情史》卷二〈楊公〉。[138]敘述元朝時陝西商賈楊復，小名八老，娶妻李氏，生一子名叫世道；又在經商漳州時「兩頭大」，入贅櫱氏，

---

137 有論者指出，楊四郎（小說作「楊延朗」，戲曲作「楊延輝」）歸宋的故事，與兩宋之際「歸正人」（北方淪陷區投奔南方之人，其中包含了「忠義保聚」之人）和「歸明人」（異族而歸順中原之人）的頻繁活動有關，《宋會要輯稿》中楊嗣興先侍於金，後歸於宋的事蹟，可能帶給了說話人將楊家將與歸正人聯繫在一起的靈感。可參見陳小林：〈試論楊四郎故事的形成〉，《山西師大學報》（社會科學版）第35卷第5期（2008年9月），頁83-84。

138 〔日〕小川陽一：《三言二拍本事論考集成》（東京：株式会社新典社，1981年），頁50-51。此說主要來自於譚正璧、胡士瑩。譚正璧另外提到《書隱叢談》中江西聶翁之故事與〈楊八老越國奇逢〉類似。

生一子名叫世德，卻不幸於歸鄉路途中為倭寇所俘虜，剃頭赤腳，與真倭無異，竟在日本國待了十九年。後來又隨著倭寇登陸浙江，為官兵活捉，並幸運地與妻子相認，時二子皆任官於紹興，楊復遂得榮華富貴，安享終年。

〈楊八老越國奇逢〉與前文提到的大多數小說不同，前文基本上皆明確將時間座標設定於世宗主政（《女仙外史》是個例外，雖然以「嘉靖大倭寇」為原型，背景卻是永樂朝），而這篇作品卻說「那故事，遠不出漢、唐，近不出二宋，乃出自胡元之世，陝西西安府地方」（頁268）。儘管創作者宣稱小說的背景是元代，然而學界多將之視為「嘉靖大倭寇」的投射。[139]

有一個可資判斷的條件，是元朝雖然也有倭寇跳梁的紀錄，但事發的地點卻是在山東的蓬州[140]，而非本篇小說的舞臺：福建或浙江。後來楊復是在汀州一帶被抓獲的，因此遊佐徹就說〈楊八老越國奇逢〉是「嘉靖福建『倭寇』の記憶」：嘉靖三十二至四十二年（1553-1563），福建是倭患頻仍之處，因此討論此文本時，首先必須考慮到這是一篇以福建倭寇記憶為基礎的物語（*monogatari*）。[141]張哲俊也以為，這個奇遇其實也並不是什麼奇聞，也不是作者心血來潮、任意杜撰的故事——這是根據現實生活中常見的事件為素材創作的寫實性小說。[142]

---

139 如黃仁宇：〈從《三言》看晚明商人〉：「《喻世明言》中〈楊八老越國奇逢〉將嘉靖間倭寇事蹟，諱稱元代，顯係避免評議當日政府。」收於氏著：《放寬歷史的視界》（臺北市：允晨文化實業公司，1989年），頁6。

140 〔日〕田中健夫著，楊翰球譯，隋玉林校：《倭寇——海上歷史》，頁29-30。

141 〔日〕遊佐徹：〈明清「倭寇小説」考（一）〉：「『楊八老』は、まず第一義的にこうした嘉靖年間後期に集中的に福建に来襲した『倭寇』の記憶に裡打ちされた物語だった、と考えるべきなのである。」見頁53。

142 張哲俊：《中國古代文學中的日本形象研究》，頁239。

正因為〈楊八老越國奇逢〉真實反映了「嘉靖大倭寇」下無辜百姓的顛沛離亂，因此即便作為虛構的文學作品，也相當受到歷史研究者的矚目：像田中健夫在描述「倭寇活動的情狀」時，就直接拿〈楊八老越國奇逢〉當作例子，其中包括倭寇在中國的擄掠與戰法等等。[143]

從上述可知，這篇小說有重要的史料意義，而「擄掠」與「戰法」二者對倭寇來說正是相輔相成的兩隻犄角。林彩紋認為，倭寇在劫掠過程中，賴俘虜嚮導，以掌握路線、目標，戰爭中又令俘虜為先鋒，甚至讓所擄工匠製作武器；如此，既充實了自己的軍勢，相對地也在無形中削弱了明軍的戰力——倭寇戰術之高明，莫過於利用俘虜矣。[144]職是，俘虜是為了戰術上的需求，而戰術的成功則倚靠俘虜來發揮作用。進一步可見小說中的記載：

> 其男子但是老弱，便加殺害；若是強壯的，就把來剃了頭髮，抹上油漆，假充倭子。每遇廝殺，便推他去當頭陣。官軍只要殺得一顆首級，便好領賞，平昔百姓中禿髮鬎鬁，尚然被他割頭請功，況且見在戰陣上拿住，那管真假，定然不饒的。這些剃頭的假倭子，自知左右是死，索性靠著倭勢，還有捱過幾日之理，所以一般行兇出力。……昔人有詩單道著倭寇行兵之法，詩云：倭陣不諠譁，紛紛正帶斜。螺聲飛蛺蝶，魚貫走長蛇。[145]扇散全無影，刀來一片花。更兼真偽混，駕禍擾中華。（頁271）

143 詳見〔日〕田中健夫著，楊翰球譯，隋玉林校：《倭寇——海上歷史》，頁89-90。

144 林彩紋：《明代倭寇——以其侵掠路線及戰術為中心》，頁105。

145 關於「蝴蝶陣」與「長蛇陣」，可參考〔日〕田中健夫著，楊翰球譯，隋玉林校：《倭寇——海上歷史》之解釋：「倭寇登陸後即排成一列縱隊前進，一遇官軍就散開埋伏，指揮官以揮扇為號，伏兵從四面舞刀而起，狀如蝶舞。又把最強的人安排在一列縱隊的先頭與後尾，擊頭用尾攻，擊尾用頭攻，這是長蛇陣。每隊由大約三十人組成，各隊之間用海螺為信號進行聯絡與行動。」見頁90。

在前文提到的《雪月梅》，雖然也說到官兵不分青紅皂白地將「假倭」視同寇讎，但卻未試圖從「假倭」的心理出發，寫出這些俘虜為求延續性命，不得已加入侵略者行列的生存抉擇。因此，說〈楊八老越國奇逢〉是更突出於表現這種掙扎與無奈，較具社會面的廣度與文學面的深度，應該是不為過的講法。歸有光〈備倭事略〉曾真實地寫出當時被俘者的騎虎難下：「近日賊搶婁塘、羅店等處，驅率居民挑包。其守包之人，與吾民私語，言是某府州縣人，被賊脅從，未嘗不思鄉里。但已剃髮，從其衣號，與賊無異。欲自逃去，反為州縣所殺。以此只得依違，苟延性命。」[146]

兩相對比，足見小說與現實的距離並不遙遠。故事中的主人翁自然也是泥菩薩過江的難民之一：「楊八老和一群百姓們，都被倭奴擒了，好似甕中之鱉，釜中之魚，沒處躲閃，只得隨順，以圖苟活。隨童已不見了，正不知他生死如何。到此地位，自身管不得，何暇顧他人。」（頁271）「更兼真偽混，駕禍擾中華」的戰術屢收奇效，造成中國很大的困擾。另一方面，這些俘虜也會被當作奴隸，甚至被帶回日本，服飾、姿態、語言受到同化，逐漸且不由自主地模糊了「華／夷」之間的分際：

> 聞得元朝大軍將到，搶了許多船隻，驅了所擄人口下船。一齊開洋，歡歡喜喜，逕回日本國去了。……所擄得壯健男子，留作奴隸使喚，剃了頭，赤了兩腳，與本國一般模樣，給與刀仗，教他跳戰之法[147]。中國人懼怕，不敢不從。過了一年半

146 收於〔明〕歸有光著，周本淳點校：《震川先生集》（臺北市：源流文化事業公司，1983年），卷3，頁74。

147 關於「跳戰之法」，可參考〔明〕鄭若曾撰，李致忠點校：《籌海圖編》：「倭寇慣為蝴蝶陣，臨陣以揮扇為號，一人揮扇，眾皆舞刀而起，向空揮霍。我兵倉皇仰

載，水土習服，學起倭話來，竟與真倭無異了。（頁271）

被倭寇掠去的中國人一點尊嚴也沒有。陳懋恒綜合《倭變事略》、《籌海圖編》、〈備倭事略〉、《福建通志》等文獻，說這些人的待遇與下場不外乎是：「擄民為鄉導，供役使，戰則先驅。籍其名，不如指則殺之。丁壯則髡為奴，或鬻之。……或以髮貫耳鼻曳而行。」[148]

與上述的敘事手法相同，〈楊八老越國奇逢〉是先從全景（full shot）來勾勒出俘虜群體在海外的生活，再特寫（close-up）至楊復內心深處的煎熬：「所憂者，此身全是倭奴形像，便是自家照著鏡子，也吃一驚，他人如何認得？」（頁272）是以遊佐徹認為，這篇小說不論在處理「集團」或「個人」方面，都是非常活靈活現的。[149]

此外，不能小覷髮型改變的文化意義。小說中楊復雖僥倖重回中國，並在官軍的剿殺中倖存，卻插翅難飛：「十九年前在漳浦做客，被倭寇擄去，髡頭跣足，受了個般辛苦。眾人是同時被難的。今番來到此地，便想要自行出首。其奈形狀怪異，不遇個相識之人，恐不相信，因此狐疑不決。」（頁274）上田信說，像日本武士這種把部分頭

首，則從下砍來。」又云：「對營必先遣一二人跳躍而蹲伏，故能空竭我之矢石火炮」。見卷2下，頁204-205。〈楊八老越國奇逢〉則說：「誰知倭寇有智，慣是四散埋伏。林子內先是一個倭子跳將出來，眾人欺他單身，正待一齊奮勇敵他。只見那倭子，把海叵羅吹了一聲，吹得嗚嗚的響。四圍許多倭賊，一個個舞著長刀，跳躍而來，正不知那裡來的。」（頁270）大體而言，以跳躍之法作戰，有迷惑守軍且加重刀勢的作用，並且能躲避弓箭、火器之攻擊。

148 陳懋恒：《明代倭寇考略》，頁151-152。另外，萬晴川也提到受害人蔡景榕《海國生還集》、赴日者鄭舜功《日本一鑑》親身經歷或目睹的俘虜生活，大約都是髡髮跣足，食以糠核，衣不蔽體的非人待遇。見氏著：〈明清「抗倭小說」形態的多樣呈現及其小說史意義〉，頁76。

149 〔日〕遊佐徹：〈明清「倭寇小說」考（一）〉：「『楊八老』における馮夢龍の『倭寇』に關する記述は、集团、個人を問わず非常に生き生きしている。」見頁53。

髮剃掉的「月代」髮型，始於平安朝（794-1192）[150]，原來是武士為了防止戴上盔甲的身體發熱導致頭暈，後來成為一種象徵與風俗。倭寇將俘虜來的中國百姓強制剃髮，是因為雖然倭服可以換下，但頭髮不能馬上改變，所以只能跟著從這些海賊行動。髮型於是成為倭寇擴張勢力的工具，並且是一件決定生死的大事。另一方面，韃靼人也是剃掉部分頭髮的民族。十七世紀滿人統治中國時，更強制漢人剃成他們的髮型——明清兩代可說是圍繞髮型的政治史。[151]

對中國的官員來說，規定按照首級是「真倭」或「假倭」來論功行賞，既然如此，設法辨識真偽就相當重要。[152]雖然不幸地有像〈楊八老越國奇逢〉提到的「禿髮鬅鬝」即「割頭請功」，或者如《戚南塘剿平倭寇志傳》「火燖毛髮」來「核功論賞」這般粗糙、惡劣的做法，但當局亦有比較嚴謹的審查方式。《籌海圖編》卷十一下載：「……，以後凡遇海上報捷，即便詳加堪驗。果係皮肉緊縮，有血蔭刀痕者，方為真正首級；頂心顖門無髮，又非刀剃者，方為真正倭首，得以首級論功，奏請陞賞。其有中國勾引之人，雖係有髮，須在大夥賊內對陣擒斬者，方許比照從賊生擒例議賞。」[153]

至於最後楊復又是怎樣被辨識出來是被俘虜的「假倭」的呢？關鍵就在於語音的辨別：

---

150 平安京即今天的京都。平安時代指的是桓武天皇遷都平安京，至源賴朝建立鎌倉幕府（1192-1333）的這段時間。

151 以上詳見〔日〕上田信著，高瑩瑩譯：《海與帝國：明清時代》，頁204-205。

152 鄭樑生：《明代中日關係研究——以明史日本傳所見幾個問題為中心——》，頁511-512。又〔明〕鄭若曾撰，李致忠點校：《籌海圖編》：「凡水陸主客官軍民快，臨陣擒斬有名真倭賊首一名顆者，陞三級。不願陞授者，賞銀一百五十兩。獲真倭從賊首一名顆，并陣亡者，陞一級。不願陞授者，賞銀五十兩。獲漢人脅從賊二名顆者，陞授署一級。不願陞授者，賞銀二十兩。」見卷11下，頁752。

153 〔明〕鄭若曾撰，李致忠點校：《籌海圖編》，卷11下，頁757-758。

> 事有湊巧，老王千戶帶個貼身伏侍的家人，叫做王興，夜間起來出恭，聞得廊下哀號之聲，其中有一個像關中聲音，好生奇異。……楊八老道：「我姓楊，名復，小名八老。長官也帶些關中語音，莫非同郡人麼？」（頁273-274）

〈楊八老越國奇逢〉說「安西府漢子」楊復重回中國時，是在溫州登陸的，若非碰巧遇上了過去的隨童，也會聽得關中聲音，豈不是有可能因方言不通而蒙受不白之冤嗎？畢竟跟著一起被活捉的，都是「閩中百姓」，南腔北調，差距頗大。主僕闊別廿載而又重逢，這當然是小說敘事之「奇」處，不過從另一方面來說，語言具有打破外形隔閡的作用[154]，遂成為辨別「真倭／假倭」魚目混珠的重要依據。[155]

另外，小說也細膩地寫出主人翁對歸返桑梓的渴望：「光陰似箭，這楊八老在日本國，不覺住了一十九年。每夜私自對天拜禱：『願神明護佑我楊復再轉家鄉，重會妻子。』如此寒暑無間。有詩為證：異國飄零十九年，鄉關魂夢已茫然。蘇卿困虜旄俱脫，洪皓留金雪滿顛。彼為中朝甘守節，我成俘虜獲何愆？首丘無計傷心切，夜夜虔誠禱上天。」（頁271-272）正所謂「胡馬依北風，越鳥巢南枝」，或說「狐死首丘」，也是同樣的意思。〈楊八老越國奇逢〉的故事本就開啟於楊復因思念故鄉妻嬌子幼，踏上歸程，卻不幸遇到海警，甚至

---

154 〔美〕班納迪克・安德森：「由這一角度視之，莫三比克之使用葡萄牙語（或印度之使用英語）基本上與澳大利亞之使用英語或巴西之使用葡萄牙語的情形並無不同。語言不是排除的工具（instrument of exclusion）：原則上，任何人都可以學習任何一種語言。恰好相反的是，它根本上是具有包容性的（inclusive）。」見氏著，吳叡人譯：《想像的共同體——民族主義的起源與散布》，頁185。

155 職是，殘忍一點的倭寇，甚至會想方設法讓中國人再也無法言語，斷其歸路。如〔明〕鄭若曾撰，李致忠點校：《籌海圖編》：「俘擄必開塘而結舌，莫辨其非倭，故歸路絕。」見卷2下，頁205。

在不情願的狀況下來到東瀛，對祖國的儒慕之情不消說是與日俱增。

小說家用漢、宋使臣羈留北方的典故，來比擬楊復的處境，乍看之下很是貼切，但如同接下來所說的「彼為中朝甘守節，我成俘虜獲何愆？」足見兩者還是有本質上的迥異的。

首先，蘇武、洪皓是肩負外交任務，在有預期的情況下與匈奴、女真接觸，身為壇坫周旋的大臣，本來就承擔著一定的風險；就算如王昭君、文成公主般柔弱的女性，分別下嫁呼韓邪單于、松贊干布，但也因為是和親的緣故，在出發前就必須抱持著埋骨塞外的覺悟。楊復則不然，其僅僅是個單純懷著回家念頭的賈人，卻在返鄉路途中越走越遠，從中國的良民變成了日本的倭寇，實在是始料未及的事。

再者，蘇武、洪皓因為守節不屈，縱使被放逐於北海（今貝加爾湖）、冷山（今屬黑龍江），天寒地凍，苦不堪言，但也獲得了留取丹心照汗青的機運，流芳於二十五史。可是，楊復終究只是一個虛構人物，雖然反映的是不計其數的楚囚、俘虜與奴隸，但這些人到底名姓為甚？籍貫何在？身分胡為？完全無從鉤摭與稽考。若非小說家創作了這篇小說，讓後人得以一窺當時的傷痛記憶，有誰會知道歷史上曾經有這樣可淒的一群人，並投以同情的眼光呢？這是身為異鄉之鬼的悲哀——橘化為枳的「假倭」，至死無法重披華夏衣冠，更是悲哀中的悲哀。

衍生出來的問題是，為何楊復在荏苒十九個寒暑中，只能消極地「每夜私自對天拜禱」，無法付諸於實際的逃亡行動呢？這就是同樣屬於外族之俘虜，在大陸與海洋之間的不同之處了。歷史上，被扣押在異邦的使臣不是沒有過逃回故國的紀錄，例如西漢時，張騫就曾兩次被匈奴拿獲，也兩次試圖出走，最遠甚至曾到達巴爾喀什湖與鹹海之間的國度：康居。康居距離長安不啻萬里之遙，但張騫仍在有生之年回到魂牽夢縈的故鄉。[156]

反觀中國與日本，雖僅隔東海相望，從九州至浙江，直線距離大概只有康居至長安的四分之一，但是阻隔楊復返鄉願望的，卻是一望無際的汪洋巨浪。姑且不論沒有舟楫是無法馮河而渡的，即使有簡陋的工具，在沒有遮蔽的狀況下，能否挺過暴風的侵襲與鯊魚的利牙？就算一路上平安無事，米糧與淡水又怎麼取得？[157]海上生活要考慮的事情，比橫跨陸路要複雜得多了。

身為倭寇的俘虜，獨立的出走是非常困難的，但倘若可以獲得外交的斡旋，倒是一道重見天日的曙光。[158]〈楊八老越國奇逢〉說：「原來倭奴入寇，國王多有不知者，乃是各島窮民，合夥泛海，如中國賊盜之類，彼處只如做買賣一般，其出掠亦各分部統，自稱大王之號。到回去，仍復隱諱了。劫掠得金帛，均分受用，亦有將十分中一

156 《史記》〈大宛列傳〉：「騫身所至者，大宛、大月氏、大夏、康居。而傳聞其旁大國五、六，具為天子言之。曰：『大宛，在匈奴西南，在漢正西，去漢可萬里。……康居，在大宛西北可二千里。……。』」見〔漢〕司馬遷撰，〔日〕瀧川龜太郎考證：《史記會注考證》，卷123，頁1306-1307。

157 鄭樑生曾就「倭寇入侵的路線與水、米補給」提出研究，其中淡水自然是維生最重要的條件。據其整理，倭寇在五島取水，每人帶水四百斤，約八百碗，每日用水六碗。海水不可食，飲之則嘔泄。若五、六月（季風順風的季節），清冽的水大約二、三日即腐壞，所以倭寇會用煮沸法延長水的儲藏日數，大約可放半個月左右。真的缺水時，則煮海取「氣水」，但前提是船上薪柴仍有庫存。當倭寇從五島出發，侵襲閩、廣則於洋山補給，是以這裡也是明朝會哨的要塞。見氏著：《明代中日關係研究——以明史日本傳所見幾個問題為中心——》，頁286-289。

158 以往嘗試由海路逃亡的俘虜，至多先經由朝鮮海峽登陸朝鮮，才可能被遣返回中國，沒有逕自橫渡東海的紀錄。鄭樑生根據《朝鮮太宗實錄》記載，提到有些中國人俘虜逃往朝鮮，再由朝鮮送交遼東都司後還鄉，不過人數都不多，一次至多四人，如卷26：「遣知司譯院事康邦祐，押送錢得興、鄭良旭等四人於遼東。得興等上國寧波府民也，嘗被倭擄。今逃至慶尚道固城，乃遣之。」可見要依靠一人之力直接逃回中國，基本上是不可能的事。見氏著：《明代中日關係研究——以明史日本傳所見幾個問題為中心——》，頁295-296。

二分，獻與本島頭目，互相容隱。」（頁271）

上述是倭寇來犯的真實情狀，官方與民間的行動是不同層面的。是以中韓[159]都曾派員與大宰府[160]或室町幕府（1338-1573）進行交涉，要求日本、琉球查緝海賊與送還俘虜；而日方為表達盟好，也有主動歸還俘虜的紀錄。[161]

在中、韓、日、琉官方的協合之下，大批俘虜得以重獲自由，固然是一件可喜的事；但遺憾的是在小說中，日本國王終究屬於被蒙蔽的一方，朝廷也沒有伸出援手，楊復就這樣度過黑暗的廿載歲月。如此情況下，只剩下隨著倭寇再次入侵中州，握住重返家園的一絲希望：

> 話說元泰定年間，日本國年歲荒歉，眾倭糾夥，又來入寇，也帶楊八老同行。八老心中一則以喜，一則以憂。所喜者，乘此機會，到得中國；陝西、福建二處，俱有親屬，皇天護佑，萬一有骨肉重逢之日，再得團圓，也未可知。……只是一說，寧

159 包括高麗與朝鮮。高麗（918-1392）指的是王氏高麗，後來取而代之的是李氏朝鮮（1392-1897），高麗與朝鮮是朝鮮半島的兩個不同時期的政權。

160 大宰府（或太宰府）是天皇朝廷派駐今福岡的官署名稱，管轄九州及壹岐、對馬二島，兼防外寇，職掌外交。轉引自〔日〕田中健夫著，楊翰球譯，隋玉林校：《倭寇——海上歷史》，頁11，注2。

161 例如明朝早在洪武三年（1370）就曾派趙秩送還被拘留的日僧十五人，換取明州、台州被擄的男女七十餘人。一四〇一年，足利義滿為向明朝示好，除遣使致上國書與禮物外，更重要的是搜尋漂寄海島者若干人送還，而所謂「漂寄海島者」，實際上指的就是被倭寇擄掠的中國人。高麗禑王則五度遣使東渡（1375-1379），並獲得了九州探題今川貞世數次送還被擄男女的成效，最多一次達六百五十九人（1394）。此外，被俘的朝鮮人也有被轉賣琉球，然後再由中山王察度歸還的情況（1389-1397），後來第一尚氏王朝（1406-1469）亦持續派人展開這樣的獻俘活動（1437、1453）。以上詳見〔日〕田中健夫著，楊翰球譯，隋玉林校：《倭寇——海上歷史》，頁16-19、31-36、44-49；鄭樑生：《明代中日關係研究——以明史日本傳所見幾個問題為中心——》，頁292-302。

> 作故鄉之鬼，不願為夷國之人。天天可憐，這番飄洋，只願在陝、閩兩處便好；若在他方也是枉然。（頁272）

養兵千日，用在一時，帶上被裝扮為倭寇且習得跳戰之法的華人俘虜，就是為了讓其在戰場上充當替死鬼。楊復固然獲得了歸國的契機，卻也命懸一線，危在旦夕，隨時可能枉死於刀下。小說創作者將主人翁置於「生／死」交叉的懸念下，製造閱讀者的緊張感。但所幸楊復是個「志誠老實」之人，小說一開始說其在漳浦時因「本錢豐厚，且是志誠老實，待人一團和氣」（頁269），贏得了檗媽媽的好感，招贅為婿。加上登陸中國後，楊復並未狐假虎威，而是帶著無奈的姿態迤邐而行：「眾倭公然登岸，少不得放火殺人。楊八老雖然心中不願，也不免隨行逐隊。」（頁272）

與《雪月梅》或〈矢熱血世勳報國，全孤祀烈婦捐軀〉中跖狗吠堯的「假倭」迥異，〈楊八老越國奇逢〉的主人翁完全是迫於形勢，對不義之財不曾表現絲毫貪念，顯示其「意念真誠無欺，忠厚仁德」的淳善人格，在臨事的歷練以及時間的持之以恆下未有推移。據賴信宏之觀察，這類在「三言」中的特殊人物群體被稱為「志誠者」，「志誠者」即使受制在命運的囹圄之下，仍能回歸到一種以生命質性為原則的正向力量，調整無常流轉的生活法則，讓不幸的或然率抑制到最低的程度。馮夢龍便是以這種特定的修辭策略，將「志誠者」化為因果關係的主導力量，產生幸福的可能，突出故事的倫理性。[162]

---

162 以上詳見賴信宏：〈幸福的寓言——論「三言」所見「志誠者」的生命質性〉，《政大中文學報》第23期（2015年6月），頁171-204。其他作品中的「志誠者」，還包括《醒世恆言》卷17〈張孝基陳留認舅〉的過遷「竟為志誠君子矣」、《警世通言》卷16〈小夫人金錢贈年少〉的張勝「立心至誠」、《醒世恆言》卷3〈賣油郎獨占花魁〉的秦重「來意志誠」、「志誠君子」、「做人又志誠」等等。

在上述的原則下，楊復的「志誠老實」亦為之在「前程如黑漆，暗中摸不出」的未知中，導向最欣喜的結果：不單是在剿滅倭寇的火網下倖存，且巧遇以往的隨童，又碰上自己的親生兒子審問來歷，洗清冤屈，一家團聚。原本楊復還希冀漂在陝、閩二處，卻期望落空，來到浙江溫州，但也正因事與願違，才有辦法剛好與同年進士，又同選在紹興一郡為官的兩子世道、世德重逢，豈不是「塞翁失馬，焉知非福」？

至此，飽受風霜的倭寇俘虜，終究成為顯赫的富貴老人。雖說〈楊八老越國奇逢〉之主角是天意湊合下，尚得合浦珠還的幸運兒（其餘還包括十二名與之一起被官軍搜捕的閩中百姓），但也側面道出更多埋骨異域或魂斷沙場的「假倭」的辛酸。除了「假倭」之問題外，還可以藉由文本中對倭寇漂洋的敘述，來討論季風在倭患中的作用。〈楊八老越國奇逢〉說：

> 原來倭寇漂洋，也有個天數，聽憑風勢：若是北風，便犯廣東一路；若是東風，便犯福建一路；若是東北風，便犯溫州一路；若是東南風，便犯淮揚一路。此時二月天氣，眾倭登船離岸，正值東北風大盛，一連數日，吹個不住，逕飄向溫州一路而來。（頁272）

《籌海圖編》卷二下寫得更為詳細[163]，田中健夫也認為，從日本到中

163 〔明〕鄭若曾撰，李致忠點校：《籌海圖編》：「若其入寇，則隨風所之。東北風猛，則由薩摩，或由五島至大小琉球。而視風之變遷，北多則犯廣東；東多則犯福建。若正東風猛，則必由五島歷天堂官渡水。而視風之變遷，東北多則至烏沙門分䑸，或過韭山海閘門而犯溫州；或由舟山之南而犯定海，犯象山、奉化；犯昌國；犯台州。正東風多，則至李西嶴壁下陳錢分䑸，或由洋山之南而犯臨觀；犯錢塘。或由洋山之北而犯青南，犯太倉，或過南沙而入大江。若在大洋而風歘

國去的船，大體是三月到五月時，由五島或薩摩出發，經大、小琉球（沖繩本島、臺灣），到浙江、福建、廣東海域。小說把倭寇船隊航海大致想像為這種狀況，大概是不會錯的，這時候關於季節風的知識已經日漸豐富，與遣唐使船相比，航海已變得很安全了，最快的場合，只要數天，就可一口氣越過東中國海到達中國海岸。[164]

文本中只提到季風對航線的影響，是因為在海上作戰中，風向畢竟還是比洋流占主導位置的，如《武備志》引俞大猷之言云：「風順而重，則不問潮候逆順皆可行，若風輕而潮逆甚難。」[165]因此，倭寇決定出海的關鍵還是在於季風的變化，小說也很扼要地捕捉到這一點。另張哲俊提到，〈楊八老越國奇逢〉畢竟是文學創作，不是實用性文章，出於敘事藝術上的需要，雖然汲取了相關風向與航行的知識，卻做了適度的裁剪，使得文氣更加流暢、簡潔，但大體而言，仍有史料基礎的驗證，讓讀者得以一窺時人真實的倭寇記憶。[166]

本書於此探索明清小說如何描寫倭寇隳突之下，一般庶民的顛沛離亂。在〈打關節生死結冤家，做人情始終全佛法〉等文本中，民眾因海賊的長驅直入，不得已「鼠逃鴉散，鶴唳風聲」，呼應了〈楊八老越國奇逢〉「寧為太平犬，莫作亂離人」的悲鳴與吶喊。事實上，倭寇的罪愆正包含了奸淫婦女與虐殺兒童。中國典籍中常以「縛嬰沃湯」、「孕婦刳腹」等敘述來概括這樣的暴行，而在明清小說中，包括

東南也，則犯淮揚，犯登萊。若在五島開洋，而南風方猛，則趨遼陽，趨天津。大抵倭船之來恒在清明之後。前乎此，風候不常，屆期方有東北風，多日而不變也。過五月風自南來，倭不利於行矣。重陽後風亦有東北者，過十月風自西北來，亦非倭所利。故防春者，以三、四、五月為大汛，九、十月為小汛。其停橈之處，焚劫之權，若倭得而主之；而其帆檣所向一視乎風，實有天意存乎其間，倭不得而主之也。」見卷2下，頁178-179。

164 〔日〕田中健夫著，楊翰球譯，隋玉林校：《倭寇——海上歷史》，頁93。

165 〔明〕茅元儀輯：《武備志》，卷215，頁187。

166 張哲俊：《中國古代文學中的日本形象研究》，頁242-243。

《雪月梅》、〈楊八老越國奇逢〉、〈胡總制巧用華棣卿，王翠翹死報徐明山〉、《女仙外史》、《綺樓重夢》等，都提到了倭寇對女性的玷污與屠戮；〈矢熱血世勳報國，全孤祀烈婦捐軀〉則說倭寇將「小孩子搠在槍上，看他哭掙命為樂」，以此可以看出文學對傷痛記憶的承載，與史傳互證。部分良家閨秀雖然躲過了作為倭寇禁臠的際遇，卻被迫在逃亡過程中與原生家庭分離，在沒有謀生能力的情況下墮入風塵，《娟嬋娟》中的娟娟就屬於這種可淒的類型。

明清小說也突出反映了「假倭」之現象，其中包括了「暗吃海俸」的沿海奸民，例如《雪月梅》的江氏兄弟與郎賽花，或是《瑤華傳》的真珠泉。這些人不僅成為「真倭」對中國侵門踏戶的鑰匙，有時還因武藝突出而擔任中堅的角色。此外，「真倭」也會利用俘虜進行滲透或混淆的戰術，藉此保全自己的實力。在此情況下，被迫同化為倭寇裝束與髮型的俘虜，就成為抗倭戰爭下最進退維谷的犧牲品，與前述為虎作倀的「假倭」恰好是極端的對比，自然引來小說家的同情。〈楊八老越國奇逢〉更是明清小說中，刻劃俘虜生涯的翹楚。在馮夢龍筆下，楊復被迫在孤島度過一十九年奴隸生活，根本沒有逃出生天的機會，唯有隨著倭寇隊伍重返中州，才因得以辨識的語音而打破外型的隔閡，逃過一死並與家人團聚。故事雖說出於虛構，卻也有著現實基礎的支撐。這篇小說用滿紙荒唐言，道出無數埋骨於東瀛異域的「假倭」的一把辛酸淚，提醒了後世讀者在數百年前的東亞水域，曾經確切地縈繞著這樣一段鮮為人聞的歷史悲歌。

小結

本章以「嘉靖大倭寇」在明清小說中的呈現為主軸，討論敘事者如何撰寫倭患橫行下，中國守軍的浴血奮戰與無辜百姓的顛沛離亂。

透過觀察與比對，筆者認為距離「嘉靖大倭寇」時代較近的文本，通常帶有接近實錄的性質（半實錄）。像是《戚南塘勦平倭寇志傳》與《胡少保平倭記》，不難發現書中文字多抄錄自《紀效新書》、《宗子相集》、《籌海圖編》等親自參與抗倭戰爭的將帥或幕僚之見聞，並以戚繼光「先後九戰皆捷」、胡宗憲「王江涇之捷、擒獲王直、紀勦徐海本末」等史實為基礎，醞釀出小說中的情節高潮。這些作品語言質樸，敘事直率，並充分揭櫫「倭寇」集團以中國人為核心、明朝官憲昏聵無能等黑幕，具有弔民伐罪的「補史」作用。同時，小說也記敘了時人的日本記憶，包括《戚南塘勦平倭寇志傳》中的介錯、倭語、倭刀，以及與之抗衡的僧兵、大刀、鳥銃；《胡少保平倭記》中的打刀、脇差等等。

與這些文本比較起來，進入盛清之後的作品，雖然也出現了嚴嵩、胡宗憲、王直、徐海、趙文華、王忬、俞大猷、湯克寬、曹邦輔、張經、林參、陳東、麻葉、辛五郎等參與「嘉靖大倭寇」的史實人物，卻揮灑了高度的想像力，寫出虛構成分濃厚的戰鬥。這種敘事態度，主要來自於對嚴嵩集團的憎惡之情。為了突顯奸臣的貪贓誤國，《升仙傳》和《玉蟾記》都將倭寇入侵目為嚴嵩對使節揩油所激起之怨懟，《綠野仙踪》等作品並將與嚴嵩關係良好的平倭功臣胡宗憲視作「腐儒」鼠輩，與《胡少保平倭記》中「倜儻之才，英雄之氣，機變百出，胸藏韜略」之英姿大相逕庭。不僅如此，在《胡少保平倭記》中，降伏王直、徐海的戰場是曠時日久的心理攻防，而非被堅執銳的前線，但在《綠野仙踪》與《玉蟾記》中，一方面讓夷目妙美、辛五郎、麻圖阿魯蘇、百花娘娘、鐵骨打等「真倭」取代了王直、徐海的稱雄東海，加強了「華夷之辨」；一方面將勦倭之勳績讓位予林岱、朱文煒、張昆、曹昆等架空人物，並讓其輕易地以個人武藝或無邊法術壓倒海寇，拯救中國於水火之中，表現出大快讀者之心的單純化想像。

除此之外，「倭患」與其他外族衝突之作品，其差異正在於駁火的場所往往是在「萬里潮聲雜鼓聲」的舟船海疆。在上述小說中，也能看到海戰的描寫，例如《戚南塘剿平倭寇志傳》中提到阮鶚在閩省購馬，實屬石田，原因正在於「倭寇出沒海濱，買馬置於無用」。相較之下，戚繼光以步兵為主力的「鴛鴦陣」就可發揮機動性，小說中且搬出了「載浮載浮」之計謀，堪可媲美今日之「蛙人」戰術；而官軍在甲板上撒豆、利用退潮使敵軍陷於泥淖，以及《玉蟾記》中曹邦輔配合洋流、使用草藤破壞水輪之動力等，亦都顯示出與北方金戈鐵馬迥異的海洋風光。

明清小說之「倭患書寫」，不僅止於歌頌軍士們的視死如歸，同時繪出一幅廣袤的社會圖像——在海警響徹的江南地域，哀鴻遍野，狼奔豕突，到處是流離失所的黎庶。〈楊八老越國奇逢〉對此現象的歸納是：「寧為太平犬，莫作亂離人」；在倭寇銳利的刀鋒之下，薄命紅顏被奴役、污辱、殺害，這些婦女的啜泣，迴盪在《雪月梅》、〈楊八老越國奇逢〉、〈胡總制巧用華棣卿，王翠翹死報徐明山〉、《女仙外史》及《綺樓重夢》等文本。此外，〈矢熱血世勳報國，全孤祀烈婦捐軀〉提到倭寇將「小孩子擲在槍上，看他哭掙命為樂」——在明清小說中，類此的傷痕記憶相當刻骨銘心。

不能忽略的是，倭寇組成中既有「真倭」，也有「假倭」。有些中國人充當助紂為虐的嚮導，在歷史上沒有名姓的這群人，化身為《雪月梅》中「暗通倭線」的江氏兄弟：「分水牛」江二、「穿山甲」江四、「就地滾」江五（江瀾，與其妻郎賽花）、「混江鰍」江七等人。另一方面，〈楊八老越國奇逢〉卻細膩地刻劃出另一種令人同情的「假倭」；這群人本是良民，卻不幸成為俘虜，髡頭跣足，與「真倭」無異，充當前線作戰的馬前卒，進退維谷，形成倭寇侵華戰略的一環。俘虜們即使倖存下來，也可能被帶回日本，充當奴隸，在望洋興嘆的情況下插翅難飛，就此葬身異域。小說中的楊復固然幸運地重返桑梓，並與家人團聚，但卻僅占據真實世界中，吉光片羽的極少數。〈楊八老越國奇逢〉與《雪月梅》兩部文本提醒了後世的讀者，在名為「嘉靖大倭寇」的災殃之下，中國人難以迴避地同時具有「加害者」與「被害者」的雙面性，是沒辦法一刀兩斷地化約為「中國／日本」兩個國度之間壁壘分明的紛爭而已。

附圖一　《戚南塘剿平倭寇志傳》插圖，頁128。從中可以看到官軍追擊之倭寇隊伍中，既有中華衣冠的「假倭」，也有剃頭髡髮的「真倭」

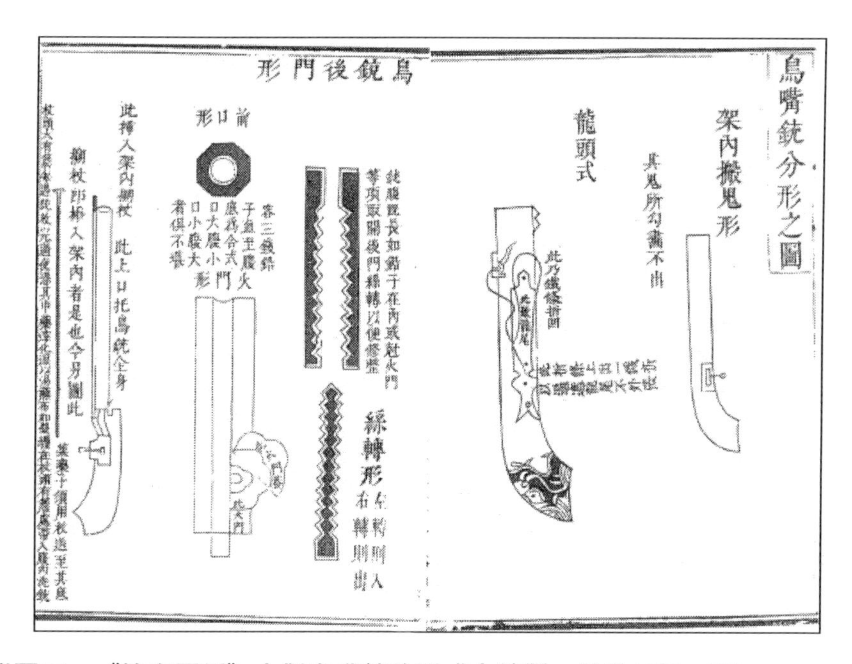

附圖二　《籌海圖編》中對鳥嘴銃的形式之繪製，見卷13下，頁908-909

附圖三　仇英《倭寇圖卷》局部圖中，倭寇的服飾與武器，現藏於東京大學史料編纂所

第三章

「王翠翹故事」的流衍與世情小說中的禦倭戰爭

在明世宗御宇期間，雖說因將士與海賊用汩汩鮮血染紅了沿海地帶，使得轟動於當時的兵燹，及後續敘事作品洋溢著「漁陽鼙鼓」的雄渾氣象，卻不代表相關文本中就缺乏了「霓裳羽衣」的丰姿綽約。事實上，與「嘉靖大倭寇」有關的「倭患書寫」中，傳奇女子王翠翹也發揮了「粉黛干城」之作用，其殉義忘生，公私兼盡的巍峨姿態，成為明末變國的「型世」典範，連帶著嗜血、殺性的倭寇亦在「情性」的薰陶下，轉化成相知相惜的草莽英雄，展現出翻案的變異──身為教坊中人的王翠翹，雖處於男性世界的「邊緣」，卻為「中心」的道德評價帶來板塊的移動。本章所討論「王翠翹故事」之文本，包括傳奇體的〈王翹兒〉、〈李翠翹〉、〈王翠翹傳〉，擬話本體的〈胡總制巧用華棣卿，王翠翹死報徐明山〉，以及章回體的《金雲翹傳》。另一方面，明清才子佳人小說為增加市場競爭力，在才子「蟾宮折桂」的固有表現外，常增添沙場殺敵以干功勳的描寫，倭患亦因之滲透才子佳人小說的世界，於繾綣婉約的敘事主旋律中，激起肅殺的變奏，這些摻雜「倭患書寫」的作品是〈風月相思〉、《玉樓春》、《雪月梅》、《綺樓重夢》、《玉蟾記》、《繡球緣》以及《玉燕姻緣全傳》。兒女、英雄、神魔、歷史等元素的合流，顯露的是戰爭傷痕在時過境遷後，泯滅了嚴肅的意味，成為娛樂化資源的創作現象。相對來說，這樣的變化亦代表著明清小說「倭患書寫」脫離史乘的束縛，加強了想像力的馳騁。本章即據此討論「『王翠翹故事』的流衍與世情小說中的禦倭戰爭」，以下先就王翠翹的事蹟及相關文本提出析論。

第一節　「王翠翹故事」的構成與倭患的翻案性質

歷史上的王翠翹，本來是前文所提到的「東海小明王」徐海的愛妾，相關事蹟最早見於《倭變事略》（嘉靖37年）卷四：

> 十九日，海知危在旦夕，漏二鼓，遣親密護送二愛姬出巢逃遁。會葉麻黨深銜海，夜每伺於巢側，不得出。[1]

在此，尚未有「王翠翹」名姓的出現，但稍晚的《籌海圖編》〈紀剿徐海本末〉（嘉靖41年）裡面，則有比較明確的表述：

> 數遣諜持簪、珥、璣、翠遺海兩侍女，令兩侍女日夜說海並縛陳東。海聞諾。……適海皇急，因令酋竊兩侍女出道上。而急則因間道走幕府以自托。邏卒瞰知之，歸以報於陳東黨。陳東黨聞之大驚，即勒兵篡兩侍女，過海所，罵曰：「吾死，若俱死耳！」……於是永、保兵俘兩侍女而前，問海何在。兩侍女者王姓，一名翠翹，一名綠姝，故歌妓也。兩侍女泣而指海所自沉河處。永、保兵遂蹈河斬海級以歸。[2]

---

1 〔明〕采九德撰：《倭變事略》，卷4，頁14。

2 收於〔明〕鄭若曾撰，李致忠點校：《籌海圖編》，卷9，頁615-618。另外，在焦竑《國朝徵獻錄》卷57、張萱《西園見聞錄》卷70、徐開任《明名臣言行錄》卷59、唐鶴徵《皇明輔世編》卷6、王鴻緒《明史稿》列傳81、張廷玉《明史》列傳93等在早期文獻的記述中[3]，王翠翹與另一名歌妓綠姝都是徐海的侍女，曾為胡宗憲籠絡而試圖說服徐海歸降，製造倭寇集團內部的矛盾，間接造成徐海孤立無援而投水自盡的慘劇，並為之垂淚。在此，王翠翹的倩影其實並不特別引人注目，甚至地位與綠姝無甚分別，道德也似乎不太崇高，不過隨著其人受到創作者的青睞，開始由傳說到小說、戲曲的發展，最後甚至流傳至海外，一直到現代都有故事新編的創作。

王翠翹故事在中國，除了〈王翹兒〉、〈李翠翹〉、〈王翠翹傳〉、〈胡總制巧用華棣卿，王翠翹死報徐明山〉、《金雲翹傳》等小說文本直接以之為主角外，包括《兩香丸》、《秋虎丘》、《琥珀匙》、《雙翠圓》等劇目亦搬演其人事蹟。而王翠翹之所以豔名遠播，正因十八至十九世紀時，小說《金雲翹傳》陸續傳入東亞各國，如西田維則將之譯成《繡像通俗金翹傳》、馬田柳浪改編為《朝顏日記》、曲亭馬琴改編為《風俗金魚傳》，遂流通於日本。[4]尹德熙〈小說經覽者〉紀錄之書目有《金雲翹傳》，證明其書曾傳至朝鮮。[5]不僅如此，阮攸用字喃將《金雲翹傳》改編作敘事長詩《金雲翹傳》[6]，更一躍成為越南文

亦加以引用，或提到徐海身邊有「兩侍女」、「兩妾」，但面目相對模糊。參見陳益源：《王翠翹故事研究》，頁3、14。

3　關於《倭變事略》、〈紀剿徐海本末〉年代之判斷，參考自〔日〕遊佐徹：〈明清「倭寇小說」考（一）〉，頁55。

4　詳見董文成：〈《金雲翹傳》與日本江戶後期文學〉，收於氏著：《清代文學論稿》（瀋陽市：春風文藝出版社，1994年），頁121-135。值得注意的是，在原作中作為倭寇頭目的徐海，《風俗金魚傳》將之改成對幕府叛亂的武士之子：下野太郎氏武，使其完全成為日本化的作品。

5　〔韓〕崔溶澈：〈朝鮮時代中國小說的接受及其文化意義〉，《中正漢學研究》第2期（2013年12月），頁343。

6　又名《傳翹》或《斷腸新聲》。董文成提到，阮攸曾為黎朝（1428-1789）軍官，與西山朝（1778-1802）起義軍作戰時被俘，這段經歷使之將徐海勾引倭寇侵略本國的細節抹煞，變成一個普通的造反者，以宣洩對農民起義的仇視。參見董文成：〈中越《金雲翹傳》的比較（下）〉，收於氏著：《清代文學論稿》，頁99-100。另一方

學的瑰寶，將王翠翹推向世界的舞臺，並「歸寧」回中國，構成廣西京族口耳相傳的民間故事：〈金仲和阿翹〉。最後，這條續衍的江河又匯流於當代，代表作則是高陽歷史小說：《草莽英雄》（又名《琵琶怨》）。[7]

從以上不難看出，王翠翹從事件發生不久的明朝，一直到易代鼎革後的滿清，以及域外、當代，都是人們頗感興趣的人物。在不同文本中，對於王翠翹的側重也不太相同。猶如杜贊奇（Prasenjit Duara）以刻劃標誌（Superscribing Symbols）解釋關羽從三國時期的英雄，到佛教護衛、伏魔大帝、武財神、秘密社會祖師爺、關帝（王朝敕封的戰神）、疾疫部掌管者等不同形象之演變，是一條「既連續又不連續」的鎖鏈，故事或神話中的人物，往往經過一段相融的歷程：

> 我們的看法是把神話及其文化象徵看成是同時既連續又不連續。可以肯定，這一神話連續的核心內容不是靜止的，其本身易於變化。那麼神話的有些因素就會丟失。但與許多其他社會變化不一樣。神話和標誌的變化不會趨向於完全不連續；相反這一範圍的變化是在複雜的歷史背景下發生的。由於文化象徵即使在自身發生變化時也會在某一層次上隨著社會群體和利益

面，阮攸筆下的徐海不再以倭寇頭目的形象登場，可能也與當時越南海域中國海盜的橫行有關。西山朝為了打擊廣南阮氏，採取授予中國海盜鄭七等人官職、配置軍艦、大炮等方式籠絡。雙方靠季風互有勝負，六月西南風占優勢時，廣南阮氏即進攻西山阮氏；一月至三月東北風強，西山阮氏即聯合海盜驅趕廣南阮氏。見〔日〕上田信著，高瑩瑩譯：《海與帝國：明清時代》，頁420-422。這種海盜記憶，相較於騷擾中國、朝鮮沿海的「倭寇」，更實在地影響當時的越南人民，自然淡化了徐海的倭寇背景，可見域外文學對《金雲翹傳》的改寫，多少都帶有「本土化」的斧鑿痕跡。

7 以上詳見陳益源：《王翠翹故事研究》，頁1-19。

的變化保持連續性。這種特定的標誌演進的形式我稱之為「刻劃標誌」。[8]

善男信女或不同敘事者，在演繹同一神祇或人物之事蹟時，常會因著意識型態之需求，從而綻放出本同而末異之花蕊。王翠翹與關壯繆，雖說一巾幗而一鬚眉，卻有著異曲同工之妙的演化進路。[9]筆者在此節的重心，即在探討王翠翹如何被銘刻為「亂世烈女」的線索；同時，為呼應本書的一貫宗旨，將以〈王翹兒〉、〈李翠翹〉、〈王翠翹傳〉、〈胡總制巧用華棣卿，王翠翹死報徐明山〉與《金雲翹傳》這幾部明清小說為主軸，檢視文本群與「倭患」之關係。

一　官方話語以外：傳奇體中的王翠翹

除了《倭變事略》和〈紀剿徐海本末〉外，最早以王翠翹為中心的傳奇體文本，當屬徐學謨〈王翹兒傳〉，被收於萬曆五年（1577）初刻的《徐氏海隅集》文編卷十五，後來輾轉為眾家所謄錄。[10]不

8　〔美〕杜贊奇（Prasenjit Duara）：〈刻劃標誌：中國戰神關帝的神話〉，收於〔美〕韋思諦（Stephen C. Averill）編，陳仲丹譯：《中國大眾宗教》（南京市：江蘇人民出版社，2006年7月），頁95。

9　事實上，關羽與其勇猛的義弟：張飛，在庶民心目中的升降隆替，與王翠翹和另一位徐海愛妾：綠姝的命運正巧相似——在元雜劇〈關張雙赴西蜀夢〉和《花關索傳》中並列的二人，到了《三國演義》，只剩關羽隻身向劉備訴說冤屈，並不斷顯靈，向呂蒙、孫權、曹操、潘璋等仇敵索命，成為小說中被推往聖壇的神化第一人（相較之下，張飛則不若乃兄活躍）；而在眾多王翠翹相關史料中，則是王翠翹名聲日隆，王綠姝反而湮沒不顯（甚至名字還被寫錯成「綠珠」），成為可有可無的人物。見拙作：《虛實與褒貶：《三國演義》變異書寫之研究》（臺北市：政治大學中國文學系研究所碩士論文，2012年），頁34-35；陳益源：《王翠翹故事研究》，頁135、148。

10　包括梅鼎祚《青泥蓮花記》卷3、王世貞《續豔異編》卷6（後收於印月軒主人（吳大震）彙次《廣豔異編》卷11）、潘之恒《亘史》外紀卷2、李詡《戒庵老人漫筆》

過，由於今北京大學圖書館、南京圖書館所藏（明萬曆五年刻四十年徐元蝦重修本）的影印本有缺頁，筆者在以下的討論，會轉以《廣豔異編》卷十一的〈王翹兒〉[11]為依據（兩者為同一文本，但後者保存完整）。

作品首先從王翹兒籍貫、身分、姓名、才貌出發，說明其人來自於臨淄民家，被鬻入娼家後冒姓馬，貌不逾中色，而善於音律，能彈胡琵琶，因個性剛烈，不喜媚客，多為假母鞭撻，遂與少年私奔於海上，改名「王翠翹」。後來這位在江南一帶「五陵年少爭纏頭，一曲紅綃不知數」的名妓，終於碰上了倭患侵襲的浪濤：

> 久之，倭人寇江南，掠海上，焚其邑，翹兒竄走桐鄉。已而轉掠桐鄉，城陷，翹兒被虜，諸酋執以見其寨主徐海。徐海者，故越人，號明山和尚者是也。海初怪其姿態不類民間婦女，訊之，知為翹兒。試之吳歈及彈胡琵琶以侍酒，絕愛幸之，尊為夫人。（頁447-448）

在前文提到倭寇的陣容中，大多以男性頭目為主，即使有婦女的身影，不外乎是百花娘娘、赤鳳兒、郎賽花這一類「鴛鴦袖裡握兵符」

卷5等。另外，今〈紀剿徐海本末〉後之〈附記〉，還有馮夢龍《智囊》卷26之〈王翠翹〉，也是這篇小說的縮寫。以上見陳益源：《王翠翹故事研究》，頁26-31。也有論者認為〈紀剿徐海本末〉之〈附記〉才是王翠翹小說的源頭，見董文成：〈《金雲翹傳》故事的演化〉，收於氏著：《清代文學論稿》，頁35。不過，不管是董文成或陳益源，都認為〈附記〉中胡宗憲調戲王翠翹的醜態，會被紀錄在其人幕僚筆下是件矛盾之事，後者更是基於這一點，駁斥了〈附記〉是最早的小說的看法，轉而以徐學謨〈王翹兒傳〉為濫觴。

11 本書使用版本收於〔明〕印月軒主人彙次：《廣豔異編》，收入於《古本小說集成》（上海市：上海古籍出版社，1990年，日本內閣文庫所藏明刻本），卷11。以下為行文方便，所引原文但標頁碼，不另加註。

的母夜叉，再不然即是被奴役、奸淫、虐殺的可憐禁臠；但王翹兒的出現，則寫出了另一種嶄新的類型。在〈王翹兒〉中，女主角雖說也是身不由己的俘虜，不過因其頗俱聲名，且色、藝雙絕，竟被渠魁徐海「尊為夫人」，享有鶴立雞群的地位，甚至介入徐海用兵戰略的擘畫。在《倭變事略》和〈紀剿徐海本末〉提到的「愛姬」、「侍女」，於此有了完整的籍貫、身分與才情，並交代了其人廁身倭寇集團的緣由，已經是向前邁了大步了，但徐學謨還進一步賦予了王翹兒崇高的愛國思想，擢升了主角的品格：

> 翹兒既已用事，凡海一切計畫，惟翹兒意指使，乃翹兒亦陽暱之，陰實幸其敗事，冀一歸國以老也。……乃更遣羅中書詣海說降，而益市金珠寶玉以陰賄翹兒。翹兒日夜在帳中從容言：「大事必不可成，不如降也，江南苦兵久矣，降且得官，終身當共富貴。」……海信翹言，不為隄備。督府急麾兵，鼓譟而進，斬海首而生致翹兒，盡諸倭人殲焉。（頁448-449）

從以上可以看出王翹兒身在曹營心在「漢」的襟抱，雖然貴為倭寇的主母，卻並未為財富與權勢所蒙蔽，仍胸懷桑梓，心向中州，暗中冀望徐海的大業能夠冰消瓦解，不以個人的榮華為念，可說是出淤泥而不染的典範。不僅如此，作者還將徐海的投誠歸功於王翹兒舌粲蓮花的說動，省略了徐海與陳東、麻葉彼此之間的猜忌，以及胡宗憲對徐海之寬慰與懷柔。[12]這可說是把枕邊之言放大為關鍵且唯一的克敵因

---

12 《明史》〈胡宗憲傳〉：「宗憲令大猷潛焚其舟。海心怖，以弟洪來質，獻所戴飛魚冠、堅甲、名劍及他玩好。宗憲因厚遇洪，曉諭海縛陳東、麻葉，許以世爵。海果縛葉以獻。宗憲解其縛，令以書致東圖海，而陰泄其書於海。海怒。海妾受宗憲賂，亦說海。於是海復以計縛東來獻，帥其眾五百人去乍浦，別營梁莊。官軍焚乍

素，並將徐海的覆滅，單純化成官軍趁倭寇鬆懈之際，出其不意地甕中捉鱉。如此的更易，既突出了王翹兒在海盜陣營中的影響力，也側面道出督府的食言與寡情，對於後來的悲劇結局有著指標性的鋪陳作用，而這也構成了日後王翠翹故事的主要基調。

誠如論者所言，原本在史料中形影不分，均衡用墨的二侍女，因王翹兒和督府（影射的顯然是胡宗憲）的交集而分離，並且形象越來越立體、豐滿。[13]在〈王翹兒〉的描述中，立下護國功勳的王翹兒並未獲得督府應有的肅穆敬重，反而將其視為戰利品一般，令其在慶功宴上長袖歌舞，並且在黃湯下肚後輕薄了王翠翹。蔣星煜認為，作為胡宗憲幕僚的茅坤，為了塑造主公美好的形象，除了在重大問題上歪曲史實外，還隱瞞了其在酒席上公開調戲王翠翹的醜史，這些經歷分別在其他作品作了比較客觀的反映。[14]

換句話說，作為虛構文體的小說，反在史料以外載負了不為人知的「真實」，「虛／實」之間的分際，在此出現了耐人尋味的交會。最後，胡宗憲為掩飾其劣跡而將王翠翹轉贈永順酋長，把這位貞烈的女子推向了屈辱的深淵：「翹兒既從永順酋長，去之錢塘。舟中輒悒悒

浦巢，斬首三百餘級，焚溺死稱是。海遂刻日請降，先期猝至，留甲士平湖城外，率酋長百餘，胄而入。文華等懼，欲勿許，宗憲強許之。海叩首伏罪，宗憲摩海頂，慰諭之。」見〔清〕張廷玉等撰：《明史》，卷205，頁5412。

13 吳建國、陳爽：〈王翠翹故事從史傳到文學講述的嬗變軌跡〉，《中國文學研究》第4期（2013年），頁42。

14 蔣星煜：〈明清小說戲曲中的王翠翹故事〉，收於氏著：《中國戲曲史鈎沉》（鄭州市：中州書畫社，1982年），頁258。筆者按：蔣星煜在這篇文章中並未注意到〈王翹兒〉這篇作品，其主要是針對〈王翠翹傳〉與《金雲翹傳》發出的議論。又必須注意的是，茅坤亦曾作〈大司馬胡公鐃歌鼓吹曲〉十首，其中就包括第六首〈王翠翹〉，廖肇亨認為「此詩一面說戰事殺伐的慘烈，同時也有祭戰場文的低徊傷感，藉之以言翠翹內心苦況」，且序文也不避諱提到王翠翹被俘之事。見氏著：〈浪裡挑燈看劍：中國海戰詩學之書寫特質與價值信念初探〉，《中國文學研究》第11輯（2008年），頁289-290。

不自得，嘆曰：『明山遇我厚，我以國事誘殺之。殺一酋而更屬一酋，何面目生乎？』夜半投江死。」（頁450）

從王翹兒「殺一酋而更屬一酋」的餘恨看來，其人並未從異族押寨的泥淖中解放出來（「永順酋長」指的當是廣西狼兵土司[15]），只是從離間計謀的主軸，變成籠絡戰略的一環，流轉於「倭寇／官軍」的股掌之間。王翹兒從被俘虜的那一刻起，就註定永遠地失去自由，不被當作獨立的「人」來看待，而這救國英雌淪為水中冤鬼的命運，正輻射出那個倭患蹂躪的混亂年代中，紅顏婦女的淒楚際遇。

站在「華夷之辨」的角度，王翹兒讓小說創作者聯想到的是西漢的另一位爭議性人物：李陵。其寫道：「昔李陵陷虜，欲乘匈奴之間，為漢內應，迄無成立，潰其家聲。悲夫！翹兒以一賤倡，能審於順逆，身陷不測，竟滅賊以報國，誠偉烈矣！」（頁450）李陵出身軍人世胄，但這位矢志驅逐匈奴的武士，竟在一次艱辛的困獸之鬥後投降敵軍，引來天子的震怒與廷議的抨擊，唯有司馬遷為其辯駁：「彼之不死，宜欲得當以報漢也。」（這可能是以為李陵「欲乘匈奴之間，為漢內應」之依據）無奈未能挽回李陵的聲譽，等到李陵故人任立政勸其返回故里時，李陵卻以「吾已胡服矣」、「丈夫不能再辱」等說辭婉拒，最終以匈奴人的身分埋骨於塞外。[16]

不管李陵真正的心意如何，但這樣落人口實的苟活，在世人看來便屬晚節不保的貳臣，已足以為其眷屬和名聲帶來玉石俱焚的厄運。相較之下，王翹兒既沒有顯赫的家世，甚至身為操持賤業的教坊中

15 江巨榮：〈明嘉靖朝的抗倭戰爭和清傳奇中的王翠翹故事〉，《曲學》第1卷（2013年），頁200。

16 李陵事蹟，附於《漢書》〈李廣蘇建傳〉，見〔漢〕班固撰，〔唐〕顏師古注：《漢書》，卷54，頁2450-2459。

人，卻能審時度勢，為國捐「軀」[17]，築成海上「女」牆，巾幗不讓鬚眉地完成了李陵未能辦到的志業，拯黎民於異族的鋒刃之下，莫怪乎能獲得「偉烈」的揄揚與讚頌。

綜合來說，〈王翹兒〉的篇幅雖然不長，但已在《倭變事略》和〈紀剿徐海本末〉之外補充了豐富的資訊，包括粗陳王翠翹籍貫、身分、名氏、個性等背景之梗概，構成後來章回作品《金雲翹傳》的雛型。不過，這位在史冊中驚鴻一瞥的奇女子，如何被刻劃上「偉烈」的標誌？根據徐學謨的自白，所有捕風捉影的記載，都來自於「海上之縉紳先生」與「華老人」之口，亦即沿海之居民，還有與王翠翹舊識的耆老。尤其這位「華老人」，除了在〈王翹兒〉中，曾先於羅中書，以使者的身分深入敵營，九死一生地帶回王翹兒「有外心」的可貴情報，也陸續在〈王翠翹傳〉、〈胡總制巧用華棣卿，王翠翹死報徐明山〉與《金雲翹傳》等文本中登場，擔綱著穿針引線的角色。

饒富意味的是，戴士琳在〈李翠翹〉中則說傳聞來自於「金陵人陳岱華」，提供讀者另一種思考：「華老人」不見得就是姓華的長者，也有可能是這位洞悉全局的陳岱華。無論如何，透過這樣一位與王翠翹生命經驗重疊的內敘述者[18]：「華老人」，作者得以向讀者保證女主角絕對不僅是徐海帳下的愛姬與侍女，還真實地經歷了從拯救家國到

17 王德威省思賽金花（或《孽海花》中的傅彩雲）靠著與德國瓦德西（Alfred von Waldersee）元帥的巫山雲雨，抑制八國聯軍（1900）暴行的傳說，提出了這樣的看法：為國捐「軀」可以從字面上解釋，盡忠報國不必以貞潔為前提，萬惡之首的淫或許能以一種迂迴方式拯救國家的危機。同樣地，王翠翹亦擔負起了這樣的重責大任。見氏著，宋偉杰譯：《被壓抑的現代性：晚清小說新論》（臺北市：麥田出版公司，2003年8月），頁141。

18 據胡亞敏的看法，有時因文本敘事層面的分別而有外敘述者與內敘述者兩種敘述者的類型。外敘述者可以支配全局，也可以僅起框架作用；而內敘述者則指故事內講故事的人，具有交代和解說的功能，通過敘述的故事或明或暗地回答外敘述者的問題。見氏著：《敘事學》（武漢市：華中師範大學出版社，2004年），頁43-45。

秋扇見捐的可悲人生。而像這樣來自當事者的證詞，正是集體記憶得以建構的基石，如同莫里斯·哈布瓦赫（Maurice Halbwachs）所說的：「我的內心保存著一段我通過交談或閱讀得以擴展的歷史記憶。這是一段借來的記憶，並不屬於我自己。在民族思想中，這些事件留下了深深的印跡，不只是因為公共機構由此得以改變，還因為它們在群體的這個或那個領域裡一直充滿活力地流傳著……。它們或多或少向我展示了民間的形態。」[19]

在〈王翹兒〉之後，尚有幾部明清文本，包括短篇與章回，內容上頗有出入，這些作品的成書年代先後雖無定論[20]，但為了行文方便，筆者將把故事內容較龐大、人物較豐富、轉折較複雜的《金雲翹傳》放在最後討論：從內容和體裁來看，這較有可能是一部集大成之作。在此先就內容上明顯歧異於其他創作的〈李翠翹〉加以析剖。

〈李翠翹〉[21]是明人戴士琳的作品，未經刊行，今僅見抄本，收於黃宗羲輯的《明文海》卷四一四。這篇作品敘述京口娼名喚李翠翹者，貌可中上，機穎絕倫，對羅生有愛慕之意，但兩人不久就因兵燹

19 〔法〕莫里斯·哈布瓦赫（Maurice Halbwachs）著，丁佳寧譯，曾祺明校：〈集體記憶與歷史記憶〉，收於馮亞琳、〔德〕阿斯特莉特·埃爾（Astrid Erll）主編，余傳玲等譯：《文化記憶理論讀本》（北京市：北京大學出版社，2012年1月），頁68。

20 董文成認為，〈王翠翹傳〉和〈胡總制巧用華棣卿，王翠翹死報徐明山〉都是崇禎年間的作品，〈李翠翹〉則更晚出，《金雲翹傳》作者可能沒有見過這篇作品，並未受其情節之影響。但除擬話本成書年代（1643）引自胡士瑩的看法外，其餘未說明其依據。見氏著：〈《金雲翹傳》故事的演化〉，頁37-44。王千宜則認為〈王翠翹傳〉和〈李翠翹〉的作者余懷、戴士琳俱為明末清初時人，兩部作品有不少共同點，寫作時間應當很接近，但無法判定二作是否成於明亡之前，與《金雲翹傳》也沒有明顯傳承關係，無法判定成於《金雲翹傳》之前或之後。見氏撰：《金雲翹傳研究》（臺中市：東海大學中國文學系研究所碩士論文，1988年），頁61。

21 本書使用版本收於〔清〕黃宗羲編：《明文海》（臺北市：臺灣商務印書館，1983年，景印文淵閣四庫全書·集部·總集類，國立故宮博物院藏本），卷414。以下為行文方便，所引原文但標頁碼，不另加註。

而失去音訊。再重逢時，羅生已為胡大司馬（胡公）之說客，前往徐海陣營勸其歸降，卻陷入兵刀相加的危險，李翠翹在千鈞一髮之際拯救了舊情人。從題目來看，似乎是以李翠翹為主角，但實際上作者花費較多筆墨的人物卻是羅生。

從倭患侵擾的震撼彈投入開始，敘事的視角就開始轉移到羅生的身上：「既逾年，島夷橫行江南，所過殘破，生還自都，已失翹跡矣。方奔走南北，落魄貧甚，時胡大司馬鎮越，生往依之，胡特眾畜生。」（頁758）這位羅生曾投入「分宜公子」幕下，「其後分宜敗，羅生不免伏法」，可見影射的就是與嚴嵩父子親暱的羅龍文（？-1565）。羅生被胡公認定為酈食其、陸賈一類鼓舌如簧的辯才，並派說降徐海：「群鹵縛生下，露白刃臨之。生鼓掌而笑，顏色自若。海意解，復筵生坐，稍稍肯赴胡軍，而疑信且半。姑試生曰：『汝能留質吾軍，我單車見胡公乎？』生曰：『幸甚！』海大解頤，與生痛飲，期以旦日日中往抵，暮而還。……比旦，海果行，生留為質。日既晡，海留酌胡公所，大酣暢，不時返。」（頁758）

羅龍文擔任官府派遣的人質與說客之事蹟，最早可見於《日本一鑑》〈窮河話海〉卷六之記載[22]，雖說〈紀剿徐海本末〉或《明史》都未明確指出勸降徐海的使者是羅龍文[23]，但這樣的形象卻在傳奇體持續發酵，是以自〈王翹兒〉開始，羅中書（或作羅生）就是王翠翹故事中勸服徐海的關鍵人物，明人潘之恒《亘史》〈羅龍文傳〉甚至將

22 〔明〕鄭舜功纂：《日本一鑑》〈窮河話海〉：「復以中書羅龍文質於海巢，期內海降，乃先期挾兵入平湖，見工部侍郎趙文華、都御史胡宗憲、阮鶚、御史趙孔船。……比海有逆狀，文華覺，欲賜海酒，酖殺之，而宗憲乃以龍文尚在海巢，故止。海既退巢沈莊，宗憲但以童華為海法眷，嘗使往海巢，脅同龍文說海歸順。凡海所慾，而龍文、童華隨即合言於宗憲，必姑與之。」見卷6，頁11。

23 〈紀剿徐海本末〉和《明史》〈胡宗憲傳〉對使者的記述分別是以「因厚遣諜者」、「遣指揮夏正等持激書要海降」，與《日本一鑑》有所出入。

之作為「人格獨立的永抗外寇之俠」來塑造[24]——儘管史實上的羅龍文最後被指控是「通倭」的罪人，並與嚴世蕃一同棄市處斬。

回到〈李翠翹〉本身的討論，首先可以注意的是這篇故事重新召喚了與徐海齊名的倭魁王直（汪直），並成為朝廷意欲對付的勁敵。此外，胡公之所以直搗黃龍，擒拿徐海，關鍵全在於羅生處變不驚的活躍，李翠翹發揮的效用，只是喝令群倭刀下留人，讓羅生不至於因徐海的遲歸而被開膛剖腹，並勸說徐海縱放羅生。雖然戴士琳最後補充道：「乃知海昔日之從降，翹與有力也」、「徐海以狂豎煽禍東南，國家蓋詘數萬金錢供戰士，僅乃降之，而不能勝翹枕上一語，此其功當錄」（頁759），但從過程來說，李翠翹的循循善誘，實際上並未起到決定性的作用。

可見，這篇文本回歸禦倭戰爭中，男人們的爾虞我詐與豐功偉業，女性則重新被放回附庸的位置。結局雖然也是悲劇收尾——被官軍俘虜的李翠翹眼看就要臨刑，乞哀萬狀，羅生竟見死不救，令其發出「李翠翹誤識羅生而負徐海，死真晚矣」（頁759）之悲音，但已無力挽回全篇文氣的貧瘠，尤其那楚楚哀求的姿態，與王翠翹故事中「烈女」的刻劃標誌相左，莫怪乎被王千宜目作「不僅毀損了王女的人品，更使王女形象慘澹無光」[25]的創作。

以王翠翹故事為主的傳奇體作品，還包括有余懷所撰之〈王翠翹傳〉。[26]這篇小說大略以〈王翹兒〉為底本，但從王翠翹逃出老鴇魔爪後，插入了羅龍文與之交驩，兼暱小妓綠珠（影射徐海的另一名愛妾

---

24 見王軍：〈潘之恒《亘史》俠客形象研究〉，《合肥學院學報》（社會科學版）第31卷第4期（2014年7月），頁47。

25 王千宜：《金雲翹傳研究》，頁64。

26 本書使用版本收於〔清〕張潮輯：《虞初新志》，收入《古本小說集成》（上海市：上海古籍出版社，1990年，上海圖書館藏康熙刻本），卷8。以下為行文方便，所引原文但標頁碼，不另加註。

王綠姝），羅龍文又與徐海惺惺相惜的橋段，之後轉入徐海的歷險生涯：

> 酒酣耳熱，攘袂持杯，附龍文耳語曰：「此一片土，非吾輩得意場，丈夫安能鬱鬱久居人下乎？公宜努力，吾亦從此逝矣。他日苟富貴，毋相忘。」因慷慨悲歌，居數日別去。徐海者，杭之虎跑寺僧，所謂明山和尚者是也。居無何，海入倭，為舶主，擁雄兵海上，數侵江南。嘉靖三十五年，圍巡撫阮鶚於桐鄉，翠翹、綠珠皆被擄。（頁361）

這樣的加油添醋，與〈李翠翹〉中女主角與羅龍文的舊情有些呼應，又補充了王翠翹、徐海亦為故人的線索；這一點似乎為《金雲翹傳》所繼承。不過，董文成認為這與後來「乃翹翠陽為親暱，陰實幸其覆敗」（頁362）有所矛盾——此明顯來自〈王翹兒〉固有的文字；此外，此文比〈王翹兒〉多出的部分，多採自〈紀剿徐海本末〉[27]，這恰好包括了前文提到的被徐學謨芟夷之徐海與麻葉、陳東的齟齬，和胡宗憲對徐海的懷柔。在〈王翠翹傳〉中，徐海願意卸下心防，首先來自於羅龍文與徐海、王翠翹的交誼；再者，王翠翹亦發揮關鍵性作用：「翠翹素習龍文豪俠，則勸海遣人同詣督府輸欵，解桐鄉圍。宗憲喜從龍文計，益市金珠寶玉，陰賄翠翹。翠翹益心動，日夜說海降矣，海信之。」（頁364）

這樣，既串起了〈王翹兒〉中王翠翹的「枕邊靈」，又與〈李翠翹〉中對羅生的傾慕連貫，再加上〈紀剿徐海本末〉中倭寇集團的鬩牆，雖然前賢對此文的撰成年代有些爭議，但從行文的風格來看，筆

27 董文成：〈《金雲翹傳》故事的演化〉，頁38。

者認為〈王翠翹傳〉當是一篇綜合性較強的作品。[28]總和來看，〈王翠翹傳〉不只在材料上有集大成之痕跡，而且在道德情操方面，對於擬話本小說的「型世」意義，還帶來承先啟後的作用，以下詳述之。

二　型世：公私兼盡的「粉黛干城」

余懷之所以寫作〈王翠翹傳〉，還有一個重要的創作動機，那便是「悲其志」，亦即悼念王翠翹以死亡來報答徐海之恩情的壯烈，並且以西施（施夷光）作為參照[29]：

> 余讀《吳越春秋》，觀西施沼吳，而又從范蠡以歸於湖。竊謂婦人受人之託，以艷色亡人之國，而不以死殉之，雖不負心，亦負恩矣。若王翠翹之於徐海，則公私兼盡，亦異於西施者哉。嗟乎！翠翹故娼家辱人賤行，而所為耿耿若此，鬚眉男子，媿之多矣！（頁359）

---

28 陳歡歡認為：「余懷此篇小說似乎是在徐學謨〈王翠翹傳〉的基礎上加以增飾，又糅合了戴士琳〈李翠翹〉傳而成」，見氏撰：《《金雲翹傳》研究》（揚州市：揚州大學中國古代文學研究所碩士論文，2009年），頁21。吳建國、陳爽則說：「余懷〈王翠翹傳〉敘述王翠翹被徐海所擄之前的經歷借鑒了徐傳和戴傳的某些情節」，見氏著：〈王翠翹故事從史傳到文學講述的嬗變軌跡〉，頁42。

29 余懷本身即是一位明遺民，其作品除了〈王翠翹傳〉之外，更著名的則是《板橋雜記》，這部狹邪筆記脫離了明後期的「花榜」玩賞品調，著重於哀嘆秦淮風月的消逝，表露出美人黃土之思，甚至彰顯妓女氣節（如葛嫩、燕順等），並暗諷貳臣的無恥。可參見汪榮祖：〈文筆與史筆——論秦淮風月與南明興亡的書寫與記憶〉，《漢學研究》第29卷第1期（2011年3月），頁195-202；胡衍南：〈明清「狹邪筆記」研究——以明代後期至清代中期為範圍〉，《淡江中文學報》第29期（2013年12月），頁143-152。可見余懷之作〈王翠翹傳〉，並把「王翠翹／西施」作為對照，與其對於世變之寄託，有著一脈相承的關係。

古代的文人騷客，往往樹立高聳的道德壁壘，讓身處「公義／私義」歧路的英雄好漢進退維谷，難以攀越。如《三國演義》中關羽「義釋」曹操，雖然一方面答謝了知遇之恩，但另一方面則代表著縱放「漢賊」的罪愆；相較之下，《水滸傳》中宋江實現了招安報國的願望，卻同時意味著置梁山弟兄們於鼎鑊的背叛。[30]然而，不單男人的世界是如此，女人面臨的處境也一樣嚴峻。所以，當西施用美色輔弼了勾踐復國的壯業，就不可避免地辜負了夫差的恩寵，同樣陷入「公義／私義」的逡巡。而傳說中，夷光竟同陶朱公泛湖而去，逍遙餘生，就不免引來非議——在春秋筆削的檢視之下，救國不是終點，得體的報恩才是。只有同王翠翹一般用死亡化解矛盾，殉義忘生，才可能得到「公私兼盡」的揄揚。這樣的褒貶黜陟，在〈胡總制巧用華棣卿，王翠翹死報徐明山〉中同樣為小說家所器重，並引來一番辯證，如開篇有翠娛閣主人題詞曰：

> 自夷光奏治吳之功，祖其讒者為和戎，委紅袖於腥膻，瘁玉顏於沙漠，曰吾以柔其悍也。吁嗟！非智術之姝，則雖盡中國之妖艷，只作其伎樂耳，何濟於事？故必才如翠翹，方可云粉黛中干城。至其一死殉人，忠義彪炳一世。（頁95）

又引古人之詩道王嫱：「漢恩自淺胡自深，人生樂在相知心。」（頁96）放在「華夷之辨」的脈絡下，陸人龍在入話所提出來的議題，有兩種涵義。首先，紅顏可止戈散馬，亦可傾國傾城，但若非貌、才、德並濟於一身，則不配稱為「粉黛中干城」。其次，士為知己者死，而女子亦如是；「相知」者即使為胡人，亦不抹滅這層底蘊。

---

30 相關的論述可參考〔美〕浦安迪（Andrew H. Plaks）著，沈亨壽譯：《明代小說四大奇書》（北京市：生活・讀書・新知三聯書局，2006年9月），頁422。

值得注意的是，小說家在此並不因異族的文明落後或敵對意識，進一步由蠻貊降格為犬彘或怪物[31]，從而否定其亦有情、有義、有恩的「人性」。〈胡總制巧用華棣卿，王翠翹死報徐明山〉將著眼點放在恩義的償還，在王翠翹故事的發展歷程中無疑是舉足輕重的。畢竟，作為明清小說「倭患書寫」中的繾綣旋律，之所以獨樹一幟且引人入勝，關鍵之一即是王翠翹對於徐海的情義的回應[32]（作為映照，西子就被作者稱呼是「薄情婦人」），讓「倭寇」不再只被貼上嗜血、貪婪、淫惡的標籤，而更多了一份正面的形象——這顯然對《金雲翹傳》有著明確的啟迪作用。

〈胡總制巧用華棣卿，王翠翹死報徐明山〉相較於前文提到的三篇傳奇體作品，對王翠翹的原生家庭、婚姻經歷與人際交往有更細膩的刻劃[33]，使得王翠翹故事之視野趨於豐富、複雜、曲折，在藝術上

---

31 中國對異域的理解與想像，尤其是「非人」的貶抑心態，如〈羸蟲錄序〉有云：「羸蟲者，四方化外之夷是也。何則以人為羸蟲之長？《書》曰：『生居中國，故得天地之正氣者為人；生居化外，不得天地之正氣者為禽為獸，故曰羸蟲。』孔子曰：『治夷狄如治禽獸。』其說有自矣。原其無倫理綱常，尚戰鬪，輕生樂死，虎狼之性也；貪利好淫，麀麀之行也，故與人之性情實相遠矣。」收於〔日〕酒井忠夫監修，〔日〕坂出祥伸、〔日〕小川陽一編：《妙錦萬寶全書》（東京：汲古書院，2003年，中國日用類書集成卷12，建仁寺兩足院所藏本），卷4〈諸夷門〉，頁209。關於這部書的內容與文化意義，可參考何予明撰，時文甲譯，程章燦校：〈書籍與蠻夷：《羸蟲錄》的歷史〉，《古典文獻研究》第16輯（2013年7月），頁60-98。

32 吳建國、陳爽亦留意到，這篇小說與傳奇體作品不同之處，在於不再只將王翠翹作為宣傳「忠／義」的說教工具，而更以「情」支撐全篇，使之形象更為圓融飽滿、真實可感。見氏著：〈王翠翹故事從史傳到文學講述的嬗變軌跡〉，頁43。

33 在傳奇體王翠翹故事中皆只提到女主角為青樓女子，但何以淪落於此，則付之闕如。在〈胡總制巧用華棣卿，王翠翹死報徐明山〉中，卻說王翠翹為吏員王邦興之女，為賠償父親監比而自願賠嫁張大德，兩人雖是和睦，但不料丈夫因事死於監內，元配錢氏得知丈夫生前討妾，出於妒忌將王翠翹鬻與娼家，受到老鴇虐待，所幸遇到一名叫華萼的恩客贖出，才總算掙出火坑。這些增補，使得王翠翹「孝義」、「貞節」的形象更為突出，後來大致為《金雲翹傳》繼承，包括為拯救家眷於

是一大躍進，也可視作《金雲翹傳》中女主角萍飄蓬轉生涯之藍圖。

將焦點放回文本內的「倭患書寫」，作者首先用濃重的筆墨繪出倭寇的劫掠，是時王翠翹正踏上尋覓父母的路程：

> 沿途聞得浙西、南直都有倭寇，逡巡進發，離了省城。叫舡將到崇德，不期海賊陳東、徐海又率領倭子，殺到嘉湖地面。……路上風聲鶴唳，才到東，又道東邊倭子來了，急奔到西方。到西，又道倭子在這廂殺人，又奔到東，驚得走頭沒路。（可憐真是喪家狗）……及到撞了倭子，一個個走動不得，要殺要縛，只得憑他。翠翹已是失了挑行李的人，沒及奈何，且隨人奔到桐鄉。不期徐海正圍阮副使在桐鄉，一彪兵撞出，早已把王翠翹拿了。（頁100）

小說創作者在上引文字中，交代了王翠翹加入倭寇隊伍的緣由，同時千篇一律地投射出倭寇作亂下，沿海百姓的狼奔鼠竄。儘管看來了無新意，但是讀者卻不妨將這些敘述，視作王翠翹以柔克剛，收刀入鞘的伏筆。陸人龍續寫王翠翹雖被俘虜，但也因婷婷嫋嫋的國色，獲得徐海之青睞，輸情輸意，又敬又愛，尊之為「王夫人」，正是：「已將飄泊似虛舟，誰料相逢意氣投。虎豹寨中鴛鳳侶，阿奴老亦解風流。」（頁101）

傳奇體中「乃翹翠陽為親暱，陰實幸其覆敗」的算計，在此已被取消，而倭寇頭子竟也有意氣相投的「人性」，不再僅是人所畏懼、咒罵的「虎豹／阿奴」；關於海盜加美女的香豔奇譚，也多了份相知相惜的推心置腹。職是，徐海對王翠翹的敬重、王翠翹對徐海的勸戒

圀圄而自願賣身，貨與娼家而受毒打，為東守贖出，卻遇妒婦宦氏設計屈辱等，都可以在這篇作品中找到影子。

便愈見真誠、溫婉：「……他又在軍中勸他少行殺戮，凡是被擄掠的多得釋放。（厥功多矣。）又日把歌酒歡樂他，使他把軍事懈怠。故此雖圍了阮副使，也不十分急攻。」（頁101）

董文成已率先注意到，王翠翹故事中王翠翹、徐海的若干特質，與史料似乎略有不同，包括王翠翹勸止徐海殺戮、徐海對王翠翹的專情，其實是移植自麻葉、祝婦之事蹟。[34]陸人龍及青心才人不惜挪移倭寇集團中某些領袖之標誌，嫁接到了徐海的身上，可見其有心將之塑造為恩義沛然的梟雄，不只是史冊中那殺人如麻、寡情鮮愛的海賊，而更由扁型（flat）趨於圓型（round）[35]，形象十分複雜、立體。在〈胡總制巧用華棣卿，王翠翹死報徐明山〉中，徐海與王翠翹是一組蚩、妍同存的組合：

> 左首坐著個雄糾糾倭將，繡甲錦袍多猛勇；右首坐著個嬌倩美女，翠翹金鳳絕妖嬈。左首的怒生鐵面，一似虎豹離山；右首的酒映紅腮，一似芙蕖出水。左首的腰橫秋水，常懷一片殺人心；右首的斜擁銀箏，每帶幾分傾國態。蒹葭玉樹，穹廬中老

34 董文成：〈《金雲翹傳》人物原型考〉，收於氏著：《清代文學論稿》，頁59。麻葉、祝婦事見〔明〕采九德撰：《倭變事略》，卷4，頁7：「初七日，葉麻遣百餘賊，駕六舟至袁花，取祝婦。婦杭人，有姿色。初，葉犯袁花，劫以為妻，居沙久，一日思鄉流涕，葉憐而遣歸。……會飲，徐酒酣，謂葉曰：「兄嫂幾何？」曰：「無。」徐曰：「聞有一祝氏，何曰無？」曰：「去矣。」徐又曰：「佳人不易得，汝棄吾當取之。」葉怒曰：「聞汝六、七妻妾，肯與人否？」……初八日，既取祝婦歸，由道塘入常氏民家，索飯掠財，婦以為言，賊稍止。」另外卷三也提到：「賊中有舊掠袁花鎮祝婦者，賊首葉麻擄獲之。從賊過南關，見我關上有兵，婦按轡行，與賊語，賊若受其約束者。」見頁1。

35 扁型人物（flat characters）和圓型人物（round characters），是由愛德華．摩根．佛斯特所提出的概念：前者性質純粹，是作者循著單一理念或特質所建構出來的；後者則隨著情節的變化而脫離公式，渾身充滿驚喜，能在字裡行間為全書注入活力與新奇。見氏著，蘇希亞譯：《小說面面觀》，頁94-105。

上醉明妃；丹鳳烏鴉，錦帳內虞姬陪項羽。（頁102）

作者用「倭將」、「穹廬」之意象，暗示徐海的不服王化；其亦自云：「我徐明山不屬大明，不屬日本，是個海外天子，生殺自由」（頁102）、「但我殺戮官民，屠掠城池，罪惡極重。縱使投降中國，恐不容我，且再計議」（頁103），可見徐海游走於「華／夷」的特殊身分。這樣的一位海上霸主，王翠翹並未視同寇讎，含沙射影，反而用心替其思取退步。當徐海拋出捨去擄掠，把甚養活之猜忌，王翠翹即以「又要他開互市，將日本貨物與南人交易，也可獲利」（頁104）的方略破疑——事實上，這也正是根治海警病灶的靈丹妙藥，王翠翹堪可謂是高瞻遠矚。

當然，從「舟山屯札，永為不侵不畔之臣」到「並散部曲，與你臨淄一布衣」的建議，可以看出徐海的談判籌碼是越見支絀；但王翠翹的諄諄善誘，卻始終無害人之意，反而一心為其尋求最有利的投降條件，可見兩人對歸順中華的誠摯。而恰恰是這樣的誠摯，突顯了胡宗憲算計徐海的卑劣——倭寇首領之死，竟也有為人傷感的一面，這實在是明清小說「倭患書寫」中難得一見的基調。

小說中，徐海因官軍夜襲而跳河溺斃，王翠翹自愧負恩，本欲殉之，卻為兵士所救。在筵席上，王翠翹先為胡宗憲調侃「亡吳伯越」、「真西施也」，後又被賜與宣慰彭九霄（原型即〈王翹兒〉之永順酋長）。王翠翹自言：「幸脫鯨鯢巨波，將作蠻夷之鬼」（頁107），與「殺一酋而更屬一酋」的遺恨互為表裡。因自弄琵琶，引吭高歌，節錄如下：

龍潭倏成鴛鴦巢，海濱寄跡同浮泡。從胡蔡琰豈所樂，靡風且作孤生茅。

生靈塗炭良可測，歿弓擬使烽煙熄。封侯不比金日磾，誅降竟折雙飛翼。

北望鄉關那得歸，征帆又向越江飛。瘴雨蠻煙香骨碎，不堪愁絕減腰圍。

依依舊恨縈難掃，五湖羞逐鴟夷老。他時相憶不相親，今日相逢且傾倒。

夜闌星影落清波，游魂應繞蓬萊島。（頁107-108）

陸人龍的代言，無疑是將王翠翹流轉的人生置於「華夷觀」的視角來檢視。被倭寇俘虜的婦女們，或許沒有遺下可歌可泣的傾訴，但「從胡蔡琰豈所樂」，人們卻能從〈悲憤詩〉或〈胡笳十八拍〉中，品嚐到同樣酸澀的淚水，只是流淌在海濱或草原的差別。王翠翹基於對生民的憐憫，為國捐「軀」，勸降徐海，其功績當不亞於和親的公主；然而，即便是匈奴人金日磾，都能在歸降漢武帝後，得到馬監的職位，身為中國人的自己，卻沒有獲得任何封賞，還被轉賜予邊關土司，完全被當作「戰利品」，而非獨立的「人」來對待，註定就此返鄉無望，玉殞蠻荒。

胡宗憲自以為「恩酬」了一段泛湖良緣，但對王翠翹來說，卻是痛澈骨髓的「羞辱」。王翠翹之心，早已隨著徐海的屍首，埋葬在沈家莊江底；縱然有靈魂的話，亦當縈繞東島，而非華南。後來王翠翹終究投江以報徐海。死訊傳回時，始作俑者的胡宗憲亦不免潸然，並為之作祭文，其中有云：

奇莫奇於柔豺虎於衽席，蘇東南半壁之生靈，豎九重安攘之大烈，息郡國之轉輸，免羽檄之征擾。（大哉偉勳，翠翹不死！）奇功未酬，竟逐逝波不反耶！以寸舌屈敵，不必如夷光

之蠱惑；以一死殉恩，不必如夷光之再逐鴟夷爾！更奇於忠、奇於義！（頁109）

徐虹以為，陸人龍身處崇禎末年，烽煙四起，家國動盪，對遼東、宦官、倭寇等內憂外患有帶著執著的關注與焦慮，並常發表議論，圍繞著「忠、孝、節、義」的典範，予以讚頌，表現出挽救瀕臨崩塌的皇朝的苦心[36]；而高桂惠從敘事策略來切入，看到的是俚言、瑣語、議論、評語等多元話語並置，融合雅、俗，藉由小說文體進行「型世」的勸懲。[37]身為女性且為教坊中人的王翠翹，在末世之際竟也成為道德的典範，可見「邊緣」對於「中心」的強化或轉移，不只是在於異邦或海疆的地理性，也在於性別與職業的對比。

在小說的首、尾，西施都被作為參照，其人「蠱惑」、「薄情」的狐媚與苟活，看來都像是給肩挑天下興亡的大丈夫的鑑戒：切莫作此「貳臣」。[38]對比之下，王翠翹不僅對國家償還了「忠義」，對徐海也

36 見徐虹：〈風雲變幻鑄書魂——《型世言》對晚明重大事件的反映〉，《淮海工學院學報》（社會科學版）第7卷第4期（2009年12月），頁50-54。

37 詳見高桂惠：〈世道與末技：《型世言》的演述語境與大眾化文化選擇〉，《政大中文學報》第6期（2006年12月），頁49-74。

38 換個角度來看，陸人龍或許也洞燭機先地看到朱明的沉痾難返。趙園提到，事後看來，甲申之變（1644）只是如期而至。宋遺民鄭思肖的《鐵函心史》在亡國前夕（1638）由蘇州承天寺出井；同年，黃宗義注謝翱的〈西臺慟哭記〉、〈冬青引〉，都像是一個凶險的寓言，也提醒士大夫預先準備即將面臨的抉擇：當「板蕩」之波傳遞到眼前，必須接受的命運，赴死，或漂泊異鄉。見氏著：《想像與敘述》（北京市：人民文學出版社，2009年），頁13、22。類似的氛圍瀰漫在明末文人的活動圈，使之展現敏感的預測，當可解釋陸人龍對重大史事的關心，以及隨之而來的價值批判。又西施之形象被當作「貳臣」之文化符碼，亦可見於清初的《西遊補》。黃人《小說小話》：「綠珠請客，而有西施在座，譏當時號為西山餓夫，洛邑頑民者，不免與興朝佐命往還也。西施兩個丈夫之招詞，其即洪遼陽之兩朝行狀乎？」收於梁啟超等撰著：《晚清文學叢鈔　小說戲曲研究卷》（臺北市：新文豐出版公司，1989年），卷4，頁356。

報答了「恩情」，正呼應了余懷「公私兼盡」的道德要求。在小說的煞尾，甚至超越人間的褒賞，被上帝授予「忠烈仙媛」之頭銜，佐天妃主東海諸洋。從一位亂世奇女子，擢昇為沿海護國神，不愧於「粉黛中干城」的稱許。

三　情性：替天行道的「草莽英雄」

到了《金雲翹傳》[39]，雖然也看重「忠、孝、節、義」的集結，但更令人印象深刻的還是「情／性」的湧現。[40]事實上，從作者之署名「青心」才人到第一回對揚州才女馮「小青」[41]的惋惜，不難看出這兩人的姓名都蘊藏了個「情」字；署名天花藏主人的〈序〉也提出「持

39 本書使用版本為〔清〕青心才人編次，李致忠校點：《金雲翹傳》（瀋陽市：春風文藝出版社，1983年），20回本。以下為行文方便，所引原文但標回數、頁碼，不另加註。筆者按：《金雲翹傳》版本除原刊本已亡佚外，傳世者包括第二代繁本（20回）、第一代簡本（4卷20回）、第二代簡本（4卷20回題名《雙奇夢》）、第三代簡本（12回題名《雙和歡》）等系統，大連圖書館所藏清順治間刻本就屬於第二代繁本，為較接近原刊本的版本，春風文藝出版社即據之排印，並刪去「聖歎外書」之評論。詳參董文成：〈《金雲翹傳》版本考——《金雲翹傳》芻論之一〉、〈〈《金雲翹傳》版本考〉補正〉，收於氏著：《清代文學論稿》，頁2-23、24-30。

40 王千宜就說，《金雲翹傳》的作者青心才人，在晚明重情思潮的引導下，由至情至性的角度重塑王翠翹的形象。見氏著：《金雲翹傳研究》，頁3。

41 傳說馮小青活動於萬曆年間的西湖一帶，嫁與馮生為妾，卻為大婦不容而凌虐，最終抑鬱而亡，年僅十八歲，留有《焚餘》一集，馮夢龍《情史》亦有傳。其人事蹟暨衍生之作品介紹，可參考謝俐瑩：〈小青故事及其相關劇作初探〉，《戲曲學報》創刊號（2007年6月），頁67-98。《金雲翹傳》開篇提到許多薄命紅顏，包括王嬙、楊貴妃、趙飛燕、趙合德、西施、貂蟬、李清照、朱淑貞、蔡琰，但青心才人以小青為眾美之翹楚：「我如今再說一女子，深情美色，冷韻幽香，不減小青。而潦倒風塵，坎坷湖海，似猶過之，真足與小青媲美千秋也。」（第1回，頁2）較之《型世言》中王翠翹的無出其右，《金雲翹傳》顯然認定馮小青更是一位標竿型人物。

情以合性」[42]的破題，這些都是《金雲翹傳》著眼於「情」之內證。

這部作品題名取自「才子」金重、「佳人」王翠雲、王翠翹姊妹各一字，合而為一，暗示三人情緣。把王翠翹故事寫成才子佳人小說，固然是一大突破，但重心顯然仍放在王翠翹的顛沛流離。從淑媛到娼妓，從小星到婢女，從道姑到賊婆，命運給這位佳人開了無數玩笑，印證作者所說的：「大抵有了一分顏色，便受一分折磨，賦了一段才情，便增一分孽障。」（第1回，頁1）邱江寧提到，《金雲翹傳》基於對多重線索的網狀結構的組織，將原來占據主導地位的王、徐傳奇，壓縮成不到兩回的篇幅，使得小說的藝術魅力呈現多元的闡釋[43]，但不代表這段海上經歷的刻劃就變得疲弱、敷衍；事實上，徐海的登場既是重要的轉折，也是王翠翹否極泰來的關鍵。第十七回王翠翹不幸再次流落風塵，兩人遇合，徐海不僅為之贖身，還約定三年後以十萬甲兵迎娶新婦：

> 一日，忽聞寇兵大至，居民逃散一空。從人皆勸翠翹遷居，翠翹道：「我與明山有約，雖兵火不可擅離此地。……」從人不敢止，相率而去。俄有大兵一隊，帶甲數千，被堅執銳，將軍十餘人，突至繞其居，大呼曰：「王夫人在麼？奉徐明山千歲令，迎請夫人。」……那十數將官，幾千甲兵，一齊跪下道：「夫人在上，眾將士磕頭。」……王夫人下令道：「此地居民俱我鄰佑，毋得擄探劫殺，焚屋奸淫。不如令者斬首示眾。」令下，三軍肅然，一境安平，免於屠毒者，皆王夫人之德惠也。（第17回，頁163-164）

42 詳見趙杰新：〈論《金雲翹傳》「持情以合性」的悲劇內涵〉，《湖州師範學院學報》第36卷第1期（2014年1月），頁70-74。

43 邱江寧：〈《金雲翹傳》：敘事模式與人物塑造的雙重突破〉，《明清小說研究》第2期（2007年），頁272。

倭患在《金雲翹傳》中，不再只是破壞性的災禍，而成為英雄對美人的承諾與排場，翻案的性質相當突出，不禁令人聯想到《豆棚閒話》第三則〈朝奉郎揮金倡霸〉中，劉琮對汪華的守信與恩償。[44]王翠翹一如相關故事中，以柔弱勝剛強的姿態，遏止了寇兵的殺戮：「雖非裂土分茅，卻也攻城拔地，威武可人。王夫人因勸他休燒毀民房，奸淫婦女，恣殺老幼。明山從之。自此兵到之處，便下令戒妄殺奸淫，皆夫人之賜也。」（第17回，頁165）稱職扮演緊箍兒的角色。

不僅如此，倭患也是報應不爽的火種，見證天道循環的燎原。在王翠翹淒楚的離亂生涯中，有不少無良之徒用欺詐的手段，將之推落火坑；這些人的誓言，包括馬不進：「若是馬某輕賤你女兒，生遭強人支解」（第7回，頁62-63）、馬秀：「我的兒，你媽媽若是騙了你，好了又逼你接客，等我遭〔遇〕強〔梁〕，倒澆蠟燭照天紅」（第8回，頁70）、楚卿：「我楚卿若負了王翠翹今日之情，強人開剝，碎屍萬段，全家盡遭兵火」（第9回，頁77）、薄幸：「若是薄幸負了王翠翹，不替他白頭偕老，等薄幸碎剮千萬」（第17回，頁157-158），後來都在徐海的協助下一一兌現：

> 此時閩、廣、青、徐、吳、越，寇兵縱橫，干戈載道，百姓塗炭，生民潦倒，苦不可言。到了出兵這日，徐海請王夫人誓

44 《豆棚閒話》第三則〈朝奉郎揮金倡霸〉故事舞臺在隋、唐之際，說汪華慷慨捐助一面之緣的劉琮五萬金並龍馬「葡萄雪」，劉琮許諾隔年於同地還金十萬，後來果然以「海東天子」的姿態席捲閩、粵、浙西三十郡縣，海中砦夷島寇，歸併百、十餘處，並以盛大排場答謝汪華：「劉琮扶了興哥過船，便令發擂鳴金，掛帆理檝，出洋而去。未及五更，大洋中數萬艨衝巨艦，桅燈炮火震地驚天。到了大船即喚出許多宮妝姬嬪，俯伏艙板之上，齊稱『恩主』，不減山呼。」後來汪華亦勸劉琮歸降，二人一受封越王，一為安海郡君，兩家聯姻，克盡臣節，直至唐末。見〔清〕聖水艾衲居士：《豆棚閒話》（臺北市：臺灣古籍出版社，2005年3月），頁24-37。

> 師。……王夫人乃把酒誓師，三軍一齊跪倒。夫人祝云：「……王翠翹為父流落娼門，遭馬不進、楚卿、秀媽之陷害。今仗徐公威靈，興兵報仇，妾不敢過求，只如進等原立之誓而止。以德報德，以直報怨，聖人且然，吾何獨否。敢以此心上告天地神明，然後發兵。凡爾三軍，無惜勤勞，為余振奮。」……三軍一齊應道：「大小三軍，願為夫人效力。」奮怒之聲，山搖海沸。因分隊伍啟行。（第18回，頁166-167）

王翠翹身為手無縛雞之力的女子，只憑自身之力，根本無從跟社會中的黑暗勢力匹敵，這時反而是透過倭寇「替天行道」，制裁卑劣的惡棍，這是一種反轉，也是一種諷刺——倭寇竟成為捍衛弱者的「俠義」力量：「見不平，便起戈矛，遇相知，贈以頭顱，乃吾徒本色事」（第18回，頁173）、「劍誅無義金酬德，萬恨千仇一旦伸」（第18回，頁174），則現實中善良老百姓的任人宰割與束手無策，可想而知。

王千宜指出，《金雲翹傳》中徐海為王翠翹雪恥復仇的情節，可能發想於其興兵為叔父徐銓報仇的史實。[45]透過這移花接木的虛擬筆墨的傾注，青心才人塑造之下的徐海，一諾千金，從善如流，儼然是位「草莽英雄」，已大幅脫離了歷史上國之巨蠹的形象，被作為剛強無比的正義象徵，光明磊落，符合國勢日衰、世風頹敝時代中，人民理想英雄典型人物，確實是十分大膽的突破。[46]更特別的是如劉歡歡所敘的，小說家打破傳統塑造英雄傳奇形象的方法，將勇猛志氣拘於

45 王千宜：《金雲翹傳研究》，頁25。此事記載於〔明〕鄭舜功纂：《日本一鑑》〈窮河話海〉，卷6：「其弟洪光自廣東附許，二船至倭會海，告以叔銓為廣東官兵所滅。明年丙辰，海乃糾結種島之夷助才門（即助五郎）、薩摩夥長掃部、日向彥太郎、和泉細屋，凡五、六萬眾，船十餘艘，欲往廣東為銓報讎。」見頁11。

46 王千宜：《金雲翹傳研究》，頁159。

其次，而以一「情」字設為敘事主線和情節誘因，貫穿始終；同時，也正是因著徐海單純而強烈的「情」，促使其用盛大軍容風光迎娶王翠翹，並採納嬌妻之意，禁妄殺，肅軍紀，最後甚至卸甲歸降，之死靡他。[47]

《金雲翹傳》不僅將徐海描寫成有情有義的好漢，更賦予其驍勇善戰的秉性，讓官兵望風披靡，徐海亦不免自言：「我向藐中國無人，亦不料撮空如此。早如如此，吾出兵不待今日矣。」（第18回，頁176）這番話真實地反映了抗倭戰爭中，明朝軍隊的頽敗無力。但是，《金雲翹傳》運用了古典小說常見的「預述」手法[48]，以帶有神諭色彩的「後見之明」，洞見了徐海的強弩之末。曾收容王翠翹的覺緣在離別前說道：「余實不知，因遇了一位三合道姑，得聞玄解真詮。他深明休咎，道天子聖明，王氣隆盛。今雖暫動干戈，久之自歸寧靜。」（第18回，頁174）

這番話語，在王翠翹的心湖勢必激起一陣漣漪。所以，當督府派宣義娘、喻恩娘（兩人名字的雙關語不言可喻）以「夫人原為孝女，今若與國家出力，勸得大王歸降，蘇君國之宵旰，救生民之塗炭，功莫大焉，德莫厚焉」（第18回，頁181）來說動時，王翠翹不禁動了這樣的念頭：「朝廷為尊，生靈為重，報私恩為小，負一人為輕；且為賊不順，從逆當誅。」（第19回，頁182）

在傳奇體與擬話本的王翠翹故事中，皆未有出現這種天平式的「公／私」權衡。《金雲翹傳》讓這位敢愛敢恨的女性多了幾分計較，已非前文本的道德標竿可以框限住的刻劃標誌：如邱江寧所謂，

47 以上詳見劉歡歡：《《金雲翹傳》研究》，頁26。

48 「預述」是指提前講述某個後來發生的事件的一切敘述手段，可以說，敘述提前介入了故事的未來。見譚君強：《敘事學導論：從經典敘事學到後經典敘事學》（北京市：高等教育出版社，2008年11月），頁123。

此時的王翠翹不論有多好或多壞，讀者都可以從這段心理活動中，感受到其性格豐富而複雜的立體形象。[49]經過一番利、弊分析，徐海終於為王翠翹折服：

> 徐明山退入後營，對王夫人道：「始講歸降，吾深覺其不便，今為卿苦勸，行之反覺便於為寇也。受大明之封誥，則不與父母之邦為仇，且可以榮耀宗祖；握兵外境，則兵權在我；實受其爵祿，而不蒙文官之凌辱。外可得志，內亦順情。非夫人之良論，徐海之見終不及此。」……因舉觴為壽云：「今朝化外波臣，明日天朝輔弼。恭喜大王去逆效順，萬年福祿。」（第19回，頁186-187）

無奈故事的發展並未如二人想像中的美好，延續王翠翹故事中一貫的走向，徐海在猝不及防的夜襲中殞命，王翠翹為官軍俘虜，受到督府調戲並轉贈永順酋長，最後投向錢塘江。但在青心才人的筆下，在結局上作了修改，因「消業」與「修福」，王翠翹超越了「紅顏薄命」的宿命[50]；作為「保全父母，孝德動天」、「救拔生靈，忠心貫日」的報償，於「斷腸會」除名，與家人、情郎團圓，福祿生身，情緣如意。

《金雲翹傳》是一部以「情」為始終的作品，王翠翹在文本中固然是位「忠、孝、節、義」集於一身的高潔烈婦，但更是多情善感的纖細女子。在青心才人的側重之下，道德的絕對性不再是唯一的敘事圭臬，因此可以大膽地提出「翻案」，讓倭寇頭子徐海成為與王翠翹琴

49 邱江寧：〈《金雲翹傳》：敘事模式與人物塑造的雙重突破〉，頁275。

50 見游祥洲：〈論《金雲翹傳》超越宿命論的辯證思維——從佛教「業性本空」與「當下菩提」的觀點看超越宿命論的心靈關鍵〉，《臺北大學中文學報》第9期（2011年3月），頁7。

瑟和鳴的「情種」，倭患的刀鋒也不再只是破壞性的災殃，而是草莽英雄對絕代佳人的然諾，更帶有「替天行道」的制裁力量。而王翠翹一念之間勸降徐海，化解干戈，則因此拯救生靈而消劫，讓苦命的生涯劃下句點，接續了自己與親眷之情緣，寫出了一段皆大歡喜的結局。

綜合上述，王翠翹故事展示的是官方話語之外的集體記憶，在胡宗憲幕僚粉飾下抹去的記述，透過「華老人」之口說及文人之潤飾，欲掩彌彰地匯成一條盛行里巷的創作之河。從史料的隻言片語，到傳奇體、擬話本、章回小說的篇幅擴大，王翠翹的形象也不斷地經歷由單調而豐滿的變化；故事的基調，也從逐漸從道德典範的樹立，到至情至性的辯證，走過「傳奇」、「型世」到「才子佳人」的長路，連帶著連「倭寇」和魁首徐海的血性，也從叛逆無道轉向替天行道的翻案，這就是王翠翹的非常敘事，以及背後「倭患書寫」的流衍。

經過「嘉靖大倭寇」的當下，到明末清初諸體文本的「刻劃標誌」，不僅在《胡少保平倭記》、《媚婵娟》、《雪月梅》、《歧路燈》等小說文本中，都可窺見王翠翹的芳蹤接踵[51]，也作為清傳奇的題材，

51 《胡少保平倭記》：「那王翠翹是忠於我國之人（不比李全的楊媽媽，宋朝封了討金娘娘，還要去海賊），學那范蠡載西施故事，力勸丈夫一心投順中國，休得二心三意，把前功盡棄。」（頁49）、「王翠翹再三嘆息道：『恨平生命薄，墮入煙花，又被徐海擄去。徐海雖是賊人，他卻心腹待我，未曾有失。我為國家，只用計騙了他，是我負徐海，不是徐海有負於我也。我既負他徐海，今日豈能復做軍官之妻子乎？』說罷，便投入水中而死。」（頁60）《媚婵娟》：「夫人才貌雙絕，寂善胡琴，名喚王翠翹，是北人。……徐海入海三年，得了時勢，將鑾駕迎娶夫人。後來倭兵深入江南，直至青、徐等處，皆為夫人報仇。夫人每勸徐海忠義。……王夫人有功不賞，督撫反加輕薄，配與軍酋，因跳入錢江而死。（可惜賢孝婦人）」（第6回，頁111-112）《雪月梅》：「其妻王翠翹，原係錢唐舊家之女，美慧異常，素懷忠義，後為徐海所得，納為正室，言聽計從。此番大掠台、寧，浙、直震動，巡撫胡宗憲訪得翠翹至戚，令其暗說翠翹，勸徐海歸降，不失高爵厚祿。因此翠翹一意勸令徐海率眾赴軍門投降，胡公分散其兵，令徐海只領親隨兵卒數百人屯駐東沈莊候旨。……俞大猷著善泅者入水牽出斬首，王翠翹聞變，仗劍大慟道：『徐君因我而

傳唱於大江南北[52]，更成為文人騷客追慕女諜的隱喻符碼[53]，足以串連至清中葉《花月痕》中，青樓女子以胴體護國的一系列情色政治神話（後文將提出闡釋）──王翠翹不愧是「粉黛干城」、海上「女」牆之懿範。

第二節　才子佳人小說與平倭戰功

明清小說中，有一批是專門「記人事者」，被魯迅稱之為「人情小說」；在其定義中，則又有「描摹世態，見其炎涼」的「世情書」

死，我何面目偷生耶？』即仰劍而死，餘黨悉平。……直到後來岑公奉命巡視浙、閩，才表題王翠翹功烈，敕贈義烈恭人，立祠祭祀。」（第47回，頁414-415）《歧路燈》：「中土無業之民，失職之士，思藉附外以償夙志。如宋素卿、徐海、麻葉，皆附外之最著者，竟能名傳京師；所寵之妓，如王翠翹、綠珠，亦皆雷灌於沿海將軍督撫之耳，思賄之以得內應，則倭寇之虐焰滔天可知。」（第10回，頁116，前文曾引）、「又夾片奏『浙人徐海，潛居日本，其有寵姬王翠翹，不肯背棄中國，可以計誘，俾其反正。懇賜重賞以招徠之』。」（第104回，頁1039）另外，陳益源提到《綠野仙踪》第59回「述及徐海、王翠翹事」（指80回本），見氏著：《王翠翹故事研究》，頁16。這完全是出於對董文成〈《金雲翹傳》故事的演化〉一文之誤會；該文舉〈胡少保平倭戰功〉和《綠野仙踪》兩部作品，旨在說明「胡宗憲征倭故事在兩部小說中的相反表現」，而不是說《綠野仙踪》中有王翠翹的身影。事實上，在該書中徐海不僅只是夷目妙美之通譯，也因為林岱「個人英雄主義的表演」而一擊斃命，根本沒有接受招安的爾虞我詐，作者也剔除了王翠翹在這個過程中的活躍與悲劇色彩。

52 目前傳世作品包括王鑨《秋虎丘》、葉稚裴《琥珀匙》、夏秉衡《雙翠圜》，現代更有川劇《芙奴傳》的演出。參見董文成：〈《金雲翹傳》故事的演化〉，頁48-53；陳益源：《王翠翹故事研究》，頁34-41。

53 廖肇亨分析清初女詩人徐燦〈青玉案・弔古〉：「紫簫低遠，翠翹明滅，隱隱羊車度」等句，說道：「又從徐燦用『紫簫』、『翠翹』與『莫怨蓮花步』等句意觀之，延平郡王謀取南京，當有女間諜涉入其中，細節今已不得而知，就筆者目前知識所及，或即指柳如是乎？『如是我聞』與『青泥蓮花』又皆出自內典。柳如是出身教坊，與王翠翹固無異也，柳如是資助復明運動一事，陳寅恪曾有詳細的考證。」見氏著：〈浪裡挑燈看劍：中國海戰詩學之書寫特質與價值信念初探〉，頁303。

與「大率才子佳人之事，而以文雅風流綴其間，功名遇合為之主，始或乖違，終多如意」的「佳話」兩種。前者以《金瓶梅》、《玉嬌李》、《續金瓶梅》、《隔簾花影》等為代表；後者則包括有《玉嬌梨》、《平山冷燕》、《好逑傳》、《鐵花仙史》等作品。[54]

一般來說，所謂「世情書」即為「世情小說」，而「佳話」則是所謂的「才子佳人小說」(Scholar-Beauty Romance)，然而二者藕斷絲連的關係卻頗富爭議。究竟才子佳人小說是否屬於世情小說之族裔，抑或須獨立成一譜系，學界有寬、嚴不一的見解。[55]從嚴來說，二者雖有反映「社會整體和眾生群相」與否的不同，但此區別實仍有可商榷之處。例如本書曾討論的《雪月梅》，就被苗壯讚賞是「不只在描寫男女愛情的深度，反映社會生活的廣度，而且在藝術水平方面，都有所提高」[56]；更不用說本章提到的《金雲翹傳》，雖也是才子佳人小說，卻是自後花園出發，將目光投向秦樓楚館與鮫宮蜃闕，展現廣袤的世情百態。[57]

54 詳見魯迅：《中國小說史略》，頁126-137。

55 比較寬泛的看法，例如向楷《世情小說史》說「才子佳人小說雖與艷情小說一樣是由《金瓶梅》派生出來的一股『異流』，卻確是世情小說的一個不可分割的部分」。見氏著：《世情小說史》(杭州市：浙江古籍出版社，1998年12月)，頁214。而嚴格的定義，以胡衍南的意見為例，就認為「才子佳人小說非世情書」，因為世情小說必須以「家庭—社會」為內核，具有深刻的寫實性，足以反映社會整體和眾生群相；相較之下，才子佳人小說卻帶有濃厚的「黃粱事業」的虛幻性，並陷入公式化、概念化的創作瓶頸，是站在世情小說的對立面，沒有社會文獻價值的作品，最多只能目作是世情小說的支流、反動、亞型的「偽世情書」。詳見氏著：《金瓶梅到紅樓夢——明清長篇世情小說研究》(臺北市：里仁書局，2009年)，頁365-393。

56 見苗壯：《才子佳人小說史話》(瀋陽市：遼寧教育出版社，2000年)，頁37。此外，只迎博更根據《雪月梅》「廣闊的世俗人物畫卷」、「豐厚的思想內蘊」及「題材的開放性與多樣性」等方面，將小說放在「世情小說」的系譜去討論。見氏撰：《《雪月梅傳》研究》(濟南市：山東師範大學中國古代文學研究所碩士論文，2014年)。

57 尤其王翠翹因環境的壓迫，由善良、單純到圓滑、精明的性格變化，更可以看出此書脫出公式化、概念化之泥淖，甚至被認為影響或啟發了《紅樓夢》的人物塑造。

其次，隨著小說類型合流與整併的現象在清中葉後趨於多元而普遍，一部作品究竟要歸納為「世情小說」或者「才子佳人小說」確實不易，以前文引用到的《玉蟾記》為例，吳禮權、張筱尼、劉柏正等都將之視作「才子佳人小說」去處理[58]，而胡衍南則置於「世情小說」的範疇來析論，然亦承認「這部小說寫家庭少」並「發揮了才子佳人小說的精神」。[59]

處於這樣灰色地帶的，還包括《綺樓重夢》這部《紅樓夢》續書。該書固然因為對《金瓶梅》的模仿，和穢褻的男性沙文幻想而被胡衍南放在世情小說的脈絡[60]，然一如多數《紅樓夢》續書，其同時試圖改變原作結局，讓寶、黛團圓，賈府復振，實際上回到了才子佳人小說的路上。[61]大略來說，這部書讓賈寶玉轉世為自己與薛寶釵的遺腹子賈小鈺，在文武科舉掄元並戡定倭患後，封平海王，大享齊人之福，最終受天子欽賜，與林舜華（林黛玉轉世，史湘雲之女）、梅碧簫（秦可卿轉世，薛寶琴之女）、薛藹如（薛蟠族姪女）、楊纈玖（倭國公主）、周淑貞（賈探春之女）五美合卺完婚，實際上與才子

見吳禮權：《中國言情小說史》（臺北市：臺灣商務印書館，1995年3月），頁319-320。

58 吳禮權：《中國言情小說史》，頁322-323；張筱尼：《才子佳人小說《白圭志》及《玉蟾記》之比較研究》（雲林縣：雲林科技大學漢學資料整理研究所碩士論文，2010年）；劉柏正：《才學與情懷：清中葉（1791-1849）才子佳人小說承衍之文化考察》，頁23-26。

59 胡衍南：〈清代中期世情小說研究——以《蜃樓志》、《清風閘》、《雅觀樓》、《痴人福》、《玉蟾記》為主〉，頁279-280。

60 胡衍南：〈論《紅樓夢》早期續書的承衍與改造〉，《國文學報》第51期（2012年6月），頁194-197。《綺樓重夢》對於《金瓶梅》之模仿，除賈寶玉轉世自己的遺腹子，頗似於孝哥兒即亡父西門慶之化身外，且作者自云：「是書之有淡如、瑞香、玉卿，猶金瓶梅之有潘金蓮、李瓶兒、梅太太也」（第48回，頁340），亦可視為佐證。

61 向楷：《世情小說史》，頁305-307；苗壯：《才子佳人小說史話》，頁37；王穎：《才子佳人小說史論》（北京市：中國社會科學出版社，2010年），頁333。

佳人小說並無分別。

在上述的情況之下，筆者在本節討論的文本，將會以比較寬鬆的方式來歸類，讓才子佳人小說與世情小說存在互相涵攝的空間，以免膠柱鼓瑟。原則上，本節處理的是一批涉及「倭患書寫」的明清「才子佳人小說」或帶有才子佳人小說色彩的「世情小說」，題材上是男、女婚戀為主，卻又混入兵刀，甚至是更多敘事元素的創作。

一　俄聞倭夷有警：早期的才子佳人小說與「倭患書寫」

才子佳人小說儘管在個別作品上有良、莠之分，但大體都可歸納出「洞房花燭夜，金榜題名時」的大團圓煞尾。小說男主角志在必得的，並不僅是功名富貴，還有嬌妻美妾；對兩者的努力追求，構成了小說的主要敘事情節和結構方式，成為實現才子自身價值的唯一途徑，呼應了中國社會普遍承認的真理：「書中自有黃金屋，書中有女顏如玉」。[62]這種「取功名如拾芥」的超完美的公式化書寫，加上「郎兼女色，女擅郎才」的眷侶組合，自然引來了「一廂情願的遊戲和白日夢境」、「迴避現實社會的消極態度」之批評[63]，不過李志宏則認為，才子歷經「情定佳人」的歷險召喚、「難題求婚」的啟蒙考驗和「及第成婚」的成長回歸的過程，表現出原始英雄神話「邂逅神女」（Encountering the Goddess）的冒險結構，並進行自我內心探索的心理歷程，正視了其中蘊含的原型母題。[64]

62 周建渝：《才子佳人小說研究》，頁109。

63 蘇建新：《中國才子佳人小說演變史》（北京市：社會科學文獻出版社，2006年4月），頁365。

64 詳見李志宏：《明末清初才子佳人小說敘事研究》（臺北市：大安出版社，2008年10月），頁184-240。

無論褒或貶的何種看法，都不能忽略才子佳人小說之大量生產，除了作者為了填補現實之缺憾外，還帶有強烈的商品色彩，而通俗文學的消遣性、娛樂性、商業性與明末率性而為、執著世俗、享樂人生思潮的融合，則是造成團圓現象的原因[65]——胡萬川便說：「才子佳人小說應當算是正宗的以娛樂性為重的小說。」[66]既然是商品，如何在固定公式之下翻陳出新，突出作品的競爭性，就成為重要的課題，其中便不免有借鑒其他小說流派的嘗試，包括「雜揉戰爭類」的作品[67]，因此帶有陽剛氣質的「倭患」亦隨之滲透入了才子佳人小說的世界。正因為如此，才造成萬晴川所謂「通過剿倭立功抒發底層文士發跡變泰的夢想，一反傳統才子佳人小說私訂終身、金榜題名等俗套」之現象，同時「殲滅倭寇只是才子們功業中的一部分而已，或倭亂僅僅是故事發生的背景；更有滿紙怪力亂神，完全以誇張的手法來表現這場嚴肅的戰爭的」那般拼湊駁雜的情況。[68]

周建渝認為，才子從清瘦文弱的書生演變為偉岸的文武雙全的英雄，與乾隆統治之下「十全武功」的社會與政治背景有著密切的關係。[69]此外，蔡國梁認為作於乾隆年間的《雪月梅》和《歧路燈》不約而同寫到倭寇入侵，可能受到是時沙俄覬覦北方疆土，還有葡、西、荷、英、法、美等新起殖民主義者將侵略觸角伸向中國，引起國

---

65 劉坎龍：〈才子佳人小說類型研究——才子佳人小說文化透視之二〉，《新疆師範大學學報》(哲學社會科學版) 第3期 (1994年)，頁35。

66 胡萬川：〈談才子佳人小說〉，收於氏著：《話本與才子佳人小說之研究》(臺北市：大安出版社，1994年2月)，頁226。亦可參見顏采容：《明清時期出版與文化——以「才子佳人」小說為中心》(南投縣：暨南大學歷史學系研究碩士論文，2003年)。

67 見張俊：《清代小說史》(杭州市：浙江古籍出版社，1997年)，頁157-158。

68 萬晴川：〈明清「抗倭小說」形態的多樣呈現及其小說史意義〉，頁75。

69 詳見周建渝：《才子佳人小說研究》，頁188-200。

人同仇敵愾有關，故以此代彼，為筆下人物建功立業提供舞臺。[70]像這樣的觀點雖然很有趣，然而至少在康熙年間的《玉樓春》就已出現了才子建立軍功的情節，而且多數出現平叛賊寇、異族描寫的才子佳人小說，也往往用虛幻、膚淺、簡略的筆墨去勾勒兵燹場面，是否都受到現實戰報的刺激與啟迪，或許就還有思考的餘地。[71]

職此，本節將就才子佳人小說雜揉戰爭之創作現象，探討若干帶有「倭患書寫」之作品。就筆者管見，按照刊刻時間順序，分別有〈風月相思〉（明朝）、《玉樓春》（康熙）、《雪月梅》（乾隆）、《綺樓重夢》（嘉慶）、《玉蟾記》（道光）、《繡球緣》（咸豐）和《玉燕姻緣全傳》（光緒）。另除了《金雲翹傳》可獨立為「王翠翹故事」，本書業已處理，在此不再贅述外，還有一部《西湖小史》，寫的是朝鮮之役，筆者將置於後文與明清小說中的豐臣秀吉一起討論。這些作品在敘寫倭患時，各自有不同側重，放回明清小說「倭患書寫」時，亦展現出某種特質；基本上，才子佳人小說中的「倭患書寫」大多帶有濃厚的虛構性，擺脫史傳上的記載，展現天馬行空的想像馳騁。本書即是集中探討倭患如何在才子佳人的繾綣旋律中激起肅殺的變奏，並從中窺探一些饒富意味的文化意涵。

首先是〈風月相思〉，收錄於《清平山堂話本》卷二[72]，描述明洪武年間，馮琛與趙雲瓊藉由詩賦傳情、侍女韶華充當紅娘的情愛故

70 蔡國梁：〈描述倭患的《雪月梅》〉，收於氏著：《明清小說探幽》（臺北市：木鐸出版社，1987年），頁142-143。

71 這並非一概否認周建渝的看法，事實上下文要討論的《綺樓重夢》，就極有可能受到林爽文事件（1787）的影響，但問題是否才子佳人小說只能在乾隆之後才有此創作特色，或者乾隆以降描寫兵革的才子佳人小說都帶有時代的影子，則恐怕很難放諸四海皆準。

72 同樣將此文本視為才子佳人小說的，還包括蘇建新：《中國才子佳人小說演變史》，頁44；王穎：《才子佳人小說史論》，頁158-159。〈風月相思〉同時收於《國色天香》卷8，另有熊龍峰刻本〈馮伯玉風月相思小說〉一種。

事，二人成親後，馮琛因「素懷異才」而為岳丈舉薦赴京，後果建功立勳，夫榮妻貴：

> 俄聞倭夷有警，上勑生為靜海將軍。……生之英風銳氣，所向無前，駐札連棧。倭夷鏖戰佯走，生兵追之。倭度其半入，以精兵五千，出其不意，由別道尾其後，官軍溺死者無算，……生復招集殘兵，整頓軍旅，身先士卒，眾乃奮身戮力，與敵鏖戰，無不一當百。倭夷大敗。生喜曰：「不意天兵之果銳也如此！」倭夷遂遣使，稱臣求和。……上曰：「古有社稷之臣，今琛近之矣！」……遂拜生為鎮國大將軍，賜劍履趨朝；雲瓊封為趙國夫人，金冠霞帔。夫榮妻貴，近世未有。[73]

作為男主角的馮琛「詞章翰墨，舉世罕有」，自然屬於才子，但其並非靠著蟾宮折桂的方式平步青雲，反而靠著躬蹈矢石的活躍，最後以鎮國大將軍的身分顯赫於世。早在嘉靖年間問世的《清平山堂話本》，就能導引後世才子佳人小說另一條掇青拾紫的迂迴道路，誠然是一篇可以留意的作品。

除此之外，洪楩在輯錄〈風月相思〉時雖極有可能受到嘉靖大倭寇的影響，不過將故事舞臺設置於朱明開國之初，「倭夷」騷擾中國的原因也無甚具體交代，可見小說家無意在作品中摻雜太多「東事倥傯」的焦慮，僅僅作為一個敘事需要上的安排，文字也比較扼要。尚可一提的是，這裡描寫兩軍交戰的場面堪稱樸實，並沒有讓才子或中國軍隊展現過於誇張的武勇與神力，官兵甚至還吃了一場狼狽的大敗

---

73 收於〔明〕洪楩輯，程毅中校注：《清平山堂話本校注》（北京市：中華書局，2012年），頁170-171。

仗，作為敵方的「倭夷」也並沒有太多被醜化的痕跡，但當是一律被視作「真倭」來形塑。

入於清代，較早匯入「倭患書寫」的才子佳人小說是《玉樓春》[74]，共二十四回，書中的才子是「風流解元」邵十州，佳人則是黃玉娘、翠樓、霍春暉。小說舞臺是唐代（代宗、德宗兩朝），新科解元邵十州因父得罪奸臣盧杞，不得已男扮女裝逃亡，為術士預言後將有富貴、姻緣，並密授救急錦囊，指點迷津。在避難過程中，邵十州與黃玉娘、翠樓暗通款曲，又與霍春暉成親，三女各自誕下麒麟子，但邵十州卻困在桃色尼庵近十年，後父子兄弟四人在隱姓埋名的情況下同登金榜。時盧杞已死，而海賊倭寇攻破幾處州縣，文武雙全的主角便被御筆親點江南、浙江、福建、廣東等處四省總督軍務督察御史，賜上方劍一口，四品以下官員，先斬後奏。

讀者不難察覺作者以明代歷史記憶來想像大唐的時空，包括倭寇肆虐東南沿海、「尚方寶劍」在軍務上之權威等[75]，都是以今律古的證

74 本書使用版本為〔清〕白雲道人編輯，齊守成校點：《玉樓春》（瀋陽市：春風文藝出版社，1998年）。以下為行文方便，所引原文但標回數、頁碼，不另加註。此外，據周建渝：《才子佳人小說研究》，頁32，白雲道人本名洪夢梨，另作有才子佳人小說《賽花鈴》。

75 尚方劍或尚方斬馬劍作為鋤奸去佞的象徵，自漢朱雲、唐狄仁傑就開始了，而天子賜劍以專殺始自宋朝，趙匡胤賦予武將曹彬「便宜從事」的權力，但當時尚無尚方劍之名，也沒有隆重的授劍儀式。正式有授「尚方劍」儀式的濫觴是元忽必烈御賜道士張留孫，不過這時還與軍務無關。到了萬曆年間，明神宗為了弭平「三大征」，各於一五九二年賜魏學曾（寧夏之役）、一五九七年賜邢玠（朝鮮之役）、一六〇〇年賜李化龍（播州之役）「尚方劍」，其中李化龍確實曾用此劍將兵敗喪師的謝崇爵斬首，並成功鎮壓楊應龍叛亂。這幾次戰役的成功，讓「賜尚方劍，先斬後奏」在明朝制度化，並影響了小說、戲曲的創作，然而在現實中，賜劍頻繁也逐漸演變成武將跋扈或持劍氾濫、威信掃地的窘境。詳見柏樺：〈明代賜尚方劍制度〉，《古代文明》第1卷第4期（2007年10月），頁83-114。尚方劍在後文幾部文本中頻繁出現，成為才子沐浴皇恩、貴極人臣的象徵，而白雲道人選擇讓上方劍和倭寇同時出現在文本，是否受到朝鮮之役的啟發，可能就有聯想的空間。

據。不過眾所皆知的是，唐朝並非倭寇橫行的時代——與〈楊八老越國奇逢〉把故事放在蒙元，但卻充分反映明代福建一帶倭患，還有「假倭」、季風等豐富史料的情況迥異，《玉樓春》展現隨意拼湊的痕跡，倭寇也僅是烘托主角風采的陪襯，類似的文本還包括背景設置在武周的《鏡花緣》。[76]話又說回來，擔任「小人撥亂」阻礙者的盧杞，卻又是史實上存在的角色，小說中說其「臉如炭黑，左半邊卻又生得古怪，渾如青靛，染成黃髯數莖，卻似鐵絲出地，黑麻滿面，卻如羊肚朝天」（第1回，頁124）的「藍面鬼」臉譜，亦與史冊記載如出一轍[77]，足見小說家在揉合古、今時，藉由某些客觀元素的混雜，增加了文本的「虛／實」錯綜程度。

李志宏注意到，才子佳人小說大多將敘事時間背景設定為前朝的過去時態，體現出一種充滿「虛幻的記憶」（visionary memory）的審美效應，在屬於「過去時間」的客觀事件與屬於「當下時間」的主觀情志的內在對話中，將虛構的歷史經驗所體現的帶有悲劇意味的歷史感，與現實做了敘述上的聯繫；在這種情況下，包括「明主遇合」的美滿想像，敘述者就透過才子行動展現了對「政治焦慮」進行變形置換的結果。[78]如上引所述，當才子在「追憶」前朝的小說中獲得成功

---

76 《鏡花緣》曾在第5回、第57回、第64回、第79回、第96回提到文隱在劍南與倭寇的戰鬥，但與唐敖、林之洋、多九公等在帶有《山海經》、《博物志》色彩的海外諸國的經歷相較，現實世界中存在的倭寇反而不被突出書寫，而且是在內陸（劍南道今屬四川）啟釁，作者顯然不是按照唐代的真正風貌去書寫，而刻意展現時空錯置的審美趣味。

77 《舊唐書》〈盧杞傳〉載：「杞貌陋而色如藍，人皆鬼視之」，又郭子儀在其探病時屏姬而去，獨自接待之，並說明原因：「杞形陋而心險，左右見之必笑。若此人得權，即吾族無類矣。」以上見〔後晉〕劉昫等撰：《舊唐書》，卷135，頁3713-3714。《玉樓春》中盧杞即因被外表被恥笑而對邵玉父子懷恨在心。此外，在另一部才子佳人小說《二度梅》中，也是由盧杞擔任構陷者的角色，可見其作為小人的文化符碼頗深入人心。

78 詳參李志宏：《明末清初才子佳人小說敘事研究》，頁537-558。

越是不費吹灰之力，便越顯得距離現實有多遙遠。《玉樓春》寫邵十州的軍功，竟在李偓的協助下，無損一兵一卒就大挫敵軍，唾手可得地建立蓋世奇勳：

> 傳令已畢，只見前面塵土大起，數隊倭賊蜂擁而來，看著吶喊逼近。……忽然狂風大作，走石飛沙。這些賊寇不辨你我，但聞戰鼓之聲，……自酉時殺至子時，數千倭寇自相屠戮，只存八九百人。……我兵不折一人，倭寇屍橫遍野。……倭寇不敢來戰，忙望海邊奔走。我兵在後追殺，又殺死了大半，其餘奔往兩隻船開去。眾將追至海邊，得船二十二隻，十洲令：「查船底！」俱是珊瑚瑪瑙珍珠琥珀之類，又得元寶三十餘錠，碎銀五十二桶，令軍士扛回營寨。（第23回，頁287-288）

與〈風月相思〉的狀況雷同，基本上倭寇為何而來、造成哪些傷害，還有倭寇的領袖、組成、戰術、器械等等都不是小說家的重點。甚至主角：文弱似佳人的才子，度過九年「狂淫禪院」光陰，若非東院排筵，即是西庵設宴，既無力脫身，也青春浪擲，是在什麼時候練就過人武藝，成為一位雄糾糾的將軍，在敘事中都似乎沒有交代的必要。對作者來說，「文韜」與「武略」的貫通理當是自然而然的事，無須特別追究，也不會比才子偷香竊玉、探花斷袖分桃的豔遇生涯精彩，莫怪乎這部小說會被清人劉廷璣斥為「稍近淫佚」。[79]如此粗枝大葉的

79 其云：「近日之小說若《平山冷燕》、《情夢柝》、《風流配》、《春柳鶯》、《玉嬌梨》等類，佳人才子，慕色慕才，已出之非正，猶不至於大傷風俗，若《玉樓春》、《宮花報》，稍近淫佚，與《平妖傳》之野，《封神傳》之幻，《破夢史》之僻，皆堪捧腹，至《燈月圓》、《肉蒲團》、《野史》、《浪史》、《快史》、《媚史》、《河間傳》、《痴婆子傳》，則流毒無盡。」見〔清〕劉廷璣撰，張守謙點校：《在園雜志》（北京市：中華書局，2005年），卷2〈歷朝小說〉，頁84。

創作態度，到了《雪月梅》時有了很大的改變，以下討論之。

二　《雪月梅》：世情化的視野開拓

《雪月梅》全書共五十回，近三十萬字，與才子佳人小說普遍十至二十四回，二十萬字以下的篇幅截然不同[80]，也因此敘事上更為細膩、豐富，不至於有轉折生硬之處。該書之梗概已見前文，而雖說也是以三妻四妾簇圍的封贈結局作收，但過程中並未展露出低俗、色情的獵艷趣味，既有家長執柯，又能止乎於禮，展現較為健康的基調。《雪月梅》具體地將時間座標設置在明嘉靖，並讓徐海、王直、胡宗憲、趙文華、俞大猷、戚繼光等歷史人物聯袂登場，顯露出相對寫實的筆墨，所以能唯妙唯肖地刻劃出「暗吃海俸」的江氏兄弟，還有倭患肆虐下的瘡痍，創作態度頗為嚴肅，在講究娛樂的才子佳人小說系譜中堪稱變格。

《雪月梅》作者陳朗在〈自序〉說自己「及長北歷燕、齊，南踄閩、粵，遊覽所經，悉入編記」[81]，其中，閩、粵的遊歷經驗頗值得注意，這可能代表著創作者的海洋見聞，也包括某些有關倭寇的史蹟。又〈讀法〉提到：「《雪月梅》有實事在內，細細讀去，則知不是荒唐。」[82]既有考證支撐，又刻意嵌入史實以穿針引線，這當是此文本雖距離嘉靖大倭寇遙遠，卻還可以精湛地重現明日黃花的原因。蔡國梁就說：「然而它描述華秋英等平民奮起抗擊倭寇，以及倭寇的燒殺搶掠，無惡不作，把這段史實形象化，尚不失它的認識作用與教育意義。」[83]

---

80 苗壯：《才子佳人小說史話》，頁3。

81 收於〔清〕陳朗著，喬邊標點：《雪月梅》，附錄一，頁463。

82 收於〔清〕陳朗著，喬邊標點：《雪月梅》，附錄三，頁467。

83 蔡國梁：〈描述倭患的《雪月梅》〉，頁141。

小說家的創作嚴謹度，決定了作品的邏輯縝密與否。《雪月梅》的冒頭，就說主人翁岑秀「且篤行好學，十六歲上即遊泮水，甚慰母心。更喜馳馬試劍，熟習韜略，嘗自謂大丈夫當文武兼備，豈可只效尋章摘句而已，因此論文之暇，便以擊劍騎射為樂」（第1回，頁2）。又言蔣士奇（岑秀的世叔）也酷愛武藝，兩人常切磋、講究，「這正是：此日習成文武藝，他年貨與帝王家」（第4回，頁29）；一開始就為日後才子得以提戈戡亂，埋下了合理的伏筆。此外，第十一回也提到朝廷因倭寇時常出沒海濱，肆行屠毒，故招募勇壯，以備倭患，驅使劉電、殷勇等配角成為岑秀左右手的緣由，評者就言：「為此一事，便生出後面許多絕妙文章。」（頁80）《雪月梅》亦充分說明倭寇的根由：

> 卻說這倭寇的根由起於嘉靖二十五年，只因彼時倭人將洋貨到江浙沿海地方互易，多被奸商邀賒，奸商又被諸貴官家鯨吞，……以致群倭盤據近地島嶼不散。諸貴官又聲言倭寇侵窺內地，嗾官兵進剿，因此激變，……且有內地凶徒匪類、逸犯逃兵勾連響應，遂至猖獗。……及浙撫茹環同都指揮使吳璜獲斬通倭奸細九十餘人，督兵進剿，屢立戰功，這諸貴家因不能獲利，反嗾言官論茹環玩寇殃民，逮問煅煉，暴卒獄中，吳璜亦下獄論死。自此倭寇益無忌憚，……又兼同時有海盜徐海、汪直聚眾至數萬，寇擾江浙，與倭首趙天王相為狼狽，官軍屢戰不克。（第23回，頁180）

評者說：「以上敘倭寇來歷，俱出正史，卻是此書貫珠之線。」（第11回，頁180）陳朗在此的確參考了《明史紀事本末》之記載[84]，加強了

84　〔清〕谷應泰撰：《明史紀事本末》〈沿海倭亂〉：「二十五年，倭寇寧、台。自罷市

小說與歷史的連結，讓虛構文本往真實世界靠攏。另外，《雪月梅》在寫勇士、官軍與倭寇之間的戰鬥，也有不少細膩精彩的描寫，比方說第三十八回描述劉電、文進利用船艙狹小的特色，與倭寇進行近身的衝突與對峙：「眾倭出其不意，一擁出艙，劉電復刺倒兩倭，其餘奔出船頭，又被文進在船頂上用攢竹鐵篙戳下水去。……劉電舞動寶劍，如一道練光罩體，只因船頭窄小，不能踴躍，倭奴稍近前的，便剁下水去。文進在船頂上輪起丈八長篙，左旋右轉，倭奴不敢前逼。」（頁319）

除個人技藝的發揮外，書中亦不乏兩軍交戰的宏大場面，如第四十三回寫「設巧計夫人斬倭寇」，則利用海賊貪婪好利的生性，布下天羅地網，甕中捉鱉：

> 卻說華夫人在軍中與殷將軍計議道：「……但倭奴輕身嗜利，恃眾少謀，須設計誘敵，破其首領一屯，則諸屯自然瓦

舶後，凡番貨至，輒主商家。商率為奸利負其責，多者萬金，少不下數千，索急，則避去。已而主貴官家，而貴官家之負甚於商。番人近島坐索其負，久之不得，乏食，乃出沒海上為盜，輒搆難，有所殺傷。貴官家患之，欲其急去，乃出危言撼當事者，謂：『番人泊近島，殺掠人，而不出一兵驅之，備倭固當如是耶！』當事者果出師，而先陰洩之，以為得利。他日貨至，且復然，如是者久之。倭大恨，言：『挾國主資而來，不得直，曷歸報？必償取爾金寶以歸。』因盤據島中不去，並海民生計困迫者糾引之，失職衣冠士，及不得志生儒亦皆與通，為之嚮導，時時寇沿海諸郡縣。如汪五峰、徐碧溪、毛海峰之徒皆華人，僭稱王號，而其宗族、妻子、田廬皆在籍無恙，莫趕誰何。……於是福建海道副使柯喬、都司盧鏜捕獲通番九十餘人以上，紈立決之於演武場，一時諸不便者大嘩。蓋是時通番，浙自寧波、定陽，閩自漳州、月港，大率屬諸貴官家，咸惴惴重足立，相與詆誣不休。……於是御史周亮等劾紈『注措乖方，專殺啟釁』，因及福建防海副使柯喬、都指揮使盧鏜『黨紈擅殺，宜置於理』。……帝從之，命喬、鏜繫福建按察司待決。紈恚自殺，士論惜之。」見卷55，頁589-590。筆者按：陳朗在小說中，將朱紈改為茹環、盧鏜改為吳璜。

> 解。……。」……華夫人道：「可命軍士將膠泥做成元寶，外黏錫箔，用荊簍裝好，故叫顯露。上面插著軍餉紅旗，分做數十扛，挑勇壯軍士扛抬，故繞賊屯經過，引誘倭奴前來劫奪。……出其不意，可獲大勝。」……果然那鐵砂峽左屯，就地滚所領倭奴千餘，探見了這雪亮的餉銀，如何不搶。……正吵嚷間，忽聽一個號炮從半空中飛起，四下鼓聲如雷，殷勇與夫人指揮這一千五百精兵，四下合圍攏來，大刀闊斧，盡力砍殺。這倭奴出其不意，驚惶亂竄，被官軍三停殺卻兩停，真是屍橫遍野，血染黃沙。（頁369-370）

其餘諸人與倭寇的打鬥，在小說中還很頻繁，筆者無法一一謄錄，但已可看出《雪月梅》中「倭患書寫」所占之比重，絕不僅是蜻蜓點水罷了。而官軍與倭寇關鍵性的決戰，自然是由岑秀擔綱主帥的地位，其先是上「平倭十二策」，深切機宜，天顏大喜，欽授江浙兩省巡海副都御史，御賜尚方劍，便宜行事，並徹底改造官軍羸弱的體質[85]：

> 及閱至太湖營，見水軍守備謝琪年力衰邁，勒令休致，即以龍韜補授。此番巡視各營，已審知倭奴出沒要道、營汛遠近情形，即日關會黃公，於崇明、留河、孟河、廟灣、金山等各海口，除舊有戰船十隻、額兵各一百五十名外，再各添設善水精兵一百五十名，管領水軍把總一員，以十名駕船，餘用鳥銃、鈎鐮槍各二十桿，凡遇倭奴潛遁出口，鳴金為號，遠用鳥銃，近用鈎鐮槍，並力剿殺，得功倍賞。又調水軍將弁，挑選各營

85 《雪月梅》除了寫主角群的浴血奮戰外，其實也揭櫫了不少官軍「將士戰鬥力不強，甚至怯戰」、「徵調之兵不堪用」等無能的一面，可參見謝君：《明清小說與倭寇》，頁22-25。

> 壯健水軍在太湖操演，以備進剿，為搗巢絕穴之計。（第46回，頁401）

岑秀雖說亦習有武藝，但卻不似蔣士奇、劉電、殷勇、文進、華秋英等人以衝鋒陷陣為強項，而重在運籌帷幄，調兵遣將，最終亦不負聖望地擊潰了倭首趙天王，官軍鞭敲金鐙，齊唱凱歌，海氛已靖，萬民樂業，岑秀本人亦陞授太子少保。然而，有別於在此之前平實的搏鬥，陳朗或許為了增加敘事上的波瀾起伏，用了較多神、魔鬥法的元素，這也是「雜揉戰爭類」才子佳人小說常見的手法。[86]像這樣的「倭患書寫」自有特色，筆者將在後文再行討論。以下僅摘要趙天王鎩羽敗逃，轍亂旗靡的描寫：

> 岑御史此時復整中軍，擂鼓催戰。……其時趙天王見楊仙蟾已死，江七被擒，心膽皆碎，料不能敵，招呼赤鳳兒與江五夫妻率領倭兵並力奪路往留河奔走。……及殺至海口，並無倭兵接應，只見數十號戰船一齊鑼響，船內水軍火銃齊發。……趙天王到得山上，日色已西，打下望時，三面皆是峭壁，下臨大海，回看山下官兵已是重重疊疊，圍得鐵桶一般。趙天王等抱頭大哭，聲震天地。（第48回，頁425-426）

陷入絕境的殘存倭寇，後來為九天玄女拯救，用寶劍化為金橋，返回故島，從此洗心革面，不敢侵犯中國，「後來此島歸屬日本，國王年年朝貢」（第49回，頁428），才了卻一樁公案。陳朗可說是用想像之

---

86 張俊：「這類作品把才子佳人置於兵戈戰陣之中，有些還雜揉進一些妖異怪誕成分，意在豐富小說內容，擺脫陳陳相因故套。」像《歸蓮夢》、《鐵花仙史》等都有這樣的傾向。見氏著：《清代小說史》，頁163。

筆，在小說中虛構了一段化干戈為玉帛的佳話。評者云：「劍化金橋，奇絕之事，然卻是借神道設教，彰上天好生之德。」（第49回，頁441）

綜合來說，像《雪月梅》這樣以岑秀等人弭平倭寇的功業為主，男、女之間的纏綿悱惻反而居次，描繪的理想人生藍圖具有廣泛現實意義的才子佳人小說，也被部分論者視為「兒女英雄小說」，其餘還包括《嶺南逸史》、《野叟曝言》、《綠牡丹》、《如意君傳》、《兒女英雄傳》等；這類作品更多的用「忠貞節義」來闡釋「情」，從而達到「重情」與表彰倫理道德互為表裡的融會，泛化兒女之情，突出英雄至性，敘事重心上也增加了對黑暗政治和腐敗社會現象的批判，展示沒落文人的憂患意識與淑世情懷，頗富進步意義。[87]然而，雖然《雪月梅》獲得較為正面的評價，卻也代表著才子佳人小說內在結構的改變，正是劉坎龍所謂「處於結構邊緣的，慢慢向結構中心移動」，「描摹世態，見其炎涼」的部分增加，而戀愛追求反而居次[88]，最終也開出本同末異的花蕊，並匯入其他類型的小說。

三　《綺樓重夢》：「海上真真」的悖反

接下來討論的小說是《綺樓重夢》（原名《紅樓續夢》，又名《蜃樓情夢》）。《綺樓重夢》作為《紅樓夢》之續書，共四十八回，作者王蘭沚（蘭皋居士），主人翁即賈寶玉之轉世：賈小鈺，其人文武雙全，能呼風喚雨，指揮天兵（曾在夢中由神靈傳授奇術），十二歲即平亂立功，但就在成為王侯後開始了縱欲放浪的生涯，日夜與姐妹、丫鬟、宮女奸宿，甚至比丘尼、外邦使女、跑解馬的都成其獵艷的對

87 詳參王穎：《才子佳人小說史論》，頁343-360。

88 劉坎龍：〈才子佳人小說類型研究——才子佳人小說文化透視之二〉，頁37。

象，實在有違前作之旨趣，所以一般評價不高。向楷就以為「這書實在無聊」、「真不知這位蘭皋居士何以要如此瞎編」、「實在是《紅樓夢》續書中的惡札」等[89]，吳禮權也說：「此書所寫情節多是無稽之談，特別是將晴雯轉世為淡如而淫亂的寫法，足見作者於《紅樓夢》之不通。」[90]

然張云換個角度思考，指出作者對原作之悖反，表現在反人性、反道德方面，非但不是不通，且反而是通達之後的逆向操作，展現刻意為之的反審美效果。[91]更重要的是，吳盈靜從「海上真真」的角度，看出《紅樓夢》與《綺樓重夢》在海洋視野下的縝密聯繫，特別是王蘭沚仕宦臺灣的經歷，躬逢林爽文事件（1787）[92]之浪濤，因戍守赤嵌失利，而黯然西渡內地的挫敗，對其人來說猶如南柯一夢，遂借朱樓補遺恨，變兒女為英雄，寫出一部平海定國的《綺樓重夢》[93]——此說極有見地。

作者在第一回自云：「蘭沚居士，曠達人也，猶憶夢為孩提、夢作嬉戲、夢肄業、夢遊庠、夢授室、夢色養、夢居憂、夢續娶、夢遠遊、夢入成均、夢登科第、夢作宰官臨民斷獄、夢集義勇殺賊守城，既而夢休官、夢復職、夢居林下……迢迢長夢，歷一花甲於茲矣，猶

89 向楷：《世情小說史》，頁311-312。

90 吳禮權：《中國言情小說史》，頁364。

91 詳參張云：〈肉欲書寫和男性中心——《綺樓重夢》研究〉，《紅樓夢學刊》第1輯（2011年），頁253-267。

92 林爽文事件由天地會民變領袖林爽文率領，曾獲鳳山莊大田響應，建號「天運」、「順天」，一度攻陷府城、諸羅、鹿港以外的地區，然而由於林爽文、莊大田屬於漳州籍，與泉州、客家族群的衝突致使攻勢受挫，加上清廷派遣戰功彪炳的陝甘總督福康安鎮壓，雙方決戰於八卦山，終於在歷時一年四個月後結束了這場叛亂，後被乾隆納為「十全武功」之一，嘉慶更將諸羅改為「嘉義」，意指「嘉獎義民」。

93 詳見吳盈靜：《清代臺灣紅學初探》（臺北市：大安出版社，2004年11月），頁83-125。

復夢夢。」（頁1）上引基本上是王蘭沚之自傳，可以發現其人一帆風順的宦海生涯，就在「夢集義勇殺賊守城，既而夢休官」的夢魘中觸礁——而所謂「賊」正是被乾隆視為「十全武功」之一的林爽文（1756-1788）叛亂。最後雖為陝甘總督福康安（1754-1796）所戡定，但王蘭沚既「軍事失機」，將戰勳拱手相讓他人，自然抑鬱難消，遂將現實中的這番不得志寄情於說部，借酒杯澆塊壘，衍悲劇為團圓，往才子佳人小說的完美人生靠攏。[94]

《綺樓重夢》是「海上真真」的悖反。什麼是「海上真真」呢？在《紅樓夢》第五十二回中，薛寶琴曾經提到一位童年見過的「真真女」：

> 寶琴笑道：「……我八歲的時節，跟我父親到西海沿上買洋貨，誰知有個真真國的女孩子，才十五歲，那臉面就和那西洋畫上的美人一樣，也披著黃頭髮，打著聯垂，滿頭戴著都是瑪瑙、珊瑚、貓兒眼、祖母綠，身上穿著金絲織的鎖子甲，洋錦襖袖；帶著倭刀，也是鑲金嵌寶的。實在畫兒上也沒他那麼好看。有人說他通中國的詩書，會講『五經』，能做詩填詞，因此我父親央煩了一位通官，煩他寫了一張字，就寫他做的詩。」……寶琴因念道：昨夜朱樓夢，今宵水國吟。島雲蒸大海，嵐氣接叢林。月本無今古，情緣自淺深。漢南春歷歷，焉得不關心？[95]

---

94 一說賈小鈺即影射福康安。吳克岐：「或曰是書為福安康而作，其說近是。」見氏著：《懺玉樓叢書提要》（北京市：北京圖書館出版社，2002年2月），卷1〈紅樓重夢四卷四十八回〉，頁68。吳盈靜進一步指出，王蘭沚可能是基於對政敵的報復心態，極力渲染這位王侯的耽溺床笫。見氏著：《清代臺灣紅學初探》，頁118-124。

95 〔清〕曹雪芹：《紅樓夢》（臺北市：桂冠圖書公司，1994年），第52回，頁875-876。

汪順平認為，這位「真真女」一人結合了西方物質文明（來自非洲的寶石、中國的鎖子甲與日本的倭刀）以及東方文化精神（讀詩書五經、能作詩填詞），融會了自先秦以來所凝聚的海上雲遊想像文化圈，也反映大航海時代以來各種物質／精神交流的景況。[96]能擁有如此豐富的交匯，學界亦有聯想到臺灣的看法，而真真女則極可能就是以荷蘭女子為模板，因荷蘭曾殖民臺灣。[97]汪順平還提到，「海上真真國」同時也呼應著「太虛幻境」：太虛幻境為賈寶玉夢中存在之悠然仙鄉，而海上真真國則是薛寶琴親歷的回憶紀錄，彼此相對，隱喻著後者的縹緲不真；真真女疊合了警幻仙子的身分隱喻，帶著對海外異域的想像而揭示對美好理想的寄託終歸是空的終極意義——用太虛幻境之「幻」切合海上真真國之「真」，亦正是回歸紅樓，乃至於人生這場大夢的「虛／實」辯證：「假作真時真亦假，無為有處有還無」。[98]

「海上真真國」是否即是臺灣，固然有爭議之處，然而這樣的詮釋進路卻很有啟發性，倘若王蘭沚其實對《紅樓夢》有一定程度的洞

96 汪順平：《女遊記——論《紅樓夢》的閨閣、海上、詩社》（桃園：中央大學中國文學系研究所碩士論文，2013年1月），頁116。

97 《紅樓夢鑑賞辭典》〈地理經濟‧真真國〉：「真真國女孩子，可能是一個在臺灣居住多年的荷蘭人。她通中國文字。這首五言律詩，一方面描繪了『島雲蒸大海，嵐氣接叢林』的『島國』風光，另方面對『漢南春歷歷』表示懷念。從地理環境分析，十分符合臺灣的情況。再看看真真國女孩子的外表，『那臉面就和西洋畫兒上的美人一樣』，西洋，一般指歐洲。《明史》〈和蘭傳〉：『其本國在西洋』，正合。『黃頭髮』，也是歐洲人的特徵。頭上戴的『珊瑚』，身上掛的『倭刀』，也都接近臺灣的風俗。」見上海市紅樓夢學會、上海師範大學文學研究所編：《紅樓夢鑑賞辭典》（上海市：上海古籍出版社，1989年），頁417。又李未秋從「反清復明」的角度詮解《紅樓夢》，認為真真女指的就是臺灣鄭氏，其中證據包括「朱樓」代表朱明，「水國」、「島雲」、「大海」、「漢南」都指臺灣的地理特色，「月本」反指「日本」，與「倭刀」同指延平郡王的日本血統，至於通達詩書、五經，則暗示明鄭在臺灣的黌宮建設。詳見氏著：〈紅樓夢與臺灣〉，《臺灣風物》第10卷第4期（1960年4月），頁13-14。

98 汪順平：《女遊記——論《紅樓夢》的閨閣、海上、詩社》，頁103-104。

悉，而非論者所謂「作者於《紅樓夢》之不通」，相信此說亦有潛移默化的作用：海上真真的虛幻無稽，恰好與其靖海澄疆的實務形成對比。王蘭沚基於漂洋渡海的宦遊閱歷，對《紅樓夢》的海洋元素有深刻的關注：《綺樓重夢》寫海盜倭國的犯邊，就是從妙玉被劫與探春遠嫁二事延伸開來的。[99]在賈小鈺出馬以前，倭兵聲勢十分浩大，官軍毫無招架之力，小說先藉賈政之口道：

> 厲害得很，倭帥多謀足智，用兵如神。他麾下健將最厲害的叫做：「八大獅子」。這八個人真有萬斤之力，使的刀斧各重有八九百斤，憑你什麼軍器擋著就斷，其凶無比。次些的叫做十八象，再次的叫做十二虎將，再次叫做二十四狼將。這六十幾個賊將，是人都敵他不住的。餘外兵將個個英雄，除了山東本省被害的民兵無數可查，那外省調去的官兵已傷掉了七十多萬。（第15回，頁102）

後來又殺敗少林寺僧人超勇和尚：

> 那和尚領了命，擇吉啟行。先由河南到寺裡，率領了三百個僧徒，提了河南六萬兵，……到了界口，會合各省撥來的兵將，十分威武，那邊倭帥聞知，忙派了兩個獅子、兩個象，三個虎、四個狼帶了一萬人馬前來迎戰，只消一陣，把那三十多萬

99 吳盈靜：《清代臺灣紅學初探》，頁97。《綺樓重夢》第15回藉賈蘭之口寫道：「不好了，山東剿滅盡的海盜剩有七、八個逃往倭國，慫恿倭王說：內地兵驕將惰，容易取勝。倭王動了欲念，就差了個元帥名為萬夫敵，率猛將千員，雄兵十萬，來到山東沿海地方，大肆劫掠。周太親家帶兵往剿，戰敗陣亡，全家盡行被難。如今山東巡撫帶了按察司會同提鎮，領兵十萬前去抵禦，不知怎麼樣了。」（頁100-101）其中山東海盜即前作中劫去妙玉入洋的大盜，而周太親家則是賈探春的夫家。

> 的兵將和尚，如砍瓜切菜一般殺個精光，只逃了幾十個敗兵回到京中報信，……。（第16回，頁106）

這誇張的懸殊戰力，都是為了彰顯主人公的神威而預作烘襯。賈小鈺原已中文榜會元，又在御前表現拉鐵弓、舞大刀的神力，於是被欽賜文武狀元，封平倭大元帥，並以梅碧簫、薛藹如兩位英雌為副帥，馭梅花鹿作「仙馬」[100]，敕黃金斗印和七星寶劍，王公以下三品大員先斬後奏，且天子築壇拜帥，特頒黃金鎖子甲、金盔等殊榮。而才子、佳人果然驍勇善戰：

> 小鈺一刀砍去，五狼招架不住，劈成兩片。……三狼著了急，掉轉馬要逃，小鈺又是一刀，嗚呼尚饗。……那兩個慌了，把眾兵將一招，齊齊擁上，欺他們只有三騎，自然混殺不過的，誰知小鈺捽上一滿把鐵子兒，把眾倭兵的賊眼珠都打瞎了，……接著碧簫的飛刀也來了，藹如的連珠彈也來了，小鈺、碧簫又各放起箭來，賊鼠無處逃命，頃刻之間三千多人馬掃得乾乾淨淨，只有在後面解糧餉的幾十個賊兵逃了回去。（第17回，頁119）

這是在涉及「倭患書寫」的才子佳人小說中，首次由佳人參與行伍的文字；《雪月梅》中的華秋英雖亦為巾幗英雄，然並非岑秀之妻室。這樣的書寫頗值得注意，象徵著清中葉以降佳人形象的蛻變。[101]以上

---

100 此極可能是王蘭沚挪用臺灣之見聞，將臺灣盛產之鹿科動物取代戰馬的想像。亦可見吳盈靜：《清代臺灣紅學初探》，頁114-116。

101 佳人形象，早期以才美型居多，後來由於描寫兵革戰陣之事的作品漸多，膽識型佳人明顯增多，如《生花夢》的馮玉如、《幻中真》的桂天香、《嶺南逸史》的李

都還是個人武藝的發揮，到了兩軍交鋒，由於八大獅子相當勇猛，連賈小鈺也只能勉強招架，遂使出召喚神人、飛沙走石的伎倆，大破敵軍；即便倭帥設謀用婦女經水、產婦惡血、黑狗血、陰溝臭水等污穢之物破除魔魘，但仍被強風木石吹散，最後難逃被殲滅的死劫：

> 小鈺早已探明，就又喚了雨來，翻江倒海，只在城裡落去，頃刻水深三尺。那賊帥們存身不住，只得爬出窖來，率領兵將各用生牛做的大藤牌護著頭臉，開門往海口逃生。……漸漸水浸過城，可憐那有智謀的倭帥、大力氣的兵將，登時一個個變成魚鱉。……隨即砍了倭帥等首級、耳朵，並同活賊，寫下奏折，發紅旗往京中報捷。（第18回，頁124-125）

《綺樓重夢》原來還說賈小鈺欲乘勝追擊，「並請渡海征倭，問他個侵犯天朝的罪」（第18回，頁125），但天子卻只要倭國遣使謝罪就罷休，於是衍生出爾後「倭王率妻子來朝」之情節，方知倭王祖上原是隋朝宗室，到五代時見天下紛亂，渡海逃到倭國，因此熟悉中華文化。賈小鈺本氣盛凌人，但一看到倭妃楊花氏、倭女楊纈玖俱是絕色，旋即前倨後恭了起來，設計羈留楊纈玖並一親芳澤。楊纈玖亦為後來與賈小鈺合巹的五位夫人之一，雖是人質，卻我見猶憐，曾展現過人詩才、武藝（第37回），毫不遜於書中的幾位女兒，第四十三回

小鬟、梅映雪等，皆具文才武略。見紀德君：〈才子佳人創作模式及其演變〉，《南京師大學報》（社會科學版）第4期（2011年7月），頁137。不過佳人從閨閣到沙場的出走，並不能樂觀地視作自主地位的擢升，以《綺樓重夢》來說，小說中女子有武功者是才子平倭建業時的助手，洞房花燭夜時又成為配偶，事實上只是附庸，賈小鈺征服她們在一定意義上也可代表一種事功。見張云：〈肉欲書寫和男性中心——《綺樓重夢》研究〉，頁268。這種傾向在倭國公主楊纈玖的伏首稱臣、婚配才子的情節中更帶有諷刺意味。

甚至幫助朝廷弭平粵省的烏龍黨叛亂。[102]

明清小說中的「倭患書寫」，固然不少是在激戰過後以日本（倭）懺罪，年年納貢的方式開脫，卻很少提到兩國聯姻，與家將小說常見的「陣前招親」形成強烈對比[103]，或許是中國歷朝不乏與大陸各民族和親事例，同日本卻鮮締朱陳的緣由使然。[104]楊纈玖身為一位文武兼擅的女性，又同時融會中華文明與異國血胤，容易讓人聯想到的正是《紅樓夢》中的「真真女」：纈代表錦緞，玖象徵寶石，都是真真女奪目的飾品。

原作中「真真女」能通五經，身繫惹眼的倭刀，儼然是全才之佳人。當王蘭沚將目光望向海洋，亦順著那柄倭刀眺往一個足以彌補自身宦遊經驗挫敗的異域，而賈小鈺對這個異域展現「戰場／情場」的雙重宰制，既揭開「真真女」的神秘面紗，更使其化身楊纈玖被徹底收編在平海王的掌心之中了。作者在小說結尾以「客」與「主人」之對話說道：

> 客曰：「前明季世，倭寇方橫，曾未一加懲創，而茲顧反言之，不太誣否？」主人曰：「正唯倭奴肆毒，中原受其凌藉，闕書意，若曰，安得有若而人者，出而痛加剿戮，使之躬率妻

---

102 吳盈靜認為，小說中四位女將梅碧簫、薛藹如、楊纈玖、周淑貞在福建挑選漳、泉勁旅來平定廣東之叛亂，反映的正是臺灣閩、粵族群械鬥的局面。見氏著：《清代臺灣紅學初探》，頁111-114。林爽文本身即是漳州人，其起事攻勢的受挫，與粵民之反擊不無關係，鑑於王蘭沚一貫使用「反寫／反言」的敘事策略（變閩為粵），這種推測非常有可能成立。

103 相關研究，可參張清發：《明清家將小說研究》，頁163-181。

104 《萬曆野獲編》〈日本和親〉：「按古來北虜與中國和親，唯漢唐有之，未聞島夷敢萌此念。」見〔明〕沈德符撰，楊萬里校點：《萬曆野獲編》（上海市：上海古籍出版社，2005年），卷17，頁2359。事實上，豐臣秀吉曾在朝鮮之役中提出「然則納大明皇帝之賢女，可備日本之后妃事」之和談要求，但卻不為中國所採納。

子，頓顙闕廷，且留其女以為質夫？而後上申國憲，下快人心也。」（第48回，頁340）

整體而言，小說家安排賈小鈺因退倭有功而晉陞平海王，本身固然充滿黃粱事業的虛幻感，卻也是自己真實人生體驗的反寫，其中的弔詭正在於：林爽文事件帶來的挫折是「實」，作者卻選擇時間座標不明的《紅樓夢》「虛」寫前朝倭寇之記憶[105]；而倭寇雖說是確切存在的歷史之「實」，作者卻掙脫史乘之束縛來進行「虛」誕的囈語，「虛／實」就在人生、幻夢、歷史、小說的交錯中，如大海泡沫般浮沉、漫衍，也讓海上真真翻為太虛幻境了。

四　《玉蟾記》：小說類型整併的駁雜表現

據劉柏正之研究，清中葉才子佳人小說同時亦透過對典籍之徵引與前人創作之仿擬，轉化話語範式，藉由「知識性」與「遊戲性」的創作思維之中介，完成對前期小說的轉變與逸離。[106]《玉蟾記》是其中的代表，這部小說不僅轉化《明史》中趙文華、胡宗憲對張經、曹

105 林依璇注意到《紅樓夢》續書有嶺南蠻族、倭兵、海盜等叛變、作亂之情節，但認為作者們大多紙上談兵，自創敵人「黑霧大王」、「白雲夫人」、「狗族」等等，戡定戰事的方式多利用巫術、法術或蠻女陣前招親等方式，認為這些戰爭場面的描繪，若能折現嘉慶年間的歷史戰況，真可謂「睜眼說瞎話」了。見氏著：《無才可補天——紅樓夢續書研究》（臺北市：文津出版公司，1999年），頁200-201。然而，就某種程度而言，這卻可能是小說家的敘事策略，藉由虛幻寫真實，呼應《紅樓夢》一書「滿紙荒唐言，一把辛酸淚」的旨趣，特別是王蘭沚那樣刻意寫「夢集義勇殺賊守城，既而夢休官」之大夢的戰禍親歷者而言，這種意識就更加明顯。

106 劉柏正：《才學與情懷：清中葉（1791-1849）才子佳人小說承衍之文化考察》，頁103。

邦輔之傾軋，衍生為前世今生與二代恩怨的架構，且在一定程度上模仿《桃花扇》體式，吸收民間對神祇之傳聞、嚴世蕃性好漁色的軼事等，還以諧謔的藥方知識進行情色化的雙關語調侃[107]，顯示小說類型歷經「拓新、雜揉、滲透」[108]之過程，終將呈現繽紛多元的駁雜樣貌。

《玉蟾記》將背景置於嘉靖大倭寇猖獗之際，卻未拘泥於史傳中的記載，反而展現很大的隨意性，按照小說家的想像，虛構出麻圖阿魯蘇、百花娘娘、鐵骨打等各具特色的倭寇將帥，加上與百花娘娘同拜太華山聖姑姑為師的沈蘭馨，聲勢十分浩大，配合趙文華、胡宗憲之內應，倭王勢如破竹。然而，作為主角的張昆卻「是個文曲星兼武曲星臨凡」，率領曹昆、汪大鏞、玉蓮、張鳳姐、洪猛、杜金定、蔡飛、蔡小妹、仙姑、李桂芳、李桂蘭等人抵禦倭軍，更親自披掛綽槍，擊殺鐵骨打，重挫倭軍士氣：

> 次日倭先鋒鐵骨打單騎出營，張大將軍迎戰，約有二十回合，張昆故意丟個破綻，手中槍已墜地，墮下馬來。這種槍法常人哪裡知道？鐵骨打見他墜馬，就把全付力氣都用在槍上，來戳張昆。剛剛一槍戳來，張昆一個鷂子翻身，接住鐵骨打的槍，順勢回槍，正中鐵骨打咽喉。倭兵搶去，氣已絕了。倭營見損了先鋒，軍中大亂。（第42回，頁773）

張昆除自身武藝精湛外，又得通元子輔佐、聖姑姑暗助，故在運籌帷幄方面亦壓倒倭營，破解了百花娘娘的劫營詭計：

---

107 詳見劉柏正：《才學與情懷：清中葉（1791-1849）才子佳人小說承衍之文化考察》，頁60-103。

108 參考自郭豫適、劉富偉：〈拓新、雜揉、滲透——關於嘉、道時期章回小說類型問題的思考〉，《華東師範大學學報》（哲學社會科學版）第38卷第2期（2006年3月），頁56-64。

> 遂與倭王商議，點了數十名勇將，分成三隊，戰船三百號。人馬銜枚，軍聲悄悄，……此時通元子早差仙姑在雲中放炮，伏兵一齊擁出，火炬燈球明如白晝。早有洪猛攔住倭王廝殺。倭王中計，已經破膽，又見三頭六臂怪狀奇形，更嚇得手慌腳亂，欲逃不得逃。……百花娘娘奮力殺出東門，喜無伏兵，單人獨騎趕到倭船，揚帆東去。行不到三十餘里，前面一聲炮響，只見海上戰船一字排開，當先二員女將，就是沈蘭馨、玉蘭擋住。……誰知聖姑姑早已將解網法傳授蘭馨。百花娘娘撒出這網，他就口念真言，把那鐵網條條解散。（第44回，頁781-782）

透過「螳螂捕蟬，黃雀在後」的爾虞我詐，加之張昆等人非常的武勇與神力，使得華倭之間的兵燹毫無懸念。事實上，《玉蟾記》本身即是命定色彩非常濃厚的作品，與一般的才子佳人小說迥異，張昆（于謙之轉世）與十二美的風流韻事，並非百年修得共枕眠，而是補償奪門之變中忠臣的冤抑，令寇讎降生為佳人，與才子婚配贖罪。

在這樣的敘事取向之下，倭寇的大舉入侵，除權相激變、奸臣引誘外，更有「數由天定」的成分，所以即便聖姑姑知道倭寇必敗，仍傳授遠從東瀛而來的百花娘娘法術，且預曉沈蘭馨將情歸張昆，陣前倒戈，勸降倭王夫婦，止戈興仁。另外，包括玉蓮、張鳳姐、杜金定、蔡小妹、仙姑、李桂芳在內的張昆的妻室，亦站上了抗擊倭軍的前線，佳人在此成為才子最得力的股肱，較《綺樓重夢》有過之而無不及。

配合通元子、聖姑姑、百花娘娘諸人翻江倒海的鬥法，兒女、英雄、神魔、歷史等元素雜燴在一塊兒，雖然看似熱鬧而豐富，然而作者卻選擇以十二萬字左右篇幅，去迎合商品化生產機制，放棄長篇世情小說「大大小小、前前後後、碟兒碗兒，一一記之」的備全、精細寫法[109]，人物個性與事件轉折的刻劃遂趨於倉促，難以從中看出興亡的省思與醇厚的真情。職此，小說家對倭寇犯邊的緣由既無意進行嚴謹的考證，戰爭的場面亦大多訴諸神異，整部作品便顯得鑼鼓喧天但底蘊不足了。

五　女擅郎才：佳人的活躍與「倭患書寫」

明清才子佳人小說中的「倭患書寫」，絕大多數皆是使才子功成名就，貴極人臣的敘事拼圖，但在《繡球緣》與《玉燕姻緣全傳》兩部作品當中，卻不再教才子專美於前，而是將風采讓位予其他角色。

首先是《繡球緣》（又名《烈女驚魂傳》、《巧冤家》）[110]，該書以明萬曆朝為背景，敘述奸臣胡豹、胡雲福父子魚肉鄉里，密謀不軌，逼迫朱能母、妹捐生；又小人鐵威見色忘恩，致使黃素娟、黃貴保姐弟分散。後黃素娟為宰相張居正收作義女，出謀敗倭，欽賜女中狀元；黃貴保、朱能則各中文武狀元，平定叛亂，沉冤昭雪，黃素娟、朱能亦因拋繡球而結緣，全書共二十九回。由於這部作品綜合了公案內容，因之又被吳禮權放在「情案類」[111]；張俊則說《繡球緣》作為才子佳人小說，並不很典型，而具有向俠義小說蛻變的特徵[112]，顯示道、嘉之後，才子佳人小說仍不斷吸收不同類型文本之特色，藉此提升市場競爭力。

---

109 胡衍南：〈清代中期世情小說研究——以《蜃樓志》、《清風閘》、《雅觀樓》、《痴人福》、《玉蟾記》為主〉，頁283-287。

110 本書使用版本為〔清〕無名氏撰，于圖校點：《繡球緣》（瀋陽市：春風文藝出版社，1997年）。以下為行文方便，所引原文但標回數、頁碼，不另加註。

111 吳禮權：《中國言情小說史》，頁369-371。

112 張俊：《清代小說史》，頁420。

饒富意味的是，《繡球緣》中對解除海警有所貢獻的，不是才子，反為佳人，第十三回回目「奇女子運籌帷幄」、第十四回回目「平倭寇女賽千軍」都直接點明了黃素娟的居功厥偉，象徵著佳人形象由單一素質的強調到複合型完美素質的並重的演變，邁向才、美、膽、識、情的融合。[113]《繡球緣》敘述倭寇侵襲，留給張居正一個難題：

> 萬曆年間，倭王俺達自恃強盛，不來朝貢，……趙全反教唆倭王興兵入寇，殘州破縣，生民塗炭。倭王俺達統兵十萬，屯紮青州，命王孫哪咕領兵二萬，攻打濟南，被官兵殺得大敗，把哪咕困在土山之上。參謀阿力哥勸哪咕投順中國。山東總督王崇古准他歸降。即欲奏聞朝廷，巡撫方金湖諫道：「不可。現今倭王大兵未退，此事恐有變更，萬一不善調停，恐獲罪不淺。聞得張太師奉旨回京，不日經過此地，問他如何設處，然後奏聞，方為上策。」（第13回，頁158-159）

倭王俺達原型是俺答汗（1507-1582），敘事基本上也是以俺答封貢（1570）[114]為藍圖的描寫，差別在於哪咕（影射把漢那吉）在小說中是被圍降伏，史實中則是自願投誠的。這段情節乃借用倭寇來寫明朝與韃靼之談判，至於為何故意變蒙為倭？唯一的共通點應該是兩者為「南倭北虜」的主角，又方位的反寫是中國文學中固有的現象——如王夢鷗曾說〈虬髯客傳〉乃暗指西突厥族人李克用、李存勗父子，將

113 蘇建新：《中國才子佳人小說演變史》，頁84-86。

114 俺答封貢（1570）肇因於俺答汗與其孫把漢那吉爭奪妻子而齟齬，促使把漢那吉投奔明朝，俺答汗為找回把漢那吉而兵臨大同，明朝與韃靼於是開啟談判。在張居正與高拱的操作之下，雙方同意開放互市，封貢稱的條件，並交換趙全（中國叛臣）、把漢那吉，隆慶帝亦冊封俺答汗為「順義王」，從此漢蒙在明朝基本上達成和平狀態。

原來位於朝鮮半島的扶餘移至東南則是反語（對應西北），希望這些胡人在扶持唐室之餘（扶餘），可於西北部落自建王國，而莫與李唐爭天下。[115]後文的《玉燕姻緣全傳》，也運用了方位反寫的方式。

回到《繡球緣》來看，與其他小說的兩軍交鋒迴異，此刻的問題在於如何利用人質使倭王歸降，又不至於被敵軍用戰力脅迫或俘虜上將，陷入僵局，乃屬於「鬥智」的描寫。黃素娟之看法是：首先不可殺害哪咭，結下深仇，將無益於中國；又須堅壁清野，故布疑兵，緊守營寨，暗燒敵糧，以消耗倭軍士氣，使之急於求和。俺達果然進退維谷，開出了投降的條件：「自願來朝入貢，求請天朝封爵，以壓服鄰邦。作為中國的附庸，照申准兩國貿易，又願把趙全等獻出」（第14回，頁162）。

張居正接納黃素娟的提議：「他若真心和好，何妨封他官爵，何妨准他貿易呢？戰爭漸息，我得閒暇，操練軍馬，修葺城池，烽火不驚，田禾成熟。倭肯依期朝貢，把他當作外臣看待，若他背盟抗逆，我即興兵問罪，在我能操必勝之權，必享數世太平之福。」（第14回，頁163）於是在經過一番折衝樽俎後，明朝取得了兵不血刃的勝利：「卻說哪咭回至大營，與俺達相見，祖孫二人抱頭大哭，感謝天朝不殺之恩，同向北拜了五拜。……懇天朝大皇帝恩准和好，願年年貢獻土產。作為外臣，並懇遍諭邊省軍民人等，依舊與我國貿易，誓無反叛，皇天后土，實鑒此心。」（第15回，頁165）

黃素娟善於利用手中籌碼，充分達到「上兵伐謀」、「攻心為上」的境地，在才子佳人小說的隊伍中，真可謂是「以柔克剛」的翹楚，更脫離了《綺樓重夢》與《玉蟾記》中「菟絲附女蘿」的卑弱地位，

---

115 王夢鷗：〈虬髯客與唐之創業傳說〉，收於氏著：《唐人小說研究四集》（臺北市：藝文印書館，1978年），頁264-265。

展現獨立自主的光彩，甚而被張居正譽為是「張良復生，孔明再世」，用韜略換來勝利與和平，成為戰場上「女擅郎才」之模範。

最後是《玉燕姻緣全傳》[116]，小說是以宋神宗御宇時期為舞臺，敘述「風月才子」呂昆與安瑞雲、談鳳鸞、柳卿雲、臨妝四位佳人的情緣，透過玉燕、金釵牽引情緣，全書共七十七回。有意思的是，小說中的才子基本上沒有任何作為，甚至帶有薄倖的一面；真正出鋒頭的是安瑞雲，其為父親之冤獄易釵而弁，陰錯陽差之下鼇頭獨占，男主角僅是榜眼。後來安瑞雲向天子訴說委屈，感動龍顏，被收為慶平公主，呂昆則晉陞駙馬，佳人才子永團圓。書中亦出現了倭寇騷擾的情節[117]，但是蕩平外侮的主帥既非呂昆，也不是四位佳人，而是呂昆的泰山：安國治，其中倭人首領為哈思克：

> 只見倭賊哈思克戴了一頂虎頭盔，穿一領黃金錠，坐下黃驃走陣馬，手中用的是三股托天叉，厲聲喊叫：「讓我者生，擋我者死！」……哈思克將兵器擋過一邊，言道：「吾從甘肅一路下來，無人敢敵，汝是何人，擋我去路？快快留下名來！」萬傲道：「吾乃兵部尚書、征西大將軍安元帥麾下先行官大將，姓萬名傲，汝可知道？」言畢，又是一刀，哈思克梟開一邊。二人戰有數十多合，不分勝負。（第70回，頁600-601）

《玉燕姻緣全傳》內的倭寇也不像真正的日本人形象，而且從西北一路入侵，顯然接近大陸民族，但作者又寫盤龍山「乃遼東黃豚，離此

116 本書使用版本為〔清〕無名氏撰，談蓓芳校點：《玉燕姻緣全傳》（南昌市：江西人民出版社，1988年）。以下為行文方便，所引原文但標回數、頁碼，不另加註。

117 張俊將《玉燕姻緣全傳》列為「風雅純正類」，而非「雜揉戰爭類」，見氏著：《清代小說史》，頁418，但其實小說內容亦涉及兵燹，只是才子退居幕後，由配角綻放光彩。

二百餘里，為倭人出入要地，內通大洋各國」（第69回，頁597），還有道往真人建議哈思克「勾引高麗、琉球各國合兵，養成銳氣」（第73回，頁609），還是容易讓人聯想到實際上日本的地理位置。小說且出現鳥銃來重挫敵軍的情節：「有宋營參將陳鵬、孔方谷埋伏鳥槍炮手在此，遠遠望見倭兵前來，還有數萬之眾，相隔不遠，分付三軍將火箭一齊進發前去，箭後是炮，炮後是鳥槍，煙霧迷天，沙灰滾滾」（第73回，頁609）。不過，鳥銃是明朝方傳入中州的利器，在嘉靖大倭寇中因克制倭寇而聲名大噪，不可能被宋人拿來沙場使用，只能說小說家當是刻意將「西北／日本」二者間的分際模糊化了。

該書亦帶些許神異化的色彩，主要是道往真人的龍駒「佛頂珠」：「那孽障頭頂一撮白癢毛，但凡爭戰，抓起這癢毛，嘶叫一聲，群馬四足昏軟」（第70回，頁602）。宋軍對付這樣的神兵，只能用計謀彌補：先激其下馬步戰，再妝作倭兵盜馬，以此破解法術。

哈思克既失去了道往真人的奧援，又在宋軍的埋伏下片甲全無，終於心悅誠服，「情願年年進貢，歲歲來朝，斷不敢再動干戈」、「從此西隅清淨，干戈永息」（第73回，頁609-610）。可以發現，為了突出於閱讀市場，吸引大眾的購買欲望，《玉燕姻緣全傳》同樣展現了類型整併的痕跡，但戰爭的書寫相對平實，神魔色彩也很淡薄，且由配角人物擔負建功立業的責任，才子、佳人則專注於婚戀姻緣之遇合，相較於其他作品中才子誇張的「全才」，算是一部中規中矩的才子佳人小說之作。[118]

平心而論，才子佳人小說涉及兵革的作品數量不少，姑且不說以峒蠻、女真、瑤軍、番邦等大陸民族為騷亂之淵藪的《畫圖緣》、《醒

118 苗壯雖然用「固步自封，老調重彈」來形容《玉燕姻緣全傳》，但其實也代表了這部小說並未展現過分誇張、獵奇的描寫，基本上把重心放回才子、佳人之姻緣上。見氏著：《才子佳人小說史話》，頁131。

風流》、《嶺南逸史》、《仙卜奇緣》等作品[119]，海疆方面除了以「日本／倭」為他者外，包括《金石緣》、《三分夢全傳》、《蘭花夢》等，亦出現了越南的海盜或臺灣的亂事。[120]如此一來，明清才子佳人小說中的「倭患書寫」有什麼樣的特性呢？

首先，站在創作者的立場來看，無論是欲豐富文本的多元類型，或者暗寓自我的人生寄託，明朝的倭寇記憶已形成「文化基因庫」的遺產之一。[121]「倭患」本來是前朝沿海地帶的傷痕，但隨著時間消逝，在清代慢慢消解嚴肅的歷史意義，滲透到商品化或遊戲化的庶民娛樂，成為小說家信手拈來的文學資源，於是在才子佳人小說的陣營當中，至少就有七部以上的文本可以看到倭寇的蹤跡，尚且不包括《金雲翹傳》與《西湖小史》，數量算是不低的。

其次，正因為才子佳人小說通常僅汲汲於取悅讀者的感官刺激，不太追究筆下的兵燹場面是否真具有興亡之思，於是競逐於誇張的筆墨。除了少數致力於考據的作品，如《雪月梅》之外，這些小說大多簡化或省略了嘉靖大倭寇形成的經濟因素、隊伍組成、入侵路線等，一律以虛構出來的「真倭」去塑造，但形象上又趨近於大陸民族。

此外，創作者對作品中的時、空座標錯置亦不太在意，或者變明為唐宋，或者化東南為西北，更有影射俺答封貢、林爽文事件的偷梁換柱等，展現十分隨性的敘事態度，並動輒由國家力量動員，忽略了

---

119 蘇建新：《中國才子佳人小說演變史》，頁73-74、350-351、381-389。

120 周建渝：《才子佳人小說研究》，頁188-192；苗壯：《才子佳人小說史話》，頁131。

121 就像圖坦卡門（Tutankhamun）陵墓出土後的埃及藝術風格曾席捲20世紀，不僅時裝、珠寶、爵士樂、電影院、豪華客輪受其浸淫，甚至巴黎的夜總會還推出一種稱作「圖坦卡門式的放蕩」的脫衣舞表演，具有嚴肅意義的歷史資產，往往會在市場化的脈絡下被消解，變成膚淺、市儈的文化養分。詳見〔法〕施舟人（Kristofer Schippe）：〈文化基因庫——關於文學史的作用與前景〉，收於氏著：《中國文化基因庫》（北京市：北京大學出版社，2004年），頁9-28。

倭寇屬於治安問題，而非兩國交戰的客觀事實。才子佳人小說對於倭寇的弭平，亦多數用樂觀的方式去處置，絕大多數取決於才子／佳人超群的武藝、奇謀或神術，便能夠談笑風生地驅逐強虜——這也明顯與史實不符。不過，從藝術層面來看，才子佳人小說中的「倭患書寫」固然存在著膚淺的一面，但卻同時象徵著敘事者已徹底掙脫史乘的束縛，恣意用天馬行空的想像去架構書中靖海澄疆的冒險，這可說是明清小說「倭患書寫」從記憶到想像，迢遞路程上的一大標誌。

小結

本章旨在討論明清王翠翹故事與才子佳人小說，如何在繾綣纏綿的題材中揚起「倭患書寫」的肅殺變奏，造成情節上推陳出新的效果。正所謂「桃李不言，下自成蹊」，有別於官方話語對於王翠翹身世、事蹟之簡省，特別是勸降徐海之功動與被督府輕薄的羞辱，民間對於貌、才、德集於一身的絕世佳人的刻劃標誌，更傾向於透過其舊識的「海上之縉紳先生」、「華老人」或「金陵人陳岱華」口中，鉤勒出胡宗憲幕僚欲掩彌彰的「粉黛干城」之形象。從傳奇體〈王翹兒〉、〈李翠翹〉、〈王翠翹傳〉、擬話本〈胡總制巧用華棣卿，王翠翹死報徐明山〉到章回小說《金雲翹傳》，王翠翹故事所經歷的不僅只是篇幅的擴大，情節的複雜化，更在「忠、孝、節、義」；公私兼盡的道德標竿之外，披露出「持情以合性」的響若振玉，沁人心脾。

在這個嬗變的過程當中，首先可以注意到的是小說家不約而同地將王翠翹與西施提出比對。施夷光作為越國之內應，用軟玉溫香的胴體瓦解了吳王夫差的霸業，最後與范蠡泛湖而去的浪漫奇譚，在守正不阿的士大夫眼中卻是「雖不負心，亦負恩矣」的「薄情婦人」，於是包括余懷、陸人龍，都轉而揄揚同樣為國捐「軀」的王翠翹，卻能夠以死酬恩，是「忠義彪炳」的懿範。儘管王翠翹殉義的對象是倭寇首領徐海，卻不損其難以償還的相知之情──讀者可以察覺到，在此種詮釋脈絡之下，倭寇不再只是作為令人髮指的劊子手的存在，而也同時保持著有情、有義、有恩的「人性」，這是王翠翹故事有別於其他明清小說「倭患書寫」之處。

其次，小說家在文本中以李陵、蔡琰、金日磾等人之身世提出對比，分明是以「華夷觀」的角度去歌頌與同情王翠翹的節操、功勳與不幸。畢竟這位成功為明朝維護東南半壁的偉烈女子，竟落得「殺一酋而更屬一酋」、「幸脫鯨鯢巨波，將作蠻夷之鬼」的際遇，被無情的官軍視作戰利品般坎坷流轉，映照出被倭寇俘虜的女性即使重返桑梓，亦難擺脫「非人」的附庸地位，令人鼻酸。相較之下，《金雲翹傳》中的徐海雖然僅是驚鴻一瞥，卻能為受盡社會黑暗勢力折磨的王翠翹快意恩仇：「劍誅無義金酬德，萬恨千仇一旦伸」，儼然為一位「替天行道」的草莽英雄。青心才人大膽地為國之巨蠹的倭寇頭子提出翻案，使之在「情」的敘事側重之下，不再僅作為殺戮與破壞的呈現，更能一諾千金，從善如流，為壓迫無辜的惡棍做出制裁，亦徹底扭轉一般「倭患書寫」的道德立場。

此外，在明清才子佳人小說（廣義的世情小說）的族裔中，亦有不少作品出現了倭寇的身影，除了《金雲翹傳》外，還包括有〈風月相思〉、《玉樓春》、《雪月梅》、《綺樓重夢》、《玉蟾記》、《繡球緣》和《玉燕姻緣全傳》等，頗引人注目。若干才子佳人小說之所以有「雜揉戰爭」的需要，與其取悅市場的商品色彩有關，創作者為了突顯競爭力，遂汲取中國「文化基因庫」中為大眾熟悉的倭寇記憶，拼湊出世情、神魔、講史並蓄的文本，除了少數如《雪月梅》是作者陳朗「及長北歷燕、齊，南踄閩、粵，遊覽所經，悉入編記」的嚴肅考證；或如王蘭沚《綺樓重夢》刻意拓展原作中「海上真真」的海洋元素，以反人性、反道德的悖反去反寫自己失敗的宦遊生涯之外，絕大多數將「倭患書寫」寫得膚淺、荒誕，也就不足為奇了。

明清才子佳人小說中的「倭患書寫」大多有以下特色：首先，才子或佳人對於倭寇的弭平往往不費吹灰之力，或者以神術遏止了敵軍的攻勢，且主角除了有蟾宮折桂的本領外，更多的是靠著不世的戰功掇青拾紫。其次，時、空座標與實際上的倭寇犯境不見得吻合，有以唐宋寫明的；也有以「倭寇」影射俺答封貢、林爽文事件的。在這種情況之下，倭寇的構成原因、入侵路線等都展現隨性的創作態度，甚至形象接近大陸民族，未曾深究實際上嘉靖大倭寇犯境的經濟因素與組織成員，違離了史冊的記載。

明清王翠翹故事與才子佳人小說在描繪「倭患」時，各自有其特色，但共通性是想像多於記憶，杜撰勝過史實，象徵著小說創作從依附汗青的「補史」定位到獨立創作的發展。因應不同敘事意識的需求，倭寇可以是有情有義的豪傑，也可以是平步青雲的墊腳石，不過無論哪一種形象，其實都已經和明代的嘉靖大倭寇漸行漸遠，卻標誌著小說文體作為虛構王國的疆場開拓。

第四章
明清小說中的豐臣秀吉與神魔敘事

「嘉靖大倭寇」終結以後，華南一度歸於平靜，然約莫卅年後，豐臣秀吉派兵登陸釜山，朝鮮淪陷，震動京城，又將這段塵封的記憶重新喚醒。沿海編氓對於「倭寇」的恐慌遂被不斷升高，乃至於將之妖怪化為「魍魎不可知之物」，也影響了明清小說對於豐臣秀吉形象的建構，並廣泛地將歷史上或虛構中的「倭寇」注入神魔化的書寫特徵，可見「倭患書寫」對「新／舊」記憶的鎔鑄。明清小說如〈杜十娘怒沉百寶箱〉、《天湊巧》第三回〈曲雲仙　力戡大盜　義折狂且〉和《西湖小史》等，皆曾驚鴻一瞥地出現「平秀吉」的身影，而面對豐臣秀吉的啟釁，小說家為解釋災殃的產生及剋制的需要，有如時事小說〈斬蛟記〉將之寫成漏刃於許遜祖師的孽龍遺腹子：「非日本人，非中國人」，徹底邊緣化其自視「日輪の子」的政治神話，並由高道跨海擊殺之，安慰「中朝與屬國迄無勝算」的軍事挫折。其次，《野叟曝言》揭櫫「奮武揆文，天下無雙」之信心，不僅生擒豐臣秀吉，且發動「師入倭京，不折一矢」的渡海之戰，把日本納入版圖，視之為海東屏藩，作足一場忽略海戰艱辛的大夢。無獨有偶，《客窗閒話》卷一〈查氏女〉渡海制服倭王之情節，也與〈斬蛟記〉、《野叟曝言》有著互文之關係。相較之下，《戚南塘剿平倭寇志傳》、《升仙傳》、《雪月梅》、《玉蟾記》等由神祇介入，開展由「殺」到「生」的鋪陳，乍看之下呼應明朝「不征之國」的敦親睦鄰，實際上卻隱約可見中國「望洋興嘆」的無奈。最後，《關帝歷代顯聖志傳》與《天妃娘媽傳》中的「倭患書寫」與收服「鱷」精的神力，則見證中國由

「大陸」到「海疆」的觸角拓展。本章即以「明清小說中的豐臣秀吉與神魔敘事」為論述之焦點，窺探其中之脈絡。以下先從〈斬蛟記〉進行析剖。

第一節 〈斬蛟記〉中的待戮孽龍

十六世紀末葉，當日本戰國時代（1476-1590）[1]的內部烽火暫告段落，卻又把兵燹燔引到鄰近的朝鮮半島，不僅造就「而王京以南數千里之區，幾乎骨白而燐青矣」[2]的生靈塗炭，也將明朝的援軍捲入一場曠日持久的惡鬥，死傷超過數十萬[3]，中、日、韓沒有誰稱得上贏家，史稱「萬曆朝鮮戰爭」——由於大動干戈的那一年歲次壬辰（1592），正屬龍蛇之交，因此又被目為是「龍蛇之變」。[4]

田中健夫提到，萬曆朝鮮戰爭，亦即日本史上的所謂文祿、慶長之役，對中國來說是最大的倭寇。[5]吳大昕也指出，在日本入侵朝鮮的消息傳至江南後，重新喚醒了該地區對於「倭寇」資訊追求的需求，相關書籍大量出版，顯然就是以日軍為「倭寇」。[6]不過，與前文

1 關於日本戰國時代的結束，除一五九〇年豐臣秀吉滅後北條氏，另有以一六〇三年江戶幕府建立，或一六一五年豐臣家滅亡為斷代。

2 〔韓〕申炅用：《再造藩邦志》（臺北市：珪庭出版公司，1980年），卷4，頁701。筆者按：申炅，字用晦，該書誤以為其人名「申炅用」，在此更正之。

3 《明史》〈朝鮮傳〉云：「自倭亂朝鮮七載，喪師數十萬，糜餉數百萬，中朝與屬國迄無勝算，至關白死而禍始息。」見〔清〕張廷玉等撰：《明史》，卷320，頁8299。

4 〔日〕京口元吉：《秀吉の朝鮮經略》（東京：白揚社，1939年），頁4。京口元吉且用「龍頭蛇尾」形容這場戰役（頁304）。另外，韓國人李魯對相關史料撰有《龍蛇日記》一書，崔晛則作有詩作〈龍蛇吟〉。又因壬屬水，色黑，壬辰年即為「黑龍」年，當時又有《黑龍日記》、《黑龍錄》等為名之文獻紀錄。

5 〔日〕田中健夫著，楊翰球譯，隋玉林校：《倭寇——海上歷史》，頁92。

6 吳大昕：《海商、海盜、倭——明代嘉靖大倭寇的形象》，頁90-100。現存當時出版的倭寇史料著作，包括有《皇明馭倭錄》、《備倭記》、《嘉靖倭亂備抄》、《虔臺倭纂》、《倭情考略》、《倭奴遺事》、《倭志》等。

討論到的「嘉靖大倭寇」迴異，這次並非東亞海域包括中國人、日本人在內的亡命之徒聚嘯為盜，而乃日本官方有計畫性的布局與動員，為首者正是名聞遐邇的豐臣秀吉。

豐臣秀吉原本出身微寒，卻在加入織田信長的麾下後逐漸嶄露頭角，並於舊主因政變殞命時趁機奪權，逐鹿天下，所向披靡，初步完成統一日本的壯業，且得蒙正親町天皇賜姓「豐臣」[7]，就任關白（攝關執政），是歷史上「朝為田舍郎，暮登天子堂」之範例。

儘管看起來風光，但事實上豐臣秀吉通往權力核心的道路卻走得顛簸，特別因為自己平民的血統，且非源氏族裔的緣故，使之不能晉升武人之尊：征夷大將軍，也就無法自開全國規模的軍政府：幕府。退而求其次，豐臣秀吉雖然可以選擇擔綱文官之首「關白」，然而致命的隱憂則是一旦繼任者兵權旁落，脆弱不實的爵位將難以維持勒令群雄的號召力。精於御宇之術的豐臣秀吉，為了鞏固自己和幼子秀賴的統治地位，在易姓、皇胤之外的手段，就是「自我神格化」：

> 為了解決這種簡單在物質軍事基礎上的權力結構矛盾，在對封建政權進行組織化與集權化的同時，豐臣秀吉意識到必須在意識型態方面建立以自己為中心的禮儀秩序，以化解權力結構矛盾。因此，為了淩駕於公家與武家之上，脫離世俗物質權力結構的理論羈絆，豐臣秀吉將自己杜撰成為「日輪之子」，超凡脫俗，自賦君臨天下的「神格」，從而由皇親國戚搖身一變而為神仙。[8]

7 豐臣秀吉一生曾換過許多名字，從日吉丸、木下藤吉郎、羽柴秀吉，一直到攝家螟蛉子的藤原氏、天皇賜姓的豐臣氏，每次的更易都代表著地位的躍升，逐漸往權力中心靠攏。

8 周韜：〈文化衝突與豐臣秀吉的「自我神格化」〉，《日本學刊》第2期（2007年），頁153。

豐臣秀吉自稱是「日輪の子」（太陽之子），並非信手拈來，乃有其嚴肅的政治目的。在日本，名義上的元首：天皇，其政權的合法性便來自於太陽神道；天皇被視為是「日神」天照大神的後裔，而且「萬世一系」，永無易姓之時，猶如朝陽東昇，日復一日——儘管日本曾在十四世紀歷經「一天二帝南北京」的南北朝時代，但從血統來說，仍在同枝異花的家族／皇族範圍內。在這種根深蒂固的觀念下，就連後來威信淩駕於天皇之上的「征夷大將軍」德川家康，也須將自身家系匯入神道胤嗣，遑論平民出身的豐臣秀吉，自然更需要透過神格化來支撐其統治地位。[9]「自我神格化」本來只是豐臣秀吉對內箝制的策略，但後來此「神國思想」亦貫徹於外交辭令上。

羅麗馨曾提到，五山禪僧西笑承兌熟讀漢籍，知道中國歷史上王朝開創者常以誕生的奇瑞強化統治天下的正當性，運用此東亞地區的傳承神化，在給高山國、呂宋、大明、朝鮮的文書中，都提到秀吉是「日輪之子」；作為秀其政治顧問，此舉反映秀吉的神國思想。[10]以一五九三年曉諭高山國（臺灣）朝貢的〈豐臣太閤與高山國書〉為例：

> 夫日輪所照臨，至海岳山川草木禽蟲，悉莫不受他恩光也。予

9 德川家康曾建構出「相國家康，其籍日本安藝津島，乃源於國常立尊」的神話，企圖用「天地開闢→國生→天孫降臨→人皇→日本人」的脈絡，藉由天皇神威來維護武家政權。詳參陳瑋芬：〈「天道」、「天命」、「王道」概念在近代日本的繼承和轉化——兼論中日帝王的神聖化〉，《中國文哲研究集刊》第23期（2003年9月），頁242-243。

10 詳見羅麗馨：〈豐臣秀吉侵略朝鮮〉，《國立政治大學歷史學報》第35期（2011年5月），頁40-56。另據其整理，包括一五九〇年接見朝鮮使節黃允吉、金誠一，一五九一年致書呂宋（菲律賓，時轄於西班牙），一五九三年接見明朝使節謝用梓、徐一貫、西班牙籍傳教士Pedro Bautista，致書高山國（臺灣）等時，都提到降生時有奇瑞、慈母夢日輪入胎中（或夢日光滿室，室中如晝）。而這些都發生朝鮮戰爭爆發之前後。

際欲處慈母胞胎之時，有瑞夢，其夜已日光滿室，室中如晝；諸人不勝驚懼。相士相聚，占筮之，曰：「及壯年輝德色於四海，發威光於萬方之奇異也。」故不出十年之中，而誅不義、立有功，平定海內，異邦遐陬。……故原田氏奉使命而發船，若是不來朝，可令諸將攻伐之。生長萬物者，日也；枯竭萬物，亦日也。思之，不具。[11]

在統一日本後，這位「日輪之子」更企圖把光耀施諸於異邦，尤其以中國為主要鵠的。其寫給朝鮮的國書便提到自己：「不屑國家之隔山海之遠，一超直入大明國，易吾朝之風俗於四百餘州，施帝都政化於億萬斯年者，在方寸中」。[12]「神國思想」從不臣於中國的自衛藉口，逐漸發展為侵韓、征明乃至於一統世界的思想武器，經歷了從「盾」到「矛」的演變過程。[13]

另外，據鄭樑生的歸納，豐臣秀吉之所以悍然發動侵韓戰爭，乃基於「為征服欲、名譽欲所驅使而企圖兼併亞洲各國」、「為統治日本國內」、「企圖編制直屬部隊」、「日本國內的生產問題」、「獨占對外貿易之利，以為統治其國內之資」，可以看出其中有很大目的都是為了確保自己的領袖地位，包括賜予各大名十倍於日本的采邑，以解決國內土地不足以回饋武士軍功的問題。[14]而豐臣秀吉計畫在征服明朝後

11 收於〔日〕日下寬編：《豐公遺文》（東京：博文館，1914年），頁490-491。

12 〔日〕不著撰人：《續善隣國寶記》（東京：近藤出版部，1924年，改定史籍集覽．新加通記第15），頁36。

13 陳小法：〈日本「神國思想」與元明時期的中日關係〉，《許昌學院學報》第24卷第1期（2005年），頁96。

14 詳見鄭樑生：《明代中日關係研究——以明史日本傳所見幾個問題為中心——》，頁543-552。

播遷寧波（天皇居北京），不僅展現出進步的海洋思維[15]，且日本雖然相較於中韓，處於東亞之邊緣，卻能積極汲取西方文明，活用達到世界級水平的火繩槍部隊，讓日軍一度席捲朝鮮半島[16]，不完全是無頭蒼蠅的魯莽行徑，只不過終究在火器不如明軍、兵力分散和援軍因路途遙遠難以接應的情況下後繼乏力。[17]

而在中國來說，雖然占據上述優勢，取得了初期的勝利，然而緊接著都督李如松卻在碧蹄館之戰輕敵大敗，自此暮氣難鼓，日軍也改為以堅守據點的策略應敵，不再浪戰。在當時大炮攻堅能力有限且疫病流行，造成戰馬倒斃的數量過多的情況下，雙方進入對峙，不得已而有後來的交涉、齟齬、再戰的拉鋸，戰事也隨之延長七年之久。[18]

此次「倭患」帶給中國的衝擊相當巨大，萬曆帝（1563-1620）甚至考慮拉攏琉球、暹羅和在澳門的葡萄牙人來共同抗擊日本[19]，可

15 中村榮孝指出，豐臣秀吉在統一國內的過程中，即將根據地放在大坂，後來又把注意力轉向西邊的重要貿易港口：博多，展現海外經略的手腕與企圖。其計畫遷居寧波，著眼點正在於這是一個聯絡中日，又能交通南海的樞紐。當時東亞海域雖然一度非常活絡，但由於勘合貿易的取消，加以海賊橫行、來自朝鮮的利潤也減少的情況下陷入瓶頸，打通南海貿易遂成為維繫日本經濟的遠程目標，因此豐臣秀吉的海外經略，其實是乘著那個時代的風潮而起的思維模式。見氏著：《日鮮關係史の研究（中）》（東京：吉川弘文館，1970年），頁79-80。

16 〔韓〕崔官著，金錦善、魏大海譯：《壬辰倭亂——四百年前的朝鮮戰爭》（北京市：中國社會科學出版社，2013年8月），頁4-5。

17 詳見鄭樑生：《明代中日關係研究——以明史日本傳所見幾個問題為中心——》，頁598-599。此結論乃綜合李光濤〈朝鮮壬辰倭禍中之平壤戰役與南海戰役　兼論「中國戲曲小說中的豐臣秀吉」〉、〔韓〕柳成龍《懲毖錄》、〔日〕黑田孝高《黑田記略》之看法。另外，朝鮮的水軍和義軍也帶給日軍沉痛的打擊，致使其攻勢受阻，參見張玉祥：《織豊政権と東アジア》（東京：株式会社六興出版，1989年），頁244-257。

18 李光濤：〈朝鮮壬辰倭禍中之平壤戰役與南海戰役　兼論「中國戲曲小說中的豐臣秀吉」〉，頁285-286。

19 可參見鄭潔西：〈16世紀末日本豐臣秀吉侵略朝鮮戰爭與整個亞洲世界的聯動——以萬曆二十年明朝「借兵暹羅」征討日本議案為例〉，《海洋史研究》第3輯（2012年5月），頁124-140。

見北京方面所陷入的緊張。這種焦慮之情也感染了文人的創作，所以儘管關於朝鮮戰爭的小說數量遠不及談述嘉靖大倭寇的作品[20]，仍有若干文本以之為背景[21]，以下即探討這些作品。

一　明清小說與「關白平秀吉」的身影

萬曆朝鮮戰爭帶給中國的壓力，首先來自於經濟方面的支出，這在小說中也有所反映。比方說，〈杜十娘怒沉百寶箱〉開卷提到朝廷為了應付戰爭之開銷，不惜納粟入監：

> 自永樂爺九傳至於萬曆爺，此乃我朝第十一代的天子。……在位四十八年，削平了三處寇亂。那三處？日本關白平秀吉，西夏哱承恩，播州楊應龍。……話中單表萬曆二十年間，日本國關白作亂，侵犯朝鮮。朝鮮國王上表告急，天朝發兵泛海往救。有戶部官奏准：目今兵興之際，糧餉未充，暫開納粟入監之例。……自開了這例，兩京太學生，各添至千人之外。[22]

---

20 吳大昕：「在這樣多談述嘉靖大倭寇的出版品中，我們會驚訝的發現並沒有太多關於朝鮮戰爭的出版品問世。這個奇怪的現象，原因可能是朝鮮的戰爭對江南真的是很遙遠的故事，並沒有燃眉之急。」見氏撰：《海商、海盜、倭——明代嘉靖大倭寇的形象》，頁104。

21 除了中國之外，朝鮮戰爭在韓、日兩國亦有文學化的表現，但彼此之間的差異頗大。在韓國有紀實文學、小說文學、詩歌文學等作品，除紀念烈士的忠君愛國、對日本侵略的憤怒，也反映身處戰亂的感受與被俘後的痛苦，文體既多元而時事性又強。相較之下，日本由於江戶幕府刻意禁絕人民談論豐臣秀吉及其事蹟，民間僅能透過書信、日記、見聞談等短篇紀錄去片斷地理解朝鮮之役，因此文藝方面的創作十分遲鈍，且注重於歌頌日軍將領的驍勇，直到一九六五年韓日邦交正常化後，不同類型的主題才如雨後春筍般勃興。詳參〔韓〕崔官著，金錦善、魏大海譯：《壬辰倭亂——四百年前的朝鮮戰爭》，頁66-83。

22 收於〔明〕馮夢龍：《警世通言》（臺北市：桂冠圖書公司，1994年），卷32，頁481-482。

而故事中的男主角：李甲，就是一位透過納貢入於北雍的監生。「萬曆三大征」帶給明朝的財賦負擔，在小說中有了深刻的反映。[23]不過，馮夢龍稱豐臣秀吉為「關白平秀吉」，其實是中國人對其普遍性的錯誤認識。首先，豐臣秀吉在一五九一年即將關白之位讓予外甥秀次，並以「太閤」自居，在後來對外文書上的正式職銜也是太閤，而非關白。此外，秀吉從來不曾以「平」為姓，與平氏有淵源的是織田信長，然而出身源氏的室町幕府滅亡，中國方面可能以為日本政權即由源、平輪替，取而代之的秀吉，理所當然是平氏。[24]

又明末小說《天湊巧》，在第三回〈曲雲仙　力戩大盜　義折狂且〉中也寫到了朝鮮戰爭。這篇小說說的是一位遼陽俠女曲雲仙，如何隨丈夫方興（遊擊方法坤的家丁）護送遊擊公子回南，中間擊退響馬，並斥責了心懷不軌的公子之故事，而方興之所以來到邊關，並與曲雲仙婚配，正肇因於朝鮮兵亂：

> 這事在萬曆年間，日本倭奴關白作亂，侵占朝鮮，奪了王京城，國王逃到我遼東邊外（他是文物之邦，向來朝貢不缺的），上本請救。這時中國官長有道：「朝鮮，是我臣伏小國，若不發兵救援，大不能恤小，失了四夷的心，以理當救。」有道：「中國與倭奴隔絕，全恃朝鮮，若是朝鮮一失，唇亡齒

23 據《明神宗實錄》記載：「太僕寺少卿李思孝乃疏言：『……臣稽往牒，在嘉隆間，舊庫積至一千餘萬，盛矣。迨萬曆十八年，西征哱劉，借一百六十萬；東征倭，借五百六十餘萬。二十七年，為邊餉借五十萬，又為征播借三十三萬。……今老庫存見二十七萬耳。……』」見黃彰健校勘：《明神宗實錄》，卷437，頁12280。另關於明朝的捐納制度，可參考伍耀：〈明代的社會：納貢與例監——中國近世社會庶民勢力成長的一個側面——〉，《東吳歷史學報》第20期（2008年12月），頁155-191。

24 參鄭樑生：《明代中日關係研究——以明史日本傳所見幾個問題為中心——》，頁528、532-532。

> 寒，以勢當救。」……調動薊、遼、宣、大、延、寧、甘、固、川、浙兵馬，在遼東取齊。[25]

短短數言中，把中國決議支援朝鮮的考量寫得相當透澈，所謂「唇亡齒寒」，明朝基於自身利害之關係，也為了維持當時東亞以華夏為主的秩序，慨然伸出援手，也將無數軍士捲入了一場不見天日的戰鬥，這是時代的悲歌。

到了清代，才子佳人小說《西湖小史》則反寫了這層灰暗的歷史基調，寫陳秋槎奉請赴朝鮮救援：「卻說日本國在大海中，山周圍九百餘里，自白順篡立，善於用兵，遣將哱邦帶兵一萬，擁舟數百，攻取釜山。……杜如龍受困十餘日，望兵來援，時陳秋槎已至朝鮮，探知消息，遂令朱桂帶兵往救。」[26]

說白順篡立，影射豐臣秀吉之奪權，並不完全合於歷史事實與日本國情，但卻是當時許多中國人對於其人的理解。[27]此外，作者將「萬曆三大征」中的寧夏哱拜（小說作哱邦）視作日本將領，自然也是風馬牛不相及的，事實上豐臣秀吉與哱拜之間並無聯手。在明軍擊

---

25 〔明〕西湖逸史撰：《天湊巧》，收入《古本小說集成》（上海市：上海古籍出版社，1990年，中國藝術研究院戲曲研究所圖書館藏本），第3回，頁111-112。

26 〔清〕上谷氏蓉江著：《西湖小史》，收入《古本小說集成》（上海市：上海古籍出版社，1990年，上海圖書館藏琅玕山館本），卷4，第14回，頁247。

27 〔清〕谷應泰撰：《明史紀事本末》〈援朝鮮〉：「平秀吉者，薩摩州人僕也，始以魚販臥樹下。有山城州倭渠名信長，居關白職位，出獵遇吉，欲殺之。吉善辯，信長收令養馬，名曰木下人。信長賜與田地，於是為信長畫策，遂奪二十餘州，會信長為其參謀阿奇支刺殺，吉乃統信長兵誅阿奇支，遂居關白之位，因號關白，以誘劫降六十六州。」見卷62，頁670-671。筆者按：阿奇支即為明智光秀（Akechi Mitsuhide）。事實上，織田信長從未擔綱關白之職，所以豐臣秀吉雖然取代其勢力，卻並非繼承關白的位置。又當時關白已無實權，豐臣秀吉雖用強硬方式取代原關白，然此是否屬於「篡立」，還頗有商榷之空間。

破日本國大將哼邦和褚香後，白順終於御駕親征，擺下陣分青龍、白虎、朱雀、玄武的「四方陣」，卻仍舊敗北：

> 白順見陣已破，急逃回寨，只聽關上炮響，三寨中火光射入霄漢，殺聲震於山川。時近初更，風勢正急，三寨兵士燒得焦頭爛額，又殺得棄甲倒戈。……秋楂大笑曰：「白順，吾今放爾回去，飽讀兵書，勤演陣法，再來釜山決勝如何？」白順指天誓之曰：「孤今斷不反矣！若有背言，身沉海底。」秋楂曰：「爾既知罪，理應任爾還國。」遂命軍士讓開條路，白順感謝而去。[28]

與前文「才子佳人與平倭榮譽」討論到的如出一轍，才子陳秋楂在沙場上展現過人的軍事韜略，不辱使命地解除了來自日本的海警，顯然是出自於樂觀的想像。而根據蘇建新的看法，《西湖小史》以惠州西湖為主舞臺，而非杭州西湖，有替前者不如後者遠近馳名的遭遇鳴不平的意味，這種不平中又暗喻了自己的「大才見屈」[29]，那麼上谷氏蓉江試圖塑造一位文武雙全又立下不世功勳的理想人物，也就不難理解其寄託之用心了。

〈杜十娘怒沉百寶箱〉、〈曲雲仙　力戡大盜　義折狂且〉和《西湖小史》雖然出現了萬曆朝鮮戰爭之描寫，但畢竟只屬於衛星事件，僅占據文本中的次要位置，要說到真正以此次「倭患」為主軸之作品，則首推短篇小說〈斬蛟記〉。

---

28 〔清〕上谷氏蓉江著：《西湖小史》，收入《古本小說集成》，卷4，第15回，頁269-270。

29 蘇建新：〈為南國自然山水再添藝術風采的才子佳人小說——上谷氏蓉江的《西湖小史》〉，收於氏著：《中國才子佳人小說演變史》，頁397。

二　〈斬蛟記〉的時事性質與宗教意涵

與豐臣秀吉自稱是「日輪之子」的「自我神格化」截然不同，〈斬蛟記〉[30]取材許遜斬蛟神話，並完全將之當作待戮之孽龍，予以妖怪化、禽獸化的降格書寫，這與時人對日本「非人」的恐懼之情互為表裡。在徐鑾〈倭情考略序〉中提到，沿海編氓簡直把「倭」看成是「魍魎不可知之物」：

> 聖朝億萬之儲積之內帑者，將悉發以繕兵，燕越彯搖武猛、控弦扼虎之士，雲集遼左，怒髮磨牙，將蹈藉關白之肉而飲其血，恨不速擊之為快。島奴不悔，則隻舸不返之禍耳。所深慮者，沿海編氓，靡識倭狀，將以為是魍魎不可知之物，氣先奪而彼得以恫嚇肆志焉。昔年倭直擣揚之海，安民跪受屠戮，若刈草菅，裸辱婦女。有少年恚甚，舉大杖奮殺之，於是眾驚喜曰：「倭可殺歟！」則相與挺刃追逐，而數十倭之命殲於食頃。故倭亦人耳，知者易之，不知者懼之。[31]

〈斬蛟記〉在某種程度也是濱水區域人民對未知之恐懼的延伸。早期濱水居民對具攻擊性水中生物的防備，轉換至神話思維，即有剋制之需求，許遜及其弟子在豫章地區所以為水神，正反映出此文化心理。[32]

30 據孟森〈袁了凡〈斬蛟記〉考〉，小說原載於陳繼儒《眉公秘笈》，惟《眉公秘笈》今本難見，而孟森已將全文摘錄，故本書所引原文，亦以〈袁了凡〈斬蛟記〉考〉之頁碼為準，不另加註。孟森：〈袁了凡〈斬蛟記〉考〉，收於氏著：《明清史論著集刊續編》（北京市：中華書局，1986年），頁73-80，〈斬蛟記〉在頁73-75。

31 〔明〕徐鑾：〈倭情考略序〉，收於〔明〕郭光復撰，〔明〕郭師古校正：《倭情考略》（臺北市：藝文印書館，1971年，乙亥叢編本），正文前頁1-2。

32 李豐楙提到：「蛟鱷的生性常躲在澤地或草葉叢生處，具有主動突襲人畜的攻擊許遜斬蛟的傳說，有呼應水鄉的宗教需要的一面，後來隨著蛟龍遺腹子之說的拓展，慢慢出現了小蛟終將掀起人間波瀾的預言[33]，尤其是與政亂掛鉤，如一五一九年的寧王之亂，首謀朱宸濠就曾被文人目為漏刃於旌陽的孽龍化身，亂事實肇端於「定數」。[34]

如此一來，「許遜斬蛟」遂慢慢由地方性的水患對治，滲透到了天下治平的公領域，淨明道祖師也從水神變為守護國家秩序的至尊。像這樣「斬龍護國」的敘事，是中國水神信仰的重要特徵，如楊四將軍、灌口二郎神、李冰等，都和許真君一樣，有斬龍、鬥龍的傳說；許遜作為江西的水神，卻和四川水神有許多共通的神蹟，可能是因為

性，早期江南初開發的階段，其數量較多，活動區較廣，對於習常在河川、圩塘作業的人、畜，也就形成一種禍患。類此長期以來的生存危機感，蛟蜃就逐漸被神話思維化，而變成龍族之一，忝有『蛟龍』之名。人類對待蛟龍的行動，並不存在過多的幻想，而採取較直接有效的對治辦法，就是斬除，類似的大量捕殺應曾不斷地進行過。對於不可防患的攻擊，就自然會產生許多巫術性的儀式、器物，西山淨明教團剛好在豫章地區內擔任了這一誅除的要角。」見氏著：〈宋朝水神許遜傳說之研究〉，收於氏著：《許遜與薩守堅：鄧志謨道教小說研究》（臺北市：臺灣學生書局，1997年3月），頁95。

33 《西山許真君八十五化錄》〈小蛇化〉有云：「蛇腹裂，有小蛇自腹中出，長數丈，甘君欲斬之。祖師曰：『彼未為害，不可妄誅。』小蛇懼而奔行六、七里，聞鼓譟聲，猶返聽而顧其母。群弟子請追而戮之，祖師曰：『此蛇五百年後若為民害，當復出誅之，以吾壇前松柏為驗，其枝覆壇拂地，是其時也。』」收於〔明〕明英宗、神宗敕修：《正統道藏》（臺北市：新文豐出版公司，1988年），第11冊（洞玄部譜錄類．虞字號），頁663。

34 《碧里雜存》記載：「嘉靖八年春，金華舉人范信（字成之）謂余言：『寧王初反時，飛報到金華，知府某不勝憂懼，延士大夫至府議之，范時亦在座。有趙推官者，常州人也，言於知府曰：「公不須憂慮，陽明先生決擒之矣。」袖中舊書一小編，乃《許真君斬蛟記》也。卷末有一行云：「蛟有遺腹子貽於世，落於江右，後被陽明子斬之。」既而不數日，果聞捷音。』范語如此。」……又見江西士人言：『寧王初生時，見有白龍自井中出，入於江，非定數而何哉？』」見〔明〕董穀撰：《碧里雜存》（臺北市：藝文印書館，1967年），卷下，頁16-17。筆者按：上引文中的《許真君斬蛟記》今已亡佚，與本書討論的〈斬蛟記〉不是同一個文本。

其曾擔任旌陽令的緣故。[35]而〈斬蛟記〉作為一篇反映朝鮮之役的小說，實是奪胎自六朝許遜斬蛟之神話，發展出河清海晏的文學想像。小說亦以「氣數」解釋倭亂的生發：「其意實欲從中犯遼，憑陵上國，亦氣數宜然也。數年前，已有妖星牛、女之間游行不定，其兆為倭亂。」（頁73）

至於〈斬蛟記〉之撰寫者，孟森以為是陳繼儒調侃袁黃（號了凡）所作：「以今考之，此即眉公所以嘲了凡者也。了凡頭巾氣極重，應為眉公輩所姍笑」。[36]但亦有論者提出不同的看法，認為這篇小說的作者其實就是袁黃本人[37]，其人為躬逢朝鮮之役的指揮官之一。[38]儘管

35 詳見黃芝崗：《中國的水神》（上海市：上海文藝出版社，1988年），頁1-65。除了楊四郎、二郎神、李冰、許遜等較為出名的水神外，黃芝崗提到有類似聖蹟的還包括程靈銑、張路斯、趙昱、鄧遐、楊煜、楊磨等等，這些神祇彼此之間也有合流的情況，才有產生諸如二郎神為李冰之子、趙昱、鄧遐、楊煜即為二郎神，以及二郎神為楊姓（後又說是楊戩）的說法。陳小林進一步認為，《楊家府演義》中楊四郎助宋軍攻陷幽州，以及蕭后為龍母下凡的說法、「頓借龍絲化鐵心」的詩讚（傳說中觀音大士用鐵鍊將龍心鎖住），實際上帶有楊四將軍與無義龍爭鬥（水神斬龍）的影子，見氏著：〈試論楊四郎故事的形成〉，頁84-85。

36 孟森：〈袁了凡〈斬蛟記〉考〉，頁75。

37 如王勇從袁黃之經歷與對道教之興趣，以及第一人稱敘事的視角，認為小說作者應該就是袁黃無誤。詳見氏著：《中日關係史考》，頁204-207。又鄭潔西和萬晴川皆舉《萬曆野獲編》卷17〈斬蛟記〉中說作者「次年癸巳一贊畫者以拾遺論罷，其人故者夙名士，為太倉相公門人，號相知，意其能援手」等記載為證，認為此人即袁黃。見鄭潔西：〈明代万暦時期における豊臣秀吉像〉，頁27-28；萬晴川：〈明代文言小說〈斬蛟記〉作者考〉，《文獻雙月刊》第1期（2016年1月），頁179-184。又《萬曆野獲編》〈斬蛟記〉同時說到：「記出，遠近駭怪，其同邑先達遂作〈鬭蛟記〉詆之，以快宿隙。」見卷17，頁2362。這可能是孟森所謂「了凡頭巾氣極重，應為眉公輩所姍笑」的依據，然〈鬭蛟記〉今已亡佚，且與其謄錄之〈斬蛟記〉為不同文本。

38 《吳江縣志》記載有袁黃事蹟：「二十年擢兵部職方司主事。適倭侵朝鮮，朝廷大舉東征。黃甫到部，經略薊、遼，宋應昌疏請黃贊畫軍前，兼督朝鮮兵政。大帥李如松以封貢紿倭，提精兵襲平壤，所部遼兵割高麗人首獻功。黃馳諭禁之，且面數如松以襲封殺降之罪。如松大恨，與贊畫郎中劉黃裳，比而媒孽其短。乃自引兵

學界的意見莫衷一是，然無論這篇小說的創作者是不是袁黃、創作的意圖何為，單純從文本的脈絡來看，其人都與袁黃至少存在著兩個共通點：其一，對戰情有一定的熟悉程度；其二，對道教掌故有一定的接觸和理解。

以第一點而言，作者若非擁有豐富的情報、嚴肅的考據作為支撐，或者根本如袁黃一樣是位戰事的親歷者，要能明確指出日軍出兵的年代、路線、指揮官，甚至日本與鄰國的外交關係，可能不是這麼容易的。〈斬蛟記〉云：

> 琉球、朝鮮，皆故賓服。朝鮮十七、十八、十九年，各遣使朝貢，不敢失禮。二十年四月，日人二十餘萬犯境，由對馬島至釜山鎮登岸。朝鮮居民，望風逃遁。倭將平秀嘉據王京，行長據平壤，清正據安邊，沿途屯聚，絡繹相通。（頁73）

豐臣秀吉在策劃稱為「唐入り」的中國征服作戰前，確實曾向琉球予以「將屠汝國」、「先屠乃國」的恐嚇，並以朝鮮的宗主國自居，要求鄰邦臣服並支援兵糧，或甚至充當征明嚮導，讓尚寧王與朝鮮宣祖不得已派出使臣與之結好，但仍阻止不了兵革的發生。[39]

萬曆二十年（1592），日本派遣了約十五萬至三十萬的軍隊在釜山登陸，以迅雷不及掩耳的速度占領朝鮮，並進行「八道国割」之部署，其中就包括了宇多喜秀家所轄之京畿道、小西行長所轄之平安道

東，不畀一卒。倭酋清正來襲，黃率麾下及朝鮮兵三千擊卻之，如松旋敗於碧蹄館。」見〔清〕陳莫纕等修、〔清〕倪師孟等纂：《吳江縣志》（臺北市：成文出版公司，1975年，清乾隆石印重印本），卷28，頁861-862。

39 張玉祥：《織豊政権と東アジア》，頁204-215。

（平壤屬之），以及加藤清正所轄之咸鏡道（安邊屬之）。[40]（見本章附圖一）——〈斬蛟記〉精準地紀錄了這些外交與軍事之實況，因此王勇將之視作時事小說，頗有見地。[41]

第二點則與文本所挪用的道教神話息息相關，也與作者選擇以「斬蛟」來闡述壬辰倭亂的策略互為表裡。袁黃除有朝鮮戰爭之參謀、陽明學儒的身分外，同時也是位「功過格」的推崇者，編纂有《了凡四訓》、《祈嗣真詮》等善書。[42]〈斬蛟記〉的作者就算不是袁黃，也極可能是某位對道教有所關注的人物，才會選擇重新演繹淨明忠孝道祖師剋制蛟患之事蹟，並納入黃石公、徐茂公、丘長春等漢、唐、元大一統帝國創業輔佐的半仙型人物，壯大羽流之輩淵遠流長的隊伍。

畢竟據胡萬川的說法，斬蛟神話在中國最早實為「勇」之象徵，包括《呂氏春秋》之荊佽非、《韓詩外傳》之菑邱訢、《博物志》之澹臺子羽，這三位殺蛟英雄的事蹟一再被稱引，以為勇武之表率，於是乎而「斬蛟」成為見證英雄的一個重要象徵。[43]然而，〈斬蛟記〉的主旨卻並非歌頌明軍的驍勇善戰。小說提到：「群仙相與酌議，謂勝倭不難，但既破倭兵，關白必親帥師而來，我兵不能當，彼即浮鴨綠，據遼東，入山海，薄京城，覆而後圖，難矣！」（頁74）

「我兵不能當」一語，說明了小說家不看好明軍的戰力。徐兆安

---

40 〔日〕中村榮孝：《日鮮關係史の研究（中）》，頁120-125。另外，「八道国割」還包括有福島正則所轄的忠清道、小早川隆景所轄的全羅道、毛利輝元所轄的慶尚道、黑田長政所轄的黃海道以及森吉成所轄的江原道。

41 王勇：《中国史のなかの日本像》，頁228。

42 關於「袁了凡的思想與善書」，詳參〔日〕酒井忠夫著，劉岳兵、孫雪梅、何英鶯譯：《中國善書研究》（南京市：江蘇人民出版社，2010年），頁299-335。

43 詳見胡萬川：〈降龍羅漢與伏虎羅漢——從《二十四尊得道羅漢傳》說起〉，收於氏著：《真實與想像——神話傳說探微》（新竹縣：清華大學出版社，2004年），頁216。

亦提到，小說將亂事之消弭歸功於道教祖師，不見軍事力量的作用，是對武功經世之英雄主義的嘲諷。[44]王勇則認為，〈斬蛟記〉設置仙道施法滅蛟的結局，折射出抗倭將領制敵缺乏良策、交戰無信心的窘境和仰賴神靈、聽天由命的虛無心理，可作為《明史》〈日本傳〉「迄無勝算」一句的詮釋。[45]可見「斬蛟」在此要突顯的理應是「勇」之外的其他德性，而最有可能的便是許遜作為「忠孝」表率之形象。

許遜雖說是因斬蛟之聖蹟而聲名大噪，但其在文獻上之嚆矢，卻是以孝悌者之姿態出現[46]，後來淨明忠孝道信徒才將另一位真君吳猛殺蛇的壯舉轉移到其身上[47]，藉以烘托許遜之地位。吳猛既是二十四孝之一「恣蚊飽血」的孝子，與許遜亦有師弟關係，二人融會的契機，即立基於德行、區域與神異之共性。[48]

---

44 徐兆安：《英雄與神仙：十六世紀中國士人的經世功業、文辭習氣與道教經驗》（新竹縣：清華大學歷史研究所碩士論文，2008年），頁118-120。

45 王勇：《中日關係史考》，頁211。

46 〈許遜別傳〉曰：「遜年七歲，無父，躬耕負薪以養母，盡孝敬之道，與寡嫂共田桑，推讓好者，自取其荒，不營榮利，母常譴之：『如此，當乞食無處居。』笑應母曰：『但願老母壽耳。』」收於〔唐〕歐陽詢撰：《藝文類聚》（臺北市：新興書局，1973年，宋紹興丙寅年刻本），卷21，頁588-589。

47 《太平廣記》：「永嘉末，豫章有大蛇，長十餘丈，斷道，經過者蛇輒吸取之，吞噬已百數。道士吳猛與弟子殺蛇，猛曰：『此是蜀精，蛇死而蜀賊當平！』既而果杜弢滅也。」見〔宋〕李昉等編：《太平廣記》（北京市：國家圖書館出版社，2009年，明談愷本），卷456，頁596。隨著豫章地區殺蛇、斬蛟故事的流衍，慢慢「道士吳猛與弟子」中的「弟子」，被明確指涉為許遜。《酉陽雜俎》：「晉許旌陽，吳猛弟子也。當時江東多蛇禍，猛將除之，選徒百餘人，至高安，令具炭百斤，乃度尺而斷之，置諸壇上。一夕，悉化為玉女，惑其徒。至曉，吳猛悉命弟子，無不涅其衣者，唯許君獨無，乃與許至遼江。及遇巨蛇，吳年衰，力不能制，許遂禹步敕劍登其首，斬之。」見〔唐〕段成式撰：《酉陽雜俎》（臺北市：漢京文化事業公司，1983年），前集卷2，頁19。

48 李豐楙提到：「唐初吳猛、許遜的傳說在民間社會，是否因為同屬豫章地區地區而漸有混淆，或將性質同具孝行的兩人一併傳述？從文獻資料的匱乏是無法證實的。但胡道士可能採取，也可能使用障眼法，將性質相近卻無關係的兩位神異人物，先從六朝到唐代，許遜雖說被塗抹上殺蛇、斬蛟英雄的色彩，但在教徒心目中還是一直維持著原始的忠孝祖師之本相。最明顯的例子，是刊刻於一六〇三年的小說《鐵樹記》（萃慶堂余泗泉刊本），仍在開篇將許遜作為孝悌王道法之授受者[49]，其人竭孝盡忠，由神降凡，立功後復歸仙班；而書中的反面角色：孽龍，則由凡為妖，伴隨著孽行不斷沉淪，正、邪之間的升、降，影響著秩序的變動，也達到作者以「以反顯正」的敘事策略[50]——這部小說距離萬曆朝鮮戰爭並不遙遠，與〈斬蛟記〉幾乎同時，也因此兩部作品彼此之間可以相互參照。

三　非日本人，非中國人：平秀吉對母國的反噬

與《鐵樹記》雷同的是，〈斬蛟記〉中的反角「平秀吉」也是一逆倫的「非人」妖孽：

> 關白平秀吉者，非日本人，非中國人，蓋異類妖孽也。昔旌陽許真君斬蛟時，有小蛟從腹而出，以未有罪，不加誅。縱入江，歸大海，至日本之紅鹿江銀蛟山居焉。歷一千二百餘年，所害物類，不可勝紀。今又化為人，即平秀吉也。奸謀狡計，遠出常人之上。日舊有王，居山城，號令不行於各島者百餘

說明師弟關係；又以郭璞與二真君飲酒等，將吳猛飛船的道術巧妙地轉變於許真君的名下，實為一種偷天換日的敘述手法。」見氏著：〈許遜傳說的形成與衍變——以六朝至唐為主的考察〉，收於氏著：《許遜與薩守堅：鄧志謨道教小說研究》，頁49。

49 關於《鐵樹記》對《玉隆集》、《西山許真君八十五化錄》等許遜信仰文獻的沿革，詳參李豐楙：〈鄧志謨《鐵樹記》研究——兼論馮夢龍〈旌陽宮鐵樹鎮妖〉的改作問題〉，收於氏著：《許遜與薩守堅：鄧志謨道教小說研究》，頁123-170。

50 郭黛暎：〈以反顯正——論鄧志謨道教小說中的反面角色〉，《清華中文學報》第2期（2008年12月），頁211。

> 年，各島爭鬥無已時。今王即位，僅二十一年，吉從徒中崛起，殺舊關白，奪其位。（頁73）

以上是小說之冒頭。可以看得出來，作者既取消了豐臣秀吉刻意塑造的太陽家譜，甚至連「人」的身分也摒棄之：非日本人，非中國人，蓋異類妖孽也，由神降凡，又由凡為妖，更給予其架空的非人籍貫：紅鹿江銀蛟山，完全將其人降格為可恥的禽獸。另外，豐臣秀吉作為人臣，王（天皇）之威信掃地，卻沒有付諸勤王之義舉，反而趁隙「殺舊關白，奪其位」，更是站在忠義的對立面。不過客觀來說，這些都是刻意操作的攻擊手法。豐臣秀吉自然是有血有肉的人，不是異類妖孽，出身尾張國，而非紅鹿江銀蛟山，且關白之爵位也是由天皇正式誥封而來的，其並未殺原關白二條昭實而代之。豐臣秀吉甚至和後陽成天皇維持著一定的魚水關係，因為唯有重建天皇的威嚴律令，文官朝廷才能抑制武士政權的滋長。[51]

儘管上述謗語有著荒誕不羈的一面，但卻象徵了時人對於豐臣秀吉的想像：此人其實是王直、徐海一類的自立於海外的「漢奸」。以張翰《松窗夢語》〈東倭紀〉之記載舉隅：

> 嘉、隆以來，諸洲島嶼各相雄長，山城君號令不行於諸侯。近傳華人關白平秀吉者入其國，尚倭王寡宮主，陰竊其位，號令洲島，併國數十，今已下朝鮮，墮兩京，摇八道，走其國王，逃竄於我遼陽邊境。[52]

---

51 詳見張玉祥：《織豊政権と東アジア》，頁108-109。

52 收於〔明〕張翰撰，盛冬鈴點校：《松窗夢語》（北京市：中華書局，1997年），卷3，頁60。

不難想像，來自於中華的蛟龍平秀吉，卻反噬母國的忘恩負義，代表的正是某些中國人對這頭中山狼的憤怒之情（雖然這其實是個誤解）。[53]以中國人為主體的「嘉靖大倭寇」，曾經被小說家想像成日本人所挑起的兵燹；現在日本人發動的「萬曆朝鮮戰爭」，則被理解為是中國人的倒戈，這真是一個饒富意味的錯置。

事實上，不只是〈斬蛟記〉，古典小說如〈虬髯客傳〉、《水滸後傳》，都有中國人海外建業的說話（虬髯客入扶餘國、「混江龍」李俊取暹羅國）。然而，有別於〈虬髯客傳〉以「扶餘」為「扶持唐室之餘」的隱喻[54]、《水滸後傳》有梁山好漢牡蠣灘救駕的描寫，〈斬蛟記〉中的平秀吉雖然也被杜撰為另一位飄洋者，卻不曾報效祖國，反而過河拆橋，辜負了許遜的好生之德：「有小蛟從腹而出，以未有罪，不加誅。」豐臣秀吉之侵略朝鮮，被視為是明朝出身墮落者的負面形象，因此作者將其貶抑為妖怪。[55]此外，〈斬蛟記〉也指摘了豐臣秀吉的貪婪：

> 及抵遼陽，仙師復遣程師兄洞真來訪，索銀欲買鵝三千六百隻，且言許師兄在東阿相候。……予盡出橐金二百兩與之。程師兄攜往東阿，買鵝一千一百隻；復同至東平，主於吳二家，買鵝不多，即至東昌，共買一千八百隻；又至萊山，買鵝七百隻。……於是相與浮海至銀蛟山，頃刻而達，其石如赭，其水

53 李光濤以為萬曆朝鮮之役存在著不少中原叛民為虎作倀，或唐人、倭人相混已久，才有明人之視豐臣秀吉為漢奸的傳說。見氏著：〈朝鮮壬辰倭禍中之平壤戰役與南海戰役　兼論「中國戲曲小說中的豐臣秀吉」〉，頁276。又鄭潔西注意到「秀吉の中国人説」對這篇小說的影響，見氏著：〈明代万暦時期における豊臣秀吉像〉，頁29-30。

54 王夢鷗：〈虬髯客與唐之創業傳說〉，頁264-265。

55 鄭潔西：〈明代万暦時期における豊臣秀吉像〉，頁29-30。

> 如茶，其山濯濯無草木，兩崖遺積羽毛，深者丈餘，淺者六七尺。祖師將群鵝在江中圍繞成圈，爭鳴如笥鼓。……蓋此物雖妖，亦有天命，尚有十五之數未盡，應食天鵝三千六百隻。今如數驅鵝至其島中，則其食數已畢，始可誅滅，所謂先天而天不違者非耶？（頁73-74）

這裡饜足孽龍的天鵝，大多購自東阿、東昌、萊山，暗示「東事倥傯」；「兩崖遺積羽毛，深者丈餘，淺者六七尺」，象徵戰火蹂躪下的犧牲者。而唯有「東平」收穫不多，則代表著明朝與日本和談的成效不彰。在明、日僵持的狀況下，雙方曾有折衝尊俎的嘗試，透過沈惟敬和小西行長彼此交涉，豐臣秀吉方面開出和親、貿易、通好、割地、換質、宣誓等條件，特別是希望「京畿、全羅、忠清、慶尚四道歸日本」、「朝鮮王子並大臣一兩員為質，去年生擒朝鮮王子可歸舊國事」。明朝方面，則還以撤軍、冊封、修好之回覆，但是拒絕貢市，並定位日、朝共為屬國，未同意豐臣秀吉之要求。[56]

於是，沈惟敬以副使之身分泛海來日，豐臣秀吉也接受了中國的冊封，還穿戴起了明朝的冠冕（相關文物見本章附圖二、附圖三），大開盛宴，氣氛融洽，但卻在發現事情的真相後勃然大怒（一說其甚至將敕書撕毀[57]）。而所謂的「真相」有兩種說法，第一種是豐臣秀吉不知原來自己僅僅只是被冊封為日本國王，成為萬曆帝之屬臣[58]；第

56 詳見〔日〕中村榮孝：《日鮮關係史の研究（中）》，頁173-203。

57 〔韓〕李進熙、〔韓〕姜在彥著：《日朝交流史》（東京：株式会社有斐閣，1995年），頁113-114。然而中野等也提到，儘管這個逸話（episode）家喻戶曉，其實卻是後人所創，當時在大坂城的謁見典禮風平浪靜，而冊封文書現仍保存在京都妙法院。見氏著：《文禄・慶長の役》（東京：株式会社吉川弘文館，2012年），頁181。

58 張慶洲：〈抗倭援朝戰爭中的明日和談內幕〉，《遼寧大學學報》第1期（1989年），頁101-104+112；張玉祥：《織豊政権と東アジア》，頁289-295。

二種則是豐臣秀吉雖然知道自己被封為日本國王，但不曉得其開出的條件竟完全被忽視。[59]總之，雙方不歡而散，朝鮮半島硝煙再起，〈斬蛟記〉以看似荒誕粗陋的說話反映和談的徒勞無功，最後只得由道教祖師跨海斬殺如饕餮般的「異類妖孽」平秀吉。

小說家設計戰爭因蛟龍被剷除後戛然而止的情節，雖然讓人錯愕，但實際上在戰事前期，日軍所向披靡，後來卻攻勢趨緩，的確曾引來中國內部的揣測，有以為豐臣秀吉中毒身亡的蜚語開始流傳，這就是所謂的「秀吉の急死說」。[60]《明神宗實錄》有載：

> 戶科給事中吳應明題：「近見兵部差沈丙懿密訪夷情，內稱關白中毒已斃。平、□二賊相圖經略總督，了無報聞。臣觀倭奴攻陷朝鮮，易於破竹乘勝之師，何所不逞，乃我師一集，輒棄開平而不顧，守王京而不堅，豈誠畏威遠遁哉？自古行師，不戰而退者，非軍中有疫，則國中有變，未可知也。……。」[61]

後來，「秀吉藥斃」的說法甚囂塵上，不管是朝鮮、日本都有類似的說法，而且下毒者被認為就是那位穿針引線的沈惟敬。[62]不過耐人尋

59 〔日〕中村榮孝：《日鮮關係史の研究（中）》，頁197-203；鄭樑生：《明代中日關係研究——以明史日本傳所見幾個問題為中心——》，頁628-633；〔韓〕崔官著，金錦善、魏大海譯：《壬辰倭亂——四百年前的朝鮮戰爭》，頁31。另外，中野等更進一步提到，真正讓豐臣秀吉無法接受的，是明朝拒絕將朝鮮四道割予日本，如此則戰爭徒勞無功，自己也無法向浴血奮戰的諸大名交代，進一步將會威脅其權威，導致政權瓦解的危險，因此豐臣秀吉再度派兵，成為其不得不的決定。見氏著：《文祿・慶長の役》，頁183-185。

60 王勇、鄭潔西都認為這個情報影響了〈斬蛟記〉的創作。見王勇：《中国史のなかの日本像》，頁227；鄭潔西：〈明代万暦時期における豊臣秀吉像〉，頁30-31。

61 收於黃彰健校勘：《明神宗實錄》，卷262，頁11418。

62 根據鄭潔西之整理，包括〔韓〕任相元《恬軒集》卷30、〔韓〕黃景源《江漢集》卷2、〔日〕香川正矩《陰德太平記》卷81、〔日〕川口長孺《征韓偉略》卷4等，都

味的是，既然要寫渡海誅殺豐臣秀吉的小說，有沈惟敬這麼一位現成的樣板人物，那何以〈斬蛟記〉不讓其擔綱刺殺關白的主角，而選擇捨近求遠地援引六朝的許遜神話呢？

關於這個問題之討論，首先，羽流本就有「涉江渡海辟蛇龍之道」[63]的文化資源，許遜更是斬蛟說話的代表人物，享有很高的知名度，且在藝術手法的考量來看，用奇異的筆墨去書寫，也比較有趣、有吸引力。其次，沈惟敬因撮合明、日止戈不力，被朝廷定位為騎牆揩油的小人[64]，在道德形象上不如忠孝道真君之光風霽月，為貼近大眾們邪不勝正的純樸期待，作者遂以許遜之後的道門龍象們來扮演降妖伏魔的角色。

四　番將與佞臣：「蛇形而魚鱗」的海外巨獸

〈斬蛟記〉除了透過道教神話寫時事，曲折地反映出中國人對豐臣秀吉出身之理解，以及朝鮮之役的顛末：從啟釁、和談，明軍「迄無勝算」之苦戰，一直到「秀吉急死」而海警解除的發展之外，文本以「倭患」為蛟龍的想像，亦舊瓶裝新酒地折射出中國古典小說固有的文化符碼。

中國早在唐代就有「謫龍」化身為人的異說，如沈亞之〈湘中怨

曾提到這個野史。見氏著：〈沈惟敬毒殺豐臣秀吉逸聞考〉，《學術研究》第5期（2013年），頁111-113。

63 〔晉〕葛洪撰：《抱朴子》（臺北市：中國子學名著集成編印基金會，1978年，明萬曆甲申吳興慎懋官刊本），內篇卷4，頁339-341。

64 鄭潔西、楊向艷：〈萬曆二十五年的石星、沈惟敬案——以蕭大亨〈刑部奏議〉為中心〉，《社會科學輯刊》第3期（2014年），頁135-139。有別於一般以沈惟敬欺上瞞下，導致中日雙方高層被蒙在鼓裡的看法，作者在文中認為其只是大明和、戰方針游移下的犧牲品。

解〉；在當時的故事中，多半是以蛟龍成精並化為女子，與凡人男子繾綣纏綿的異類婚姻為主，帶有餘怨、餘情的筆法，可謂戀情小說的變型。[65]不過，這種溫婉的形象只限於女性，在明清傳奇或講史小說中，龍、蛇一類降生人間，往往變成勇猛的異族將領，或者奸險的朝中佞臣。

異族將領者，例如淵蓋蘇文（傳奇中作葛蘇文、小說中作蓋蘇文）本是唐時高句麗的驍將，但在薛仁貴故事發展過程，隨著元明雜劇《龍門隱秀》中薛仁貴為白虎化身的橋段持續發酵，萬曆年間問世的傳奇《白袍記》裡面，終於出現葛蘇文化作青龍水遁的情節（第42折）——薛仁貴、淵蓋蘇文是「青龍白虎下凡」之說遂不脛而走[66]；到了小說《說唐後傳》，更確立了兩強是天上「白虎星」、「青龍星」之死對頭。

無獨有偶，兩宋之際與岳飛為敵的金兀朮（完顏宗弼），清初有傳奇〈如是觀〉（又名《翻精忠》、《倒精忠》），也將之塑造成「龍爭虎鬥」的關係[67]，後來形成《說岳全傳》開篇「天遣赤鬚龍下界，佛

---

65 可參見李豐楙：〈道教謫仙傳說與唐人小說〉，收於氏著：《誤入與貶謫：六朝隋唐道教文學論集》（臺北市：臺灣學生書局，1997年），頁270-272。此外，屬於團圓結局的，如唐傳奇名篇〈柳毅傳〉中，盧氏即為洞庭龍君之女。杜光庭《錄異記》卷5也有成都令柳子華與龍女婚配的記載。這個傳統在後世的流衍，可以《聊齋志異》為代表，如卷5〈西湖主〉即有豬婆龍（揚子鱷）化身西湖王妃、公主的情節；卷11〈白秋練〉的女主角則是白驥（白鱀豚）所變，她們後來都與凡人成親。在蒲松齡筆下，異類化人之後都顯得格外美麗，使人消除了對異類的恐懼和敵對。參見石育良：《怪異世界的建構》（臺北市：文津出版社，1996年），頁24-27。

66 詳參李文彬：〈明代傳奇中的薛仁貴故事〉，《漢學研究》第6卷第1期（1988年6月），頁582-587。後來「青龍／白虎」龍爭虎鬥之糾纏，甚至逐漸被傳為「青龍四轉世，白虎三投唐」的民間故事（青龍分別化為單雄信、蓋蘇文、薛剛、安祿山，白虎分別化為羅成、薛仁貴、郭子儀），情節更加豐富、複雜。

67 抄本〈康熙五十三年孟秋江寧署中馬子元錄〉記載：「（外上）……今有大宋徽、欽二宗荒於酒色，聽信奸邪，將玉帝表札誤書奏上；天帝大怒，差下赤鬚龍攪亂他的

謫金翅鳥降凡」之濫觴，只不過是岳飛不再是「白虎將」，而變成了是「大鵬金翅鳥」降生。

以上還是史乘可考的將領，根據張清發的整理，類此涉及「華夷之辨」的家將小說中，敵方（泰半是架空的）被塑造為精怪、妖魔之流的，還包括《楊家府演義》中，蕭天左、蕭天右是「逆龍精降生」、八臂鬼王是「蟹精」；《五虎平西》中，花山老祖是修煉八百年的「赤蛇精」；《五虎平南》中，達摩道人「本是大蟒蛇」；《萬花樓》中，贊天王是「聖帝跟前一大龜化身」等。[68]其如此評述這樣的創作現象：

> 明清家將小說以「妖魔化的造型」來塑造「敵將」，有可能是受到神魔小說的影響。……同時，在傳統「華夷之辨」的觀念下，把與中國對敵者盡皆視為「妖魔鬼怪」，而興兵討伐「番邦」則皆號稱「正義之師」，這其中頗能呼應中國古代的戰爭觀。[69]

〈斬蛟記〉基本上也是出於上述的文化心理，才把「倭患」寫成是「異類妖孽」作祟，此正所謂「閉門造車，出門合轍」。在小說家的筆下，本著對外族的排斥與對戰爭的厭惡，淵蓋蘇文、金兀朮、豐臣

江山，將他囚禁。今當數滿，令其返國，又差白虎將岳飛等提兵掃盡金人，伏屍千里。……（唱）。」收於不著編者：《岳飛故事戲曲說唱集》（臺北市：明文公司，1981年），頁414。

68 張清發：《明清家將小說研究》，頁289。

69 張清發：《明清家將小說研究》，頁290。此外，《搜神記》有言：「中土多聖人，和氣所交也；絕域多怪物，異氣所產也。苟稟此氣，必有此形；苟有此形，必生此性。」此亦可說明中國傳統思維下，偏狹歧視的民族觀。見〔晉〕干寶撰、汪紹楹校注：《搜神記》（臺北市：里仁書局，1982年），卷12，頁146。

秀吉等域外的番騎、倭王，不約而同地被烙印上「蛟／龍」一類的標記。從勇武、猙獰的想像出發，〈斬蛟記〉便如此刻描平秀吉驚世駭俗的登場：

> 黃石公書符作法，有一物在圍中舉首，其狀巨如洪鐘，有赤髮披面，其面甚醜，兩目黃色瑩瑩然，若明若滅。揮劍一擊，其頭墜，其身浮出水面，約長數十百丈，蛇形而魚鱗，穢氣充塞，其白如霧，咫尺不辨人色。（頁74）

這種視覺衝擊，除了表現了小說家的想像力外，更重要的是，映照了時人心目中豐臣秀吉、日軍與倭寇的形象。如嚴紹璗認為，對於當時的中國民眾來說，不管豐臣秀吉在日本中世紀的歷史上具有什麼樣的地位，他實在是一種凶惡妖孽的化身。[70]

王勇則說，〈斬蛟記〉將害盡物類的蛟精擬作弒主奪位的倭酋關白，將其描繪成首似巨鐘、赤髮披面、口吐毒霧、目射鬼火的怪物，正是明人心目中倭寇形象的真實寫照。在中國小說中，蛟精或化成美男倩女，暗地裡卻幹著殺人越貨、傾國敗家的勾當；或現出凶惡原形，興風作浪趁火打劫，儼然江洋巨盜。豐臣秀吉既為蛟精所化，便是人面禽獸的妖孽，明人對倭寇之深痛惡絕，在小說中可謂表露無遺。[71]不獨中國人如此，深受日軍荼毒的朝鮮，也說這場被稱為「龍蛇之變」的倭亂，乃是「適值蛇豕之毒，蹂躪金湯」[72]，表現出對封豕長蛇的日軍之痛恨。

---

70 嚴紹璗：《中日古代文學關係史稿》，頁306。

71 以上詳見王勇：《中日關係史考》，頁210-211。

72 〔韓〕尹繼先：《㺚川夢遊錄》，收於〔韓〕趙慶男撰：《亂中雜錄》（서울：趙台熙，1964年），卷4，頁38。

另外，中國文學也有將朝中佞臣看作是龍、蛇一類化身的情況。像是前面提到的《說岳全傳》中有一「鐵背虬王」，赫然就是許遜斬蛟下倖存的蛟精第三子，為報大鵬啄眼之仇，遂轉生為秦檜，麾下還有一隻被啄橫死的團魚精，即是後來的万俟卨（小說作萬俟卨），兩人與金兀朮形成裡應外合的蛟黨——這是許遜斬蛟神話的又一延伸。又如《檮杌閑評》（《明珠緣》）中，魏忠賢與一干中涓的本相，乃是一窩來報燒殺之仇的「赤練蛇」（一開始被稱為「老龍」），這批閹黨沆瀣一氣，攪亂朝綱，讓國家陷入朋比為奸的混亂。[73]像這樣的描寫，重點不在於反派的殘暴、勇猛，而在其狡詐無端，黨同伐異。〈斬蛟記〉也說平秀吉聯合一群「亦蛟屬焉」的部下來把持國政：

> 以智力收服六十六洲，各洲之民，不虞其為異類。但見其詭譎莫測，畏而服之。其部下諸將三十六員，有王卿者，今為僧，最親愛，而總兵權，亦蛟屬焉。（頁73）

又言王卿[74]等人在關白死後欲繼續瞞天過海：

> 蓋關白既死，其部將王卿等亦係蛟化，祖師以其罪未盈，且未誅戮。彼恐人心離貳，必不發喪，必當假關白之號令，以懾伏六十六洲之人，此不可不說破者。（頁75）

---

73 王德威探討魏忠賢在小說中由平庸而邪惡的進程，認為這是明代虐政走到極致的歷史縮影，而「檮杌」本身也是一種怪誕凶劣的惡獸，是「顓頊氏不才子」。透過其介紹，亦可看見用「怪獸」暗喻道德有虧的中國史傳傳統。詳見氏著：《歷史與怪獸——歷史、暴力、敘事》（臺北市：麥田出版公司，2011年10月），頁293-344。

74 「王卿」乃是虛構人物，鄭潔西以為這個名字可能是「王直」與「宋素卿」之組合，反映了「嘉靖大倭寇」的姿態。見氏著：〈明代万暦時期における豊臣秀吉像〉，頁29。

從以上可見「蛟龍」在中國小說中，同時具有剛猛與狡猾的雙重面向，豐臣秀吉在中國人的想像中，可說是兼而有之，既是「外邦／蠻王」，也是「內廷／奸相」，這兩種形象交錯而成，就成為〈斬蛟記〉中待戮孽龍的妖異姿態了。

且客觀來說，「倭患」的海洋屬性，本來就容易讓文人墨客聯想到鯨鯢、蛟龍一類的海上怪物，如朝鮮人尹繼善作《達川夢遊錄》，悼念壬辰倭亂時陣亡的忠君愛國將領：「倘若公等一、二輩天假數年，或至於斯，則吳薪越膽，生聚教訓，張五、六師而使桑海馬島，鯨鱷蛟螭，慴伏而潛縮，不敢掀鬐而振鬐。」[75]即是將自對馬來犯的日本看作是「鯨鱷蛟螭」一類的龐然大物。

在中國也是如此，比方說在倭寇隳突東南沿海的嘉靖朝，就有很多躬身於海戰的武將或幕僚，在「萬里潮聲雜鼓聲」的灣岸之中留下了無數可歌可泣的詩作，像是俞大猷作〈提師海上聞丁爾寶榮遷因想諸君同升之盛〉，其中提到：「將軍號令如雷迅，震起群龍躍九淵」[76]；唐順之〈海上凱歌九首贈湯將軍〉九首之六則寫道：「沉船斬馘海為羶，潭底潛蛟噴血涎」。[77]

這種將「倭患」看作「群龍」、「潛蛟」的心態，一直延續到萬曆朝鮮戰爭而不渝，胡應麟〈朝鮮復境〉有云：「千檣觸浪長鯨碎，萬弩乘潮巨鱷殘」[78]——小說〈斬蛟記〉其實只是將這種文壇共享的寓

---

75 收於〔韓〕趙慶男撰：《亂中雜錄》，卷4，頁42。筆者按：關於《達川夢遊錄》及相關夢遊錄系列小說之介紹，可參見〔韓〕崔官著，金錦善、魏大海譯：《壬辰倭亂——四百年前的朝鮮戰爭》，頁63。

76 收於〔明〕俞大猷撰，廖淵泉、張吉昌整理點校：《正氣堂全集》（福州市：福建人民出版社，2007年1月），卷1，頁686。

77 收於〔明〕唐順之：《唐荊川先生集》（臺北市：藝文印書館，1971年），卷3，頁23。

78 收於〔明〕胡應麟撰，〔明〕江湛然輯：《少室山房集》（臺北市：臺灣商務印書館，1983年，景印文淵閣四庫全書．集部．別集類，國立故宮博物院藏本），卷58，頁410。

言式的比擬，直接拿來指涉「關白平秀吉」，並將其塑造成惡貫滿盈的孽龍。

豐臣秀吉侵略朝鮮，在當時是一件轟動東亞的大事件。這位由平民發跡變泰的豪傑，基於鞏固政權之需求，採取了向太陽神道靠攏的「自我神格化」手段，並且在對外交通上維持著這種立場。然而，這種高高在上的姿態，卻並未獲得各邦的心悅誠服，加上其「一超直入大明國」之雄圖，直接威脅到了以中國為核心的國際秩序，最後更點燃萬曆朝鮮戰爭（龍蛇之變）的兵火，讓中、日、韓陷入生靈塗炭的泥淖。如此的無妄之災，不免引來了博學之士的冥思苦索，試圖解釋背後發生的因緣，降而至說部，遂有短篇小說〈斬蛟記〉的誕生。

〈斬蛟記〉重新演繹六朝許遜斬蛟之神話，將蛟龍遺腹子終將掀起政亂的預言與「秀吉の中国人說」有機地綰合在一起，形成「關白平秀吉者，非日本人，非中國人，蓋異類妖孽也。昔旌陽許真君斬蛟時，有小蛟從腹而出，以未有罪，不加誅。縱入江，歸大海，至日本之紅鹿江銀蛟山居焉」的奇詭解釋，認為背後種種，「亦氣數宜然也」。另一方面，這篇作品也能精準地指出日本在外交、戰略上的部署，又暗示了中日和談之嘗試與破局，帶有強烈的時事性，不完全是荒誕無稽的傳奇小說，可見作者是一位對戰情與道教都相當熟稔的人物，極有可能就是親躬於前線，又以編纂善書而聞名的袁黃。

此外，〈斬蛟記〉選擇以「蛟龍」來與豐臣秀吉掛鉤，也呼應了中國古典小說的敘事傳統，即是以龍、蛇一類的精怪，作為外族猛將或內廷奸臣之原型的書寫。「關白平秀吉」因殘暴嗜血與狡詐朋黨，被寫成了首似巨鐘、赤髮披面、蛇形而魚鱗的異類妖孽，又其底下部將王卿等具為蛟屬，這既是中國人對於「倭患」的恐懼的投射，同時也是一種偏狹的民族觀的呈現。加之日本遠在大洋的海洋屬性，「倭患」往往被想像成鯨鯢、蛟鱷一類的猙獰巨獸。此外，在日軍登陸朝鮮、「東事倥傯」的焦慮中，濱海居民重新召喚「嘉靖大倭寇」的創傷記憶，並產生以「倭」為「魍魎不可知之物」的文化心理，〈斬蛟記〉亦據之銘刻出與豐臣秀吉自稱「太陽之子」截然不同的惡龍圖像，將之降格為駭人的怪物：「非日本人，非中國人，蓋異類妖孽也」。

第二節　《野叟曝言》中的豐臣秀吉與渡海之戰

在明清小說中，影射豐臣秀吉形象且篇幅較巨的文本，除了上述的〈斬蛟記〉之外，還有就是以「才學小說」聞名的《野叟曝言》。[79]《野叟曝言》為康乾時人夏敬渠嘔心瀝血之作，全書長達一五四回，在文本中的主人翁：文白（字素臣），「奮武揆文，天下無雙」、「止崇正學，不信異端」，堪可視為小說創作者生活閱歷與理想人生之投射。[80]

---

79 本書使用版本為〔清〕夏敬渠著，黃坤校注：《野叟曝言》（臺北市：三民書局，2005年），154回本。以下為行文方便，所引原文但標回數、頁碼，不另加註。筆者按：《野叟曝言》現存版本主要為木刻活字本（光緒辛巳毘陵彙珍樓新刊活字本，歐陽健稱為甲本，1881年）、石印本（光緒壬午申報館排印本，歐陽健稱為乙本，1882年）與珍藏本（臺灣世界書局珍藏版）。木刻活字本為20卷152回，石印本為20卷154回。珍藏本亦為154回，但卻是刪去穢褻與評注的「淨本」。石印本雖係晚出，且較木刻活字本多出2回，但王瓊玲與歐陽健皆認為此為原作之副本，而非後人增補，足以參考，是以筆者在此使用版本為以木刻活字本為底本，以石印本補正之全本（同時亦保留評點）。有關《野叟曝言》的版本問題，詳見王瓊玲：《野叟曝言研究》（臺北市：東吳大學中國文學系研究所碩士論文，1986年），頁9-21；歐陽健：〈《野叟曝言》版本辨析〉，收於蕭相愷、馮保善、苗懷明、薛仲良選編：《夏敬渠與屠紳研究論文選萃》（南京市：鳳凰出版社，2012年7月），頁41-58。又《野叟曝言》為「清之以小說見才學者」之代表，魯迅有云：「以小說為庋學問文章之具，與寓懲勸同意而異用者，在清蓋莫先於《野叟曝言》。」見氏著：《中國小說史略》，頁170。

80 魯迅提到，「文白」或云即作者自寓，析「夏」字作之。見氏著：《中國小說史略》，頁172。又王瓊玲考證作者生平及著作，認為這部小說是夏敬渠以個人才學、這部小說的視野相當龐大、複雜，除了披露「醫、兵、詩、算」的四大才學，以及形塑主角忠君孝母的完美人格、多子多孫的旺盛生殖力以外，單就文白的戎馬生涯來看，其足跡也踏遍大江南北，並達成「征苗、衛宮、誅藩、救劫、迎鑾、靖虜、平浙、剿倭」的「八案首功」，被天子尊為「素父」。最終在文白及其子嗣、奴僕、友人鞭撻寰宇，闢除佛、老的壯業中，服膺於大明王化的國度橫跨歐亞大陸，東自日本，西迄歐羅巴洲，其功勳實在是前無古人，後無來者。

就上所述，誠然在《野叟曝言》觸及的異國形象十分遼闊，日本在其中實際上不能說是主軸；然而，放回明清小說的「倭患書寫」來看，該作品中的描繪仍頗為特殊。尤其豐臣秀吉被目為是一位淫惡的蠻王（小說作「木秀」）、中國軍隊越過汪洋大浪，直搗倭國東京港的所向披靡，皆展現出小說家天馬行空的想像力，相較於〈斬蛟記〉的時事性質，毋寧是更加自由、恣肆的發揮，值得獨立出來探討——本書在此即針對《野叟曝言》中的豐臣秀吉與渡海之戰，提出一些看法。

一　豐臣秀吉：「荒淫羶穢，舉國若狂」的異端信徒

基本上，《野叟曝言》的時間座標處在成化、弘治兩朝，然而作者為烘襯文白在明孝宗時的得君行道之久，遂把正史中僅十八年的弘治拉長為三十三年[81]，並在書中穿插明代許多王公將相的豐功偉業，

真實歷練、生平理想、夢想與幻想，並融合夏氏宗族多人的多項事蹟改寫而成，故摻雜著濃厚的「私傳」與「家傳」色彩。見氏著：《夏敬渠與野叟曝言考論》（臺北市：臺灣學生書局，2005年11月），頁1-4。

81 錢靜方：〈野叟曝言考〉：「蓋作者欲言文素臣得君之久，而孝宗在位，不過十有八年，凡所設施，未能暢透；乃截憲宗成化十年以後，為太子監國之年，而下移武宗之年，歸並弘治，而終於三十三年，以弘治十八年孝宗上賓，改寫天子病癒改元厭哭一事，隱成正史之實在。」收於氏著：《小說叢考》，頁162。

統歸為文白一人的曠世勳業。[82]這種「托於有明」的敘事謀略，猶如楊旺生所述的，雖然成功地將成化、正德的昏聵荒淫與弘治的勤政賢明提出鮮明的對比，突顯了作品的史鑒用意，卻又不是要追求與正史的切合，而是一方面顯示作品非「虛而無徵」；另一方面，又努力拉開作品與正史的距離，不僅變史事，更在每一關合正史的情節內容中，加進虛構甚至荒誕的內容。[83]

職是，《野叟曝言》在描述日本進犯中國的相關情節時，亦遊走於「虛／實」之間，展現與史乘若即若離的關係。小說較早提到日本的不軌之志，是在六十五回文白渡海至臺灣，從靳仁家中伙計袁作忠（方有仁）口中得知「但知他從前蓄養亡命，結連倭夷，上自遼東，下至廈門一帶海洋，大半打他旗號，聽他使令」（頁1205），顯示了靳仁與日本的暗通款曲。

靳仁是靳直的姪子，而「太監靳直，即汪直、劉瑾也」。[84]汪直、劉瑾分別是成化、正德時的閹奸，在文本中則被合成一個人；其中汪直又與「嘉靖大倭寇」時叱吒東亞水域的「五峰船主」汪直（王直）名、姓吻合，小說作者可能是因此而將「閹黨」與「倭寇」兜籠在一塊。《野叟曝言》之倭患，同時融會了「嘉靖大倭寇」與「萬曆朝鮮戰爭」的形象。

小說續寫文白等人攻入困龍島救駕，發現靳直通倭的書信，並據之擬定抵禦的戰略部署：「看到一書，是倭奴關白的書信，藏在袋

82 包括王守仁（撫平貴州蠻夷，招安贛、漳諸盜，削平寧王宸濠之亂）、韓雍、廷瓚、歐磐、武清（破大藤峽、平田州亂）、王越、許寧、周玉（剿平紅鹽池）、萬安（招撫曩罕弄）、王軾（擒滅米魯）、戚繼光、俞大猷、胡宗憲（平倭寇）等功績，都被歸諸於文白之下。詳見王瓊玲：《野叟曝言研究》，頁58-66。

83 楊旺生：〈論《野叟曝言》「托於有明」的敘事謀略〉，《東方論壇》第1期（2000年），頁83。

84 錢靜方：〈野叟曝言考〉，頁163。

內。……取出倭書，令將膠州、登、萊洋面各島，相去數里，東西南北方向，何處可以下碇，何處可以藏舟，何處險惡，何處平安，一一說出，用筆開寫。看過，即復畫一圖，注明某處伏兵若干，某處伏兵若干，臨期如此如此，令鐵丐牢記在心，方才就寢。」（第113回，頁1996）文白知己知彼，果然先發制人。鐵丐等人即按照其計謀，實現平倭大業。其云：

> 照了文爺密札，派兵各洋埋伏。倭兵於二十五日到海州洋面，知道靳直已敗，各島已失，便要退兵。行長說：「我們兵力有餘，原只圖他指明路徑，島中諸將俱護駕入都，正好乘虛襲破護龍。……這是絕好機會，豈可錯過？」關白大喜，二十九日半夜裡，來襲護龍。四面伏兵盡起，況大元帥合衛孀子從島中殺出，倭兵大敗。一路追趕下去，方兄及各島俱出兵接應，連勝了數十陣。……到了松江洋面，只剩得幾隻船，還不心死，把船下碇，要劫掠蘇、松沿海州縣。又被三弟伏兵截殺，元帥及亞魯夾攻，方才膽落，揚帆而遁。……倭兵殺剩無幾，關白、行長俱帶著傷，方始投降。（第119回，頁2106-2107）

評點者以「耐戰」說明倭兵的難纏。中國經歷三番兩次的圍剿，終於將關白木秀、行長、宋素卿等人俘虜，後來得到倭主源義的降表才又遣返歸國。在書中，豐臣秀吉被稱為「關白」或「木秀」，其妻「寬吉」，顯然是將「木下秀吉」之名一拆為二[85]，其嬖臣「行長」乃影射

85 〔日〕青木正兒：「按ずるに木秀とは木下秀吉の省略であり、寛吉とは秀吉の吉の字を割き取り寛の字をでたらめに添えたのであろう。」見氏著：〈支那戲曲小說中の豊臣秀吉〉，頁122。筆者按：在歷史上，豐臣秀吉的正室是高臺院，較為人熟知的別稱是寧寧，而為其誕下子嗣並備受寵愛的則是淀殿，本名是茶茶。

朝鮮之役的將領：「小西行長」，毋庸置疑；至於宋素卿則是「寧波事件」的始作俑者，年代實早於豐臣秀吉。《野叟曝言》在塑造倭兵集團時，虛實交錯，而木秀初登場時形象還頗模糊，但在之後的章節卻彷彿脫韁野馬般，展現出獸性的一面。

在「滅浙平倭」落幕後，文白因聞獅吼而失心，外邦、藩屬漸生怠慢之意，其中日本：「是年，日本、安南、扶餘三國並四川各土司，俱不入貢。……日本關白木秀夫婦，奇淫極惡，將倭王囚起，日夜練兵，欲雪敗降之恥。」（第132回，頁2332）於是天子先禮後兵，遣使諭之，敕令文容、奚勤使日本。不料木秀、寬吉夫婦卻覬覦二人之美貌、白晳，木秀欲雞奸文容，文容自刎全節[86]；寬吉則得手於奚勤，但因奚勤陽物碩大，寬吉氣力猛烈，竟一個被㞗死，一個被肏死，兩人屍首赤身交媾，緊緊勾抱，形成大喇嘛（木秀所崇敬的國師）所謂的「大歡喜佛涅槃之像」。[87]

正如林琳所說的，儘管文筆粗俗，但夏敬渠所寫出的豐臣秀吉，可以說是飽含了中國人的厭惡與蔑視之情的奇淫極惡之代表。[88]謝君也指出，明清小說中對倭寇之淫描寫最為突出的，正是《野叟曝言》，其刻劃倭寇的荒淫，已經達到了近乎變態的地步。[89]以上觀點並沒有太大爭議，然而，除了這段描寫帶給讀者淫惡、醜化的直接感受以外，作者為何如此布局？背後有何寄託？則是需要釐清的問題。

---

86 然而木秀對文容屍身仍頗有戀戀之意，「轉身坐下，還把文容衣服掀開，周身撫弄」（第132回，頁2335），表現了屍奸（necrophilia）的變態心理。

87 《野叟曝言》第133回大喇嘛解釋何為「大歡喜佛涅槃之像」：「這大歡喜佛便是西方的盤古皇帝，開闢時降下這兩尊古佛，一男一女，每日歡喜交媾，生下西天諸佛。數百劫後，兩尊古佛入涅槃時，即示此像，故號大歡喜佛。西方為極樂世界者，此也！」見頁2341。

88 林琳：《論清代通俗小說中的日本人形象及其發展演變》，頁10。

89 謝君：《明清小說與倭寇》，頁45。

首先，夏敬渠自身的祖考事略，可能啟迪了其人的創作。王瓊玲提到明清鼎革之際，家族中有忠僕徐秀保護幼主逃亡，馮、潘、高等四義僕則隨先人殉死，因此小說中屢屢出現僕人救主或犧牲的場景，文容、奚勤即是這樣的代表——兩人曾助文白平定景王、攻殺毒龍，最終更不屈於玷污之辱，客死異域。[90]另一方面，小說亦透過這段描寫宣洩了對前明倭患的憎惡。第一三二回總評說：「然寫奚勤之死，不太虐乎？倭奴之禍中國也酷矣，非此不足以醜之，雖虐庸何傷！」（頁2339）可見相關情節於家、於國，都有一定的抒懷作用。

而從小說的性描寫來看，《野叟曝言》存在著以「性武器」制服、消滅邪佞之徒性變態行為的弔詭性，並被評點者概括在「崇正闢邪」的大纛之下，作者亦冠冕堂皇地描繪出一幕幕「以淫制淫」的「性戰」戲碼。[91]第一〇四回總評云：

> 作者好為穢語，亦善寫穢態，不寫則已，寫必極情盡致。……兵家貴能用間。素臣用兵之處，無非淫人。故孽龍好淫，則用奚勤夫婦；猴、狗好淫，則用韋忠、奚勤。異日以容兒媚其氏，即以誅景王；以奚勤為歡喜佛，即以滅倭奴，同是一副筆墨。……可知此書大旨，在乎崇正闢邪，而以間兵作奇兵，不得不以治淫人之法治之也。（頁1858-1859）

此外，侯健提到，文家很少有人死亡，而全書死亡的只有兩個僕人，就是不幸在出使日本時被逼奸橫死的文容與奚勤，代表著「性」導致

---

90 王瓊玲：《夏敬渠與野叟曝言考論》，頁30-31。

91 楊旺生：〈《野叟曝言》的性描寫藝術及對文本價值的影響〉，收於蕭相愷、馮保善、苗懷明、薛仲良選編：《夏敬渠與屠紳研究論文選萃》，頁273-274。

死亡的恐懼。[92]而若按照艾梅蘭（Maram Epstein）之詮解，這種恐懼的意義或緊張的關係，從象徵性敘事的觀點來看，可以視作一種「陰陽圖釋」，亦即「正統（陽）／異端（陰）」之間的碰撞。不能忘記在最開始，正是因為日本拒絕承認中國的宗主地位（陰的表現），才導致了文容、奚勤必須冒險度過象徵「陰」的水域，來到島嶼之國：日本，而島嶼的意象在六十三回的臺灣與一三四回的扶桑彼此串起，也同樣出現了淫荒的女性角色：山魈與女王，前者曾色誘文白；後者則對錦囊逼婚——「她」們與寬吉最終成為「大歡喜佛涅槃之像」的浪蕩姿態互相呼應，表現出對「陽」的侵犯與挑戰。至於日本人在節制性欲方面的無能，則標誌著該國在道德、文化和政治上對儒家規範的抵制。[93]

因此，夏敬渠在這裡的描寫，最終要批判的是日本因供奉佛氏，不服聖教的愚癡，甚至導致全境「求見真身者，必大布施，或是少年女人，信心歡喜，方得放入。一時舉國若狂，金銀米麥，如山積起」（第133回，頁2343）的瘋癲圖像。第一三三回總評說道：

> 日本雄踞東海，有四五千里之地，其民大都徐市童男女之後，境內山川清淑，氣象萬千。……乃荒淫膻穢，至於如此。蓋聖人之教不行，雖開闢已久，仍如混沌。作者扶翼聖教之心，於此可知。……木秀夫妻作亂宣淫，而倭王為其所滅，倭民為其所役，似未聞聖教之處，方合有此事，乃獨崇信喇嘛，依言行

92 侯健：〈《野叟曝言》的變態心理〉，收於蕭相愷、馮保善、苗懷明、薛仲良選編：《夏敬渠與屠紳研究論文選萃》，頁235。

93 以上詳見〔美〕艾梅蘭（Maram Epstein）著，羅琳譯：〈拓展正統性：《野叟曝言》的敘述過度與行權所體現的真〉，收於蕭相愷、馮保善、苗懷明、薛仲良選編：《夏敬渠與屠紳研究論文選萃》，頁316-317。

> 事，佛氏之教，固先孔孟而行乎？作者深惡二氏，醜倭人，即醜佛教，有不便放言於中國者，則於此放言之。而亦以見佛教之惑人，於亂臣賊子為尤甚。（頁2355）

張哲俊曾提到，在中國文學中，倭僧向來是理想的日本形象的代表，但在《野叟曝言》中則是淫蕩無比的丑類，鼓吹交媾升天[94]，其實原因就在於小說家個人對理學以外思想的極端鄙夷（包括陸、王心學）。是以中日之間的齟齬，在故事中可說是「宗教的戰爭」：錢靜方認為，作者惡日本崇拜佛教，因造作平倭之說，此與征印度，破錫蘭，同一夢想而已[95]；王瓊玲也指出，夏氏橫掃日本的想法，乃基於厭惡佛教（日本乃一佛國），及伸張民族自尊罷了。[96]換句話說，政治上的大一統，意味著思想的大一統：楊娟娟以為，在國外伴隨著武力征服的同時，在思想上也要實現獨尊「聖教」，所以除了日本在第一三七回，由文白督同文恩、錦囊等，議除東洋佛教之外，蒙古、西藏等地也都遭到了滅佛的命運，西洋的基督教則隨著景日京的征服歐羅巴洲而被掃蕩一空。[97]

綜合而言，相較於其他明清小說，《野叟曝言》在塑造豐臣秀吉形象時，是帶有個人家、國之感，同時以「以淫制淫」、「崇正闢邪」的特殊敘事手法，來達到「正統／異端」的辯證，最終要宣揚的是排斥緇流的主張，甚至大膽地提出渡海討伐倭國的臆想。小說續寫木秀弒主發兵：

94 張哲俊：《中國古代文學中的日本形象研究》，頁331-332。

95 錢靜方：〈野叟曝言考〉，頁163。

96 王瓊玲：《野叟曝言研究》，頁66。

97 楊娟娟：《夏敬渠《野叟曝言》研究》（贛州市：贛南師範學院中國古代文學研究所碩士論文，2011年），頁21。

> 木秀自真身入寺以後，忽想念文容，記起寬吉之言，便差官賚著厚幣，去結好琉球。將倭主全家殺害，凡源氏一族，老少不遺，以除後患。於十月出兵，先搶福建，邊報飛馳至京。……十一月初一，天子降旨，封文龍為征倭大將軍，吉於公以原官贊畫軍務，加文恩正總兵官為副，加聞人傑參將、錦囊游擊為正副先鋒，統領浙江、福建兩省官軍會剿；調龍生、鐵面率島兵於上流協剿；限十日內出兵。（第133回，頁2343-2344）

在夏敬渠的筆下，木秀比傳聞中的秀吉奪取關白之位更加十惡不赦，不僅奇淫無比，而且凶殘不仁，以至於將倭主滅門、悖反中國的地步，簡直膽大妄為，泯滅人性。就外觀來看，木秀雖然還是人類的模樣，但其醜惡暴虐，較之〈斬蛟記〉中的孽龍來說有過之而無不及，因此青木正兒說這樣的形象是「猛惡無道的妖精，如鬼怪一般的蠻族酋長」（猛悪無道の妖精、鬼のような蛮族の酋長）[98]，與前文提到的豐臣秀吉「日輪之子」的自我神格化之銘刻，不啻有天壤之別。饒富意味的是，文本中中日雙方的軍隊本在沿海交鋒，而決勝的地點卻來到了臺灣，而非「嘉靖大倭寇」主戰場的閩、浙，或者「萬曆朝鮮戰爭」主戰場的朝鮮：

> 天子因倭國有「木本水源，水枯木盛；六雄效順，水木俱盡」之謠，將福建六雄，預調在浙、閩連界之所，聽文龍驅使。……木秀雖有萬夫不當之勇，倭兵雖有百戰不疲之勢，亦俱殺得抱頭鼠竄，盡力逃跑。被文龍一直趕至雞籠山下，三面攔截，水洩不通。用於公之計，緩攻以坐斃之，使兵不血刃，

98 〔日〕青木正兒：〈支那戲曲小說中の豊臣秀吉〉，頁124-125。

> 遂將各港口塞斷，日夜巡徼，休兵蓄勢，以收全勝。……木秀只剩得五號船攔截獨港，自己領驍將親兵，紮營山內，以為犄角。每日獵取禽獸，抄掠荒村，以為軍食，專待救兵。（第133回，頁2349-2350）

評者解釋「木本水源，水枯木盛；六雄效順，水木俱盡」，說「倭主姓源，與木秀為水木」（頁2349），說的是日本國內的政治傾軋；倭主姓源，是中國人混天皇與幕府為一談的傳統思維。而「六雄」則別有伏筆，並非朝廷以為的「福建六雄」：袁作忠、賽飛熊、聞人傑、林平仲、劉牧之、朱無黨，而是曾為文白、錦囊遊臺時所救的六個大熊。此外，倘如楊旺生所言，《野叟曝言》是以康乾年間「宏大的帝國版圖」為模型，那麼這種「盛世的頌歌」當然也包括了一六八三年施琅攻克澎湖、消滅明鄭的戰役[99]，而書中明軍與倭軍的戰鬥，則在某種意義上重現了當時波濤洶湧的海戰，地點也從勝國的東南或朝鮮，轉移到時人記憶猶新的臺灣了。

不過，木秀雖然被困在雞籠山，卻是「百足之蟲，死而不僵」，仍保持著一定的戰力；加上文容二子寤生、長生躁進，被倭軍擒獲，又差點受到木秀的侮辱，使得文勢再掀波瀾。所幸千鈞一髮之際，得到錦囊援兵、文容顯靈之助益：

> 錦囊立出船頭，見荒灘之上，隱隱有人站立陡岸，於雪光下定睛細看，儼似文容，將手頻招。因令舵工望著陡岸開去。舵工道：「此處俱是亂石，必致破舟！」錦囊道：「你不見潮水陡長了幾尺嗎？就有石頭，亦自無礙。違令者斬！」……錦囊領

99 楊旺生：〈論《野叟曝言》的封建理想主義色彩〉，《南京農業大學學報》（社會科學版）第4卷第4期（2004年12月），頁89-90。

> 兵，齊躍上灘，見灘邊泊有小船，船上伏有本營兵目，連忙根問。兵目道：「兩位小將軍上涯不回，幾次倭兵到灘來巡，嚇得要死！幸倭兵如瞎子一般，對面不見。〔文容之靈〕小的們要回船，既是逆風，又不敢不守候小將軍，只得拚死等著！」錦囊便不再問，跟定文容魂影，攀援上涯。……倭兵驚起，被五百驍卒，殺得血濺滿營，四散逃跑。（第133回，頁2351）

上文顯露了海戰特有的自然條件限制：潮汐與風向。潮汐幫助錦囊順利克服危險的暗礁，但風向卻也使得寤生、長生所率兵將無法撤退。儘管客觀條件有利、有不利，然而受勝利女神眷顧的，卻是有文容襄助的明軍。「文容之靈」、「文容魂影」不僅遮蔽了巡邏的倭兵的視線，而且指引了一條進攻的路線，殺得倭兵措手不及。

至於木秀則是「被文容魂影一手攥住腎囊，叫疼喊痛，轉動不得」，輕易被被錦囊制服。惡貫滿盈的木秀後來不但被燒去陽物，且押解至京城正法，此正所謂「慕容之強，身送東市；姚泓之盛，面縛西都」，明清小說對於處置豐臣秀吉的想像，至此到了天翻地覆的程度。而木秀雖然被俘，但倭兵聲勢仍舊浩大，這時輪到人熊出來解圍：

> 看那山時，四面參天石壁，只上來這一面稍有路徑，已被倭兵蜂擁而上，前無去路，後有強兵，……急向人熊作禮道：「十五年前，我主人在此殺死夜叉，厚優過各位，未得酬情。今奉命征倭，被倭奴追逐至此，望各位再助一臂之力，感恩不盡！」那人熊把錦囊細視，跳笑了一會，便直奔倭奴。倭奴見此凶獸，本是膽寒，只得拚命持刀砍斫，俱被格落，扯住一個，便一撕兩半，血肉淋漓，一連撕死數人。……到得日中，已把逃跑不及的倭奴，盡數撕踏砍斫而死，不留一個。錦囊看

去，仍是六個大熊，其餘七八個，皆新生小熊也。（第133回，頁2352-2353）

在這場戰役中，明軍接連獲得英靈、人熊的幫助，才終於掃蕩困獸猶鬥的倭兵，可說是一波三折。而王瓊玲等人根據這段情節，以為作者誤把臺灣、日本連為一處，在地理認知上有所瑕疵[100]，這其實是不對的，因為小說接下來就說文龍（文白之子）：「在雞籠山外護取齊，準備回搗倭國，毋得違誤」（第133回，頁2353）。按照小說之脈絡，明軍生擒木秀的地點的確是在臺灣，而後在一三四回才集中書寫中國將日本納入版圖的大膽想像[101]，從「回搗倭國」一語可證明作者清楚兩者之差異，且後文鐵丐又說：「但木秀已死，尚有琉球黨惡，謀害倭王，必得南向問罪，收入版圖，方無後患。……臺灣孤懸海中，久無所屬，亦宜乘勢取之。目前師船既多，軍威頗壯，廓清東南洋面，正在此時！」（第134回，頁2359）

足見作者頗能分辨日本、琉球、臺灣諸島嶼在方位、歷史之不同，彼此並不含糊。此外，與〈斬蛟記〉提到日本的百姓迫於關白淫威，「但見其詭譎莫測，畏而服之」相雷同，在夏敬渠筆下：「原來木秀夫婦天生勇力，通國畏之如虎，諸臣中傾心獻媚，導以悖逆。」（第134回，頁2357）因此除了軍事防備上的擘畫外，中國方面也有自日本內部製造矛盾的嘗試，如第六十五回袁作忠提到「第二就是金

100 王瓊玲：《夏敬渠與野叟曝言考論》，頁305。這樣的判斷影響了學界，如劉勇強亦據之而說作者似未分清臺灣與日本之地理。見氏著：〈明清小說中的涉外描寫與異國想像〉，頁137。

101 這恰恰是152回木刻活字本所缺的章回之一，所以像青木正兒在討論《野叟曝言》中的豐臣秀吉時就遺漏了這部分的情節，可知其根據的並非全本，回數上也略有出入，其以116回、129回、130回為材料，其實在154回的石印本當是119回、132回、133回。

面犵，複姓聞人，單名一個傑字，他到日本，並非貪圖利息，是去結識倭酋頭目，正為與靳仁作對起見」（頁1206），後來更取得了可貴的情報：「金面犵道：『靳賊結連關白，俺便交結舊臣中之仇恨關白者。奈關白夫妻二人，俱有萬夫不當之勇，惡黨頗盛，一時未得其便，俟我朝興兵問罪，可作內應耳。』素臣記在心頭。」（第114回，頁2011）

從聞人傑的話語中，就可察覺木秀治下的人心浮動。並且以此作為契機，小說家寫出了別開生面的「渡海之戰」。

二　渡海之戰：「師入倭京，不折一矢」的樂觀想像

《野叟曝言》以文白為「奮武揆文，天下無雙」之英雄，其治下的軍隊也成為所向披靡的王師。果然明軍一抵日本，映入眼簾是一片簞食壺漿的景象：

> 這裡大軍數十號船，於初九日傍晚，已抵倭國東京港外，吩咐散泊，以觀動靜。哪知倭兵竟無一船守口。……原來倭主源氏一族，已被木秀幽禁，繼而送往琉球，教琉王用計戕害，竟無噍類。倭民切骨，自木秀敗逃，搜尋源氏，擬圖復興。……正當紛紛擾擾，傳聞木秀被俘，天兵全勝，莫不翹首盼望。……那些倭民見是中朝統帥旗幟，一時喧傳，聚集觀看，老幼男女，歡聲雷動，都在岸上伏地磕頭。剛進內港，即有許多倭人，撐出小船，前來挽引坐艦，一路山明水秀，煞好風景。（第134回，頁2359-2360）

《野叟曝言》和〈斬蛟記〉的作者在刻劃這些情節時，不約而同地透

露出一個觀點：那就是明代時，日本之所以會在海疆啟釁，無論是虛構的福建或者事實的朝鮮，造成兵連禍結的慘劇，皆是由一人之意志所主導的，而那罪魁禍首正是「平秀吉」。爰此，在某種程度上，日本的軍民也不過是被迫捲入戰火的受害者。第一三四回之總評如此說道：

> 平秀吉，一日本亂人也，倭君得而誅之。徒以結黨叛主，不事內訌，而為中國沿海之患，故日本無起而圖之者。譬如家養瘈狗，狂噬市人，而不反噬其主，則主人亦聽之矣。……師入倭京，不折一矢，而坐鎮之。可知倭人並無寇明之志，特一亂人肆掠海濱之伎倆耳。議防議戰，幾及百年。果有素臣、雲從父子，安用此紛紛為哉？（頁2374-2375）

《野叟曝言》接下來敘說文龍、文恩（奚囊）等人在倭王親信舊臣：三島善長、村溪性良輔助之下，整頓內政，安殮奚勤，剿滅喇嘛，並進取琉球、收括扶桑，從首里救回倭王幼女兩口：源桂貞、源柏貞，責文恩照管（後兩女婚配寤生與長生兄弟）。最後由聞人傑、施存義平定木秀的老巢：薩峒摩，「此島一平，全倭皆為中國有矣。」（第134回，頁2367）就在這個時候，作者拋出一個耐人尋味的見解，日本如能在「聖教」的薰陶之下移風易俗，棄邪歸正，「洵東瀛之雄鎮，而遼海之屏藩也」（第134回，頁2360），而在群龍無首的情況下，亦不妨由中國官憲管理，因此文龍旋即交代文恩說：「汝且暫攝其權，異日得有源氏宗支，仍復其國。倘竟無人，則收入版圖，不過內地行省之制」（第134回，頁2368-2369）——這真是相當奇異又樂觀的構想。

夏敬渠似乎認為，「中國之大，兵將之多」，征服日本當是一件易如反掌的事情，而採取守勢則是可恥的。在小說中，以文龍為首的虎賁之士，迅雷不及掩耳地將東瀛各島的政權瓦解，讓評點者亦不免讚嘆如戚繼光、胡宗憲、俞大猷等抗倭名將，皆應汗顏：

> 自古用兵，能於旬日之間，建囊括海外之功者乎？讀竟此回，試取《明史》征倭事蹟較之，當日名臣如戚繼光、胡宗憲、俞大猷輩，皆應汗顏。……獨怪中國之大，兵將之多，以一海外亂民，而竟畏之如虎，坐縻千萬之餉，使縱惡流毒數十年，俟其死而後已，豈不轉貽日本笑哉！作者暢快言之，以愧當日之謀防倭者。旬餘而逆酋被俘，又旬餘而全倭大治，千數里海外之地，盡入版圖。豈惟防倭諸君慚惶拜倒，即斤斤焉經營支島者，亦在唾棄之餘矣。（第134回，頁2374-2375）

小說原有虛構之可能，得決定戰役之過程與成敗，特別是由杜撰之人物擔綱遠征的將帥時，更能拋棄史傳的束縛，搬演「萬夫莫敵」的不敗神話，並不足為奇。例如朝鮮受到壬辰倭亂的影響，亦曾產生像是《六美堂記》這樣的作品，寫新羅金太子掛帥大勝日軍，占領了日本的首都江戶的故事。[102]不過自古以來，由於日韓兩國僅隔朝鮮海峽相望，九州又是倭寇之淵藪，朝鮮半島首當其衝，自然也有反擊的嘗試。包括一三八九年、一三九六年及一四一九年，韓方分別有三次正規軍攻擊對馬島的行動，且基本上都大有斬獲。[103]可見東國說部之言

102　小說介紹見〔韓〕崔官著，金錦善、魏大海譯：《壬辰倭亂——四百年前的朝鮮戰爭》，頁64。

103　如一四一九年朝鮮軍隊攻擊對馬，以四百五十四艘兵船，兵員一萬七千二百八十五人的規模登陸，奪得大小船隻二十九艘，燒毀民家千九百三十九戶，斬首百零四級，生擒二十人，芟除田中作物，獲得被倭寇擄去的中國人百三十一名，並將許多日本人作為俘虜帶回朝鮮。這次的行動也帶給京都不小的恐慌，各種浮誇的

雖出於想像，但亦有事實的根據作為支撐。

不過回到中國的部分，問題就在於，即便〈斬蛟記〉也有道教祖師跨海斬殺惡龍的描寫，但那功勞與中國兵士無關，而《野叟曝言》卻確切地安排明軍遠赴重洋，接連囊括臺灣、日本、琉球、扶桑、薩峒摩等地的描寫。果真能如此順利的話，那麼中國是否曾有過這樣的企圖與嘗試呢？黃仁宇在提到倭寇騷擾東南沿海的情形時，認為就政治狀況與軍旅編制的條件來說，一般人在主觀上應該都會覺得這頗不合理；釜底抽薪的辦法，反而是直接討伐日本：

> 在十六世紀中葉，日本這一個島國能夠嚴重威脅本朝東南沿岸各省的安全，這種現象是很難理解的。合乎邏輯的倒是本朝的士兵應該越海進攻日本。因為當時的日本不僅地狹人稀，而且幾十年來沒有形成一個統一的政權，內戰頻仍，法律和紀綱可謂蕩然無存。本朝是一個高度中央集權的國家，被一個極有組織的文官集團所統治，中央指揮地方如身之使臂，極少發生抗命的事情。同時我們這個帝國在名義上擁有當時世界上最大的常備軍，人數多達二百萬。[104]

上引之言，表面上與《野叟曝言》評點者所提到的優勢：「中國之大，兵將之多」彼此呼應，不過實際狀況卻是兵員、補給、運輸、軍備、將領的不足或低能，並處處受到文官集團的掣肘。明朝以文官作為總督巡撫，指揮各級武官，總督巡撫之下還有「兵備使」或「海防

傳言甚囂塵上（如有報告漂浮海上的外國船隻有八萬餘艘、此次作戰乃是大唐、南蠻、高麗的聯合行動、敵人的大將是個女人等等），展現出蒙古入侵的恐怖後遺症。見〔日〕田中健夫著，楊翰球譯，隋玉林校：《倭寇——海上歷史》，頁39-42。

104 黃仁宇：《萬曆十五年》，頁197。

道」，其名為監察，實則握有調度攻防的權力，人事任免和交通各項也由文官主持——這種軍事體制的設計，其重點不在於對付敵國的全面入侵，同時也不打算全面進攻敵國。[105]

軍事上缺乏進取的能力，在某種程度也來自於明朝外交政策的收縮。自洪武御宇開始，就對後世帝胄立下了「不征之國」的約束，《皇明祖訓》首章明言（注文從略）：

> 四方諸夷，皆限山隔海，僻在一隅。得其地不足以供給，得其民不足以使令。若其自不揣量，來撓我邊，則彼為不祥。彼既不為中國患，而我興兵輕伐，亦不祥也。吾恐後世子孫，倚中國富強，貪一時戰功，無故興兵，致傷人命，切記不可。但胡戎與西北邊境，互相密邇，累世戰爭，必選將練兵，時謹備之。今將不征諸夷國名開列於後。東北：朝鮮國。正東偏北：日本國。正南偏東：大琉球國、小琉球國。西南：安南國、真蠟國、暹羅國、占城國、蘇門答剌、西洋國、爪洼國、湓亨國、白花國、三弗齊國、浡泥國。[106]

「不征之國」的外交方針，有客觀局勢的審度，也有歷史因素的借鑒。尤其以跨海出擊日本來說，早在元世祖時就有群臣提出反對，如劉宣曾點出隔海支援的困難：「況日本海洋萬里，疆土闊遠，非二國可比。今次出師，動眾履險，縱不遇風，可到彼岸，倭國地廣，徒眾猥

105 以上詳見黃仁宇：《萬曆十五年》，頁197-200。最終明朝軍制的鬆弛，更造成了晚明陷入「安內」或「攘外」的兩難，首鼠兩端，以至亡國。詳見樊樹志：《晚明史（1573-1644年）》（上海市：復旦大學出版社，2005年），下卷，頁989-1044。

106 收於〔明〕朱元璋撰述：《明朝開國文獻》（臺北市：臺灣學生書局，1966年，國立北平圖書館原藏本），頁1588-1591。

多，彼兵四集，我師無援，萬一不利，欲發救兵，其能飛渡耶？」[107]又趙良弼曾出使日本，以其觀察提出以下見解：「其地多山水，無耕桑之利，得其人不可役，得其地不加富。況舟師渡海，海風無期，禍害莫測。是謂以有用之民力，填無窮之巨壑也，臣謂勿擊便。」[108]

征討日本（或其他海外邦國）既困難且危險，即使得勝了亦無益於中國的壯大，可說是「得志於齊，猶獲石田」，實在是入不敷出的投資。而這個假設在付諸軍事行動後更獲印證。陳天祥云：「且自征伐倭國、占城、交趾、爪哇、緬國以來，近三十年，未嘗見有尺土一民內屬之益，計其所費錢財，死損軍數，可勝言哉！」[109]而吳萊〈論倭〉則是從古史經驗中總結出征倭的「無用論」：

> 昔隋人統五十二萬人伐高麗，高麗終拒守不下，所恃者鴨綠一小江耳。今倭奴之強，故不如高麗，而大海之險，甚於鴨綠水者，奚啻幾十倍。……吳嘗浮海，伐夷州矣，獲其人三千，而兵不助強。隋嘗浮海，伐留仇矣，拔其城數十，而國不加益也。何則人非我同嗜欲，弗能生也；地非接我疆土，弗能有也。為今之計，果出兵以襲小小之倭奴，猶無益也。[110]

石原道博認為，以上觀點加上元朝由「恫嚇外交」到「宥和外交」的懷柔政策的調整，以及為了應付武裝商人團的「倭寇」，而由「積極的攻擊」轉為「消極的自衛」，都曾對洪武帝的「不征之國」構想產

107 見〔明〕宋濂等撰：《元史》（北京市：中華書局，1976年），卷168〈陳宣傳〉，頁3952。

108 見〔明〕宋濂等撰：《元史》，卷159〈趙良弼傳〉，頁3746。

109 見〔明〕宋濂等撰：《元史》，卷168〈陳祐傳〉，頁3949。

110 收於〔日〕伊藤松著，〔日〕杉山二郎解說：《鄰交徵書》（東京：株式会社国書刊行会，1975年），2篇卷1，頁215-216。

生潛移默化的影響。[111]

更何況日本確實不畏戰，除了曾在元日戰爭（1274、1281，日方稱為「元寇」）兩次擊敗蒙軍外，懷良親王（明朝稱之為「日本國王良懷」）[112]在回覆太祖「詔書到日，如臣，則奉表來廷；不臣，則修兵自固，永安境土，以應天休。如必為寇，朕當命舟師揚帆諸島，補絕其徒，直抵其國，縛其王。豈不代天伐不仁者哉！惟王圖之」[113]以及「若叛服不常，構隙中國，則必受禍。如吳大帝、晉慕容廆、元世祖，皆遣兵往伐，俘獲男女以歸，千數百年間，往事可鑒也。王其審之」[114]之威脅時，以不卑不亢的態度說道：

> 臣聞天朝有興戰之策，小邦亦有禦敵之圖。論文有孔、孟道德之文章，論武有孫、吳韜略之兵法。又聞陛下選股肱之將，起精銳之師，來侵臣境。水澤之地，山海之洲，自有其備，豈肯跪途而奉之乎？順之未必其生，逆之未必其死。相逢賀蘭山前，聊以博戲，臣何懼哉。倘君勝臣負，且滿上國之意。設臣勝君負，反作小邦之羞。自古講和為上，罷戰為強，免生靈之塗炭，拯黎庶之艱辛。特遣使臣，敬叩丹陛，惟上國圖之。[115]

---

111 〔日〕石原道博：〈日明交涉の開始と不征國日本の成立——明代の日本觀（一）——〉，《茨城大學文理學部紀要》（人文科學）第4號（1954年3月），頁21-26。

112 懷良親王為後醍醐天皇之子，被封為「征西大將軍」。日本陷入南北朝的分裂後，作為南朝重要人物的懷良親王，被派駐九州對抗北朝的勢力，而此時明朝剛立國，即遣使要求其臣屬於中國並取締倭寇，懷良親王一開始並不配合，還殺害了五個使者，扣留楊載等人，但終究願意奉表稱臣。只不過後來九州被北朝的今川貞世奪走控制權，懷良親王亦退隱山林，中日關係再度陷入停滯的狀態。

113 見〔明〕鄭若曾撰，李致忠點校：《籌海圖編》，卷2上，頁155。

114 見黃彰健校勘：《明太祖實錄》（臺北市：中央研究院歷史語言研究所，1984年，據中央研究院歷史語言研究所民國五十一年刊本縮編），卷138，頁570。

115 見〔清〕張廷玉等撰：《明史》，卷322〈日本傳〉，頁8343-8344。

「倘君勝臣負，且滿上國之意。設臣勝君負，反作小邦之羞」，該說與元代時王磐「日本小夷，海道險遠，勝之則不武，不勝則損威，臣以為勿伐便」[116]的看法有異曲同工之妙，而太祖的反應是「帝得表慍甚，終鑑蒙古之轍，不加兵也」。[117]事實上，洪武帝對過去中國出兵海外的效益不彰，勢必心裡有數，其對懷良親王所釋放出來的恫嚇，充其量不過是虛張聲勢罷了。

綜合來看，征討日本有現實上的侷限，也有「元」鑑不遠的教訓，於理更「勝之不武，不勝損威」，的確是動輒得咎的下策。天子即使再怎麼龍顏大怒，也沒有因此沖昏頭，下達玉石俱焚的指示，可說是相當睿智的決定。取而代之的，是「不征之國」的自我克制；而「不征之國」的提出，表面上是基於「興兵不祥」的敦睦善意，實際上是明朝根本沒有發動「渡海之戰」的能力——不是「不願」，而是「不能」，倒不如將諸國分層級，劃歸於自己建構的朝貢系統（礼制の世界）之下，以接受朝貢或者絕貢作為控制諸國的手段；而且，既然這種方式已具有解決外交糾紛的效果，也就毋須再訴諸於不可靠的武力了。[118]

除了以朝貢、禮制的手段來壇坫周旋之外，《野叟曝言》中受到極端鄙夷的沙門，在歷史上卻是維繫中日邦交的重要窗口。田中健夫曾點出元代時禪僧往來的交流，為日本帶來禪林制度、漢詩、漢文、儒學、史學、書道、繪畫等學問的傳播。[119]雙方在宗教上的互動，從

116 見〔明〕宋濂等撰：《元史》，卷160〈王磐傳〉，頁3755。

117 〔清〕張廷玉等撰：《明史》，卷322〈日本傳〉，頁8344。

118 〔日〕岩井茂樹：〈明代中国の礼制覇権主義と東アジアの秩序〉，《東洋文化》第85号（2005年3月），頁139-141；安藝舟：〈十五「不征之國」新論——兼談明太祖的地緣政治理念〉，《東南亞研究》第5期（2015年），頁102-104。

119 包括一山一寧、清拙正澄、明極楚俊、竺仙梵僊等中國名僧來日，以及日本雪村友梅、石室善玖、中岩圓月等禪僧入元，帶來兩國文化的交流。見〔日〕田中健夫著，楊翰球譯，隋玉林校：《倭寇——海上歷史》，頁26-28。

未隨著政治關係的惡化而冷卻，因此日本對於佛教的崇敬，也成為明太祖懷柔日本的管道。《殊域周咨錄》〈日本國〉記載：

> 五年，倭復寇邊，海上不寧。上謂劉基曰：「東夷固非北胡，心腹之患，猶蚊蝱警寤，自覺不寧。議其俗尚禪教，宜選高僧說其歸降。」遂命明州天寧寺僧祖闡、南京瓦罐僧無逸往諭。……闡等自滃州啟棹，五日至其國境，又踰月入王都，館於洛陽西山精舍，一遵聖訓，敷演正教。聽者聳愕，以為中華禪伯，亟白於王，請主天龍禪寺。（乃夢窗國師道場，名剎也。）闡等以無上命，辭之，為宣國家威德，罔間內外，且申所以來使之意。王悅，具表遣使隨闡等入貢。……而祖闡、無逸宣化海外，能格戎心，又可見異端之中，亦有乘槎應星之彥。論者謂國初高僧泐、復為首，予則謂闡、逸秉節懷遠，不辱君命，勝於元朝水犀十萬多矣。[120]

祖闡亦即仲猷，無逸又名克勤，兩人不負使命，以令人景仰的身分（中華禪伯）換來破冰的外交碩果。爾後明、日的來往，僧侶亦持續扮演穿針引線的角色；日本方面，包括祖來、宣聞溪、道幸、宗嶽等也都曾入明進貢，以示交好之情。[121]相較於夏敬渠在小說中對佛教的排斥，現實中的高僧為和平所帶來的貢獻，卻獲得「勝於元朝水犀十萬多矣」的揄揚。因之當文龍等人用中國曾經失敗的遠征部隊取得勝利，並在日本毀棄貴為兩國橋梁的佛教時，看上去就更覺是空中樓閣的荒誕了。

---

120 〔明〕嚴從簡著，余思黎點校：《殊域周咨錄》（北京市：中華書局，2000年），卷2，頁52-54。

121 〔日〕石原道博：〈日明交涉の開始と不征國日本の成立──明代の日本觀（一）──〉，頁27-31。

三　不征之國的破滅：從現實的構想到小說的實現

小說者言固然有荒誕的一面，卻不代表明朝從來沒有萌生過打破「不征之國」原則的想法。姑且不論成祖時就曾發動了「明入越」戰爭（1406-1407）[122]，就日本來說，萬曆帝也因為豐臣秀吉的蠢動，考慮過直接征討日本的戰略。在朝鮮戰爭以前，有位仇俊卿老人（他曾參加過嘉靖大倭寇時的抗倭事業）以九十歲的高齡上書：「請如漢横海樓船故事，以張國威」[123]，表現出民間高亢、激情的聲浪。另外，兩廣總督劉繼文曾提出曉諭「澳夷」（在澳門的葡萄牙人）「擒斬關白入獻」的建議。[124]而朝鮮《宣祖實錄》亦記載了中國「令我國要結暹羅、琉球等國，合兵征剿」[125]之指令，更可視作是明神宗本人「先發制人」的企圖。綜合上述史料，鄭潔西提出明朝因屢遭倭寇侵擾卻未能將之根除，一直醞釀著征討日本的想法，而其戰略則是將整個東亞世界納

---

122 「明入越」戰爭，越南方面稱為「Chiến tranhĐại Ngu- Đại Minh」（大虞與大明戰爭）。當時安南因權臣胡季犛發動政變，而從陳朝（1226-1400）變成胡朝（1400-1407，正式國號是「大虞」）。明朝本就對於胡朝的正當性有所疑慮，而胡朝又襲擊了保護陳添平（又作「陳天平」，自稱是陳朝的繼承人）的明軍，將陳添平擄走並判以凌遲，終於導致永樂帝出兵討伐安南的決定。最後明朝消滅了胡朝，並將安南占領了二十年的光景。

123 見〔清〕盛楓輯：《嘉禾徵獻錄》（廣州市：廣東人民出版社，2013年，五編清代稿鈔本，中山大學圖書館藏鈔本），卷12〈仇俊卿傳〉，頁302。

124 見黃彰健校勘：《明神宗實錄》，卷242，頁11333。

125 見〔日〕末松保和編纂：《宣祖實錄》（東京：學習院東洋文化研究所，1960年），卷27，頁332。不過，這個要求被朝鮮以「小邦之人，短於柁櫓，不習下洋」的藉口婉拒了，因此未見施行。諸邦國中比較積極響應的是暹羅，但是兩廣總督蕭彥卻以「夷心難測」的理由上奏勸止。見鄭潔西：〈16世紀末日本豐臣秀吉侵略朝鮮戰爭與整個亞洲世界的聯動——以萬曆二十年明朝「借兵暹羅」征討日本議案為例〉，頁134-139。

入其體系，以朝鮮、暹羅、琉球和葡萄牙人為夥伴的部署。[126]

豐臣秀吉出兵後，正式在廷議提出單獨由中國海軍「征倭搗巢」的（而非組成聯軍），是萬曆二十年（1592）的張文熙，其人建議調集浙、直、閩、粵四省舟師，直攻日本，將關白「牽其東歸，杜其內犯」，但很快地遭到徐桓〈征倭當急搗巢非計乞詳審以收勝算疏〉的駁斥：

> 方今報倭警者岌岌矣，策倭患矣紛紛矣，大都以防禦為要，策無能出奇制勝者。獨本兵慨然以征倭自任，而行人薛潘亦備陳其當急征，業已奉旨，選宣大、保定等鎮精兵，赴經略調遣，一以援朝鮮，一以伐狂謀。誠得制勝奇畫，凱旋有日矣，迺太僕少卿張文熙調四省兵往以搗巢為請。……臣讀《籌海編》云：「備倭之術，不過守、禦二者而已。」未聞泛舟大海，遠征島夷。蓋海中無風時絕少，颶風一作，天氣即昏，舟遇沙礁，卒皆覆沒。以我之迷蹈彼之危，未有能必勝者。……張文熙疏稱調集四省舟師，奮勇搗巢，以牽其東歸，杜其內犯，此兵法所謂「批亢擣虛」，固為良策，而其勢實有難行者。[127]

張文熙的看法，在當時被視為「可哂」。《萬曆野獲編》〈程鵬起〉云：

> 關白侵朝鮮事起，建白者章滿公車，石司馬以集眾思為名，多所採納。其可哂者，如張念華冏卿文熙，議集浙、直、福、粵

126 以上詳見鄭潔西：〈16世紀末明朝的征討日本戰略及其變遷──以萬曆朝鮮之役的詔令資料為中心〉，《明史研究論叢》第8輯（2010年），頁218-220。

127 收於〔明〕吳亮輯：《萬曆疏鈔》（上海市：上海古籍出版社，1997年，續修四庫全書．史部．詔令奏議類，上海圖書館藏明萬曆三十七年刻本），卷43〈東倭類〉，頁589-590。

濱海四省之兵，入海搗日本之巢，已為悠繆不經之甚，旋為言路所駁，謂其騷動江南，罷不行矣。[128]

可見張文熙的策略，在眾所撻伐的情況下黯然中止。然而就在次年，福建巡撫許孚遠又呈遞了〈請計處倭酋疏〉，希望採取「用間」、「備禦」、「征勦」三管齊下的計謀，其中「用間」與「征勦」，就很接近《野叟曝言》所使用的戰術了：

臣等迂籌，以為今日之計，莫妙於用間，莫急於備禦，莫重於征勦。何者？倭酋倡亂，惟在平秀吉一人，諸州酋長多面降而心異，中間有可以義感者，有可以利誘者。秀吉原無親戚子弟，股肱心膂之人，儻得非常奇士，密往圖之，五間俱起，神秘莫測，則不煩兵戈而元凶可擒。一獲元凶，倭亂頓弭，故曰：「莫妙於用間。」……臣等以為彼不內犯而已，果其內犯，大肆猖狂，乞我皇上與二三大臣定議征討，特發內帑百萬，分助諸省，打造戰艦二千餘隻，選練精兵二十萬人。乘其空虛，出其不意，會師上游，直擣倭國。順命者宥，逆命者誅，彼秀吉一酋，何能逃遯？此所謂堂堂之陣，正正之旗，名其為賊，敵乃可服者。故曰：「莫重於征勦。」[129]

許孚遠的意見相較比較全面，也知道可以利用日本內部的矛盾，並指出出兵的時機在於豐臣秀吉發動「內犯」之際，頗有「圍魏救趙」的味道。在此文獻中，同時可以看到中國官憲對於渡海之戰的動員的估計。要打贏征勦日本的仗，許孚遠認為需要二千艘戰艦、二十萬兵

128 〔明〕沈德符撰，楊萬里校點：《萬曆野獲編》，卷17，頁2359。

129 收於〔明〕陳子龍等編：《皇明經世文編》，卷400，頁655-657。

員，而在《野叟曝言》中則是「連江衛所之船，共有二十四號大艦，三十號小艇，滿載五千兵，海面雖寬，亦覺擁擠」（第134回，頁2358），廷議與小說的設想頗為懸殊，展現出一保守而一樂觀的不同數字。此次的間諜活動似乎收到了不錯的成效，薩摩的島津義久[130]和福建方面有些聯絡，並派軍師玄龍來到中國；不過，也在此同時，明神宗決定冊封豐臣秀吉為「日本國王」，化干戈為玉帛，這個「用間」或甚至「征剿」的計畫亦隨之胎死腹中。[131]

萬曆二十六年（1598），因和談失敗及戰事拖延，中國再度出現了征討日本的構想，且這次進行了正式的人事調動：

> 調廣西總兵童元鎮於浙江，調浙江總兵李應詔於廣西，各鎮守。兵部言：「關酋發難，僉謂搗巢可以牽其內顧。童元鎮熟識島情，往年曾與搗巢之議。李應詔清介不擾，適與撫蠻相宜。」故相互更調，從御史唐一鵬之議也。[132]

又兵部也再度把「用間」的戰略曉諭各督府施行：

> 至於關酋背道逆天，虐用其眾，聞各島憤怒，已非一日。糾合出奇，誠因勢利導之策也。舉事莫先於浙，莫便於閩、廣，以日本多兩省之人，可以響應；兩省多近洋之國，可以結聯。加之商販雜出其間，可以別用。是在各督府同心秘計，可以隨便

---

130 島津義久為薩摩大名，曾有意統一九州，但為豐臣秀吉所擊敗，不得已歸降，並剃度出家，改名「龍伯」。島津義久與其弟義弘的關係頗為緊張，後來病逝於鹿兒島。

131 鄭潔西：〈16世紀末明朝的征討日本戰略及其變遷——以萬曆朝鮮之役的詔令資料為中心〉，頁222-225。

132 見黃彰健校勘：《明神宗實錄》，卷318，頁11683。

> 酌行。如忠義可鼓，勿待正兵；事機可乘，勿待奏報。而一切假之便宜，毋以議論束縛，致令掣肘。上是其議。[133]

在戰情吃緊的狀況下，萬曆帝已到了同意各省「隨意酌行」的地步，而地方官員如福建巡撫金學曾，也曾考慮過起用名將沈有容潛入日本，兵燹一觸即發。但歷史的巧合正在於這次的戰雲密布，卻又隨著豐臣秀吉的溘然長逝而急踩煞車，中國軍隊繼元朝之後再度揮軍日本本土的嘗試，也就這樣無疾而終了。[134]

綜合以上的歷史文獻與學界研究成果來看，自洪武至萬曆，朱明的對日戰略曾經歷過「不征之國」的自律到「征倭搗巢」的構想，但之所以不征討日本，是因為國力不足、海象難測、勝之不武、得不償失等因素的考量，遂轉而以外交手腕（朝貢系統／禮制霸權）來箝制日本。不過，明太祖並不是從未萌生過征日「企圖」的，以曉諭懷良親王的詔書為例，「朕當命舟師揚帆諸島」、「如吳大帝、晉慕容廆、元世祖，皆遣兵往伐」等恫嚇的文字，就是證據之一。到了萬曆朝時，由於豐臣秀吉對東亞秩序的衝擊，這個征日的「企圖」再次死灰復燃。最初，明朝希望聯絡朝鮮、琉球、暹羅、葡萄牙人等夥伴組成聯軍，直搗日本，但各國普遍反應冷淡，遂因之作罷。後來又有中國獨立調集浙、直、閩、粵四省舟師的提議，甚至海疆大臣還提出具體的數字：二千艘戰艦、二十萬兵員的規模，配合間諜戰術的使用，俾能擒賊先擒王。不過，後來懷柔政策占了廷議的上風，這個計畫也戛然而止，爾後豐臣秀吉的薨逝更徹底解除了「東事倥傯」的海警，加上日本進入鎖國狀態，無意內犯，所有攸關「搗巢」的部署，亦永遠

133 見黃彰健校勘：《明神宗實錄》，卷318，頁11684。

134 以上詳見鄭潔西：〈16世紀末明朝的征討日本戰略及其變遷——以萬曆朝鮮之役的詔令資料為中心〉，頁225-227。

被埋藏在歷史洪流之中了。

爰此，《野叟曝言》中的渡海之戰，既有不合於歷史事實的一面，卻也有著暗合當政者思維的一面。前賢說明代自蒙元征日鎩羽以來，「然未嘗出海一步也」[135]、「中國迄未再出海征討日本本土」[136]，這些看法都很對，但卻未指出統治者曾有的想法與布局，彷彿相關情節全然是橫空出世的。其實，小說可以說是把洪武、萬曆兩位天子欲為而無力為，想做而不及做的「構想」化成「現實」，並忽略了令人忌憚的所有不利因素，像是戰備、風浪、補給等問題，用不費吹灰之力的方式實踐，甚至「得其地不足以供給，得其民不足以使令」的無用，也被轉作「洵東瀛之雄鎮，而遼海之屏藩也」的大用，展現出作者樂觀的想像力——考慮到其可能同時受到康熙平臺的啟發，又把中日決戰舞臺設在雞籠山，這個高度的評價與臺灣作為江、浙、閩、粵之「左護」的戰略地位有關[137]，即小說恐怕是把臺灣的屏障作用，移植到日本之上了。

小說本有虛構的權力，這也是小說文體魅力之所在。儘管如此，夏敬渠睥睨戚繼光、胡宗憲、俞大猷等人在文官掣肘、軍備落後的困境下，仍能化腐朽為神奇，成功防禦倭寇的貢獻；以及醜化沙門，未能看到中日僧侶們穿梭於東海，為兩國和平所做出的努力，皆未免暴露出偏狹、傲慢的盲點。莫怪乎《野叟曝言》會被盧興基目為「讀書

135 錢靜方：〈野叟曝言考〉，頁163。

136 王瓊玲：《野叟曝言研究》，頁65。

137 此說來自施琅上奏康熙帝的〈恭陳臺灣棄留疏〉，施琅提出「留臺」的考量還包括物產豐饒、人口眾多等要素，這是中國可以利用的優勢，臺灣的兵將（水師營和藤牌兵）甚至成為清朝與沙俄「雅克薩戰役」（1652-1689）的生力軍，與明太祖對於日本「得其地不足以供給，得其民不足以使令」的看法完全不同。而經過姚啟聖、施琅、李光地等人對「留臺」的力陳其見，清廷終於決定留下臺灣，也果然收得「屏藩中土」的具體成效。可參見石弘毅：《清代康熙年間治臺策研究》（臺南市：成功大學歷史學系研究所博士論文，2007年），頁8-34。

人做了二千年的夢」，並說文白簡直是一個口倡孔孟儒學，卻又法力無邊的怪物，他的主觀在無限止的膨脹中自我陶醉，在周圍的喝采聲中獲得滿足，代表著舊時代讀書人的精神卑弱，是中國讀書人在科舉制度壓抑下的病態，也是他們在現實中未能實現，而在幻想中得以報償的一場大夢。[138]

不過，《野叟曝言》的這場「大夢」，也並非是孤芳自賞。清中葉時人吳熾昌也在其《客窗閒話》中，提到了一位「查氏女」渡海制服倭王的故事，而小說的時間座標正是「萬曆間」，頗有影射豐臣秀吉的意味：

> 萬曆間倭寇之亂，緣日本國王正妃卒，王思中華女子艷麗，遣將入寇，沿海擄掠。……有查氏女者，年已及瓜，慧中秀外久矣，……倭入室，見女顏色如生，撫之溫軟，異可救活，且容貌傾城，不忍舍之，負之入舟。逾時而蘇，見身臥海船，諸女環泣。詢之，知同被難者，……女同諸女酌酒勸王，密以前藥入酒，王遽吞之，不覺眩暈，……王瞠目流涎而倒，不知人事。女搜得兵符，喚諸女同出外廷，……倭將驗兵符，信之，遣一旅同諸女揚帆西歸。次日，王不視朝，王弟僭入大內探之，見王僵臥於寢，弒之自立。世子怒，與其黨互相攻擊，其國大亂，故無追者。[139]

查氏女智勇雙全，先是對登徒子形象的倭王虛與委蛇，再以冷靜的話

---

138 盧興基：〈讀書人做了二千年的夢——從傳統文化心理看《野叟曝言》〉，收於蕭相愷、馮保善、苗懷明、薛仲良選編：《夏敬渠與屠紳研究論文選萃》，頁247-248。

139 〔清〕吳熾昌：《客窗閒話》（上海市：上海古籍出版社，1997年，續修四庫全書．子部．小說家類，遼寧省圖書館藏清光緒元年味經堂刻本），卷1〈查氏女〉，頁310-311。

術化險為夷，讓倭國在群龍無首的狀態下陷入政爭，解除了倭寇之患，結構上頗有章法。〈查氏女〉當然是杜撰遠多於史實的一篇作品，像是王弟與世子的反目，就與實際上的狀況不符[140]，但像是倭王的性好漁色、查氏女泛海、倭王暴卒、倭國內亂等情節，與〈斬蛟記〉或《野叟曝言》都有些互文關係，既揭櫫了中國對豐臣秀吉的想像，也披露了文人墨客對於明軍「望洋興歎」之無力感的譏諷、宣洩與慰藉，各種五味雜陳的情懷。

本書在此節探討的是清代小說《野叟曝言》對豐臣秀吉之形塑，以及該書別開生面的渡海之戰，發現相較於帶有時事性質的〈斬蛟記〉而言，《野叟曝言》更多的是與史乘若即若離的「虛／實」錯雜。夏敬渠為了烘襯文白「奮武揆文，天下無雙」、「止崇正學，不信異端」的超完美形象，把包括一一九回「滅浙平倭」在內的諸多功勳，皆歸功於其洞燭機先的韜略之下。即便主人翁因失心而不省人事，其僕人和兒子仍持續活躍，先後擔任天使與元帥，負責宣諭／征討日本的重責。一三二回、一三三回集中敘述倭國在木秀、寬吉夫婦把持下，篤信佛教、淫亂無度的瘋狂，導致文容、奚勤屈辱的犧牲。這個荒誕的橋段，代表作者「崇正闢邪」、「以淫止淫」的手法，是以「陰陽圖釋」來突顯「正統／異端」之間的碰撞，最終要指責的日本作為「佛國」，不信「聖教」的墮落，故中日兩國的交鋒，其實是一場「宗教的戰爭」。

一三三回雙方的死鬥陷入白熱化，但決勝的地點既非嘉靖大倭寇時的閩、浙諸省，亦不是萬曆時的朝鮮半島，反而是臺灣的雞籠山，側面顯示時人對於康熙平臺的嶄新記憶。而在這場戰役中，明軍靠著

---

140 豐臣秀吉之弟為秀長，為乃兄頗為得力的左右手，兄弟二人關係良好，且秀長卒於一五九一年，早於萬曆朝鮮戰爭之前，不可能刺殺秀吉。而秀吉死後，繼任的幼子秀賴亦不過五歲，實無與叔父奪權之事。

文容魂影和六頭人熊的鼎力相助，有驚無險地俘虜淫惡無度的木秀，化解了沿海的倭患。次回，小說作者更上一層樓，又寫文龍率艨衝直抵倭國東京港，兵不血刃地接收厭惡木秀暴政，心向中朝的日本，加上囊括琉球、扶桑、薩峒摩諸島，完成了澄清東海的壯業，超乎俞龍戚虎等名將之上，布局頗為大膽。

不過，「征倭搗巢」的說部之言，卻不完全是空穴來風。雖然明代自洪武立國即對日本貫徹著「不征之國」的戰略，但包括明太祖本人即曾在曉諭懷良親王的詔書中發出「朕當命舟師揚帆諸島」的威脅，明神宗時更曾經多次廷議征日，包括仇俊卿、劉繼文、張文熙、許孚遠、童元鎮、金學曾等人都有過此構想或嘗試，只不過在因緣際會下付諸流水。現在看來，高奏凱歌的「渡海之戰」彷彿「讀書人做了二千年的夢」，而也只有在《野叟曝言》的世界裡，才終於實踐這場幻夢——小說既是虛構，卻也流露出向真實靠攏的一面。

第三節　明清小說中的抗倭戰爭與神祇介入

有明一代，「嘉靖大倭寇」和「萬曆朝鮮戰爭」無疑是中日交通史上的重大事件，為歷史帶來深刻的烙印，也為當代或後世的小說家提供創作之靈感。而儘管明清小說中的「倭患書寫」在本質上是屬於講史的族裔，但在真實與虛構之間，讀者卻不免瞥見蒼天揮舞著「上帝之鞭」的神怪元素，於其中產生決定性的作用，這是一個頗值得留意的現象。[141]

愛德華．摩根．佛斯特提到在小說的世界中，幻想（fantasy）是

141 謝君也曾注意到抗倭鬥爭有神魔因素介入，但其同時承認礙於篇幅與作者的精力，相關討論處於懸而未決的狀態，因之這部分的介紹仍有深入空間。見氏著：《明清小說與倭寇》，頁52。

重要的組成之一：「求神乞靈還是派得上用場，所以，現在就讓我們以幻想之名，召喚所有棲息於低空之下、淺水之中、小山之上的神鬼仙妖，所有記憶可及的山神樹靈，所有口耳相傳的遠古軼事，森林草原之神，所有墳墓這端的古老諸神。」[142]事實上，「講史／神怪」在中國古典小說中一向是犬牙交錯的，如馬幼垣提到：「在技巧上來說，神怪可供給小說英雄一種力量，需要的時候幫助他，在適當的時候改變一個看來沒有希望的處境，因此證實歷史的支配力量。……在這點上，神怪的功用並不只是完全為了削減歷史的真實性，反有助作品達致主題上的完整，說明天命在國家大事上的不可抗拒，而且這也使得作品在思想上，可以合理的把人類的命運，追溯到人力所能為的範圍之外。」[143]

小說具有誇大、渲染的藝術特質，即使是依託史實的講史小說，亦駁雜著荒誕的神仙奇術，早在《三國演義》中即展現這種難以忽視的特質[144]；而被魯迅目為神魔小說的《封神傳》以及《三寶太監西洋記》，則是「實不過假商周之爭，自寫幻想」[145]、「書敘永樂中太監鄭和王景宏服外夷三十九國，咸使朝貢事」[146]，亦與歷史產生千絲萬縷的關係。因之，以神怪表現歷史，抑或以歷史敷衍神怪，可說是中國古典小說的常見手法，須獨立出來討論。

本節作為探析「反映明代倭患」之小說的結束，即是以相關材料為主軸——這些文本有些是「補史」的作品，如《戚南塘剿平倭寇志傳》；但更多的是與神魔匯流的複合類型，包括《升仙傳》、《雪月

142 〔英〕愛德華・摩根・佛斯特著，蘇希亞譯：《小說面面觀》，頁138。

143 馬幼垣著，賴瑞和譯：〈中國講史小說的主題與內容〉，《中外文學》第8卷第5期（1979年10月），頁117-118。

144 參見拙作：《虛實與褒貶：《三國演義》變異書寫之研究》。

145 魯迅：《中國小說史略》，頁118。

146 魯迅：《中國小說史略》，頁120。

梅》、《玉蟾記》等；或者根本就屬於神仙聖傳，像是《關帝歷代顯聖志傳》、《天妃娘媽傳》。當然在「倭患書寫」中還有一部神魔書寫濃厚的作品：《女仙外史》，也很有析剖的價值，不過由於該書另帶有遺民文學的基調，本書將在後面章節與其他作品一齊討論。另外，筆者所欲探索的，是以神祇之輔佐與介入為核心，而非抗倭將帥本身的呼風喚雨或撒豆成兵之幻變（如《綺樓重夢》中的賈小鈺），因此在敘事學（narratology）意義上，「祂」們泰半屬於幫助者（helper）[147]；而之所以放在豐臣秀吉相關小說之後才處理，是因為這批作品都帶有神魔化的色彩，且皆在不同程度上，補償了中國人面對倭患時望洋興歎的匱乏心理，彼此有著貫串的成分。

一　《戚南塘剿平倭寇志傳》中的海神與城隍

首先，在前文提到的「半實錄」小說：《戚南塘剿平倭寇志傳》中，就曾經出現城隍和海神的身影，但相較隱晦，這主要是出於版本殘缺和敘事簡略的關係。卷二〈唐知府統兵退賊〉和〈舒兵備建寧善政〉之間有此情節：

> 威曰：「危急極矣，城必破矣！」人面面相視，自分必死。尹曰：「此乃孤喪陣也。」令城上男婦大哭，賊酋大驚，曰：「城中果有人也？」於是始退去，前屯住寨。又是夜，賊見城垛上有猛將巡城，騎馬如飛，賊疑有救兵至，乃解城，由朝川入海

147 胡亞敏曾介紹格雷馬斯（Algirdas Julien Greimas）「行動元」（Actant）之概念，可以分為「主體（subject）／客體（object）」、「發送者（sender）／接受者（receiver）」、「幫助者（helper）／敵對者（opponent）」三組對立的模式，其中「幫助者」是具體參與行動，推動主體實現目標的人物。詳參氏著：《敘事學》，頁147-149。

> 而去。孟夜見者，乃縣城隍也，尹見賊勢猖獗，日夜焚香禱告，期以死守，故神亦輔之，時五月十八日也。（頁94-95）

在《古本小說集成》編委會編輯整理的《戚南塘剿平倭寇志傳》版本中，雖然在九十頁的回目是〈唐知府統兵退賊〉，直至九十七頁才轉換回目為〈舒兵備建寧善政〉，然而九十三至九十四頁皆是殘頁，且筆者所引頁數實為編輯者所加，不見得完全符合原著。換句話說，這中間可能有更多的闕漏亦未可知，前後文意也頗難銜接，而城隍顯聖的情節或許根本不屬於〈唐知府統兵退賊〉的內容，整體敘事不是這麼完整。[148]但無論如何，讀者還是可以從插圖中，窺探城隍協助虔誠的官員（林大尹）抗擊倭寇的場景。（見本章附圖四）此外，卷三〈隘頑戚公祭海神〉則出現了海神襄助戚繼光之情節：

> 時颶風大作，舟船欲覆，戚公令宰豬羊以祭海神，……祭畢，投豬羊於海，須更有風自拖樓中來，響如鐘鐸聲。眾軍咸奮勇引船，握刃以待戰。……風駛舟急，疾棹而進以薄賊，喇叭聲響，官軍吶喊，鼓角齊鳴，海波騰沸。賊眾驚潰，掣矴舉帆，帆皆絞纈，彌亙數里，風浪聚□一隅，賊計窘。（頁135）

隘頑之戰代表著台州大捷進入尾聲，當時倭寇欲巢長沙，南攻隘頑，北攻太平，戚繼光先是派親兵乘船渡海入隘頑堅守，然後進軍藤嶺，擒獲倭酋五郎、如郎、健如郎等人，使得侵犯台州的倭寇遭到殲滅性的打擊，的確是一場關鍵性的戰役。[149]而在作戰的過程當中，戚繼光

148 遊佐徹亦認為此部分情節，當屬某個佚失的回目。參見氏著：〈明清「倭寇小說」考（二）──『戚南塘剿平倭寇志伝』について──〉，頁75。

149 可參見董郁奎：〈戚繼光與台州大捷〉，收於閻崇年主編：《戚繼光研究論集》，頁266-267。

為了堅定士氣，除了立下軍令誓狀外，還「誓天明神以發」[150]，將戰事的成敗訴諸於神靈的見證。黃仁宇曾指出，為了整頓「十無一二能辨魯魚」的士兵，戚繼光確實常以超自然的信仰作為治軍的手段，包括自製繪繡天上星宿或鳥首人身圖像的軍旗、重視黃道吉日和生辰八字，也在訓話的過程中不時提到善惡因果等。[151]

儘管如此，祭拜海神之記載仍不見於與戚繼光的相關史料，反而是趙文華曾經奏請祭告海神，以解倭患。[152]在嘉靖帝篤信道教的情況下，趙文華的建議可說是投其所好，亦因這一祭海行動的展開，釀成了張經、李天寵等人的冤死，危害不小，形同負薪救火。雖然從情感的角度來說，趙文華禱祀海神的出發點引人非議，但是放在小說體裁上卻可增加故事的趣味性。《戚南塘剿平倭寇志傳》的作者可能就是從中得到靈感，在〈隘頑戚公祭海神〉一回製造懸念，讓海神暗中助戚繼光一臂之力，既扭轉了官軍所遇的顛簸風波，也讓倭寇陷入不利的駭浪驚濤之中，苦吞敗果。

話又說回來，《戚南塘剿平倭寇志傳》畢竟屬於「補史」的小說，與史傳的距離還是比較接近的，因此城隍、海神顯聖的情節僅止於點綴式的描寫，文字亦比較簡陋，而到了《升仙傳》中，同樣是幫助戚繼光擊敗倭寇，但卻由小說主角：濟登科（小塘）來擔負此重任，後來又添上了「一枝梅」苗慶，篇幅也更加擴大。《升仙傳》與《綠野仙踪》的內容大致雷同，但在「倭患書寫」方面則頗有出入；

150 〔明〕鄭若曾撰，李致忠點校：《籌海圖編》，卷9，頁634。

151 黃仁宇：《萬曆十五年》，頁227-228。

152 〔清〕張廷玉等撰：《明史》〈奸臣傳〉：「東南倭患棘，文華獻七事。首以祭海神為言，請遣官望祭於江陰、常熟。……帝怒，奪豹官，而用嵩言即遣文華祭告海神，因察賊情。」見卷308，頁7921-7922。又〔清〕谷應泰撰：《明史紀事本末》〈沿海倭亂〉：「工部侍郎趙文華上言：『倭寇猖獗，請禱祀東海以鎮之。』帝命往祀，兼督察沿海軍務。文華至浙，凌轢官吏，公私告擾，益無寧日。」見卷55，頁593。

後者於前文已有詳細的論述，基本上倭寇陣營包括汪直、徐海、陳東、麻葉等都於史有據，夷目妙美、辛五郎等「真倭」亦非杜撰，但卻是由林岱、朱文煒兩位虛構人物囊括剿倭的戰果，實際上運籌帷幄的胡宗憲則飽受醜化。不過在《升仙傳》恰好相反，倭寇的大將是作者架空出來的乜律洪，而抗倭的總帥則是史實人物戚繼光。

二　劍仙、玄女、黃石公：從《升仙傳》到《玉蟾記》

《升仙傳》第十九回提到倭人犯邊，濟登科先是用真言祭來神風，阻撓了倭寇的進路，又指點戚繼光準備藤圓牌、打牛鞭子、齊眉短棍和吸鐵石，讓敵軍的兵器無法發揮作用，逼得乜律洪使出「萬蜂惡陣」：

> 乜律洪到了此時，進不能進，退不能退，心中一急，要擺一個萬蜂惡陣。這個陣勢甚是利害，若擺一次，損人減陽壽一紀。乜律洪到了此時，一心報仇，也不顧得折壽，運動心中之氣，往外噴了三口，立時間煙霧漫天，把眾倭寇遮住，不見形跡，從懷中取出五道靈符，分給五個頭目，各領人馬往五方站住。又從懷內取出五個葫蘆托在手中，口中念念有詞，不多時拘來牛蜂、馬蜂、土蜂、游蜂、黃蜂五樣蜂，收在五個葫蘆之內，揣在懷中，來在官軍營前，聲聲討戰。（頁107）

面對乜律洪祭出的魔法，濟登科召喚五鬼探來虛實後，就以麝香、雄黃、朱砂、硫磺、硝焰等物磨成粉末以剋制之：

> 小塘側身躲過，暗拘劍仙附了身體，雙手掄劍，與乜律洪殺在

一處，戰有十數個回合，乜律洪虛劈一刀，往下敗走。小塘隨後趕來，趕入陣中。乜律洪取出五個葫蘆，放出了數萬毒蜂，把小塘圍裡起來。小塘一見，微微冷笑，伸手把背後的磁葫蘆撥開塞子，一股黑煙往上直起，立時把毒蜂薰散。（第19回，頁108）

乜律洪和濟登科皆是在葫蘆中埋伏非常之物，這也是神魔小說常見的手法。據劉衛英的看法，這是因為究其奧秘，匣、箱、袋、瓶、葫蘆等容器類之器具的裝載和隱蔽功能，與某種特定的動物昆蟲（人類）威能的一種有機結合，達到一種猝不及防的爆發性效果，誇示了寶貝的變化能力，達到給人驚喜或震撼的審美效應[153]——後文《玉蟾記》中，百花娘娘用的黑二囊、紅火囊，可放漫天黑霧、紅光燒人，以及通元子用的金葫蘆，內藏十萬甲兵，也是基於同樣的原理。

雖說濟登科取得了對壘的首勝，然而乜律洪氣燄仍很囂張。於是輪到官兵擺下「太乙迷魂陣」，讓「全真身體」的苗慶持令牌、寶劍主壇，以三十六桌子、五面五色大旗、八根黃巾長幡、童子八名、八個土堆為陣式，只待乜律洪應聲就可將之制服：

一枝梅連叫三聲，乜律洪應了三聲，一枝梅忙把令牌共總敲了九下，但只見那法臺之前，顯露一位尊神，上觸天，下觸地，青臉紅髮，三頭六臂，好像重出世的方弼一般。倭寇看罷，心中驚慌，一陣昏迷，跌倒在地。……誰知那根絨線，原是仙家寶物，乜律洪越掙，他越往肉裡頭煞，疼的個倭寇哀聲不止，大汗直流，真叫饒命。小塘說：「我出家人到處慈悲，你今既

153 劉衛英：《明清小說寶物崇拜研究》（北京市：中國社會科學出版社，2008年11月），頁150。

是乞憐，我也不肯殺你。你可寫下降書降表的實話，放你一條生路。」乜律洪被那絨線綁得實在難受，滿口應承，情願遵命。……立時寫了降表，把倭寇放回本國。（第20回，頁111-112）

經過兩次的鬥法，乜律洪皆屈居下風，也因此遏止了倭寇的聲勢；仙家的介入，使得戰爭朝向有利於中國的方向發展。在前面介紹的小說當中，主要的總帥都是戚繼光，而隨著時代的推衍，這個情況逐漸發生了轉變。萬晴川以為，由於時過境遷，清人對於明代倭亂的記憶已逐漸模糊，也沒有明人深受倭患的錐心之痛，因此小說一般採用誇張和娛樂化的表現手法，抗倭英雄大多得到一本天書，有呼風喚雨、請神召將等超自然本領，戰鬥的輸贏被曲解為法術的比試，創作風格呈現出明顯的神魔化傾向，主要人物也由前期的歷史人物變為虛構人物。[154]上述看法放在《雪月梅》、《玉蟾記》大抵吻合，而明末清初的《升仙傳》則可被視為是一部過渡性的文本。

不過細緻來看，與同樣以「華夷觀」為主軸的家將小說相較，抗倭將帥在沙場上的宰制作用仍很有限，未必如論者所言這般無往不利。張清發曾提到，明清家將小說有一個「誤食、服入→授書、傳藝、贈寶→回歸、立功」的基本架構，可稱為「遊歷仙境」的情節類型，受此奇遇的主人翁將脫胎換骨，具備參戰的實力，且通過「神—人」之間的關係牽引，英雄得以完成達成「精神的傳承」與「天命的交付」的莊重禮儀。[155]

透過以上可知，神祇在禮儀結束之後多退居幕後，由習得仙術的人間英雄獨自面對敵人的挑戰，或者是破陣，這些人物不少是史實人

154 萬晴川：〈明清「抗倭小說」形態的多樣呈現及其小說史意義〉，頁75。

155 詳參張清發：《明清家將小說研究》，頁149-166。

物，像是薛仁貴、呼延贊、狄青、岳飛、岳雲、牛皋等[156]，與明清小說「倭患書寫」中的情況略見參差。以下將就《雪月梅》、《玉蟾記》兩部神魔色彩較為濃厚的文本為討論對象，可以看出在其中，神祇的介入對於情節的發展有非常強烈的影響。

《雪月梅》一書以岑秀為抗倭主帥，其人文武雙全，為中國軍隊的改造貢獻良多，而且在蔣士奇、劉電、殷勇、文進等人的活躍下，官兵節節勝利，但即使如此，遇上了倭寇集團中的術士仍不免挫敗：

> 正在危急，只見金鐘道人大喝一聲，從陣中飛馬而出，右手仗著寶劍，口中念動咒語，把劍一揮，霎時間四下裡黑雲籠罩，雲中無限神頭鬼臉各執兵刃，漫空遍野殺將過來。……急將左手金鐘搖動，傾刻間四下黑風捲起，風中有黃沙烈火，漫天撒地而來。官軍急發噴筒、箭弩，全無應效，風沙火焰，愈覺猛烈。賊兵吶喊，四下殺來，官軍大亂，各自奔逃。（第47回，頁408-409）

如此一敗塗地，讓岑秀不禁感歎「賊兵易剿，妖法難當」，而由此可見作者有意在人間的爭鬥之外另闢戰場，讓本來已無懸念的勝負再掀波瀾，增加故事的曲折程度，的確有娛樂的考量，因之評者說「鏡湖不過欲娛觀者之目，一以見此書中無奇不備」（第47回，頁409），這便呼應了萬晴川的看法。值此坐困愁城之際，岑秀進入夢鄉，卻是仙

156 不可諱言，以上說法也有例外的情況，像是神仙幫助破陣（如施岑仙師破烏龍陣、謝應登仙師破烈焰陣、善才童子下凡破五龍陣、四仙姑破黃河陣）、虛構人物獲得神授（如楊宗保、楊文廣、諸葛錦、徐美祖、祝素娟、祈巧雲）等等，但相較之下比重並不特別突出。以上整理見張清發：《明清家將小說研究》，頁149-150、195-196。

姥（仙號「玉虛夫人」，乃何小梅之母，亦是岑秀之妗）指示將遣「白猿神」相助，於是戰局又出現了轉圜：

> 正危急間，忽聽得半空中一聲雷震，細雨如霧，頃刻間黃沙盡滅，烈焰全消。只見陣中突出一將，渾身如雪練一般，手舞雙劍，如兩道白虹飛繞，直奔金鐘道人馬前。光閃處，道人首級墮地，奪取金鐘，殺出西隊，倏然不見。眾軍卻望見正西上一片彩雲，隱隱見一仙姥冉冉而沒。官軍見妖法已破，勇氣十倍，大刀闊斧，橫衝直撞，殺得賊兵星散雲馳，七斷八續。（第47回，頁410-411）

在道教思維之中，符印、劍鏡等均屬人間官府權威象徵的轉化，其中劍為帝王的象徵，為殺人之物，既可制人，類推其威力，依「同類相治」之理即可利用凶物以闢除邪怪，壓伏違反常態的怪異之氣。[157]而在講唱文學或佛典中，劍亦可斬斷煩惱，以求解脫，被稱為智慧劍（智劍），衍生為斬妖除魔的三尺劍，能破除妖愚，同時也是正義之象徵，因此常展現放光、鳴叫等神異。[158]

從宗教的觀點進入文學的筆端，寶劍亦成為剋制妖邪的法寶，職是，《升仙傳》中的濟登科（暗拘劍仙附了身體）、苗慶，以及《雪月梅》中的白猿神皆持劍鎮壓倭寇，展現出破壞性的暴力力道，代表著軍事上對於外來侵略者的反擊。另一方面，白猿在中國文學中也常扮演劍術的傳授者。胡萬川在〈玄女、白猿、天書〉一文中提到，猿類

157 李豐楙：〈六朝劍鏡傳說與道教法術思想〉，收於氏著：《神化與變異：一個「常與非常」的文化思維》（北京市：中華書局，2010年10月），頁233。

158 楊明璋：〈講唱之劍——以敦煌本〈伍子胥變文〉為中心的討論〉，《政大中文學報》第18期（2012年12月），頁100-104。

善能跳縱攀擲，被傳說為善於技擊的高手，《吳越春秋》即有袁公（白猿）與處女鬥劍之故事：「從此之後，白猿劍術便幾乎成了一個常典，……由這些典故的運用來看，白猿幾乎就成了劍術武藝之祖，所以每每與文人心目中的兵法之宗黃石公對舉並稱。」[159]

白猿被想像為司掌戰爭的神祇，當屬其來有自。《雪月梅》在此雖由白猿神破解了金鐘道人的邪法，但後文倭寇集團又出現了飛刀、攝魂的助拳人：野叉楊仙蟾、黑煞神凌滄虬，令戰事一波三折。大將殷勇即攝魂術而陷入昏迷，不省人事，使岑秀不得不禱告於上蒼：

> 岑御史獨坐帳中，……默禱：「……今又遇此妖術，害我大將，並有飛刀肆毒，將士難當。伏乞聖母慈悲，始終救護，……」……仙母即命童子扶起，道：「倭寇積年肆擾，亦是生民劫數難逃。今劫數已滿，應待汝平定倭寇。趙氏夫婦與郎氏，乃天降劫魔，自當退避。其餘從孽，當體好生之德，不可盡殲。妖術害人，彼當自害。惟有飛刀甚毒，凡在劫者皆不能逃，今賜汝仙散一瓶，非其劫者食之即活，敷之即愈。」（第48回，頁419-420）

小說家在此用「劫數」說明倭患肆虐之緣起，且倭寇首領趙天王、赤鳳兒、郎賽花等人也是「天降劫魔」，這其實是中國古典小說常見的套語，前文討論的〈斬蛟記〉亦是其中之一。[160]

159 詳見胡萬川：〈玄女、白猿、天書〉，《中外文學》第12卷第6期（1983年11月），頁153-154。

160 包括《水滸傳》中羅真人提到李逵為「天殺星」降生：「貧道已知這人是上界天殺星之數。為是下土眾生作業太重，故罰他下來殺戮。吾亦安肯逆天，壞了此人。」見〔明〕施耐庵著：《水滸全傳》，第53回，頁887。《平妖傳》中武則天（後轉世為王則）道：「凡殺運到時，天遣魔王臨世。朕生於唐初，黃巢生於唐李豐楙曾指出，民間社會與一般文人相信道教的劫運觀，當家、國之運劫數已到，就會出現性格非常的人物，以助天地完成天數的運轉；而另一方面，一個暴力的「時勢」才會創造一批以暴制暴的「英雄」，這也契合於謫凡神話的宗教義理：一種命定的、不可避免的破壞力，乃是扭轉不公不義的不正之力的關鍵，這正是孫悟空之棒殺妖魔和水滸好漢之拳與刀的「暴力敘述」之精髓。[161]此外，雖說道教的末世觀帶有權威性的父權機制，但同時在六朝道書中，又有相對於執法者聖尊嚴父形象的母性原型：「種民在天見母親」，象徵聖母的慈悲、愛、撫慰與關懷的社會文化功能。[162]

也正是在兩種因素的交錯之下，形成《雪月梅》「劫數難逃」與「慈悲救護」的雙重性描寫，小說家亦有效地解釋了倭患之害何以生發與解除，迴避了兩者之間的矛盾。接下來小說續寫黑煞神淩滄虬之妖法，被神將雷火所擊破：

> 卻說黑煞神作法到第五天上，令牌擊處，見妖魅攝取殷勇一魂三魄冉冉而來，心中大喜。正待收入葫蘆，猛地裡半空中起一個霹靂，震得遍地火光，光中現出一位金甲神將，手執鋼鞭，照黑煞神頂門上一鞭，倒栽蔥撞下壇來，七竅流血而死，手中

末，男女現身不同，為魔一也。」見〔明〕馮夢龍：《平妖傳》（臺北市：桂冠圖書公司，1990年），第6回，頁50。《檮杌閒評》（又名《明珠緣》）在魏忠賢出生時，說其為赤練蛇謫降：「混世謫來『真怪物』，從天降下『活魔王』。」見〔明〕不著撰人：《明珠緣》（臺北市：文化圖書公司，1982年），第4回，頁38。

161 詳見李豐楙：〈暴力敘述與謫凡神話：中國敘事學的結構問題〉，《中國文哲研究通訊》第17卷第3期（2007年9月），頁147-158。另關於小說人物在「天命」之下的爭衡、安頓與消解，可參見龔鵬程：〈傳統天命思想在中國小說裡的運用〉，收於龔鵬程、張火慶：《中國小說史論叢》（臺北市：臺灣學生書局，1984年），頁7-34。

162 李豐楙：〈六朝道教的末世救劫觀〉，收於沈清松主編：《末世與希望》（臺北市：五南圖書出版公司，1999年），頁151。

> 葫蘆亦為雷火焚化。壇下眾倭奴俱驚撲在地，半晌方蘇。（第48回，頁421）

小說出現的「雷火」，也是神魔小說中常見的魘禳之法（雷法），基本上是一種由內煉而達外的道術，威力十分驚人。[163]又《雪月梅》再寫野叉楊仙蟾之退場：

> 此時楊仙蟾將五口飛刀祭在空中，如輪轉一般盤旋起落不定。……忽見陣中突出一個道者，赤足蓬頭，長絲大袖，高叫：「仙蟾休得無禮！」伸手向空中一招，只見那五口飛刀齊入道人袖中。仙蟾大怒，飛馬持劍來奪，那道者哈哈大笑，化一道金光，這處猛然不見。官軍見收去了飛刀，便四下吶喊，如潮水般湧殺過來，……楊仙蟾見勢頭不好，急欲奔逃，恰恰遇見劉電飛馬殺至，抵擋不及，早被一槍刺中心窩，翻身落馬。（第48回，頁424）

藉助了金甲神將和神秘道者對妖法的破解，官軍重新取得了對戰的優勢，也因此大獲全勝。但接下來岑秀並未對倭寇趕盡殺絕，而是謹記玉虛夫人「不可盡殲」的告誡，只將之逼入斷鰲島，後來更由九天玄女「渡殘喘一劍化金橋」，彰顯了上天體物的仁心：

> 卻說趙天王等數百人在山頂痛哭，聲徹霄漢，其時卻值九天玄女娘娘經過，……叫道：「爾等雖由劫數，但殺戮過重，難免一死。今念爾等不犯淫邪，救爾回島，從此洗心懺罪，以保殘

163 有關道教雷法及神魔小說中的雷法介紹，詳見苟波：《道教與神魔小說》（成都市：巴蜀書社，1999年），頁254-264。

喘。」……，都伏地磕頭哀告：「若蒙慈悲救命，從此永不敢侵犯天朝。」當下玄女娘娘取背上寶劍一擲，化成一座金橋，望之無際。娘娘自立橋頭，喝令：「速走！」群倭歡呼踴躍，齊奔上橋，頃刻間已回故島。……從此洗心，不敢擅離巢穴。郎氏入山修煉，亦得善終。後來此島歸屬日本，國王年年朝貢，此是後話不提。（第49回，頁428）

玄女為中國的女性戰神，以傳授黃帝兵法的導師為濫觴（最初為天女魃或人首鳥身），後來變成掌劫大神、天書或寶劍的傳授者、英雄人物危機的救助者，以及英雄未來前途的指引者等[164]，由「玄女」至「九天玄女」，則有意突顯道教天觀的至尊性。[165]玄女既有此崇高地位，說部之中亦屢見其身影，除了《水滸傳》第四十二回中授予宋江三卷天書的著名情節外，玄女在《平妖傳》和《女仙外史》中，亦扮演了同樣的角色。[166]

《雪月梅》中也出現了九天玄女，更早一點則有白猿神的登場。本來「玄女／白猿」的常顯聖於叛亂或鼎革之際，象徵了天命（具體表現為天書）的示現者，其作用無疑的總在強化、表示天書的承受者（通常是主角）的非凡，也就是賦予這些英雄人物以超人間的神性，將之神格化[167]，但是這部小說中則出現了別開生面的描寫。九天玄女的傳統性質被劃分給了玉虛夫人（其曾助華秋英習得神技），自己雖

164 詳見胡萬川：〈玄女、白猿、天書〉，頁148-151。

165 李豐楙：〈從玄女到九天玄女——一位上古女仙的本相與變相〉，《興大中文學報》第27期增刊（2010年12月），頁39-40。

166 李豐楙進一步認為，《西遊記》中的觀音「娘娘」，以及《鏡花緣》中百草仙化身老道姑指點唐小山，也是來自於九天玄女的「娘娘神」原型。見氏著：〈從玄女到九天玄女——一位上古女仙的本相與變相〉，頁46。

167 胡萬川：〈玄女、白猿、天書〉，頁147。

然攜著暗示司掌戰爭的寶劍，卻沒有傳授給書中的主人翁：岑秀，也不是拿來殲滅作為反派的趙天王等人，反而化成金橋拯救倭寇中的殘兵敗將，嶄露了慈憫之懷[168]，這分苦心也獲得了深切的回饋：「群倭望空頂禮，從此洗心，不敢擅離巢穴」，且年年對中國朝貢，可說是一段「化干戈為玉帛」的佳話。

另外一部作品《玉蟾記》，作者署名「通元子」，而在書中主宰戰局勝敗的仙師也喚通元子（第2回自云為黃石公，後改號通元子），可見這位神祇是小說家理想之投射。《玉蟾記》故事橫跨兩代，起初通元子曾在戰場上助張經克敵，後來又輔佐其子張昆痛擊來勢洶洶的倭寇，堪稱貫串始終，十分活躍。倭寇初犯時，華兵雖在一開始占了上風，但在百花娘娘祭出黑二囊、紅焰囊後，情勢旋即丕變：

> 戰了許多時候，忽聽一聲炮響，百花娘娘出了陣門，二囊取出，口念真言，一霎時黑霧漫天，華船撞散數百號，頃刻間火焰薰天，華兵燒得焦頭爛額，損傷大半將官。那西瓜炮又在黑霧紅焰中滾滾而來。張元帥是個小心謹慎人，看軍中不利，早早鳴金收兵。倭王得勝而回。又差探子遞下戰書。（第9回，頁625-626）

就在張經一籌莫展之際，通元子介入征戰的行列，並從容地用金葫蘆、攝魂瓶翻轉戰局：

> 百花娘娘越發著急，念起咒語，船頭轉西，擂鼓大進。放出二

168 于丹也注意到了九天玄女在《雪月梅》中有著溫情的一面，是與傳統形象比較不同的。見氏著：〈中國戰爭女神源流考〉，《遼寧師範大學學報》（社會科學版）第30卷第1期（2007年1月），頁88。

> 囊法寶，被通元子羽扇兩揮，霧氣火光都已消散。通元子不慌不忙，取了金葫蘆，放出十萬八千鐵錐金甲兵，錐得那番兵個個被傷，人人叫苦。又取出攝魂瓶，揭開瓶口，用手一招，把倭王、先鋒的真魂一齊攝入，兩人肉身如山崩地裂跌倒船艙。嚇得百花娘娘面如死灰，隨即飛船搶回屍首。（第10回，頁629）

倭王麻圖阿魯蘇昏迷之後，倭兵群龍無首，百花娘娘只得奉表請罪，張經也很爽快地讓通元子釋出真魂，展現中國的泱泱大度。事實上，這份慷慨從通元子所用的武器就看得出端倪，其在第二回自言將會以三件法寶解除殺機，包括金葫蘆、攝魂瓶，還預示後來會用捆妖索（即是助拳張昆之時），最終又將乾坤袋授予仙姑，拿來裝載倭將，故除了金葫蘆內藏甲兵外，其餘都非傷人性命之物。

劉衛英以為，瓶狀器物的基本功能就是容納，而藝術家的無窮想像力主要表現對所容納之物的想像與誇張之上。壺口可以聯繫到道教的「壺天」、「洞地」，佛經則有「梵志吐壺」之故事，這些恢奇的空間觀，勢必帶給小說家極大的啟發。在戰爭鬥法的描寫中，瓶狀器物除了藏物傷人外，還有一些屬於囚魔寶器，這是其蘊藏能力的一種逆向思維結果，是內斂的而非發散的，即使收服妖魔也不是殺死它，而是將之禁錮起來，顯示了宗教的慈悲胸臆。[169]

無獨有偶，繩索類的法寶也重在困敵，有時甚至有些戲謔的意味，例如同樣是捆人，《三寶太監西洋記》中王蓮英用的是蜘蛛網、《續鏡花緣》中淑士國道姑用的是縛蟹的草繩，至於《西遊記》中金角、銀角使用的幌金繩，原來是太上老君「勒袍的帶」。[170]前文提到的《升仙傳》中，乜律洪就是為絨線所制——苗慶本來還覺得好笑：

---

169 以上詳見劉衛英：《明清小說寶物崇拜研究》，頁187-210。

170 劉衛英：《明清小說寶物崇拜研究》，頁47-51、57-58。

這一條絨線，怎能捆住這個漢子；但乜律洪也終於投降，並未被殺害。《玉蟾記》四十三回寫通元子使用捆妖索，也僅是暫時使敵人失去戰鬥能力：

> 兩人鬥了許多時候，通元子取了捆妖索撒在空中，那一條索化為千萬條繩，緊緊套著百花娘娘昏迷在陣。倭王見勢不好，遣了十員倭將趕來，把百花娘娘搶回。當日聖姑姑只傳他解繩法，未傳他破繩法，所以既捆之後，才能解去。通元子與眾將掩殺過來，倭兵大敗，棄城而逃，仍歸海島。（頁778）

通元子雖有能力直接全殲倭寇，卻終究採取溫和的方式，也使得戰事波折不斷。除了倭兵有聖姑姑助陣，其以鐵笛召喚神獸，包括凶惡的金毛獅子，展現過人的法力外，華兵中的仙姑也能化成金龍，飛在空中，這些完全脫離了人間的交鋒。此外，百花娘娘在掙脫了捆妖索的束縛之後，陸續放出巫支祈和形大如山的水母，希望在海戰中取得優勢，可是巫支祈仍為庚辰所制：

> 這巫支祈就是大禹治水時的水怪，善應對言語，形若獼猴，縮鼻高額，青軀白首，金目雪牙，頸伸百尺，力逾九象。搏擊騰踔，疾奔輕利，倏忽間視不可久。禹授之童律不能制，授之烏木田不能制，授之庚辰能制。……通元子算到，說：「此怪非庚辰不能制。」即用符咒遣神將去請庚辰。頃刻庚辰到海，把巫支祈仍鎖歸原處。水亦平了。（第44回，頁782）

此戰重現了上古降魔的說話[171]，在此可以看見明清小說家總結數千年

171 巫支祈為傳說時的水怪，形若猿猴，又被稱為「無支祁」，據《戎幕閒談》〈李

澱積的精怪文化，以開放態度兼容並蓄於筆下的承繼，透過集中、融會與再創造，使文學藝術的世界愈趨廣闊而充實。[172]至於水母雖然有神通，五千兵割其蜇皮會越割越大，但終究不敵張昆「丹田元氣」的吹拂，沉沉入於海底。在這場驚天動地的神魔鬥法之後，這場抗倭戰役終於進入尾聲。麻圖阿魯蘇為洪猛（張昆之子）所擒，百花娘娘再次投降，而通元子面對殘餘倭將，秉持著「雖然大劫，實干天和」的理念，令仙姑以乾坤袋收服之：

> 仙姑口念真言，用手一招，那些倭將裝入袋中。西、北兩門依次招來，卻未曾損一人之命。那埋伏諸將到元帥大營繳令，仙姑到通元子帳中繳令已畢。再講洪猛、沈蘭馨押著倭王夫婦來見元帥，蘭馨把聖姑姑之言稟明元帥。元帥親解其縛，慰勞一番，留住客館。（第44回，頁783）

原來包括聖姑姑之所以傳授百花娘娘法術，又或者助陣倭寇，都是因為「數由天定」，其與通元子皆是天命的執行者。儘管劫難難以避免，但是上蒼又會同時展現悲憫的一面，因此最後只是將倭將裝入袋

湯〉：「禹理水，三至桐栢山，驚風走雷，石號木鳴，五伯擁川，天老肅兵，不能興。禹怒，召集百靈，搜命夔龍，桐栢千君長稽首請命，禹因囚鴻蒙氏、章商氏、兜盧氏、犁婁氏，乃獲淮渦水神，名無支祁，善應對言語，辨江淮之淺深、原隰之遠近。形若猿猴，縮鼻高額，青軀白首，金目雪牙，頸伸百尺，力逾九象，搏擊騰踔，疾奔輕利，倏忽聞視不可久。禹授之章律不能制，授之鳥木由不能制，授之庚辰能制。鴟脾桓、木魅水靈、山袄石怪，奔號聚遶，以數千載。庚辰以戰逐去，頸鏁大索，鼻穿金鈴，徙淮陰之龜山之足下，俾淮水永安流注海也。」收於〔宋〕李昉等編：《太平廣記》，卷467，頁128。《玉蟾記》的文字大致謄錄自上述之記載。

172　此說參考自張慧瓊：《精怪、妖術與明代神魔小說》（開封市：河南大學中國古代文學研究所碩士論文，2005年），頁8。

中，在倭王表示歸順後，即將之縱放，因此第四十四回，託名「自圖法相先生」的評者就說了：「且仙家用兵，以仁人之心行王者之師，觀其以乾坤袋裝貯倭將，而不以殺戮為功可見矣。」（頁784）

儘管部分論者認為，「倭患書寫」中的神魔敘事削弱了小說的現實意義[173]，然而在藝術層面的評價之外，筆者認為更應注意的是此敘事現象何以產生？以及背後所支撐的文化心理，以下將逐一探討。

三　由「殺」到「生」：望洋興嘆的記憶轉化

首先，除了小說類型整併的創作趨勢之外，由神祇來介入人間的戰爭，揭櫫的是民眾對於倭患的恐懼。過往學界像是張哲俊、林琳等人，已然留意到清代小說中的倭寇，或者被視為「丑類」（小丑、兇丑）[174]，或者出現「妖魔化」的特色[175]，這固然看出了明代倭患之傷害所帶來的餘波盪漾，但都點到為止，沒有進一步闡釋為了剋制「丑類」、「妖魔化」的「非常」敵人，神祇的降臨將是扭轉乾坤的關鍵，兩者乃相對應的關係。換句話說，昔日的研究成果並未指明當人世有「魔」之劫難肆虐，且英雄無力於抵禦之際，則必有「神」之顯靈救世的因果概念。[176]

173 以《雪月梅》為例，如只迎博說，《雪月梅》的創作存在不足之處，包括男、女主人公遇到困難或命運出現不確定時，神異的力量總能及時的出現，削弱了人物形象的現實意義。見氏撰：《《雪月梅傳》研究》，頁46。另外，楊靜波也認為，《雪月梅》借鬼神而故弄玄虛、撲朔迷離的寫法在藝術上削弱了小說的嚴肅性和藝術價值。見氏撰：《《雪月梅》人物形象研究》（延邊市：延邊大學中國古代文學研究所碩士論文，2016年），頁7。

174 張哲俊：《中國古代文學中的日本形象研究》，頁320-329。

175 林琳：《論清代通俗小說中的日本人形象及其發展演變》，頁8-9。

176 聶紅菊倒是注意到了倭患小說中有大量的神魔因素：「正邪陣營往往得到各種神仙或妖魔的支持」，但奇怪的是，其卻剛好顛倒了這種因果關係，乃是先觀察到神仙前文提到，受到萬曆朝鮮戰爭的刺激，民間對於「嘉靖大倭寇」的恐慌重新被召喚，但由於時間的阻隔與情報的混亂，沿海編氓竟至於將「倭」想像為「魍魎不可知之物」，這也促成了說部之中「倭寇／日本」妖異化的走向。當時的時事小說：〈斬蛟記〉，即率先將豐臣秀吉塑造漏刃於旌陽的孽龍，而後來的《野叟曝言》，乃至於本節提到的《升仙傳》、《雪月梅》、《玉蟾記》等文本，或多或少都將虛構化的倭魁視作「妖異的蠻王」，雖脫離了歷史之事實，卻側面顯示出中國百姓對倭患的理解與感受。

既然「倭」作為「魍魎不可知之物」是如此令人畏懼，那麼隨之而來的對治就顯得刻不容緩了。對於飽學之士來說，摸清敵人的底細是當務之急，於是包括《皇明馭倭錄》、《備倭記》、《嘉靖倭亂備抄》、《虔臺倭纂》、《倭情考略》、《倭奴遺事》、《倭志》等「嘉靖大倭寇」史料，大量付梓於萬曆二十年代（亦即朝鮮之役戰火正熾的時候）[177]，就是希冀提供世人正確的資訊，消弭不安的氛圍，所以前引〈倭情考略序〉才說：「所深慮者，沿海編氓，靡識倭狀，將以為是魍魎不可知之物，氣先奪而彼得以恫嚇肆志焉」、「故倭亦人耳，知者易之，不知者懼之」。另一方面，羽翼經、史的小說家則提供了直接的方式，以饜人心，像〈斬蛟記〉就是由羽流之輩「揮劍一擊」，將平秀吉的頭顱砍下，轉瞬就解除了危及帝都的海警；《野叟曝言》則由中國發動渡海之戰，直搗黃龍；而在《升仙傳》、《雪月梅》、《玉蟾記》中，神靈們更紛紛使出渾身解數，將「劫數」的傷害降至最低，以免生靈塗炭。儘管小說的描寫大多無視於現實，呈現出虛誕的敘事基調，卻同時突顯了中國人對於由「非常」（戰爭）回歸到「正常」

在抗倭戰爭中的法力無邊，然後才提到與之相關聯的是妖魔化的倭寇形象，並未將兩者有機地結合。見氏撰：《《戚南塘剿平倭寇志傳》研究》，頁135-136。

177 吳大昕：《海商、海盜、倭——明代嘉靖大倭寇的形象》，頁90-91。

（和平）的一貫想像。李豐楙言：

> 在常與非常的轉換中，為了解決某地（平常空間）某些人（平常人物）的生存危機，由於非常物所帶來的不安定、不安寧，常需要經由非常人物的智慧、能力及膽識，始得以解除危機，使生活、生存狀態又恢復平常的安定、安寧。這正是平常人所熟悉的日常、平常的經驗世界，也是文化心理中以常為正、為道的共同認知與體驗。[178]

上述所說的雖然是六朝精怪故事，但是自六朝而滿清，「常」與「非常」的循環往復，的確不斷驅策著文學田畝的筆耕墨耘，瓜瓞綿綿——在「倭患書寫」的文本之中，那帶來「不安定、不安寧」的「非常物」（魍魎不可知之物），即是丑類化、妖魔化的「倭」；而具智慧、能力及膽識的「非常人物」則是神仙，可將之識破並剋制。另外，與家將小說刻意烘托名將的情況迥異，在「倭患書寫」相關的明清小說文本中，名垂青史的將領多處於缺席的狀態，或者發揮極其有限，如胡宗憲甚至被貶為反派，轉由虛構的將帥擔負起拯救中州的重責，此時神祇的介入更加強了天命所歸的正當性，使讀者得以獲得歷史評價以外的認同感。

除了神祇的介入象徵了大眾對於秩序回歸的嚮往之外，其次可以思考的則是倭寇的下場的問題。前文提到，明清小說中不乏對嘉靖大倭寇「縛嬰沃湯」、「孕婦刳腹」一類暴行的控訴，豐臣秀吉發動萬曆朝鮮戰爭，也帶來「將蹈藉關白之肉而飲其血」之群情激憤，可見明朝倭患帶給中國的傷害。然而，與這種食肉寢皮的憎惡不成正比，

178 李豐楙：〈六朝精怪傳說的結構性意義——一個「常與非常」的思考〉，收於氏著：《神化與變異：一個「常與非常」的文化思維》，頁203。

《升仙傳》、《雪月梅》與《玉蟾記》中，乜律洪、趙天王、痲圖阿魯蘇等首惡最終皆以「我出家人到處慈悲」、「當體好生之德」、「以仁人之心行王者之師」等緣由而逃過一劫，苟延殘喘，何以小說家筆下的仙人，竟是如此「以德報怨」？

其實，這正是《野叟曝言》「渡海之戰」與明太祖「不征之國」兩種不同日本觀折衷的結果。「征」與「不征」、「血債血償」與「以德報怨」之間，關鍵不在於仇恨有多大，而在於有無「能力」達到報復的目的；而中國之所以對日本僅能採取消極守勢，曾經萌生的「征倭搗巢」計畫最多只聞樓梯響，終究流產，箇中原因就在於海戰的不安定因素遠大於陸戰：「海風無期，禍害莫測」。在這種情況下，儘管明朝出過胡宗憲或「俞龍戚虎」之抗倭名將，但與漢、唐、宋的情況迥異，抗倭將領始終無法如薛仁貴、楊業、狄青、岳飛等赫赫有名的元帥一樣深入敵境，且這些人的故事更匯成了家將小說的龐大文本群，而倭患描寫則苦於素材的短缺，極少犁庭掃穴的情節。職是，像《野叟曝言》般大膽地將日本納入版圖的想像，真可謂之吉光片羽。

既然「征倭搗巢」有客觀上的困難，明朝面對「嘉靖大倭寇」和「萬曆朝鮮戰爭」都難免有「望洋興歎」的無力感，小說家為了療癒這種情緒，訴諸仙聖成為一帖超越現實的藥方。只不過饒富意味的是，儘管濟登科、苗慶、白猿神都曾握降妖伏魔之寶劍來剋制倭寇，但最後這把殺戮之劍，卻在職掌劫數的九天玄女手中幻化成慈航普渡之金橋。而且，本來在〈斬蛟記〉中果斷砍斫平秀吉脖頸的黃石公（其同時是兵符傳授之神），到了《玉蟾記》卻化名成「通元子」，僅以攝魂瓶、捆妖索、乾坤袋收拾倭寇，被譽為是「仁人之心」。寶劍有兩面刀刃，黃石公有兩副心腸，因此神祇的法力雖有利於扭轉局勢，但也決定了烽火不會燔灼到境外，「殺／生」其實都反諷了中國軍隊既難以獨力反擊，也無法轉守為攻，只能任由踏浪而來的侵略者飽颺，徒呼負負，彷彿倭寇的全身而退也是「天命」運作的結果。

四　關帝與天后：從大陸到海疆

以上所析論的，是神祇作為幫助者的明清小說「倭患書寫」，在這些文本當中，「祂」們雖高高在上，卻只是故事的配角，但還有一部明代的神仙聖傳則係以關帝[179]作為主人翁，內容也以神靈的表現為核心，其中的聖蹟就包括了抗擊倭寇，頗可注意，這部作品就是《關帝歷代顯聖志傳》[180]（又名《關帝英烈神武志傳》）。《關帝歷代顯聖志傳》共四卷，三十二則，編輯者署名「穆氏」，不詳其事蹟，而據張麗娟之考證，該書當作於崇禎三年（1630）以後，明亡以前，版刻亦在此期間。[181]實際上，自宋至清，有關於關公的道書、鸞書不少，一般會特別提到的集大成之作，包括有元人胡琦的《關王事蹟》五卷、清人盧湛的《關帝聖蹟圖志全集》十卷[182]，但是這部介乎兩書之

179 有關關帝從「關羽」到「關聖帝君」的神格化過程、民間信仰的銘刻，以及儒、釋、道三教對關帝的收編，可參見〔美〕杜贊奇：〈刻劃標誌：中國戰神關帝的神話〉，頁93-114；顏清洋：《從關羽到關帝》（臺北市：遠流出版事業公司，2006年）。筆者按：由於「關帝」尊號之出現確立於萬曆之後，因此下文有時稱「關公」、「關王」、「關聖」，代表「關帝」神格晉陞前之階段。

180 本書使用版本為〔明〕穆氏編輯：《關帝歷代顯聖志傳》，收入《古本小說集成》（上海市：上海古籍出版社，1990年，北京圖書館所藏明刊本）。以下為行文方便，所引原文但標卷數、頁碼，不另加註。

181 張麗娟：〈前言〉，收於〔明〕穆氏編輯：《關帝歷代顯聖志傳》，收入《古本小說集成》，正文前頁1。

182 詳見蕭登福：〈宋元至清，關帝神格及相關道書、鸞書探論〉，收於蕭登福、林翠鳳主編：《關帝信仰與現代社會研究論文集》（臺北市：宇河文化出版公司，2013年），頁446-489。另顏清洋提到明朝的關公專書還包括有張寧《義勇錄》、任福《義勇集》、楊巽《重訂關王義勇錄》、呂柟《義勇武安王集》、呂文南《重訂義勇武安王集》、方瑩《重刻漢壽亭侯集》、趙欽湯《關侯祠志》、焦竑《關公祠志》等。見氏著：《從關羽到關帝》，頁206-208。

間的《關帝歷代顯聖志傳》，卻是以小說體撰成的，一則故事之末常云：「未知後事如何，請看下回分解」（儘管後續故事與前一則未必有聯繫），刻意模仿章回小說，與上述作品的體例迥異。

據鄭舒翔之研究，關帝本是三國時代的蜀漢大將：關羽，而倭寇則主要肆虐於明朝，雖然兩者乍看風馬牛不相及，但是其作為中國著名的戰神，在倭寇隳突的局勢下，關公信仰也隨著鎮海衛所的設立而傳播至福建沿海。東山關帝廟碑刻「城銅山，以防倭寇，刻像祀之，以護官兵，官兵賴之」，說的就是這樣的歷史背景；而關公既能掃蕩海氛，帶來風平浪靜的安頓作用，也慢慢成為當地商賈、漁民心目中的「財神」與「海神」，甚至輻射至雲霄、詔安、上海、寧波、潮汕、臺灣、東南亞等地，輾轉變成海洋社會重要的組成之一。[183]

關帝與倭寇的關係還不只如此。黃華節提到，到了嘉靖、萬曆之際，國家外患日深，北方邊患未徹底消弭，東南又大鬧倭寇之擾，因此不僅民間重視關王，嘉靖十年朝廷改稱「漢關帝壽亭侯」，是「關帝」尊號的第一次出現；萬曆四十二年（一說是萬曆33年）更加封為「三界伏魔大帝神威遠震天尊關聖帝君」，且天子特頒旒冠、龍袍、玉帶、金牌等，是官方對關帝展現尊敬的重要里程碑。[184]儘管顏清洋認為，明神宗之所以敕封關公帝號，極可能是在太監、道士簇擁下的「荒唐」行為[185]；時人沈德符則是以「或云上夢有異感，遂進此銜名」[186]來解釋這個舉措，不過嘉靖、萬曆兩朝的共通點的確是倭患亂邊，兩位帝王對關公的敬重，似乎也不能排除澄清海疆的期許與回饋。

183　以上詳見鄭舒翔：《閩南海洋社會與民間信仰——以福建東山關帝信仰為例》（福州市：福建師範大學專門史研究所碩士論文，2008年），頁23-44。

184　黃華節：《關公的人格與神格》（臺北市：臺灣商務印書館，1995年），頁165-166。

185　顏清洋：《從關羽到關帝》，頁223-237。

186　〔明〕沈德符撰，楊萬里校點：《萬曆野獲編》，卷14〈加前代忠臣諡號〉，頁2280。

以域外的狀況來說明，今日韓國的關帝信仰即是萬曆朝鮮戰爭時傳入的。當時駐紮漢城的明朝將帥楊鎬先是建成南廟（已燬於韓戰，1950-1953），將之奉為軍神，後來明神宗有感於關公屢屢顯靈，幫助聯軍在壬辰倭亂中取得勝利，戰爭結束（1599）又贈送匾額，讓朝鮮政府建造了規模更大的東關王廟——直到近代日本帝國主義入侵之際，高宗還積極推動關羽祠堂的修建，就是企盼神靈再次從日軍槍口下拯救朝鮮。[187]從朝鮮建廟的事實可知，朝廷對於關帝護佑帝都的聖蹟有著嚴肅的認識，特別是在豐臣秀吉派軍侵襲的存亡之秋，戰爭最終以日軍的鎩羽收場，帶給中韓兩國極大的鼓舞，日後也不斷召喚著這段榮光的記憶。

韓半島的情形已如上述，而中國方面，包括《關帝歷代顯聖志傳》、《關帝聖蹟圖志全集》在內的文本，皆上溯嘉靖大倭寇，宣傳了關帝大破倭寇之神話[188]；甚至迤邐至甲午戰爭及中國抗日戰爭（Second Sino-Japanese War, 1937-1945）期間，關帝護國的傳說仍層出不窮，從打「倭寇」到打「鬼子」，持續地捍衛神州大陸。[189]職是，黃華節提到，當萬曆帝以「伏魔」之聖號來敕封關公，背後的思維恐怕就不只是宗教的（僅以妖精鬼怪為「魔」），而是希冀這位戰神

187 〔韓〕崔官著，金錦善、魏大海譯：《壬辰倭亂——四百年前的朝鮮戰爭》，頁53-55。又關帝於萬曆朝鮮戰爭顯聖之文獻，及建廟地點與日軍侵略路線之關係，可參見〔韓〕李成煥著，丁煌指導：〈韓國朝鮮中期的關帝信仰（1592-1598年）〉，《道教學探索》第4號（1991年10月），頁466-477。

188 《關帝聖蹟圖志全集》中包括「箕示倭亂」、「助平倭寇」、「太倉捍寇」、「嘉定斬倭」等事蹟，皆與嘉靖大倭寇有關。見黃華節：《關公的人格與神格》，頁205-206。

189 馬昌儀：〈論民間口頭傳說中的關公及其信仰〉，收於李亦園、王秋桂主編：《中國神話與傳說學術研討會論文集》（臺北市：漢學研究中心，1996年），上冊，頁386-387；〔俄〕李福清（Boris Lvovich Riftin）：《關公傳說與三國演義》（臺北市：雲龍出版社，1999年），頁60-61。這些故事來自吉林、上海或南洋，包括關帝助左寶貴及依將軍抗擊日軍、用大刀劈開炸彈，以及關帝顯聖籌措軍款等。

能夠降伏一切為害於人的暴戾者和公眾的仇敵（廣義的「魔」）[190]，擔負起帝國的守護者，就像其曾在朝鮮之役的表現一樣出色。將關帝與國家的秩序等同起來，雖然表面上有些匪夷所思，但正如同杜贊奇所提醒的：「說起來關帝不是就曾為保衛漢室與叛亂的黃巾軍作戰嗎？」[191]

透過以上的梳理，可知關帝顯靈擊殺倭寇，不單出於小說者言的想像，乃是經由民間寄託、官方建構的交互作用而淬鍊之結果，晚明的《關帝歷代顯聖志傳》所揭櫫之「伏魔」故事，既有真正的妖邪（如蚩尤、山魈），也有異邦的外侮（如倭寇、紅夷），既虛且實，都是時代處境的反映，也可側面顯示說部之中「神魔」與「講史」匯合的文化心理。《關帝歷代顯聖志傳》回目中與倭患有關的故事共計四則，包括卷二的〈嘉餘常州三殺賊〉、〈松溪縣顯身殺倭〉、〈綠鰲城斬妖殺賊〉，卷三的〈彭湖港丹山擒倭〉，然其中〈松溪縣顯身殺倭〉有目無文；〈綠鰲城斬妖殺賊〉正文作〈綠鰲城斬旦解賊圍〉、〈彭湖港丹山擒倭〉正文作〈彭湖港助丹山擒倭〉，以下分別論述之。

〈嘉餘常州三殺賊〉一開始敘倭患的生發，顯然抄錄自《戚南塘剿平倭寇志傳》卷一〈羅龍紋說汪五峰〉前的部分，亦即倭國國王為報弟仇，以倭刀及諸海寶贈汪五峰、徐碧溪，及二人率只罕等倭將進攻杭州，與少陵僧激戰並用計殲之的情節，就連插圖也有模仿之處

190 黃華節：《關公的人格與神格》，頁197-198。

191 〔美〕杜贊奇：〈刻劃標誌：中國戰神關帝的神話〉，頁107。這當然不是說關帝護衛帝國的效力僅只於打擊倭寇，事實上杜贊奇舉的例子是清廷利用關帝代表的儒家秩序，吸引秘密社會成員進入鄉勇來對抗受基督教激勵的叛亂團體：太平天國；而另一方面，黃華節也提到關帝曾幫助元軍擊敗武仙（金朝將領），以及保佑明軍消滅陳友諒、征討貴州夜郎的聖蹟。見氏著：《關公的人格與神格》，頁205-206。關帝信仰傳播至長城沿邊，則與明朝駐軍之信奉有關，但後來連這些「敵人」也皈依關帝，於是包括蒙古、滿州等民族，亦慢慢成為虔誠信徒。見顏清洋：《從關羽到關帝》，頁250-256。

（見本章附圖五），這是過去研究《戚南塘剿平倭寇志傳》之學者未曾留意的，也顯示了該書編輯者裒集民間傳說與文人筆記的駁雜。[192] 在官兵敗陣後，督察趙文華苦思退敵之策，親見關公顯聖，軍心大振，次日果蒙神靈助拳，以下是關公分別於嘉興、餘姚、常州顯聖：

> 吳指揮末將也，力豈汪、徐等比，至是為前哨，心殊怖畏。正逢倭將只罕，不數合，吳力怯。正慌忙間，忽然風沙大作，吳自覺兩手有力，運刀如飛，其刀法並平日所未曉者。只罕大敗走，追擊之，汪五峰出迎，未五合，又敗走。訝曰：「此將如關聖狀貌，且刀法如神，難以抵敵，不如逃去。」徐碧溪出戰，亦兩三合而敗。（頁93-94）

> 是年又有倭兵圍浙江餘姚城，城幾陷。姚靈緒山之西，有關帝廟，姚人無計，爭禱於廟曰：……忽廟中陰雲四起，狂風大作，姚人耳裡都聽得有人道：「汝等何不開門迎戰？」姚人聞言，驚走出廟門，時便見空中陰兵四布，關聖持刀向前，從東南門出。滿城百姓一時閧遍，說關王助陣，……姚人奮力當先，無不一當百，倭兵如酒醉一般，拿刀不起，自相踐踏，死者不可勝計，遁去者不過三分之一而已。（頁95-96）

---

192 劉海燕注意到《關帝歷代顯聖志傳》取材自廟碑、筆記、野史等文獻，見氏著：〈《關帝歷代顯聖志傳》中的關羽形象與敘事策略〉，《陝西教育學院學報》第21卷第4期（2005年11月），頁52-53，但從這則故事可以看出來，已刊刻的小說也是編輯者蒐羅的資料之一。筆者按：相較於《戚南塘剿平倭寇志傳》開篇的殘缺，〈嘉餘常州三殺賊〉多了「話說嘉靖乙卯年，汪五峰、徐碧溪叛亂據海島中，時倭國主欲入寇，遣使至島，五峰令放入相見。五峰曰：『下國皇伯順德王別來無恙否？』倭使」等字句，但是否能作為闕漏之補遺仍有待商榷，因後文對原文仍有若干文字之更動，並非完全謄錄之。

> 賊將欲殺回歸路，忽看見關聖前面阻住曰：「賊哪裡去？」賊無不大驚潰。……徐碧溪大憤，挺長槍望官軍殺來，只見關聖擋住曰：「哪裡去？」碧溪大叫一聲，墜於馬下，被眾軍銃箭而死。（頁98）

倘若仔細比對「常州殺賊」的文字，會發現這部分其實仍襲自《戚南塘剿平倭寇志傳》（卷2〈戚參將智敗倭奴〉），包括官兵假扮成倭寇、劉龔持大刀擋住倭寇、徐碧溪被鳥銃射死，以及汪五峰敗走、搶回衣甲、器械、俘虜等情節皆依樣畫葫蘆；前文亦曾引該段說明「偃月刀」在抗擊倭寇時所發揮的威力。而富有意味的是，本來《戚南塘剿平倭寇志傳》中劉龔持大刀的形象並未有明確的神化[193]，《關帝歷代顯聖志傳》卻直接由關帝取代這個角色。

由此可見，穆氏所蒐集的「聖蹟」不見得都是流傳於各地的廟碑、筆記、野史等一手文獻，也有純粹屬於「再創作」的「仿擬」（parody）。前文已談到，《戚南塘剿平倭寇志傳》中汪五峰、徐碧溪聯袂行動的刻劃，是不合於歷史事實的，但在編輯者筆下，考慮的似乎不是此事的「可信程度」，而是故事的「趣味與否」。此外，由於主軸在突顯關帝的神武無邊，故史乘、說部中多被貶低的趙文華、胡宗憲，在文本中卻成為神祇的虔誠信徒，可見穆氏把道德評價目作枝微末節，而更重視主角（也就是關帝）的活躍表現。

同樣是卷二，且賡續在〈嘉餘常州三殺賊〉之後的是〈綠鰲城斬旦解賊圍〉，說的是「嘉靖三十四年戊午」，汪五峰旗下嘍囉覬覦漳州府綠鰲嶼之輻輳、繁華，欲趁祭賽迎神，人心鬆懈時滋事，卻被關帝

193 儘管《戚南塘剿平倭寇志傳》卷3〈戚公進兵救海門〉寫到劉龔曾大叫一聲：「關王爺爺！」並說倭寇眼中的劉龔面若塗朱，騎一匹胭脂赤兔馬，手持青龍偃月刀殺來，顯然模仿關帝之姿態，但並不代表這就是關帝附身，只是形象的雷同罷了。

顯聖殺敗之情節：

> 戲將半，內演一齣關公斬貂蟬，正上臺，作了一會。那城裡的賊早已報知海上嘍囉，說今日迎神搬戲，正好作事。至是統了四五百嘍囉，乘勢來到城下，……那梨園淨裝成的的關帝，忽然手起手落，把那裝貂蟬的正旦一刀斬下頭來。眾會首和看戲人相顧失色，……又只見裝的，從人頭上飛出，把廟門外一匹馬跨上飛去。……賊到城下，關帝遂躍出城去。賊大驚奔，嶼城中人，乘勢趕殺無數。賊遁入海島，嶼城使得保全。（頁106、109[194]）

「關羽斬貂蟬」最早可以追溯至元明間雜劇〈關大王月下斬貂蟬〉，在民間流傳頗廣，象徵「紅顏禍水」之觀念並透露了關帝崇拜的影響。[195]儘管此說話有荒誕的一面，但確實家喻戶曉，也很能表現關公陽剛、血性的神格，所以《關帝歷代顯聖志傳》大概也是刻意借助「關羽斬貂蟬」在民間的知名度，安插於關聖顯靈斬殺倭寇的情節之前，寫出了一段腥風血雨的驚奇故事。

---

194 《古本小說集成》編委會編輯整理之版本中，頁107-108部分其實不屬於〈綠鰲城斬旦解賊圍〉之情節，而是後文〈兩顯聖救沈氏父子〉之故事，是以頁106（那梨園淨裝成的）與頁109（的關帝）才是接續的文字，不過其中一個「的」字是贅文。

195 《三國志》曾記載曹、劉聯合討伐呂布時，關羽向曹操要求賞賜敵將秦宜祿之妻，這個好色的劣跡不利於信徒塑造「關帝」的完德神格，因此衍生出關羽坐懷不亂的「斬貂蟬」故事，敘事者也將貂蟬貶低成不貞不義的女性。但相關故事主要以戲曲、彈詞、子弟書等說唱形式傳播，《三國演義》的評改者毛宗崗就曾表現出對此之厭惡：「最恨今人訛傳關公斬貂蟬之事，夫貂蟬無可斬之罪，而有可嘉之績」，認為貂蟬實有翦除權臣董卓的貢獻，形成「民間／文人」不同面向的流衍。以上詳參〔日〕伊藤晉太郎：〈關羽與貂蟬〉，《成都大學學報》（社科版）第2期（2005年），頁39-44。

此外還有卷三的〈彭湖港助丹山擒倭〉，發生在「隆慶間」，寫的是黃丹山鎮守彭湖之事。在關王助黃丹山捉拿賊人之後，又護佑其消弭倭患：

> 時歸棹從海上歸，有日本賊船一隻，正要來丁字港裡劫掠。丹山大驚，一時無備，如何擒拿？忽見關爺立空中，那賊船自然櫓斷，被風吹入港裡，不能支撐。丁字港人大喊圍拿，丹山船從後抄出，擒賊二百人。丹山大喜，文書報功，後陞指揮之職，莫不稱□帝之靈應，而丹山得獲神明之報也。（頁158-159）

「彭湖」亦即今澎湖，據何孟興之研究，該地在明初原被視為率土之濱的棄棋，採取「墟地徙民」的消極方式來擱置，但隨著嘉靖時倭、盜巢據於此，朝廷開始派員遠汛，萬曆朝鮮戰爭之際更因局勢緊張的關係，正式設立了彭湖遊兵（1597），加強戍守之軍力，把經略海洋的觸角從「近岸」的金門伸向「海中」的澎湖。[196]之後名將沈有容又驅走企圖染指於此的荷蘭人（1604），更代表了中國對澎湖的重視——《關帝歷代顯聖志傳》卷二〈彭湖港助丹山擒倭〉及後文卷四〈彭湖降氣魚殺紅夷〉的故事，可以說是反映了中國海防觀念的演進。

以上是《關帝歷代顯聖志傳》這部神仙聖傳中的「倭患書寫」，看到的是關帝以神祇的姿態，痛擊倭寇的「非常」表現，也是「神」與「人」的廝殺，象徵了庶民對於暴徒的恐懼與訴諸神明的依託。而作為本節的結束，筆者還要用簡單的篇幅談論另外一部仙傳小說，其中的主角與海洋的淵源更深，祂／她是華人移民心目中最重要的海神／女神：媽祖，這部作品即是《天妃娘媽傳》。

---

196 可參見何孟興：〈金門、澎湖孰重？論明代福建泉州海防佈署重心之移轉（1368-1598年）〉，《興大人文學報》第44期（2010年6月），頁179-206。

《天妃娘媽傳》卷首題「南州散人吳還初編，昌江逸士余德孚校，譚邑書林熊龍峰梓」，刊行於萬曆年間，是一部描寫媽祖「出身／修行」的典型仙傳作品。[197]嚴格來說，小說中並未出現「倭寇」的身影，不過包括陳美霞、賈偉靜在內的研究者皆認為，故事的反派之一：鱷精（四喉伯），影射的正是明代攪亂華南沿海的倭寇。[198]這樣的觀點頗具參考價值，以第三回〈四喉伯經營圖伯〉為例，當時東海正值秋汛，海若派夜叉巡守，巧遇蠻橫的鱷精：

> 二三夜叉一見，慌忙進前問曰：「汝是何方奸凶，無故擅入吾境？吾大王正因前數年汛守不備，號令不嚴，使奸邪得以私侵境內，以致四境不平。今新主蒞政，諸臣戮力，紀綱重重振舉，政治處處舖張。……汝獨不聞入國問禁乎？可接淅而行樂則生矣。毋三宿出晝必有後災。」鱷聞言大喝一聲曰：「汝這無名小鬼，輒敢侮慢大人。……汝可速回，多多拜上大王，道有北天碧池內四喉尊伯，聞東海境界無邊，畜物蕃盛，特來借地為鄰。順則求結和好，不失兄弟之親。違則天戈一指，寸草亦自不留。」[199]

---

197 《天妃娘媽傳》又名《全相天妃出身傳》、《新刻宣封護國天妃林娘娘出身濟世正傳》等。有關這類「出身／修行」的仙傳小說介紹，可參考李豐楙：〈出身與修行：鄧志謨道教小說的敘事結構與主題〉，收於氏著：《許遜與薩守堅：鄧志謨道教小說研究》，頁313-352；白以文：《晚明仙傳小說之研究》（臺北市：政治大學中國文學系研究所博士論文，2005年）。

198 陳美霞：〈論明代神魔小說中海洋情結的敘事特徵〉，《內江師範學院學報》第25卷第3期（2010年），頁25；賈偉靜：《《天妃娘媽傳》研究》（新鄉市：河南師範大學中國古代文學研究所碩士論文，2012年），頁30-31。

199 〔明〕吳還初編，〔明〕余德孚校，傅憎享校點：《天妃娘媽傳》（瀋陽市：春風文藝出版社，1998年），第3回，頁29。

與《關帝歷代顯聖志傳》又有所不同，小說家選擇把正、邪的角力，拉抬至神、魔的對抗，增加敘事的張力。羅春榮更細緻地提出分析，認為「鱷」與「惡」諧音，其生性凶惡，醜陋怪戾，為水中龐然大物，且橫衝直撞，霸道四方，屢屢犯人邊境，撞翻商船，奪人財產，與寇無異，再加上夜叉所謂「汛守」，正是明軍春、秋二汛戍守海島的定制，反映了當時禦倭的歷史。又小說背景設於漢明帝時代，年號永平；「明」指明朝，「永平」與「永樂」接近，暗喻著創作者對明成祖時鄭和下西洋的追慕，這部小說作於嘉靖、萬曆年間，與有感於「倭患甚殷」、「東事倥傯」的《三寶太監西洋記》是同一寄託。[200]

以上看法已可印證《天妃娘媽傳》是用迂迴的方式描寫倭患，而作者選擇以神魔的形式來進行故事的鏤刻，基本上與〈斬蛟記〉以降的一系列文本一樣，是肇因於對侵略者的懼怕、未知與憎惡之情，遂將之妖異化，並將拯救黎民於水火的殷切期盼，寄託於羽流或仙聖之輩，展現出既恢奇又立基於現實處境的共同文化心理，閉門造車，出門合轍。

在此節的討論中，筆者處理到的小說包括有《戚南塘剿平倭寇志傳》、《升仙傳》、《雪月梅》、《玉蟾記》、《關帝歷代顯聖志傳》與《天妃娘媽傳》，這些作品的共通性是出現了神祇介入的「倭患書寫」。在帶有「補史」基調的《戚南塘剿平倭寇志傳》中，出現了城隍和海神的身影，幫助林大尹和戚繼光打敗了敵人，不過文字相較質樸、簡略，僅是點綴性的作用。

到了清代，虛構的色彩大幅提升，或由於時過境遷，或由於娛樂需求，小說家也嘗試將「講史」、「神魔」兩大元素進行更多的整合，於是不僅架空的人物囊括了剿平倭寇的榮譽，對手泰半帶有妖魔化的

200 以上詳見羅春榮：《媽祖文化研究》（天津市：天津古籍出版社，2006年），頁119-132。

形象，神祇也更積極介入人間的戰鬥。明末清初的《升仙傳》尚且由名將戚繼光擔任總帥，可是多數篇幅已是看仙師濟登科、苗慶的表演，降伏來者不善的乜律洪；到了乾隆、道光年間的《雪月梅》、《玉蟾記》，抗倭的指揮更乾脆讓位予岑秀、張昆這些虛構角色，對抗趙天王、麻圖阿魯蘇等杜撰的蠻王，神、魔之間的鬥法亦愈演愈烈。

小說作者之選擇以「神魔」的形式描寫倭患，也與萬曆朝鮮戰爭中，民眾將倭寇看作「魍魎不可知之物」的怖懼有關，而在中國人的認知裡，要平復這種「不安定、不安寧」的「非常」狀態，必須由兼具智慧、能力及膽識的「非常人物」來執行，遂形成仙流介入「倭患書寫」的情節特色。此外，與家將小說不同的是，岑秀、張昆等英雄並非在「精神的傳承」與「天命的交付」的儀式後，即取得單獨與妖邪抗衡的能力，而仍高度仰賴玉虛夫人、通元子等仙聖的襄助，才能終止兵厄。而且，《升仙傳》、《雪月梅》、《玉蟾記》幾部作品內，神祇分明都有能力擊殺倭寇（以鎮邪之寶劍為代表），但最後卻都以「我出家人到處慈悲」、「當體好生之德」、「以仁人之心行王者之師」等理由開脫首惡與殘黨，正暗示了現實中華兵「望洋興嘆」，任日軍飽颺的無力感，僅能以「天命」作為終極的解釋。

最後，還有兩部神仙聖傳的作品可以注意，包括《關帝歷代顯聖志傳》與《天妃娘媽傳》。隨著明朝衛所的設立，戰神「關帝」從中原走向海疆，不僅帶給福建、朝鮮前線抗擊倭寇／日軍的將士及軍眷以安定的力量，也在小說中施展過人神威，用血淋淋的刀鋒劙刈來犯的倭寇，神蹟遍布嘉興、餘姚、常州、綠鰲嶼及彭湖——關帝信仰既見證了中國靖海的歷程，亦漸次成為海洋社會的構成元素之一。而說到護佑濱海及移民的海神，則是不可能忽略媽祖這位神祇的；在《天妃娘媽傳》中，媽祖收服「鱷」精，帶來沿海秩序的寧靜之餘，也曲折地批判了倭寇之「惡」，這部作品表現了神祇介入的「倭患書寫」

中，一個別開生面的寓言手法。

小結

本章討論的對象，從〈斬蛟記〉的「蛟」一直到《天妃娘媽傳》的「鱷」，汪洋中的龐然大物不約而同地成為海外侵略者的代稱，當屬其來有自，乃是共同文化心理運作下的結果。從這條脈絡中可以看得出來，當明清小說家以丑類化、妖魔化的方式去形塑筆下的倭王時，又被稱為「龍蛇之變」的「萬曆朝鮮戰爭」，毋寧是一個關鍵的時間切面。〈斬蛟記〉和《野叟曝言》固然是以豐臣秀吉為主要的反派，但是當朝鮮之役重新召喚起了編氓對「嘉靖大倭寇」的恐懼時，所有萬曆以降的小說創作，多少都將兩個事件纏繞在一塊，抹消了倭寇陣營中「真倭」與「假倭」的分野，以及中日官方對於這些亡命之徒的共同取締態度，一概將之目作是來自日本的「正規軍隊」。

當豐臣秀吉以「日輪之子」來對自我「神格化」，並發動以「一超直入大明國」為目標的侵略戰爭後，中、日、韓皆無法避免地捲入烽火，中方且「喪師數十萬，糜餉數百萬」，也讓文人騷客對「平秀吉」的負面情緒達到巔峰，爰此，說部之中不僅有〈杜十娘怒沉百寶箱〉、〈曲雲仙　力戡大盜　義折狂且〉和《西湖小史》等文本，將之視作海外的亂源，〈斬蛟記〉甚至將其人性取消，並重新演繹「許遜斬蛟」的古老神話，把倭王降格為漏刃於旌陽的孽龍，曲折地暗示其對「祖國」的反噬，最後則是由黃石公等仙師渡海斬殺之。夏敬渠筆下的《野叟曝言》，則高舉「崇正闢邪」的大纛，把木秀、寬吉夫婦寫成崇奉釋教的好色之徒，日本也在其治下淫靡成風，只好由王師發動跨海之戰，直搗東京港，並祛除異端，將之納入版圖，成為海東之屏藩。

上述的想像當然都很離奇，然而不容忽略的是，小說既是虛構的文體，卻同時有立足於現實的成分。〈斬蛟記〉說「但既破倭兵，關白必親帥師而來，我兵不能當」，昭示了朝鮮之役中，明軍的表現差強人意，乃至於由羽流填補中國戰力的缺口，跨海擊之，表現了對武功經世的嘲諷。而《野叟曝言》又誇大中國之武勇，以五千兵員就兵不血刃地實現萬曆帝裹足不前的「征倭搗巢」戰略，莫怪乎會被譏為春秋大夢，過猶不及。可知從「嘉靖大倭寇」到「萬曆朝鮮戰爭」，日本持續被放在「不征之國」的位置，絕非祖訓難違，而是中國無力為之，只好留待道門龍象或「奮武揆文，天下無雙」的完美型人物，在架空的文本世界中執行了。

倘若把《升仙傳》、《雪月梅》、《玉蟾記》為主的幾部作品來參照，會發現「渡海之戰」與「神祇介入」其實是一體兩面的困境反映。當小說家讓濟登科、苗慶、白猿神等仙聖手持寶劍來壓制倭寇，卻又在稍饜人心之後匆匆展現克制力，由職掌劫運的九天玄女收起殺戮之劍，幻化慈航普渡的金橋，拯救倭寇殘黨；或以攝魂瓶、捆妖索、乾坤袋等仁者兵器網開一面，寫出「以德報怨」的結局。表面看來，這不啻是「化干戈為玉帛」的佳話，可是仔細咀嚼背後的涵義，會發現這仍然回到中國有無能力發動遠征的問題；如果以「上帝之鞭」來比喻滿天神佛的法力，則面對東瀛島國亦仍有「鞭長莫及」之感。一如懷良親王所言：「設臣勝君負，反作小邦之羞」，這樣的尷尬使得明朝始終躊躇於滄浪之前，也讓乜律洪、趙天王、麻圖阿魯蘇等人全身而退。

〈斬蛟記〉、《野叟曝言》以豐臣秀吉為原型的倭王，被形容是「猛惡無道的妖精，如鬼怪一般的蠻族酋長」，與其以「神」自居的認知判若雲泥。而這個「妖異的蠻王」臉譜則可以擴大到所有明清小說中被丑類化、妖魔化的倭寇渠魁，更不用說是《天妃娘媽傳》的鱷

（惡）精，本身就是不折不扣的妖怪。另外，當民間因萬曆朝鮮戰爭的刺激，將「倭」看成「魍魎不可知之物」，並上溯至「嘉靖大倭寇」時，安撫這種恐懼之情的方式，就是由「非常人物」來解除危機。只不過，解除危機的分際仍有程度之別，而明確的界線則是大海的阻隔作用。倘若視之為無物，則〈斬蛟記〉、《野叟曝言》的跨海描寫也可能「實現」；而如果正視其障礙，則即使是玄女、關帝、媽祖等高高在上的仙聖，亦無法展現犁庭掃穴的神威——湛藍的浪濤既是「神」與「魔」之間難以撼動的壁壘，同時也是賦予文人想像力之活水。

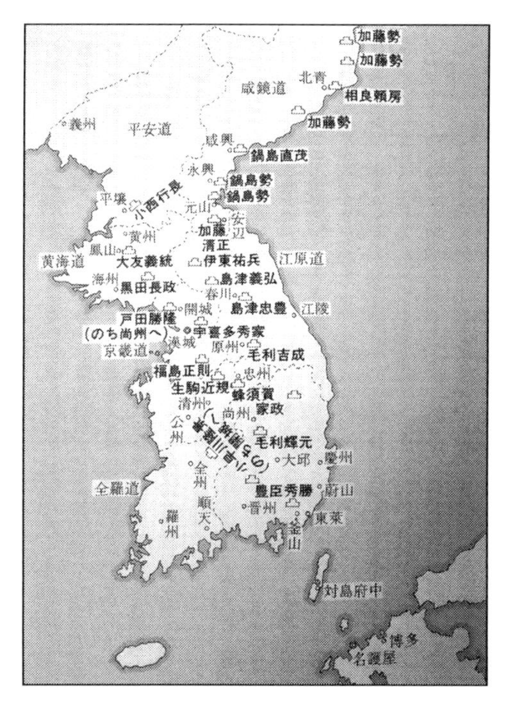

附圖一　萬曆朝鮮戰爭時日軍的「八道国割」，轉引自中野等：《文祿・慶長の役》，頁85

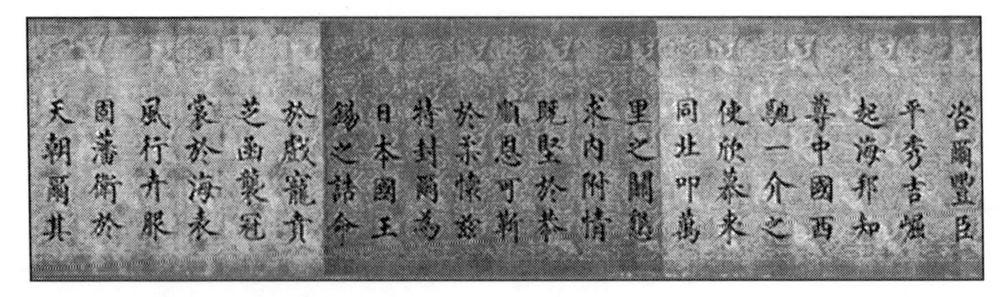

咨爾豐臣平秀吉爾起海邦知尊中國西馳一介之使欣慕來同北叩萬里之關懇求內附情既堅於恭順恩可靳於柔懷茲特封爾為日本國王錫之誥命於戲寵賁芝函襲冠裳於海表風行卉服固藩衛於天朝爾其

附圖二　明朝冊封豐臣秀吉文物之一，綾本墨書〈明王贈豐太閤冊封文〉，現藏於大阪歷史博物館

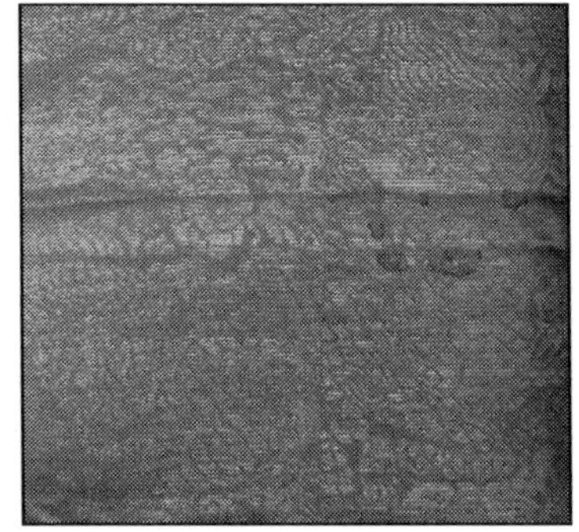

附圖三　明朝冊封豐臣秀吉文物之一，常服麒麟文円領（一品武官），現藏於京都國立博物館。右為麒麟文補子部分擴大圖[201]

201 有關明朝冊封豐臣秀吉文物之研究，可參見〔日〕河上繁樹：〈豊臣秀吉の日本国王冊封に關する冠服について——妙法院伝来の明代官服〉，《京都国立博物館学叢》第20号（1998年3月），頁75-96、図20-30。

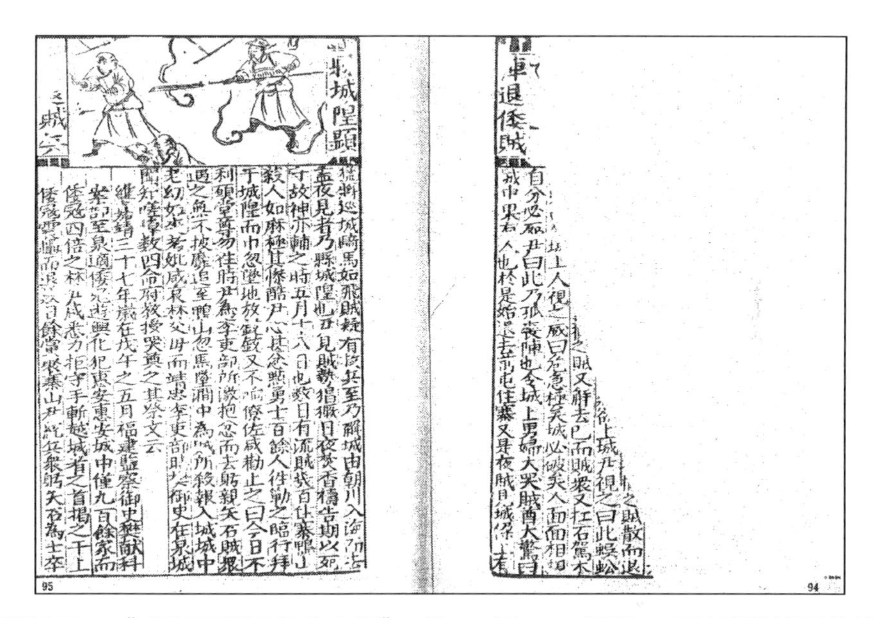

車退倭賊

之賊散而退
[illegible]上城凡視之曰此蜈蚣
[illegible]之賊又解去已而賊衆又扛石駕木
[illegible]城上人視之戚曰危急極矣城必破矣人面面相[illegible]
自分必死尹曰此乃孤[illegible]陣也令城上男婦大哭賊酋大驚曰
城中果有人也於是始退去而屯住寨又是夜賊[illegible]城[illegible]來

94

城隍顯
猛將巡城騎馬如飛賊疑有援兵至乃解城由朝川入海所去
盖夜見者乃縣城隍也每見賊勢猖獗日夜焚香禱告期以死
守故神亦輔之時五月十八日也數日有流賊數百往寨頭山
殺人如麻極其慘酷尹心甚忿點勇士百餘人往剿之臨行拜
于城隍而巾忽墜地旅鉦鼓又不鳴僚佐咸勸止之曰今日不
利硯堂尊勿往時尹為李吏部所激抱忿而去躬親矢石賊衆
遇之無不披靡追至鴨山忽馬墜澗中為賊所殺報入城城中
老幼如哭考妣咸哀林父母而請忠李吏部時為御史在泉城
聞知嗟悼敎四命府教授哭奠之其祭文云
維嘉靖三十七年歲在戊午之五月福建監察御史樊獻科
案部至泉適倭入寇興化犯惠安惠安城中僅九百餘家而
倭寇四倍之林君咸悉力拒守手斬越城者之首揭之于上
倭寇雲擁而退者十餘日當[illegible]集山君[illegible]兵衆躬矢石為士卒
[illegible]賊云

95

附圖四　《戚南塘剿平倭寇志傳》，卷2，頁94-95圖版，可以看出缺頁的情況，以及城隍顯靈退敵的插畫

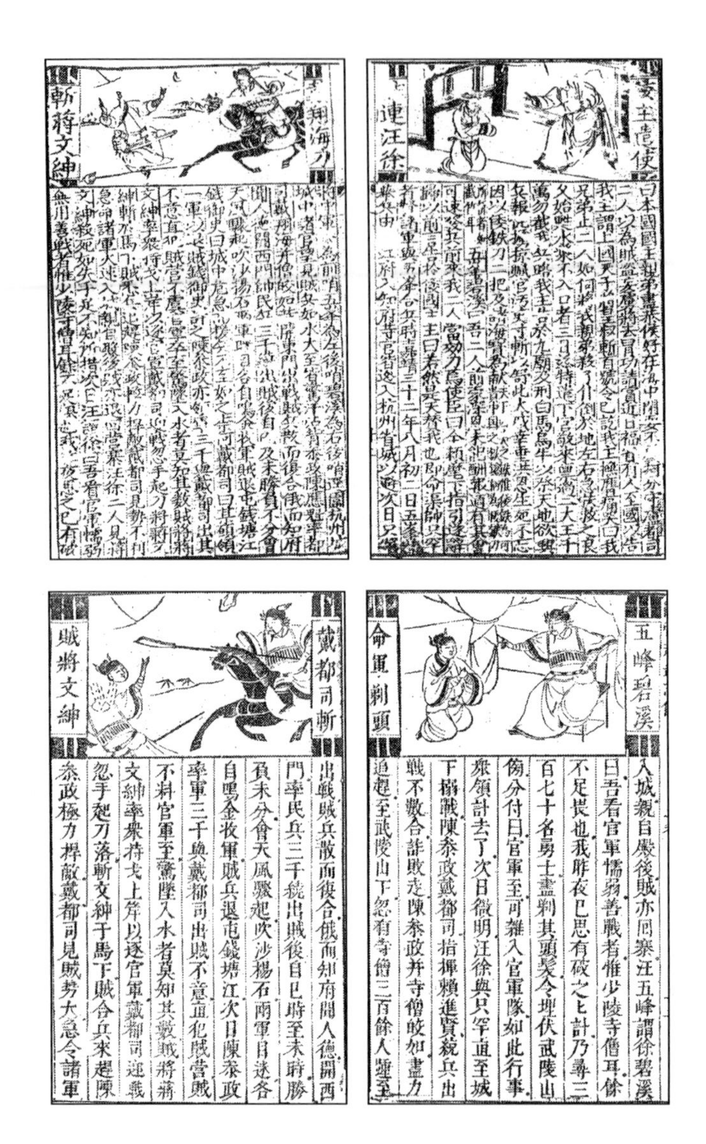

汪五峰遣使連汪徐

戴都司斬賊將文紳

五峰碧溪命軍剃頭

入城親自殿後賊亦同寨汪五峰謂徐碧溪
曰吾看官軍懦弱善戰者惟少陵寺僧耳餘
不足畏也我昨夜已思有破之之計乃尋三
百七十名勇士盡剃其頭髮令埋伏武陵山
傍分付曰官軍至可雜入官軍隊如此行事
衆領計去了次日微明汪徐與只罕直至城
下搦戰陳參政戴都司指揮賴進賢統兵出
戰不數合詐敗走陳參政并寺僧皎如盡力
追趕至武陵山下忽有寺僧三百餘人與至

戴都司斬賊將文紳

出戰賊兵散而復合俄而知府開人德開西
門率民兵三千繞出賊後自巳時至未時勝
負未分會天風驟起吹沙揚石兩軍自迷各
自鳴金收軍賊兵退屯錢塘江次日陳參政
率軍三千與戴都司出賊不意直犯賊營賊
不料官軍至驚墜入水者莫知其數賊將蔣
文紳率衆持戈上岸以逐官軍戴都司迎戰
忽手起刀落斬文紳于馬下賊合兵來趕陳
參政極力捍敵戴都司見賊勢大急令諸軍

附圖五　《戚南塘剿平倭寇志傳》，卷1，頁1-2（上）與《關帝歷代顯聖志傳》，卷2，頁89-90（下）的原版圖、文對照，可以發現後者對前者模仿的痕跡頗為明顯

第五章

甲午戰爭前的清代小說：遺民之思與殖民帝國的登場

明代兩次的倭患，帶給中國極大的衝擊，以致於改朝換代後仍承繼著對日本的警戒，因此包括「日本乞師」及「鴉片戰爭（包括英法聯軍）」等甲午戰前的重大事件，在小說家筆下都有與倭患掛鉤的情況。本章討論「甲午戰爭前的清代小說：遺民之思與殖民帝國的登場」，即上述兩大事件為核心。「日本乞師」原是南明為延續國祚，向德川幕府請求支援的行動，但在中韓方面卻有「世宗之倭患」、「秀吉之餘謀」一類殷鑑不遠的疑慮，視之為飲鴆止渴；加以日本最終並未發出援軍，對明遺民而言，不免有以「過去」解讀「現在」的想法。降而為小說，如《水滸後傳》及《女仙外史》，不僅以「賊寇／妖婦」的道德邊緣人物揭櫫「反反者不為反」的反清意識，亦將乞師者的「秦庭之哭」反寫成「清廷之哭」。不過，也正是在事過境遷後，「日本乞師」的敘述也在《說唐演義全傳》中成為趣味性的材料。此外，《花月痕》中出現的「逆倭」，實為西方列強，而之所以將「日本／歐洲」捏合，肇因於清代的海防知識多襲於前朝禦倭經驗，並未與時俱進；且殖民帝國的入侵，與回變、捻軍、太平天國同時並起，也讓小說家有「南倭北虜」的聯想——書中掃蕩海氛、夷狄歸化的秩序觀想像，則表現出傳統思維的一面。此時期的「倭患書寫」，概括而言，有著以「舊」視「新」，且陷溺於其中的特徵，以下先就「清代小說中的『日本乞師』情節」進行討論。

第一節　清代小說中的「日本乞師」情節

當豐臣秀吉薨逝的消息傳到前線後（1598），瀰漫在朝鮮半島數年的硝煙終於雲散，中日兩國將士陸續帶著複雜的心情歸建故里，看似可以擁抱久盼的太平，但是政權崩解的裂痕卻也在這場戰爭中悄悄浮現。在日本，豐臣秀吉的驟然離世，意味著其征服中國計畫的挫敗，僅留下了孤兒寡母的遺族和一班四分五裂的老臣，為德川家康提供了茁壯的契機。[1]果然不到廿載後，在被稱為「大坂夏之陣」（1615）的戰役中，秀吉一脈血胤斷絕，從此走入歷史的灰燼。

豐臣秀吉個人政治豪賭的失敗，不只賠上了自己的聲望與子嗣的命運，也把朱明的國祚拖下了水。在朝鮮戰火正熾的時刻，後來席捲中州的滿清皇朝奠基者：努爾哈赤，正崛起於塞外的白山黑水間[2]，明朝也因對付日本而窮盡財賦，無力於籌措遼東軍費；每當滿州軍越過長城進攻一次，北京就會陷入戒嚴狀態，稅收與徵兵的壓力也重重落在人民肩上，糧草的短缺終於激起了叛變，最後導致明的滅亡。[3]而歷史就是如此巧合，當萬曆帝成功阻止豐臣秀吉「一超直入大明國」之雄圖後，努爾哈赤卻好像接棒一樣，將此洪業傳承下來，並在半世紀後（1644）開花結果。這個過程或稱為「明清鼎革」，或稱為「華夷變態」，顯示了東亞地區對此國變，究竟是中國內部王朝週期性的更名替姓，抑或是華夏亡於夷狄的文化消滅，兩種截然不同的詮解。[4]

1　張玉祥：《織豊政権と東アジア》，頁340-341。

2　有關清朝開國及入主中原的過程，可詳參〔美〕魏斐德（Frederic E. Wakeman, Jr.）著，陳蘇鎮、薄小瑩等譯：《洪業——清朝開國史》（南京市：江蘇人民出版社，1998年）。

3　〔日〕上田信著，高瑩瑩譯：《海與帝國：明清時代》，頁283-284。

4　周頌倫：〈華夷變態三形態〉，《華北師大學報》（哲學社會科學版）第4期（2014年），頁1。筆者按：「華夷變態」之名源自林春勝、林信篤父子透過「唐船風說書」（Tosen Fusetsu-gaki）所編寫的同名書籍（1732）。

趙園特別關注「之際」的犬牙交錯，其以為任一時代——即使正史所謂的「王綱解紐」、文人所說的「天崩地坼」，都有變與不變的糾結與纏繞，但在建構「想像」、塑造「印象」方面，通俗文化往往取極端對立，經了戲劇化的明代更像是兩極世界，而將諸多中介形態刪略了。[5]客觀來說，在明清「之際」，由於天下豆剖瓜分，形成明朝、李闖、滿清三頭馬車之局勢：「滿笠紗巾，分庭對坐[6]；命吏偽員，同城共治[7]」，爾後又有南明山頭各立，孰「正」孰「叛」，的確難以一筆勾銷。職是，在「明清鼎革」與「華夷變態」的光譜之間，其實容納了相當多元的意識形態，各自鳴放，對某一事件的視角，極有可能隨著立場的不同，產生巨然的拆解與拼湊，這個特點在小說中更是顛撲不破的。

另外，世人習於以「齒輪」來解釋歷史的發展，正因人、事、時、地等要素，彼此之間並非孤立，而是環環相扣，有意或無意的涉足於其中，都可能吹皺一池春水。明代中日的膠葛看似隨著萬曆朝鮮戰爭的落幕，且日本由德川幕府接掌後，進入鎖國狀態而告終，但實際上卻不完全是如此。後金的茁壯，可追溯自壬辰倭亂對明朝國力的消耗，而隨著清軍的鯨吞蠶食，已經接受甲申之變（1644）事實的部分孤忠義士們，仍試圖扶持著「南明」之帝胄，努力延續鴻緒，也急於尋求支援，甚至把念頭動到了昔日的仇讎身上，這正是「日本乞師」的緣由——明清「之際」的這場動盪的震央雖在中國大陸，其餘波卻也因此傳導到了東瀛。

5　趙園：《想像與敘述》，頁145、149。

6　〔明〕佘颺撰：《莆變紀事》（南京市：江蘇古籍出版社，2000年），〈掠餉〉，頁3-4。

7　〔清〕李宏志撰，欒星輯校：《述往》，收於〔明〕張永祺等撰，欒星輯校：《甲申史籍三種校本》（鄭州市：中州古籍出版社，2002年10月），頁3。

一　此三桂之續也：「日本乞師」的顛末與隱憂

木宮泰彥曾將派往日本乞師的行動進行條列式的整理，令人一目瞭然。從一六四五年唐王（隆武帝）麾下林高赴日借兵三千，到一六八六年紹興人張斐擁護明室後裔而至長崎，不同陣營的勢力（唐王、魯王、明鄭……）向日本要求援助的次數共計有十七次之多。[8]除了上述諸人外，對東亞儒學影響深遠的大儒：朱之瑜（舜水），在流寓日本期間也曾有乞師之嘗試。[9]

學界對於「日本乞師」議題討論最為詳實的，當屬石原道博《日本乞師の研究》，該書鉅細靡遺地對周鶴芝（隸屬唐王一系）、馮京第（隸屬魯王一系）、鄭氏三代（鄭芝龍、鄭成功、鄭經）等人日本乞師的顛末進行介紹，甚至還提到了中國同時向琉球、南海、羅馬等地請援的史事。而除了諸家都會提到的〈日本乞師記〉、〈海外慟哭記〉、《小腆紀年》、〈寬永小說〉、《華夷變態》等中日文獻外，其還援引了像《出島蘭館日志》這樣的荷蘭史料，證明在當時徘徊於東亞海域的歐洲人眼中，包括「一官」（*Iquan*）在內的中國帆船（junk）是怎樣前仆後繼地航向日本，就為了請求兵馬、銅錢、器械、盔甲等「反清復明」的支援。[10]

8　〔日〕木宮泰彥著，胡錫年譯：《日中文化交流史》（北京市：商務印書館，1980年），頁628-633。

9　可參見徐興慶：〈朱舜水對東亞儒學發展定位的再詮釋〉，收於鄭吉雄編：《東亞視域中的近世儒學文獻與思想》（臺北市：臺灣大學出版中心，2005年），頁273-323。

10　詳見〔日〕石原道博：《日本乞師の研究》（東京：株式會社冨山房，1945年），頁1-258。「一官」（Nicholas Iquan Gaspard）是西方對鄭芝龍的稱呼。筆者按：《日本乞師の研究》一書尚無中文譯本，而日本學界對「日本乞師」有較詳細介紹，且已翻譯成中文的著作，則可參考〔日〕增田涉著，由其民、周啟乾譯：《西學東漸與中國事情》，頁128-146。

那麼值得追究的是，當時中（主要指南明）、日雙方怎樣看待這件事？這將影響了清代小說如何「想像」這段「記憶」。辻善之助曾撰〈德川家光の中国侵略の雄図〉一文，指出當時的幕府將軍德川家光[11]有趁隙侵略中國的計畫；甚至說到朝鮮之役的英雄（hero）：立花宗茂[12]，因不甘於髀肉之歎，也想藉此之機，再次馳騁於亞洲大陸，並且在會議中留下了花押（*Kaō*）。[13]若此說成立，德川幕府懷抱著打開中國門戶的野心，則日本乞師可說是開門揖盜的行徑。

只不過，Ronald P. Toby卻駁斥了這樣的觀點，指出花押的主人其實是宗茂的養子忠茂，而辻善之助之所以會有此誤判，乃至於用「雄圖」來歌頌之，是因為其行文之際正逢第一次世界大戰（1914）爆發，日本意欲染指山東半島，讓這位學者錯以「現代」來解讀「過去」，產生一種想像的投射。[14]石原道博也以為，德川家光並無此想法，甚至對乞師之要求表現冷淡，原因在於當時日本正面臨著禁教、浪人、內亂、地震、火災、飢荒等內憂，幕府正決心鎖國，怎麼可能賭上自身的國運，去跟新興的清勢力拮抗？更何況紛沓而至的乞師者，各自擁立著不同的南明遺王，對借兵的目的與要求沒有通盤的計

11 德川家光為江戶幕府第三代征夷大將軍，一六二三年至一六五一年在位，其掌政期間，正是明清易代之際，也是日本鎖國政策確立之時期。

12 立花宗茂出身九州，在加入豐臣秀吉九州征討戰後嶄露頭角，被譽為是「西國無雙」（相對於東國的本多忠勝），擅長兵法奇正之道。立花宗茂於碧蹄館之戰中，運用靈活的戰術大破李如松，更是日軍能夠與中朝聯軍周旋的關鍵。戰後一度因支持豐臣氏而被沒收領地，成為浪人，但德川家康看中其才幹，又將之延攬，直到江戶幕府建立後，還曾加入平定島原之亂（1637）的行動。然而宗茂逝世於一六四二年，所以不可能會參與一六四四年以後的日本乞師。

13 原作於大正三年（1914），後以〈德川家光の支那侵略の雄圖と國姓爺〉為題，收於氏著：《增訂海外交通史話》（東京：內外書籍株式會社，1936年），頁640-659。

14 〔美〕ロナルド・トビ（Ronald P. Toby）：〈「明末清初日本乞師」に關する立花文書〉，《日本歷史》第498号（1989年11月），頁94-100。

畫，組織渙散，又如何獲得日本的慷慨援助呢？[15]

從以上大致可知，日本潛伏著侵略中國之「雄圖」，只是後人想像出來的神話，以當時的政治實力來說也無能為力；但儘管日本最後未派出正規軍隊，卻不代表對明之變國無動於衷。比方說，戮力於反清的「國姓爺」鄭成功（1624-1662），因擁有一半的日本血統，引起「母」國的戚戚之情，其誕生地的平戶有碑文親暱地稱之「惟我鄭兒」[16]，而日本民間亦作有《国性爺合戦》（*Kokusen'ya Kassen*）的「人形浄瑠璃」戲劇作品，對其與武士道（*Bushido*）輝映的「忠義」倫理，普遍性地予以稱頌。[17]因此，儘管德川幕府回絕了鄭成功的乞師要求，但在其陣中仍出現了戰力不俗的「鐵人」（朱碧彪文的日本鐵鎧）與「倭銃隊」，可以視為是檯面下的支持。[18]

另一方面，作為韃靼的「清」攻陷明朝，也不免引來了幕府的警戒，因為昔日同為韃靼的「元」寇曾襲擊日本，這次是否會舊事重演，是明之滅亡所帶給東瀛的衝擊。[19]因應這股衝擊，早在一六二九年滿清尚未入關前，日本就有計畫向朝鮮借道平遼，防微杜漸。石原道博曾注意到這方面的朝鮮史料[20]：當時有位杭州人王相良向「關白」（實際上是幕府將軍德川家光）進言，籲請其道經朝鮮，合兵進討「山戎」（後金），關白信其言，卻引來了朝鮮的緊張：

---

15 〔日〕石原道博：《日本乞師の研究》，頁120-123。

16 〔日〕石原道博：《日本乞師の研究》，頁56。

17 〔日〕增田涉著，由其民、周啟乾譯：《西學東漸與中國事情》，頁164-165。

18 〔日〕石原道博：《日本乞師の研究》，頁57-60；〔日〕木宮泰彥著，胡錫年譯：《日中文化交流史》，頁633。

19 〔日〕增田涉著，由其民、周啟乾譯：《西學東漸與中國事情》，頁132。

20 〔日〕石原道博：〈朝鮮側よりみた明末の日本乞師について〉，《朝鮮学報》第4輯（1953年3月），頁117-129。

> 日本與我國自前修好，秀吉無故興兵，肆行賊虐，脅以假道，此實得罪於天下者也。天理孔昭，剿絕其命。先關白蕩平凶逆，復與我國交好，已閱三世。不料，今者復襲秀吉之餘謀，諉稱由我境復開貢路。此何故也？[21]

> 丁卯歲，狂胡暫擾西鄙，未幾悉皆平定。彼旋請成，遂許通好。即今疆域晏然，無狗吠之警，則不至煩貴國之憂也。若曰為皇朝擊胡平遼云，則其言似矣，但此蕞爾小丑，皇朝自當討滅。且自古未聞有涉滄海之險，越人之國數千里，而與人鬪者也。皇朝猝聞此言，必致疑駭，非惟敝邦不敢以此上聞，貴國亦不當發於口也。[22]

朝鮮之所以拒絕日本的要求，是因為回溯到豐臣秀吉的侵略，畢竟這時距離壬辰倭亂之終結亦不過卅年，難免令東國警戒。事實上，同樣的疑慮也橫亙在南明將士的面前。前文雖然提到了南明多次向日本乞師，可並不表示廷議中就全盤支持這樣的計畫，當時也有些異音的浮現：

> 其冬，遣人至撒斯瑪曰：「中國喪亂，願假一旅以助軍！」將軍慨然許之，期以明年四月發兵三萬，一切軍資、戰艦、器械自備。其國之餘財，足以供大兵中華數年之用。……鶴芝大喜，益以珠璣、玩好為賂；遣參將林籥舞將命。而斌卿止之曰：「監國命余尚書煌來言：『此三桂之續也；且不見世宗之倭

21 見〔日〕末松保和編纂：《仁祖實錄》（東京：学習院東洋文化研究所，1962年），卷20，頁526。筆者按：這裡的「先關白」係指建立江戶幕府的德川家康。

22 見〔日〕末松保和編纂：《宣祖實錄》，卷20，頁530。

患乎？』」鶴芝怒而入閩。日本待鶴芝不至，其意漸衰。[23]

這裡透露出來的訊息包括兩種：首先，乞師者與日本的關係，被聯想成吳三桂與滿清的勾結，頗有瓜田李下的嫌疑，且史載周鶴芝與撒斯瑪（Satsuma，即薩摩）王有父子之親[24]，豈不如「兒皇帝」石敬瑭之於契丹可汗？其次，乞師的對象：日本，也不免讓人回憶起「嘉靖大倭寇」對東南沿海的蹂躪，甚至朝鮮戰役對京城帶來的威脅。[25]此外，前文在討論「嘉靖大倭寇」時，提到過「客兵」攪亂沿海行省的問題；萬曆朝一度催生的「借兵暹羅」的計畫，也因「夷心難測」而受到諫止。正所謂殷鑑不遠，「日本乞師」所潛藏的危險性不能不考慮進去。[26]

---

23 見〔清〕全祖望：〈年譜（一）〉，收於〔明〕張煌言著：《張蒼水詩文集》（臺北市：臺灣銀行經濟研究室，1962年），頁236。又《南天痕》的記載是：「將發，斌卿忌其功，止之曰：世宗朝倭患之中於南土者幾十年，至今父老猶畏其名；今乃欲引賊入門耶？」這段話更清楚地道出民間對倭患的記憶猶新。見〔清〕凌雪：《南天痕》（臺北市：臺灣銀行經濟研究室，1960年），卷24〈周鶴芝傳〉，頁413。

24 〔清〕全祖望：〈年譜（一）〉：「嘗往來日本，以善射名：與撒斯瑪王結為父子。」收於〔明〕張煌言著：《張蒼水詩文集》，頁236。

25 為此周鶴芝曾小心翼翼地區分「倭寇」與「日本」的不同：「前亂我邊者，海盜耳。今我乞師，於王何害？」見〔清〕凌雪：《南天痕》，卷24〈周鶴芝傳〉，頁414。但是二者之混淆卻仍然無可避免。

26 有關南明對「日本乞師」究竟是「窮極思計」還是「引狼入室」的辯論，可參閻瑞雪：〈黃宗羲日本乞師事考：兼論南明士大夫對中日關係的看法〉，《南昌大學學報》（人文社會科學版）第45卷第3期（2014年5月），頁117-118。而也在大約「日本乞師」進行的同時（1646），明朝前臣楊廷麟、曾應遴等人也試圖籠絡贛州流寇抗清，結果反而貽害地方：「賜閻寇號隆武將軍。閻寇自是益恣，所過興國、雩、寧各邑淫殺，百姓慘怨。」（《續修贛州府志》卷18）見黃志繁：《「賊」「民」之間：12-18世紀贛南地域社會》（北京市：生活・讀書・新知三聯書店，2006年），頁185。可見南明根本無力整飭所謂「義兵」的紀律，只不過陷入病急亂投醫的混亂之中罷了。

劉曉東還指出其中存在著一個道德矛盾：「滿清」自為夷狄，但日本又何嘗不為「夷狄」？韃靼叛服無常，日本又何嘗恭順有加？借夷狄之兵以驅夷狄，恢復的又果是華夏道統嗎？乞師者雖然經常自比為申包胥，但當時秦、楚歲歲構兵（影射明朝與日本的齟齬），其秦庭之哭所行的「三拜九頓首」，也被目為有逾倫常的「亡國」之禮。[27]

綜合以上種種，日本乞師在明清「之際」的複雜氛圍中，形成眾聲喧嘩的議題。客觀來說，寄望於乞師者的，視日本為復國悲願的曙光；但反對乞師者，則把「乞師者／吳三桂」、「日本／滿清／倭寇」放在同一個層面來理解，憂心種下「前門拒虎，後門進狼」的苦果。至於德川幕府是否確實醞釀著吞併中國的「雄圖」（如辻善之助所解讀的一般）？則恐怕是力有未逮，不作此想，至多是在後金入關前試探性地詢問借道朝鮮的可能，但也被質疑為「今者復襲秀吉之餘謀」而遭拒。且就算日本曾對鄭成功等人表達同情，卻僅止於提供錢糧、盔甲、火器一類的支援——職是，最終的「事實」就是官方並未派出正規軍介入明清間的交戰。

然而，歷史的「事實」屬於現實上的情況，時人對日本乞師的態度，置於虛構的文本中，又有截然不同的呈現，尤其對其按兵不動的原因，總存在著曖昧的推敲空間，而以往交手的經驗便成為蠡測彼者的借鑒。因此若說辻善之助是以「現在」解讀「過去」，清人則是用「過去」來映射著「現在」。趙園提到，明亡前後，士人常自擬於宋，推測華夏文明及其負載者的命運，豐富的歷史素材不是斷裂的，而成為明末「當代史」的構成部分，士大夫的想像空間中遊蕩著諸種歷史的幽靈。[28]此外，古代中國人好說盛衰，衰變本來就是一個積累的過程，因此明代之由盛到衰，遠因甚至可以追至燕王「靖難」，彷

---

27 劉曉東：〈南明士人「日本乞師」敘事中的「倭寇」記憶〉，頁161-163。

28 趙園：《想像與敘述》，頁221-222。

彿一代朝代的命運，尤其最終的劫運，似乎當王朝歷史的大幕揭開的一刻就開始了。[29]

上述觀點乍看似乎有點不可思議，然而本節接下來要討論的遺民文本，包括《水滸後傳》、《女仙外史》在內，卻都呼應了這種看法。這兩部作品中，不約而同地出現了「日本乞師」的情節，不過都是站在主角的對立面，蘊涵了遺民對明代「倭患」造成國家衰微的反省，以及乞師不成，坐看明朝成為涸轍枯魚的控訴，遂將之寫成不軌的侵略者，作為一種宣洩。明清易代雖說是中日關係的承平時期，但小說中仍出現了雙方激烈的交鋒，頗值得關注，箇中原因就在於明遺民對日本乞師的曲折情愫，以下分別析論之。

二　日本國興兵搆釁：《水滸後傳》與「勇悍」關白

《水滸後傳》[30]為《水滸傳》（全本）之續書，作者陳忱（自署古宋遺民），初刊於康熙三年（1664），自原作梁山好漢「十去其八」的殘局中另起爐灶，重新聚集散落四方之剩餘星曜，在宋、金「中原陸沉」之際，泛海另尋勝境（暹羅），演繹一齣「混江龍（李俊）開國傳」。這部作品其實是「借他人酒杯，澆自己塊壘」，如魯迅曾點出該書的遺民文學屬性：「古宋遺民者，本書卷首〈論略〉云『不知何許人，以時考之，當去施羅未遠，或與之同時，不相為下，亦未可

29 趙園：《想像與敘述》，頁23。

30 本書使用版本為〔清〕陳忱：《水滸後傳》（臺北市：桂冠圖書公司，1992年），實際上是此版本實為清人蔡奡（元放）改訂版本，為行文方便，下文所引原文但標回目、頁碼，不另加註。筆者按：蔡元放評改本主要在於卷數、回目的更動，還有文字的刪減、調換、修改，加強了藝術性並擴大了民間影響力。可參唐海宏：〈《水滸後傳》的兩大版本系統及其差異分析〉，《長江師範學院學報》第30卷第4期（2014年8月），頁118-122。

知』。然實乃陳忱之托名；忱字忱字遐心，浙江烏程人，生平著作並佚，惟此書存，為明末遺民（《兩浙輶軒錄》補遺一《光緒嘉興府志》五十三），故雖遊戲之作，亦見避地之意矣。」[31]

駱水玉更言之鑿鑿地指出，《水滸後傳》寄寓了「永曆在東寧」的一絲希望，同時檢視鄭氏王朝是否保持「扶餘」之誠心。小說之付梓與鄭經之遷臺，同在一六六四年；而陳忱之借「宋」寫「明」，並將視角轉移至金鰲島，是由於南宋亡於厓門海戰（1279），南明則扎根於「海外乾坤」，彼此的命運可相互參照。[32]

另一方面，高桂惠擴大了作品中所反映的時代問題，認為水滸餘黨由土寇轉向海寇，可以上溯至嘉靖中葉以後東南沿海的居民與倭寇結合，並且孕育而生的「巢外風氣」。在小說中用更為寬廣的「海洋中國」的概念，複製「中國材質」（如中國節慶、詩詞文藝、儒俠道思想）於他鄉，與異族統治的「大陸中國」分庭抗禮，使得殖民思想得以在祖國與新天地中自我定位，祛除亡國的焦慮。[33]而從精神層面來說，王振星認為走向大海意味著「理想——激憤——消解」的心理軌跡，水滸故事與大海意象的碰撞、交融，其中既有失落、沮喪，也有難以遏止的激情與追求，揭櫫了遺民內心主觀情感的掀騰。[34]

不論從「當下」、「過去」的處境省思，抑或心理寄託的層面切入；自真實地理的座標，或者心靈地圖的憧憬來看，在《水滸後傳》

---

31 魯迅：《中國小說史略》，頁104。

32 以上詳見駱水玉：〈《水滸後傳》——舊明遺民陳忱的海外乾坤〉，《漢學研究》第19卷第1期（2001年6月），頁219-248。筆者按：鄭成功雖在一六六二年即移往臺灣，但那時鄭經仍駐守於廈門，是在父親亡故後才來臺，並將東都改為東寧。

33 詳參高桂惠：《追蹤躡跡：中國小說的文化闡釋》（臺北市：大安出版社，2006），頁27-61。

34 王振星：〈走向大海：水滸故事文學敘事的審美考察〉，《濟寧學院學報》第30卷第1期（2009年2月），頁36-40。

的文本世界中，海洋都是個萬分重要的場域，也載負了由古至今的眾多歷史問題。在金甌已缺，半屬完顏的現實局勢中，小說家試圖透過同樣殘餘的梁山好漢重振旗鼓，並立足於「詩禮化」的海外中國，與漢家之族裔（暹羅國主為馬援之後、國母原為東京人氏）結成婚姻，在「不全」中努力賡續國祚，乃是對世變之妥協，也可與明遺民任俠、逃禪、結社等轉換方式產生共鳴。[35]

可以想見，構築於「不全」之上的妥協，是如何地如履薄冰，任何不穩定的因素介入都可能使之裂為齏粉，因之方興未艾的「日本乞師」行動，其結局究竟是福是禍，便成為作者的隱藏焦慮。《水滸後傳》曾寫倭丁貪婪，奮不顧身地襲擊載著梁山好漢的海鰍船：

> 到得天明，掌針的水手叫道：「不好了！這裡是日本國薩摩州。那岸上的倭丁專要劫掠客商，快些收舵！」……那薩摩州倭丁見有大船落套，忙放三五百隻小船，盡執長刀撓鈎來劫貨物。……近船的雖是砍翻幾個，只是不肯退。……倭丁放一個小船攏來。那船上一人搖手道：「不可放火藥！」說道：「小的是通事。這薩摩州上都是窮倭，不過要討些賞賜。」李應道：「……他們要求賞賜，不過一二船到來，怎用這許多？」通事道：「倭丁貪婪無厭，只要東西，不要性命，不怕殺，只怕打。若見客商貨物，竟搶了去。因爺們有準備，便只是討賞。」（第30回，頁304-305）

---

35 此說參考自高桂惠：《追蹤躡跡：中國小說的文化闡釋》，頁59。此外，梁山好漢融入暹羅國的過程，也反映了「流民」（編戶齊民）與「土著」（化外之民）的競爭關係，這些亦民亦盜的叛亂者身分模糊，最後透過軍事征剿與王朝教化的結果，將會重新回歸正統治下。可參見黃志繁：《「賊」「民」之間：12-18世紀贛南地域社會》，頁267-274。職是，陳忱選擇以梁山「賊寇」作為主體，可說別有用心，而李俊也是在接受宋朝冊封後，才終於確立其合法地位。

正所謂「人為財死，鳥為食亡」，在這段情節之中，倭丁既貧窮又貪婪（貪詐好殺），不難想見這當是作者日本觀的投射。後文提到倭王更是「鷙戾不仁，黷貨無厭」的一號人物，常搶奪鄰邦高麗國，又羨暹羅繁富，懷有併吞之志，在在寫出日本素行不良，又包藏禍心的卑劣品格——這很明顯是在影射明朝倭患，尤其是豐臣秀吉的野心。也因此當共濤、薩頭陀、革氏兄弟等一黨奸佞發動竊國的叛亂，卻被水滸英雄殺敗，只好請求倭王伸出援手時，馬上獲得了劍及履及的回饋。事見第三十五回「日本國興兵搆釁」之情節：

> 那倭王坐在錦裀繡褥之上，足有五尺多高；……革鵬道：「本是占城人，有五千兵占住黃茅島。那暹羅國王馬賽真死後，丞相共濤嗣位，有宋朝征東大元帥李俊興兵來奪。……薩國師差我到貴國來借兵，若滅了李俊，共濤情願比做藩臣，年年進貢，歲歲來朝。」倭王道：「我海外之邦，豈容中國人占奪！既是這般說，我差關白領一萬兵隨你去，必要滅那李俊。」原來「關白」是日本大將的官號，取每事都要關白他的意思，不是姓名。那關白身長八尺，勇力過人，領倭王令旨，點薩摩、大隅二州之兵，共是一萬，戰船三百號，祭旗開洋。（頁352-353）

查閱「日本乞師」之相關文獻，如《華夷變態》、〈朱舜水寄安東省庵書〉、《臺灣鄭氏紀事》等，不難發現中國方面多以道德作為感召，希望日本能夠行義舉、發義兵[36]，但這恐怕不足以成為動人的籌碼。在

---

36 《華夷變態》〈崔芝請援兵〉：「……恭惟日本大國，人皆尚義，人皆有勇，人皆訓練弓刃，人皆慣習舟楫，地隣佛國，王識天時，……聊效七日之哭，乞借三千之師，伏祈迅鼓雄威，刻徵健部，舳艫渡江，載仁風之披拂，旌旗映日，展義氣之宜

《水滸後傳》的描寫中，鋪陳的則是赤裸裸的交易；倭王以巍峨的姿態睥睨革鵬，說明了雙方的關係本就不對等，而要真正說服其出兵，也只能以犧牲國格的方式：「情願比做藩臣，年年進貢，歲歲來朝」（後來革鵬甚至拍板「暹羅自然歸併日本」），才能獲得豺狼的慷慨。這段描寫對現實充滿了反諷，畢竟豚蹄穰田只是空中樓閣的妄想，動之以情是不夠的。[37]

另外，書中登場的「關白」，顯然受到朝鮮之役的啟迪，只不過是從主謀變成從犯，並且親自開赴前線，展現出智勇兼備的一面：

> 那關白使黑鬼鑿穿了海船，逼他上岸，水寨中只留鐵羅漢、屠崆、佘漏天領三島的兵看守，自同革鵬來圍城。……眾將各分汛地，將炮石、擂木堆起，一近城來，即便打下。那關白果然足智多謀，叫倭丁張了生牛皮，如幔帳的罩著裡面，將城挖掘，又造起雲梯飛樓爬上來。……大將軍領眾將出城，關白騎一隻白象，盤頭結髮，手執鐵骨朵，衝殺過來。呼延鈺提雙鞭

揚，……報德酬勳，應從厚往，共推　日國斷鰲補石之手，而中華君臣永締日國山河帶礪之盟，……。」見〔日〕林春勝、〔日〕林信篤編，〔日〕浦廉一解說：《華夷變態》，卷1，頁11-12。又〈朱舜水寄安東省庵書〉:「日本兵至大明，自然全勝，所謂義兵也。今日解百姓於倒懸，《兵志》曰：『兵義者王』數郡之後，望風歸附，不待盡矣。……一發兵，則虜必殲，功必成。日本之名必與天壤同敝，且載入中國之史矣。」見徐興慶編注：《朱舜水集補遺》（臺北市：臺灣學生書局，1992年），卷1，頁54。此外，鄭成功亦曾有書信於長崎譯官云：「成功生於貴國，故深慕貴國。今艱難之時，貴國憐我，假數萬兵，感義無限矣！」收於〔日〕川口長孺著，《臺灣鄭氏紀事》（南投縣：臺灣省文獻委員會，1995年），卷上，頁25。

37 蔡奡之批點可提供佐證：「寫吞併暹羅，原是倭王久有此意，革鵬之來，正合機彀，故不費辭說，就許興兵。不然，倭王豈肯為他人之事，遽然勞師動眾耶？」收於國立政治大學古典小說研究中心主編：《蔡元放批點水滸後傳》（臺北市：天一出版社，1985年），卷9，頁33。此處「他人之事」，點破了明朝變國對日本來說，充其量不過是他家瓦上之霜，無緊要關係。

> 接住，戰未三合，那倭丁舞著兩把長刀，跳舞而來，一時抵敵不住。大將軍望後便走，兵士亂竄，自相踐踏，傷了好些。（第35回，頁355-356）

倭丁以「跳舞」的方式迎敵，固然是倭寇「跳戰」之法的重現；不過，從關白的座騎、裝束、武器來看，皆帶有西南民族的特徵，下文更提到日本怕冷不怕熱，從來沒有寒衣，似乎也從未見過雪，都與日本的地理特徵不合，可見空間上的錯位。書中寫出的關白既狡猾又驍勇，讓梁山好漢大吃苦頭，這時只好祭出超自然的力量凌駕其上[38]，為戰局的緊繃進行突破：

> 朱武與李俊等道：「……我聞倭丁極怕寒冷，一見了冰雪，如蟄蟲一般，動也不敢動。只是這沿海地方，那得冰雪？」公孫勝道：「待貧道祈一天雪來，凍死了他。只怕罪孽！」……那倭丁只怕冷，不怕熱，從來沒有寒衣。況是秋天到的，那裡當得這般寒冷？縮做一團，凍死無數在雪裡。……推得船來，關白同倭兵下船。誰知公孫勝先已料得，又祭起風來，一時間白浪掀天，海水沸騰，滿船是水，寸步也行不得，只好守在岸邊。三晝夜風定後，海水都成厚冰。關白和倭兵都結在冰裡，如水晶人一般，直僵僵凍死了。（第35回，頁357-358）

關白與倭兵枕藉而死，慘遭全殲，只倭刀、關白的帽子（八寶嵌成的）、戰船、白象成為戰利品，倭王也才打消了染指暹羅的念頭。在

38 猶如高桂惠所述，這個奇怪的國家想像在牽涉現實的武力與權力部分，不得不借諸神道妖術與祖國封誥，達到一種實者虛寫，虛者實寫的弔詭手法。見氏著：《追蹤躡跡：中國小說的文化闡釋》，頁59。

《水滸後傳》所撰成的時代，「日本乞師」被視為中興的一劑猛藥，但作為明遺民的陳忱卻刻意將之反寫，讓亂臣惡黨與野心勃勃的倭王沆瀣一氣，並以時、空交錯的方式，使「關白」再蒞於眼前，有意喚醒時人對前代之記憶，敲響發聾振聵的警鐘，其實已可看出其不樂觀的態度了——對小說家來說，這無異是飲鴆止渴的下策，畢竟「請神容易送神難」，如果南明沒有入雲龍一流呼風喚雪的術士，哪有本領剷除心懷不軌的倭兵呢？

書中續寫宋高宗對倭王的防範，事見「牡蠣灘忠臣救駕」以後：高宗道：「……還有一事：那日本國倭王貪悖無厭，時常侵犯浙、閩、淮、揚等界，卿與高麗國王李俁，可共加防遏，毋使跳梁。」（第37回，頁377）在靖康之變（1127）前後，高麗只有睿宗（1079-1122）名「王俁」，沒有李俁，作者當是以明朝的李氏朝鮮來移花接木，除了顯示以「明」寫「宋」的錯綜意趣之外，也是為了串起高麗王與暹羅王同為李姓的宗族情誼。爾後於小說煞尾，高麗王李俁親訪暹羅，亦敘說被強鄰欺侮的困擾，獲得了李俊的支持：

> 高麗王道：「……倭王自恃其強，常來侵犯。前承使臣頂令，約共隄防。……宗兄威行海外，文武忠良，成救駕之功，建不世之業，欲結為兄弟，為脣齒之邦，想蒙宗兄不棄。」國主道：「前日三島倡亂，革鵰借兵，倭王遣關白將萬人來攻，已見隻輪不返。若二國結連，如左右手，倭國擊東，則弟從西救，擊西則兄必從東應，自然不敢再肆荼毒。若得俯納，為弟叨荷實多！」（第40回，頁405）

在此，李俁與李俊結為兄弟，高麗與暹羅亦成手足之邦，既有實質的同盟意義，且雙方的關係是真誠而平等的，諷刺了乞師者或與日本大名結為父子（如周鶴芝）、或「以甥禮自待」（如鄭成功）[39]，這種卑躬屈膝的自我矮化，儘管獲得私恩小惠，但也國格淪喪。另外，這段故事也間接重現了明朝在壬辰倭亂中支援朝鮮，擊退日軍的歷史記憶，足見《水滸後傳》不單是透過「感舊／敘舊」來召喚梁山好漢的英勇事蹟，也對過往的錦繡山河進行追索。

然而，在第三十八回與武松／中原訣別的情節中，讀者不難發現這位打虎英雄再度登場時，已成了要靠行童替其搔癢的殘疾人士（獨臂「廢人」），「行者」武松不僅是書中唯一一位沒有再度入夥的好漢，自己也承認如今看到猛虎也只能「避了他」。當小說家在這位「英雄／可憐蟲」的身分轉換上大做文章，寄寓的無疑是沉鬱的亡國之痛[40]；那麼回過頭來看李俊率兵將擊退關白的描寫，還有彷彿無懈可擊的戰略聯盟，也隱約地暗示一切的榮光終化為泡影。

三　十萬倭夷遭殺劫：《女仙外史》與秦庭（清廷）之哭

《水滸後傳》撰成的時間，雖說南明大勢已去，但靠著延平王在臺灣的經營，到底孤懸一線，因此還能將中原陸沉寄託於南宋的半壁江山，李俊則傳位與登，李登生子，亦傳數世，鏤刻出相對磊落的傾

39　《臺灣外紀》載順治八年（1651）：「澄世曰：『方今糧餉充足，鉛銅廣多，莫如日本，故日本每垂涎中國。前者翁太夫人國王既認為女，則其意厚。與之通好，彼必從。藩主何不修書，竟以甥禮自待，國王必大喜，且借彼地彼糧以濟吾用。……。』成功是之。令兄泰造大艦，洪旭佐之（旭字念蓋，同安人）。以甥禮遣使通好日本。」見〔清〕江日昇：《臺灣外紀》（臺北市：文化圖書公司，1983年），卷6，頁105。筆者按：翁太夫人即是鄭成功之母：田川マツ，因母親改嫁翁姓華裔鐵匠，所以也被稱為翁氏（從繼父姓），今臺南延平郡王祠有翁太妃神位，即供奉鄭成功之母。

40　見拙作：〈戲擬與感舊：論《水滸後傳》對《水滸傳》之再現模式〉，《東華漢學》第23期（2016年6月），頁156-157。

向。而在小說中，「北虜」、「南倭」尚且各自為政，不至於聯手。可是爾後情勢丕變，隨著三藩之亂（1673-1681）的平定、施琅攻臺（1683）的落幕，「華夷變態」成為不可復返的事實[41]，也捻斷明遺民內心的最後一絲希望。

在這之後問世的另一部遺民作品：《女仙外史》（1711，釣璜軒刻本，作者是呂熊）[42]，表面上敷演靖難之變與唐賽兒（1399？-1420？）民變之故事，讓唐賽兒（嫦娥轉世，又稱月君）成為擁護建文帝而對抗燕王（天狼星轉世）的義軍領袖[43]，兩人由天上宿怨，轉入人間相爭，實際上影射的則是朱明（南朝）與滿清（北朝）之間的對壘，並且為忠臣／烈媛泄冤憤於當時，播芳馨於後世。然而，隨著書中「迎建文，建文不可復，一劍下榆木」（第40回，頁475）、「然自古以來，北可並南，南不能兼北」（第81回，頁866-867）等感慨不絕如縷地浮現，書中的結尾亦無可避免地走向悲觀且既知的基調。儘管如此，這部別開生面的作品，仍然利用小說的虛構筆法，在固定的敘

41 〔日〕林叟發題：〈華夷變態序〉有云：「傾間（聞）吳鄭檄各省，有恢復之舉。其勝敗不可知焉。若夫有為夷變於華之態。則縱異方域，不亦快乎。」見〔日〕林春勝、〔日〕林信篤編，〔日〕浦廉一解說：《華夷變態》，卷1，頁1。「吳鄭」即吳三桂及鄭經。由引文可見不僅明遺民，就是受中華文化薰陶的東亞鄰國也都很關心中國能否從「華夷變態」恢復到「夷變於華之態」的狀態，但歷史的結果則是「華夷變態」終究成為不可逆的事實。

42 本書使用版本為〔清〕呂熊著，劉遠游、黃蓓薇標點：《女仙外史》（上海市：上海古籍出版社，1991年），這是註解整理較為完整的版本。又有關呂熊的遺民身分，包括其家鄉崑山所經歷的清兵屠戮、父親「以國變故，命熊業醫，毋就試」之遺命等，可參見章培恒：〈前言〉，收於〔清〕呂熊著，劉遠游、黃蓓薇標點：《女仙外史》，目錄前頁3。

43 關於唐賽兒從「妖婦」到「女仙」形象的嬗變，可詳參巫仁恕：〈「妖婦」乎？「女仙」乎？：論唐賽兒在明清時期的形象轉變〉，收於呂芳上主編：《無聲之聲（I）：近代中國的婦女與國家（1600-1950）》（臺北市：中央研究院近代史研究所，2003年），頁1-37。

事框架中，揮灑著豐富的想像力，對明朝外族交侵的困境提出情緒的宣洩，並且透過時、空錯位的方式，編織出雖然稍嫌偏頗，卻也不失率直的幻夢囈語。[44]

《女仙外史》用了許多隱喻話語，彼此纏繞，不僅把明清「之際」上溯至靖難時期，北方政權對江南地區的血腥屠戮，更將同屬火德的朱明依附於炎劉，滿清則因諧音的緣故，與暴秦冶為一爐，全書遂巧妙地把「建文／南／明／漢」與「永樂／北／清／秦」劃分成時而式微、時而傾軋的兩種競爭關係，流露出遺民胸中難以言傳的悲憤情懷。[45]這樣的挪引與分判，也使得原本被擬作「秦庭之哭」的「日本乞師」，產生耐人尋味的詮釋空間，原本不失善意的敦睦行動，亦因與明季的倭患彼此聯繫，始料未及地往令人憎惡的方向去傾倒。

小說刻劃「日本乞師」的，除了第二十一回提到燕王即位，大殺忠良，「時兵部尚書齊泰、同監察御史林英，徵兵於廣德州，冀圖興復，而太常卿黃子澄走至吳門，欲潛往日本國借兵，均被捕獲」（頁233），是呼應史實，也算是暗合南明乞師的行動之外[46]，主要是集中

---

44 詳參拙文：〈華夷再變：論《女仙外史》中的秩序觀想像〉，《彰化師大國文學誌》第28期（2014年6月），頁195-222。

45 《女仙外史》的作者呂熊曾將自我形象投射入書中人物呂律（唐賽兒之軍師），並作〈詠魯仲連〉、〈詠留侯〉、〈詠商山四皓〉、〈詠武侯〉等詩，其中以「秦邦居高風，因之削帝名」、「一擊無秦帝，千秋不可踪」、「炎鼎遂以安，奇功若無有」、「二表已經誅篡賊，兩朝共許接炎劉」等典故暗示明清「鼎革」的抗秦定漢的寄託：論者曾指出，以「秦」代「清」是明遺民的慣例。見程國賦、楊劍兵：〈呂熊及其《女仙外史》新論〉，《陝西師範大學學報》（哲學社會科學版）第40卷第1期（2011年1月），頁140。又小說屢屢提到「北伐」，也與諸葛亮／南明（三藩、延平）的事蹟相互輝映。此外，關於明朝的火德問題，可見陳學霖：〈明朝「國號」的緣起及「火德」問題〉，《中國文化研究所學報》第50期（2010年1月），頁71-103。

46 《明史》〈黃子澄傳〉：「帝復召子澄，未至而京城陷。欲與善航海乞兵。善不可，乃就嘉興楊任謀舉事，為人告，俱被執。」見〔清〕張廷玉等撰：《明史》，卷141，頁4016。儘管《明史》提到黃子澄曾有「航海乞兵」之謀，卻未明言是到哪一個國家乞兵，而《女仙外史》當是受到時事之啟發，遂逕自說其是到日本借兵。

在第四十三回「衛指揮海外通書」與第四十四回「十萬倭夷遭殺劫」之情節。是時都指揮衛青因戰敗渡海，來到日本，捎來一份密奏，宣稱自己借到倭兵十萬來對付唐賽兒集團，接著寫燕王的反應：

> 燕王覽畢，假意作色道：「朕堂堂中朝天子，何難殄滅小丑，乃向外夷小邦乞師哉？」兵部尚書劉季箎善迎意旨，奏道：「此在衛青欲借兵立功，以贖失守之罪；在夷王則遠懾天威，亦欲效命以圖通於好中朝。豈天子去向彼乞師？今萬里遠來，似宜允之，以示柔懷之義。」燕王見季箎說話，迎合得恰好，就道：「卿言亦屬有理，可令光祿備筵管待，候朕裁奪。」（第43回，頁481-482）

在該文中，作者用的是「乞師」二字，說明了其靈感正來自於「日本乞師」的時事，不過本來歷史的事實是乞師者為南明（建文）將士，希望求得生力軍驅逐滿清（永樂），現在卻在虛構文本中變成燕藩向日本借兵，而且顯然對此感到有些困窘，《女仙外史》可說是將其顛倒錯置，以致涇渭不分的地步——這與全書呈現的對少數民族統治中國的仇恨意識有關，基於「夷夏之防」的思想，呂熊對所有的外邦異族都是反感的[47]，也難免將「北虜」與「南倭」綰合。小說寫衛青博取日本同情的方式，同樣帶著尖銳的譏刺：

> 且說當日衛青在登州下了海船，不敢回到京闕。想起日本國自胡惟庸連結以後，常有朵頤中國之意，或可以利誘之。……一時急智，就效學那楚國申包胥痛哭秦庭之故事。一見了大將

47 趙世瑜：〈《女仙外史》初探〉，《漢中師院學報》（哲學社會科學版）第2期（1983年），頁113。

> 軍，也不行禮，將袍袖掩了面目，放聲痛哭。……大將軍道：「我知道爾要借兵。但中朝與本國，因有胡惟庸一事，向缺通好；今爾私自來求，縱為他出盡了力，也不見本國好處。……。」衛青道：「……如秦、楚本係仇敵，而包胥請救，出自寸心，並無國書君命；秦王慨然興兵，敗吳存楚，以此雄霸天下。況本國與貴邦，尚無秦、楚之怨乎？……。」立起身來，即欲觸柱。大將軍亟止之，說：「汝之忠誠，已可概見，我當發兵助汝。……倘朝中不知爾之苦衷，加罪於爾，並怪及小邦擅侵邊界，則徒然糜費糧儲，損折兵將，為之奈何？」衛青道：「此易事也！我與將軍盟定：凡賊寇所占土地，歸還本朝；其子女玉帛，唯君所取。……。」（第44回，頁492-493）

衛青與大將軍的對話，乍看頗有些狐兔之悲的意味，但到後面真正定案的仍然是利益的交換；換句話說，所謂乞師不過是一樁出售國格的買賣，後來倭酋索性挑明地說，出兵的目標只是女人、財寶，無關乎正義。

更有甚者，自云「漢有衛青，塞上騰驤；我名相同，海外飛揚」（第44回，頁494）的永樂朝武官：衛青，因其名姓與西漢大將軍衛青相同，而可被比作「漢臣」，竟搖尾於「秦庭」（清廷），針砭的正是貳臣身分（夏而變於夷[48]）的桀犬跖狗，因此身死大海，不得歸返故里。其實衛青在歷史上原是剿平唐賽兒民變的功臣之一，後又被指派備倭[49]，但《女仙外史》全然反寫其事蹟，最後溺死海上，淪為波

48 《女仙外史》曾用重筆批評「夏而變於夷」之人，並借盧敏政之口云：「可謂洞見萬里。蠻人雖蠻，良心未泯。獨有此輩，以夏而變於夷，廉恥道盡，乃猶嘵嘵弄舌耶！」（第54回，頁613）

49 《明史》〈衛青傳〉：「衛青，字明德，松江華亭人。以薊州百戶降成祖，積功至都指揮僉事，蒞中都留守司事，改山東備倭。永樂十八年二月，浦臺妖婦林三妻唐賽

臣[50]，「日本乞師」也由「秦庭之哭」變成「清廷之哭」，支援者化作求援者，滿清反而轉變為對南明勢力一籌莫展的陣營，只得求援於海外，喪權辱國。

面對燕藩、日本之聯盟，月君則是派出了六位英雌，率幾位女真所組成的娘子軍迎敵，旋即颳起一陣腥風血雨：

> 只見袖中飛出一股青炁，約十丈多長，盤旋夭矯，勢若游龍，竟捲到眾倭奴身畔，攬腰一截，霎時千百人都做兩段，血噴如雨。……兩柄神劍又躍人眾倭群內，如穿梭相似，紛紛貫透而死。有四散逃竄的，又被素英白炁丸截住，周圍電光一轉，都齊腰分作兩段，血肉狼藉，斑斑點點，染得滿地芳草，無異湘江的斑竹，然後轉向西來。見大路上卻又有倭奴死屍，重重疊疊，如岡如丘，熱血浸溢，皆成溝渠。……是役也，倭奴十萬，遭颶風溺死者，八千五百有奇；被登州府及各州縣火炮打死者，一萬二千有零；其有老弱看守船隻，得回本國者，不及數百；餘皆死於六位佳人之手。（第44回，頁495-499）

以六位劍仙為核心，竟能掃蕩十萬倭奴，可知對作者來說，其理想中的秩序觀，應是中國能夠輕易擊退來犯的外族；且倭奴個個死狀悽慘，這背後的民族情緒不難理解。不過，《女仙外史》為了突顯建文

兒作亂。……其黨董彥昇等攻下莒、即墨，圍安丘。……而賊攻安丘益急，知縣張旗、丞馬撝死戰，賊不能下，合莒、即墨眾萬餘人以攻。青方屯海上，聞之，帥千騎晝夜馳至城下。再戰，大敗之，城中亦鼓譟出，殺賊二千，生擒四千餘，悉斬之。時城中旦夕不能支，青救稍遲，城必陷。……青還備倭海上。」見〔清〕張廷玉等撰：《明史》，卷175，頁4655-4656。

50 以上亦可見拙文：〈華夷再變：論《女仙外史》中的秩序觀想像〉，頁216-217。

「尊崇正大」、永樂「貶黜蘊藉」的正閏區別[51]，刻意在第五十四回安排「航海梯山八蠻競貢」的情節，讓大西洋、小西洋、暹羅、日本、紅毛、琉球、夫餘、交趾之使者浩浩蕩蕩地集結於濟南帝闕之下，對比燕王宮前的門可羅雀，說明儘管小說創作者對於華夏以外的異邦並無好感，但畢竟獲得各國「奉表納貢，凜遵正朔」的承認，才有作為天下共主的資格。[52]饒富意味的是，這個盛況的促成者，正是被唐賽兒痛擊的日本：

> ……，哭訴與大將軍說：「被他兩、三個女人在半空中飛下劍來，一斬千萬人，頓時殺絕了。只恐還要飛到這裡，把我合國的人都殺了哩。」那大將軍卻有個主意，就用著張儀連衡六國之智，將來歸命納款，反要取中國的歡心。因此遍遣人在海洋諸島，把中國有女皇帝，怎樣的奇異神通，到處傳播。……恰值中國差使出海，日本國王與大將軍不勝之喜，直到舟邊迎接，欽敬異常；筵宴之禮，不啻主臣。於是天使同了各國使官，擇日起程。每國各差正使一名，副使兩名。入貢禮物，極其豐盛。（第54回，頁606）

---

51 徐少宰（秉義）在第28回的評說提到：「唐月君於南郊設立誓壇，昭告太祖，出落得建文年號，何其尊崇正大。然永樂年號則不可泯，乃在後回塞外俺答口內說出，何其貶黜蘊藉。從來史鑑分別正閏，在大書細注之間。《外史》與正史不同，所以另出手眼，觀者須察之。」見〔清〕呂熊著、劉遠游、黃蓓薇標點：《女仙外史》，頁325。

52 《女仙外史》不只一次提到，建文是夷、夏所承認的共主，而月君討逆的行動，也獲得四海之承認。如第73回提到由劉通所統治的獨立政權（漢），願意向唐賽兒朝貢：「建文皇帝是四海一統之主，奉了他年號，不過在表章上寫個臣字，我們本國原稱皇帝，就像海外諸國進表一個樣子。至於納貢，只須土儀，自然也有金幣酬我，算個交接禮文，不折本的。」（頁793）又第93回：「時海東南諸國高麗、占城、日本、琉球都來進貢。……月君令將申罪討檄懸示行闕之下，俾夷夏之人萬目共睹。」（頁986）

日本經歷大敗，乃甘心臣服於月君，中國也從此恢復「海水不揚波」的寧靜，這當是呂熊對前明盛世的美化與懷想。作為一位遺民，薙髮易服的現實既然無法回復，小說家也只能肥遯入虛構王國的桃花源之中，徹底擺脫南明「日本乞師」的窩囊，刻意把「秦庭之哭」寫成「清廷之哭」，貶低「北虜」與「南倭」的狼狽為奸。《女仙外史》透過從「十萬倭夷遭殺劫」到「航海梯山八蠻競貢」到轉變，恣意編排了一場撥亂反正的戲碼。

綜觀《水滸後傳》與《女仙外史》兩部出現「倭患書寫」的遺民文本，皆是以「日本乞師」作為導火線，除了對於時事有一定的查照與省思之外，還具備以下共通之特色。首先，小說家選擇處於道德邊緣的「賊寇」、「妖婦」作為王綱解紐之際的主人翁，著眼點正在於以「反反」突顯「反」之不義。《水滸後傳》固然將是宋、金戰爭中，北方淪陷區的盜賊、潰兵（軍賊、游寇）和自衛組織（忠義保聚）重新放回其所處的時代夾縫之中，寫出「賊」、「民」之間的曖昧與游移。[53]而《女仙外史》的情況，猶如劉瓊云提到的，既然永樂的帝位乃由反而致，有失正統，則唐賽兒反燕王之反，不可謂反；否則，唐賽兒為妖婦，永樂亦是反賊；若永樂可以自稱正統，則唐賽兒亦可為正——呂熊反寫正史上的叛亂妖婦為正義仙師，直暴露永樂帝位取得手段上，難以自解的不法。[54]

小說係以虛構文體對抗正統話語，遂能以悖反的方式顛覆既定的現實，或者鬆動道德的壁壘，據以檢視歷史的陳與新，而「日本乞師」也成為被「反寫」的對象。本來南明才是有求於日本的一方，但

53 關於梁山好漢所影射的「忠義人」形象，可參見孫述宇：《水滸傳的來歷、心態與藝術》（臺北市：時報文化出版事業公司，1981年），頁47-140。

54 劉瓊云：〈人、天、魔——《女仙外史》中的歷史缺憾與「她」界想像〉，《中國文哲研究集刊》第38期（2011年3月），頁63。

是陳忱與呂熊卻基於國格的維護，或對於此行動「飲鴆止渴」的不安，不約而同地把「效學那楚國申包胥痛哭秦庭之故事」的乞師者，轉換成反派的奸臣或燕藩；前者可視為「內憂」與「外患」的聯袂，後者則因對滿清的影射，變作是「北虜」與「南倭」的攜手，藉此批判其「不正」。

另外，小說還以談笑用兵的方式，轉瞬就由超自然的力量（飛雪與飛劍）捻熄了烽火，幾乎是全殲意圖不軌的倭丁／倭奴，流露出神魔化的樂觀想像，正像趙園所說的，明末清初是一個「物怪人妖」同時並起的時代：「那個時期，人們的想像力似乎異常活躍而生動，留在文字中的，多神怪不經之談，種種『物怪人妖』，像是一時並出。不經之談、訛傳，也參與造成了這一時期歷史的面貌——固然往往加劇混亂，有時卻也支撐信念，以心理的撫慰以至自欺，幫助生當其時的人們度過艱難的歲月。」[55]

相較於前文提到，在神祇介入的明清小說「倭患書寫」中，大抵會讓倭寇餘黨安然返回故里，且多有彰顯「好生之德」、「化干戈為玉帛」的懷柔胸懷，而《水滸後傳》與《女仙外史》的戰爭結局顯然帶有比較殘酷的色彩。何以如此？這或許可以在評點者皆提到的《三國演義》「燒籐甲七擒孟獲」之故事中尋求線索。先是在《蔡元放批點水滸後傳》有云：

> 利於水者，不利於火，諸葛武侯之燒籐甲軍是也。能耐熱者，必不能耐冷，朱武之策倭兵是也，便寫出軍師見識甚好。[56]

蔡奡之說尚且不帶有恩怨情仇的意味，僅僅只是小說掌故的引譬連

55 趙園：《想像與敘述》，頁21。

56 政治大學古典小說研究中心主編：《蔡元放批點水滸後傳》，卷9，頁34。

類，但儘管如此，諸葛亮面對南蠻「七擒七縱」的「攻心」戰術，最終走向破產，仍舊為「日本乞師」一事的適切與否，帶來一些耐人尋味的反諷。一如浦安迪（Andrew H. Plaks）所提到的，在《三國演義》第一一八回，蜀漢政權瀕臨崩潰前夕曾苦苦哀求孟獲部落前來救援，結果這一希望完全落了空[57]——蜀臣譙周對這件事的看法是：「南蠻久反之人，平昔無惠；今若投之，必遭大禍」。[58]

中國與日本在明朝同樣經歷長期的齟齬（久反之人），並在朝鮮之役激化到了頂點；那麼，「日本乞師」到底會是如秦、楚一般盡釋前嫌，抑或帶來「此三桂之續也」的慘痛代價呢？從火燒籐甲兵之後「蜀漢／南蠻」的貌合神離，也許就能嗅到小說家的焦慮。取而代之的，是逸民在《女仙外史》「荊門州一火燒佷賊」情節之評說：

> 或云洞蠻之罪，何至於慘燒若是？昔武侯之燒藤甲軍也，自嘆減卻籌算。彼作《外史》者，更當何如？噫，不知明季佷兵毒害我生靈，倭酋擾亂我邊陲，遭其劫殺者不可數計。作者蓋痛惡其以夷猾夏，故以一劍而馘倭奴十萬，一火而滅三種蠻酋，討行天恭，焉得減算？武侯之語，出自好生之心耳。[59]

按此詮解，則呂熊在寫「日本乞師」時不僅注視於當下，更從終明之世的倭患總結經驗，得出日本乃是「以夷猾夏」的價值判斷，所以小說之殺戮，不過是「討行天恭」，既是天經地義，也無為之懺悔的必

57 〔美〕浦安迪著，沈亨壽譯：《明代小說四大奇書》，頁430。

58 〔明〕羅貫中：《三國演義》（臺北市：桂冠圖書公司，1994年），頁1039。

59 收於〔清〕呂熊著、劉遠游、黃蓓薇標點：《女仙外史》，第78回，頁846。此外，關於明朝的「佷兵」編制，可參見李小文：《國家制度與地方傳統——明清時期桂西的基層行政制度與社會治理》（廈門市：廈門大學中國近現代史學研究所博士論文，2006年），頁17-20、88-96。

要——這當是以「過去」凝視「現在」，所以產生的極端描寫。職是，一旦民族情緒壓倒了理性思考，《水滸後傳》與《女仙外史》自然也就以殲滅犯境倭丁／倭奴的方式，為「奸佞」、「北虜」、「南倭」之「日本乞師」的同流合污，劃下充滿暴戾的句點。

四　斬鰲魚叔寶建功：《說唐演義全傳》與「日本乞師」的娛樂化

在此節結束以前，筆者補充另一部同樣涉及「日本乞師」的小說文本：《說唐演義全傳》。[60]與《水滸後傳》、《女仙外史》的遺民色調略有出入，這部作品較為晚出（約雍乾年間，書首有乾隆元歲如蓮居士序），業已滌淨了明清「之際」的時代塵埃，也看不出沉鬱的敘事基調，但仍有一些有趣的特點，值得介紹。事見第五十四回至第五十六回，是時「秦王」李世民正與「洛陽王」王世充、「夏明王」竇建德、「宋義王」孟海公、「白御王」高談聖、「南陽王」朱燦等五王作戰，唐兵趨於上風，讓五王陣營開始尋求外援，於是軍師鐵冠道人薦舉一人：「鐵冠道人道：『主公放心，要退唐兵也不難。臣有一個朋友，姓鰲名魚，乃琉球國王的四太子，今在日本國招為附馬，其人有萬夫莫敵之勇，勝比唐家李元霸，不讓先朝楚霸王。主公可不惜珍寶，聘請得此人來，何愁唐兵不破？』」（第54回，頁965）

琉球國之四太子，同時為日本國之駙馬，在小說中又被稱為「倭

60 本書使用版本為〔清〕鴛湖漁叟校訂：《說唐演義全傳》，收入《古本小說集成》（上海市：上海古籍出版社，1990年，上海古籍出版社藏觀文書屋刊本），屬於10卷68回本。以下為行文方便，所引原文但標回數、頁碼，不另加註。筆者按：《說唐演義全傳》亦有陳汝衡改寫的66回本，雖然文字較為優美、通順並合乎邏輯，但畢竟屬於刪節本（刪去神怪及不合理處），因此在此還是以保留全文的版本為主。

狗」，可見時人對琉、日二國之混淆。鰲魚登場於次回：「面如傅粉，唇若塗硃，一頭黃髮挽就三個丫髻，當頭戴頂金冠，多是珠玉穿就。卻生一雙怪眼，鷹嘴鼻，招風耳，耳掛一串金環。身上穿著長袖錦綵的倭衣，腳下穿一雙高底魚皮番頭戰靴。身長一丈四尺，使一柄長柄的金瓜搥，有萬夫不當之勇」（第55回，頁988）。從其名姓、裝束、面貌來看，都刻意營造出與中華不同的「非常」格調，甚至帶有獸類化的蔑視[61]，這一點與過去的文本並無太大不同，不過接下來小說續寫雙方之交鋒，則用了大量的「倭語」，讓中日（琉）之間的距離更加顯出：

> 咬金披掛上馬，到了營門，來到陣前。……鰲魚道：「喔必喔必。」咬金不懂，說道：「……嘽！自古道：『倭子的鬚，蠻婆的毴！』你是開眼烏龜，不值半個低銅錢，我入你的倭娘！」鰲魚不懂。王九龍道：「永裡落花打呀卻馬落。」鰲魚大怒，罵道：「呀吤殺殺瓜！」……叔寶提槍上馬，來到陣前，果見一員倭將，兩名通事甚是面善。那鰲魚太子問道：「古木牙打蘇？」叔寶不懂他的番語，便問兩個通事的：「他說些什麼話？」王九龍道：「他問你叫甚名字。將軍，我與你有些面善阿。」……，那鰲魚也問通事說道：「米多而牙人里？」他問的：「見得那將官說些什麼？」王九龍道：「他說：『殺殺哩殺殺哩哈哈牙卻打。』是像說：那將官說道：『琉球國王死了，快些回去！』」那琉球太子卻是大孝的孝子，聽見說國王死了，把頭一側，叔寶就當胸一槍，翻身跌下馬來。王九龍下馬，斬了首級。（第56回，頁992-994）

61 張哲俊：《中國古代文學中的日本形象研究》，頁333。

鰲魚力能扛鼎，本是一員悍將，但因為語言不通，只能任由與秦瓊舊識的通事擺布，最後喪於錯譯的詭計之下，既符合現實的邏輯，過程中更製造了閱讀上的懸念。而在今人陳汝衡潤色的版本當中，「古木牙打蘇」係作「木古牙打」（音似「向うは誰」，*mukōwadare*）；「米多而牙人里」則改成「南都由」（音似「何と言う」，*nanitoiu*）[62]，似乎刻意模仿了真正的日語之發音，這一點與前文討論到的〈胡總制巧用華棣卿，王翠翹死報徐明山〉中，以拼湊單詞而不顧語法的情況迥異。無論原來的作者是否通曉外文，都可見小說很重視塑造海外敵人的陌生化形象，增添文本的趣味性。《說唐演義全傳》本就有很強的說唱藝術性質，向庶民娛樂的需求靠攏[63]，在此加入王世充請援日本國附馬鰲魚四太子的情節（「日本乞師」的轉化），為單純逐鹿中原的隋、唐故事另掀波瀾，可以看出小說家旁徵博引的用心，其目的在於吸引讀者的矚目，這一點就和《水滸後傳》、《女仙外史》借古鑑今的寄寓，存在著本質上的分別。

筆者在這一節所探索的，是明清小說在「明清鼎革／華夷變態」的政權過渡之際，同時也是中日緊張關係降到低點的承平時代，是怎樣將過往的倭患記憶與當前的「日本乞師」時事進行整合，藉此宣洩明遺民對於變國的沉痛心情。「日本乞師」本是南明及明鄭為賡續國祚，試圖尋求的一帖藥方；而德川幕府雖因內部政權的根基未穩，沒有慷慨派出兵馬，但基於同情與利害關係，仍提供了器械、錢糧方面的幫助，如鄭成功麾下的「鐵人」、「倭銃隊」，因此不失為兩國友好

62 此版本可見〔清〕鴛湖漁叟校訂：《說唐演義》（臺北市：桂冠圖書公司，1992年），第55回，頁303。此部分之日文語譯，參考自薩蘇：〈《說唐》裡的外語〉，《西西河》網站，2009年11月20日，網址：https://www.cchere.com/article/2552848（2017年4月5日上網）。「向うは誰」意指「對面何人」、「何と言う」意指「他說什麼」。

63 參彭知輝：〈論《說唐全傳》的底本〉，《明清小說研究》第3期（1999年），頁181-187。

的表現。只不過，在明代深受倭患蹂躪的朝鮮、中國方面，畢竟殷鑑不遠，所以仍浮現了如「今者復襲秀吉之餘謀」、「此三桂之續也；且不見世宗之倭患乎」的警戒聲浪，視之為剜肉補瘡的拙計，這股不安的氛圍更滲透入清初小說之中，包括《水滸後傳》、《女仙外史》皆持這樣的立場。

另外，正因為日本始終未予以軍隊的支援，也使得文人騷客對其「企圖」與「考量」有了許多揣想的空間，活絡了虛構文本的天馬行空，且不約而同地以「過去」之經驗推敲「現在」的可能發展，對於變國的處境又追溯至宋、至國初，於是出現了時、空的重疊與纏繞，「日本乞師」亦提早於「靖康／靖難」之後登場。又且《水滸後傳》、《女仙外史》分別以「賊寇」、「妖婦」作為主角，反寫「正統」之「不正」，此顛倒手法讓「日本乞師」化身成「奸佞」、「燕藩」（滿清）所延請而來的「關白／倭丁／倭奴」，而非南明士大夫引頸期盼的「義兵」；後者尤其讓「北虜」、「南倭」結成令人憎惡的同盟，被比擬為申包胥的「秦庭之哭」，也成了「清廷之哭」，借兵的「漢臣」衛青則成了「貳臣」──只配葬身魚腹，不配踏上故國。

對比明朝倭患的生靈塗炭，以及「日本乞師」所潛藏的威脅，小說家選擇以激烈的方式來對「以夷猾夏」的侵略者迎頭痛擊，召喚超自然的暴雪與飛劍，轉瞬即殲滅數以萬計的敵人，並被揄揚是「討行天恭」的表現，流露出特殊的民族情緒。這些場景，也不禁讓人聯想到諸葛亮「五月渡瀘，深入不毛」的戰役，乃是以「燒籐甲七擒孟獲」的策略劃下句點，看似換來南蠻的心悅誠服，但就在蜀漢即將步入滅亡的時刻，求助於彼的希望卻落了空。當評點者不約而同地提起「七擒七縱」的往事，或許在某種程度上，也為「日本乞師」的後果敲響了警鐘。

最後，還有一部晚出的作品也出現了反派向日本求援的情節，那就是《說唐演義全傳》，讓來自琉球的鰲魚四太子粉墨登場。然而，該書問世於雍乾年間，距離鼎革業已遙遠，洗刷了遺民的沉鬱，更多的是庶民娛樂的基調，如同「嘉靖大倭寇」的傷痛，隨著時間消逝，終將成為創作者信手拈來的文化資源，「日本乞師」的嚴肅意味在此也受到拆解，變成嘻笑怒罵的熱鬧文章。

第二節　《花月痕》中的「逆倭」與歐洲人

滿清入關之初，雖然經歷過「華夷變態」的鼎沸，但隨著清朝統治者有意識地轉化經典的詮釋，尤其康熙標舉《孟子》「舜為東夷之人、文王為西夷之人」之說，降低漢人對滿州皇帝的異族身分的疑慮，加上遷都北京、祭祀明朝陵寢、頒布曆書、改易服制等，逐漸為清之取代明的事實打下厚實基礎，以至於清中葉太平天國之役（1851-1872）時，湘軍將領李元度還以「舜生東夷，文王西夷，古有明訓」，作為駁斥對手宣傳夷夏之別的理由。[64]

由上述可知，在時間的推移，以及清廷的巧妙操作之下，滿清的合法統治地位獲得一定的認可，這是「天命」由「明」轉向「清」的重要標誌[65]，並且迎來帝制中國的最後一個盛世：康乾盛世。清朝在這個時候的外患相較式微，而日本亦呈現鎖國狀態，可說是中日關係的和平時期，也是清代小說「倭患書寫」時事性最為薄弱的階段。在

64 詳見潘志群：《清初的統治正當性問題》（臺北市：臺灣大學歷史學系研究所碩士論文，2004年）。

65 康熙帝舉辦「博學鴻儒」特考，廣邀明遺民參與《明史》的編纂，支持程朱學派的復興，並且推崇殉明的忠臣等作為，都使得「忠君」的思想開始由明往清轉移，最終完成於三藩之亂時，范承謨與馬雄鎮的「殉國」：明朝有忠臣，清朝也有忠臣，而清朝如今已同明朝完全相稱了，它不僅取代了明朝的統治，而且能夠勝任。詳見〔美〕魏斐德著，陳蘇鎮、薄小瑩等譯：《洪業——清朝開國史》，頁803-843。

繁盛的帷幕籠罩下，對內，滿州人被內化為中國的天子；對外，海疆呈現風平浪靜的盛況，因此激昂的民族情緒暫時偃旗息鼓。然而，到了道咸年間，來自英法的艦艇，卻突破了清朝的海防，臥榻鼾睡，讓中國再次感到桅／危影幢幢的恐慌。在說部當中，亦有作品投射了此變局，不過卻是以明代的「倭患」記憶來綰合當前的「歐洲人」入侵，形成耐人尋味的重疊情狀，而這部小說即是本節所要討論的《花月痕》。[66]

《花月痕》是清代文人魏秀仁重要的小說著作，作者主要活動於道咸年間，作品至晚成於一八六八年[67]，敷演兩對才子佳人——「韋癡珠／劉秋痕」與「韓荷生／杜采秋」的愛情故事。儘管作者以豐富的才學傾注於文本，讓作品充斥著詩文與淒婉，但因為男、女主角為恩客／名妓的組合，自然地被魯迅歸類為「狹邪小說」。[68]

雖然如此，《花月痕》卻不單純是一部耽溺於青樓的文學創作。魏秀仁作為一位出身福建，卻因列強入侵、太平天國亂起而顛沛流離於川、晉的南方士人，有感於家國動盪、懷才不遇，遂將時代世變化為小說的布幕，上演的是窮如韋、劉（貧病交加而終於鬱抑）；達如韓、杜（驅逐外侮而平步青雲）的極端戲碼——但二者皆是作者自況。[69]然而，學界卻很少深入探索小說影射的宏大敘事，如王德威認

66 本書根據版本為〔清〕魏秀仁：《花月痕》（臺北市：桂冠圖書公司，1986年），以下為行文方便，所引原文但標回數、頁碼，不另加註。

67 一般認為《花月痕》前44回脫稿於咸豐八年（1858），後8回則較有爭議，有陳新認為的同治三年（1864）、尚達翔認為的同治五年（1866）、官桂銓認為的同治七年（1868）等，但總之應該在太平天國「幼天王」洪天貴福被俘之後（1864年，第50回有相關史事的影射）。「《花月痕》的成書年代」可參見陳芳華：〈百年來《花月痕》研究評述〉，《遼寧工業大學學報》（社會科學版）第11卷第1期（2009年1月），頁53。

68 魯迅：「其書雖不全寫狹邪，頗與伎人特有關涉，隱現全書中，配以名士，亦如佳人才子小說定式。」見氏著：《中國小說史略》，頁182。

69 魯迅：「韋、韓，又逋客之影子也，設窮達兩途，各擬想其所能至，窮或類韋，達當如韓，故雖自寓一己，亦遂離而二之矣。」見氏著：《中國小說史略》，頁184。

為，小說高潮應該在於韋、劉之死，後來韓、杜的飛黃騰達，是生硬矯情的蛇足，《花月痕》並未達到《桃花扇》中侯方域與李香君那般，眷侶情感與南明命運交織之境地：

> 小說裡被敘述的歷史事件，從太平軍起義到內憂外患，其實標誌著傳統樣式的國族巨變，既可促成朝代的更替，亦可造就艷情的悲劇。然而《花月痕》的歷史敘述卻不再能以傳統的方式，言傳歷史事件，它充其量能回想巨變之餘的瑣碎痕跡。韋、劉兩人的世界裡，宏偉敘事已成廢墟，他們所能經歷的，僅僅是所謂情天恨海的末流。[70]

倘若讀者期待著「歷史的關聯性」能在韋、劉的愛情故事中嶄露驅策與收束的因果關係，自然不免感到失望，但是重新檢視眠鶴主人中對於花、月之「痕」的詮解：

> 開而必落者，花之質固然也，自人有不欲落之之心，而花之痕遂長在矣。圓而又缺者，月之體亦固然也，自人有不欲缺之之心，而月之痕遂長在矣。故無情者，雖花妍月滿，不殊寂寞之場；有情者，即月缺花殘，仍是團圓之界。[71]

以上雖為「情」之論述，卻透露一個訊息：花開花落，月圓月缺，一個悲劇的完成，卻可能會是另一個歡喜的醞釀，其中的變化循環，正是「痕」的真諦，無須濡滯。如此說來，讀者不當僅留意韋、劉之淚痕，忽略了作者的另一層寄託──韓、杜攬轡澄清的鉅大功業，而其

70　王德威著，宋偉杰譯：《被壓抑的現代性：晚清小說新論》，頁112-113。

71　〔清〕眠鶴主人：〈後序〉，收於〔清〕魏秀仁：《花月痕》，附錄頁441。

所作為墊腳石扶搖直上者，這正是小說中如影隨形的「逆倭」，亦是筆者所欲討論的主題。

從藝術價值的角度來說，有論者認為小說寫至四十四回劉秋痕的殉情即當收筆，此時仍不失為一部完整的長篇佳構，對後八回的妖婦妖法與詆毀太平天國，發出白璧微瑕之批判。[72]不過，根據舒揚帆之觀察，創作者親歷道咸年間的烽火，不只清政府受到對外戰爭與太平天國的波及而疲於應付，連避居異地的魏秀仁，家人亦困於戰區，甚至於父歿亦無法奔喪，這種混亂與淒苦所帶來的衝擊，可想而知，是以小說流露出強烈的批判意識，確實相當值得注意。[73]

從上述可知，只留意到《花月痕》哀豔悱惻的狹邪屬性，恐怕是不太夠的，還必須另闢蹊徑地探索其中的殺戮與兵燹，才能看到作者深層的生命際遇。饒富意味的是，當魏秀仁在敘及英法列強的騷擾時，皆以「倭」影射之，但是「倭」在中國人的理解當中，指的應該是日本而非歐洲。

身為一位來自沿海省分的飽學之士，不應當分不出兩者之間的差異，顯然這是作者特殊的敘事策略，究竟為何小說家將二者鎔鑄為一？其次，在現實中縛手無策的困頓文人，如何在小說中馳騁放蕩不羈的虛構筆墨，拯救中國於水深火熱之中，抒發作者的秩序觀想像？這關係到在四十四回之後，魏秀仁的續寫是「畫蛇添足」抑或「畫龍點睛」。最後，「韋癡珠／劉秋痕」與「韓荷生／杜采秋」兩種作者自況，有沒有其他的詮解方式？窮或達難道僅只於個人的命運嗎？筆者認為，一個貧病交加的孱弱身體，和功成名就、齊人之福的終局，恰

72 尚達翔：〈魏秀仁和他的哀豔小說《花月痕》〉，《明清小說研究》第4期（1988年），頁192。

73 舒揚帆：〈試論魏秀仁《花月痕》的自敘性——兼及藝術淵源與影響〉，《呼倫貝爾學院學報》第21卷第6期（2013年12月），頁52-53。

好是兩種政治隱喻的對比——中國「先睡後醒」（the Sleep and the Awakening）[74]，浴火重生的幻想。以下先就「綰合的緣由」說明之。

一　綰合的緣由：南倭北虜的記憶

鴉片戰爭以來，清朝經歷諸多嚴峻的挑戰，包括太平天國、英法聯軍、陝甘回變（1862-1873）、捻軍（1853-1868）等等。這些事件並無一個嚴密連貫的組織系統，時間順序亦長短不一，但是在《花月痕》中卻俱被兜籠在一塊，被解釋為倭寇與奸民的勾結：

> 逆倭連年由海道蹂躪各省，北則天津、登萊，南則由寧波滋擾浙江，由瓜州滋擾三江。復援金人冊立偽齊故事，封了粵西巨寇員壽泉，竊踞金陵。於是淮海之間，大河南北，以及兩湖，土匪蜂起，逆倭遂得以橫行無忌。朝廷賦額日虧，軍儲日絀，全靠西陲完善之區，轉輸支應。山右尤畿疆屏蔽，西北膏腴。是年春間，豫州節度武公部下官軍，迭獲勝仗；逆倭勢蹙，勾引河東土匪，竄入平陽，計欲結連關外回、番各部，由草地潛入燕雲。（第4回，頁19）

在魏秀仁的塑造之下，太平軍、回變、捻亂等，皆出於海外逆倭的教唆，這當然是作者的想像。[75]但要稍微釐清的是，小說多少是帶有虛

74 參考自〔清〕曾紀澤：〈中國先睡後醒論〉（China, the Sleep and the Awakening），1887年。原文為英文，中文版本收於〔清〕龔自珍、〔清〕康有為、〔清〕梁啟超等著，龍應台、朱維錚編注：《未完成的革命——戊戌百年紀》（臺北市：臺灣商務印書館，1998年），頁90-96。

75 以太平天國的情報為例，在當時就相當複雜。在日本，與《花月痕》中視之為「逆倭」（實際上是歐洲人）扶植的說法相反，包括《雲南新話》、《清明軍談》、《韃靼

構性質的文學載體，全書亦不直接道破筆下所寫的「員逆倡亂」，就是洪秀全（1814-1864，小說以「員壽泉」影射）打造的太平天國。

其實，《花月痕》在開卷頗有模仿《紅樓夢》之處，亦由敘事者宣稱自己發現了某部「朝代年紀，失落無考」[76]的作品：「五年前，春凍初融，小了鋤地，忽地陷一穴，穴中有一鐵匣，內藏書數本，其書名『花月痕』，不著作者姓氏，亦不詳年代。」（第1回，頁3）《花月痕》確實曾受《紅樓夢》影響，文中甚至有針對該書的討論。[77]然而

勝敗記》、《新說明清交戰記》、《外邦太平記》、《滿清紀事》、《清賊異聞》等小說讀物，都將太平軍視為朱明後裔「反清復明」的組織，或是「天地會」支派「小刀會」的成員，而多數認為英國站在支援清軍的立場，與「明軍」（太平天國）酣戰，但清、英聯軍被打得落花流水，只有《清賊異聞》以清軍之勝利為結尾。這些作品基本上根據中國、朝鮮等船隻傳至長崎的傳聞寫成的，但據培里來航（1853）時來自接待人員的問答手寫本，則是「英吉利援明，戰鬥激烈云。美利堅乘隙，欲攫取日本云」，英國被視為太平軍的擁護者，此則與《花月痕》不謀而合。日本之所以關注太平天國，肇因於美國叩關的威脅，亟欲摸清列強對此事的態度，從而調整外交方略。見〔日〕增田涉著，由其民、周啟乾譯：《西學東漸與中國事情》，頁78-99。英國輿論對太平天國的立場，雖然在一開始因其「基督教」、「受壓迫的漢人」之屬性而抱持同情，但國會仍堅守中立，直到戰亂波及到上海、寧波等通商口岸，洋商生命、財產受到威脅，清政府亦將因失去收取關稅的城市而支付不出戰爭賠款；且美國南北戰爭（1861-1865）造成棉花供應縮減，已衝擊國內紡織業，若再加上中國茶葉進口短缺（太平軍控制了主要產地），茶價飆漲，恐造成經濟崩潰，英國終於決定介入，除民間早已有傭兵「洋槍隊」（後易名「常勝軍」）受雇於滿清，官方更出售軍艦協助清廷剿滅太平天國（儘管後來計畫告吹），魏秀仁之說當然與事實相違。當時歐美對太平軍之看法，可詳參〔美〕裴士鋒（Stephen R. Platt）著，黃中憲譯，譚伯牛校：《天國之秋》（北京市：社會科學文獻出版社．全球與地區問題出版中心，2014年11月）。

76 《紅樓夢》第1回云無才補天之頑石上有小說文字，字跡分明，編述歷歷：「上面敘著墮落之鄉，投胎之處，以及家庭瑣事，閨閣閑情，詩詞謎語，倒還全備。只是朝代年紀，失落無考。」見〔清〕曹雪芹：《紅樓夢》，頁2。

77 除了第25回回目是「影中影快談紅樓夢，恨裡恨苦詠綺懷詩」外，金洛喆認為，從36回杜采秋夢見韓荷生幻化韋癡珠、鏡中不見自己影子，只見劉秋痕，以及韓、韋二人象徵「荷」花上滴著露「珠」、采秋、秋痕共用「秋」字等跡象，不僅可見仿

筆者的意見是，魏秀仁本來應該無意將小說限縮在某個經緯分明的時代座標，所以故事背景不必是明是清，帶有模糊化的空間，捏合倭寇或員逆，亦無須過於嚴格地按圖索驥。

不過，隨著故事的進行，作者慢慢開始露餡，如第二十回出現「明末葛嫩、楚雲、瓊枝」、第二十五回快談《紅樓夢》，在在暗示了敘事舞臺正是「明末」以降、「《紅樓夢》」問世的那個朝代，也就是大清。

那麼，筆者欲追問的是，為何小說家會在一個暗示今夕為清季的文本中，召喚顯然屬於明代的海盜記憶？道咸年間叩關而來的歐洲殖民者，為何會與中國人熟悉的倭寇產生聯繫？這個問題，當可由以下幾個層面切入。

首先，根據葛兆光之說，中國人對殊方異域的認識，儘管隨著交通的便暢而拓寬行旅的範圍，帶有實錄性質的記載不斷產出，但這些親歷資訊仍有大部分沿襲著古史、傳說與類書，在字裡行間充滿了匪夷所思的想像，滲透進觀察者的固執與偏見，這與中國自視「文明」而以四夷為「野蠻」的天下觀互為表裡——換句話說，這些描述並不等於當時人對於實際世界的知識。[78]從以上來看，中國人對外邦之理解，本就有以「想像」附加在「真實」之上的習慣，放在小說之文體，更容易出現這種挪移、架空、摻雜的現象，即便到了與西方列強頻繁接觸的清中葉，也沒有機警地催化出本質上的變化。[79]

效《紅樓夢》中，寶玉為釵、黛兩人嵌合的「二名一身」之手法，更可見釵、黛地位並立，且在全書主線不可分的特點。見氏撰：《花月痕研究》（臺北市：臺灣師範大學國文學系研究所碩士論文，1993年），頁30-31。

78 詳參葛兆光：《宅茲中國：重建有關「中國」的歷史論述》（臺北市：聯經出版事業公司，2011年3月），頁80-86。

79 王昊注意到，即使是在鴉片戰爭之後約六十年時間裡，中國域外題材小說也並未隨著時代的巨變而發生急遽的改觀，而是在原有的寫作慣性下推動沿著傳統的軌跡繼魏秀仁並非不了解逆倭與歐人的差異，其能精闢點明中英之齟齬乃「追原禍始阿芙蓉，膏盡金錢血盡鋒」（第20回，頁161）、「外洋瘠中土，製作鴉片煙」（第31回，頁268）。當西方殖民者有計畫地向中國輸入毒害百姓身心的洋煙，擴大貿易逆差，這種布局的危險性自然遠大於明代倭寇的打家劫舍；能看透此病灶，證明小說家通曉二者之差異。

此外，第四十七回又提到顏卓然對倭目宣詔：「天主教雖勸人為善，而漢人自有聖教，不准引誘傳習。」（頁395）但傳教並非日本染指中國的動機之一，此處關於教案的紛爭，還是在影射歐洲列強。[80]然而，小說創作者在寫實的筆墨之餘，對於「倭國」仍添加一抹瑰奇的色彩：

> 不一年，賞加頭品頂戴，冊封倭國新女主踏裏采。朝議令挈妻室同行；靚兒得女提督銜，持節賚皇太后恩旨，副以紫滄夫婦，由長江登火輪船，灣入粵東香山島放洋。遇風吹入了香海洋。玉宇瓊樓中，父子重逢，翁媳再見。瑤華緣與靚兒同舟，也得與秋痕相見世外。三人都得島中人贈的珍寶。一夜海風大起，瞬息之間，便到倭國，與紫滄輪船相會。（第51回，頁429）

作者用傳奇手法，讓韋小珠夫婦在航往「倭國」的道途中，與先父韋癡珠在香海洋青心島相會——以仙境作為中介，終點則更在仙境之

續運行著，這就與中國人對於異邦的理解互為表裡，也是古典小說創作頗值得注意的文化現象。見氏著：《從想像到趨實：中國域外題材小說研究》（北京市：人民出版社，2010年），頁145。

80 英法聯軍之役中，法國即以神父馬賴（Auguste Chapdelaine）在廣西西林的遇害，作為出兵之緣由。

外，「倭國」的神秘性質不言可喻。話又說回來，當時英國領袖固然是名聞遐邇的「女主」維多利亞女王（Queen Victoria），可是其登基的正當性卻與清帝的授權與否無涉。不過，中國也並非沒有冊封過「倭國女主」的經驗，最著名的便是三國時代的「親魏倭王」卑彌呼[81]，魏秀仁巧妙地利用想像力，模糊化了二者之間的分際。

其次，中國的海防經驗始自明朝，而對治的假想敵則一直為倭寇，即使自德川幕府建立並採取鎖國政策、朱明亦改朝換代為滿清後，這個戰略思維都未發生根本性的變化。李恭忠、李霞便注意到，自嘉靖朝鄭若曾《籌海圖編》、明末清初顧炎武《天下郡國利病書》，乃至於鴉片戰爭前夕，親歷海事的嚴如熤所撰之《防洋輯要》，皆忽略了是時叱吒風雲的歐洲艦艇：

> 從思想內容來看，嚴如熤這本書同樣沒有超出明中期以來「備倭」話語的框架，書中關於江南和廣東兩地海防的論述即為明證。卷九「江南防海略」首先描繪海防對象：「倭奴天性狡猾，以剽刦為俗，而溟海萬里，因風力，乘潮候，倏忽不可蹤跡，所謂來如風雨，去如絕弦，猶不足以喻之，時復跳梁。」[82]

這種現象產生的緣由，在於日本帶給中國的威脅，確實是前所未見的挑戰，刺激了海防觀念的萌芽，因此前引明代《武備志》才說：「海之有防，自本朝始也，海之嚴於防，自肅廟時始也。」且海防論是一

---

81 《三國志》〈魏書．烏丸鮮卑東夷傳〉記載景初二年（238）魏帝詔書報卑彌呼：「今以汝為親魏倭王，假金印紫綬，裝封付帶方太守假授汝。其綏撫種人，勉為孝順。」見〔晉〕陳壽撰，〔宋〕裴松之注：《三國志》（北京市：中華書局，1963年），卷30〈烏丸鮮卑東夷傳〉，頁857。

82 李恭忠、李霞：〈倭寇記憶與中國海權觀念的演進——從《籌海圖編》到《防洋輯要》的考察〉，《江海學刊》第3期（2007年3月），頁153。

種相對偏僻的知識領域，一旦形成某種論述框架，後人往往相互沿襲，士大夫又重視歷史記憶的保存，慣於自經驗教訓中尋求對現實的借鑒。[83]這其實與上述中國人對異邦之理解有異曲同工之妙：文人重於既有文獻的傳承，即便有新知識的汲取與背書，仍喜以古律今，失去了與時俱進的敏感度。在這種情況之下，魏秀仁在《花月痕》小說中，將同樣來自海上的歐洲列強，綰合因季風、乘潮汐而來的「倭寇」，也就不足為奇了，因為這是貫串明清，一般人熟悉的歷史經驗——即便在甲午戰爭之前，清、日之間從未有過駮火的紀錄。

此外，倭寇的組成本身就是非常複雜的，日本人、中國人之外，甚至還曾經包含葡萄牙人。一五二二年西草灣之戰，明朝水師將馬爾丁·阿方索·德·梅羅·克亭何（Martim Afonso de Melo Coutinho）率領的船隊定位為「佛狼機國人」入寇，徹底將其擊潰，自此葡人被視為倭寇同夥，被禁止沿海貿易，遂轉入浙江雙嶼建立基地，聯合中國人包括許棟、王直等魁首，以及琉球、日本各地的商賈，進行走私、海盜活動——這種違反國禁的黑市交易，很自然地被官憲目作寇賊、海寇、倭寇，終於在一五四八年為浙江巡撫朱紈驅逐。[84]從上述來看，在中國人的理解中，早自明季開始，歐洲人便與倭寇沆瀣一氣，這些異族除外貌有白、黃之別，本質上卻並無太大迥異，魏秀仁以「逆倭」稱呼英法列強，亦屬其來有自。

而倭寇夥伴中的中國人成分（假倭），更踩住了一般民眾心目中的痛腳；再加上嘉靖時期，海有島氛，陸有韃靼，「南倭北虜」造成國家軍事、財賦上極大的壓迫，這些都是中國人的夢魘。當道咸之

83 詳參李恭忠、李霞：〈倭寇記憶與中國海權觀念的演進——從《籌海圖編》到《防洋輯要》的考察〉，頁154。

84 詳參〔日〕田中健夫著，楊翰球譯：《倭寇——海上歷史》，頁64-71。另鄭樑生亦認為「葡萄牙之入寇者」當納入倭寇譜系，見氏著：《明代中日關係研究——以明史日本傳所見幾個問題為中心——》，頁304。

後，內憂外患再度從海上、內陸紛沓而至，亦不斷召喚「南倭北虜」的慘痛記憶，降而為《花月痕》小說，列強與叛亂也多次被創作者曲折地聯繫在一塊，形成外侮與內叛、倭寇與胡人攜手合作的醜惡戲碼：

> 後來倭寇勾結西域回民作亂，四方刀兵蠢動，民不聊生。汪公奉命防海，明公奉命經略西陲。（第2回，頁8）

> 爾陝甘回民，自李唐以來，轉徙內地，食毛踐土，千有餘歲。我朝天覆地載，漢民回民，從無歧視。乃者逆倭犯順，天地不容，神人共憤；鼯是已窮之技，豕無可突之圍；釜底遊魂，苟延旦夕。爾等乃受其指揮，並勾番部，兼脅良民。（第4回，頁23）

> 話說關、隴回子，自去年大受懲創以後，善良者自然回籍，重謀生業；就中單身的，也就地方官安插，洗心滌慮，去作良民。只有一班狡黠的酋豪，或逃亡在外，復出為非；或雖受招安，家業已蕩，便糾合亡命，就近作個強盜，擄掠鄉民牛畜，搶劫過往行旅。……這回子嘯聚得多，去年逆倭踞了廣州，回子得信，因又跳梁起來。（第37回，頁313）

> 自倭逆內犯，勾結水陸劇盜，以及回疆西藏。（第46回，頁380）

這些都可看作是清朝版的「南倭北虜」，如顏卓然宣詔提到：「乃躪東南，遂窺西北」（第47回，頁394），只不過本質上不再是日本與蒙古，而換成了歐洲人與穆斯林。除上述逆倭與少數民族的串連外，崇尚

「拜上帝教」的太平天國，亦被小說家目為倭寇扶植的傀儡政權。[85]

綜合上述，筆者認為《花月痕》將倭寇與歐洲人船艦鎔鑄的緣由，基本上來自於中國文人習於以來既有文獻來「想像」異域，哪怕在當代已累積一定接觸與研究的外國人，仍慣於比附舊有的知識與偏見。更重要的是，以海防觀念的演進來說，明清兩朝皆以倭寇為假想敵，對於破浪而來的英法列強，魏秀仁亦直接以倭寇來解釋，呼應了中國的因襲已久的軍事知識。而就明代倭寇本身的組成來說，本就包含歐洲人（葡萄牙人），且其與沿海刁民相互勾結、與北方韃靼人共同造成的「南倭北虜」的壓迫，正與道咸年間的內憂外患有雷同之處。是以無論殖民帝國與太平軍、穆斯林等內叛彼此之間有無聯繫，都被看作狼狽為奸的惡徒——小說家遂在此將歐洲與日本重疊，看重的是同樣來自海洋的威脅，並據此召喚勝國刻骨銘心的倭寇記憶。

二　天朝的維持：蕩平叛逆的想像

道咸年間的兩次鴉片戰爭，就中方來說可說是灰頭土臉。儘管英法聯軍在大沽口海戰（1859）遭受僧格林沁之重挫——多艘炮艇毀滅、擱淺，四百名英國人死傷，高達廿九人是軍官，曾歷經克里米亞戰爭（1853-1856）死傷慘重的衝鋒的陸戰隊員甚至認為，寧願重來那場戰鬥三次，也不願受這次失敗的苦；對歐洲人來說，這次完全是

85 值得玩味的是，即使太平軍本身與日本並無任何干係，但在日本卻有革命家大鹽平八郎父子西渡中土、組織太平天國的傳說。此說雖荒誕不經，頗有自我抬舉之味道，應非魏秀仁所服膺者，不過以日本人（逆倭）作為太平軍的導師，中日兩種文本還是發生了微妙的互文關係。詳參〔日〕增田涉著，由其民、周啟乾譯：《西學東漸與中國事情》，頁99-128。該說主要來自於石崎東國：〈大鹽平八郎〉，《中央史壇》（1921年）。

武器和戰術屈居下風，且更糟糕的是敗於中國之手！[86]然而，嚐到勝果的滿清卻難敵捲土重來的聯軍。次年（1860），英國帶來首次用於實戰的阿姆斯特朗炮（Armstrong Gun），僧格林沁麾下的六萬蒙古鐵騎完全潰敗，京城淪陷，天子倉皇西狩[87]，中國維持天朝秩序的夢想可謂曇花一現。

《花月痕》中關於這種局面，時時流露出惴惴之語，這主要藉由窮苦羸弱的韋癡珠大發牢騷，如：

> 癡珠換過衣服，喝過茶，見采秋、秋痕同坐牀沿，聽荷生說那江南軍務，講得令人喪氣。便吟道：「華夷今混合，宇宙一膻腥。」（第19回，頁152）

> 癡珠笑道：「好好中華的天下，被那白鬼烏鬼鬧翻了。自此士大夫不徵於人，卻徵於鬼！東南各道，賊臨城下，也有做起四十九日醮場的；也有建了四十九日清醮的，這會通天下的人，皆是個冒失鬼，豈獨你家有這鬼頭鬼臉，幾個小謬鬼？」（第29回，頁250）

在小說一開始就提到，韋癡珠於海警初期便上「平倭十策」，卻不受皇上青睞。奇怪的是，「平倭十策」的具體內容究竟為何，魏秀仁未曾敘明，但卻播名天下，連柳陌花衢的劉秋痕都如雷貫耳[88]，朝廷反而推聾裝啞。韋癡珠的明主見棄，反映著那個時代文人對於國家動盪

86 〔美〕裴士鋒著，黃中憲譯，譚伯牛校：《天國之秋》，頁44-45。

87 〔美〕裴士鋒著，黃中憲譯，譚伯牛校：《天國之秋》，頁110-118。

88 《花月痕》第9回：「單說秋痕這一夕回來，想道：『癡珠淪落天涯，怪可憐的！他弱冠登科，文章經濟，卓絕一時，「平倭十策」雖不見用，也自轟轟烈烈，名聞海內。……！』」（頁62）

的哀鳴，亦摻雜了作者個人政治生涯的蹇促。[89]然而，《花月痕》並不滯於此凋零殘缺的悲慘色調，面對清朝對外戰爭的失利，自有力挽狂瀾之人，乃由出身師爺、文武兼備的韓荷生，以及才色雙全、助夫剿逆的杜采秋，共同累積戰功，官至封侯，寄託著第二次鴉片戰爭後，守舊士大夫對王朝中興的一種幻想。[90]

韋癡珠與韓荷生正是一組「消極／積極」的對比，正如論者指出的，十年前上「平倭十策」遭冷落後，韋癡珠對功名再沒有努力過，平日只是吟詩、飲酒，流連勾欄，在別人眼中是「冠蓋滿京華，斯人獨憔悴」，相較於韓荷生用自己的行動贏得榮華富貴，韋癡珠只能陷入懷才不遇的窘境。[91]在這種情況下，「平倭十策」這乍看響叮噹的救國良方，實在帶有反諷的味道，內容也的確不重要，因為獻此計者本身就毫無行動力，只不斷將光陰虛擲於無聊且反覆的應酬、行令、怨懟罷了。[92]韋癡珠唯一發揮雄才是在第二十回，為書中勇猛的將帥們繪出平叛掃逆的藍圖：

> 話說逆倭騷擾各道，雖大江南北官軍，疊次報捷，而釜底遊魂，與江東員逆，力為蛩蟨，攻陷廣州，擄了疆臣，由海直竄

89 可參見羅曉沛：〈韋癡珠的憂患意識〉，《零陵師專學報》第1期（1993年），頁69-71。

90 劉紅林：〈試論晚清小說《花月痕》的現代屬性〉，《明清小說研究》第3期（2008年），頁184。

91 孫丹虹、王枝忠：〈《花月痕》雙重含義的闡釋〉，《廈門教育學院學報》第8卷第3期（2006年9月），頁26。

92 正如王德威對韋、劉這對愛侶的分析：「雖然他們兩人從一開始就被剝奪了應有的意志與權力，完成情緣，但私下裡，他們儼然耽溺於必敗的情境，毫無還手的意願與能力，不知伊於胡底。疾病、貧困、家庭的分離、政治的騷亂，與其說是傳統姻緣完成前的必要考驗，不如說加速了意料中的悲劇。」見氏著，宋偉杰譯：《被壓抑的現代性：晚清小說新論》，頁108。

> 津沽。……此番朝議，以謖如係將門子孫，生長海壖，素悉賊情，故有寶山鎮之命。臨行向癡珠詢問方略，癡珠贈以「愛民禮士，務實攻虛，練兵惜餉，禁海爭江」八策，約有萬言。……後來韓荷生平倭、平江東，謖如平淮北、平滇黔、平秦隴，以此戰功第一，並為名將。（頁155）

對世變的嗟嘆主要出於韋癡珠，其人至多可以出謀劃策，但談笑用兵，拯民水火的實踐者則必須是韓荷生。早在偕韋癡珠正式面會之前，韓荷生即有「火樹銀花元宵奏凱」（第4回）大破回、番的戰功、又在靖海以伏兵殺敗逆倭，令其退出小直沽（第43回），這顯示魏秀仁在續寫四十四回之後韓、杜的勇武歷險，並非如王德威所謂「無視其初稿演義的情操脈絡」[93]，而乃是一以貫之的弭亂想像。韓荷生在書中最大的功績發生於四十七回：

> 接著津門逆倭凶悖，重臣賜帛，詔各道勤王。荷生引見後，特旨召問剿撫機宜。荷生對以「剿然後撫」，允合聖意，次日奉旨：……三戰三捷，沉了火輪船二十七座，擒了倭鬼萬有餘人。荷生傳令，各營倭鬼，悉數縱回，只留倭目數人，押送保定看守，以俟勘問。……到了次年庚申秋，逆倭又自粵東駛船百餘艘，游弋海口，欲謀報復，……賊正轟炮，忽倒了炮手三人，執旗大頭目一人，你道為何呢？原來卓然百步射，果齋連珠箭，都展出神技來。以此賊不敢戰而去。（頁391-392）

在魏秀仁筆下，時間的輪軸彷彿推移回令人振奮的一八五九年，清軍在大沽口的壓倒性勝利，而且從此將戰功延續至隔年（庚申秋，即

93 王德威著，宋偉杰譯：《被壓抑的現代性：晚清小說新論》，頁113。

1860）:「逆倭」沒有登陸北塘，王師沒有被重炮轟垮，天子沒有「巡幸木蘭」，圓明園亦沒有被洗劫一空、付之一炬的恥辱，自然沒有惱人的城下之盟的締結。不過，這一切都是小說家在架空世界的自我慰藉；在虛構的情節中，靠著虎豹之將的「神技」：卓然百步射，果齋連珠箭，強弓勁弩的冷兵器甚至足以擊潰堅船利炮的熱兵器。

除了這場讓「逆倭」心悅誠服的勝利外，《花月痕》尚有其餘為天朝秩序之維持貢獻心力的角色。首先是李謖如：「話說謖如是去年十一月到任，申明海防舊禁，修整本部戰艦，出洋巡哨，逆倭三板船，從此不敢直達建康；就是員逆，也有畏忌。江南、江北一帶官軍，因此得以深溝固壘，臥守一冬。」（第42回，頁349）這種「申明海防舊禁」的戰略，明顯屬於保守、封閉的明清海洋思維，但小說家卻吹捧其恫嚇「逆倭」的效果，可見魏秀仁期望的不是一個走向世界舞臺的開放中國，而是恪守華夷分際的天朝文化圈。

而除了嚴防疆埸的軍官外，淫蕩的娼妓：潘碧桃，亦用其身體護持住了這個理想的秩序觀。小說敘述「員逆」麾下有個巨盜呂肇受，坐擁淮北鹽利，與捻首互為唇齒，以此餉足勢強，後來得了碧桃，卻是天生一對。碧桃亦在床笫之間獻上「枕邊靈」：

> 尤可喜者，一夕枕上，兩人各訴衷曲。碧桃說道：「你如今富貴極了，只是依人，自來是沒結果呢！你怎不反正？將淮北鹽利，獻與朝廷，必有一番獎勵。然後請率所部討賊，就這千餘里地，徵稅課，做我糧餉。……你道好不好呢？」說得肇受一蹿跳跳起，拍掌道：「上策上策！娘子軍我先要投降了。」次日，肇受果然託記室做個降書，又遣人私送北帥許多財物。後來奉到諭旨，著授淮北提督，改名藎忠，碧桃竟自得了一品夫人的誥命。（第47回，頁377-378）

碧桃是小說中不太起眼的人物，這位生張熟魏的娼婦，不如秋痕、采秋般出淤泥而不染，但《花月痕》以「樅陽縣佳人降巨寇」作為為國捐「軀」的橋梁，接踵的是嘉靖大倭寇期間，勸降魁首徐海的秦淮名妓王翠翹，以及朝鮮妓女論介在壬辰倭亂時，色誘倭將同歸於盡之故事[94]，這一系列帶有情欲色彩的身體政治神話——當魏秀仁以明代倭寇記憶招魂，多少也有些向王翠翹致敬的味道。

無論是靠將士的武藝，抑或名妓的胴體，外侮內叛總算被壓了下來，但中國傳統的秩序觀並非僅有威嚇的一面，尚有懷柔的手段，如諸葛亮降伏南蠻，讓外邦異族感恩戴德，才是魏秀仁心目中最理想的華、洋關係。證據是四十七回顏卓然宣詔提到：「夷漢相安，則撤孔明之旅」（頁394）；四十九回又說李謖如生擒回首士文綉：「仿著武侯七擒七縱意思，請旨赦了文綉，賞給世襲總兵銜，鎮守永北、開化二郡，提督回部」（頁412）。

《花月痕》明言中國與逆倭不是講和，而是納降，並准許上海、舟山、閩安、廈門、濠鎮為「倭船」停舶埠頭，在有限度的情況下允許貿易，恢復了沿海的法治與安寧，亦顯示上朝的天恩浩蕩。在此恩、威並重的規箴之下，確立了中倭「上國／藩屬」的地位；除了前文提到的冊封典儀之外，創作者更插入一段倭目勤王的功勞：

> 青萍接著回道：「倭人解來金陵遺孽員茀田，前來請令。」……哈巴哩道：「元帥克復金陵，茀田隨著偽王娘馬氏，偽丞相鄧際盛，又偽官等數十人，竄上清涼山洞，洞裡原有儲糈。經歷兩個月，食也盡了，將金寶航海，投奔香山，懇求我們帶他回國，保全這數十條性命，我們竊念元帥號令威

94 詳見〔韓〕崔官著，金錦善、魏大海譯：《壬辰倭亂——四百年前的朝鮮戰爭》，頁143-153。

> 嚴，小國新受皇上天恩，不敢護庇叛逆；計誘登島，悉數擒獲，押解前來。……。」荷生欣然道：「你等恭順可嘉，靜待本帥奏聞獎賞罷！」哈巴哩叩頭稱謝，就吩咐杭守，延入行館，優待去了。（第50回，頁419）

這個細節的書寫，恰恰呼應了一八六一年英國國會議員鄧洛普（Alexander Dunlop）的疑慮——一八六〇年，駐華公使卜魯斯（Frederick Wright-Bruce）允許軍隊向進攻上海、但無意於傷害「洋兄弟」的太平軍開火，造成了單方面的狙殺，違反了中立原則：「卜魯斯於一八六〇年接受清廷付款以支付守衛上海的開銷——鄧洛普稱（小心避用「傭兵」一詞）此舉已使中國皇帝得以『將我們女王稱作他的封臣之一，我們女王出兵保衛中國，然後如屬國般從他那兒領取報酬。』」[95]「倭目」活捉「偽太子」，為《花月痕》捻熄了最後一點戰爭星火，雖屬虛構，但亦非全是空中閣樓。

事實上，英國基於經濟利益之考量，不知不覺往清廷靠攏，確實帶來「英國政府變成清朝統治者抱在膝上玩賞的小狗」[96]之聯想。對小說創作者來說，韓荷生擊潰並收服「逆倭」，納為己用，正是一種傳統士人對王朝中興的寄託——書中放大了清軍的戰功，扭曲了歐洲人支援清廷的緣由與方式，便形成了這樣天朝秩序維持的想像。

楊雄林認為：「前期狹邪小說的創作者正是借助『保守主義』的烏托邦心態對歷史進行重新的審視，這其中有對現實的批判，更多的卻是對過去的緬懷，一次蒼涼的回眸。」[97]這不僅在秦樓楚館的耽溺

---

95 〔美〕裴士鋒著，黃中憲譯，譚伯牛校：《天國之秋》，頁253。

96 〔美〕裴士鋒著，黃中憲譯，譚伯牛校：《天國之秋》，頁389。

97 楊雄林：〈烏托邦與救贖——論前期狹邪小說的歷史文化症候〉，《佳木斯大學社會科學學報》第25卷第4期（2007年7月），頁71。

是如此，對國家的撥亂反正的企盼更如是，職是，小說結局作者這樣提出對「太平盛世」的期許：「宇宙清平，夷狄歸化」。[98]

三　身體與國體：兩種政治生涯的隱喻

儘管《花月痕》一向被視為狹邪小說，但其實即便在狹邪小說的族裔中，若干作品也並不因此陷溺於對「花榜」的品賞與耽美，或是僅止於燕侶鶯儔的繾綣生涯；恰恰相反，包括余懷《板橋雜記》以明末清初的秦淮歌妓為描摹的主體，表現出美人黃土的遺民之思[99]，而從李香君、柳如是、陳圓圓和董小宛等名妓的身上去窺視，遭逢世變的感情悲劇，亦同時載負了一定的歷史向度。[100]就連被視作「嫖界指南」的《九尾龜》，也將歡場與官場平行並置：男主角章秋穀在「私領域／公領域」的成與敗，映照了命運弄人的怨懟（ressentiment）。[101]狹邪形式不完全意味著對現實的逃避，有時反而更多地輻射出個人與家國的處境。

職此，在魏秀仁的筆下，「名士／美人」即是一組倒影：「美人墜落，名士坎坷；此恨綿綿，怎的不哭」（第14回，頁94）、「本來名士即是美人前身，美人即名士小影」（第16回，頁117）。職是，當說部以狹邪形式同情美人的淪落，也正是哀訴名士的不遇[102]，並蘊藏出對

98　《花月痕》第52回：「看官！你看這時候是什麼時候？宇宙清平，人民壽考，夷狄歸化，五穀豐登；萬頃情波，都成覺岸；千重苦海，盡泛慈航。』」（頁437）

99　參胡衍南：〈明清「狹邪筆記」研究——以明代後期至清代中期為範圍〉，頁143-152。

100　王德威著，宋偉杰譯：《被壓抑的現代性：晚清小說新論》，頁86。

101　王德威著，宋偉杰譯：《被壓抑的現代性：晚清小說新論》，頁120-122。

102　關於「晚清」、「優伶」、「妓女」的互喻性，亦可見楊雄林：〈烏托邦與救贖——論前期狹邪小說的歷史文化症候〉，頁70。其以為狹邪小說可作為才子佳人小說的一道分流，佳人的淪落煙塵，與晚清中國的國運衰微，社會動盪是呼應的關係，當時文人乃是在狹邪形式中隱喻了香草美人之思。

「醫國」的焦慮與寄託。

如果將小說作為一個整體來探析，則韋癡珠與韓荷生明確象徵了兩種政治道途，不宜分割開來，就像花開花謝，月盈月缺，但卻共同構成了「痕」的軌跡。誠如金洛喆所說：

> 由於作者在《花月痕》書中所創造的兩個世界是如此鮮明，而它們的對比又是如此強烈，當然這兩個世界是貫穿全書最主要的線索，假若把握到這條線索，就等於抓住了作者在創作企圖方面的中心意義及一己的哲學思想。本書內容中，這兩大主幹很密切地糾纏在一起的，任何企圖把它們截然分開並對它們個別的、孤立的了解，都無法把握到《花月痕》的內在完整性，因為這正是《花月痕》所必有的內在發展因素所致。[103]

兩種政治生涯，是否僅僅是魏秀仁個人際遇的投射呢？筆者認為，這部分當然是有的，但倘若將眼光放遠一點來看，這更是一種身體與國體之間的隱喻。雖然黃金麟以為，中國關於改變人民身體，以達到改變國力體質之思考所出現的時間點，不在鴉片戰爭，而在甲午之役的恥辱後[104]，顏健富關注小說中「病體中國」的隱喻與治療，亦以晚清為探討的主軸[105]，不過，中國以身體比擬時局的敘事策略並非晚近之事——至少在《三國演義》「諸葛亮舌戰群儒」情節中，便曾有一段「醫病」關係的精彩譬喻。[106]

---

103 〔韓〕金洛喆：《花月痕研究》，頁47。

104 詳見黃金麟：《歷史、身體、國家：近代中國的身體形成（1895-1937）》（臺北市：聯經出版事業公司，2005年），頁44-55。

105 詳見顏健富：〈「病體中國」的時局隱喻與治療淬鍊——論晚清小說的身體／國體想像〉，《臺大文史哲學報》第79期（2013年11月），頁83-118。

106 《三國演義》第43回，諸葛亮言劉備軍勢小弱，須慢慢壯大，以此議論：「譬如人

《花月痕》儘管因時間斷代之關係（介於鴉片戰爭與甲午之役間的文本），未被學界納入「身體／國體」之討論，但其實仍萌發出類似思想的苗芽。第二十六回王漱玉捎給韋癡珠的書信，先由問候其病體開始，進而轉入醫國之論述：

> 中秋既望，從劉世兄處，得七月初二來書，甫悉玉體違和，留滯途次。南邊兵燹，誰實為之？而令吾兄故里為墟，侍姬抗節！所幸陔蘭池草，以及珍髦掌珠，均獲完善，則遠人當亦強自慰藉。人生非金石，愁城豈長生之國哉？總要吃力保此身在，其餘則有天焉。……昔宋歐陽永叔有言，醫者之於人，必推其病之所自來，而治其受病之處；病之中人，乘乎氣虛而入焉，則善醫者不攻其疾，而務養其氣。氣實則病去，此自然之效也。今天下荼毒，無復人氣；然則治其受患之處，而與之更始，奈何？曰，培元氣而已。（頁195-196）

漱玉之信甚長，不能俱引，但接下來期勉韋癡珠作為「國手」出而醫國，使國家之元氣斷而未斷、乾坤之正氣亡而不亡，關鍵在於「保此身在」（勸勉其保重病體），俾使國家血脈流通，膚革充盈云云，其中都有個將「身體／國體」視為一體的內在聯繫。小說評者認為，「五十二回文字，總以此壓卷」（頁198），顯示此文在《花月痕》中的位置與分量，讀者不可輕輕放過。

染沉痾，當先用糜粥以飲之，和藥以服之；待其腑臟調和，形體漸安，然後用肉食以補之，猛藥以治之；則病根盡去，人得全生也。若不待氣脈和緩，便投以猛藥厚味，欲求安保，誠為難矣。吾主劉豫州，向日軍敗於汝南，寄跡劉表，兵不滿千，將止關、張、趙雲而已：此正病勢尪羸已極之時也。」見〔明〕羅貫中：《三國演義》，頁379。

在「逆倭」的騷擾之下，魏秀仁既要維護天朝的體面，又要幽微指出國家受此動盪，咸豐帝不得已離京的羞辱，只能由書中第一男主角擔負起「我原想入都，遵海而南，偏是病了。接著倭夷入寇，海氛頻起，只得且住」（第24回，頁202）的寥落與迍邅。換句話說，小說家是以韋癡珠代替歐洲列強侵華之後，上自天子，下至黎庶，流離失所的國家瘡痍。韋癡珠的貧病，即象徵著中國的闇弱；其人的奴僕是「禿頭」，而其意中人的丫鬟是「跛腳」，以此畸零殘缺的身體，呼應著韋、劉愛情生涯的苦澀，也是清朝無力於內外交迫的投射。

透過第十四回劉秋痕與韋癡珠首次見面時（在此之前劉只偶然看過韋的小照）的問候：「韋老爺！你怎的比那小照清減許多了？」（頁95）以及同一回韋癡珠對韓荷生「花魂」詞的讚嘆：「好個『瘦不禁消，弱還易斷』八字！這便是翦紙招我魂哩！」（頁97）在這兩個場景表露出來的，是小說家對清帝國的榮光的懷想，消瘦的身軀與失落的靈魂，暗喻著強盛中國邁向老大病衰的丟魂失魄。一如晚清論者一再馳返「招魂」傳統，要將病體中國「淬魂鍊體」，鎔鑄「山海魂、軍人魂、遊俠魂、社會魂、魔鬼魂」[107]，《花月痕》是用溫婉的氛圍，醞釀著後起者炙熱激昂的呼嘯。

儘管漱玉代作者言，然而言者諄諄，聽者藐藐，韋癡珠終究沉痾難返，病入膏肓。也因此，對於時局的寄託，就轉移到韓荷生（魏秀仁理想的政治生涯與天下秩序）身上。《花月痕》屢屢提到韋、韓命運的交會，第五回「荷生東平回匪，那時正癡珠西入蜀川」（頁27）、第十一回「荷生宴客這兩日，正是癡珠病篤的時候」、第三十九回「癡珠、秋痕散局這一天，卻為荷生、采秋進城之前一日」（頁

107 顏健富：〈「病體中國」的時局隱喻與治療淬鍊——論晚清小說的身體／國體想像〉，頁101-103。

329），顯示韋、韓確實是兩條窮達榮辱的岔路，也是中國現在與未來的兩種選擇。

作為對比的韓、杜二人，呈現的是與韋、劉截然不同的命運。韓荷生固然如前文提到，是清掃島氛的中興功臣，但杜采秋卓越進取的才幹與性格，更是這對眷侶飛黃騰達的關鍵。杜采秋在韓荷生欲求歸隱之際，總是表達不支持的態度[108]，且在小說尾聲甚至親自披掛上陣、與妖婦鬥法，和坐困愁城的劉秋痕有霄壤之別，這位奇女子象徵了墮落「身體／國體」洗淨風塵的可能，魏秀仁在其身上召喚明清才子佳人小說中，女主角才、美、膽、識、情兼具的黃金歲月[109]，一如召喚著中國的鼎盛年代，就連貼身美貌的侍兒：紅豆，也和跛腳形成一組對照。

當韋、劉走向殉情的死胡同，卻是韓、杜平步青雲的起點；花謝必有花開，月缺終會月圓，「身體／國體」在此「痕」的軌跡中有了否極泰來的可能。正如蘇珊・桑塔格（Susan Sontag）所言：「疾病源自失衡。治療的目標是恢復正常的均衡——以政治學術語說，是恢復正常的等級制。大體來說，這種診斷總還是樂觀的。按理，社會是永遠不會患上一種不治之症的。」[110]

從鴉片戰爭到太平天國，魏秀仁皆躬逢其盛，且深受烽火牽連，客居異鄉，自然百感交集。但中國畢竟還是如其期望的一般，挺過了「倭寇」與「員逆」的內憂外患。在小說家的晚年，清廷開啟了如火

108 孫丹虹、王枝忠：〈《花月痕》雙重含義的闡釋〉，頁26。該文以26回、29回兩處韓荷生流露退步之意，杜采秋皆岔開話題，虛與委蛇為例，顯示「實際上是因為她對隱居絲毫不感興趣，她嚮往的是功成名就，讓人企羨的生活，這便是她內心潛意識的流露。」

109 參蘇建新：《中國才子佳人小說演變史》，頁84-86。

110 〔美〕蘇珊・桑塔格（Susan Sontag）著，程巍譯：《疾病的隱喻》（臺北市：麥田出版公司，2012年8月），頁94。

如荼的自強運動（1861-1895），漸次走向富國強兵的路途。雖然與魏秀仁頻頻回顧的天朝秩序有所出入，但到底是朝著「吃力保此身在」而醫國的方向調養。其逝世後（1874）[111]，曾紀澤（曾國藩之子）在一八八七年用英文發表「中國先睡後醒論」，以為清朝不過「似人酣睡，固非垂斃」，終有醒轉過來的一天，而且西方世界亦沒有揶揄嘲諷，反而給予相當程度的肯定。[112]

事實上，小說中的韋癡珠也並未真正地死去，除歸返仙鄉之外，五十一回韓、杜共得異夢：「卻夢見癡珠做了大將軍，秋痕護印，督兵二十萬，申討回疆。荷生覺得自己是替他掌文案；謖如、卓然、果齋等人，都做他偏裨；春纖、掌珠、寶書也做先鋒。」（頁426）顯示了韓荷生是代替韋癡珠發跡變泰。

但令人唏噓的是，熟睡的中國、羸弱的中國，正待如韋、韓命運錯身般再造之際，卻在一八九四年被魏秀仁不幸言中的敵人——日本（倭寇）給打回原型。如果說晚清小說關於「病體／國體」討論的勃興，是受到甲午戰爭的刺激，《花月痕》在搬演相關概念時，卻歪打正著地以預知者的姿態站在歷史的前沿，提醒時人重新檢視當代所面臨的海權挑戰，其實並非一個新穎的課題，至少在前朝就一直存在著望洋興歎的挫折。

當作者召喚明朝倭寇記憶，來影射歐洲列強時，當然不能逆睹後來日本於甲午之役的成功，卻意外產生饒富意味的鎖鏈效應。從明朝的倭寇，道咸年間的鴉片戰爭，以及後來中日海戰的駭火，嚴格來說，中國面對的不是同樣的敵人，卻又如此熟悉。當魏秀仁以保守的

111 其生平據容肇祖：〈花月痕的作者魏秀仁傳〉，收於王俊年編：《中國近代文學論文集（1919-1949）：小說卷》（北京市：中國社會科學出版社，1988年），頁194-206。

112 見楊瑞松：《病夫、黃禍與睡獅：「西方」視野的中國形象與近代中國國族論述想像》，頁117-119。

心態凝視此變局，用韋、韓兩種政治生涯道出其「身體／國體」之寄託，讓「倭國」收入上朝藩屬的版圖時，卻讓強鄰戳破了這個樂觀的想像。更諷刺的是，小說家選擇將歐洲人與中國人熟悉的倭寇兼併在一塊，日本卻漸次走向了歐化的道路，再次尋釁而來時，已非復吳下阿蒙，搖身一變為亞洲最剽悍的殖民帝國。

以往學界將《花月痕》放在「狹邪小說」的脈絡，看重的是其中繾綣哀婉的青樓性質，但作者魏秀仁身為一位飽受兵燹波及、顛沛流離的失意文人，對鴉片戰爭以降中國所面對的內亂、外患有著深刻的體悟，自云這部小說「豈為蛾眉修豔史？權將兔穎寫牢騷！」（第52回，頁436）這番議論，非是無病呻吟，而堪稱出於肺腑。是以其中的「宏大敘事」，亦當有討論的價值——在這部小說中，狹邪形式並不意味著遠離現實，而是訴諸於「美人墜落，名士坎坷」的「身／國」互喻，並藉由兩組愛侶：「韋癡珠／劉秋痕」、「韓荷生／杜采秋」在歡場的錯身，表現出苦盡甜來，方死方生的敘事基調，猶如同花、月之「痕」的迤邐綿延，映照著中國所面臨的挑戰與歷劫歸來的信心。

而在現實處境與虛構文本中，作者對於內憂外患的塑造亦展現了層層重疊的引譬連類。本書認為，小說家在塑造當代面對的歐洲列強時，是以同樣來自海洋的明朝倭寇形象作為重疊身影的記憶召喚，這一方面來自於中國士人慣於用古籍、傳說、類書等帶有想像色彩的文獻來理解殊方異域的新事物，二來則與明清一貫的海防經驗，皆把倭寇視為主要假想敵有關。

此外，倭寇本身組成相當複雜，在明朝的定義中，甚至包含同樣來自歐洲的「佛狼機國人」（葡萄牙人）；而且倭寇常與沿海奸民勾結，與北方的蒙古人一起點燃「南倭北虜」的氣燄。這個亂局正與清廷同時面對英法聯軍、太平天國、捻亂、回變等內憂外患如出一轍，是以《花月痕》順理成章地將這些叛逆綰合在一起，宣稱這是「逆倭」刻意組織的串連行動：「乃躪東南，遂窺西北」。

清朝曾靠著名將僧格林沁的戰略布署，在大沽口痛擊歐洲艦艇，隔年卻兵敗如山倒，京都陷落，天子西狩。但小說創作者靠著想像筆法，讓韓荷生取得令倭寇心悅誠服的勝利，使時間停止在榮耀的一刻，抹去了羞辱的慘敗，顯示的是一種維護大朝秩序的華夷觀。此外，靠著冶豔的潘碧桃為國捐「軀」，招安了巨盜呂肇受，正與嘉靖大倭寇期間王翠翹降伏魁首徐海的事蹟互為表裡。透過武藝與胴體，外患與內憂同時納入上國藩屬的版圖，甚至還為剿滅太平天國貢獻勤王的功績。英國政府變成清朝統治者抱在膝上玩賞的小狗，《花月痕》終於在能故事的結尾高奏「宇宙清平，夷狄歸化」的凱歌。

最後，小說是以韋癡珠、韓荷生兩種政治生涯作為隱喻，以「身體／國體」的醫病關係期待中國「吃力保此身在」，而後花謝花開，月缺月盈，暗示中國「先睡後醒」的光明未來，顯露保守勢力對王朝中興的幻夢。諷刺的是，魏秀仁在未能逆睹日本維新成功的情況之下，將歐洲人與中國熟悉的倭寇記憶兜籠在一塊，日本卻逐漸走向歐化的道路，以中國陌生的殖民帝國姿態粉碎了《花月痕》的樂觀想像——歷史輪軸無情的推移，並未如創作者架空般的倒轉與停滯，反而朝向令人難堪的羊腸小徑去發展，愈走愈窄，回頭無望。

小結

本章進入純粹的清代小說的討論，並以甲午戰爭前的文本作為核心，包括反映「日本乞師」的《水滸後傳》、《女仙外史》與《說唐演義全傳》，以及將歐洲列強比擬作「逆倭」的《花月痕》。甲午戰爭無疑是清代中日之間最重大的衝突，衍生而出的小說文本群亦有可觀之處，不過從明朝「嘉靖大倭寇」、「萬曆朝鮮戰爭」到清朝甲午戰爭前夕，中間的路程迢迢，雖說屬於中日關係的安定時期，看似因和平而水靜無波，一無可說，但其實不管是中國抑或日本，都曾經歷過內部鼎革的變局，也承受著西風東漸的衝擊。可以說，雙方皆蛻化而後重逢，既熟悉又陌生。因此，在探討明清小說「倭患書寫」時，若要直接由「嘉靖大倭寇」、「萬曆朝鮮戰爭」跳至「甲午戰爭」，將會錯過不少層層相扣的環節，忽略時人的日本觀既有翻轉之處，也有因襲的地方。

就明清「之際」來看，南明、明鄭以「日本乞師」作為與滿清周旋的籌碼，也將屬於大陸的紛爭推衍到了汪洋大海，吹皺一池春水。中國與日本在明季的齟齬，被形容是秦、楚歲歲搆兵，乞師者也以申包胥自居，希望以「秦庭之哭」來感動昔日的敵人。此時，德川幕府雖礙於內部的穩定而無法提供軍馬的支援，但卻對乞師者，尤其是與日本關係親密的鄭氏父子卻還是表現出戚戚之情，因此仍不吝於器械、糧餉、財貨上的贊助，不失為兩國修好的契機與佳話。然而，對部分士人來說，「日本乞師」卻有以下的危險：「此三桂之續也；且不見世宗之倭患乎？」視之為殷鑑不遠的隱憂。

這層焦慮為帶有遺民之思的小說家所繼承，因此在《水滸後傳》、《女仙外史》中，不約而同地出現了「日本國興兵搆釁」、「十萬倭夷遭殺劫」的情節，而禍端則肇自奸佞／燕藩的「借兵」或「乞師」，對於時事的諷刺意味相當明顯。作者基於「過去」的倭患經驗，對於「現在」視日本為「義兵」的期盼並無信心，反而視為飲鴆止渴的下策，更進一步把「秦庭之哭」寫成「清廷之哭」，藉由「衛青」這位「漢臣」的搖尾乞憐，批判「南倭」與「北虜」的聯手，以及「貳臣」的可恥。取而代之的，是「賊寇」、「妖婦」以超自然的力量（飛雪／飛劍），轉瞬解除了海警，維護梁山殘存的星曜與建文缺位的女仙治下，那與金甌已缺相對峙的孤忠政權。藉由「以反為正」

的敘事策略，小說作者既展現出對於「華夷變態」的秩序觀想像，也憑弔了故國消逝的不可復返。

隨著清朝統治的鞏固，遺民之思逐漸沖淡，日本亦進入鎖國狀態，中國海疆曾迎來一段風平浪靜的歲月。但是，這樣的情況在道咸年間出現變化，英法的船艦衝破了中國的海防，大江南北再度陷入內憂外患的動盪，身歷其境的小說家也在作品中寫出大時代的混亂，並以「逆倭」影射歐洲列強，構成耐人尋味的文學現象。這部作品即是魏秀仁所撰的《花月痕》，書中標舉「宇宙清平，夷狄歸化」的想像，揭櫫的是守舊文人對王朝中興的寄託，因此不難理解作者把「逆倭」與「歐洲人」綰合，係一種以「古」律「今」的傳統思維，也是「明」規「清」隨，把「倭寇」為主要假想敵的海防特色的展現。另一方面，小說家把彼此之間毫無關聯的太平天國、回變、捻亂，都視為「逆倭」扶植與教唆下的產物，顯然是「暗吃海俸」、「南倭北虜」的明代倭寇的翻版：「乃躪東南，遂窺西北」。

面對國家的病弱，「逆倭」的橫行，作者分別由韓荷生「沉了火輪船二十七座，擒了倭鬼萬有餘人」、李謖如「申明海防舊禁」，展現冷兵器壓倒熱兵器的神威，以及保守海洋思維的勝利，最後還添上「樅陽縣佳人降巨寇」的柔弱勝剛強，媲美王翠翹「粉黛干城」的事蹟，在在是提煉自明朝倭患的史鑑，扭轉了「美人墜落，名士坎坷」的抑鬱基調。花謝花開，月缺月盈，暗示中國「先睡後醒」、「吃力保此身在」的浴火重生，連桀驁不馴的「逆倭」也變成了「清朝統治者抱在膝上玩賞的小狗」。然而，諷刺的是，當魏秀仁把歐洲人寫成中國熟悉的倭寇，日本卻悄悄踏上歐化的道路，脫胎換骨。當中日再次在戰場上狹路相逢時，所有以「過去」凝視「現在」的食古不化，都將被「未來」遠遠地拋之腦後，讓中國措手不及，陷入被歷史幽靈糾纏的流沙之中。

第六章
「乙未戰爭」系列小說的扭轉乾坤

甲午一役，清軍大敗，朝廷被迫與日本締結城下之盟，割讓臺、澎，一度重挫中國之士氣。然而，是時接收臺灣的殖民者卻礙於疫病、地勢、義軍等因素的阻擋，無法順利地攻城掠地；加以中法戰爭中聲名大噪的劉永福的坐鎮，又重新振奮了中國大陸隔海觀戰的群眾，捷報頻傳，繪聲繪影，導致烽火尚未平息，便已刺激了「乙未戰爭」系列小說的勃興。本章討論的是「『乙未戰爭』系列小說的扭轉乾坤」，包括以新聞體為主的劉永福相關小說：《劉大將軍平倭戰記》、《臺戰演義》及〈劉大將軍平倭百戰百勝圖說〉，將劉永福塑造成與薛仁貴、戚繼光「三公鼎峙，震懾海邦」的豪傑，甚至發出「滅倭必矣」的信心，但因戰事尚未塵埃落定就急於付梓，全書洋溢著過剩的凱歌與匱缺的結局，故雖就時間來說，屬於不折不扣的時事小說，卻反而遠離了歷史的真相。另有孤本小說《臺灣巾幗英雄傳》，屬於章回體小說，其重點不在事件的堆砌，而是人物的刻劃。書中以「真丈夫」、「真豪傑」來謳歌孫夫人與女勇的節烈驍勇，譏刺的是宰相及敗將對日本的雌伏，並藉由「女性」之姿、「邊陲」之地、「布衣」之身來重振華夏之乾綱。可以說，「乙未戰爭」系列小說的共同特色就是樂觀的想像，以下先就劉永福相關小說提出論述。

第一節　劉永福相關小說的創作

在歐風美雨的浸淫之下，十九世紀末葉的中日兩國各自踏上了現代化的道路，並在爭奪朝鮮宗主權的角力中，無可避免地產生正面對決。一八九四年以東學黨起義[1]為導火線的甲午戰爭，成為雙方檢視「自強運動」與「明治維新」成果的契機，最終結果是清朝全面潰敗，並在日本下關春帆樓簽訂《馬關條約》（日本方面稱為《下関条約》），其中除了賠款、開埠、航權、駐軍等損失以外，最大影響的莫如朝鮮獨立與割讓臺灣、澎湖，讓中國失去了重要的屏藩。

甲午戰爭與距之三百年前的萬曆朝鮮戰爭頗有可比較之處，羅惇曧〈中日兵事本末〉介紹甲午戰爭顛末，開篇即追溯至壬辰倭亂。[2]而雖說清廷面對的同樣是日軍直窺京城的威脅，卻還有個斷尾求生的選項，也就是將臺灣拱手讓予日本，換取喘息之空間，不必如明朝陷入兵燹之泥淖數年。[3]此外，對於部分中國大陸人士來說，城下之盟的締結固然可恥，但仍不失為「今天或者大警我也」[4]、「此天之所以大牖中國也」[5]的柳暗花明又一村，正是痛定思痛，亡羊補牢；然

---

1 東學黨起義，韓國方面稱為「동학 농민 운동」（東學農民運動），日本方面稱為「甲午農民戰爭」，係指一八九四年發生於朝鮮的反統治階級、反帝國主義的革命行動，由全琫準、崔時亨等人主導，要求「斥倭斥洋，盡滅權貴」。後因朝鮮政府無力於平定亂事，求助於北京，清廷按《中日天津會議專條》同時知會日本，清、日兩軍共同穩定朝鮮局勢後，日本並未因此撤軍，遂釀成甲午戰爭。

2 〔清〕羅惇曧：〈中日兵事本末〉：「朝鮮自前明隸中國藩服，脩職貢甚謹，與日本並國於東海。明萬曆間，日本豐臣秀吉大舉入朝鮮，覆其八道，朝鮮幾亡，明竭中國兵力，不足救之。會秀吉死，兵遽罷，八道復入於朝鮮。」收於廣雅出版公司編輯部編：《甲午中日戰爭文學集》（臺北市：廣雅出版公司，1982年），頁549。

3 可參〔清〕劉彝等：〈諫止和議奏〉，指出了清廷的恐懼：「伏維皇上大孝深仁，恐兵連禍結，沿海生民，俱遭塗炭，京城距海僅二百餘里，防其闌入，上貽皇太后焦勞，奉省陪京，列祖陵寢，尤恐倭寇震驚，故從權議和，暫紓目前。」收於廣雅出版公司編輯部編：《甲午中日戰爭文學集》，頁483。

4 〔清〕蟄叟：〈甲午篇〉，收於廣雅出版公司編輯部編：《甲午中日戰爭文學集》，頁407。

5 〔清〕養吾氏：〈榴觴醉語〉，收於廣雅出版公司編輯部編：《甲午中日戰爭文學集》，頁420。

而，在臺籍文士看來，悲憤之衷腸，實在與上述宛若天壤，如洪棄生就從棄臺一事看見了「國之將亡」的徵兆。[6]

清軍兵敗威海衛，卻反而是臺灣陪葬，自然引起了島民的激昂之情，遂聯合向天子上呈「臺灣士民，義不臣倭」的電奏[7]，推舉唐景崧等成立臺灣民主國，使得日本從「接收」變成「征討」，引爆了翌年的乙未戰爭。除卻占領澎湖外，自日艦抵達澳底、三貂嶺淪陷、臺北開城為始，乃至於義軍（以客家人為主）、新楚軍（黎景嵩，1847？-1910？麾下）、黑旗軍（劉永福麾下）等部隊在彰化以北的頑抗，雙方死鬥於八卦山，最後日軍由布袋、打狗、枋寮等地登陸，夾擊臺南，堅持至最後一刻的劉永福內渡，臺灣總督樺山資紀（1837-1922）宣布：「全島悉予平定」，維持近半年的烽火才偃旗息鼓。[8]

乙未之役雖然稱不上是你來我往，但是在臺灣所遭遇的疫病、複雜地形及游擊戰術，特別是義軍視死如歸的驍勇，確實讓日軍大吃苦頭。[9]而在臺灣缺乏海軍，只能以陸戰牽制的情況下，日軍之所以無

6　〔清〕洪棄生：《瀛海偕亡記》〈自序〉：「自古國之將亡，必先棄民。棄民者民亦棄之。棄民斯棄地，雖以祖宗經營二百年疆土，煦育數百萬生靈，而不惜輒斷於一旦，以偷目前一息之安，任天下洶洶而不顧；如割臺灣是已。」收於氏纂：《瀛海偕亡記》（臺北市：臺灣銀行經濟研究室，1959年），正文前頁1。筆者按：洪棄生為彰化鹿港人，原名攀桂，臺灣淪陷後改字棄生，以遺民自居。

7　〔清〕吳德功：〈讓臺記〉，收於臺灣銀行經濟研究室編輯：《割臺三記》（臺北市：臺灣銀行經濟研究室，1959年），頁33。

8　自陽曆五月二十九日（陰曆5月6日）日軍登陸澳底，至陽曆十一月十八日（陰曆10月2日）樺山資紀宣布：「全島悉予平定」。乙未戰爭之經過，可詳參黃秀政：《臺灣割讓與乙未抗日運動》（臺北市：臺灣商務印書館，1992年）；許佩賢譯，吳密察導讀：《攻臺戰紀──《日清戰史．臺灣篇》》（臺北市：遠流出版事業公司，1995年），譯自〔日〕參謀本部編：《明治廿七八年日清戰史》；〔美〕達飛聲（James W. Davidson）原著，陳政三譯註：《福爾摩沙島的過去與現在》（臺南市：國立臺灣歷史博物館，2014年9月），頁335-447。

9　〔日〕大田才次郎：〈〈論說〉近衛師團的功績〉，收於許佩賢譯，吳密察導讀：《攻

法一鼓作氣地掃蕩全島，除了上述的原因以外，時值盛夏的雨季與西南季風，也使其在陸、海兩路皆無法順利推進，遂令戰事拖延。[10]此外，另一關鍵就是曾在中法戰爭中聲譽鵲起的劉永福的名望，凝聚了人心。日軍的報告指出：

> 此時，只有南路守將劉永福據守臺南不動，並傳檄四方，講求戰守之策。當時劉永福在華南地方的聲望極高，對內能控馭烏合之兵勇、威臨剽悍之臺民，對外則贏得對「割臺」一事慊然有愧的清國官民之信任，上海、香港各報紙皆盛讚其壯舉及功業，舖陳揚溢之詞，煽動挑撥，無所不至。臺灣主戰軍民靡然應之，華南地方士民往往慷慨解囊，傾力相助。[11]

客觀來說，劉永福本人在是役並未有親冒矢石的英勇表現[12]，且希望透過列強干涉來扭轉局面、企盼來自華南的軍需供給，雙雙化為泡影[13]，導致其終究處於按兵不動的狀態，亦不免受到指責[14]，最後的倉皇出

臺見聞——《風俗畫報．臺灣征討圖繪》》（臺北市：遠流出版事業公司，1995年），頁208-209。

10 許佩賢譯，吳密察導讀：《攻臺戰紀——《日清戰史．臺灣篇》》，頁381。

11 許佩賢譯，吳密察導讀：《攻臺戰紀——《日清戰史．臺灣篇》》，頁381。

12 但這並不代表「黑旗軍」就無可歌可泣的表現，連橫《臺灣通史》〈吳彭年列傳〉持論頗為公允：「永福固驍將，越南之役，以戰功著，至臺以後，碌碌未有奇能。唯其幕僚吳彭年，以一書生，提數百之旅，出援臺中，鏖戰數陣，竟以身殉，為足烈爾！」收於氏著：《臺灣通史》（臺北市：中華叢書委員會，1955年），卷36，頁779。

13 許佩賢譯，吳密察導讀：《攻臺戰紀——《日清戰史．臺灣篇》》，頁407。黃秀政也指出，當時張之洞企圖拉攏俄羅斯，並允諾劉永福「堅守一月，救兵即至」，最終卻說「劉當奮力自為，不必拘文牽義」，還要其以「草船借箭」的方法無中生有，化敵之餉械為我之餉械，可說是徹底把劉永福當作棄子。見氏著：《臺灣割讓與乙未抗日運動》，頁271-273。

14 〔清〕思痛子：《臺海思慟錄》（南投縣：臺灣省文獻委員會，1997年）：「是時扼守

逃更引起了老百姓的調侃。[15]然而，劉永福的號召力卻在一定程度支撐了臺灣軍民[16]，也讓日軍不敢妄動，強化了其在中國人心目中的英雄形象，甚至成為小說家創作的題材。

饒富意味的是，在甲午戰爭差強人意的情況下，乙未之役的捷報反而吸引了一般讀者的關注，加上有高深莫測的劉永福的坐陣，鼓舞了民心士氣，因此在止戈散馬以前，相關小說作品如雨後春筍般刊出。以甲午戰爭為題材的小說尚未問世，乙未戰爭便已成為市場的新寵兒，是當時特殊的出版現象，也是本書之所以先談論這批創作的原因。另一方面，一般探討明清小說「倭患書寫」的研究，往往略過這時期的作品；研究劉永福相關小說的論作，也不談時人對於明朝「倭寇」記憶，但其實在某種程度上，二者是既承亦衍，彼此交纏的，筆者在本章即討論這些小說。具體來說，乙未戰爭題材作品之付梓，乃至於其特色，清人易順鼎已頗為扼要地指出：

> 方劉在臺南，倭不知其深淺、中國亦不知其深淺，滬上坊賈影

臺南為劉永福。因外路梗塞，永福坐擁厚兵重餉，恃中路之戰勝而安享承平，亦不給一兵、發一粟。當景嵩始至臺中，曾貽書永福，使其至臺中坐鎮，保全大局；而永福復書，請畫地而守，臺中屬景嵩，臺南屬永福。坐觀臺中之成敗，漠不相顧。」見〈臺灣篇〉，頁13。但另一方面，吳德功卻提出了不同觀點：「自新楚軍疊報小勝，黎景嵩舉趾高，夜郎自大，嘗謂劉軍門是戰將、非大將，不願求援臺南。……伊時吳告急臺南，旬日間添兵數營，又運地雷槍炮，絡繹不絕，然已鞭長莫及矣。」見氏著：〈讓臺記〉，頁53。

15 有一說劉永福是化妝為婦女躲避日人的查緝，衍生出「阿婆弄港」或「阿婆仔浪港」的俚語，又有一九五二年的歌謠〈東邊出有一粒星〉云：「劉欽差不敢滯，半暝走唐山，百姓大哭捶心肝」等，反映了部分臺人的心情。見陳嘉琪：〈臺灣歷史傳說與讀物中的劉永福抗日形象〉，頁13-17。

16 如義軍領袖徐驤曾在戰事膠著、有議棄城的情況下疾呼「不戰而退，何顏見劉幫辦乎？」吳湯興等人遂受感召，與日軍決戰於八卦山，壯烈犧牲。見〔清〕吳德功：〈讓臺記〉，頁60。

射小說演義所載牛鬼蛇神之事以相附會，作為「劉大將軍平倭記」，圖畫其形狀、戰績，風行海內，荒唐不經；雖窮鄉僻壤女子小兒，無不知有劉永福之忠義者。實則出於市人射利所為耳。[17]

綜合上言，可知相關創作基本上係以劉永福為主角、具捕風捉影的傳聞性，且以追求商業利潤為目標的一些小說。目前傳世者，包括有三種，分別是《劉大將軍平倭戰記》（全書共六集，但不見二集之封面，第五集起易名為《劉大將軍戰書》）[18]、《臺戰演義》（原名《臺戰實紀》或《劉大將軍臺戰實紀》）[19]、〈劉大將軍平倭百戰百勝圖說〉（原名《劉大帥百戰百勝圖說》或《劉大將軍百戰百勝圖說》，今僅存殘本）。[20]另有《黑旗戰紀》、《劉永福守臺南》兩本可能亦為當時之小說讀物，然均已亡佚。[21]其餘如《臺戰實紀續集附送臺灣全圖壹

17 〔清〕易順鼎：《魂南記》（南投縣：臺灣省文獻委員會，1993年），頁26。

18 本書使用版本為〔清〕寰宇義民校印：《劉大將軍（永福）平倭戰記》（臺北市：文海出版公司，1975年）。以下為行文方便，所引原文但標集數、頁碼，不另加註。

19 本書使用版本為臺灣銀行經濟研究室編輯：《臺戰演義》（南投縣：臺灣省文獻委員會，1997年），此為標點較為清楚之版本。以下為行文方便，所引原文但標集數、卷數、頁碼，不另加註。

20 本書使用版本為朱恒夫標點：〈劉大將軍平倭百戰百勝圖說〉，刊於《明清小說研究》第1期（1992年），頁235-250。此為僅存之殘本，只剩下第十七至第三十二圖說，且無圖片，僅有說明。以下為行文方便，所引原文但標圖說數、頁碼，不另加註。筆者按：此作前十六圖說之回目，據楊家駱〈甲午中日戰爭書錄〉如以下：〈立虎旗臺灣自主〉、〈創鴻基劉義誓師〉、〈林邱吳諸紳籌禦敵〉、〈南北中三路起義兵〉、〈笳角一聲萬軍在目〉、〈山腰七計四海歡心〉、〈陷馬坑埋倭閃天電〉、〈打狗埠斃敵用地雷〉、〈雞籠山義民飛竹箭〉、〈獅球嶺拙倭入棺材〉、〈臺北府亂兵放火〉、〈澎湖口大帥移山〉、〈設縛輪策船裝石片〉、〈用夜壺陣艦爐灰飛〉、〈白鴿報信水潭誘敵〉、〈黃狗逐隊火藥燒營〉。收於〔清〕洪興全撰：《中東大戰演義》（臺北市：世界書局，1975年），附錄4，頁222。

21 見羅香林輯校：《劉永福歷史草》（臺北市：正中書局，1968年），頁10；〔清〕連橫：《雅言》（臺北市：臺灣銀行經濟研究室，1963年），頁20。

方》實為《臺戰演義》之殘本；《繪圖劉永福鎮守臺灣》、《劉大將軍臺戰實紀附地圖》則是《劉大將軍平倭戰記》與《臺戰演義》之綜合本。[22]

必須說明的是，這些作品皆聚焦於劉永福，儼然視之與胡宗憲、戚繼光並轡的抗倭英雄，但以史實來說，真正在前線浴血奮戰的則是姜紹祖、吳湯興、徐驤、簡精華等臺籍義軍，或者楊載雲、吳彭年、楊泗洪等外省將領，可是這些人在傳聞及小說中卻只有匆匆一瞥，也影響了後人對乙未戰爭的認識。吳密察所言值得咀嚼：「丘逢甲、劉永福之名俱載教科書中，而頭分人識徐驤否？苗栗人識吳湯興否？更遑論林崑岡，甚至多數無名者矣！」[23]

這正是真實與虛構之間的差距，儘管可惜，不過今日碩果僅存的三部劉永福相關小說，仍是今日認識時人對乙未戰爭的理解的重要窗口，以下將就作品的傳聞性質、戰爭描寫及必勝想像，探討其中「倭患書寫」的特色。

一　新聞？小說？劉永福相關小說的傳聞性質

《劉大將軍平倭戰記》、《臺戰演義》及〈劉大將軍平倭百戰百勝圖說〉，均刊刻於一八九五年，與乙未戰事重疊，屬於十足的「時事小說」，但饒富意味的是，這些作品並未因為與描寫對象的時間軸貼近，就帶有寫實的況味，反而充斥著諸多荒誕、架空的情節。與前文

22 劉永福相關小說之版本介紹，可詳參鄭凱菱：《乙未劉永福抗日事蹟之作品研究》，頁26-52；王嘉弘：《如此江山：乙未割臺文學與文獻》，頁284-293。

23 許佩賢譯，吳密察導讀：《攻臺戰紀──《日清戰史．臺灣篇》》，頁54。今日以吳湯興等人事蹟為主而較著名的作品，當屬洪智育導演，溫昇豪（飾吳湯興）、楊謹華（飾黃賢妹）、張書豪（飾姜紹祖）、吳皓昇（飾徐驤）等主演之二〇〇八年電影《一八九五》。

所討論的《戚南塘剿平倭寇志傳》徵引《紀效新書》、《宗子相集》，或者《胡少保平倭記》改自《籌海圖編》等史料，因之具備「補史」的「半實錄」性質不同；也和〈斬蛟記〉極可能屬於作者親歷的經驗，卻以「神魔」來包裝「時事」迥異，劉永福相關小說在尚未經過時間的沉澱之下，就快速地與道聽塗說的見聞、激昂的民族情緒匯流，變成介乎新聞與小說間的文體。

關於上述的差異，與晚清的新聞事業及印刷技術有很大的聯繫。據鄭凱菱的研究，甲午戰後，中國人民關心條約簽訂及臺灣命運，因之《申報》、《新聞報》、《字林滬報》等成為熱銷的刊物，尤其《申報》在一八九五年至一八九六年一月底，幾乎把臺灣抗日消息列為頭條，而其中也不乏夜壺陣、大紙炮，或者劉永福軍隊疊勝、斃倭無算等誇大的訊息。此外，《點石齋畫報》中〈狗陣破倭〉、〈計沉倭艦〉、〈倭兵大創〉等圖像隨報附送，也使得這一類的軼聞深植人心，輔以鉛印、石印技術的發達，遂成為了劉永福相關小說快速出版的溫床。[24]

誠然，《申報》成為這批作品最大的題材來源，例如《劉大將軍平倭戰記》第五集有以下情節：

> 倭兵船自春徂夏，雖時在安平、旗後兩處洋面游弋，從未敢開炮以轟。某日，炮臺上守兵見之，即開炮擊傷船首，桅竿倒仆，倭亦未回炮交攻，其畏倭大帥之威名，真如鼠之畏貓，犬之畏虎也。……目下不特臺南安如磐石，即中路大甲以北，倭人亦無能為，各鄉社皆編竹為城，盡力抵禦，生番及民間丁壯，均能施放槍炮，即婦女亦皆願陷陣衝鋒。民志如此堅凝，恐倭人欲得志於臺灣，難於登天十倍，況又有大帥之運籌決勝，無異天神乎，掃淨妖氛，請諸君拭目以俟。（頁143-145）

---

24 以上詳見鄭凱菱：《乙未劉永福抗日事蹟之作品研究》，頁55-58。

上引文字，其實全盤謄自《申報》，〈臺事紀要〉（大清光緒21年閏5月25日），但省略了消息來源「忌利士公司爹利士輪船（S.S. Thales, Douglas Lapraik & Co.）由臺南開返廈門」的「船中人」所言，便由新聞變成了小說。類似的情況還可見鄭凱菱之整理[25]，本書在此不一一臚列。

在三部劉永福相關小說中，《劉大將軍平倭戰記》結構最為鬆散。陳佑慎說該書敘事雜亂無章，諸篇間亦無緊密的結構，大部分書文都以「某日」取代了具體的時間，在敘述劉永福於澎湖督戰的同時，又轉而提到差距將近三個月的新竹戰役，時間與空間都跳躍錯亂，與另外兩部作品有具體的標題、順序，甚至點評的情況大不相同[26]——這正是因為小說家隨意摘錄《申報》之報導，便草草出版使然。[27]

另一方面，《劉大將軍平倭戰記》或相同來源的材料，又成為《臺戰演義》及〈劉大將軍平倭百戰百勝圖說〉抄錄、模仿之對象。以設宴詐降捉拿倭酋（樺山氏）一段舉例，《劉大將軍平倭戰記》如此描寫：

> 某日，倭酋亦設宴請軍門，不料軍門將各兵暗伏避地，安置停妥，帶同隨員至倭營。禮畢入席，酒至數巡，半酣之時，劉將軍出席，謂倭酋曰：「汝當我真降乎？汝輩死期已至，昏迷不悟，尚望我降汝異類也！」將手一揚，信炮一響，四面伏兵齊

25　鄭凱菱：《乙未劉永福抗日事蹟之作品研究》，頁19-23。

26　陳佑慎：〈抗日英雄的建構與記憶——試釋《劉大將軍平倭戰記》的史料意義〉，頁177-180。

27　〔清〕寰宇義民校印：《劉大將軍（永福）平倭戰記》〈臺倭戰記〉：「茲將友人帶來戰記，詳述劉大將軍出奇制勝連捷，倭人聞之喪膽，大小經戰三十餘陣，特先刻印一半，以慰薄海人民之望。但友人隨見隨聞，筆之於書，我輩武人也，筆墨一道本疎，故此其中未分次序，急以開印，並未請文人博士裁削。」見初集，頁2。

> 起，所跟隨員卸去長衣，一擁上前，將倭酋捆縛。倭兵欲前相救，伏兵四出，殺得倭兵七零八落，臺兵四處搜殺，漏網甚稀。將捉住倭酋割開肩骨，用鐵練穿牢，牽入牢中。（初集，頁13）

《臺戰演義》又加上標題為〈探軍營樺山遭獲，赴筵席倭奴被捉〉：

> 次日，倭酋亦設宴答禮。軍門帶同隨員至倭營，見倭酋甚多，曰：「昨日未知，只請一位，明日重請」。及次日重宴倭酋，令兵各處埋伏。及入席，酒數巡，劉將軍出席謂倭酋曰：「汝當我真降乎！汝輩死期已至，昏迷不悟，尚望我降汝異類也！」將手一舉，信炮即響，四面伏兵齊起，一擁上前，將倭酋捆縛。倭兵欲前相救，無力能為。將取捉倭酋洞穿肩骨，用鐵鍊繫之，牽入牢中。（初集，卷2，頁8）

〈劉大將軍平倭百戰百勝圖說〉類似的情節則是〈定私義席上縛敵酋〉：

> 劉公與諸紳飭僕設宴款待樺山氏。巨觥交錯，正開懷暢飲間，忽聞胡哨一聲，而樺山氏與階下通事僕從，一齊被執，如捆豕羊。然四蹄攢縛，擲於牆腳，遙視劉公與諸紳乃在暢飲高談也。（第25圖說）

同樣的故事，《臺戰演義》的改易不多，兩書前後沿用的痕跡比較明顯[28]，但是該書透過回目的整飭，讓報導性質濃厚又攢湊的事件，變

28 王嘉弘：《如此江山：乙未割臺文學與文獻》，頁303-305。

得通順可讀。而〈劉大將軍平倭百戰百勝圖說〉更擺脫了亦步亦趨的「隨見隨聞，筆之於書」，在虛構的部分加強了藝術性的擢升[29]，而且絕多數的描寫都出於小說家的想像，例如在擒獲樺山氏後又衍生出「報公仇油中煎倭督」之橋段（第26圖說），文中與《劉大將軍平倭戰記》雷同的情節相對寥寥。職是，儘管三部作品皆付梓於乙未年，但仍可窺見其中之不同發展。

整體來看，劉永福相關小說與報紙的關係還是比較密切的，小說取材自新聞，結構亦近似於報導的集結，是晚清「集錦式」小說的特色之一。[30]此外，現代報刊在中國的起步，自始即與小說有著緊密的互動，許俊雅之說可參考：

> 「新聞」作為西方舶來品，西方的新聞手法、報導原則自然異於中國早期的邸報、京報，文人（記者）對新聞之採訪尚不成熟，信息之獲得也有地域遙遠，傳遞困難的因素，因此文人執筆之初，便借鑒中國古典小說中的志怪、話本、講史、神魔、俠義、人情等小說題材，借用傳統小說手法敘述「新聞」，因而時見其中對於文言筆記怪誕、新奇之習有所濡染，對通俗章回小說之借鑒頗多，因而內容從牛鬼蛇神、怪異新奇為特點的奇聞軼事到新聞標題的擬定，不免充滿新聞小說化現象，與新聞報導理應具備的真實性、客觀性、時效性等新聞價值要素的

29 朱恒夫提到，〈劉大將軍平倭百戰百勝圖說〉抄錄了十四份文件，但小說者言的部分比實錄更精彩，尤其戰爭的具體描寫有著較高的藝術水平。見氏著：〈新發現的小說兩種——《五劍十八義》和《劉大將軍平倭百戰百勝圖說》〉，頁4-9。

30 此類小說可追溯《儒林外史》：「拆開來，每段自成一篇；斗攏來，可長至無窮」，並受到報刊連載小說的影響。詳見陳平原：《二十世紀中國小說史（1897-1916）》，收於氏著：《陳平原小說史論集》（石家莊市：河北人民出版社，1997年），中冊，頁726-739。

> 要求相悖隔。而同時間的小說創作，又強調呼應時事，動輒標榜「親見親聞」的印記，似乎又回到筆記小說強調信息來源的結果。[31]

不僅新聞的產出借鑒了傳統小說的獵奇心理，為了迎合中國讀者的喜好，以及稿源不足而使得以營利為目的的報紙，不得不求諸於小說，也造就了新聞與小說的聯姻。[32]在這種情況下，新聞常常帶有小說性格，而從報紙新聞中獲取小說題材，或者逕直向社會徵求新聞題材來創作小說，也成為清末小說家慣常的手段。[33]《劉大將軍平倭戰記》就不時強調自己的消息來源來自報紙：

> 東曆上月十五號，日本各營中查得去年開戰以來，迄本年六月三十號所有受傷軍士，或已愈，或已死，或尚留各地陸軍豫備病院中者，計共三千八百六十八人，此日報語也。若陣亡者，據西報揭明，約五萬六千數百人。說者謂去冬遼陽之戰，日兵死亡甚多，而日報僅紀二百零六人，亦可謂工於諱飾矣。（6集，頁217）

不只日報（倭報）、西報，其餘包括臺灣電報也突顯了第一線消息的權威性，而無數來信、傳聞等更是充斥全書，就連日報與華報、西報的出入，也可能出於刻意的粉飾，使得題材來源看似言之鑿鑿，卻又

---

31 許俊雅：〈真實或虛構？／新聞或小說？──《臺灣日日新報》轉載《申報》新聞體小說的過程與理解〉，《東吳中文學報》第28期（2014年11月），頁249-250。

32 文迎霞：〈商業營運下的文學圖景──《申報》早期小說刊載現象評析〉，《江西師範大學學報》（哲學社會科學版）第46卷第4期（2013年8月），頁71-72。

33 劉曉軍、譚帆：〈新聞意識與商業行為──報刊連載對清末民初章回小說文體的影響〉，《中國文學研究》第4期（2010年），頁44。

漏洞百出，因之文本也擺盪於虛實之間。小說作者亦揭櫫作品可信度之曖昧，如《劉大將軍平倭戰記》開篇〈臺倭戰記〉云：

> 昨日友人從赤嵌來申，行裝甫卸，余即詢臺、倭戰狀，誰勝誰負，遠隔重洋，未知的確真情，甚為悶鬱。連日閱誦新聞報，言言可據，稍慰我心，未卜果如所言否？友人即從匣中取出手牘一捲，計百餘頁，云臺地開戰以來，均筆之於此，或目覩，或道聽塗說，一一詳載。計臺、倭交戰以來，迄今三十餘仗，與新聞報館所報事，有合符者，或不符者，互相有異。（初集，頁1）

造成情報晦澀難明的，無疑正是中國大陸與臺灣「遠隔重洋」的地理條件，此外因為戰爭的關係，「電報不通，軍情千變」（6集，頁246）的阻斷，也使得各種傳言甚囂塵上，更添懸念。這樣的前提正是小說文體萌發的契機，因此《劉大將軍平倭戰記》一類作品饜足了隔海讀者對於乙未戰情的好奇心，並成為市場上的商品。當時《新聞報》自陰曆閏五月十四日（陽曆7月6日）至陰曆六月十二日（陽曆8月2日）共刊三則推銷廣告，茲引第二則為例：

> 二十九日（7月21日）刊載「初集二本一角，全圖二集二本一角《劉大將軍平倭戰記》」廣告：「今將劉大帥剿倭勝跡繪成圖畫十二幅：首附臺灣山海全圖、臺民立帥、黑旗擒倭、目迷五色、三軍合攻、八卦陣圖、小姐統兵、道士作法、埋棺轟倭、狗陣蹈坑、炸堵倭艦、計毀鐵甲，一應訂在二集之首，以及近日軍情詳細備載。初集劉大將軍真像並林、邱諸君小照，均皆維妙維肖。四馬路文宜書局、南北各書坊出售。如欲躉購，格

外公道。寶善街許瑞豐茶葉店、楊柳樓臺文苑閣五層樓售書處批發可也。漢口江左漢記、杭州德記書莊均有出售。新聞報館代售。」[34]

短短一個月，即刊出三集，且流傳至上海、武漢、杭州等地，由此可看出出版速度之快。稍晚於《劉大將軍平倭戰記》的〈劉大將軍平倭百戰百勝圖說〉，則同樣宣稱作品中的「事實」來自於「粵友郵稿」：

今臺北雖未克復，而將來收復琉球，踏平日本固意中事。屆時，當濡毫恭錄，今先紀其事實云爾。時在光緒二十一年歲次乙未閏五月下浣平江藜床舊主管斯駿錄粵友郵稿於海上之可壽齋。(〈劉淵亭大帥事實〉，頁238)

從出奇制勝到直搗黃龍，小說家的信心越發膨脹，也在某種程度上鼓舞了陷入戰敗深淵的中國百姓。王嘉弘認為相關作品是透過對於日本來臺軍隊的誣蔑，包括其醜態、惡行的誇耀及其軍隊之戰敗加以渲染，來對比黑旗軍的勝利，滿足小說意圖傳達的仇日民族情緒。[35]該說固有道理，但必須釐清的是，攸關乎日軍暴行及臺軍捷報的誇大，不見得全然出於中國大陸作家的捏造。是時的美籍駐臺記者達飛聲（James W. Davidson）就觀察到，抗日義軍統領四處張貼布告，宣稱一旦日本囊括全島，所有臺民都須向倭奴納稅，就連豬仔、家犬、貓咪等牲畜都無法倖免，日軍不但能夠隨意搜索民房，婦女更要供倭兵隨意奸辱——大家都毫無質疑地相信這種宣傳；陽曆七月十日，臺北

34 見陳大康：〈晚清《新聞報》與小說相關編年（1893-1895）〉，《明清小說研究》第3期（2006年），頁70-71。其餘二則，見頁70、71。

35 王嘉弘：《如此江山：乙未割臺文學與文獻》，頁316。

城內的有錢人聽到日軍被攻擊的槍聲，誤以為劉永福將反攻臺北，並屠殺他們這些降倭叛徒，導致許多漢人內渡清國，漢人每天聽聞成打的戰爭小道消息，都是義軍大獲全勝的風聲。[36]

在「遠隔重洋」及「電報不通，軍情千變」的狀況之下，來自臺灣的流言蜚語，及中國大陸作家的想像，雙雙滲透入新聞／小說的世界，共同築起了劉永福及其麾下黑旗軍抗倭無敵的神壇，使得真實／虛構呈現疊合的狀態，係乙未戰爭小說的共通特色。枕流齋主人在《臺戰演義》〈序一〉言道：

> 此書如謂言事不實，則《史記》數萬言，果無一字一句而不謬者？……小說家美言如《三國演義》者，真筆法之最妙，故稱第一才子書，其文之變幻、筆之奇絕，足能令人喜笑驚駭，連披不厭。讀者信耶、不信耶？其事實耶、不實耶？……此臺戰之事，亦有不可謂無其人無其事者也。況京師傳播已久，雖眾論不一，而劉、林等輩皆實有其人，澎湖等處實有其地，蓋作者假此發言，以慰人心，讀者當以才子書聊供閒閱解悶之書，可驅睡魔，而其事之虛實欲辨信者又如何哉！彼既云「實紀」，吾即信為不虛，是姑妄言之、姑妄聽之可也。（圖前頁3-4）

晚清小說在新聞事業影響之下的虛實參半，又巧妙地被上溯到史乘、章回、筆記之傳統，讓此議題歷久彌新，牽絲扳藤，小說家亦得以在此架空的曠野中任意馳騁，「倭患書寫」也承衍出不同的風貌。以下進入劉永福相關小說的「倭」之形象及戰爭之刻描。

36 〔美〕達飛聲原著，陳政三譯註：《福爾摩沙島的過去與現在》，上冊，頁392-393。

二　文明？野蠻？劉永福相關小說中的「倭」形象與戰爭描寫

滿清入關之後，日本不等於倭寇，應該已是一個不難理解的事實，尤其在西風東漸的吹襲之下，中日雙方都進入現代化的新里程，更當能夠分辨二者的迥異，但實際上在不同階層，文明化的日本仍被目為殘暴的海盜。甲午戰爭時臣僚的上奏中，就有以籲請以明代防倭經驗來防範日軍的例子。[37]而到了乙未之役，《瀛海偕亡記》記載當時中槍不支的黑旗軍統領朱乃昌，因髮禿而被誤為「倭」：「朱髮禿，鄉民誤為倭，戕之。」[38]這個小插曲顯露出部分民眾仍以前明髡髮跣足的倭寇形象，風聲鶴唳地迎擊來犯的日軍，以致到了敵、我不分的地步。

在《劉大將軍平倭戰記》附贈的劉大將軍畫像之後，大大書上一副對聯：「忠義貫天誓掃倭寇，世間豪傑萬古流傳」（見本章附圖一），頗具魄力，而在此沿用「倭寇」這一詞彙，肇因於中國對日本殺戮之野蠻的睥睨，又感到日本武力之強大的難纏，使得十九世紀末的乙未戰爭，又彷彿拋擲回了三百年前的嘉靖大倭寇。[39]《臺戰演

37 如〔清〕張愓庵：〈甲午冬十一月上張香濤制府書〉：「前明嘉靖中，淮揚中倭者三，鹽城被倭者再，明史郡縣志所載甚明。彼時未有新洋港，係由廟灣登岸，今有新洋港，可以直達，而曰彼必不來，果何所見而云然乎？……昔人防倭入寇，以誅殺漢奸，斷其接濟，為第一要義。鄭曉誅顧表，胡宗憲誘汪直，李如松執沈惟敬，皆以絕倭人之嚮導也。……昔明祖備倭，招漁丁、蛋戶、島人、鹽徒，籍為水軍。鄭端簡總督漕運，亦招鹽徒獷悍者為兵，遂破倭於通州。」收於廣雅出版公司編輯部編：《甲午中日戰爭文學集》，頁518-520。

38 〔清〕洪棄生：《瀛海偕亡記》，頁15。

39 據李玉統計，一八九四至一八九五年為《申報》創立以來，「倭寇」詞彙使用頻率的第一個高峰，共計出現二一五次。在當時的中國，無論官方公文或者民間報導，以「倭寇」代替日本成為普遍之現象，以致日人都投書澄清：「日本自為日本，倭寇自是倭寇，兩不相關也」。見氏著：〈近代中國對日怒稱「倭寇」的歷史考察——以《申報》為中心的分析〉，《南京社會科學》第12期（2015年），頁131-138。

義》續集，卷一〈倭賊停船遠避，生番出力報恩〉回評提到：

> 倭奴之性情狡滑，詭詐百出，實為世界人所無；而自謂足食足兵，民信之矣，此真大語欺人也。區區東海一島之地，所產之穀每歲不敷半年支用。自前明以迄於今，必在沿海各處滋事搶掠，與海寇相等。所用之兵，全係無賴亡命之徒。（頁27）

上引即是以明朝倭寇的打劫，解讀近代日本帝國的殖民行為，其實兩者頗有落差，但是評點者卻在浪濤拍岸的濱海之處，找到「此刻」與「前代」的共通之處。就像宇文所安（Stephen Owen）所說的，大自然變成了百衲衣，連綴在一起的每一塊碎片，人的歷史充仞其間，構成一個複雜的混合體，人的閱歷由此而得到集中體現。[40]透過追憶，在府城負隅抗倭的劉永福，和唐代威震高句麗的薛仁貴、勝國「十年驅馳海色寒」的戚繼光，串聯成一條靖海澄疆的英雄譜鎖鏈。一八九五年《新聞報》陰曆六月二十日（陽曆8月10日）的「繡像《劉大將軍百戰百勝圖說》」之廣告提到：「證之歷史，倭人狠貪，好犯上國，累朝入寇。唐時幾遭薛將軍滅盡種類，明時受創於戚將軍，目今屢敗於劉將軍。三公鼎峙，震懾海邦。」[41]

既然「三公鼎峙」，相互輝映，那麼黑旗軍必能如法炮製地掃蕩「倭寇」，這些小說不約而同地展現出這樣的信心。至於所謂「倭寇」的臉譜又是如何呢？在《臺戰演義》中有一幅「華山氏」（樺山資紀）的圖畫（見本章附圖二），看上去即是衣冠楚楚的西式軍服裝

40 〔美〕宇文所安：〈黍稷和石碑：回憶者與被回憶者〉，收於氏著，鄭學勤譯：《追憶：中國古典文學中的往事再現》（臺北市：聯經出版事業公司，2006年），頁39-40。

41 見陳大康：〈晚清《新聞報》與小說相關編年（1893-1895）〉，頁72。

束，其受現代化洗禮的文明形象不言而喻，但卻與之燒殺擄掠的暴行有著強烈的反差[42]，因此在乙未戰爭小說中受到尖銳的諷刺。見《劉大將軍平倭戰記》：

> 倭兵自閏五月初旬後，連被臺北義民痛剿，每每整隊而入，未幾即全軍覆沒，無一生還。倭國督兵官遷，縱令倭兵，凡過鄉村，悉令屠戮，甚至龍鍾老婦、襁褓嬰兒，亦皆剸刀於胸，誣為山賊，以致倭兵所到之處，屍横徧野，血流成川。噫！似此行為而尚欲自詡為文明之國，其不被人齒冷者幾希矣！（4集，頁96）

> 閏月二十三日，倭人被臺義兵戰敗後，即放氣球號炮。倭兵船見之，初尚遲疑觀望，後有一船為冒險圖逞之計，添兵登岸。復至新竹一帶，撲犯附近各鄉村民間，無論老幼男女，一律戕殺，全無惻隱之心。房屋則縱火焚燒，不留寸壤，一容一人。因時被鄉民暗傷，故恨之如此其深，報之如此其慘，此誠海盜之不如矣！（6集，頁198）

日軍不僅斯文掃地，被貶為倭寇，而且甚至在冷血的程度上，比倭寇

42 達飛聲身為日軍隨軍記者，基於親日立場，常常提到日軍對臺灣人民的秋毫無犯，如其說：「勝利者軍紀嚴明，未闖入任何店鋪，也未侵犯百姓。進城一個小時左右，城門被打開了，派出衛兵，允許百姓自由進出。」見氏著，陳政三譯註：《福爾摩沙島的過去與現在》，上冊，頁389。然而，這樣的懷柔手段，在中部受到游擊戰術的激烈抵抗後，吃虧的日軍開始轉而施行殘酷的報復。黃秀政即說日軍屠殺鄉民、焚毀民房的焦土政策，原意是要殺一儆百，但最後卻為淵驅魚，最後連原本順服的百姓也加入抗日行列，使得義軍源源不絕，雙方的傷亡亦不斷擴大。見氏著：《臺灣割讓與乙未抗日運動》，頁216。

還更令人髮指，因此部分文獻即指之「非人」[43]，可見其在中國人心目中的蠻橫。除了殘暴以外，日軍的戰術也有與明代倭寇雷同之處，亦即籠絡奸民作為嚮導。《劉大將軍平倭戰記》第五集：「倭人有一兵船在鳳山縣後游弋，劉淵亭軍門深知倭人詭計，每買通本地奸民，導以捷徑，相率登岸以襲官軍後路，或乘虛而入，此倭人之常伎也。」（頁135）此固然是說部之言，但在俞明震〈臺灣八日記〉中，也有類似的記載。[44]

相較於奸民的裡應外合，乙未戰爭小說也常常營造出一種戮力同心的氛圍，並表現在臺灣各族群的團結抗日，例如以下：

> 倭人注意臺灣勞師動眾，曠日持久，不但不能得手，而且節節受制，死亡相繼。緣全臺百姓及生番人等聯絡一氣，皆願效劉淵亭軍門之驅馳，是以聲勢頗大，且其拒敵之法，能使四面固若金湯云。（《劉大將軍平倭戰記》，第5集，頁134）

> 復有林、吳、邱、黎諸公，以及劉大公子、吳武生、劉女公子、張夫人、劇盜黃某、生番水兵、各鄉義兵以助之。是以殺盡倭人，克復臺北，威名暨泰西各國，捷音快天下人心。（《臺戰演義》，續集，卷5，頁40）

> 臺灣內地重山疊嶂，林木菁蔥，番洞星羅，番民甚眾。……內

43 〔清〕洪棄生：《瀛海偕亡記》：「初，日軍之至，各地平民懼甚，路絕行人，炊火無煙，市街闐寂，民間相驚以倭，雞犬無聲。及肆為淫暴殺戮，民轉藐之，相指詬不以人類目。」見頁23。

44 〔清〕俞明震：〈臺灣八日記〉：「張立九芎橋吹角列隊，倭人押漢奸約三百人來攻（每十二人兩倭兵持刀督其後）；槍炮並轟，敵傷亡較多，敗退。」收於臺灣銀行經濟研究室編輯：《割臺三記》，頁10。

> 有頭目某人，早仰劉淵亭將軍忠勇，欲見無由。今知劉獨守臺南，故特央通事代為面請，願擇生番中火槍最準、稍有膽識而知大義者三千人作為劉軍左右兩翼。若與倭戰，願作先鋒，以報頻年敬慕黑旗聲威之願。（〈劉大將軍平倭百戰百勝圖說〉，第17圖說，頁242）

諸如此類，不僅臺籍士紳如林朝棟、丘逢甲、外省將帥如吳光亮、黎景嵩，還有義軍領袖吳湯興外，更重要的是「化外」的生番（臺灣原住民族）亦以劉永福為核心，眾志成城地抵禦日軍，可知自詡文明的「倭寇」，更不如野蠻的「生番」。《臺戰演義》評點者就譏刺道：「生番化外之人，尚知順逆，島夷尚不如也。」（續集，卷1，頁27）

縱然在小說家筆下，臺灣各族群凝聚成一股同仇敵愾的團結之氣，但真正的情況卻可能有所出入。《臺灣通史》〈吳徐姜林列傳〉用隱晦的方式解釋原住民如何加入義軍的：「方彰化之陷，徐驤走臺南，永福慰之，命入卑南募兵，得七百人，皆獝健有力者，趣赴前敵。」[45]而在日軍的報告〈生番酋長來營〉則提到，陽曆八月二十二日，獅潭抵社酋長高難抵謁見鮫島重雄參謀長，表示幾天前吳湯興曾約他協力合作擊退日軍，遭拒絕後受到吳率領數千人攻打，番民也奮勇應戰，因此日本軍「就如同我們的兄弟一般」。[46]同樣的事件也出現在達飛聲的見聞中，說是「姓吳的使者」在拉攏原住民失敗後，惱羞成怒率領兵卒攻打他們，因此原住民自願加入征討義軍的戰鬥，還一度對日本人放過「成千上萬該死的漢人」，感到痛心疾首。[47]

抗日義軍不僅造成某些原住民的反感，連漢人也同樣處於被威脅

---

45 〔清〕連橫：《臺灣通史》，卷36，頁777。

46 許佩賢譯，吳密察導讀：《攻臺見聞——《風俗畫報．臺灣征討圖繪》》，頁228。

47 〔美〕達飛聲原著，陳政三譯註：《福爾摩沙島的過去與現在》，上冊，頁407。

的陰影底下。達飛聲又提到，黑旗軍大力鼓吹民兵抗日，違者軍法從事，有幾位客家鄉親因表達不願抗日而遭斬首，導致後壠街村民「拜託（日軍）趕快來接管」。[48]類此的紀錄，使得「是／非」的界線不斷游移，「文明」與「野蠻」的疆埸也不再是一成不變的。大田才次郎〈〈論說〉生番之制御〉先是提到臺灣入於帝國版圖後，「在我文明人種之下竟有此野蠻人種（原住民），固我同胞共同之恥辱」，但是彼等對於譎詐與誠實之別，卻是心知肚明的，批判清國「豬尾巴」（指辮髮的髮型）之慣於欺騙，較之夷狄更為不如。[49]

戰爭必有殘酷的一面，即使雙方皆欲樹立道德的標竿，但卻往往由「文明」倒向「野蠻」，自毀長城，沒有真正的王者之師，更無最後的贏家。不過，在小說之中，敘事者仍能保持一貫的樂觀，不僅弭平內部之齟齬，甚至無視時代的演進，用古老的戰術殲敵致勝。〈劉大將軍平倭百戰百勝圖說〉第十八圖說〈斫電線大帥慰臺民〉提到：「劉大帥之用軍也，不愛西法，最精古法。故軍械一切及行兵諸陣式，亦皆從古法中精究變化。」（頁242-243）刻意塑造其翻陳出新、化腐朽為神奇的本領。

鄭凱菱對於劉永福相關小說中的戰術，特別是《臺戰演義》，已歸納出兩點：「採用火攻戰術」及「採用伏擊戰術」：火攻包括火狗陣、買棺之計、羽扇之計、地雷之計等，而伏擊包括水兵、魚雷、箭毒、喬裝等[50]，茲各引一則為例。火攻部分，如《臺戰演義》初集，卷三〈家人焚身報主，倭奴破腹傷心〉：

---

48 〔美〕達飛聲原著，陳政三譯註：《福爾摩沙島的過去與現在》，上冊，頁398-399。

49 收於許佩賢譯，吳密察導讀：《攻臺見聞——《風俗畫報．臺灣征討圖繪》》，頁284-286。

50 鄭凱菱：《乙未劉永福抗日事蹟之作品研究》，頁69-77。

> 臺兵、臺民見劉軍已至，將一淘戰狗千餘頭縱放。狗頭上扎以火藥一包，臺民譁聲趕逐。群狗衝入倭人隊。倭奴見群狗咆哮撲來，開炮便打。眾犬聽見炮聲，更形亂跳亂竄。頭上蒙扎火藥，全告燒著，望倭奴亂咬亂抖。臺民所擲柴草引火之物，一時火燄直沖。臺兵前後夾攻，倭寇至此不能試其狡力，但憑兵民殘殺而已。剿滅倭奴一萬三千名。（頁11）

伏擊部分，如《臺戰演義》初集，卷五〈黑旗兵編成羽扇，劉大帥安設魚雷〉：

> 迨更深落潮之際，即將浸油粗糠及毛扇載於木板之上，順流放下，不計其數。水鬼於七十里外，將毛竹竿連貫海面，團團圍住，以攔毛扇。又令水鬼將亂繩銅鐵絲綑住倭輪舵葉，除去水底巨石，所有油草松柏，均浮水面。倭人見滿海均是柴草等物，心知有計，立即開炮退出。……正欲放舢板撈取，忽聞一聲炮響，地雷、魚雷、水雷並發，不異山崩地裂。海面諸物，著火便燒，滿海火光燭天，如燒赤壁一般。岸上槍炮亦響，倭人逃生無路，不死於火，即死於水。（頁18）

可以看得出來，在進入熱兵器的時代，且中國已連連吃虧的情況下，作品仍幻想以動物、特技、繩索、油火等低廉的資源或人力，來壓制船堅炮利的外敵。猶如王昊所言，甲午戰敗之後，這些小說並未沾染末世淒涼的哀傷色調，反而以大量子虛烏有的得勝情節來誇大黑旗軍之戰果，洋溢著樂觀向上的情緒。[51]評點者亦以陰陽五行的思維解讀

51 王昊：《從想像到趨實：中國域外題材小說研究》，頁253。

劉永福運用的戰術：「劉大將軍與倭奴接仗，每用火攻取勝；而火攻之計，千變萬化，愈出愈奇，致有戰勝攻取之效。蓋倭奴海島異類耳，生長水中，慣知水性，而又不避水險，是以劉公知其不畏水，故以火制之。以陽制陰，則所戰無不捷矣。」（《臺戰演義》，初集，卷4，頁13）

「以陽制陰」，是日本海洋屬性的一次重申，已屬老生常談；而提到以火攻制伏異族，則又可連結到「七擒七縱」。《臺戰演義》之評點兩次提到：「是役也。不減武侯之燒藤甲也」（初集，卷3，頁9）、「地雷一計，如武侯之燒藤甲」（初集，卷5，頁17），屢屢招諸葛亮之魂，既劃分出「華夷之辨」的壁壘，並且展現出優越的民族自信；可見小說家的想法非常單純，已然無法與時俱進地反映現代戰爭與國際新局的真實。

從史料的角度來說，劉永福相關小說中的情節固然荒誕不稽，但就藝術層面來看，仍不失為一種豐沛的想像力，如〈劉大將軍平倭百戰百勝圖說〉也出現了新式的兵器，頗帶有科幻小說（science fiction）的意味。第三十一圖說〈乘氣球兩次偷營〉提到日軍欲利用氣球飛渡大河：

> 查此河有三里多寬，山水勢急，不能泅渡，因議用氣球百十個，於夜間每球坐兵六人，各攜軍械從空跨河而過。擬墮官軍營中，使眾驚亂，俾岸上前隊得以乘勢衝奪，計至妙也。……不料，早被官軍中細作得信回報官兵。……果見隔岸隱約中有冉冉升空之物，騰空而來，於是笳角突吹，各官軍於黑暗中齊聲喊捉，繼以槍聲、炮聲，連環不絕。……機關錯亂，紛紛從空跌下，大半墜入河中，球亦損壞。（頁249）

王德威提到，受到西方的影響，中國作家在十九世紀後半葉，開始將氣球引介為幻想敘事作品的一端，在《年大將軍平西傳》與《新紀元》當中，氣球已被摹繪成強有力的軍事武器。[52]不過，在日軍攻占澎湖的搶灘戰情中，也出現了「礬布船」被誤為「氣球」的謠傳，吠影吠聲，後誇大成「賊用氣球登岸」的天降神兵[53]，徒擾軍心，因此小說也以袪魅的方式見招拆招。〈劉大將軍平倭百戰百勝圖說〉第三十二圖說〈射電燈六村聚會〉也有趣味的描寫：

> 倭兵新竹之戰曾用電燈二十盞。……是夜，倭軍又點起電燈，開兵挑戰，官軍中即出隊迎鬥，射燈之人，亦隨官軍出陣。及至陣前，一聲喊聲，齊將電燈射碎。電火被風搖刷，不能發火聚光。無罩不能照物，倭軍見此，心慌異常。且聞殺聲四起，官軍之火把篾條，漫山遍野相逼而來。倭軍路徑不熟，各兵不能與戰，退縮奔逃，自相踏斃，屍積如山。（頁249-250）

俞明震回憶乙未戰時：「時已昏黑，敵燃電燈明如晝，各軍皆驚。」[54]在當時的中國人來說，電燈似乎還是相當陌生的舶來品，一時措手不及，使得日軍得以運用此時髦的新科技來耀武揚威。

然而在小說中，再先進的「夷之長」也敵不過神射手的百步穿楊——此處雖然因為缺字的關係，無法確定射電燈使用的是「箭」抑

52 王德威著，宋偉杰譯：《被壓抑的現代性：晚清小說新論》，頁370。

53 〈臺灣唐維卿中丞電奏稿〉：「據各路電報，澎弁勇來云：賊用氣球登岸，人執一鐵板，聚成炮臺，手炮開花彈極猛速。」清人俞明震駁斥：「電中所言『氣球』，後始悉係在海水淺處用礬布船登岸，一人乘一船；遠望之，若『氣球』然。後聞總督以『氣球』登岸之語行知各處，豈非大笑話？」收於臺灣銀行經濟研究室編輯：《割臺三記》，頁15。

54 〔清〕俞明震：〈臺灣八日記〉，收於臺灣銀行經濟研究室編輯：《割臺三記》，頁9。

或「槍」，但作者強調精湛的技藝（眼力極準，無論飛鳥疾遲，悉能得心應手），加上用火把逼迫倭兵，還是洋溢著一種「道」勝於「器」的暗示；劉永福相關小說無視於日軍所擁有的精良武器，以游刃有餘的方式來化解殖民帝國的侵犯，與甲午之役後晚清小說界革舊布新的呼籲恰好背道而馳[55]，反而像王德威對《蕩寇志》的分析一樣：

> 古中國的一切就像那個乾元寶鏡一般，博大精深，吃定了各種西洋算學器械的小道。這樣的思維在太平天國後更成主流，上焉者形成「中學為體、西學為用」的道器二元說，下焉者則預示了「刀槍不入」、「扶清滅洋」的義和團思想。[56]

乙未戰爭小說正好介於其間，藉由「三公鼎峙，震懾海邦」的劉大將軍來追憶中州的強盛，並一再演繹「武侯之燒藤甲」的老掉牙戲碼，確立「華／夷」應有的位置，以向讀者宣示日本並不可怕：披上西式軍服的部隊，骨子裡仍是熟悉的倭寇／島夷。黑旗軍既曾擊敗法國這個「承拿破崙第一之餘風，素以兵威震於殊俗」的泰西望國，又何懼「東」施效顰的東瀛呢？無數的捷報漫天飛舞，竟掩耳盜鈴地擘劃了一個更遠大的宏圖：「滅倭必矣」！

三　敗績？勝果？反攻號角的吹響

劉永福相關小說在戰事上的刻描，自然有天馬行空之處，但在某些部分則寫出了乙未之役之所以曠日持久的真實，包括疫病、地理條

55 詳見黃錦珠：〈甲午之役與晚清小說界〉頁237-254。

56 王德威著，宋偉杰譯：《被壓抑的現代性：晚清小說新論》，頁347。

件及義軍的視死如歸[57]，倒是值得注意。《劉大將軍平倭戰記》四集：

> 澎湖風浪險惡，基隆又暑熱酷烈，所有混成枝隊軍士，或在臺北，或在宜蘭，或在澎湖島，司令部則依舊在基隆山上，時聞新竹附近炮聲震地，不知戰況若何？又云：此間炎熱如焚，寒暑表升至一百零六度，入夜稍涼，又苦蚊蟲為患。倭酋云：「我國派出數萬兵、數號巨艦，不料竟被虎軍衝擊，致以千百生命供虎軍之犧牲。今混成枝隊諸軍又患腳氣症，站立無力，槍、刀均不能持。似此疾病、死亡，相繼而作，真覺疲困不堪矣！」按：所謂虎軍者，指虎列拉疫症云。(頁87-88)

虎列拉疫症即是霍亂（cholera），在一八九五年盛夏的臺灣及澎湖，霍亂、瘧疾、赤痢、傷寒、腳氣病等五花八門的風土病、傳染病，讓日軍幾乎潰不成軍。[58]而小說中所寫的，用大田才次郎的話來說，就是岸高海深、崇山峻嶺、竹林密布、瘴癘毒霧等等[59]，的確對日軍的南進構成很大的躓礙。《劉大將軍平倭戰記》六集又云：

> 日本來信云：廣島醫院醫生查日兵之在臺灣受傷回國者，其情形與去年在中國交戰受傷情形大不相同。去年在高麗、盛京等處受傷之兵，其傷多在頭顱及臂、腿等處，無關緊要，容易醫痊；今在臺灣受傷者，其傷多在胸、背及肘、腋等要害之處，傷孔又甚深，彈子入內，未易取出。……臺灣義兵甚諳戰事，

---

57 鄭凱菱：《乙未劉永福抗日事蹟之作品研究》，頁77。

58 黃秀政：《臺灣割讓與乙未抗日運動》，頁301。另黃秀政據日方之統計，指出乙未戰爭日軍陣亡人數不過一六四人，病死人數卻高達四六四二人。

59 許佩賢譯，吳密察導讀：《攻臺見聞——《風俗畫報．臺灣征討圖繪》》，頁208-209。

> 加以視死如歸，有進無退，與去年在高麗、中國等處所遇之兵，真有霄壤之別。……有時日兵以大隊至，臺兵見勢不敵，即佯為退去，一轉瞬已不知去向。俟日兵相距十餘步或二十餘步之近，彼即放槍猛擊，每發輒中，……其受傷而尚能回國者，尚屬幸事，否則畢命行間矣！（頁221-222）

以上所述，並無任何浮誇之處，在日人看來，臺灣因為是義兵的祖宗之地，墳墓所在，因此其「連一小塊土地也不願讓給我們」。[60]而達飛聲也觀察到義軍擅長易容與襲擊：日本人遇到最大的絆腳石，是門上插有白旗，滿臉笑容的村民，一旦小隊兵力微薄，村民自認可安全將其撂倒，就會迫不及待地拿出槍枝，朝倒楣的日軍開槍。[61]

在這種草木皆兵的氛圍之中，戰事度日如年地綿延下去，每拖過一天，都帶給中國大陸隔岸觀火的讀者們無限的鼓舞，乃至於小說家筆耕硯拓出來的，全是結實纍纍的甜美勝果，穩操左券的預測充斥全書。最初只是對恢復全臺的企盼，如《劉大將軍平倭戰記》第五集云：

> 二十七日，臺北倭兵頭調集各路大兵，駐紮離臺北城十里之遙某地，該處土人見之，前即往攻擊。……行十餘里，忽聞一聲炮響，黑旗兵由斜路沖出，將倭兵截作兩段，大戰一日之久。倭兵死亡相籍，餘亦敗退，正紛紛亡命奔逃間，劉軍、生番、土兵俱由小路抄出倭兵之後，倭兵腹背受敵，四散竄逃。是役也，臺兵約傷百名，倭兵約傷二千餘人，……想全臺恢復，當在指顧間矣！書之以當左券。（頁163-164）

---

60 許佩賢譯，吳密察導讀：《攻臺見聞——《風俗畫報．臺灣征討圖繪》》，頁208-209。

61 〔美〕達飛聲原著，陳政三譯註：《福爾摩沙島的過去與現在》，上冊，頁392。

透過敵、我損失的逆轉，克復臺北、驅逐倭寇，變成近在咫尺的理想。小說創作者的樂觀同時建立在歷史的經驗上。《臺戰演義》續集，卷四〈臺灣五省門戶，日本一鼓可平〉回顧鄭成功、朱一貴、林爽文、莊大田在臺灣所造成的威脅與騷動，得出以下的結論：「噫！我朝之得臺灣，如此其難也！彼倭人其敢覬覦哉！」（頁36）這一點倒是與時人的論點有些呼應。[62]再加上「臺地每歲三熟，五穀豐收，兵民食用，儘數接濟，大可無虞，加以目下資糧堆積如山，士飽馬騰，民心愛戴」（《劉大將軍平倭戰記》，6集，頁225），持久戰理當是利於中方的[63]，也因此文本對戰情的走向始終抱持著胸有成竹的想像，甚至於「收復琉球，踏平日本」都變成可以逆睹的未來。[64]

但也由於作品刊刻的速度實在太快，根本還看不到乙未之役真正的結果，就急於下定論，使其表現出王德威所謂晚清小說家的共同通病：「過剩」與「匱缺」，形成過與不及的一體兩面。[65]當作品不斷向讀者高奏必勝的凱歌的時候，卻遲遲畫不出一張輪廓分明的藍圖，根

62 〔清〕易順鼎：〈劾權奸誤國奏〉：「試思太祖高皇帝、太宗文皇帝之締造遼東，世祖章皇帝、聖祖仁皇帝之經營臺灣，取之既如此其難，棄之何忍如此其易？」收於廣雅出版公司編輯部編：《甲午中日戰爭文學集》，頁489。

63 這一點倒是與現實有所參差。根據黃秀政之研究，臺南抗日政府的成立，最大的難題就在於糧餉和軍需的補給，且因為臺北早早失陷，茶、煤、硫磺、樟腦之利均落入臺灣總督府之手，臺南府庫僅存六萬兩左右，劉永福不得求助於當地士紳與大陸的支援，並設法發行公債、紙幣、郵票等來籌措軍費，財政狀況相當艱辛。見氏著：《臺灣割讓與乙未抗日運動》，頁200-202。而這恐怕也是劉永福始終保持守勢的原因之一。

64 見前〈劉大將軍平倭百戰百勝圖說〉引文。另《劉大將軍平倭戰記》第5集提到：「前被倭人所滅之琉球國，民人遣使致書臺南劉大將軍，謂伊國本係大清藩屬，自被倭兵剪滅，不堪其擾，懇請劉軍撥兵協助，痛剿倭人，冀圖恢復云云。大將軍接閱之下，當即遣兵八百名，扮作土人，乘漁船渡赴冲繩池地方，相機行事。故前有謠傳劉軍攻克長崎之說，蓋即因此傳訛也。」（頁167）

65 王德威著，宋偉杰譯：《被壓抑的現代性：晚清小說新論》，頁63。

本不知將如何「反攻」？怎樣「光復」？以致所有口號都淪為望梅止渴的夢囈。像是〈劉大將軍平倭百戰百勝圖說〉第十九圖說〈假敗兵乘機奪艦〉寫道：「所獲兵輪五艘，即開赴臺南口內將作跨海征東之用云」（頁243），終究僅是未見兌現的伏筆罷了。

《劉大將軍平倭戰記》與〈劉大將軍平倭百戰百勝圖說〉都算是較早期的作品，由前文《新聞報》的廣告判斷，至晚付梓於陰曆六月二十日，文中對捷報的解讀相對保守，但作序於「乙未桂月」（〈序一〉）、「乙未重陽節」（〈序三〉）的《臺戰演義》，則三番兩次提到中國有能力直搗黃龍：

> 夫倭人於此逃歸，又倭祖宗之福也。不然，驅兵直搗，削滅東洋，倭祖倭宗不其餒而。惜乎倭人不至於失國不止。（續集，卷1，頁28）

> 而今和議已成矣，復來攻犯者何也？噫！吾知之矣。天欲亡日本以興臺灣，令其國內兵空食罄，而後一鼓可得也。（續集，卷4，頁37）

> 現在臺灣兵精餉足，人人義憤，誓滅日本，改曰「民申國」，旗畫蟾蜍，以「申」字直入日中，蟾蜍能食日故也。岳武穆曰：「不出七日，破金必矣」；吾謂不出一月，滅倭必矣！（續集，卷5，頁41）

本書在之前介紹〈斬蛟記〉、《野叟曝言》時已提到，明朝將日本列為「不征之國」，肇因於國力不足、海象難測、勝之不武、得不償失的考量，加之路途遙遠，補給困難，故萬曆帝即使有興兵渡海的念頭，原本也希望聯合朝鮮、澳夷、暹羅諸國，而張文熙調集浙、直、閩、粵四省舟師，直攻日本的建議，還被當作是「可哂」的餿主意。但是到了十九世紀末，說部居然老調重彈，豈非貽笑大方？然而，這並不單純是小說家的願望而已。

李國祁曾分析，在甲午戰前，真正了解中日之間實力的只有李鴻章，所以他不敢言戰；其餘諸人，無論翁同龢（1830-1904）、光緒帝（1871-1908），或其他疆臣及小吏，皆只本之於傳統蔑視日本的心態，以為日本不是中國對手，故主張與之一戰，當時的臣工之一余聯沅曾奏稱「上攻東京，次守海口，下與倭戰」。[66]令人驚訝的是，儘管黃海海戰已確定中國水師的窳敗，但是似乎並不影響部分主戰派（或稱清流派）的信心，例如以下：

> 宜速檄南洋五省防軍，簡將帥之有謀略忠勇者，剋期並進，為濟河焚舟之計，載以木輪，驅以鐵鑑，由太平洋逕渡橫濱取東京為正兵。而募閩、廣敢死士，及臺灣番猺，涉險趫捷，如猿猴者為奇兵，取道琉球北部諸島，間越長崎，經馬關，由石見道，攀絚踰嶺，直取廣島，則北洋之圍自解，而倭所欲取償於中國者，中國且可取償於倭矣！是彼行其假途伐虢之計，我應以圍魏救趙之師，亡羊補牢，亦尚未晚。(〈防倭論〉)[67]

> 而又儲煤炭，蓄子藥，屯糧積餉，轉輸不竭，然後萃南北洋鐵甲、鋼甲、蚊船、魚雷各戰艦，連檣銜尾，鼓輪而東。搗其對

66 李國祁：〈清末國人對中日甲午戰爭及日本的看法〉，收於臺灣師範大學歷史研究所、歷史學系編輯：《甲午戰爭一百週年紀念學術研討會論文集》（臺北市：臺灣師範大學歷史研究所、歷史學系，1995年），頁721-723。

67 收於廣雅出版公司編輯部編：《甲午中日戰爭文學集》，頁455。

> 馬島，覆其水師後援，而駐高陸兵之歸路斷，將不戰自潰矣。搗其長崎，長崎破而煤源絕矣。搗其神戶，神戶破，則由大阪鐵道直達西京，而其國斷而為二矣。搗其橫濱，橫濱破，則東京震動，勢將遷都，全國可傳檄而定矣。(〈緊備水軍直搗東瀛論〉)[68]

> 為臺灣計，與其瓦全，不如玉碎；與其為人攻，不如出而攻人。唐景崧、劉永福等，身當此時，固已有死之心，無生之氣，必肯奮不顧身，與倭一決。……並請敕下張之洞令其選擇水師驍將，如黃金滿等，統帶南洋各兵船，會合唐景崧、劉永福游弋海面，以壯聲援，視倭船之進止為進止，視倭船之向背為向背。若彼犯津、沽，則我攻廣島，雖以之掃滅賊氛，尚覺不足，而以之牽掣賊勢，固自有餘。(〈籌戰事六條疏〉)[69]

上述諸說，儼然比「虛構」的小說還更精彩，卻是時人「真實」的思維。陳佑慎認為，朝政主事者自未便採行這種異想天開的策略，但這一類想法實際上是深植人心的，說明不論是小說作者抑或為數不少的上層士大夫，同樣都生活在一個將劉永福神化的社會文化情境。[70]不過更精確來說，不是劉永福被視為救世主來膜拜，而是日本被過於小覷，使得各種螳臂擋車的言論層出不窮——進入現代化的晚清社會，竟然還比不上元明兩朝朝野的知己知彼，亦頗悲哀。爰此，當《臺戰

68 收於廣雅出版公司編輯部編：《甲午中日戰爭文學集》，頁459。

69 收於廣雅出版公司編輯部編：《甲午中日戰爭文學集》，頁499。筆者按：當時論者會將廣島當作主要的目標，是因為此處為甲午戰爭時的日軍「大本營」，連明治天皇都「御駕親征」，至此督軍。

70 陳佑慎：〈抗日英雄的建構與記憶——試釋《劉大將軍平倭戰記》的史料意義〉，頁184-185。

演義》在全書煞尾發出「岳武穆曰：『不出七日，破金必矣』；吾謂不出一月，滅倭必矣」的高聲時，其實也巧妙暗示了「撼山易，撼劉家軍難矣」（《臺戰演義》，續集，卷1，頁28）的「小說人物」劉永福[71]，終將重蹈「歷史上」的岳飛之覆轍，壯志難酬。

乙未之役作為甲午戰爭之延伸，係中日交流史上的一件大事，更對臺灣的命運造成莫大的衝擊，就時人的眼光來說，也是明代「倭患」的重演，是值得關注的一段歷史。一八九五年，在槍炮之聲響遍臺灣西半部的同時，各種繪聲繪影的傳聞亦蔓延於中國大陸，成為新聞或小說的熱門題材，兩種文體且水乳交融，難分難解，傳奇性質凌駕於客觀精神，商業利益更驅使小說家構築神壇，而最適宜被供奉的新生一代抗倭英雄，則是被譽為與薛仁貴、戚繼光齊名，「三公鼎峙，震慴海邦」的黑旗大帥劉永福。

劉永福曾擊破「承拿破崙第一之餘風，素以兵威震於殊俗」的法國，在唐景崧、丘逢甲等人倉皇內渡後仍屹立於府城，指揮若定，其聲望及姿態令人敬畏，以至於達到「倭不知其深淺、中國亦不知其深淺」的高度，圍繞在其身邊的惟有神機妙算的風聲，自然成為說部的最佳男主角，因此現在流傳於世的作品，就有《劉大將軍平倭戰記》、《臺戰演義》與〈劉大將軍平倭百戰百勝圖說〉等三種。日軍登陸臺灣以後，疫病、地勢及義軍阻礙了其南進的速度，使得戰事拖延日久，而在「遠隔重洋」及「電報不通，軍情千變」的狀況下，一方

71 儘管小說中的劉永福被塑造成堅毅、敢戰的大將，小說家甚至還為之代言了一篇豪氣干雲的〈劉軍門檄文〉：「倘爾等仍舊盤踞，滋擾不休，本將軍當親督諸軍背城一戰，行見追奔逐北，乘勢收復琉球，重定朝鮮，肅清邊疆，並將移師東瀛，直搗巢穴，俘爾君臣，為我國雪憤。是則本將軍之志也。」（〈劉大將軍平倭百戰百勝圖說〉，頁241）但是，乙未之役中的劉永福卻選擇臨陣脫逃，這是歷史的真實。因之日本對其的譏刺是「劉永福對我方南進軍連放一枝箭的勇氣都沒有」。見許佩賢譯，吳密察導讀：《攻臺見聞──《風俗畫報．臺灣征討圖繪》》，頁407。

面來自臺灣的人民以驚弓之鳥的姿態訴說流言蜚語，成為莫名的可信的第一手消息；一方面出於小說家的揣測，總之各種的捷報頻傳，在未經驗證的狀況下集結成書。職此，儘管劉永福相關小說的創作時間與戰情的進行完全重疊，屬於不折不扣的「時事小說」，卻因未經理智的沉澱而荒腔走板，愈出愈奇，「新聞／小說」、「真實／虛構」的分野亦漸次消弭。

此外，劉永福相關小說內對於日軍形象之描寫，也必須視為明清小說「倭患書寫」的一環。小說家於以「歷史」檢視「當下」，直接稱呼日帝殖民者為「好犯上國，累朝入寇」的「倭寇」，是傳統思維的延續，即使日軍在服飾、武器上進入現代化的「文明」階段，但是在臺灣燒殺擄掠的暴行，仍極其「野蠻」，甚至比其前身之海盜還更可恥。日軍還收買「暗吃海俸」的奸民作嚮導，與明代倭寇無異：「此倭人之常伎也」；對比於漢奸讓侵略者有機可趁，劉永福的聲望亦足以讓客家、外省及原住民等不同族群戮力同心，齊抗日軍，而「生番化外之人，尚知順逆，島夷尚不如也」，藉此可知日本在「華夷之辨」的位置。在小說家筆下，劉永福的戰術精於古法，包括以火勝水、以陽制陰，猶如武侯之燒藤甲；在其手上，氣球、電燈等時髦的軍械都顯得浮華而不實，所謂的「文明／野蠻」在「道／器」的分判之下逆轉，背後顯示的卻是與晚清小說界「革舊布新」之呼籲相左的僵固思想。

劉永福相關小說也反映了部分乙未之役中的「真實」，包括岸高海深、崇山峻嶺的複雜地形、盛夏傳染病帶給日軍的衝擊，及義軍視死如歸的驍勇，所有這些不利於南進的條件，都帶給了中國大陸民眾莫大的鼓舞。再加上滿清攻克及經營臺灣的艱難、對臺灣米稻一年三熟的認識，勢必「士飽馬騰」的想像，種種經驗法則致使小說創作者流瀉於筆端的，滿是一片勝券在握的樂觀走勢。最初在《劉大將軍平倭戰記》還只是以收復全臺為預測，但到了〈劉大將軍平倭百戰百勝圖說〉就喊出「移師東瀛，直搗巢穴」、「收復琉球，踏平日本」的呼聲，最後《臺戰演義》更三番兩次提到將掃閪日本，並以「岳武穆曰：『不出七日，破金必矣』；吾謂不出一月，滅倭必矣」的豪情收束全書。事實上，這種「渡海之戰」的重寫不只呼應了〈斬蛟記〉與《野叟曝言》的想像，更與當時士大夫「圍魏救趙」的戰略互為聲氣，致使乙未戰爭尚未塵埃落定，各種勝果就排山倒海地掩蓋了敗績——空洞的凱歌與未完的結局兼容於文本當中，騎虎難下，形成了「過剩」與「匱缺」共同決定小說主旋律的情況。

第二節　《臺灣巾幗英雄傳》中的民間抗倭活動

以乙未戰爭為題材的小說，除了圍繞著劉永福為中心的三部作品外，目前碩果僅存的，還有一部《臺灣巾幗英雄傳》（全稱是《新編繡像臺灣巾幗英雄全傳初集》），係演繹「提督孫開華之長媳，為總兵孫秉忠之妻」的張秀容（孫夫人）抗日事蹟，今只藏於浙江圖書館孤山館舍，屬於中國境內孤本。[72]（孤本之內頁題字、正文書影、人物圖畫等，見本章附圖三、四、五）

《臺灣巾幗英雄傳》創作時間略晚於《劉大將軍平倭戰記》及〈劉大將軍平倭百戰百勝圖說〉，而早於《臺戰演義》，封面注明「光緒乙未夏月」，內有竹隱居士序於「大清光緒二十一年巧月」，又有《新聞報》廣告於陰曆七月二十一日（陽曆9月9日）：

72 本書使用版本即據此孤本所影印、抄錄：〔清〕古鹽官伴佳逸史：《新編繡像臺灣巾幗英雄全傳初集》（上海市：上海書局，1895年），又分為上、下兩冊。全書高十二公分，寬七公分，大約等於報紙的六十四開。以下為行文方便，所引原文但標冊數、回數、頁碼，不另加註。

> 二十一日（9月9日）刊載「《新編臺灣繡像巾幗英雄傳》廣告」：「是書據義僕由臺來吳詳述：孫夫人為夫報仇，託孤寄子，及集舊部，募女勇，設伏挑戰，克敵制勝等事。先編十二回為初集，藉表忠勇節俠之氣。凡行軍布陣、出令用計之妙，誠足使婦豎樂閱，雅俗共賞也。現已石印裝訂，寄新聞報館並各書坊發售，每部碼洋二角。」[73]

其實張秀容的故事在《劉大將軍平倭戰記》與《臺戰演義》也有出現[74]，可見是當時流傳頗盛的軼聞。至於篇幅部分，據作者（古鹽官伴佳逸史）自序：「不揣譾陋，即其事寔編列成帙，分為二十四回，先將十二回為初集付諸石印，以副先覩為快之心。二集俟天氣稍涼，再編續印。」（目錄前頁3-4）不過，就如同劉永福相關小說之命運一樣，小說家似未真正看到戰爭的結局便急於付梓，後來可能因戰況不佳而輟筆，或者二集雖有出版但已亡佚，總之實際上只有初集十二回，分為上、下冊傳世而已。

而由於該書取之不易，所以目前學界的研究也相對較少，就筆者管見，僅有三篇專門討論：分別是秦瘦鷗〈晚清小說搜遺──《臺灣巾幗英雄傳》的發現〉[75]、歐陽健〈《臺灣巾幗英雄傳》及其他〉[76]及

73 見陳大康：〈晚清《新聞報》與小說相關編年（1893-1895）〉，頁72。

74 分別見於《劉大將軍平倭戰記》，3集〈替夫報仇〉（頁81-83）與《臺戰演義》，續集，卷2，〈劉將軍殺奸示眾，張夫人寄子修書〉（頁31-32），基本情節都是張秀容因丈夫戰死於三貂嶺，欲起兵報仇，因將二子交付義僕楊明六、乳媼周張氏渡海託孤於其姊，並有慷慨激昂的書稿一封，但未有具體的征戰描寫。上述為《臺灣巾幗英雄傳》所繼承，即是第3回〈託孤子修書懷手足，知老奴仗義任腹心〉之基本梗概。

75 秦瘦鷗：〈晚清小說搜遺──《臺灣巾幗英雄傳》的發現〉，《書林》第1期（1980年），頁48-49。值得一提的是，秦瘦鷗所據版本來自譚正璧之私人藏書，因此該書除了浙江圖書館孤山館舍所藏孤本外，可能還有其他流落於民間的本子尚待發掘。

76 歐陽健：〈《臺灣巾幗英雄傳》及其他〉，《古代小說與人生體驗》網站，2007年4月28日，網址：http://qianqizhai.blog.hexun.com/9116456_d.html。

陳支平在《臺灣文獻與史實鈎沉》卷一〈孤本的蒐集與史實分析．乙未臺北抗戰與《新編繡像臺灣巾幗英雄傳》〉的研究。[77]前賢的介紹，基本上側重於小說的版本、情節及史實的比對，但在藝術層面及思想意涵上仍有可以深入拓展的空間，是以筆者在此將集中於這些方面，獨立探索這部作品。

而在進入文本的分析以前，故事中的女主角張秀容，其人的真實與否也是一個耐人尋味的問題。[78]在小說的敘述當中，張秀容是中法戰爭時駐臺的湘軍宿將孫開華的長媳，而張秀容的丈夫何名？文獻記載則比較含糊。《劉大將軍平倭戰記》與《臺戰演義》都僅以「公子（某）」記之，言其殉難於三貂嶺。清人徐珂〈孫子堂與日人戰於臺灣〉一文道：

> 孫子堂為賡堂總兵開華之子，好讀書，不求聞達，時究心戚繼光兵略。……光緒甲午，中日釁起，海陸軍屢戰屢北，乃割遼東半島、臺灣、澎湖以和。臺人不肯讓，知子堂為名將之後，深諳兵法，遂推為義師首領。……翌日，日兵來者愈眾，自辰至午，肉薄相當，傷夷略等。顧敵源源繼起，而子堂則無後

77 收於陳支平：《臺灣文獻與史實鈎沉》（北京市：商務印書館，2015年9月），頁143-155。

78 最早將張秀容視作「歷史人物」來介紹的是鮑家麟，但其根據的資料恰好是《劉大將軍平倭戰記》與《臺戰演義》。見氏著：〈抗日保臺的女英雄張秀容〉，《歷史月刊》第15期（1989年4月），頁32-33。另外，衛琪也據上述兩部小說及〈孫子堂與日人戰於臺灣〉一文來介紹之，基本上認為張秀容真有其人，不過當中也有鄉野奇談的成分。見氏著：〈乙未臺灣抗日——以女性抗日圖像為研究主題〉，《國立臺中技術學院通識教育學報》第4期（2011年1月），頁66-67。而合山究則在列舉「明清時代真實的著名巾幗鬚眉」時，提到了「一八九五年臺灣割讓日本，林夫人與丈夫孫紡華散盡家財，對抗日軍」，其所謂「林夫人」似乎指的就是張秀容。見氏著，蕭燕婉譯注：《明清時代的女性與文學》（臺北市：聯經出版事業公司，2016年），頁484。

援，移時，壯士死者幾盡，子堂亦身受數創，大呼曰：「吾可以見先考於地下矣！」復策馬陷陣，力竭，死之。[79]

從以上來看，孫開華之子戰歿於乙未之役者為孫子堂，雖然嚴格來說，其並未在沙場上運用自己服膺的「戚繼光兵略」，只是冒死與敵拚搏而已，但卻是一種「抗倭／抗日」精神相承的象徵。至於《臺灣巾幗英雄傳》又明言張秀容為「總兵孫秉忠」之妻。周星林在〈民族英雄孫開華家世考〉的講演中，以上述文獻（含小說）為基礎，再綜合《慈利縣志》、《五雷山志》、《中興將帥傳》及《湘軍與臺灣》〈孫道元張秀容夫婦抗日殉難〉等材料，以為張秀容丈夫名「孫道元」，「秉忠」及「子堂」都可能是其別名或字號；至於孫道元之所以不載於孫開華家譜，可能是被過繼給族兄弟，也可能是私生子的緣故。[80]

不管是軼聞、地方志、私家傳記抑或說部之言，都曾提到孫開華有子（公子某、道元、秉忠或子堂）殉國於乙未之役，而伴隨而來的泰半有其妻子張秀容克紹夫志，負隅頑抗的事蹟，可謂是一門忠烈。雖說所據資料非正史而啟人疑竇，但其真實性亦不能全盤否定，畢竟在當時的臺灣，女性毅然投入抗日的行列乃是斑斑可考的。黃秀政提到陽曆十月十一日（陰曆8月23日）：「九時許，義首五品軍功邱維藩率部一營及婦女戰士百餘人，在北旗尾迎戰日軍，其中婦女隊驍勇非常，有黃蘭妹者，曾手刃日軍數人，表現最為特出。」[81]又據大谷誠

79 收於廣雅出版公司編輯部編：《甲午中日戰爭文學集》，頁542-543。

80 見周星林：〈民族英雄孫開華家世考〉，收於林寬裕總編輯：《清法戰爭滬尾戰役130周年研討會成果集》（新北市：新北市淡水古蹟博物館，2014年），頁60-64、77。據《孫氏族譜》，今日可考的孫開華子嗣為孫道仁、孫道義、孫道禮、孫道智、孫道信，顯然按照仁、義、禮、智、信的順序命名，這使得當為長子的「元」字不入族譜，有了值得推敲的空間。

81 黃秀政：《臺灣割讓與乙未抗日運動》，頁242。

夫《臺灣征討記》:「我們從潛伏處暗中窺伺敵人的動靜。只見每二十人或每三十人成群，集在這處，集在那處，其中還有婦女執槍者，宛然如見美國十三州獨立時之情景，……當我們且戰且走時，敵人卻出現於我們的前後左右，依然對我們狙擊。最令人驚訝的，就是婦女執槍在追趕我們」[82]達飛聲也說，在義軍的易容下，日軍受到猝不及防的伏擊:「一個小時前遇到的採茶農，不分男女都成為手持武器、高聲喊殺的叛徒。」[83]

更合宜的解讀方式是：張秀容所代表的，大抵為無數臺灣抗日女性的化身，其道德的高度及傳奇的色彩，大過了新聞求索的意義，也影響了《臺灣巾幗英雄傳》的創作。當小說家選擇在「百戰百勝」的劉大將軍之外另闢蹊徑，所要提供給讀者的不再單純是即時、迅速、連綴而無文的案頭式文本，反而更向典型說書場的章回體裁靠攏。其次，張秀容、劉大小姐（劉永福之女）及女勇的驍勇殺敵，足以對比清廷輕易割棄臺灣的懦弱，這是「妾婦之容」與「丈夫之氣」的映襯與反諷。最後，作者的守舊思維，使得筆下的禦倭戰役充滿諸多借鑒傳統的特色，亦頗值得剖析，以下即分別論述之。

一　重返說書場：乙未戰爭小說對新聞體的洗滌

陳平原提到，晚清報刊書籍的繁榮，以及出版週期的縮短，使作家很難再維持對著聽眾講故事的「擬想」。一旦明確意識到小說傳播方式已從「說—聽」轉為「寫—讀」，那麼說書人腔調就不再是必不可少的了。在逐步取消「且聽下回分解」之類的說書套語與楔子、回

82 收於許佩賢譯，吳密察導讀：《攻臺戰紀——《日清戰史・臺灣篇》》，頁38。筆者按：吳密察在該書中誤將「大谷誠夫」植作「大谷城夫」。

83 〔美〕達飛聲原著，陳政三譯註：《福爾摩沙島的過去與現在》，上冊，頁395。

目等傳統章回小說的「規矩」的同時，許多原來屬於禁區的革新的嘗試——包括敘事方式的多樣化，也都自然解凍了。[84]從「披閱十載，增刪五次」到「朝甫脫稿，夕即排印」，加上西方文學的刺激，小說家開始走向捨棄回目、突破時序、限制視角、心理描寫、科幻空間等表現方式[85]；然而，儘管一般研究都關注於晚清此種「敘事模式的轉變」，但其中仍有率由舊章的創作——《臺灣巾幗英雄傳》即屬之。

《臺灣巾幗英雄傳》具備典型的章回小說的銜接模式，除了對偶回目、開篇詩曰（有詩為證）[86]、「且聽下回分解」的套語，如第八回〈女英雄共訂金蘭譜，真豪傑大鏖桃子園〉[87]之開場及結束：

> 詩曰：英雄所見本相同，仗義欣逢夙矢忠。
>
> 　　　武藝文才真匹敵，兩人知己建殊功。
>
> 卻說孫夫人正在門前等候，那些舊部勇丁已在前面接著，行一半跪禮，請了安，各鳴槍致敬。……。
>
> ……閑話不表，畢竟兩人商定何策？倭奴如何受創？且列下回分解。（下冊，頁5-8）

---

84 陳平原：〈小說的書面化傾向與敘事模式的轉變〉，收於氏著：《陳平原小說史論集》，上冊，頁548。

85 詳見黃錦珠：《晚清時期小說觀念之轉變》（臺北市：文史哲出版社，1995年），頁344-377。

86 秦瘦鷗認為，每回前各綴七絕一首，詩寫得不算高明，用字卻很通俗，頗有彈詞風味。見氏著：〈晚清小說搜遺——《臺灣巾幗英雄傳》的發現〉，頁49。

87 《臺灣巾幗英雄傳》目錄回目與正文回目在若干字詞上略有出入，如第8回目錄作「女英雄共訂金蘭譜，真豪傑大戰桃子園」，但在正文作「女英雄共訂金蘭譜，真豪傑大鏖桃子園」。在接下來的行文中，筆者所引回目一律以正文為主。

是每回的基本結構以外，小說還有許多況味符合浦安迪歸納的「中國敘事學」（Chinese Narrative）特色，如在開篇有段議論可視為楔子：「歷溯前代有女子為將軍者」，從晉朝王氏、孔氏，一直到明代瓦氏、秦良玉；女扮男裝的木蘭、張察妻、孟氏、韓氏等，這種作品主體部分之前附加一個獨立的序曲，與擬話本中「入話」有某種淵源關係。[88]而作為「倭患書寫」的小說，楔子中「明季嘉靖中，女土官瓦氏領兵來吳援倭寇」（上冊，頁1-2）十分醒目，又可與結尾提到「戚繼光禦倭，造有大炮，置放海口，名曰『大將軍』」（下冊，頁21）的掌故遙相呼應，可見作者前後照顧之布局。

雖然浦安迪對「中國敘事學」的分析，主要是以百回以上的「奇書」為討論對象，而《臺灣巾幗英雄傳》不過是區區十二回的袖珍小書，但仍有許多借鑒傳統章回作品的成分，尤其是《三國演義》——這部一二〇回或二四〇目為規模的巨帙。《臺灣巾幗英雄傳》的十二回或預計出版的二十四回，即為一種具體而微的模仿，且扣除首、尾二回，恰恰符合浦安迪所謂十回的次結構。[89]而十二回中又分為上、下冊的規劃、血戰聚集於下冊的高潮位置，也與奇書全璧分為兩塊的章法相吻合。[90]

另外，浦安迪特別標舉季節循環為框架的時間性結構[91]，而《臺灣巾幗英雄傳》第一回的回首詩的首句正好是「丹鳳來儀大地春，中天雨露四時新」（上冊，頁1）。小說中張秀容令倭兵顏面無光的敗北，發生在第七及第九回，當回的回首詩則各自提到「倭奴敗北桃方熟，新竹援兵莫逞強」（下冊，頁1）、「滿園桃子紅將熟，道是倭奴血

88 〔美〕浦安迪講演：《中國敘事學》（北京市：北京大學出版社，1995年），頁80-81。

89 〔美〕浦安迪講演：《中國敘事學》，頁68-76。

90 〔美〕浦安迪講演：《中國敘事學》，頁78-80。

91 〔美〕浦安迪講演：《中國敘事學》，頁81-85。

濺高」（下冊，頁8），代表的無疑是夏、秋兩季。至於第十二回張秀容說到「蓋見他布的楳花陣，必折去梅花一朵，或兩朵、三朵相連者，亦有一彈打去俱落緣，自彈打去，打著一人，便即散開，化為四面横沖」（下冊，頁24），似乎用梅花的飄零暗喻了嚴冬。

《臺灣巾幗英雄傳》與劉永福相關小說一樣刊刻於一八九五年，從時間點來說似乎也應該放在「時事小說」的族裔，而前文已提到，《劉大將軍平倭戰記》、《臺戰演義》及〈劉大將軍平倭百戰百勝圖說〉多少都參照了新聞報導，報紙成為這幾部小說重要的寫作泉源。可是，《臺灣巾幗英雄傳》卻更多地取材或仿擬自古典作品，例如「歷溯前代有女子為將軍者」的楔子，其實抄錄自褚人穫《堅瓠廣集》[92]，而書中若干情節，則與《水滸傳》或《三國演義》有異曲同工之妙，像是第五、第六回女勇們大談打殺老虎的經驗[93]，差可令人聯想到武松或李逵；第九回「喚那老弱無力之五百人，各攜錢數百文，向桃子園販賣桃子，或作園丁，或作販子，望北挑去，沿途叫賣」（下冊，頁9），作為引誘倭兵的易容術，與「智取生辰綱」中七星裔裝成「販棗子的客人」，有些雷同。

但更明顯的則是對《三國演義》的模仿，如下冊，第八回〈女英雄共訂金蘭譜，真豪傑大鏖桃子園〉中的「桃子園」，即今之桃園：當時先祖自福建渡海移民墾拓，並遍植桃樹，花開時節艷麗繽紛，因而有「桃仔園」美譽[94]；小說家在此大開雙關語玩笑，讓張秀容與劉

---

92 見〔清〕褚人穫：《堅瓠廣集》（臺北市：新興書局，1985年，筆記小說大觀，23編，第10冊，清康熙乙亥年序刊本），卷1〈女將軍〉、〈詐為男子〉，頁5744。

93 陳支平已注意到臺灣其實並不出產老虎，可見這段情節與現實的脫鈎。見氏著：《臺灣文獻與史實鈎沉》，頁154。

94 援引自〈認識桃園・各區簡介・桃園區〉，《桃園市政府》網站，2017年6月23日，網址：http://www.tycg.gov.tw/ch/home.jsp?id=10101&parentpath=0,6,10099（2017年8月8日上網）。

大小姐在桃子園重演「桃園結義」的惺惺相惜。回中插入一首詩證：「酒逢知己千杯少，話不投機半句多。相印以心茲兩美，桃園結義便如何？」（頁6）另外，張、劉的姓氏，恰好代表了張飛與劉備，作者即藉張秀容之口點破：「說起結義，卻也奇了，大小姐姓劉，我母家卻是張姓，你我兩人之祖宗早經結拜了兄弟，我兩人結為姐妹，前後遙遙相對，不是又成了千秋佳話麼？」（頁6）

而關於姓氏的聯想還能進一步延伸。張秀容在小說中通常被尊稱為「孫夫人」，「孫夫人」文武全才，擇偶條件「非奇男子，奚肯委身以事？」（上冊，第1回，頁4）與《三國演義》中孫權之妹「若非天下英雄，吾不事之」的志向如出一轍。更重要的是，孫夫人與劉大小姐的締結金蘭又可象徵孫劉結盟，在《三國演義》內，孫、劉共同之敵人則是曹操。下冊，第九回寫倭兵中計：「擁近桃園，共笑曰：『我道黑旗兵早已回去了，旁人也不管的，只有那孫寡婦雖蠻，也不中用的。不然此處東、西兩邊小路，倘有伏兵，我們吃虧不小，你想我從幾處一望，毫無動靜，可見婦人不知地勢。……。』」（頁10）

倭兵的反應，與曹操在赤壁戰敗後逃亡，尚不忘睥睨周瑜、諸葛亮無謀的發言相髣髴，接下來也果不其然地成了甕中之鱉，並慘遭祝融吞噬：「可憐那倭兵焦頭爛額而亡，真同火燒赤壁一般。」（頁11）《臺灣巾幗英雄傳》用引譬連類的方式，把張秀容（孫夫人）與劉大小姐的攜手比作孫劉聯軍，而暗示來犯的倭兵為曹操（真同火燒赤壁一般），背後是一種無畏強侮的必勝信心，以及道德訓斥的表現。

曹操率師南下，宣稱與孫權「會獵於江夏」是「奉詔伐罪」，但其最常被政敵攻訐的罪愆卻是「託名漢相，實為漢賊」，在「名／實」間有不相稱的責難。同樣地，樺山資紀以「然背戾大清國國皇帝之聖旨」[95]指摘劉永福，而日人亦以臺灣已入帝國版圖為由：「彼清國之報章雜誌頻頻稱許劉永福之武勇，不僅闇於大勢，抑且於名分毫無所據。……討吾國之賊，張吾國之威，與清國何關？」[96]然而在中國看來：「不知日本所謂亂黨，即臺地所謂義兵。」（《劉大將軍平倭戰記》，4集，頁95）則日本在統治臺灣的正當性方面，亦不免「名／實」不符之爭議；那麼小說家的曲筆之下，孰為正？孰為逆？讀者自能心領神會。

在晚清報刊蓬勃、印刷技術躍進的社會背景下，「時事小說」之與新聞合流，不是難以理解之事，前文探討的三部劉永福相關小說即是。但是同屬乙未戰爭小說，且亦成書於一八九五年的《臺灣巾幗英雄傳》，卻採用不利於「隨見隨聞，筆之於書」的典型章回體裁，包括對偶回目、回首詩曰、首尾呼應、季節框架等，又在體例及情節上形象迭用（figural recurrance）[97]地仿效《三國演義》，可見即時地滿足讀者對於戰情發展的好奇，並不是作者所追求之事，小說的內容也泰半出自作者的想像，而非對於報紙的亦步亦趨。那麼《臺灣巾幗英雄傳》的「重返說書場」，其中所蘊含的訊息又是什麼呢？

袁進認為，清末小說家記得最牢的是兩點，一是警世——改良社會，一是描摹——淋漓摹寫，以鑄鼎燃犀；這各自抵達「政治小說」發明「理」、「譴責小說」描摹「事」的里程碑，但它們在「敘事說理」之餘，卻遺漏了對「人性」深入的開掘。[98]同為乙未戰爭小說，《劉大將軍平倭戰記》、《臺戰演義》、〈劉大將軍平倭百戰百勝圖

95 〔日〕樺山資紀：〈樺山總督致劉永福書〉，收於許佩賢譯，吳密察導讀：《攻臺戰紀——《日清戰史．臺灣篇》》，頁416。

96 〔日〕野口勝一：〈〈論說〉臺灣的討伐〉，收於許佩賢譯，吳密察導讀：《攻臺見聞——《風俗畫報．臺灣征討圖繪》》，頁68-69。

97 〔美〕浦安迪講演：《中國敘事學》，頁90-94。

98 袁進：《中國小說的近代變革》（北京市：中國社會科學出版社，1992年），頁62。

說〉，和《臺灣巾幗英雄傳》即形成兩種迥異的創作傾向。前者表面上是以劉永福為核心，但就如同袁進所說的，實際上皆由「平倭」之事件所堆砌，像是序文提到「與新聞報館所報事，有合符者，或不符者」、「今先紀其事實云爾」。一場又一場的戰役充斥全書，不過男主角卻始終猶如一尊神像，仰之彌高但缺乏血肉。相對來看，後者則敬重於張秀容「深明大義」、「是誠巾幗之英雄也」的精神，如竹隱居士之序云：

> 而不知其中尚有孫夫人、劉小姊者，或誓报夫仇，拔劍而起；或素承家訓，荷戟以從，如此深明大義，可為巾幗增輝，閨幃生色。凡草野之愚夫愚娘，聞其風，慕其義，莫不敬之重之，稱道勿衰。（上冊，目錄前頁1）

又作者自序：

> 竹林相聚半月，爰深悉夫人才智之高，武藝之精，立志之堅，以及傾家資以助餉，示大義而誓師，畢能敗倭寇及倭酋，報夫仇而建殊功，夫人真丈夫哉！楊福備聞其語，旋滬告余，余為之肅然起敬，喟然而嘆：「是誠巾幗之英雄也！」（上冊，目錄前頁3）

則《臺灣巾幗英雄傳》無論就創作動機或命名緣由而言，都確實係以「巾幗英雄」，也就是以「人物」為中心——張秀容廉頑立懦的奉獻，真正地達到感人肺腑的影響力。倘若要繪聲繪影地道出其風采，恐是新聞體小說所力有未逮的；反之，傳統說書式的寫作章法，則讓作者相得益彰。另外，作為以女性為要角的作品，小說家之所以向充滿陽剛氣概的《三國演義》靠攏，正是要突出張秀容的「丈夫之氣」（夫人真丈夫哉），這在現實中也有顯著的針砭作用，以下論述之。

二　從妾婦之容到丈夫之氣：孫夫人、劉大小姐與女勇的活躍

《臺灣巾幗英雄傳》的問世，與時人對於北洋水師提督丁汝昌（1836-1895）投降日本的不諒解有關。《劉大將軍平倭戰記》三集〈替夫報仇〉在敘述完孫夫人「誓除倭寇，以雪夫仇」的壯志後，有澹軒老人之跋文如以下：

> 自丁雨亭降虜之後，而中國幾無丈夫之氣；自中國和倭之後，而中國盡成妾婦之容。乃丈夫中乃劉淵帥出焉，女子中有孫夫人出焉，皆足以洗通國之羞，雪萬姓之恥，立千載之業，樹有代之名。然則彼二人者之有造於中國，顧不重之哉！（頁83）

關於丁汝昌之降，儘管到底是「死而後降」或者「已降復死」，尚且莫衷一是，但現代一般對其抉擇處於同情的角度，並不苛責。[99]不

99 如戚其章主張，丁汝昌在北洋水師被圍於劉公島後仍嚴正拒降，但在殉國後由部將牛昶昞、美國籍洋員浩威（George Howie，又譯作郝威、好為）等人假借其名義，向聯合艦隊司令長官伊東祐亨獻降，是為「死而後降」，實際上背了黑鍋。見氏著：《甲午戰爭新講》（北京市：中華書局，2009年7月），頁240-244。另陳悅認為，丁汝昌在孤立無援情況下，為保全數千將士的性命，及徵詢曾留英的親信陳恩燾，得到「外國兵敗，有情願服輸之例」的答案後，忍辱寫下降書後自殺，係「已降復死」，但其精神仍得到了《紐約時報》（*The New York Times*）輿論及日方的尊敬。尤其伊東祐亨因丁汝昌之犧牲而讓步：「今力竭勢絀，不得已寄來降書，其心境可以想見，令人同情。此時如果不答應其保全軍民之要求，實有違大日本武士應有之俠義舉動，……。」見氏著：《甲午海戰》（北京市：中信出版集團公司，2014年），頁462-514。則無論「死而後降」抑或「已降復死」，丁汝昌皆非媚敵之徒。

過，在當時的氛圍中，北洋艦隊未能死戰到底，加上朝廷採取和議的姿態，已足以令中國蒙羞。[100]竹隱居士為《臺灣巾幗英雄傳》作序曰：

> 彼世之居高位，享厚祿者，第知養尊處優，營私肥己，據仕路之要津，棄江山如敝屣，猶以為度量寬宏，功資燮理，儼然是一人之下，萬人之上，自命為大丈夫者也。孰不知其遺大投艱，畏難苟且，周旋委曲，竟如妾媍從夫逞計，千古遺羞，萬人唾罵哉！（上冊，目錄前頁1-2）

兩部小說都以「妾婦」（妾媍）的順從，鄙視乞和者的非「丈夫」，採取性別易位的修辭策略。康正果曾提到，在中國古代政治「支配」與「被支配」的模式當中，古人常常臣妾並舉（臣妾之道）：父權制並不單純是男人奴化女人的制度，在男人內部，一部分男人也同樣以對待女人的方式奴化另一部分男人；一個人只要處於被支配的地位，不管是男性還是女性，支配者都同樣期待他／她對自己作出柔弱、卑下和屈從的反應。[101]反過來說，板蕩之際因民族情緒高漲，對於投降異族的臣僚（「他」們毫無疑問身為男兒）多視之為恥辱[102]，此時若出

100 如《臺戰演義》續集，卷2：「前此降倭之輩，以夫人較之，豈不愧煞哉？」（頁32）而〈劉大將軍平倭百戰百勝圖說〉第二十七圖說〈灌水銀丁禹廷真死〉甚至以為丁汝昌僅是詐死，且成為「倭兵頭一人」，後被劉永福俘虜並用水銀灌死。

101 康正果：《重審風月鑑——性與中國古典文學》（臺北市：釀出版，2016年2月），頁95。有關男扮女裝的性別「禁閉」（incarceration）意義，及其衍生出來的精神閹割焦慮，亦可參見王德威對「粉墨中國」的討論，見氏著：《歷史與怪獸——歷史、暴力、敘事》，頁153-200。

102 此外，明末陸紹珩有云：「今天下皆婦人矣！封疆縮其地，而中庭之歌舞猶喧；戰血枯其人，而滿座之貂蟬自若。我輩書生，既無誅賊討亂之柄，而一片報國之忱，惟於寸楮隻字間見之，使天下之鬚眉而婦人者，亦聳然有起色。」見氏著：《醉古堂劍掃》（臺北市：老古文化事業公司，1981年），卷3，頁69。合山究認

現「為民族殉身」的節烈女子，更易形成鮮明反差，彷彿「末世天地雄杰瑰琦之氣」只在閨閣之中，裙釵之輩。[103]

李惠儀認為，明季女英雄是一個具彈性的象徵符號，針對改朝換代、國族殄瘁、精神境界的泯滅，乃至中國文化的危機而生之憂思、哀憫、超越的期盼，均可取譬於此；一直到清末民初，亦涵蓋忠烈、節義、愛國甚或「我民族獨立之精神，自由之思想」等多層意義。[104] 因此，明清鼎革的「男降女不降」，在晚清被重新召喚，並與排滿思潮合流[105]；而在「邊緣想像」的作用下，晚明也同時是一個「禮失求諸野」的時代——遠在西蜀統領峒蠻的秦良玉，在董榕的《芝龕記》中成了忠孝節義的化身[106]，胡曉真進一步補充道，在劇中的詮釋中，晚明處於閹黨陰性力量干政的「剝極」狀態，秦良玉則是以出身邊疆，又是女性的「陰中陽」姿態，成為打破「陰中陰」格局的渠道，以接引到下一個「純陽」的歷史階段。[107]

上述詮釋，對於理解《臺灣巾幗英雄傳》的創作提供了一個窗口：邦國本無性別之屬性，可是在異族侵凌的時代，「鬚眉／巾幗」

為，當時整個社會喪失剛毅雄健的男性之風，到處充滿柔弱、怯懦的的女性氣象，大家對國力的衰退心生危懼，是「巾幗英雄」受到揄揚的根本原因。見氏著，蕭燕婉譯注：《明清時代的女性與文學》，頁501。

103 〔清〕姚文然：〈鄧夫人白湖寨序〉：「豈真末世天地雄杰瑰琦之氣，不鍾於我輩男子，而偏在閨閣中否耶？」收於氏撰：《姚端恪公全集》（上海市：上海古籍出版社，2010年，清代詩文集彙編75，清康熙桐城姚氏刻本），卷13，頁287。

104 李惠儀：〈女英雄的想像與歷史記憶〉，《嶺南學報》復刊號（第1、2輯合刊）（2015年3月），頁93。

105 詳見夏曉虹：《晚清女性與近代中國》（北京市：北京大學出版社，2005年），頁115-142。「男降女不降」是「十不投」或「十不從」之一，具體表現是男穿胡服女仍漢服（明服），顯示男不如女：「吾華男子太無狀，獻諛屈膝窮俯仰」的羞恥。

106 李惠儀：〈女英雄的想像與歷史記憶〉，頁90。

107 胡曉真：《明清文學中的西南敘事》（臺北市：臺灣大學出版中心，2017年1月），頁238-244。

成為隱喻符碼，選擇屈服的一方被視作「臣妾」、「妾婦」，無論是「明」之降於「清」或「清」之和於「倭」皆如是，而重振雄風之希望，則須求索於江湖：在「女性」、在「邊疆」，或在「民間」。每下愈況，以退為進，竟可放逐去勢之恐懼，找回廟堂純陽的「天地雄杰瑰琦之氣」或「丈夫之氣」。

在小說的上冊，第四回，張秀容收拾喪夫之痛，毅然「毀家助餉，招募精兵」，激發了孫秉忠舊部的忠良之心：「凡有血性者聞之勇氣百倍，相約前來報名註冊」（頁12），並獲得了「臺中府黎伯萼太尊」（暗示黎景嵩）的襄助，全書可說是以其為反攻之星火，燔灼起燎原的烈燄。除了重新凝聚因三貂嶺一役戰敗而逃散的弁勇，孫夫人又感於「我是女流，現招新勇，不如招募女勇，可以隨身擁護，列為親兵小隊。且臺灣地方強悍，女人亦勇猛有膽，一經教導、操練，不異男人」（頁11-12），於是開啟了臺灣健婦組織成娘子軍的契機。小說創作者並有此一番議論：

> 臺地人性勇悍，婦女亦然，鄉村山僻之處，平日無非務農、耕田、樵柴、打獵為事，強而有力，卻與男人無異，不比他方女子嫋嫋婷婷，柔弱無用——此乃地土使然。（上冊，第5回，頁14）

將「臺地」與「他方」的女性提出比較，隱約地批判中國大陸（中心）與臺灣（邊緣）在面對殖民帝國傾軋時，表現出來的氣節有天懸地隔之遠。果然募兵告示一出，旋即獲得了鄉里匹婦「今日呼嫂，明日約姊」的響應，孫夫人亦予以認可：「看你們頗有勇力，也有膽識，他處男人還不及你門呢！」（上冊，第5回，頁15）對於甲午戰爭「兵敗如山倒」的反諷，不言而喻。

另一方面，娘子軍的性別屬性又引來了倭兵的輕蔑，這也是張秀容所欲達到的效果：「驕兵必敗」。女勇作為誘敵的棋子出陣，充分發揮了作用：

> 各兵領令，喜不自勝，約有三、四千人一踴而出，道：「笑那中國人不自量力，這幾個女人送來與我輩做老婆，祇怕不夠使，我們奪不均勻，還要吃醋，弄出事呢！」……放幾聲槍，放出來槍子也不遠，忽又有弓上打來彈子，無非石子，看看地上落下槍子，亦無鉛珠。許多倭兵不覺拍掌大笑道：「我原知這女勇真不中用的，他用的軍械如孩兒玩耍，焉能傷人？」於是決意追著了，總可一一提來，況我眾彼寡，此次可操必勝之權了。（上冊，第6回，頁22）

最初五百名女勇「望見紅膏藥的旗」（日本國旗，即「日章旗」，*Nisshōki*）叫陣時，倭營當下的推測是「他來投降我們的」，要不是獻身為妻的，就是妓女做生意，但顯然「妾婦之容」不適用於這群沛然有「丈夫之氣」的巾幗英雄身上。女勇雖說在人數、軍械上居於劣勢，卻未自亂陣腳，反能有條不紊地執行戰術：剎那間「沙子、石塊密如雨點，著眼便瞎，打身便跌，幸而不死，已受重傷」（下冊，第7回，頁1）。大稻埕一役遂在女勇、舊部的夾擊之下，打了一場漂亮的勝仗，呼應回首詩所讚頌的：「少女風威踰大王，飛砂走石孰能當」，並彰顯了「柔弱勝剛強」的女性力量。

一波未平，一波又起；此時敗績傳回日兵，從新竹縣趕到一支生力軍，眼看孫營將陷入「螳螂捕蟬，黃雀在後」的窘境，不過其也有強援登場：

> 原來是劉大小姐奉令巡哨，帶了一千黑旗兵從臺中巡到臺北交界之處，遠遠聽得吶喊之聲，著人瞭望。只見女勇向南奔逃，未知他是佯敗誘敵，疑是那孫營之女勇寡不敵眾，倘或被倭兵追著了，不是被害，必要受辱了。心中想道：「兔死狐悲，物傷其類。同是女流，豈能袖手旁觀，不去救他一救？」乃命黑旗兵趲路前進，救上前去，截住追兵。迨至相近，知倭兵倒是一敗塗地，也不必去救女勇了。打算仍從原路緩緩回去，突見斜刺裡一支人馬衝來，遙看旗幟，知是日兵從新竹縣那邊出來，要救出他們敗兵的，不得不與他打一仗。（下冊，第7回，頁1-2）

劉大小姐的出現，化解了可能的危機，也正式與孫夫人的陣營匯流，形成堅不可摧的同盟。劉大小姐即劉永福之女，早在《臺灣巾幗英雄傳》撰成之前，「她」的事蹟就已名聞遐邇。在不同文獻記載裡，劉永福膝下或有二女或三女，或說其名「紅仙」、「金英、玉英」等，甚而與左寶貴（1837-1894）遺孀陶氏聯袂抗日[108]，但其實其人之存在與否尚屬其次，和張秀容一樣作為一個「巾幗不讓鬚眉」的符碼才是重點。不管是孫夫人或劉大小姐，在劉永福相關小說中原本都只是跑龍套的點綴，如《臺戰演義》續集，卷三云：「劉大將軍之女運籌決勝，綽有家風。大將軍嫌其婦人，不許獨將一軍。至是令與張夫人同營紮駐旗後。」（頁33）便匆匆結束其戲分，但《臺灣巾幗英雄傳》則大大拓展兩人的活動力，並擢昇為全書之主角，在「女英雄共訂金蘭譜」後更立下了「真豪傑大鑿桃子園」（下冊，第8回）之功勳。作者用「真豪傑」的陽剛字眼，褒揚孫、劉兩位架空成分居多的「婉孌

108 詳見衛琪：〈乙未臺灣抗日——以女性抗日圖像為研究主題〉，頁61-64。

將軍」[109]，正是藉由「虛構」來譏刺「現實」中國的雌伏。

孫夫人及劉大小姐利用桃子園多林之地形，設計了一場連環計：先讓老弱喬裝成賣桃小販，討價還價，誘倭兵遠離本陣，然後讓女勇、黑旗互換甲冑，使敵人撲朔迷離，引入彀中：

> 時孫夫人命發號炮兩聲，眾人大叫曰：「倭奴，倭奴！吾刃休污！」倭兵聽了，以為可饒他命矣，那知園中早著人排了地雷、火炮，布置嚴密，待聽信炮二聲為號，有人撥動機關，周圍燃著，卻值日西南風大作，望東北吹去，都逼得桃了成了幹，枯樹枯死了。可憐那倭兵焦頭爛額而亡，真同火燒赤壁一般。……倭人受此大創，自知卻由強奪民間食物，乘怒興師追剿，致使數千倭兵全軍覆沒於婦人女子之手，傳諸歐洲諸邦，豈不貽笑，有何面目哉？爰發密電至本國，禁止報館，毋登中東戰事，內稍涉戰事者，數家均被封禁。至於他國報館，力不能禁者，賄以重賂，自然不登了。（下冊，第9回，頁10-12）

孫夫人與劉大小姐不僅義氣相投，而且有勇有謀，合作無間，攜手擊潰倭兵。是役女勇也十分活躍，「致使數千倭兵全軍覆沒於婦人女子之手」，讓日本諱言中東戰事[110]，甚至於賄賂他國報館，護過飾非，

109　「姽嫿將軍」原來自於《紅樓夢》中對於明末林四娘事蹟的重述，而「姽嫿」二字諧音「鬼話」，林四娘其人「風流雋逸，忠義慷慨」又出入虛實的「杜撰」意義值得咀嚼。見謝佳瀅：〈論〈姽嫿詞〉與〈芙蓉誄〉之寓意與價值〉，《彰化師大國文學誌》第33期（2016年12月），頁163-164。

110　據《哈勃週刊》（*Harper's Weekly*）記者朱利安・拉爾夫（Julian Ralph）的觀察，中日雙方在一開始都採取封鎖新聞的做法，以避免被描寫成暴徒，並平息國內人民的革命情緒。尤其以日本來說，這是首次參與現代戰爭，與過去國內領主發動的肉搏戰不同，戰爭可能會造成幾千人甚至上萬死傷的損失，所以一直到談判真正塵埃落定，且戰勝國獲得豐厚賠款，讓人民可以容忍龐大傷亡人數為止，日本

實際上是以另一種形式，把「丈夫之氣」貶損的恥辱丟還給日本。[111]

最後，作者也不忘藉由女勇的謙沖自牧，針砭甲午戰時的清軍的貪生、厚顏。在小說的下冊，第十回，孫、劉兩位英雌論功行賞，欲以女勇為第一，但卻遭到婉拒：

> 我們非求名利而來，特慕夫人忠義節烈，義憤同深，已蒙優給口糧，理應共效死力。今荷皇天垂佑，夫人洪福，共獲生還，何功之有？宜讓舊部，列於首功；若讓黑旗，我想劉大小姐格外謙沖，必不令受。不比那北邊的逃官、潰勇，諱敗為勝，朦保貪功，居之不疑，毫不知恥，何喪心厚顏至於此？（頁14）

對此品格，小說家予以了「不誇饒勇不爭功，男子猶難度量宏。健婦謙和知大義，將軍大樹有遺風」（下冊，第10回，頁13）的謳歌，可見豹隱於草野的「臺灣巾幗英雄」們，不只是在武藝方面支撐起了傾頹的國家大局，其光風霽月、無私奉獻的精神，也應使尸位素餐的朝臣為之羞赧。

孤本小說《臺灣巾幗英雄傳》雖然世間少聞，篇幅也不大，在學界的迴響有限，但在乙未戰爭為題材的小說中仍獨樹一格，關鍵在於作者有意於以張秀容、劉大小姐以及女勇的活躍為中心，諷刺割地、

政府才不再擔心公布真相。見氏著：〈中國面臨的最大危險〉（*China's Greatest Danger*），收於劉文明編：《西方人親歷和講述的甲午戰爭》（杭州市：杭州大學出版社，2015年），頁249-250。

111 浦安迪特別注意到《水滸傳》中，李逵經常在女性面前一籌莫展的場景：「至少在故事進展過程中，我們看到他在第43回裡被冒名者李鬼的妻子捆綁著送官府，在（第48回）一丈青和（第98回）瓊英的精湛武藝面前他簡直束手無策。他在第68回一場惡戰中不偏不倚地在大腿根部受了傷。」暗示英雄豪氣的「徒有虛名」，其實也是一種去勢的貶抑。參見氏著，沈亨壽譯：《明代小說四大奇書》，頁305。

賠款，「竟如妾媍從夫逞計」卻還「自命為大丈夫者也」的當朝宰相。本書在此之前，也討論過不少「倭患書寫」下的女性形象，其中有淒楚的被害者，如曹瑞貞、媚娟（祿姑）、福姑；也有與倭寇同流合污的，如郎賽花；也有為國捐「軀」，成為粉黛干城的，如王翠翹、潘碧桃；也有作為才子之輔弼，勇於與倭寇廝殺的，如華秋英、梅碧簫、薛藹如、玉蓮、張鳳姐、杜金定、蔡小妹、仙姑、李桂芳等；也在有女仙指揮之下，倭夷莫敢攖其鋒的六位劍仙；或者為國獻策，澄清海疆，如黃素娟等，可謂形形色色，百花齊綻，映射出亂世底下的不同眾生圖像。然而，上述作品裡，女性多少都處於附庸的地位——真正具有主動的號召力，將山林匹婦組織、訓練成一支敢戰、磊落的女勇部隊，冀望以「女性」、「邊疆」、「民間」（邊緣）為楨桿，讓中國（中心）從「妾婦之容」的嫋嫋婷婷中提振乾綱，尋回「丈夫之氣」的，《臺灣巾幗英雄傳》仍是相當醒目的一部創作。

三　奇兵、妙計與仁慈之念：傳統思維下的禦倭戰術

《臺灣巾幗英雄傳》與前文提到的劉永福相關小說的創作時間無異，皆屬於「時事小說」，但相較之下，作者個人的想像發揮遠大於新聞報導的摘錄，也更傾向於典型章回小說的形式，其受傳統文學的薰陶頗深，也使得內容上脫離現代戰爭的真實，展現以古律今的面貌。在小說中，「奇兵」（出奇、用兵奇）、「妙計」是關鍵字眼，如上冊，第六回回目是「命女勇高謌誘敵虜，出奇兵埋伏扳農夫」，回首詩曰：「虛虛寔寔寔還虛，妙計環生綽有餘。待看出奇常制勝，男兒今有幾人如？」（頁19）下冊，第九回回首詩曰：「女將遄征膽氣豪，施來妙計孰能逃？」（頁9）下冊，第十一回回首詩曰：「輕棄如何猶敝屣？將軍義憤用兵奇。」（頁11）足見作者乃是有意識地倚「奇

兵」、「妙計」為扭轉乾坤的長城。

首先可見第六回的描寫，當時孫夫人分派女勇從大路誘敵、舊部在小徑埋伏，以為「奇兵」，又對女勇有此交代：

> 各攜籐牌，可避槍炮；我處籐牌，比眾不同，因別出心裁，監工製造，鉛彈遇牌卻落，火燒不著，渡水能浮——此是護身最妙之器。現在營中軍械鉛子缺少，明日三百人各攜鳥槍，內裝火藥，鉛彈一時難辦，用此細石子、沙塊，亦可裝入管內，燃放出來，也可打人。其二百名各攜彈弓，此項彈丸尚未造好，明日暫拾山坡下的圓圓的小石塊，藏於袋中，如有人追近了，亦可將此石塊放在弦上放去，竟可以打殺人的。（頁20）

這段以沙石代替鉛彈的描寫，不免令人聯想至甲午戰爭中，清軍在彈藥方面的匱乏。

當時真正具有殺傷力的是開花彈（榴彈），頭鈍壁薄，彈頭裝有炸藥，擊中敵艦會爆炸，利用衝擊波造成強大的殺傷力。而另有一種實心彈（鐵彈、穿甲彈），彈頭較尖銳，填充沙土或微量炸藥，只有穿透船體的效果，不會爆炸，須利用擊穿敵艦導致進水來獲得效果。北洋艦隊的彈藥供應主要來自於天津機器局生產的實心彈，即使是後來緊急趕製的開花彈，也有口徑過大、引信低劣之問題。此外，雙方的火藥也有質量上的迥異：中國使用的是容易受潮且威力微弱的黑火藥，在發射時還會產生毒煙，但日本已開始用會產生烈焰的黃火藥（苦味酸火藥）。光從火炮來說，兩軍的戰力就有了截然不同的差距。[112]

112 以上詳見陳悅：《甲午海戰》，頁79、138-139、240-241。

在這樣的情況下，陳悅斷言：「我們無法想像，換一個提督，換幾名艦長或者換一批軍人，能對這次海戰的結局發生質的影響。」[113] 不過，在《臺灣巾幗英雄傳》的描寫當中，軍械的懸殊是完全可以靠敵兵的鬆懈彌補的，因此儘管日軍已坐擁新式的武器，仍可能被以沙石作為彈藥的女勇擊潰：

> 一追追了有十四、五里遠，女勇都站住了，弓、槍齊發，雖是石塊、沙子，打在身上，力也甚大，無大跌倒，卻也難近他身，那裡活捉得來？又要放槍，怕傷了他性命，違了將令。不如權且退歸本營，再當奉令而行——那女勇總在我們手中，不怕他逃上天去不成？正要退兵，後面又是喊殺連天，槍聲如邊炮；欲退不得，又要前進，望見斜角裡來了一枝人馬，從那新竹縣那邊過來。益因女勇誘倭，追到十餘里外，舊部伏兵齊起，攔腰截斷，一半逃回，一半困在垓心。（上冊，第6回，頁22-23）

作者的刻劃，可能是出於樂觀的想像，也可能是對北洋水師的反諷，但無論如何，在現代戰爭進入以戰備為勝負的新征程之下，小說顯然無視於此，轉而讚許主帥的運籌帷幄；換句話說，是以「人」重新取代了「器」的決定性作用。下冊，第九回的交鋒中，同樣巧妙運用了心理戰術：

---

113 陳悅：《甲午海戰》，頁243。另外，《孖刺西報》（*Daily Press*）記者阿爾弗雷德・坎寧安（Alfred Cunningham）也說：「對於中國海軍來說，日本是個非比尋常的對手。在鴨綠江外的海戰中，他們的炮彈裝滿了沙子，即便是這樣的彈藥也都消耗殆盡了，否則他們或許能夠贏得這場海戰。這不是海軍提督的過錯，提供軍火的部門應對此事負責。」見氏著：〈清軍與軍事改革〉（*The Chinese Soldier and Other Sketches*），收於劉文明編：《西方人親歷和講述的甲午戰爭》，頁268。

> 正要齊到園中，忽聞炮聲一響，忽見南來前番穿白馬甲、白包頭之女勇，何足畏哉？誰知這一支兵是孫夫人督隊，與倭交戰，佯敗奔逃。又見背後黑旗兵從北面包抄過來，截其歸路。黑旗非倭敵手，焉敢突圍而出？祇得追殺。白旗見我已逃，還怕那女勇不過？待追著白旗，及至廝殺，好不利害！三方人馬已去，其一望北逃去，正見黑旗亂殺上來，祇得從桃園左、右分抄小路回去。東、西兩邊伏兵齊出，四面殺來，殺得七零八落，又去其一。僅賸三分之一，都被驅入桃園，困在垓心。（頁10）

讓女勇與黑旗互換甲冑，使得日軍見黑旗（實為女勇）而輕敵，戰女勇（實為黑旗）卻又不敵，這就是文本中所施的「妙計」，在其中，黑旗軍威震寰宇的聲名也發揮了作用。而呼應前文提到《臺灣巾幗英雄傳》對《三國演義》的仿擬，在桃子園一役獲勝後，孫夫人決定親至臺南拜會「義父」劉大將軍，同時忌憚於孫營的群龍無首，於是留下兩個「錦囊」:「另有錦囊一個，若非萬分緊急，不可啟視。回經女營，一一吩咐畢後，也授錦囊一個，惟至危險之時開看，自有用處。」（下冊，第10回，頁15）「錦囊妙計」是諸葛亮慣用的伎倆，曾經傳授趙雲、姜維、廖化與楊儀而化險為夷，展現出洞燭機先的智慧；另外，曹操也使用過類似的手法，交代曹仁、張遼書信或木匣：「賊來乃發」，以此對付虎視眈眈的東吳。

從小說家屢屢使用「奇兵」、「妙計」可知其相當講究「鬥智」的趣味，也相信人謀可以壓倒猛利的軍械，雖然「錦囊」的作用在書中並未來得及兌現（可能預計寫於2集而未果），不過小說的後半段從陸戰轉至海疆，與明清小說「倭患書寫」一貫的海洋屬性匯流，仍值得介紹。在孫、劉兩位女傑拜會劉大將軍之際，日軍正密謀從竹、苗交界的中港登陸，但被識破後因退潮而無法撤退：

> 敵乃抛槍棄械，隊亂旗靡，先後潰圍，各自逃命，仍望中港一路遁歸。詎知先民團練聞倭潰逃，如打落水狗一般，中途截殺不少。幾路進兵齊到，追至海濱，潮水已遠，運兵各船已泊江外，僅有划船數隻，傍岸通信。殺賸各倭爭先登渡運船，鼓浪遠遁；其落後者恐為追兵所及，半多投水而死。尚有運船兩艘，因船身過重，吃水太深，擱在淺灘，不能動搖，致為臺軍護住。詳察船身內，有一隻確是從前中國之操江改造矣。（下冊，第11回，頁19-20）

是役不僅大挫日軍，同時在豐島海戰為敵人所斬獲的「操江」鑑，又重回中國之懷抱，所謂「失之東隅，收之桑榆」，劉軍成功為北洋水師的失敗扳回顏面。接下來又利用洋流的效應進行擾敵的計策：

> 大將軍又得此大勝，又令水勇在沿海一帶，及雞籠倭踞之處上流，置放遇水更熾、遇風不滅之物，飄浮水面，黑夜用火一燃便著，時而火光燭天，時而鬼火燐燐。兵艦及雞籠駐紮各倭，望見疑惑，自相驚駭，無故然槍開炮，終夜不安。如此一連四、五夜，倭奴困憊異常，第倭令嚴猛，又是無路可逃，勉力防守而已。（下冊，第11回，頁20）

在戰術與海象的交互作用之下，日軍立於不利的境地，儘管其手握進步的兵器：「沿途排列新式機器快炮，連發數百響，並不斷續，以為有此利器，一炮可禦數萬人，從可藐視一切，功無不勝，戰無不克，雄視於天下矣！」（下冊，12回，頁21）但仍輕易地被從後方突破，所有快炮皆為劉軍所接收。眼看中國即將「以牙還牙」，不過這時劉大將軍卻萌生「仁慈之念」，有感於快炮的殺傷力太過猛烈，以之殲敵有干天和，下令炸毀，並對逃亡的日軍網開一面：

> 倭軍被前途還擊，力不能支，退還原路，半路忽遇番兵、民團截殺，此倖逃於炮火，減等死於槍刃，又從槍刃中逃出。大將軍雖從背後包抄，亦不忍其全軍覆沒，故網開一面，俾令生還兵輪。迨至海灘，潮退船開，兩面追兵俱及，祇得望洋而嘆命也，如何逃於槍刃者，減等而死於水中矣？蓋天之惡倭人殘忍太甚，萬無生理，自於自作孽之不可逭也！（下冊，12回，頁21-22）

劉大將軍自謂排斥快炮的原因是：「古之善射者，莫如羿，而自偏死於射；蕭何定律例，偏自死於法。如法將孤拔（Amédée Courbet），能猱升船桅，懸炮於上，精測量遙擊，發無不中，終自死於炮，骸骨化為灰燼，此天道之昭昭，報應捷於影響。吾恐恃炮滅人而稱強，將必被炮害已而致弱。」（下冊，12回，頁23-24）孫夫人進一步呼應道：「誠哉是言，有至理也！不觀夫撒豆成兵、剪紙為馬，有此邪術，能橫行於天下乎？何不多時，終必滅亡於無邪術人之手？」（下冊，12回，頁24）

陳支平指出，這些情節所揭櫫的，正是對近代西方的先進科技及其船堅炮利的無知，以及幻想固守中國傳統保守文化的心理；作者天真地認為籐牌、彈弓等原始的武器，輔以仁義道德、天道昭昭，就可以輕易打敗戰備優良且訓練有素的日本侵略軍——這種腐朽觀念雖然短時間鼓舞了國人的士氣，但最終卻無補於中國對列強的抗衡與抵禦。[114]

---

114 陳支平：《臺灣文獻與史實鈎沉》，頁151。

另一方面，作者對日軍的形象描寫，又挪用了明朝倭寇的特徵，包括「蝴蝶陣」[115]與「倭刀」，這使得「過去」與「現在」張冠李戴地交錯在一塊，當然也使得中國可以從經驗法則中找到克敵制勝的秘訣。孫夫人云：

> 我兵攜有自製新式籐牌，蟹行前進，沖他的蝴蝶陣，出入槍林彈雨中，如入無人之境。那倭兵遇我兵之苗刀、飛標，倭刀雖利，竟不能敵，殺得他上天天無路，入地地無門。（下冊，12回，頁24）

綜合來看，《臺灣巾幗英雄傳》確實對西方利炮採取敬而遠之的態度。與劉永福相關小說略有不同，書中的劉大將軍是有機會以「夷之長」來「制夷」的，但最終仍選擇將戰利品束之高閣。作者考慮的，顯然是道德層面的危險，其以為槍炮等同於乖違天道的「邪術」，耽溺於其中，終將陷入作繭自縛的泥淖。從務實的角度來看，小說家的觀點或許有迂陋的一面，但是從長遠的目光檢視，倚恃船堅炮利而妄想蛇吞象的殖民帝國，的確難免有隕落的一天。

《臺灣巾幗英雄傳》念茲在茲的「一將功成萬骨枯」[116]，在當時的日本外相陸奧宗光眼中也有一番見解：「一將功成萬骨枯，此為古代詩人詠戰爭之結果。然在如今列國交際極其錯雜繁劇之時代，戰爭結果波及內外社會百般事項之廣大，實不止於萬骨枯之慘狀。若誤用

115 前文討論〈楊八老越國奇逢〉時也有引用到：「倭陣不諠譁，紛紛正帶斜。螺聲飛蛺蝶，魚貫走長蛇。」關於蝴蝶陣的詳細介紹，參見〔日〕田中健夫著，楊翰球譯，隋玉林校：《倭寇——海上歷史》，頁90。

116 《臺灣巾幗英雄傳》下冊，第12回：「昔之為將者，未尚槍礮，唐詩所詠『一將功成萬骨枯』，已非虛語，若今時彼此專以礮攻，則一仗何止萬計？將一將功成，或殆有十萬、百萬，詎有限歟？」（頁22）

戰爭，勝者可能比敗者立於更危險之地位。」[117]

受到甲午戰爭直接衝擊的中日兩國，都曾有人對現代戰爭規模之慘烈：「一將功成萬骨枯」，發出戒慎恐懼的警示，但是顯然這層擔憂只屬於時代洪濤中的涓涓末流，小我的疾呼隨即掩沒在激昂的國民怒吼之中。人類在嚐到富國強兵的春藥後欲壑難填，一發不可收拾，直至烽火蔓延三洋五洲，大屠殺與種族滅絕劃出難以抹滅的傷痕；也許昔日說部「仁慈之念」的迂腐，竟成了今天「人道精神」的遠見。

對於清代乙未戰爭主題小說的研究，一般集中在《劉大將軍平倭戰記》、《臺戰演義》及〈劉大將軍平倭百戰百勝圖說〉三部以劉永福為主角的作品，但其實還有一本「巾幗不讓鬚眉」的袖珍小書隱身於西湖湖畔，因珍稀難得而受到世人的忽略，那就是演繹張秀容（孫夫人）事蹟的《臺灣巾幗英雄傳》。在鄉野傳聞及小說之中，張秀容係湘軍宿將孫開華之長媳，其夫名道元、秉忠或子堂，在三貂嶺一役為國殉身，激起孫夫人克紹夫志，抗日雪恥的壯志，可謂是一門忠烈。相對於劉永福，張秀容其人的真實與否，頗有商榷之空間，但不能否認的是，當時臺灣不只是男性，就連婦女與兒童都曾舉起槍桿，毅然加入抵禦日軍的行列，因此張秀容實可視為無數無名的「臺灣巾幗英雄」的象徵。

與劉永福相關小說迥異的是，遠隔重洋的中國大陸讀者，對孫夫人道德的謳歌及傳奇的讚頌，大過了新聞求索的渴望，這使得《臺灣巾幗英雄傳》摒棄以「事」為中心的新聞體，轉而以「人」為本位的章回體。儘管同作於一八九五年，但作者採取包括對偶回目、回首詩曰、首尾呼應、季節框架等具「中國敘事學」特徵的體裁，以及對

117 〔日〕陸奥宗光著，陳鵬仁譯：《中日世紀之戰——甲午戰爭》（臺北市：開今文化事業公司，1994年），頁106。該書原名《蹇々録》。

《三國演義》情節的摹仿，這些創作形式都不利於「隨見隨聞，筆之於書」的快速出版，可知其背後另有寄託。

在時人的理解中，對照於甲午戰爭清軍的柔順、宰相的媚敵，「男降女不降」的張秀容、劉大小姐，甚至來自民間的女勇們，個個敢於與日本人血戰，贏得了作者「夫人真丈夫哉」、「是誠巾幗之英雄也」的喟嘆。當孫、劉兩位女傑義結金蘭（孫劉聯盟），並在桃子園燃起媲美赤壁之戰的勝利火炬時，暗指日本之接收臺灣，一如曹操之「託名漢相，實為漢賊」的「名／實」不符，臺灣百姓「義不臣倭」不但有理，而且讓中國從「妾婦之容」（臣妾之道）的雌伏之中重振乾綱，以「女性」、「邊疆」、「民間」為基石，尋回華夏的「丈夫之氣」（雄杰之氣）。這正表現在孫夫人對女勇的揄揚：「他處男人還不及你門呢」，以及小說家在回目的激賞：「真豪傑大鏖桃子園」。

最後，作為想像力馳騁之文本，小說家亦無視於現代戰爭中軍備良窳所帶來的分水嶺，用「奇兵」、「妙計」彌補中日雙方的差距，重新把成敗的關鍵放回「人」的身上。這一方面來自用明代倭寇形象來框架日軍，包括「蝴蝶陣」、「倭刀」等等，以致小覷了敵人的戰力；另一方面則出於「仁慈之念」，對於新式機器快炮造成「一將功成萬骨枯」的焦慮，視之為貶損天道的「邪術」有關。作者的描寫與觀念，從當下追求「富國強兵」的角度來看，可能有「無知」、「腐朽」的一面，然而從長遠的眼光來驗證，似乎也與陸奧宗光的擔憂相應和，神秘卻準確地逆睹了未來人類數以萬計的犧牲。

小結

本章討論乙未戰爭在清代小說之呈現，以及其中的「倭患書寫」。過去對於明清小說「倭患」之研究，往往止步於「嘉靖大倭寇」和「萬曆朝鮮戰爭」，但其實直到晚清年間，中國仍未滌淨明代的倭寇記憶。尤其在一八九四至一八九五年，中日交鋒最烈的時刻，無論是上層士大夫也好，抑或一般庶民大眾，都還有將現代化的日本軍隊目作倭寇的情況，甚而滲入說部之中，如繡像《劉大將軍百戰百勝圖說》之廣告提到：「證之歷史，倭人狠貪，好犯上國，累朝入寇。唐時幾遭薛將軍滅盡種類，明時受創於戚將軍，目今屢敗於劉將軍。三公鼎峙，震懾海邦。」《臺灣巾幗英雄傳》也以「蝴蝶陣」、「倭刀」等倭寇的伎倆來指涉日軍，因此這些作品都應該看成是「倭患書寫」的承衍。

流傳迄今的清代乙未戰爭小說有一共通特色，那就是創作與戰事的時間重疊，「隨見隨聞，筆之於書」，並且互相傳抄，屬於不折不扣的「時事小說」，但也因在戰火正熾時便匆匆付梓，未經理性的沉澱，就與高昂的民族情緒匯合，反而失去了「補史」的意義。普遍來看，由於日軍在臺灣受到地形、疫病及義軍的阻隔，戰爭曠日持久，帶給了中國大陸讀者不小的鼓舞，小說中也往往洋溢著過分樂觀的期待，此時在臺南屹立不搖且聲名素著的黑旗大帥劉永福，更成為神壇供奉的偶像：「倭不知其深淺、中國亦不知其深淺」，圍繞在其身邊的事蹟甚囂塵上，愈出愈奇，並由「傳聞」進入「報紙」、「新聞」進入「小說」，模糊化了「真實」與「虛構」之間的界線。

就內容來說，以劉永福為中心，凝聚客家、外省及原住民（番）等不同族群，矢志將殘忍的倭寇驅出臺灣，是乙未戰爭小說的常見主題，並藉之突顯「生番化外之人，尚知順逆，島夷尚不如也」的批判。戰爭的走向非常明顯：在劉大將軍精於古法的指揮之下，槍炮、戰艦、氣球、電燈等西洋產物都將在「以火勝水、以陽制陰」的「道／器」分判下黯然失色。黑旗軍不僅屢戰屢勝，且「移師東瀛，直搗巢穴」、「收復琉球，踏平日本」亦不在話下，小說最終豪氣干雲地宣稱：「岳武穆曰：『不出七日，破金必矣』；吾謂不出一月，滅倭必矣！」竟與當時主戰派產生了奇妙的呼應，氾濫的凱歌與薄弱的結局，也使得文本無可避免地沾染上晚清小說的通病：「過剩」與「匱缺」。

除了劉永福相關小說外，孫夫人（張秀容）也以剛毅果敢的形象進入一八九五年的小說世界之中，其繼承夫志的節烈可風，及麾下女勇的驍勇善戰，使之無愧於「臺灣巾幗英雄」的美譽。乙未之役，在日軍的攻勢之下，不只是男性，就連無數無名的婦女也站在前線捍衛家園，「她」們的事蹟雖多被掩沒，其精神卻能與《臺灣巾幗英雄傳》相輝映。也正是因為這股廉頑立懦的氣魄，超越了新聞求索的趣味性，使得小說家選擇「重返說書場」，用章回體突顯「人物」的丰采，並向《三國演義》借鑑，使孫夫人、劉大小姐的結義被賦予了孫劉同盟的意味，共同抵禦似是而非的侵略者：倭兵／曹操。

作者選擇在劉大將軍的光耀之外另起爐灶，還有一個從「妾婦之容」到「丈夫之氣」的期許。甲午戰爭的一敗塗地，提督的投降、宰相的割地，讓時人不禁興起「自丁雨亭降虜之後，而中國幾無丈夫之氣；自中國和倭之後，而中國盡成妾婦之容」的窩囊，但此刻孫、劉等人「男降女不降」，毅然與日軍拚搏，大有一雪國恥的態勢。事實上，早在清初對於明季女英雄的孺慕之中，就有「禮失求諸野」的傳統；孫、劉及臺地女勇們以「女性」之姿、「邊陲」之地、「布衣」之身而能「致使數千倭兵全軍覆沒於婦人女子之手」，的確有以柔克剛的振奮效果，也贏得了「真丈夫」、「真豪傑」的讚頌，並從中看到雄風再起的希望。此外，小說家同時也有守舊的一面，其以「奇兵」、「妙計」為長城，忽略了現代戰爭以軍備為勝負的特性，又以「仁慈之念」排斥新式兵器的殺傷力，將其與「撒豆成兵」的邪術等量視之，都是這部小說比較古樸的風貌。

綜合來看，乙未戰爭小說確實存在著「過與不及」的特徵：過分聚焦於單一的偶像，尤其以劉永福為中心，使之成為無敵的戰神，難免流於空洞；過於簡化正、反之間的壁壘，使得兵燹之下的複雜但真實的民族矛盾受到粉飾。未能待戰爭結束後予以憑弔，使得姜紹祖、吳湯興、徐驤、簡精華、楊載雲、吳彭年、楊泗洪等人的壯烈成仁，宛如輕於鴻毛的泡沫；未能確切反映日軍的現代化，只能失真地「倭寇」記憶描繪殖民帝國的形象。有了上述的理解，才能客觀地認識乙未戰爭小說的性質：是「激情」大於「省思」的一批創作。

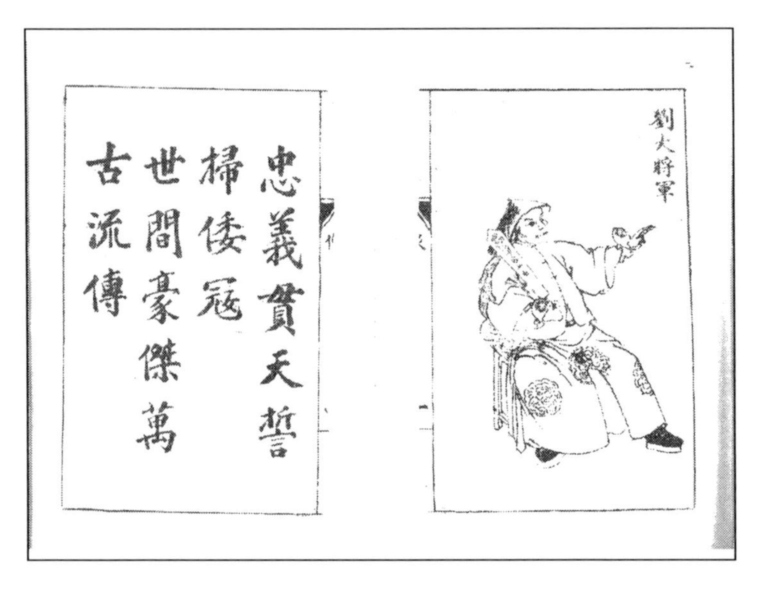

附圖一　《劉大將軍平倭戰記》中的劉永福圖像暨詠聯。見初集，正文前頁3-4

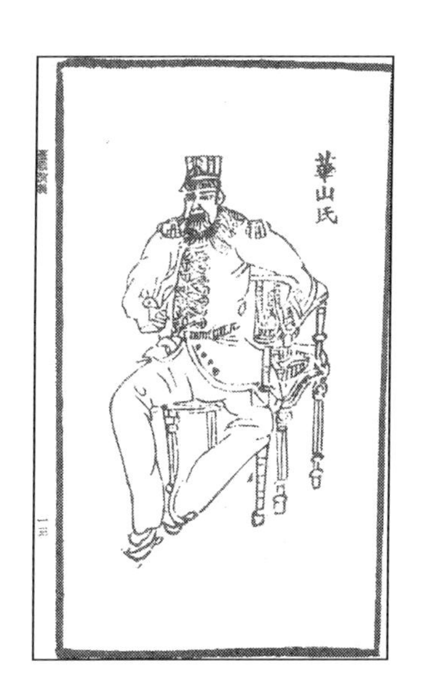

附圖二　劉永福相關小說中的「倭酋」圖像：華山氏，即樺山資紀，實已有十足的西化特徵了。見《臺戰演義》，目錄前頁13

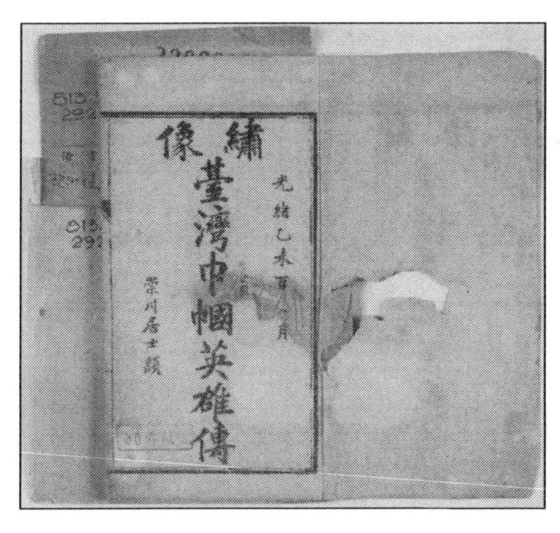

附圖三　孤本小說《臺灣巾幗英雄傳》之內頁題字，現藏於浙江圖書館孤山館舍

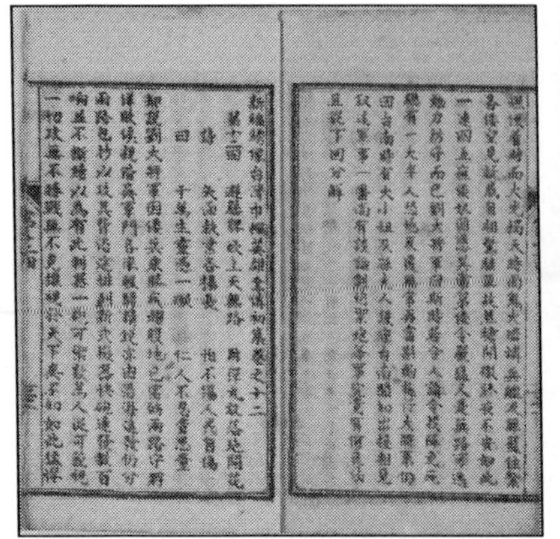

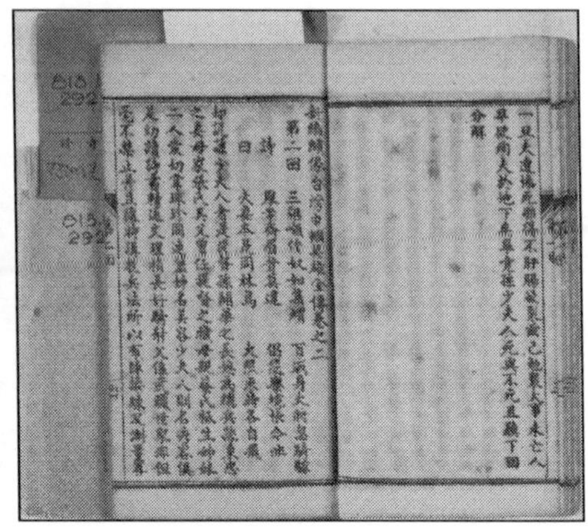

附圖四　孤本小說《臺灣巾幗英雄傳》之正文書影

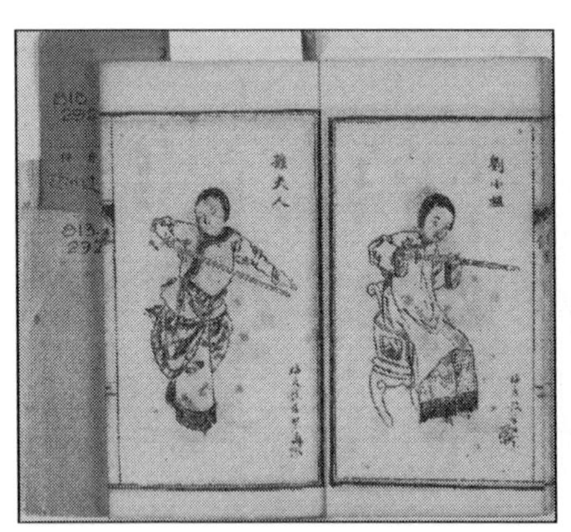

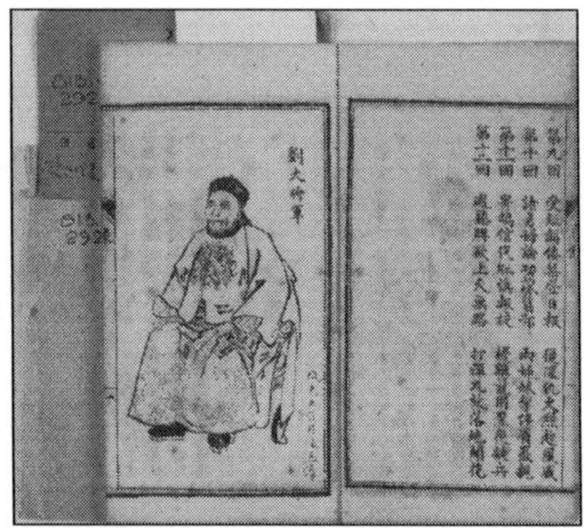

附圖五　孤本小說《臺灣巾幗英雄傳》之人物圖像

第七章
「甲午戰爭」系列小說的反躬自省

乙未戰爭結束後，大眾逐漸接受輸給日本的事實，沸騰的民族情緒亦開始冷卻，慢慢反省中國何以技不如人？在小說而言，首先可注意的是一八九五年重新刊刻的《蜃樓外史》，以「假前明倭寇內犯事為端，援古證今，標新領異」的策略貫串琉球漂民被殺事件及甲午戰爭，試圖警醒世人，懲前毖後，可視為清代說部檢討甲午敗因之起點。然而，這部作品對李鴻章集團的攻擊較多，並未走出主戰派狹隘的視野，其思想的高度有限。兩年後，完整以甲午一役為題材的《說倭傳》撰成，後又於一九〇〇年改名為《中東大戰演義》，擺脫了歷來睥睨日本為蕞爾小邦的觀點，視之為對等的鄰國，並持平地揄揚日本邁向現代化的成功，披露中國內部的諸多問題，是戰後真正以理性態度反躬自省的作品。《中東大戰演義》又替李鴻章、丁汝昌等人平反，而對參與戰爭的前線將領，則各自提出客觀的評騭。此外，小說中拋棄過去「倭患書寫」中翻江倒海的海戰場景，又寫黑旗大帥劉永福之倉皇內渡，皆為了強調中國的鎩羽，並透過承認失敗而尋求自強之道。至此之後，晚清寫到中東之戰的作品，再無以「倭寇」貶抑日本的文字，反而轉而以敵為師，可看出中國人從「天下」走向「萬國」的醒覺意識，因此《中東大戰演義》標示著明清小說「倭患書寫」的結束。《中東大戰演義》之外，清人描寫甲午戰爭的，尚包括有〈夢平倭奴記〉、《海上塵天影》、《中東和戰本末紀略》、《孽海花》、《孽海花三編》、《無恥奴》、《宦海升沉錄》及《英雄淚》，並有英日翻譯小說《旅順落難記》及《不如歸》，本書將以餘論方式探討。以下討論清人小說對甲午戰爭之反省，並先由《蜃樓外史》開始談起。

第一節 《蜃樓外史》中的倭寇隱喻

一八九四年的黃海海戰，以清軍的全面潰敗收場，帶給時人的衝擊極為劇烈。如戴逸、楊東梁、華立所提到的，甲午戰爭對中國的打擊最大，真是創深痛巨。割地之多，賠款之巨，條約之苛，屈辱之深，是前所未有的，它使中華民族在物質、精神上所受的傷害極為嚴重。之所以如此，是因為日本與西方列強不同，歷史上一直受中國文化影響，號稱同文同種，它的近代化也剛剛起步不久。與之相比，中國似乎並沒有落後多少，甚至當時的北洋水師在亞洲就是一支頗有實力的艦隊，是中國進步、強大、希望的象徵，而戰爭的失敗卻徹底暴露了清王朝「同光新政」虛假的實質。[1]

戰敗的錯愕來自於中國普遍對日本的輕蔑[2]，但事實上，日本向外伸出侵略的爪牙，卻非一日之寒，而是經歷長期的醞釀。早在十八世紀末，本多利明即有感於俄羅斯的威脅，主張與之爭奪「蝦夷地」，並首次提到要將滿州納入版圖。爾後因英美艦隊巡弋於日本海域的刺激，以幕末的佐藤信淵、吉田松陰為代表，提出「海外雄飛」之理論，大意即是以朝鮮、中國（支那）為跳板，達到稱霸世界的目標，並形成明治政府「征韓論」與「大陸政策」的方針。[3]值得注意

1 以上詳見戴逸、楊東梁、華立：《甲午戰爭與東亞政治》（北京市：中國社會科學出版社，1994年），頁7-8。

2 關於中國朝野在甲午前夕的日本認識，詳見李國祁：〈清末國人對中日甲午戰爭及日本的看法〉，頁717-724。

3 以上可參見郭麗：《近代日本的對外認識——以幕末遣歐美使節為中心》（北京市：北京大學出版社，2011年），頁238-242。

的是，在上述的思想建構過程中，「神功皇后征討三韓」[4]或「豐太閤出師」都是一再被召喚的歷史記憶，可見日本有意正當化其對東亞區域淵遠流長的掌握權。

上述並非僅止於紙上談兵而已。一八六九年，日本開始派出軍事考察團訪問歐洲，並在之後確立徵兵制、編制改革、軍事教育、裝備改良等強兵路線。自一八八五年至一八九四年明確以中國為假想敵，進行十年擴軍、造艦之計畫。一八九二年的軍事開支竟達到國家預算的百分之四十一[5]——這種破釜沉舟的決心，使得甲午戰爭日本戰勝的結果並非僥倖。此外，日本亦懂得積蓄實力，不輕易躁進：一方面擱置一八七三年國內「征韓」急進派開戰的請求；一方面在「牡丹社事件」（1874）中展現強硬的外交態度，收得撫卹銀十萬兩及併吞琉球的藉口[6]，顯露出放長線釣大魚的遠見和手腕，與前朝的「倭患」實有著天差地遠的迥異。

然而，在當時的滿清，守舊勢力仍相當牢固。石泉指出，此輩人士大多與外國人少有接觸，對於中西實力之懸殊，頗無所知，只見外人活躍強橫，我方則遷就屈辱，憤懣莫名，自然歸咎於當軸大臣的畏怯無能，甚而詆為漢奸；中外有事，其即攘臂言戰，迨事不利，則歸之於用人不當。[7]落伍的思想，洞見的缺乏，致使一開始反映甲午戰

4 神功皇后是一位介於歷史與傳說的人物，大約存在於二至三世紀，係仲哀天皇之皇后。神功皇后在丈夫駕崩後攝政，據說曾因新羅未入貢而三度親征，也有從其存歿年代和遣使赴中國的事蹟，被認為其人實為卑彌呼的看法。

5 見戴逸、楊東梁、華立：《甲午戰爭與東亞政治》，頁65-68。

6 見戴逸、楊東梁、華立：《甲午戰爭與東亞政治》，頁73-75。與日本破釜沉舟的決心相較，中國雖在一八八八年成立北洋水師，起初海軍力量遠遠超過日本，但造艦能力卻未隨之提升，對於添購新式快炮也很消極，反而「以昆明易渤海」，將海防經費挪去建造頤和園，最後當然就被日本一舉超越了。見戚其章：《甲午戰爭新講》，頁232-234。

7 石泉：《甲午戰爭前後之晚清政局》（北京市：生活．讀書．新知三聯書店，1997年），頁10。

爭的小說，仍依循著傳統的「倭寇」的隱喻，無法分辨「日本／倭」之殖民野心與騷擾海疆的不同。職是，戰後初期的文本，固然可視為檢討失利的起點，但尚未客觀認識到日本之企圖及長處，流瀉出與主戰派匯合的激情，只是炮火對內的抨擊，尚缺理性的沉澱。萬晴川曾留意到這類的作品：

> 光緒二十年（1894）六月，清王朝在甲午海戰中敗北，簽訂了喪權辱國的《馬關條約》，消息傳出之後，群情憤激，以明代抗倭鬥爭為題材的小說再次成為熱點，如《蜃樓外史》、《載陽堂意外緣》等。這時期的「抗倭小說」延續了前一時期的寫法，但由於甲午戰敗而導致國人的自信心挫敗，小說家們常「假此發言，以慰人心」（枕流齋主人〈臺戰演義序〉），即以夢幻的手法戰勝倭寇，如〈夢平倭奴記〉。此外，個別小說還受到女性主義之類新思潮的影響，如《載陽堂意外緣》，把一個長期與有婦之夫保持不正當關係的少婦塑造成抗倭英雄。[8]

上述的說法，有些確為事實，有些則有待商榷。其所提出的文本群中，《臺戰演義》已如前文之介紹，並非所謂「明代抗倭鬥爭為題材的小說」，而是反映乙未戰爭的時事作品；〈夢平倭奴記〉之背景亦非明朝，而係甲午戰爭，筆者將於本章最後討論之。

真正如萬晴川所述，故事時間發生在明代（嘉靖）的是《蜃樓外史》與《載陽堂意外緣》，但兩本書是否皆誕生於甲午役後？則有釐清之必要。尤其是《載陽堂意外緣》，據《古本小說集成》編委會整理之〈前言〉，今存世有光緒己亥（1899）上海書局石印本，然書作

8 萬晴川：〈明清「抗倭小說」形態的多樣呈現及其小說史意義〉，頁75。

於嘉慶庚辰（1820）[9]，則可知萬晴川誤將刊刻年分看成創作年分。內容上，《載陽堂意外緣》敘述縉紳子弟名邱樹業者，因貪戀表叔母尤環環（後又認之為繼媽），自鬻為奴，百般勾引，遂成鶉鵲之亂，又與南華仙史、胡悅來、於秋容等仙、婢交好，屬於情色小說之流，並無時局之寄託。書中與「倭患書寫」相關之情節是卷四第十六回至第十七回——尤環環用計剿殺倭寇，又將倭寇身上財物變價行善，竟感動神明，位授仙籙。[10]

由以上可知，《載陽堂意外緣》並非萬晴川所說「受到女性主義之類新思潮的影響」，反而是非常傳統的跨類型小說，雜揉了艷情、戰爭、神怪的不同元素。爰此，符合論者所認定的甲午戰後以「明代抗倭鬥爭為題材的小說」，就只有《蜃樓外史》而已，以下即針對此書進行討論。

一　《蜃樓外史》內容之介紹

《蜃樓外史》今存版本有四十回本（字林滬報館鉛印本）與三十回本（上海文海書局石印本）兩種，四十回本今藏於北京中國國家圖

9　見李夢生：《載陽堂意外緣》〈前言〉，收於《古本小說集成》（上海市：上海古籍出版社，1990年，復旦大學圖書館藏上海書局石印本），目錄前頁1。

10　《載陽堂意外緣》卷4，17回寫江寧縣城隍司將尤環環殺敵並救濟之事報告天庭：「……茲於嘉靖三十三年十二月一十三日，有流倭一千餘名，自浙江延入江陵城，燒劫富戶，被該處富室鄺史堂之妻尤環環協同前世孽緣、今生怨偶之邱樹業，並樹業之妾於秋容、胡悅來兩婦人設計除害。妾良功勞綦大，已蒙朝廷考功，獎賞不錄外，尚有暗中周急善事，相應歸入冥中承辦。……查其殲除流倭後，檢得各倭屍身上擄掠之財物，共變價銀五萬六千餘兩。尤環環毫不入己，提出一萬八千兩置備棺木，埋葬倭屍。餘銀三萬八千餘兩，先將八千密查急不可解之人，一一暗中資助。其餘三萬兩，盡置周急產業，每年租息，除備賦外，盡作緊要功德。……。」（頁152-153）

書館古籍館，另據蕭相愷所見，南京圖書館亦收藏此本。[11]筆者礙於資料取得的阻礙，只能見到三十回本[12]，但後十回的內容還是可以依據前輩學者之引文及介紹，獲得大致的輪廓。

《蜃樓外史》的故事係以明朝嘉靖年間嚴嵩弄權為始，第一回至第九回寫汪直、陳東、徐海等勾引島夷夷目妙美入寇江南，嚴嵩派遣心腹趙文華赴往前線，趙文華趁機搜刮民脂民膏，花天酒地，待戰事爆發則以金帛買陣，瞞天過海。第十回至第二十三回寫張文龍、沈楚材的歷險生涯，兩人為天星降生，蒙魯仲連傳授仙術，掃蕩草澤，降伏妖魔，結識包括青奇、杜鵲橋、金龍、楊德明等在內的豪傑，都是預計作為剿滅島夷的輔弼；而其中有些死裡逃生的反派，如九尾妖狐、獨角獸等，則是後來島寇陣營中的生力軍。第二十四回至第三十回，轉入阿芙蓉（鶯粟公主）的神話故事；阿芙蓉為紅國之公主，被黑國國王強索為妃，其與父王約定三年不失身，希冀期間紅國能厲兵秣馬，剿滅黑國。三十回本結束於黑國國王與哈迷國作戰後凱旋：「要知所奏何事，再觀續集。」（頁371）

而後情節據阿英〈關於鴉片戰爭的文學〉:「三年既過，消息杳然。公主大慟，跳高臺自殺。不久，墓上即產一種花草，即罌粟花，藉此毒害黑國百姓，以作報復。於是黑國上下，爭嗜此物，衰弱不堪，其父聞訊，前來討伐，一鼓滅掉黑國，其仇遂雪。」[13]不僅如此，連紅國及中華也淪為煙毒的犧牲品。阿芙蓉因遺恨而化身邪祟，

---

11 蕭相愷：〈字林滬報館鉛印四十回本《蜃樓外史》〉，收於氏著：《珍本禁毀小說大觀——稗海訪書錄》，頁623。

12 本書使用版本為〔清〕八詠樓主述，〔清〕庾嶺勞人著：《足本蜃樓外史》（北京市：中央廣播電視大學出版社，1990年）。此版本實根據乙未滬上文海書局石印本《繡像蜃樓外史》點校整理。以下為行文方便，所引原文但標回數、頁碼，不另加註。

13 收於廣雅出版公司編輯部編：《鴉片戰爭文學集》（臺北市：廣雅出版公司，1982年），上集，頁25-26。

專一以延壽膏害人成煙鬼，與張文龍、沈楚材遇合，雙方大動干戈，後在仙師石曼卿、魯仲連調解下釋懷，大抵不脫天降劫數的俗套，將鴉片之流毒中國視為報應因果。又據阿英之整理，阿芙蓉的故事在四十回本中尚占據有五回之譜[14]，若再加上三十回本中的六回，比例高達全書的四分之一。

將「倭患」與「鴉片」牽扯在一塊，乍看有些風馬牛不相及，但前文亦早已探討過《花月痕》的「桅影重疊」，則《蜃樓外史》實非曲高和寡。而由於阿芙蓉之生涯寫得淒美、瑰奇，且把鴉片之害用神異色彩包裝，頗引人注目，因此歷來皆將《蜃樓外史》當作鴉片相關小說來介紹，阿英更逕自將書名改成《芙蓉外史》；部分研究者如陳穎、謝柏賢、朱紅絹等便受其影響，僅聚焦於其中的煙毒描寫。[15]聶紺弩說：「這位作者真有趣，拿起筆來，忘其所以，既把『插話』寫成了主體，又說中國受鴉片毒害時，暈頭轉向，敵我不分，反而幫了帝國主義一點小忙！」[16]亦認為小說頗有買櫝還珠之弊。相較之下，小說的原旨：「倭患」的反映，受到關注的程度就很有限，如馬幼垣在討論《蜃樓外史》時，雖然提到了剿倭的情節，但只說「此書以古

14 阿英將40回本《蜃樓外史》改名為《芙蓉外史》，只擷取書中與阿芙蓉（鶯粟公主）相關的情節，改為前有楔子的12回故事，其中第7回為30回本的末回，則第8回至第12回，當為40回本的第31回至第35回。阿英所引全文，可參見《鴉片戰爭文學集》，中集，頁575-689。

15 陳穎：〈中國近代反侵略戰爭小說綜論〉，《福建師範大學學報》（哲學社會科學版）第2期（1997年），頁58；謝柏賢：《晚清同光年間的鴉片觀（1874-1906年）》（桃園市：中央大學歷史研究所碩士論文，2010年），頁132-133；朱紅絹：《晚清國難小說研究》（上海市：上海師範大學中國古代文學研究所碩士論文，2013年），頁25。上述論文，或者誤以為《芙蓉外史》只是純粹的煙毒小說，或者知道其原題《蜃樓外史》，但未針對其中「倭患書寫」進行介紹。

16 聶紺弩：〈舊小說偶介與或評——有關《蜃樓外史》部分〉，收於中國社會科學院文學研究所近代文學研究組編：《中國近代文學論文集（1949-1979）》（北京市：中國社會科學出版社，1983年），小說卷，頁608。

喻今，反映的是清季於外屈辱求和，於內煙毒蔓延的景況」[17]，並未特別點明當時的中日關係，如何影響了小說作者的寫作，可見書中「衛星事件」的光芒，確實蓋過了主線。

小說敘事的鬆散，還可以主角張文龍、沈楚材的形塑為例；最初張文龍登場時，作者極力渲染其為「天下無雙」的「群英領袖」，但沈楚材出場後卻後來居上，擠壓了張文龍的地位。[18]此外，書中極力鋪陳中／島之間終將有一場大戰，雙方人馬在張、沈兩人歷險的過程中不斷集結，處處留下懸念與伏筆[19]，有意接筍小說的初衷：平定倭

---

17 馬幼垣：〈小說戲曲中的嚴嵩父子〉，收於氏著：《實事與構想——中國小說史論釋》（臺北市：聯經出版事業公司，2007年），頁129。

18 張文龍初登場時，小說家云：「況後來非常之功，必待非常之人，若都是文華這一班人，天下豈能太平無事！島寇亦豈得就此掃平！故此要設法弄一個頂天立地的奇男子出來，作為群英領袖，方是擎天玉柱，架海金梁！」（第9回，頁93）又云：「話說做書的說的這個人真是人間少有，天下無雙！」（第10回，頁94）儼然書中第一男主角，然而後文帶出沈楚材：「文龍也時常到外邊去結交幾個好友。一個姓葉雙名珠雲，卻是粵東省人，僑居於那裡的；一個姓李雙名寶田，一個姓沈雙稱楚材。還有姓梁的，姓朱的，卻都是有名秀才。文龍與葉、李、沈三個最為投契。因這三個人都是文武全才，與自己不相上下，……。」（第10回，頁99），一開始不起眼的配角慢慢戲分變多，最後竟完全凌駕於張文龍之上，張文龍且以兄長敬之，可見小說家創作的隨性。

19 其中中方陣營，包括青奇等八人、金龍等四人之響馬：「直要等到日後有事，楚材、文龍寫信到來相招，然後一齊出去，幹出一番驚天動地、留名千古的事業來。此是後話，暫且丟過不提」（第14回，頁148）、「這四人將來楚材掛帥出關征剿之時，大有用處，此是後話，暫且丟過不提」（第18回，頁197），又有杜鵲橋、楊德明：「德明因父被嚴嵩害死，即欲往邊關投奔戚繼光去，得能立得功勞，有了出身，便可代父辨冤，所以不能相隨楚材同往京口遊玩。……鵲橋亦因記掛母親，要回去看視，便將自己乘的那匹馬贈與德明，一同分別而去。這兩個人此去，要做出無數驚天動地的事情來，此時且擱過一邊，待下回書中，再行表出。」（第21回，頁245）島方陣營，包括九尾妖狐：「原來這個妖狐果然口是心非，此時去不打緊，直到後來沈、張兩個奉旨去平島寇，他卻投入島寇營中，封為軍師，著實與他兩個作難，以報今日出醜之仇。這原是妖怪的心腸，後文自有交代，此時且丟過不提」（第16回，頁169）、獨角獸：「直要到後來投入島寇營中，方與文龍等會面，做出許多的事情來。此是後話，現在且不必提他。」（第22回，頁265-266）

患。但三十回本卻在轉入阿芙蓉故事後戛然而止（要知所奏何事，再觀續集）；即使是四十回本，魯仲連雖提到：「況現在朝中奸宄弄權，島寇已入內地，賢徒們正可及時建立奇勳，惟將後統軍出海之際，尚有幾個難平的山島，那時愚師自然遣人前來相助」[20]，然按馬幼垣：

> 然後又講回嚴嵩仍薦趙文華往剿再次來犯的倭寇。文華重施故伎，卻中倭寇詭計而大敗。林潤、鄒應龍等彈劾嚴嵩，嘉靖帝震怒，召文華進京。文華畏罪，暗通倭寇，與嚴世蕃勾結，謀奪大明江山。為剿倭寇，京師特開文武雙科以招英傑。世蕃聞之，在校場埋設地雷，要將嘉靖帝及應試諸英炸死。其時已分別得文科狀元、探花的沈楚材和張文龍赴京應試。書止於此，並於書末聲明後事「俱在下回二集書中分解」。[21]

可見小說實未完，自然也沒寫到最終的會戰，遑論「統軍出海」，且在餘下午至六回的篇幅內，要寫如此繁複的事件，當也是點到為止而已。由於敘事的隨意、剿倭主軸的不脫窠臼，加上阿芙蓉神話的出色，《蜃樓外史》中的「倭患書寫」反而不太引人注意。儘管少數論者如林琳，曾針對小說提出相對詳細的介紹，注意到了該書與《綠野仙踪》的雷同之處：「都寫倭寇入侵後，中國官員給他們錢，買通他們退兵，他們拿了錢後暫時退兵，沒過多久，又來入侵，永無饜足」[22]；但是卻因「不知確切成書時間」又且「但其對倭寇的描寫和清前期小

---

20 見廣雅出版公司編輯部編：《鴉片戰爭文學集》，中集，《芙蓉外史》，第12回，頁688。筆者按：推算來說，當為40回本《蜃樓外史》的第35回。

21 馬幼垣：〈小說戲曲中的嚴嵩父子〉，頁128。另據蕭相愷，40回本的結尾是「要知杜鵲橋得寶馬進京城跳圍大鬧武場，欽賜正先鋒印，俱在下回二集書中分解。」見氏著：〈字林滬報館鉛印四十回本《蜃樓外史》〉，頁625。

22 林琳：《論清代通俗小說中的日本人形象及其發展演變》，頁8。

說《綠野仙踪》中的描寫如出一轍」，遂將之併入「清前中期小說」[23]，則是失之毫釐，差之千里，無法認識到此文本在明清小說「倭患書寫」中的特殊位置，並不在其情節的獨創性，而恰好在其刊刻的時間點——這也是筆者將之放在反映「甲午戰爭」，而非「嘉靖大倭寇」之小說的原因。

四十回本《蜃樓外史》刊刻之年代，據陳大康所言，為同治十二年（1873，歲次癸酉）[24]，此說亦可由蕭相愷所引〈蜃樓外史序〉尾署「歲在昭陽作噩，月在壯」得證，「昭陽作噩」亦即癸酉年。[25]阿英則認為，「全書以俠士張文龍、沈楚材游歷為經，以倭寇、鴉片等事為緯，似成於季清鴉片、琉球諸戰役之後」。[26]綜合以上，可知小說原作於牡丹社事件前後。

雖然作者應未目睹中國以撫卹名義賠償日本的結果（1874年簽訂《北京專約》），但是自發生喋血以來（1871年琉球漂民被殺事件），清廷坐視殖民帝國一步步染指臺灣及琉球，力求息事寧人的懦弱姿態，已足以讓時人蒙羞，也刺激了小說家以古喻今的敘事策略。清廷對日的一再退讓，終究釀成了甲午戰爭的爆發。

時有臣工志銳上奏：「綜計中日交涉以來，於臺灣，則酬以費；於琉球，則任其滅；朝鮮壬午之亂，我又代為調停；甲申之役，我又許以保護。我愈退，則彼愈進；我益讓，則彼益驕。養癰貽患，以至今日夷焰鴟張，貪惏無已，一誤再誤，則我中國從無安枕之日，可不

23 林琳：《論清代通俗小說中的日本人形象及其發展演變》，頁6。

24 陳大康：〈關於近代小說研究的一些思考〉，《明清小說研究》第1期（2001年），頁12。

25 蕭相愷：〈字林滬報館鉛印四十回本《蜃樓外史》〉，頁623-624。筆者按：但蕭相愷在此斷句誤為：「歲在昭陽作，噩月在壯」。

26 見廣雅出版公司編輯部編：《鴉片戰爭文學集》，上集，頁25。

慮哉？」[27]可見中日交涉的挫折，從牡丹社事件一直延續到了甲午之役，分疆裂土的民族屈辱不斷積累，喚醒了群眾的關注意識，也使得三十回本《蜃樓外史》在戰後重新成為市場之新寵。此版本刊刻於一八九五年，是較無爭議的，該年有《新聞報》廣告兩則：

> 初七日（8月26日）刊載「法大馬路萬選樓新出各種新奇閒書、尺牘，遠處批發，當班回件，折扣格外公道」廣告：「新出《蜃樓傳》：明季倭寇騷亂時，值嚴嵩父子擅竊國政，私通外國，更得趙文華等依勢弄權，幾回不國。幸戚大將軍等忠義正直，得以蕩平倭寇，重奠江河。筆法新奇可喜。每部洋五角。……。」[28]

> 初九日（11月25日）刊載「繡像《蜃樓外史》」廣告：「是書為近時新出，大旨假前明島寇內犯事為端，援古證今，標新領異。其中如嚴嵩父子及趙文華等之權奸誤國，沈楚材、張文龍、楊德明、杜鵑橋等之俠義扶危。關節新奇，悅人心目。記諸烏鴉山妖怪、紅黑國二王、及阿芙蓉公主一段，尤足喚醒黑

27 收於不著編者：《清光緒朝中日交涉史料》（新北市：文海出版社，1963年），上冊，卷14〈禮部右侍郎志銳奏倭人謀占朝鮮事機危急請速決大計摺〉，頁278。不僅如此，將時間往前推至一八七一年，清廷在日本主動要求下，雙方簽訂《中日修好條規》（日方稱為《日清修好条規》）。雖然在外交、關稅、司法等屬平等條約，但這只是表面，實際上日本藉機達成與中國對等的地位，乃是為了獲得朝鮮控制權預作準備。且條約簽訂後，日本開始把觸手伸向琉球、臺灣，又不斷要求修約，希冀取得與歐洲列強一樣的對華利益，讓主持條約的李鴻章發出感慨：「日本二百餘年未與中國立約，並無一兵入中國邊界。今甫立約而兵臨我境，你對不起我中國，且令我對不起皇上百姓。」以上詳參李育民：《近代中外條約關係芻論》（長沙市：湖南人民出版社，2011年4月），頁91-121。

28 見陳大康：〈晚清《新聞報》與小說相關編年（1893-1895）〉，頁72。

> 籍中人之夢，實為有功世道之文，妙在雅俗共賞。惜脫稿後尚未流傳，近來坊刻有以他書改名。茲因覓得原稿，付諸石印，計六本，洋五角。寄上海棋盤街十萬卷樓、千頃堂、文宜書局、新聞報館及各書坊發售。」[29]

上引所謂「大旨假前明島寇內犯事為端，援古證今，標新領異」，證明了同、光之際對「嘉靖大倭寇」記憶的重新召喚，實帶有濃重的時事意義，與盛清以降的《綠野仙踪》或《玉蟾記》自有殊異之處，不可混為一談。而至於作者所要突顯或批判的時事究竟是什麼呢？下文將對其中的時局影射進行析剖。

二　「援古證今，懲前毖後」的時局影射

有關《蜃樓外史》「援古證今」的警世意味，除了可見於三十回本的廣告外，另四十回本署名「小萬古樓寓公」的序更是值得留意，蕭相愷曾謄錄全文，茲節錄如下：

> 蓋稗官小道，苟能傳之後世，必有所以可傳之故。漢珠洛佩，陳言也；牛鬼蛇神，遁辭也，去斯二敝，庶幾近之。吾友雪溪八詠樓主人，倜儻多才，瑰奇多才，著述之暇，涉筆成《蜃樓外史》一書，假前明倭寇內犯事為端，援古證今，標新領異，令人閱之忘倦。夫《蜃中樓》列於十種，《蜃樓志》詳於五羊。今此書出，可以上抗笠翁諸人，且使曩者紀載倭寇諸書如《綠野仙踪》、《雪月梅》、《十二蟾》、《四香緣》等皆可一掃而

29 見陳大康：〈晚清《新聞報》與小說相關編年（1893-1895）〉，頁73。

> 空，包諸所有。至其語意所注，在於懲前毖後，不同遊騎無歸。《詩》曰：「殷鑒不遠，在夏后之世。」唐杜牧之〈阿房宮賦〉云：「秦人不暇自哀而後人哀之，後人哀之而不鑒之，將使後人復哀後人。」此固著書微意，表而出之，讀者聆其弦外餘音，為前代之信史也可，謂今時之諫章亦無不可，稗官云乎哉！[30]

由序言來看，可知相較於後人較為關注的鴉片敘事，作者之本意在於上抗「曩者紀載倭寇諸書」，並達到警惕世人的效果（懲前毖後）；用宇文所安的話來說，就是透過回憶的鏈索，把此時的過去與彼時的、更遙遠的過去連接在一起，並向臆想的將來伸展，通過回憶成了值得為後人記起的對象。[31]據此，《蜃樓外史》中「倭患書寫」的重要性就不在於其始創意義，而是透過與「過去」的重疊，思索當下，並對可預知的「未來」提出深切的告誡。然而，從牡丹社事件到甲午戰爭，中國顯然並未從創作者的苦口婆心中得到教誨，這使得文本在一八九五年的重新刊刻，產生與一八七三年似曾相識的傷口，可悲地印證「後人哀之而不鑒之，將使後人復哀後人」的洞燭機先。

三十回本小說第一回的回首詩有云：「寫出村言閒俚語，前朝遺跡恰如新」（頁1），而其在《新聞報》的廣告亦不斷強調「新出」或「近時新出」，可知甲午戰後的讀者透過此書，是可以從躬逢目擊的時局中直溯「前朝」，取得時代的共鳴，且不會因為作品實寫於廿年前，產生扞格或牽強之感。

蕭相愷說：「若站在這個角度來看《蜃樓外史》，則不僅書中所寫

30 見蕭相愷：〈字林滬報館鉛印四十回本《蜃樓外史》〉，頁624。

31 〔美〕宇文所安：〈黍稷和石碑：回憶者與被回憶者〉，收於氏著，鄭學勤譯：《追憶：中國古典文學中的往事再現》，頁25-26。

的趙文華領兵禦倭，一路威福，搜刮民脂民膏，縱兵淫掠，兵虐於盜，而己又貪生怕死，兵屯揚州，縱酒耽妓，復勒索各省助餉銀百萬，買通倭寇退兵，皇上竟恩寵有加的描寫，有頗強烈的影射，……。」[32]相較於牡丹社事件，甲午戰爭的損失、衝擊對中國的影響是全面性的，真正達到振聾發聵的覺醒作用。書坊主亦是看中這一點，才在斷簡殘編中挖掘出一部「援古證今」、「懲前毖後」的塵封舊作，讓其銜接上時事，發揮煥然一新的市場價值——而淮軍與李鴻章密不可分的關係，及其軍紀敗壞、臨陣脫逃的劣跡，便成為被影射和批判的對象。

《蜃樓外史》中的宰相是嚴嵩，而被派往前線的則是其義子趙文華，稍異於《綠野仙踪》或《玉蟾記》的是，小說抽掉胡宗憲這位「嫂溺叔援」的爭議人物，讓書中的反派陣營單純化為歷史中的奸黨，這與時人對李鴻章的不滿有關。李鴻章在同、光兩朝多主持對日之締約、和議，礙於國際局勢與自身國力，多有讓步之處，當然動輒得咎，連帶著其麾下之部將亦飽受抨擊。

石泉提到，主戰派之攻擊李鴻章，幾於無所不至，不曰貽誤大局，即曰別有用心，或言其性情乖異，年老昏瞶；對於北洋文武大員，如丁汝昌、葉志超（1838-1901）、衛汝貴（1836？-1895）、李經方（1855-1934）、盛懷宣、張士珩等，皆大加攻擊，而丁汝昌、衛汝貴尤為眾矢之的。[33]當時有文廷式奏摺云：「臣聞丁汝昌本一庸材，法越之役，避敵畏懼，至於流涕，俾以提督重任，實屬輕於擇人。」[34]《蜃樓外史》中的趙文華也是個膽小如鼠之人，聽說嚴嵩保舉自己領

32 蕭相愷：〈字林滬報館鉛印四十回本《蜃樓外史》〉，頁624。

33 石泉：《甲午戰爭前後之晚清政局》，頁98。

34 收於不著編者：《清光緒朝中日交涉史料》，上冊，卷14〈侍讀學士文廷式奏朝鮮事機危迫條陳應辦事宜摺〉，頁271。

兵，說了一番膽怯的話頭，但是嚴嵩卻如此算計：

> 我想島兵之來，無非為著金銀財寶，子女玉帛而已，其餘諒他也不敢妄想。前日承你送我十萬兩銀子，我也不要，你仍拿去，再一路下去，你只揀州縣多的所在經過，設法問他要些銀子，不怕不弄他幾百萬兩。到得江南地方，然後差精細能幹、口舌伶俐的人到島營中去一番說辭，拼得送他百十萬兩，與他講和，叫他速即退兵，料他們必然應允。那時你可奏上一本，說島兵已被殺退，皇上跟前我再與你周旋，說上幾句好話兒，怕不加官進爵麼？這個計較你道好不好？（第2回，頁6）

則趙文華只是倚恃嚴嵩之保奏，才有「說出良謀妙計，果然名利雙收。金銀滿載又何求，麟閣標名足夠」（第2回，頁6）的「美差」可擔，胸中並無半點禦敵的良謀。果然其人到了前線以後，倚恃的是柏自成、葉士起、鄢懋卿等一干朋黨小人，聽到島寇殺來竟「目呆口定，面漲通紅，半響說不出話來」（第3回，頁19），呼應了時人對李鴻章嫡系提督「敗葉殘丁」[35]的譏誚。

除了將領的臨陣倉皇，沆瀣一氣之外，甲午戰爭中清兵在朝鮮的軍紀廢弛，也是歷史上的一大污點。據戴逸等人的說法，當時除左寶貴、馬玉崑（？-1908）二部外，其餘在平壤的軍隊士氣、紀律很差，將領們飲酒狎妓，漫無布置。衛汝貴所統「盛軍」人數最多，槍械最

35 〔清〕志銳：〈禮部右侍郎志銳奏倭人謀占朝鮮事機危急請速決大計摺〉：「東渡各營，最謬妄者：直隸提臣葉志超、海軍提臣丁汝昌，派赴朝鮮，在日人之先，而鐵艦不扼仁川，陸軍不入漢城，僅駐仁川附近之牙山島，自為犄角。險要之地，拱手而讓之外人，外間輿論，至有『敗葉殘丁』之誚，不孚羣望，可想而知。該統將等首鼠不前，意存觀望，縱敵玩寇，夫復何疑？」收於不著編者：《清光緒朝中日交涉史料》，上冊，卷14，頁278。

精，但素質最差——衛汝貴本人也被指摘是克扣軍餉、畏敵怯戰[36]，連李鴻章都對其提出責難。[37]

清軍在朝鮮的奸淫擄掠、夜夜笙歌，也被當時的西方媒體給紀錄了下來，如美國《世界報》（*The World*）的記者詹姆斯・克里爾曼（James Creelman），在其回憶錄〈從平壤戰役到旅順大屠殺〉中提到：「日軍向前挺進，奮力解救平壤之時，清軍將領們卻在與平壤的舞女們戲耍取樂，平壤舞女的優雅和美貌，享譽全亞洲。他們所有人白天耀武揚威，晚上狂歡宴樂。清兵闖入平壤百姓家中，辱人妻女。醉酒和淫蕩之事泛濫，一邊是將領們與舞女狂歡作樂，另一邊是士兵們洗劫城市。地獄之門彷彿大開。百姓驚恐萬分，逃到荒野和叢林中，男人、女人和孩童藏在那裡，日軍進城時，他們才爬回來，其中很多人早已死於飢餓，曝屍荒野。」[38]

---

36 戴逸、楊東梁、華立：《甲午戰爭與東亞政治》，頁120。然而，戚其章提出不同的看法，其以為衛汝貴雖有軍紀不嚴的過失，但克扣軍餉、畏敵怯戰都是莫須有的罪名，最後卻導致了菜市口斬決的下場。見氏著：《甲午戰爭新講》，頁94-95。

37 其云：「前途人至，言盛軍奸淫搶掠，在義州因奸，槍斃韓民一，致動眾忿；定州又槍斃六人，義尹電平安道，請汝查辦，置不復，何以庇縱所弁勇，致軍聲大壞？殊為憤懣，辦速認真究辦嚴懲，以服民心。聞奉、毅兩軍紀律較嚴，汝當自愧！」收於〔清〕李鴻章：《李文忠公全集》（新北市：文海出版社，1962年），電稿17〈寄平壤盛軍衛統領〉，頁466。

38 收於劉文明編：《西方人親歷和講述的甲午戰爭》，頁71-72。據該書編者按：此文節錄自其戰地記者生涯回憶錄《在大道上》（*On the Great Highway: The Wanderings and Adventures of A Special Correspondent*）。此外，一八九四年十月六日的英國《倫敦新聞畫報》（*The Illustrated London News*）則以〈東亞的戰爭〉（*The War in Eastern Asia*）為題報導：「中國軍隊目前是一團糟，士兵們只是些剛抓來的壯丁，手中沒有武器，他們桀驁不馴，殘暴成性，常因為對農民們犯下嚴重暴行而受到懲罰，成批被殺。據說中國人從平壤逃跑的時候，曾大肆殺戮和搶劫，使朝鮮人遭到了撤退軍隊的無情屠殺，軍需官們肆無忌憚地盤剝，腐敗透頂，成事不足，敗事有餘。」收於趙省偉主編，沈弘等編譯：《海外史料看甲午》（北京市：中國畫報出版社，2015年），頁119。

《蜃樓外史》中的若干情節，勢必會令讀者對中國部隊的窳敗心有戚戚焉。如第二回寫道：「再說文華在王家營又耽擱了兩月的工夫，軍務事情一概不理。各營的軍士見了元帥是這般的樣兒，諒來軍規是不嚴的了，也就三五成群的至鄰近村落中，去搶掠東西，奸淫婦女。那村上有些有錢的人家看見這些軍士，猶如強盜一般，連忙舉家搬往他處暫避。最可憐的是一種不能搬動的人家，只得聽天由命，任憑他們攪擾。」（頁13）然而，百姓向元帥大營控訴兵丁惡行，竟因趙文華「恐冷了將士之心」，反而下令亂棍打出，於是底下軍士變本加厲，百姓只得弄得妻離子散，號哭不絕；第三回回首詩云：「不道權臣志在金，縱兵擄掠與奸淫。最憐百萬窮黎命，未饜狼吞虎噬心」（頁15），精確地反映了駐軍的無道及韓民的悲楚。

另外，趙文華名義上是督軍，但卻避往煙花揚州，與娼妓惹人憐、動人心、鳳娥、月娥等鎮日淫樂，亦與現實中的耽戀於平壤舞女的軍官作為相雷同。第六回回首詩譏刺道：「統領雄師，身臨樂池。只顧尋歡，那知國計？」（頁45）而第七回回首詞則云：「富貴榮華憑計較，十二金釵，自有無窮妙！百萬賊都自退了，溫柔鄉裡無煩惱。」（頁61）說明戰爭的落幕，與前線紙醉金迷的將士無關。據一八九四年十一月四日法國《插圖報（*L'Illustration*）·戰況報導》，東北的清軍兵敗如山倒，並未誓死抵抗便轍亂旗靡：「中國人幾乎沒有抵抗就逃跑了，留下了槍炮、彈藥、軍旗和樂器。在我們展示的版畫插圖中，讀者可以看到金州城的一個中國兵營，在院落內堆滿了武器彈藥等從天子的軍隊那裡繳獲來的戰利品，甚至包括一臺將官乘坐的馬車！」[39]

39 收於萬國報館編：《甲午：120年前的西方媒體觀察》（新北市：楓樹林出版事業公司，2016年7月），頁193。

持平而論，在甲午一役中，中國並非沒有浴血奮戰的將士，以平壤陸戰來說，左寶貴、馬玉崑都主張力戰到底，並且身先士卒，親冒矢石，前者壯烈犧牲；後者的英勇、堅毅，則為清軍在船橋里摘取了對日難得的勝果。無奈總帥葉志超卻一味求退，甚而飾敗為勝，自然大損己方之士氣。[40]《蜃樓外史》中的趙文華，就是葉志超一流的人物，第四回寫其欲閃躲島兵之攻勢，言辭十分厚顏：

> 再說文華又向眾將道：「本帥細想，前者雖有探子報稱，說島兵要到此間，看來還未必真實。況他們詭計極多，或者是聲東擊西之故，亦未可知。本帥想維揚（揚州）為天下第一名勝之區，又是最富庶的地方，只怕島寇未必不想吃這塊肥肉。雖有韋將軍等在京口把守，緩急可以聲援，但是終有些放心不下。不若把大兵一總到那裡屯扎，一則那裡有城有郭，錢糧極廣，是極可固守的地方；二則與島寇相離不遠，朝廷知道了，也好算本帥與將軍們並非畏縮不前的，你們試想如何？」（頁29）

然而，小說中的將士們，並無左寶貴、馬玉崑的精忠氣節，只想著移防揚州，「不獨可以充足腰囊，也可以借此暢遊名勝」（第4回，頁30），竟無人提出異議。國家的軍隊既是如此不可靠，當然甲午戰爭以慘敗收場，割地、賠款勢在必行，負責與日本簽訂和約的李鴻章，又成為輿論炮轟的目標，變成主戰人士眼中的賣國賊，而《蜃樓外史》的嚴嵩，顯然會讓人聯想到「宰相有權能割地」的中堂大人。第一回嘉靖皇帝憤怒於嚴嵩隱匿島賊猖狂之軍情，即責備其「宰相可謂有權矣！」（頁3）當時文廷式等〈聯銜糾參督臣植黨疏〉也痛斥李鴻

40 詳見戚其章：《甲午戰爭新講》，頁79-98。

章「模糊影響，諱莫如深」，遮掩了袁世凱（1859-1916）第一時間在韓得到的戰報。[41]

更有甚者，是該疏指其勾結日本：「及東事已起，猶檢不合用之前膛槍子賣於日本，得銀十四萬兩，局員朋分，而李鴻章為之補給領字，外間並有傳聞。李鴻章有銀數百萬，寄存日本茶山煤礦公司，李經芳又在日本各島開設洋行三所，以及李鴻章利令智昏，皆為倭人牽鼻。聞敗則喜，聞勝則憂，雖道路之言，而萬口流傳，豈得無故？」[42]又有劉彝等揣測「庸詎知主和議者不於數萬金之中分肥自飽，多樹私黨，以心制朝廷耶」[43]；余聯沅不信任李鴻章與日本的談判，目之為「徒以脂韋結納，暱就外洋」[44]，都以其人是慷國家之慨，費社稷之財，甚而暗送秋波，大飽私囊的漢奸。

此外，李鴻章之子李經方因被懷疑駐日期間借貸數百萬予日本，又納明治天皇（1852-1912）之甥女為外婦[45]，被易順鼎痛斥李氏父子猶如「嚴嵩之有嚴世蕃」：

---

41 〔清〕文廷式等〈聯銜糾參督臣植黨疏〉：「倭人甘心韓地，蓄志有年。今歲春初，萌芽已露，北洋於外事消息最靈，豈竟一無聞見？及乎事之將起，袁世凱深悉倭情，屢騰密報，若使倭、韓形勢早達朝廷，則先事圖維，必不至如後來之倉卒。無如李鴻章始則模糊影響，諱莫如深，繼則揚厲鋪張，肆其恫嚇。直至事機決裂，而倭人陰謀之本末，疆臣知之，朝廷仍不盡知。聞朝旨召詢袁世凱，而李鴻章展轉禁錮，不使至京。代呈各路電奏，時時刪改，以就該督意旨，務使真實洋情，不得上聞。廟算指揮，無憑遙度，奸欺蒙蔽，罪不勝誅！」收於廣雅出版公司編輯部編：《甲午中日戰爭文學集》，頁479。

42 收於廣雅出版公司編輯部編：《甲午中日戰爭文學集》，頁480。

43 〔清〕劉彝等：〈諫止和議奏〉，收於廣雅出版公司編輯部編：《甲午中日戰爭文學集》，頁486。

44 〔清〕余聯沅：〈吏科掌印給事中余聯沅奏大局難支請飭樞臣妥籌善策摺〉，收於不著編者：《清光緒朝中日交涉史料》，上冊，卷35，頁675。

45 一說李鴻章有六百萬存於日本，李經方為日本天皇之女義父云云。見李國祁：〈清末國人對中日甲午戰爭及日本的看法〉，頁733。

> 其奸詐險薄，誠不減蔡京之有蔡攸，嚴嵩之有嚴世蕃。假使憑依城社，竊據津塗，張邦昌、劉豫之事不難立見。……不圖天地躍金，陰陽鑄錯，於倭生一睦仁，於中國生一李經方。以權奸為醜虜內助，而始有用夷變夏之階；以醜虜為權奸外援，而始有化家為國之漸。[46]

雖說《蜃樓外史》成書於一八七三年左右，看似與一八九五年中日的城下之盟無關，但早於一八六〇年代，李鴻章便已萌生「聯日」的羈縻想法，主張籠絡東瀛來與西方列強抗衡，並於一八七一年簽訂《中日修好條規》，可是在那之後，日本卻馬上展開了併吞琉球的行動，而李鴻章為了維持與日關係，盡力抑制局勢的升溫，以至於用撫卹名義賠償日本，最終證明「唇齒之國」戰略的幻滅。[47]

甲午戰敗，清廷的乞和可謂重蹈覆轍，李氏父子亦被目為「嚴嵩之有嚴世蕃」、「權奸為醜虜內助」，受到千夫所指的詈罵。小說中，嚴世蕃的身影較為淡薄，但是大反派趙文華卻是嚴嵩的義子及心腹，除了會讓人聯想到葉志超、丁汝昌外，也帶有一些李經方的影子。創作者寫其部將柏自成與汪直等人有舊，一如時人對李家與日本的交誼的想像；而後兩方談妥買陣之條件，趙文華與鄢懋卿的反應竟是「歡喜」、「異常欣喜」、「得意之至」，完全是賣國賊的嘴臉：「再說文華將所聽柏自成一切之言，細細地告訴了懋卿一遍，均各得意之至。以為不消張弓支箭，島寇安然肯退，不過費去二百萬銀兩，也不算多，又不消盡是自己拿出，將來論功升賞起來，倒是大大的功勞。」（第7回，頁73）

---

46 〔清〕易順鼎：〈劾權奸誤國奏〉，收於廣雅出版公司編輯部編：《甲午中日戰爭文學集》，頁492-493。筆者按：睦仁即明治天皇之名諱。

47 詳見薄培林：〈略論李鴻章早期對日外交中的「聯日」思想〉，《關西大学東西学術研究所紀要》卷42（2009年4月），頁133-151。

甲午戰後，中國割地、賠款，在當時對日實力沒有普遍認識的情況下，會引發大眾排山倒海的憤怒之情，是完全可以理解的，但現在一般學界對李鴻章的外交讓步都能予以同情，認為其中頗有非戰之罪的成分[48]，而從中國的勍敵眼中，也能看出其人的忍辱負重。現代日本學者如加藤陽子，稱自一八七一年至一八九五年廿載以來，日本交涉的對手李鴻章「果然是位厲害人物」[49]，予以了正面的揄揚；是時與之談判的陸奧宗光，則在暴露李鴻章的「刻苦辯論」、「哀求」等困獸之鬥之餘，不忘讚頌其「據鞍顧眄」的風采：

> 蓋自李鴻章來到下關以後，該日之會見最使李刻苦辯論。或因李已覺悟我決心大體上不可動，故在本日之談判他不斷就重要項目作區區之爭取。例如起初就償金二億兩他要求減少五千萬兩，視不能達此目的，他則乞減少二千萬兩，最後他竟對伊藤全權哀求以此些少減額為其歸途之餞別。此等舉動以李之地位而言實有失其體面，但必出於「爭得一分則有一分利益」之旨趣。總之他以不踰舉以上之高齡奉使命於異域千里，連日會見毫無疲困之色，可謂有據鞍顧眄之概。[50]

48 如李國祁：〈清末國人對中日甲午戰爭及日本的看法〉，頁730；石泉：《甲午戰爭前後之晚清政局》，頁142；王瑛：《李鴻章與晚清中外條約研究》（長沙市：湖南人民出版社，2011年2月），頁115-116。

49 〔日〕加藤陽子著，黃美蓉譯：《日本人為何選擇了戰爭》（新北市：遠足文化出版事業公司，2016年），頁79。

50 〔日〕陸奧宗光著，陳鵬仁譯：《中日世紀之戰——甲午戰爭》，頁182-183。陸奧宗光在同書中亦對李鴻章孤立無援的處境展現同情：「然今日時局進行中尤其國運之死活迫在眼前，北京政府卻徒逞黨爭，加以此兒戲般之譴責，使李之計策不能實行，且要他負其責任，不只是李鴻章之不幸，且為中國政府之國家性自殺。……如此冥頑迂闊之北京政府，察覺此刻決非揭發李鴻章過失自樂之時機，或無人願意取代李鴻章以負重責，李鴻章在此厄運時仍得承擔中日交戰之局面，日夜在外交、軍事上搏鬥，其人實在可憐。」見頁68。

從上述來看，可以知道廷議對於李鴻章通敵的攻擊，純屬空穴來風，但確實在朝野繪聲繪影地流傳開來，自然影響了小說出版者的評價；《蜃樓外史》中嚴嵩黨羽與島寇的眉來眼去，竟成了李氏父子的最佳寫照。創作者描述雙方虛晃一招，頗有生動之處：

> 說罷，見那島寇的船已相近二十餘丈的地步。為首的一隻船上也有幾個人站在船頭，都是明盔亮甲，手持利刃，……便是汪直、陳東、徐海三人，……再看那隻裝滿銀兩的戰船，已被他們用撓鈎搭去。……陳東連忙接住交戰，吩咐手下也不必上前，看我獨擒這廝。兩個人搭上手，假戰起來，倒也好看。……汪直、陳東、徐海等三人商議道：「我們銀兩已經到手，又何必故為戀戰！倘若互有殺傷，一則對不起柏自成，二則自己也不好回見島主夷目妙美。況且，我們的戰船兵卒不及他們之半，他們的手下兵將只怕還未曉得內中的事，倘若真個交戰，還恐眾寡不敵。……。」（第9回，頁88-89）

小說之情節，部分呼應了《馬關條約》議成之後，主戰派「廢約再戰」的意見，亦就是認為以中國之地廣人稠，有條件以堅壁清野的策略迫使日本無力續戰（倘若真個交戰，還恐眾寡不敵）。但是據戚其章的看法，「實行持久抵抗路線」和「遷都以避敵之要挾」，二者是相輔相成的，然時清廷對於抗戰的前景完全喪失信心，於是只能走向喪權辱國的道途了。[51]《蜃樓外史》中所言：「只顧官高爵顯，那知喪盡天良！空有雄兵十萬，竟非禦敵疆場」（第9回，頁85），正好成為控訴李鴻章私通及淮軍無能的罪狀。

---

51 戚其章：《甲午戰爭新講》，頁294。

客觀來說，《蜃樓外史》作者雖然抱持著「援古證今」、「懲前毖後」的苦心，文本從撰成到重新刊刻，恰好貫串了琉球漂民被殺事件到甲午之役，由李鴻章主持對日外交的二十個寒暑，不幸地讓「後人哀之而不鑒之，將使後人復哀後人」的焦慮一語成讖；書中腐敗、膽怯的將士，也正是前線清軍欺善怕惡形象的反映——從上述的角度來看，作品的再版及其中的倭寇隱喻，可說是甲午戰後檢討意識的展現，自有值得注意之處。然而，須同時指出的是，小說家囿於對日認識的不足，並未能鞭辟入裡地體察到中日之間的國力何以彼長我消？李鴻章「聯日」路線何以終究走入死胡同？以及更關鍵的，雙方何以終須一戰？[52]其選擇以勝國「嘉靖大倭寇」作為殖民帝國的影射，是一種方便，但也是一種侷限。因此寫到島寇的目標：

> 他哪裡曉得，這些島寇又沒有什麼國都，專在海中揀幾處極大的海島上屯紮，等到沒有糧餉的時候，便出來劫掠一番。此刻得了文華這許多銀子，又有一路擄掠的女子玉帛，盡夠可以受用幾時，是以暫時安靜，將來還有許多事情，卻在以後書中。（第9回，頁93）

實在小覷了日本最終要併吞中國的野心，只將之視為打家劫舍的盜匪，未脫《綠野仙踪》等小說之窠臼；加以二元劃分薰、蕕的壁壘分明，也無法切合同、光兩朝複雜的黨爭情由，反而是與日本往來周旋

52 加藤陽子認為，甲午戰爭從醞釀到爆發，關鍵在於中國有維持「華夷秩序」（朝貢體制）的必要，中國面對俄、法、日對伊犁、安南、朝鮮的覬覦，都曾以強硬的手腕介入；而日本則欲獨占對朝鮮的政治、經濟影響力，擴大市場規模、職缺以及國家經費。此外，中日走向戰爭一途，又分別有俄、英的勢力暗中支持。以上詳見氏著，黃美蓉譯：《日本人為何選擇了戰爭》，頁70-120。因此邁入現代化的日本，其侵華行為的動機，相較於明代倭寇更為複雜，誠不可同日而語。

的李鴻章父子，被簡單地歸類於嚴嵩、趙文華一流的佞臣，並作為眾矢之的，粉飾清政府之文恬武嬉，以及螳臂當車的無知——由此可知，《蜃樓外史》的檢討意識可以說是初步的嘗試，但絕非是通觀全局的洞見。

甲午戰後，由於中國慘敗，嚴重打擊民族自信，臺灣義軍在東南一隅的頑抗，其風采蓋過了北方的清兵，因此就「倭患書寫」而言，反倒是乙未戰爭小說率先問世，並集中於一八九五年攻臺戰情白熱化之際，可見此時的中國人尚未經過理性的沉澱，對於戰敗的反省還止於隔靴搔癢，最多聚焦於對「漢奸」李鴻章或麾下淮軍的抨擊。就在同年，約略作於一八七三年的《蜃樓外史》以宣稱「新出」或「近時新出」的方式洗淨前塵，其「大旨假前明島寇內犯事為端」的指桑罵槐，竟可橫亙牡丹社事件至甲午戰爭，直指日本對華的覬覦、晚清主持對日外交的李鴻章，以及廿年以來禦侮無方的中國軍隊。

《蜃樓外史》在過去因第二十四回為始的「阿芙蓉神話」的有聲有色，向來被目作煙毒相關小說，其初衷的「假前明倭寇內犯事為端」反而受到冷落，且「倭患書寫」的創新有限，拾人牙慧，一不謹慎就會被歸入單純刻描「嘉靖大倭寇」的普通文本。然而，這部分才是小說家希望讀者引以為戒的主軸，也是甲午戰後自省意識的起點；其「援古證今，標新領異」的創作旨趣，在一八七三年序文中出現，在一八九五年的廣告文案又被原封不動地抄錄下來，可見該書昏鏡重磨的時事意義，並驗證「後人哀之而不鑒之，將使後人復哀後人」的警語，確實有條件放入甲午戰爭小說的族裔來討論。

在作品中，嚴嵩義子趙文華身為主帥，卻放任底下兵丁奸淫擄掠，自己聽聞島寇襲來的消息居然六神無主，退往維揚的煙花世界，沉溺於娼妓的溫柔鄉；此正暗合清軍駐紮於朝鮮的軍紀鬆弛，將官的眠花醉柳，以及在日軍登陸以後，葉志超毫無鬥志，大傷士氣，致令兵卒潰敗，鼠竄狼奔。就此描寫來說，中國在甲午戰爭的鎩羽，的確有跡可循，算得上是一針見血，也可知冰凍三尺，並非一日之寒。

然而，小說也有激情大於理性的一面，特別是以嚴嵩集團比之李鴻章，基本上是當時主戰派一貫的偏見。在同治年間，李鴻章因「聯日」的戰略思維，沒有看見日本和善面具背後的猙獰臉孔，是其在一八七〇年代的失誤之處，也果然導致了《蜃樓外史》的「懲前毖後」之情。但是，自從受到牡丹社事件的刺激，李鴻章著力於籌建水師，已算是亡羊補牢，無奈當時「遠東第一」的海上長城，卻被「以昆明易渤海」地挪用軍費，逐漸產生傾頹的裂痕，並讓日本後來居上。李鴻章知己知彼，不敢妄動，也無法扭轉列強作壁上觀、北洋艦隊折戟沉沙的命運；最後還被推上火線，赴日乞和，卻在哀告無效的情況下簽訂嚴苛的《馬關條約》，廷臣又落井下石地彈劾其「分肥自飽」、「脂韋結納」，真可謂是腹背受敵——國內對李鴻章一片撻伐，反而是敵方的陸奧宗光看到了其人的「不幸」與「可憐」，側面證成時人的昧於外務。而《蜃樓外史》寫嚴嵩、趙文華等人的暗通島營，入木三分，躍然紙上，則更加強了李鴻章「賣國賊」之印象；這固然是藝術上的成功，卻也有與事實不侔之處。

概括來說，《蜃樓外史》中所能輻射的對甲午戰爭的檢討，有相應的一面，也有相違的一面，就時間軸來說是反省意識的起點，卻非切中要害的結果。真正能夠以審慎態度來面對失敗，認識敵、我之間的距離，並從中汲取教訓的，必須留待《中東大戰演義》的登場，以下即進入這部作品的探討。

第二節 《中東大戰演義》中的反省意識

《中東大戰演義》[53]原題《說倭傳》，作於一八九七年（香港排印本），後於一九〇〇年改為《中東大戰演義》並重新印製（上海石印本）。該書屬章回體，共三十三回，上自東學黨之亂，下迄乙未之役。作者署名「洪興全子貳」（「貳」或寫作「二」、「弍」等），阿英〈關於甲午中日戰爭的文學〉提到其人為「太平天國洪仁玕之子」[54]，許多論者都承襲此說，包括楊家駱、賴芳伶、陳穎、王昊、陳昭利等。[55]然而，竹村則行卻以為此說無據：「洪興全が洪秀全の一族たる証拠を検索し得ない」，且在不同版本中，「洪興全」或作「劉子貳」。[56]許軍亦考證「干王」洪仁玕只有三子，天京被攻破後，長子（葵元）逃往美洲，其餘二子生死未卜。[57]因此，關於小說家的身分尚有存疑之處，不宜武斷，像王永健即推測其或許為洋務派人物，或者根本是李鴻章之幕僚[58]，充滿著各種可能，但確為一位關心時局，期待中國乾坤再造的有志之士。

該書創作於甲午戰後兩年，相較於乙未年間的「倭患書寫」作

---

53 本書使用版本為〔清〕洪興全撰：《中東大戰演義》（臺北市：世界書局，1975年）。以下為行文方便，所引原文但標回數、頁碼，不另加註。

54 收於廣雅出版公司編輯部編：《甲午中日戰爭文學集》，頁12。

55 楊家駱：〈重印中東大戰演義序〉，收於〔清〕洪興全撰：《中東大戰演義》，頁5；賴芳伶：〈清末幾部有關甲午之役的小說〉，頁145；陳穎：〈中國近代反侵略戰爭小說綜論〉，頁56；王昊：《從想像到趨實：中國域外題材小說研究》，頁244；陳昭利：〈甲午戰爭小說研究——論洪子貳《中東大戰演義》〉，頁39。

56 〔日〕竹村則行：〈清末小説『説倭伝』に全文転載された李鴻章編『中日議和紀略』をめぐって〉，頁18。筆者按：據蔡國梁，英國博物館藏本即署作「興全劉子貳輯」。見氏著：〈甲午戰爭的重現——《中東大戰演義》〉，頁35。

57 許軍：〈《說倭傳》史料來源及作者考辨〉，《文獻》第4期（2013年7月），頁129-130。

58 王永健：〈《說倭傳》平議〉，頁254。

品，已擺脫過分激昂、單一的民族情緒，能夠以冷靜的態度去省思中國的敗因，這可從作者自序裡嗅得端倪：

> 從來創說者，事貴出乎實，不宜盡出於虛，然實之中虛亦不可無者也。苟事事皆實，則必出於平庸，無以動詼諧者一時之聽。苟事事皆虛，則必過於誕妄，無以服稽古者之心。是以余之創說也，虛實而兼用焉。至於中日之戰，天粧臺畏敵之羞，劉公島獻船之醜，馬關訂約，臺澎割地，種種實事，若盡將其詳而便載之，則國人必以我為受敵人之賄，以揚中國之恥，若明知其實，竟舍而不登，則人又或以我為畏官吏之勢，而效金人之緘口。嗚呼！然則創說之實，亦戛戛乎難之矣。至若劉大帥之威，鄧管帶之忠，左夫人之節，宋宮保之勇，生番主之橫，及其餘所載劉將軍用智取勝，樺山氏遣使詐降等事，余亦不保必無齊東野人之言。然既知其為齊東野人之言，又何必連翻細寫，蓋知其為齊東野人之言者余也，非讀者也。然事既有聞於前，凡有一點能為中國掩羞者，無論事之是否出於虛，猶欲刊載留存於後，此我國臣民之常情也。故事有時雖出於虛，亦不容不載。余之創是說，實無謬妄之言，惟有聞一件記一件，得一說載一說，虛則作實之，實則作虛之。虛虛實實，任教稽古者詼諧者互相執博，余亦不問也。謹誌數言，以白吾志。[59]

已有不少論者提到，上引序文模仿自金豐〈說岳全傳序〉[60]，在此亦

59 收於〔清〕洪興全撰：《中東大戰演義》，頁9-10。

60 〔清〕金豐〈說岳全傳序〉：「從來創說者不宜盡出於虛，而亦不必盡由於實。苟事事皆虛，則過於誕妄，而無以服考古之心；事事皆實，則失於平庸，而無以動一時

不贅述及重評小說在藝術上的優劣得失，而是藉由作者自述，說明其對筆下材料的「虛／實」有著客觀的分判，如「天粧臺畏敵之羞，劉公島獻船之醜，馬關訂約，臺澎割地」，雖係「中國之恥」，卻也是不可諱言之實；而「劉大帥之威，鄧管帶之忠，左夫人之節，宋宮保之勇，生番主之橫，及其餘所載劉將軍用智取勝，樺山氏遣使詐降等事」，則有齊東野人之言的成分。會有「虛虛實實」之間的差異，與當時電報消息的誇大有關[61]，《中東大戰演義》亦沿用了這批素材，但作者的存疑，相比於乙未戰爭小說的人云亦云，已是一種理性的進步，也使全書趨於「事紀其實，庶幾乎史」的走向——人名、地名、時間及所錄條約要旨，幾乎完全和史料所載吻合，被賴芳伶譽為「即使希望從小說重睹甲午戰役的讀者亦不會失望」。[62]

承續上文所提到的小說的資料來源，《中東大戰演義》的寫實性，當可由創作者所使用的文獻來窺豹一斑。竹村則行率先披露了第十九回至第二十一回，李鴻章及伊藤博文（1841-1909）之間脣槍舌戰（丁々発矢）的激辯，基本上抄錄自〈中日議和紀略〉，這是《清光緒朝中日交涉史料》卷三十八〈欽差大臣李鴻章呈遞與日議約往來

之聽。」收於〔清〕錢彩編次，〔清〕金豐增訂，平慧善校注：《說岳全傳》（臺北市：三民書局，2000年），回目前頁1。筆者按：注意到兩篇序文之間有模仿關係的，包括有蔡國梁：〈甲午戰爭的重現——《中東大戰演義》〉，頁39；〔日〕竹村則行：〈清末小説『説倭伝』に全文転載された李鴻章編『中日議和紀略』をめぐって〉，頁19；王昊：《從想像到趨實：中國域外題材小說研究》，頁250；陳昭利：〈甲午戰爭小說研究——論洪子貳《中東大戰演義》〉，頁40。

61 當時的戰地記者朱利安．拉爾夫提到，在前線混亂的狀況下，許多消息都被中日兩國封鎖或捏造，以致儘管是講求「真實」的報紙，亦不免充滿「虛構」的成分：「在這種情形下，中日雙方都將一些微不足道的電報消息進行誇大報導。你在美國對朝鮮戰況的了解，會比中日雙方的人民知道得更多，即使你獲得的消息很多都是虛構的，而且一定會有很多虛構，因為記者被警告遠離戰場。」見氏著：〈中國面臨的最大危險〉，頁238。

62 賴芳伶：〈清末幾部有關甲午之役的小說〉，頁146。

照會及問答節略咨文〉下注「說帖節略原闕」的資料[63]，但在日本內閣文庫尚存，題作〈馬關議和中日談話錄〉。[64]另外，許軍更在上述研究的基礎之上，進一步發現《中東大戰演義》有諸多情節汲取自《萬國公報》（*Wàn Guó Gōng Bào*）的報導，而這份由林樂知（Young John Allen）等人所創立的傳教士報紙，不僅站在同情李鴻章的立場，還在卷七十七至卷七十九全文刊登了〈中日議和紀略〉，這對於小說的完成有很大的奠基作用。[65]

綜合以上，可知《中東大戰演義》的反省意識，根源於小說家的創作態度、資料來源，再加上乙未戰役的塵埃落定，世人終於從「滅倭必矣」的迷夢中醒覺過來，能夠以客觀的角度檢討中國的失敗，這是明清小說「倭患書寫」的尾聲，也是最重要的一次轉折。透過題名的變化：從《說倭傳》到《中東大戰演義》，以及甲午戰爭來龍去脈的忠實呈現，還有清軍及劉永福「必敗」的情節走向，除可看出作者振警愚頑的苦心之外，也契合了當時對日本刮目相看的欽敬之情。以下就書名的更易、戰火的刻劃和失敗的描寫進行析論。

一　改轅易轍：從《說倭傳》到《中東大戰演義》

《中東大戰演義》顧名思義寫的是中國與東瀛之間的戰事，但倘若以第二十二回為界，前寫甲午戰爭，後寫乙未戰爭，因此王昊認為，小說的另外一個題目《說倭傳》，其實更加符合這本小說的內容。[66]那麼，這部作品再版之時，何以抽換題名，改成現在較為人熟

63　參見不著編者：《清光緒朝中日交涉史料》，上冊，卷38，頁747-748。

64　詳見〔日〕竹村則行：〈清末小説『説倭伝』に全文転載された李鴻章編『中日議和紀略』をめぐって〉，頁20-23。

65　詳見許軍：〈《說倭傳》史料來源及作者考辨〉，頁123-129。

66　王昊：《從想像到趨實：中國域外題材小說研究》，頁244-245。

知的《中東大戰演義》呢？

竹村則行提出可能的解釋：《說倭傳》在出版後改題為具有通俗演義小說風格的《中東大戰演義》，加上新的署簽及圖像，並以較為低廉的石印本方式改裝，都是為了促進銷量的商業策略。[67]從「傳」到「演義」，部分呼應了李志宏對於兩種文體的辨析，亦即從作品的史傳書寫精神到通俗小說性格的相互置換[68]，這並無爭議，但除了市場的考量之外，從「說倭」到「中東大戰」，其實也代表著時人日本觀的挪移。

竹村則行從小說中看到的，是中國對東洋小國（倭）日本的「橫暴」的暴露，以及隨之而來的憤慨之情，並認為這種民族激情表現在書本的命名（《說倭傳》）之上。[69]不過，相較於乙未戰爭小說對於日軍的蔑視、詆毀，《中東大戰演義》其實在內容上相對中立，書中日

---

67 竹村則行：「察するに、『説倭伝』は後に『中東大戦演義』という通俗演義小説風に改題し、新たに簽署や図像を加え、石印本の廉価本に改装して販売促進を狙ったものと思われる。」見氏著：〈清末小説『説倭伝』に全文転載された李鴻章編『中日議和紀略』をめぐって〉，頁18。

68 基本上，「傳」與「演義」都有推演原書，以達釋經解事、發明意義的概念，但是「傳」一般與「志」、「書」、「記」互用，強調與經、史書寫精神的關聯；而「演義」則更體現將經典通俗化的闡釋意圖，二者之間有相互結合及置換的空間。詳見李志宏：《「演義」──明代四大奇書敘事研究》（臺北市：大安出版社，2011年），頁57-60。

69 竹村則行：「今から百年前に出現した『説倭伝』には、東学党の亂から日清戦争に至る政治情況の中で露呈した東洋小国（倭）日本の横暴ぶり、及びそれに勇敢に抗する中国人士の愛国行動が如実に描かれる。……即ち、光緒二十三年孟秋の出版に係る『説倭伝』の作者は、その僅か二年前に締結された下関講和条約、及びその前後に猖獗を極めた日本国の横暴に憤慨したからこそ、『説倭伝』を一気に執筆したのであろうと思われるのである。『説倭伝』の主題は、その命名からも、倭、つまり日本の横暴を暴露して、中国人士の愛国心を鼓舞する事であったであろう。」見氏著：〈清末小説『説倭伝』に全文転載された李鴻章編『中日議和紀略』をめぐって〉，頁28-30。

本人的形象或許有跋扈的一面，卻大致上根基於史實，並無誇張的渲染，而「說倭」之題則應該只是時人慣用詞語的延續。另外，考慮到《中東大戰演義》序文奪胎自《說岳全傳》，也許最初作品命名為「說倭傳」，也同樣來自於該書的啟迪。儘管如此，「倭」這個詞彙在不同的行文脈絡中，確實帶有微妙的貶義，隨著倭寇記憶的根深蒂固，已很難維持其客觀指涉意義；《中東大戰演義》的易名，在某種程度也象徵著中國對日本態度的轉變：從仇讎到承認兩國對等，甚至視之為模仿對象的觀念躍進。

「說倭」展現出來的是一種由高向低俯視的姿態，這是明清小說「倭患書寫」一貫的視角。從以戚繼光、胡宗憲、劉永福等民族英雄為主角的文本來看，「剿平倭寇」或「平倭」一類的書名都明白訴說了雙方的位置：中國為華夏而日本為蠻夷，在朝貢體系的秩序之中，中央對來自四裔的挑戰者施展鎮壓的武力，使之回歸文明的邊緣、次等的階層。

然而，「中東大戰」之概念顯然不同，「中」是中國，而「東」是相對於西洋的東瀛（東洋），亦即日本，兩個國家被放在同一層級的地位，差別只在地理的遠近，而非開化的優劣；且敵、我的交鋒是一場「大戰」，而非上對下「剿／平」的概念。雖說早在一八七一年《中日修好條規》，中日就已經達成兩國對等的共識[70]，但這僅只於政府之間的往來，朝臣或民間持傳統輕日觀念者大有人在，一直到甲午戰爭的慘敗，才使得中國對日本的非復吳下阿蒙感到由衷地敬佩。

李國祁提到，中國官紳自戰敗之後痛切檢討，重新圖謀，改弦更張，對日本模仿西法的成功感到讚嘆，大大扭轉了仇日的心態，包括康有為、鄭觀應、張之洞等碩儒，皆主張中日同文同種、地近習同，

70 詳見李育民：《近代中外條約關係芻論》，頁91-99。

除鼓勵留日外也大量聘用日籍教習——中國在教育、警政、律法、立憲等無不以日為師。一八九七年德國強租膠州灣，在外交上又興起了中國當聯合英日以抗衡俄、德、法的情感傾向，一直延續到一九〇五年日俄戰爭[71]：「因此可以說一八九七至一九〇五年間，中國在外交上是一親日時代，此與社會上的親日，視日本是中國現代化的理想楷模，恰相配合。於是造成了大批學生前往日本讀書，政府及民間常於改革事務上要效法日本。中國不僅不再視日本為讎仇，而且蓄意模仿之。這種改變是在古今中外歷史上所罕見的。」[72]

《中東大戰演義》從撰成到改名，恰好處於中國「親日」的時期，時人不再以滿足「剿平倭寇」、「平倭」的閱讀興趣為導向，而更在意於了解日本為何強盛而中國何以羸弱？甲午戰爭的敗因是什麼？中國如何從中汲取教訓？這樣的渴求促成了《中東大戰演義》擺脫傳統睥睨蕞爾小邦的姿態，轉而將雙方視為對等的競爭關係，進一步以敵為師。

誠然，本書以「倭患書寫」為題，探索的文本以涉及中日之間交戰為主，但事實上據林琳的整理，晚清小說家筆下（1903-1910）的日本人，既有傲慢、鄙吝、淫蕩的形象，但也可見友好、文明、愛國的正向臉譜，顯示近代中國人隨著與日本交往的深入、對日知識增長，擺脫了既成的觀念與想像的牢籠，呈現直觀、豐滿與真實的時代氣息。[73]

---

71 以上詳見李國祁：〈清末國人對中日甲午戰爭及日本的看法〉，頁734-737。

72 李國祁：〈清末國人對中日甲午戰爭及日本的看法〉，頁737。

73 詳見林琳：《論清代通俗小說中的日本人形象及其發展演變》，頁13-21、26-31。林琳提到帶有負面日本形象的晚清小說，包括《女學生旅行》、《五使瀛環略》、《傷心人語》、《新茶花》、《東京夢》、《新封神傳》、《新上海》、《孽海花》、《大馬扁》等，而正面日本形象的，則有《月球殖民地》、《苦學生》、《癡人說夢記》、《女媧石》、《新茶花》、《日中露》、《五使瀛環略》、《傷心人語》、《英雄淚》、《孽海花》等，這些作品的創作時間，約落在一九〇三至一九一〇年。

《中東大戰演義》不僅與上述的浪濤合流，且從創作時間來看，甚至還可視為林琳所羅列的文本的前沿，在開篇對於日本的介紹，顯然展現出截然不同的認識，不再視之為倭寇：

> 卻說中國之東，有一海島，名東瀛島，前時名為倭島。……男女匹配，生齒日繁，散居三島，自立為國，號為日本國，又號扶桑。惟其土地生人極倭，故人呼為倭人國。後因其在亞洲太平洋之東，又呼為東洋。……歷來自守疆土，不與別國通商，故亦不甚暢旺。自開埠通商，西人以東洋通達四洲，為暢旺之區，故亦到東洋貿易。由是日人步武西法，欲求振興，派人出洋遊歷，以廣見識，藉求自強之策。自明治改元以來，國漸富強，大修政事，興鐵路，開礦務，諸等善政，一一舉行。（第1回，頁11）

撇開秦始皇時代徐福帶童男、童女東渡的傳說，以及日本「土地生人極倭」（亦即指日人身材矮小）、「常見狐仙出現」的筆記趣味，原則上小說家對日本的國際地位、高度的文明清明的政治、有效的建設，乃至於對外交流與吸收等，都做出客觀且正面的呈現。能夠正視敵人的成功，也才能持平地檢討自己的失敗；這呼應了賴芳伶所說的：「雖然小說中稱日軍為『倭人』，但作者並沒有忘記讚嘆其富強，及反思晚清國勢積弱之所由來」。[74]《中東大戰演義》正是在此基礎之上，寫出了甲午戰爭的是非經過，以下即進入相關之論述，並由李鴻章在文本中的形象開始談起。

74 賴芳伶：〈清末幾部有關甲午之役的小說〉，頁147。

二　瑕瑜互見：甲午戰爭的客觀呈現

《中東大戰演義》對於不敵日本的反省，除肯定對手「大修政事，親賢禮士」的躍進之外，亦表現在擺脫當時圍繞在光緒帝周圍的主戰派之視角，如翁同龢、李鴻藻等人，對於李鴻章的左支右絀提出了同情。第三回朝鮮東學黨亂起，相較於日本的摩拳擦掌，李鴻章提出「五不宜戰」，包括「中國兵勇雖多，而素不操練，臨事合而成軍，不知陣法」、「槍炮藥彈，平日儲備不多，一旦有事，必從外洋購取，道途遠隔，接應恐不相繼，至誤大事」、「中國地大港多，防不勝防，守不勝守，倭客我主，又不知其攻擊何處，戰艦太少，調用不敷，首尾不能相顧」、「倭人商務極小，我國商務極大，商情或有阻礙，西人或從中生端，且綠林匪類，從而四起，內外難防」、「現數年來，中國時事多艱，國帑不敷用度，況慈禧端佑康頤昭豫莊誠壽恭欽獻皇太后六旬慶典將屆，巨款待需」，力勸天子三思而後行，實已點出了中東大戰的分水嶺。

按許軍的觀察，李鴻章所據之理由，實來自於《萬國公報》的歷次評論[75]，可見小說是藉由其口，彙整時人對中國敗因的檢討。李鴻章是同、光兩朝對外交涉的中流砥柱，其一手培植的北洋艦隊，又是甲午之役的海上干城，難免受到批評，但其人究竟須為戰敗擔負多少責任？則頗耐人尋味。而就《中東大戰演義》的立場，或說《萬國公報》及後來的省思來看，顯然與主戰派將矛頭全指向李鴻章及其麾下

---

75 許軍提到：「李鴻章的『五不宜戰』，語出《萬國公報》71卷第22-23頁：『中國之所以敗於日本者，一在兵多而不精；一在勢分而不合；一在權雜而不專；一在倒執而不化；一在事虛而不實』；而小說列舉的具體理由散見於《萬國公報》的歷次評論，無一缺漏，唯文字稍有區別。」見氏著：〈《說倭傳》史料來源及作者考辨〉，頁127。

淮軍的觀點相左，因為當中確有「巧婦難為無米之炊」的無奈。李鴻章明白指出清政府在軍備及財政上的困難，戳破了中國「魚質龍文，見獺即悲」的真相，這是在戰前就可預料的不利之處。

中國所面臨的問題，除了上述外，還包括官僚腐敗、奸細滲透、政局繁冗、凝聚不足、墨守成規等。官僚腐敗以第七回為例：「後聞道途傳說，謂葉軍之敗，實由軍械不精所致。細查此等軍器，本係某道臺所辦，李傅相心疑其有不忠於差使，故即行召某道臺到署查問。某道臺諸多巧辨，而傅相那裡心信，不禁怒甚。而某道臺仍搖脣弄舌，巧辨如流，傅相怒髮衝冠，舉掌直批其頰。」（頁24）

當時西方記者阿爾弗雷德．坎寧安（Alfred Cunningham）就提到：「中國官吏的腐敗和陽奉陰違能搞垮任何一套軍事系統。他們克扣士兵的軍餉和軍事物資，買軍火的時候拿回扣，商人們經常會給他們巨額賄賂。他們的俸祿並不多，根本不夠他們花天酒地的，所以他們一定要撈些外快。他們將貪污腐敗變成了一門藝術。」[76]

奸細滲透以第十三回為例：「後由倭帥設計，用厚資賄賂愚民，使作奸細。遂從小路，將兵士大半，渾入了金洲，以作內應。……華兵雖奮於死戰，奈奸細極多，窩藏敵人在金州城內，出沒無常，不分晝夜，亂來攻擊，一連十日，倭人照樣施計。」（頁36）甲午之役自豐島海戰揭開序幕以來，日軍除了槍炮的肆虐外，間諜的活動也很猖獗，其中有漢奸，也有日本人，對中國造成了不小的損失[77]——《中

76 〔英〕阿爾弗雷德．坎寧安：〈清軍與軍事改革〉，頁287。

77 中國人被收買為漢奸的，如豐島海戰，中國運兵船被襲，至少就有戴士元、汪忠貴、穆十、高順等人被指為是「師期暗洩」的罪人，其餘名姓可考的日本間諜，則有神尾光臣、瀧川具和、宗方小太郎、石川五一、鐘崎三郎等。又金州之役的日本間諜，包括山崎羔三郎、鐘崎三郎、藤崎秀、豬田正吉、大熊鵬、向野堅一等，而這些日本人也喬裝為中國人，除留有辮髮、扮成苦力外，像鐘崎三郎還曾化名為李鐘三、鐘左武，因此小說中提到的「奸細」，也可能根本就是日本人。見戚其章：《甲午戰爭新講》，頁53-63、152-154。

東大戰演義》在虛構的小說文體中，折射出了一定的真實性。

官僚腐敗、奸細滲透所帶來的是對戰局的直接侵蝕，至於政局繁冗、凝聚不足看似與戰爭無直接關係，但實際上則是更須釜底抽薪的制度、社會問題，而且會與前兩項形成惡性循環。王昊由後文李鴻章及伊藤博文的對話，包括李鴻章提到的中國「省分太多，各分畛域」、「互相掣肘，事權不一」（第19回，頁49），以及伊藤博文指出的中國「朝野上下，不甚聯絡」、「中國民數三四百兆，而人各有心，並無眾志成城之勢」（第23回，頁59）等，歸納出以下結論：

> 這兩段對話，可謂擊中晚清社會積弊之深者也，前一段集中於晚清當時繁冗之政局，官員鮮有堪才之人，政治結構層層牽制，很難形成良好的行政職能；後一段更深挖了國家合力這一問題，上下不達的政局結構，使國家很難形成政治合力：毫無國家觀念的孱弱子民，使民族很難形成強大的凝聚力，而奸佞之臣盈於朝野，更使得官無恒志，不能生成一個精誠合作的官僚體系。[78]

墨守成規一項，則可由聯合艦隊司令官伊東祐亨寫予北洋水師提督丁汝昌的勸降書觀之，亦屬鞭辟入裡，節錄如以下：「至清國而有今日之敗者，固非君相一己之罪，蓋其墨守常規，不諳通變之所由致也。夫取士必以考試，考試必由文藝，於是乎執政之大臣，當道之達憲，必由文藝以相陞擢，文藝乃為顯榮之階梯耳，豈足濟乎實效。當今之時，猶如古昔，雖亦非不美，然而清國果能獨立孤往，其道能行於今日乎？……今貴國亦不可不以去舊謀新，為當務之急，亟從更張，苟

78 王昊：《從想像到趨實：中國域外題材小說研究》，頁249。

其遵之，則國可相安，不然，豈能免於敗亡之數乎？」（第17回，頁43）

由以上可知，《中東大戰演義》對於戰敗的檢視，確實是達到軍、政、民，甚至是觀念等不同層次的弊端的。另外，隨著清軍的失利，割地、賠款之辱已成定局，因此李鴻章也難逃輿論的譴責。小說中就有一段提到民間寫了一副對聯：「宰相合肥天下瘦，司農常熟世間荒」，而李鴻章本人卻認為雖是「諷刺自己，理亦不謬」（第19回，頁48），作者似亦覺無從置喙。

至於第十九回至第二十一回，則皆由李鴻章及伊藤博文的會談對話所構成，儘管被蔡國梁批評是「冗贅煩瑣，缺乏提煉」[79]，但可以留意的是，此時李鴻章七十三歲，伊藤博文五十五歲，李鴻章又特別說到：「見貴大臣年富力強，辦事從容，頗有蕭閒自在之樂」（第19回，頁49）。確實猶如竹村則行所言，兩人的交鋒象徵著「老大國中國」與「新生日本」的命運錯身，而且「事實比小說更離奇」（事実は小説よりも奇なり）[80]；王永健也認為，李、伊二雄的激辯雖非創說，只是機密文獻的迻錄，卻帶有小說之風味。[81]職此，這場論戰不僅有暗示中日兩國國力的表述作用，也是一次相當精彩的攻防，茲引一端為例：

> 李云：「我不肯讓，又將如何？」伊云：「如所讓之地，必須兵力所到之地，我兵若深入山東，各省將如之何？」李云：「此日本新創辦法。兵方所已到者，西國從未全據，日本如此。豈

79 蔡國梁：〈甲午戰爭的重現——《中東大戰演義》〉，頁36。

80 詳見〔日〕竹村則行：〈清末小説『説倭伝』に全文転載された李鴻章編『中日議和紀略』をめぐって〉，頁23。

81 王永健：〈《說倭傳》平議〉，頁254。

> 不貽笑西國？」伊云：「中國吉林黑龍江一帶，何以讓與俄國？」李云：「此非因戰而讓者。」伊云：「臺灣亦然，此理更說得去。」李云：「中國前讓與俄之地，實係甌脫荒寒實甚，人煙稀少，臺灣則已立行省，人煙稠密，不能比也。」伊云：「尺土皆王家之地，無分荒涼與繁盛。」李云：「如此豈非輕我年髦，不知分別？」伊云：「中堂見問，不能不答。」李云：「總之，現講三大端，二萬萬為數甚鉅，必請再減。營口還請退出，臺灣不必提及。」伊云：「如此我兩人意見不合，我將改定約款交閱，所減只能如此，為時太促，不能多辦。照辦固好，不能照辦，即算駁還。」李云：「不許我駁否？」伊云：「駁只管駁，但我主意，不能稍改，貴大臣固願速定和約，我亦如此。廣島有六十餘隻運船停泊，計有二萬噸運載，今日已有數船出口，兵糧齊備，所以不即出運者，以有停戰之約故耳。」（第21回，頁54）

遲暮之年的李鴻章據理力爭，但意氣風發的伊藤博文則咄咄逼人，二人背後的祖國，也彷彿處於日薄西山（老大國中國）與旭日東昇（新生日本）的兩道光影之下。中東大戰不僅在沙場上上演，也延伸到了談判桌上，而不管是在哪一個肅殺的陣地，滿清都片甲不留，顯示弱國無外交的辛酸。而有別於《蜃樓外史》或主戰派眼中的李鴻章，在小說家筆下，這位老人確實多了幾分悲劇的色調，這也是事過境遷後，世人重新審視甲午之役所能得到的平反作用。

除了持平呈現李鴻章在甲午戰爭中的形象，並藉之突顯中國的內憂以外，《中東大戰演義》對於前線的將士也有許多黜陟幽明的筆墨，可以注意。中東大戰雖然結果是清軍潰敗，但不代表過程之中乏善可陳，不管是陸戰或海戰，中國的軍人都是英勇與怯懦交織的複合形象。如法國《全球畫報》(*L'Univers illustré*)一八九四年九月二十二日的報導〈在朝鮮〉(*En Corée*),就稱頌了清軍的勇敢:「清軍前鋒部隊英勇抵抗,卻後繼乏力。部隊主力陷入恐慌,數以百計的士兵被殺。他們被團團圍住,已經無處可逃。然而,仍有一些士兵直到最後還誓死抵抗。」[82]另一方面,詹姆斯・克里爾曼卻在親睹清軍在金州之役的丟盔棄甲後,提出了一個沉重的叩問:「然而,金州曾是俠士和英雄之鄉。……誰能解釋一個曾經英勇無畏的民族現在何以淪落至這般懦弱呢?」[83]

海軍的情況也是,在英國《圖片報》(*The Graphic*)的報導中,丁汝昌「倚劍東溟勢獨雄」的堅毅不拔,和其他將領形成鮮明的對比:「他在黃海海戰中表現出的勇猛與那些貪生怕死的中國艦長形成了非常大的反差,當時丁元帥一直戰鬥在火力最激烈和最集中的第一線,即便臉頰和腿部受了重傷,他依然沒有動搖。」[84]相較於朝中主戰派對丁汝昌的撻伐,外媒則站在同情的立場,《中東大戰演義》也試圖以客觀的態度,還原其人在甲午一役的是與非,這跟乙未戰爭小說或《蜃樓外史》「畏戰」、「通敵」之影射就有頗大的區別。創作者率先檢討的是丁汝昌採取的戰略方針:

> 忽有致遠兵輪管駕鄧世昌進策曰:「倘倭船來攻,依我鄧某愚見,必將大隊兵輪,分列於大東溝四面埋伏,待倭船進了大東溝,我水軍環而攻之,可獲全勝也。」丁統領曰:「此計非為不妙,但恐我水師炮手,習練槍炮日少,驟未精熟,反被倭人直進,……。」……丁統領曰:「倭人將到時,便將我大隊兵

82 收於趙省偉主編,沈弘等編譯:《海外史料看甲午》,頁31。

83 〔美〕詹姆斯・克里爾曼(James Creelman):〈從平壤戰役到旅順大屠殺〉,頁101。

84 收於萬國報館編:《甲午:120年前的西方媒體觀察》,頁155。

> 輪，擺成一字長蛇陣，橫向大東溝口，以逸待勞。倭船一臨，我軍便亂放炮，倭船必有為我所轟沒矣。」鄧管帶曰：「據大帥之謀，不過與倭船迎面相擊而已。若兩面對攻，則我之炮能亂擊倭船，而倭之炮亦何嘗不能亂擊我艦耶？大帥此計，請再三思。」丁統領曰：「彼寡我眾，何妨與其對攻？」（第6回，頁22）

在此，小說家脫離了廷議「敗葉殘丁」的譏刺，乃是就丁汝昌的布局失誤提出戰敗的反省，就事論事，力圖公允，是文本的可取之處。然須釐清的是，以現代學者的研究來看，中日戰艦狹路相逢於大東溝，並非「以逸待勞」，而丁汝昌採取所謂「一字長蛇陣」（橫陣），也不是單純「迎面相擊」。

首先，北洋水師之所以拔錨遠航，是為了掩護陸軍的登陸，而日本聯合艦隊則是為了捕捉中國運輸船。兩軍的決戰是在有點意外的情形下爆發的，否則對中國來說，更有利的情況應該是逗留在港口淺水區，以減少機動力不足的劣勢，但如此一來勢必波及運兵船。[85]其次，北洋水師的布陣並非僵直的挨打，而是主動的出擊，企圖根據航速、轉向半徑、炮位的不同進行兩艦分隊（共五個分隊）的隨機應變（見本章附圖一），好處是在戰事正酣之際，可以補充旗語指揮系統的不足。更重要的是，丁汝昌所使用的戰術並非無前例可尋，一八六六年利薩海戰，奧地利曾據之擊敗義大利，這種衝撞戰法，可說是流行於當時世界海軍領域的新穎觀念。[86]

當然，一八六六年奧地利海軍的成功，最終無法為一八九四年北

85 陳悅：《甲午海戰》，頁105。亦可見馬幼垣：《靖海澄疆：中國近代海軍史事新詮》（臺北市：聯經出版事業公司，2009年），頁23-32。

86 以上詳見陳悅：《甲午海戰》，頁113-116。

洋水師所複製，這是不爭的事實，因此丁汝昌所使用的戰術也的確有可以討論的空間。不過，無論小說家的批評是否到位，其能夠拋棄主戰派攻訐的目光，轉而就主帥的布陣決策進行客觀的析剖，雖未深於堂奧，但到底算是出入廊廡了。

關於丁汝昌及海軍在戰場的表現，《中東大戰演義》還加入了一段小插曲，事見於旅順淪陷之後：「據言倭軍攻至旅順之時，中國海軍中人，尚多有在戲場觀劇者。丁統領禹昌亦在其間。……及倭人既得旅順，該處戲場尚在開演，每日觀者如常鬧熱。倭營官安好了寨，亦多有跑至戲場觀劇。……倭將不禁失笑曰：『喪師失地，汝等尚在此演戲也，無恥之徒，直類禽獸耳！』」（第11回，頁33）

此事是否只是說部之言呢？據當時日本《國民新聞》之報導：「劇場內十歲至十五歲的少年演員有百十餘人，包括這裡的成人內在，劇團大約二百人，都是旅順道臺從北京、天津請來的戲班子，也有說是北洋艦隊提督丁汝昌帶來的。巷戰中，劇團的十七名成人被槍彈斃命，其餘一八〇人在接受（日本）第二軍司令審查後，被命令從二十五日起，每日晝夜各演出一場，為日本官兵慶賀大捷、迎接新年助興。」[87]

《中東大戰演義》在第九回寫了左寶貴夫人為夫報仇的壯志，又在第十一回刻描了「商女不知亡國恨，隔江猶唱後庭花」之伶人，呼應其所謂「虛虛實實，任教稽古者詼諧者互相執博」的藝術準則，而無論這些情節是虛是實，都已達到了褒賢遏惡的效果了。由伶人之「媚敵」，連結的是丁汝昌「降倭」之公案。

在前文介紹乙未戰爭小說時，也約略提到了時人對此事的義憤填膺，認為「自丁雨亭降虜之後，而中國幾無丈夫之氣」，那麼在經歷

87 收於萬國報館編：《甲午：120年前的西方媒體觀察》，頁225。

兩年的沉澱後，小說創作者筆下的丁汝昌，其結局又是如何被評價的呢？在十七回的回目是「丁禹廷獻船媚敵」，似乎與乙未戰爭小說之立場無異，不過仔細來看，會發現文本同時亦客觀還原了丁汝昌所面臨的困境：

> 是時劉公島一連被困了數日，丁統領便著各兵船，以決死戰殺出。惟船上各西人見勢窮力竭，均有降倭之心，全無戰意。丁統領自知難守，遂教用電線炸藥，將炮臺轟毀，免資敵人所用，而炮臺之人，竟有不遵號令，不肯燃炮者。丁統領見令不行，即執洋槍，轟斃兵丁四名，兵士方勉強應戰兩點鐘之久。倭兵見攻炮臺不下，遂將兵船駛去。伊東收軍之後，細想丁汝昌本是自己幼年窗友，今日勢孤力窮，倒不如脩書一封，勸其投降，以免相持日久。（頁42）

戚其昌提到，當時海軍流傳著「鐵打的旅順，紙糊的劉公」的說法[88]，而滿布炮臺的旅順一旦落入日軍手中，其實也早為北洋水師的命運敲響喪鐘了。丁汝昌雖然尚在劉公島負隅頑抗，然而，在士氣、戰備、地勢都屈居下風的狀況下，已是四面楚歌——鏖兵約半年的甲午戰爭，就要在伊東祐亨的勸降中劃下句點了：

> 丁禹廷啟書看罷，不覺淒然淚下，心中無主，憂悶殊常。正在躊躇之間，又有西員數名，異口同聲，勸其投降，以保眾人之命。……後丁統領進退維谷，遂依眾西人之意，於正月十八日，用咨文回覆倭帥。……丁禹廷寫信既完，交與張壁光，命

88 戚其章：《甲午戰爭新講》，頁161。

再往倭營投遞。丁禹廷即入帳內，服食洋烟畢命。……丁統領獻船媚敵之事，後人有詩嘆之：事窮力竭尚沉吟，仰藥捐軀謝古今。獨惜獻船思媚敵，誰能略跡且原心？（第17回，頁44-45）

丁汝昌為保全麾下性命而「獻船媚敵」的「原心」，直到今日都還是聚訟不已[89]，但至少在《中東大戰演義》，或甚至日本浮世繪《御国の誉》（*Mikuni no homarei*）中，都表現出某種程度的同情或尊敬[90]；丁汝昌其人在甲午戰爭的對或錯，小說家便是忠實地就決策、處境方面進行客觀的呈現，留予後人去判斷，可謂春秋筆削。

此外，與「劉公島獻船之醜」同被創作者列為「中國之恥」的，還包括「天粧臺畏敵之羞」，這是發生在第十四回，湖南巡撫吳大澂以一介書生之姿，不諳戰事，卻自信麾下湘勇「高長大漢，敢死之士」，竟毛遂自薦，趕赴山海關，甚至曉諭日軍投降：「迨至該兵三戰三北之時，本大臣自有七縱七擒之計」。無奈倭人視為沒字碑，全不畏葸，反而是吳大澂被日軍炮聲嚇破膽：

迨吳大澂將天粧臺時，每日聞接仗之炮聲隆隆，未戰已有幾分膽怯。但已領聖旨，又不能半途而回，遂無奈勉強趕程前往。……令其兄吳大良統領前軍。不想未戰之先，已為倭人之

89 如王昊即對丁汝昌的做法不以為然，且認為小說作者的理解有所偏頗。見氏著：《從想像到趨實：中國域外題材小說研究》，頁250。

90 據日本浮世繪《禦國之譽》（御国の誉）：「二十三日，北洋艦隊提督丁汝昌，遺留下感謝我軍司令長官好意的書函，在艦長室服毒自盡。勝敗自有天定，像他這樣把敗軍之責一身獨攬，為保名節而自行了斷的提督，縱使是我們的敵人，也得說他是以值得敬佩的軍人方式完結了人生。」收於萬國報館編：《甲午：120年前的西方媒體觀察》，頁245。

> 炮聲，嚇破其膽，立即斃命。吳清帥得聞其兄凶報，益加嚇煞，未至陣前，一聞炮響，便棄寨而走。……宋帥見其情形，殊屬可憐可笑，遂安放他在後營調理壓驚。吳清帥自請從戎之事，後人有詩嘆之：書生厭亂起雄心，陣上忘攜退敵琴。寇氛未滅先遭敗，諒此忠誠亦可欽。（頁38-39）

吳大澂自亂陣腳，損兵折將，甚至和馳援的部隊「互相踐踏，死者不計其數」，大扯後腿。但賴芳伶也說到，在當時雖多譏刺其書生誤事，可是作者並未在此發揮後見之明，將吳大澂嘲辱一番，而是在「可笑」之餘看到「可憐」之處，並以「諒此忠誠亦可欽」的文字發揮設身處地的仁心，可見其人的敦厚。[91]而值得注意的是，過去明清小說「倭患書寫」中屢屢被提及的諸葛亮形象，其「七擒七縱」的談笑用兵已喪失神效，取而代之的是大擺空城的「退敵琴」；不過，這最後一道險計亦無法扭轉戰局，暗示了中國面對日本侵略時的山窮水盡。

從李鴻章、丁汝昌到吳大澂，這些背負罵名的人物都在《中東大戰演義》中獲得一定的翻案，而其餘將士則相對單純，各自受到賢賢賤不肖的董狐之筆。先從正面評價來看，首先是海軍的鄧世昌（1849-1894），其英勇殉國的行動受到了揄揚：

> 迨後鄧管帶諒眾寡不敵，恐失手被擒，乃下令即鼓輪，將船與倭船相撞。俄而致遠與倭船俱皆沉沒。鄧管帶見船將沉，便跳入江中盡節。惟平日管帶畜有義犬一頭，待之甚厚，見管帶下水，其犬以為失足誤跌，遂投入水面，以救其主。……忠臣義犬，一齊盡節，後人有詩以美之：報國捐軀仰鄧君，忠臣義犬策殊勳。出師未捷身先死，名勒旂常處處聞。（第6回，頁23）

---

91 賴芳伶：〈清末幾部有關甲午之役的小說〉，頁148。

鄧世昌率「致遠」企圖衝擊「吉野」，卻「出師未捷身先死」，與愛犬「太陽」一同淪為波臣的事蹟，既寫下甲午戰爭史上中國軍人悲壯的一頁，自然也受到小說家的青睞；而唯一不同於史實的，則是「致遠」在完成任務前便已沉沒，並無與倭船同歸於盡之事。陸軍方面，包括左寶貴、馬玉崑、宋慶（1820-1902）、聶士成（1836-1900）等，也都有熠熠生輝的表現，如第八回寫左寶貴中彈斃命：

> 左軍門聞倭軍兵到，乃即點兵應敵，親立於陣前，頭戴紅纓大帽，紅頂花翎，身穿黃馬褂，督令士卒，放炮助威，軍容甚盛。……未幾，馬玉崐復出陳，於左軍門之前曰：「吾看倭人之槍，每每向大帥而擊，吾深為大帥憂。以末將愚見，請將黃馬褂脫下，……。」左軍門曰：「吾之黃馬褂，係在疆場，出生入死，得蒙御賜，今豈可畏死而去之。」……直至午刻，倭人一槍，射中左軍門手臂，左軍門恐軍心有慢，忍耐痛楚，仍立陣前，勇加百倍。各兵卒見左軍門帶傷迎敵，絕無退縮之心，不禁軍心奮激，倍加死戰，奮勇爭先，一時槍炮齊鳴，擊斃倭人無數。於是華軍大捷。（頁26-27）

左寶貴血灑平壤，其屹立不搖的身軀洗刷了清軍懦弱、渙散的污名，證明中國人雖處於兵力懸殊、被動守禦、炮火不敵等劣勢[92]，卻仍有與日軍一搏的勇氣，也為甲午之敗保住了一絲尊嚴。鄧世昌、左寶貴之犧牲，不僅具有典型在夙昔的歷史意義，同時也是充滿文學張力的一幕，正如王昊所說的：「作者使用了兩個細節——鄧世昌撞船及義犬救護，左寶貴誓死不脫黃馬褂，將兩位中華英雄的忠君報國的神武

92 詳見戚其章：《甲午戰爭新講》，頁92-93。

風采畢現紙上，今時讀之仍能讓人熱血沸騰。」[93]

又《中東大戰演義》第十回寫宋慶用兵如神：「遂命大隊佯輪詐敗而走。倭軍從左邊石橋，追趕華軍，槍炮彈急如雨下，華軍轉而從右邊石橋殺來，倭軍大敗。……是役也，倭軍統計陣亡之將，共有三員，士卒死傷無數。華軍大獲全勝，陣上傷亡者，不過四十餘名。是時莫不歡聲雷動，皆稱宋帥用兵如神。」（頁31）第十二回寫聶士成斬殺倭將：「聶帥益加震怒，即令馬隊從倭軍後面攻擊，倭軍大敗。是時華軍乘著勝利，勇加百倍，奮力血戰，斬了倭將一名，並擊斃士卒無數。」（頁33-34）這些描寫雖然有虛有實，但是宋、聶二軍及依克唐阿部隊的謀略與驍勇，確實扼住了日軍在遼東的長驅直入，等到寒冬降臨，讓敵人無力續戰[94]，輾轉爭取到了和談的空間，功不可沒，小說家亦肯定了其表現。

相對於上述果敢、堅毅的將軍們，戰場上膽小如鼠的逃兵則讓中國蒙羞，在小說家筆下亦一五一十地重現其醜態，包括陸軍的葉志超、衛汝貴、衛汝成、龔照璵、黃仕林，以及海軍的方伯謙、蔡廷幹。先看葉志超和方伯謙，此二人的怯戰較無爭議：

> 卻說葉志超年近古稀，雖稱宿將，亦不過是個貪生怕死之徒。……是晚勝了倭人，回寨悶悶不樂，細想：「倭人兵士之勇銳，槍炮之堅利，自問未易取勝，今日得勝倭人，實乃徼倖之事。釜山諒亦難以久持，倘有疎虞，我老命休矣。」……於是自統其軍，大半退守牙山去訖，只留細半殘卒，把守釜山。由是軍士莫不暗罵其貪生怕死，各有懶慢之心。……聞倭兵殺來，即望風逃潰，釜山遂為倭人不勞而得。（第4回，頁18）

93 王昊：《從想像到趨實：中國域外題材小說研究》，頁246-247。

94 詳見戚其章：《甲午戰爭新講》，頁177-182。

> 是時倭軍本欲敗走，因見華軍方伯謙所帶之濟遠船。似有退避之勢，於是倭軍料將成功，倍加奮勇，與華軍攻擊。未幾，方伯謙竟然畏敵，即駕船遠遁，因而軍心怠慢，遂漸漸相率而逃，只有廣丙致遠兩軍船，與倭力戰。（第6回，頁23）

葉、方兩人的臨陣退縮，對戰局的影響都很巨大，葉志超身為平壤諸軍主帥，不僅貪生怕死且謊報戰功，嚴重延誤軍情，固不待言。方伯謙所駕「濟遠」的脫逃，讓同屬僚艦的「廣甲」也隨之行動，北洋水師等於直接少掉一個分隊的戰力（其實「濟遠」一開始就刻意落後於陣型之後）；更離譜的是，「濟遠」在逃遁的過程中還撞沉友艦「揚威」，讓中國海軍陷入雪上加霜的噩運。[95]因此儘管有現代學者如石泉意圖為方伯謙平反[96]，但從水手口碑、洋員反應、日方紀錄及方氏自述來看，其人畢竟難辭其咎。[97]

《中東大戰演義》又寫陸軍衛汝貴、衛汝成兄弟侵吞軍餉：「忽有諜者回報，謂倭人業已過了石橋，衛汝貴、衛汝成因侵吞軍餉，官兵不服，久已逃遁一空，衛汝貴、衛汝成於臨陣時，只得用葉志超之眾，與倭人接仗。因華兵太少，寡不敵眾，倭人洋槍隊轟擊華軍，華軍早已各鳥獸散。」（第10回，頁30）旅順守將龔照璵、黃仕林的望

95 詳見陳悅：《甲午海戰》，頁218-222。

96 石泉認為北洋水師之敗，罪在劉步蟾：「劉步蟾為北洋海軍事實上之總指揮官，而其本人則頗怯懦自私，惟求自身之安全，而置全軍命脈於不顧，海軍此役之慘敗，彼實應負最大責任。然而以其工於掩飾，又虛報戰績，結果非特無罪，反得獎賞，而濟遠管帶方伯謙則被構陷而處斬於旅順，死非其罪，亦由於彼。」見氏著：《甲午戰爭前後之晚清政局》，頁115。

97 戚其章曾針對方伯謙是否冤枉一事進行比較細膩的考證，提到一般為其平反所根據的材料，有《冤海述聞》和《盧氏雜記》兩種，但兩書作者何廣成、盧毓英，分別是方伯謙親信及「廣甲」船員（此人戰時多在艙內操作），其立場及證詞都有一些疏漏。詳見氏著：《甲午戰爭新講》，頁135-144。

風而逃：「是時旅順係龔觀察照璵、黃仕林等一般貪生怕死之輩鎮守，每日聽聞倭人之船炮聲隆隆，不禁嚇得心膽俱落。……將到旅順，早有諜使報說，龔觀察照璵、黃仕林等，均已逃走，旅順已為倭人所奪。」（第11回、第12回，頁31-33）以及海軍蔡廷幹在劉公島陣前倒戈：「而倭船日日增加，救兵陸續添到，統帶水雷蔡廷幹，見倭人軍威雄壯，膽戰心驚，恐防有失，遂修書降倭。倭人以其技藝頗精，使其照常統帶水雷。一自蔡廷幹降了倭人之後，倭兵輪便長驅大進，如入無人之境，占據炮臺數處。」（第15回，頁40）

關於上述諸人被控訴的罪行，現代研究者已有翻案，像衛汝貴兄弟和龔照璵等人，陳悅提出了係被山東巡撫李秉衡誣告的看法。前者在討論《蜃樓外史》時，也提到其有被主戰派羅織罪名的嫌疑；後者之離開旅順，則是為了籌糧求援，但卻被參奏為亡命逃跑。[98]至於蔡廷幹，留美期間被同學暱稱為「火爆唐人」（Fighting Chinese）的「福龍」魚雷艇指揮者，在黃海海戰曾勇猛狙擊「西京丸」，連時在艦上的軍令部長樺山資紀都已閉目待斃，只不過千鈞一髮之際，魚雷卻擦身而過。[99]這樣的鬥士會選擇在威海出逃，的確有點蹊蹺，因此陳悅抽絲剝繭，解釋了「福龍」其實是為掩護求救之信使，但不幸事敗被俘。[100]

總而言之，關於甲午戰將的功過對錯，確實在一定程度上受到了朝中黨派鬥爭及地方官僚謊報的影響，也左右了後人的判斷；且不論當時「黃鐘毀棄，瓦釜雷鳴」的氛圍，其中牛驥同皁的狀況，就連今

98 詳見陳悅：《甲午海戰》，頁289-291。然而陳悅也提到，無論龔照璵離開旅順的本心為何，造成群龍無首，人心大亂的惡果的確是事實。又衛汝貴兄弟被冤枉一說，亦可見戚其章：《甲午戰爭新講》，頁94-95。

99 詳見陳悅：《甲午海戰》，頁187-200。亦可參見〔日〕戶高一成：《靖海澄疆：中國近代海軍史事新詮》（東京：株式会社角川書店，2011年），頁198-199。

100 詳見陳悅：《甲午海戰》，頁442-445。

日仍難以一槌定音。[101]作者或許囿於材料的限制，或許出於藝術的需求，其筆下人物與真實的歷史有些若即若離的差距，是完全可以理解的。

此外，還有一點值討論：《中東大戰演義》對於日軍在旅順大屠殺的暴行非常輕描淡寫：「且說倭水軍自據了旅順，便將旅順所有貴重器皿，遷掠一空」（第15回，頁39），但事實上在當時，旅順可謂生靈塗炭。[102]類此日本在甲午戰爭中的殺戮，在小說中幾乎都很簡略，這也與明清小說「倭患書寫」非常不同。筆者的理解是，對於作者來說，更重要的是在透過說部揭櫫中國所面臨的政治、社會問題，以及盡量給予甲午戰將一個客觀的評價；相較之下，去渲染敵人的殘暴並不是該書的重點，因此作品的結局：「中國深恥為倭所敗，乃將各政事大修，參以西法，又開蘆溝鐵路，創立銀行，設辦郵政，政治一新，四方民人，皆昇平之世，至今外邦猶未敢犯，想必將來益加強盛，威震五洲矣」（第33回，頁81），就成為小說家最深沉的寄託了。

---

101 例如馬幼垣就認為，蔡廷幹之射擊日艦未果，並非壯士扼腕之舉，而純粹是「臨陣極為慌張失措，絲毫不像訓練有素的職業軍人」。見氏著：《靖海澄疆：中國近代海軍史事新詮》，頁160-161。

102 以西方記者弗雷德里克．維利爾斯（Frederic Villiers）在《北美評論》（*The North American Review*）的文章〈關於旅順的真相〉（*The Truth about Port Arthur*）為例：「在距離我們房子不到一百碼的一個沙堆上，有一個大概只有兩個月大的女嬰，十分可憐。她剛剛從父親的懷抱中掉下來，她的父親試圖從殘忍的日軍手中逃脫，但不幸身受重傷，正躺在幾碼之外的地上，脖子上有刺刀造成的傷口。他溫熱的血液在嚴寒中仍冒著熱氣。殺害他的那隊惡魔士兵已經走向了下一個目標，正忙著射殺幾位老人，這些老人正雙手背後地跪在日軍的步槍前，其中有幾位已經中槍倒地。日軍占領旅順後，這樣的血腥慘劇上演了整整三天，直到大約剩下三十六個中國人。」收於劉文明編：《西方人親歷和講述的甲午戰爭》，頁193。

三　終須一敗：寫實的戰爭與劉永福神話的破滅

作為明清小說「倭患書寫」的尾聲，《中東大戰演義》還有一點與過去的文本非常不同，那就是寫實的戰爭描寫。陳昭利在其研究結語中的概括，對於理解該書的在小說史上的位置有很大的幫助，茲節錄藝術層面的論點如下：

> 《中東大戰演義》演述甲午戰爭的史實，無疑的，稱得上是一部晚清典型的戰爭小說，然而，它的性質卻迥異於明清之際的戰爭小說，特質如下：一，它的史事成分增多。二，它具有時事小說（見前述第二節）的特質：時效性、真實性及政治性。三，《中東大戰演義》雖是戰爭小說，但它不具有神魔成分，明代小說及清代小說中如《封神演義》、《征西說唐三傳》、《五虎平西平南傳》、《鋒劍春秋》、《三寶太監西洋記》、《孫龐鬥志演義》、《平閩全傳》等戰爭小說所現的神魔人物，《中東大戰演義》中完全沒有出現，既沒有神魔情節，也沒有神魔人物。四，它是以人為中心的戰爭小說，而且這些人物大都是真實存在於當代，絕大都數是非虛構的；戰爭的空間雖都以人間戰場為主，但它沒有神、魔之戰，是以「人」為主的戰爭。五，過去明清時期的戰爭小說，正義的一方總是能戰敗邪惡的一方（正義的一方通常是中國，邪惡的一方通常是外夷），或者中國總是能打敗夷寇；《中東大戰演義》剛好相反，由於它的史事成分增多，反映了更多的歷史真相，所以文本中的情節是中國被夷寇打敗，被侵略者只能接受侵略者的宰制；從這裡也可以看出晚清戰爭小說的風格是完全不同於明代或清代初、中期的小說。[103]

103 陳昭利：〈甲午戰爭小說研究——論洪子貳《中東大戰演義》〉，頁48-49。

上述的觀察，是否能由《中東大戰演義》輻射所有「晚清戰爭小說」（其對晚清的時代限界是1840年後），當然不無疑問，例如前文討論到的《花月痕》、《蜃樓外史》等，就多少帶有點神魔色彩。不過，若將範圍限縮到明清小說的「倭患書寫」，陳昭利的看法基本上就無可挑剔，這也與該書的反省意識互為表裡。創作者係以理性的思維去檢視甲午之役的來龍去脈，徹底拋棄以滿足民族激情為旨趣的創作目的，寫下「終須一敗」的血與淚，這是一個巨大的突破。小說家希望可以藉之喚醒國人：「知恥而後勇」，作品遂與過去以維護傳統華夷秩序的情節走向大相逕庭，主要表現於寫實的戰爭與劉永福神話的破滅。

《中東大戰演義》的價值之一，在於完整呈現甲午戰爭的整體經過，從開戰的原因，東學黨之亂、豐島海戰、朝鮮陸戰、黃海海戰、遼東陸戰到威海衛海戰，最後更寫到了乙未戰爭及和約的內容，這才能讓人具體認識到戰爭為何爆發？中國又為何戰敗？戰爭的起點之所以在朝鮮半島，原因跟市場的利潤有關，小說云：「自光緒元年，日人始起四出謀生。日人所到之處，以朝鮮國為最盛，後以可獲厚利，遂愈來愈多。至光緒十五年，在高麗漢城一處日本民數，竟多至數萬，若統韓國而計其數，便可想而知矣。朝鮮既為日本繁盛之區，自然有日國欽使，以保護商民，此是一定之理。……遂商定計，議請倭主借保商人為名，侵伐高麗，以闢疆土。」（第1回，頁11-12）

市場的保護及進一步擴大，是日本及默許其行動的列強的著眼點[104]，甲午戰爭可以說是一場商業的戰爭，點出其中的關鍵，才能擺

104　〔日〕加藤陽子：「確實有個相當大的期待，也就是只要能在甲午戰爭獲勝、獨占對朝鮮的經濟及政治影響力，日本就可以擴大市場規模」、「而且，在馬關條約中也同意除了已經作為貿易港開放的場所之外，另外再開放湖北省沙市、四川省重慶市、江蘇省蘇州府及浙江省杭州府等地。對日本提供的條件因為也可以平等地適用於各個外國，所以對各個外國來說，日本的勝利是實現貿易上的利益」。見氏著，黃美蓉譯：《日本人為何選擇了戰爭》，頁102、116。此外，法國《插圖報》

脫傳統認為日本是海賊的思維，進一步了解敵人的目的及禦敵之方。小說要砭愚訂頑，就必須立基於現實，過去說部常見的神魔敘事便被作者捨棄，因此明清小說「倭患書寫」中動輒翻江倒海的海戰場景，在文本中只剩平實的文字。以下分別引豐島海戰、黃海海戰及威海衛海戰一段為例：

> 是時海軍衙門，亦由恭親王管理，稽查兵輪之數，實為短小，不敷調用，遂出令著從洋行租賃商輪，以充海軍調用軍糧器械差使。……不料事機不密，竟為倭人奸細探悉，早已報知倭營，……倭船見高陞、圖南鼓浪而行，全不以號炮在意，即拉上炮旗，而圖南、高陞仍不理會，於是倭人遂發一炮，打中高陞船旁，全船遂即沉沒江中。圖南睹此情形，料難逃脫，即停車泊止，斂手就擒。(第4回，頁16)

> 是日午刻，倭船大隊，威風凜凜，一路擊鼓而來。不移時，兩軍相對。槍炮之聲，勢如雷電，彼此互攻，戰了兩點鐘之久，勝負不分。吳管帶見未得勝，便駕著廣甲兵輪，直衝而出，放了一炮，正中著倭人兵輪，名架把馬魯倭船，架把馬魯即帶傷逃遁。俄而鄧管帶駕了致遠，林管帶國祥駕了廣乙，快駛上前，與倭軍對面攻擊，放了一炮，正中著倭軍座駕船，傷了副水師提督之臂。(第6回，頁22-23)

(*L'Illustration*) 一八九四年八月四日的報導也提到，朝、日之間的市場隱藏著誘人的利潤:「理論上，朝鮮是清朝的藩屬國。事實上，它依附於日本貿易。1876年，儘管有中國的反對，日本還是迫使其開放了三個重要港口，它們是：靠日本海的元山、釜山，以及靠黃海、位於漢城西南方的仁川。每年，通過這三個通商口岸，價值一四〇〇萬法郎的貨物從長崎出口，進入朝鮮。」收於萬國報館編：《甲午：120年前的西方媒體觀察》，頁5。

> 守臺之人，極為勇敢，水雷統帶蔡廷幹，乘著倭軍不備，轟放魚雷，正中倭人船艦，名曰金馬，當即沉沒海中。倭艦欲勉強駛入威海，又為魚雷船安排週密，環而攻之，所以不能前進。倭人連攻數日不下，只得令大隊兵輪，將威海衛圍得水洩不通，槍炮之聲，不絕於耳。（第15回，頁40）

從豐島運兵船因暗號被破解而遇襲，到黃海中日雙方你來我往的炮戰，最後則是威海衛的困獸之鬥，《中東大戰演義》確實重現了戰爭的經過。當然，其中的描寫虛實相參，無法完全貼合歷史，像黃海海戰，「廣乙」實未參戰，「廣甲」表現平平，後隨「濟遠」遁逃。就戰爭過程來說，除鄧世昌駕駛的「致遠」最為壯烈之外，「定遠」、「鎮遠」、「超勇」、「揚威」等可說是全程參戰，也能確實擊中敵艦；後來「定遠」面對五艘日艦圍攻仍不動如山，更被日本水兵稱為「不沉的定遠」（まだ沈まずや定遠は）——但這些都沒有被小說家寫出來。聯合艦隊當中，以「比叡」（*Hiei*）、「赤城」（*Akagi*）、「松島」（*Matsushima*）、「西京丸」（*Saikyō Maru*）等毀損最為嚴重，幾乎是沐浴於彈雨之下，但全隊之中並沒有叫作（或音似）「架把馬魯」的船艦。[105]

上述的細節，都是充滿戲劇性的素材，但小說家卻並未收入書中。筆者的判斷是，其人所能掌握的文獻可能有限，否則的話應該不會放過這畫龍點睛的機會；正如同自述所說的：「惟有聞一件記一件，得一說載一說」，是用這樣按圖索驥的方式在拼湊故事的進程，

---

105 以上黃海海戰之細節，詳參〔日〕戸高一成：《海戦からみた日清戦争》，頁183-206；陳悅：《甲午海戰》，頁91-245。筆者按：日本水兵三浦虎次郎臨死前吶喊：「まだ沈まずや定遠は」（「定遠」還沒被擊沉呀……？）之逸話，後來被改編成日本軍歌《勇敢的水兵》（勇敢なる水兵）。

自然與史實有些參差。[106]作者的創作態度，固然使得其筆下的海戰未能揮灑蔓衍虛誕的幻想，看上去平淡、樸素；但從另一個角度來說，也脫離了仙聖、海怪浮誇的鬥法，把戰爭勝負的決定權還給凡人，使得場景充盈著飽滿的血肉。

過去小說在寫到中國抗擊倭寇的情節中，確實充斥著太多不可思議的致勝之道，如《水滸後傳》、《女仙外史》，以飛雪／飛劍禦侮，其扭轉乾坤的法術占據了情節的關鍵，確實無法契合於以寫實為要求的小說。《中東大戰演義》要寫戰爭的中止，當然不能如法炮製，而是在史實的基礎上生發變化。以遼東之戰為例：

> 是晚倭軍，果然乘著大雪，便殺向華軍營來。華軍聞倭兵殺到，即詐敗而走。……遂令殺入寨內，倭兵得令，遂亂踏冰雪，向華寨而進。詎將至營前，重重疊疊，陷入穴中，為雪冷斃者，不計其數。華軍不費一彈，不折一矢，大獲全勝。……是時正值窮陰，凝閉凜烈，海隅倭軍，所給者皆單薄綿衣，又要耐寒苦戰，況倭人素不慣耐風雪，因而冷死者，實不勝數。倭帥恐失軍心，遂定下計策，著將大軍南下，以避冬寒，俟至春暖天時，再行出戰，惟每日所行不過十里八里，以騙各軍。（第13回，頁36-37）

106 以鄧世昌駕「致遠」撞沉倭船的情節為例，文本中之所以出現此與事實不侔的情節，可能受當時新聞的誤報有關。據《倫敦新聞畫報》（*The Illustrated London News*）1894年11月10日〈鴨綠江入海口的海戰〉（*The Naval Battle of the Yalu*）一文：「『致遠號』在沒有得到命令的情況下，離開了自己的隊列，向一艘日本軍艦衝去，想撞沉它。那艘日本軍艦果然被撞沉，但『致遠號』也隨即沉沒了。」見趙省偉主編，沈弘等編譯：《海外史料看甲午》，頁135。類此報導當在某種程度影響了包括小說家在內的時人對戰情的認識。

小說的描寫雖稍有誇大之處，但是日軍受挫於凜冽霜雪確是事實，據戚其昌之研究：「由於日軍連日兼程而進，天寒雪降，或冒雪趕路，內衣汗透，圍燎火以度夜，或涉水渡河，草鞋結冰，腳凍傷而難行。不用清軍來攻，日軍凍傷的兵員已是『十居八九』，整個部隊完全喪失了戰鬥力。到十二月五日，立見尚文不得不下令撤回鳳凰城。但令他沒有想到的是，當日軍撤至分水嶺時，又遭到聶士成軍的伏擊，倉皇棄嶺而逃。這樣，遼陽東路要地皆被清軍收復，兵力布置更為嚴密。」[107]若非酷寒的阻隔與清軍的反擊，甚至連直隸都會成為日軍的盤中飧；因此，中東大戰的落幕，不只是中國方面有求和的需要，日本其實也盼望自泥淖中抽身。

《中東大戰演義》的部分文字，多少放大了清軍的戰績，但還不至於到飾敗為勝的地步。在史實的框架下，中國的敗北係為必然，甲午之役是如此，乙未戰爭也是。儘管有鄧世昌、左寶貴等人英勇殉國的壯舉，但畢竟未能遮掩清政府腐朽的本質，作者要突顯其中的因果關係，就不再像過去明清小說的「倭患書寫」一樣，由虛構人物擔綱起力挽狂瀾的救世主，或把「平倭」之民族英雄供於神壇，因此相較於一八九五年的劉永福相關小說，一八九七年的《說倭傳》中，黑旗軍「滅倭必矣」的神話終告粉碎。小說第二十二回至第三十三回，屬於乙未戰爭的情節，而筆者選擇放在此章節討論，是因為《中東大戰演義》與《劉大將軍平倭戰記》、《臺戰演義》、〈劉大將軍平倭百戰百勝圖說〉或《臺灣巾幗英雄傳》等對乙未之役的描寫，在創作意識及情節走向上都有很大的不同，其中固然有歌頌劉永福戰功之文字，以「劉將軍兩次破倭陣」一段為例：

兵至營門，劉將軍傳令於眾曰：「倭人之來，本欲乘我之勝而

107 戚其章：《甲午戰爭新講》，頁182。

> 刦我營也。今觀彼軍之舉動，尚未知止，彼軍雖敗，吾恐其必將復來。」乃吩咐各軍人，不許離甲，以備禦敵。……不料天將黎明，寒雞報曉，忽聞喊殺之聲，倭軍已到。劉軍黑旗，多從夢中驚醒，方知劉帥之言不謬。……倭軍雖勢大，而達旦通宵，未嘗停歇，兵力已疲，抵敵黑旗各軍不住，又復大敗而走。……方移陣腳，劉軍黑旗已經趕到，殺得倭軍無路逃生，統領柯梅吉及各軍俱棄械下旗，以示戰敗。（第28回，頁67-68）

是時劉永福雖然動了惻隱之心，縱放倭軍而去，猶如華容道關羽義釋曹操一般，但是倭兵仍「多有餓死內山者」、「因寒暑所感以致斃命者，亦屬實繁有徒」，倭軍五千餘人在生番、黑旗夾擊之下，逃竄路途之中，生還不滿百數。類此橋段，自然出於虛構，與前文提到劉永福相關小說沒有太多出入，若小說家耽溺於此，除難脫前書之窠臼，也無法呼應讀者已然熄滅之激情。職是，作品亦只點到為止，其創作精力轉向讓劉永福這位「震懾海邦」的戰神褪去「無敵」之光環，得體地謫落凡塵。

《中東大戰演義》雖寫劉永福之料敵如神，但其實也不斷透露其兵力單薄的隱憂，以及臺灣各地不斷被日軍蠶食的狀況：「後劉大帥尋思自己兵微，打狗非好守之地，遂將其軍移入臺南、滬尾，暫行駐札，以為後圖」（第26回，頁65）、「是時倭人既攻了打狗之後，直望北路來攻基隆，而基隆本是前後受敵之地，怎能支持」（第27回，頁65）、「倭既得新竹，分兵兩路，一攻打彰化，一攻打臺南」（第29回，頁70）、「劉大將軍聞倭軍將到，因念臺南外無救應，內無錢糧，又不能招募新勇，只得教黑旗舊部，多伐林木，塞斷來路，如倭進攻，則放火燒之，堅守勿出」（第30回，頁71）。除了地理位置似有點驢脣不對馬嘴外[108]，劉永福坐困愁城的局勢，大致符合史實；至此，「終須一敗」的鋪陳也已經瓜熟蒂落了。第三十一回寫道：

> 卻說劉將軍自退入臺南，專理防務，訓練士卒，日久辛勤，竟至積勞成病，連日臥床不起。……夫人曰：「……況今日鎮守臺南，實非出於君命，不過見眾心之誠，故力保此土，以副民望耳。然今已勢窮力竭，縱能堅守，亦難有為？何妨來清去明，集臺南紳士，告以苦衷，國人自當諒我，何怯敵之有？……。」……於是從夫人言，集臺南紳士，細述其積勞成病，欲回故里養痾。各紳士皆有依依不捨之情，然見劉帥決意返里，不敢強留，臺南之民，於劉帥去日，各皆送行，各紳士亦親臨執盞餞別。……劉大帥志在優遊林下，歸心似箭，且恐倭人截路相攻，故一路青山綠水，無心玩賞，惟有急趕途程而已。（頁71-72）

在此，固然不同於劉永福相關小說「百戰百勝」的無稽，也不至於譏刺其「劉欽差不敢滯，半暝走唐山」的臨陣脫逃[109]，而是在點明其離臺的無奈與驚險之餘，又虛構一段「積勞成病」、「執盞餞別」，甚而之後「看畫圖（臺疆交戰故事）英雄墮淚」的情節，讓歷史上這位毀、譽參半的黑旗大帥，能夠在說部中留下一點體面的印拓，可見作者一貫的寬厚，不願再對途窮日暮的老將落井下石。

108 臺灣各地城池由北到南，依序應是基隆、滬尾（淡水）、新竹、彰化、臺南、打狗（高雄），小說的行軍路線似乎有點跳躍。

109 如王昊引戴逸之說，認為實際上「劉永福拋棄了他所統帥的抗日將士，登輪逃回大陸」斷送了「唾手可得的光榮」。見氏著：《從想像到趨實：中國域外題材小說研究》，頁250-251。

從《劉大將軍平倭戰記》中的「士飽馬騰」，到《中東大戰演義》中的「勢窮力竭」，中國最後一張王牌也難敵倭人，劉永福神話的破滅，象徵著「道」勝於「器」的大夢初醒，還有華夷秩序的崩潰。中東大戰的勝負已分，割地、賠款之教訓亦歷歷在目，那麼中國是要繼續醉生夢死，抑或是「知恥」而後「雪恥」呢？在當時，滿清王朝確實步履蹣跚地踏上了後者的道路，包括創制訓練有素的「新軍」（foreign-drilled troops），但這種改革的曙光還須清明的政治和充裕的經濟作為支撐，否則的話一切將淪為竹籃打水。[110]在此同時，民族工業、近代教育、興辦報紙也如雨後春筍般勃興起來，而戊戌變法、義和團運動和排滿革命亦如火如荼地展開——五味雜陳的救國藥方，為中華大地掀起陣陣波瀾。[111]縱使如此，中國的救亡圖存已足讓小說家振奮：「識者謂中國不有此敗，未必鼎新革故，改章變通，此亦天假日人，以成中國自強之道也。」（第33回，頁81）以甲午之「敗」為起點，中國人體悟到「從前種種，譬如昨日死」，明清小說「倭患書寫」也在此鼎革之中產生劇烈的轉型：理性的反省取代了盲目的激情。

---

110 阿爾弗雷德·坎寧安提到，敗給日本使中國感到蒙羞，促使袁世凱、李鴻章、劉坤一、張之洞等督撫組建「新軍」（西式部隊），並在獅子林鎮壓八旗兵兵變（相對於「新軍」的舊式「兵勇」）後驗證成效（僅耗時十分鐘）：「上述事情表明了幾點，那就是，當中國人受到善待，受到良好訓練，得到正確指揮的時候，他們會成為優秀的士兵。到那時，中國人的勇敢是毋庸置疑的。它也表明，即使在中國，『舊習俗』肯定會被新的取代。中國有如此龐大的人口，以此為基礎選拔出的中國新軍也許會是對世界其他地區的一種威脅。但幸運的是，現在的政治腐敗或政府缺乏誠信，使其不可能出現如此強大的軍事系統。為什麼？因為這些新軍需要巨額軍費，一年後就會因為『經濟』原因而解散。」見氏著：〈清軍與軍事改革〉，頁284。

111 詳見戴逸、楊東梁、華立：《甲午戰爭與東亞政治》，頁283-303；石泉：《甲午戰爭前後之晚清政局》，頁257-268。

一八九五年，「不沉的定遠」在威海衛折戟沉沙，昔日「遠東第一」的北洋艦隊正式走入歷史。當年度除乙未戰爭小說繼續肥遯於中國「百戰百勝」的「平倭」幻夢之外，一部約略作於一八七三年的作品《蜃樓外史》被重新刊刻，並以「倭寇」隱喻的方式，指責李鴻章及清軍賣國、畏葸的醜態，可說是甲午戰後中國反省的起點。然而，《蜃樓外史》的檢討頗不得其門而入，無法從泥沙俱下的洪濤中激濁揚清，只是與反戰派狹隘的攻訐合流，更未釐清殖民帝國與「島寇」的差異，有待後起之秀的補充。

兩年後，漩渦般的激情總算沉澱下來。一八九七年，以《說倭傳》為題的作品誕生，而後在一九〇〇年更易名為《中東大戰演義》；題名的抽換，象徵著時人心目中中國與日本的位置，不再是傳統認為的朝貢關係，甲午戰爭亦非「剿平倭寇」或「平倭」這樣中央對四裔用兵的秩序維護，雙方係為對等（中／東）的角力（大戰）。進一步來說，《中東大戰演義》呼應的正是當時（1897-1905）中國難得一見的「親日」氛圍，希冀能從失敗之中以敵為師，因此開篇即點出日本崛起的關鍵：「大修政事，親賢禮士」。

突顯倭人的殘暴似乎不是重點，故像旅順大屠殺這樣的罪行被寫得很簡略。對照之下，揭櫫中國的窳敗，則是小說家比較關心的，因此在書中發揮其春秋之筆，賢賢賤不肖。除借李鴻章之口道出「五不宜戰」（兵勇素不操練、藥彈儲備不多、戰艦調用不敷、商情或有阻礙、國帑不敷用度）的劣勢外，又在情節及對答中，暗示了中國官僚腐敗、奸細滲透、政局繁冗、凝聚不足、墨守成規等不同層面的軍、政、民、思想問題。另一方面，作者亦擺脫主戰派視角，向同情李鴻章的《萬國公報》靠攏。雖然在其序文中提到「天粧臺畏敵之羞，劉公島獻船之醜，馬關訂約，臺澎割地」是「中國之恥」，但事實上小說家對吳大澂、丁汝昌、李鴻章等人並未苛責，例如丁汝昌，側重於檢討其戰略的得失，而非四面楚歌下的失節。此外，作者在有限的資訊之下，力求客觀，褒揚了左寶貴、馬玉崑、聶士成、宋慶、鄧世昌等人之忠勇護國，貶斥了葉志超、衛汝貴、衛汝成、龔照璵、黃仕林、方伯謙、蔡廷幹等人的臨陣脫逃。

最後可以注意的是，《中東大戰演義》的戰爭描寫與過往明清小說「倭患書寫」的神魔色彩不同，翻江倒海的鬥法不再是海戰的主旋律，兩軍鏖兵的勝負被重新放回「人」的身上。在此情況下，虛構人物或民族英雄都走下神壇，中國「必敗」的事實成為作者與讀者的共識，因此小說除具體而微地呈現中東大戰的經過，對於乙未之役的刻描也與史實匯流——無敵的黑旗大帥都不免倉皇敗走，中國更須自立自強：「知恥而後勇」。職此，小說家衷心企盼，在歷經「鼎新革故，改章變通」的蟄伏後，柳暗花明的曙色終將灑落於中州。

第三節　其他甲午戰爭相關小說總論

晚清反映甲午戰爭的小說，除了《中東大戰演義》較為完整，且在學界受到較多關注之外，其實還有若干文本亦提到了這場大戰。最早提出整理的，當屬阿英〈關於甲午中日戰爭的文學〉，據該文，《中東大戰演義》後的甲午戰爭相關小說，尚有《孽海花》、《續孽海花》[112]、《宦海升沉錄》、《無恥奴》及〈夢平倭奴記〉（又題〈夢平倭虜記〉）。[113]而在其編撰之《甲午中日戰爭文學集》中，小說部分收有〈夢平倭奴（虜）記〉、《中東大戰演義》、《孽海花（節錄）》、《旅順

112 其實該書應作《孽海花三編》，詳後文之介紹。

113 以上見廣雅出版公司編輯部編：《甲午中日戰爭文學集》，頁15-21。又賴芳伶亦是以此文為基礎，界定甲午戰爭相關小說之範圍，見氏著：〈清末幾部有關甲午之役的小說〉，頁151。

落難記》及〈中東之戰〉。其中《孽海花（節錄）》引用的是真善美本，〈中東之戰〉節錄自程道一《消閒演義》，都算是民國之後作品。筆者在接下來雖會討論《孽海花》，但會以作於晚清時的小說林本為主，至於〈中東之戰〉則不在本書析論之範圍內。另外，《旅順落難記》實為翻譯小說作品，本節亦會簡單討論。

而據楊家駱所見：「英欽之《蹇齋賸墨》云：『甲午中東之役，有擬為《東海傳奇》者，其實並未成書。只有章回目錄百聯，譏諷時事，詞頗冷雋。』偶從書肆覓得一抄本，題曰：《東海傳奇百回目錄》，僅得五十聯耳，玆錄之，……。」[114]可知當時還有一部未竟之作《東海傳奇》，有目無文，其中首回擬作〈朝鮮妃宣淫亂國，日本使招贅還鄉〉，末回則是〈王文韶王文錦天津善後盼同宗，李鴻藻李鴻章地府告終分異黨〉。

另外，包括林琳、王昊等則注意到在上述以外，尚有三部晚清作品亦出現了甲午戰爭之情節，分別是《海上塵天影》、《中東和戰本末紀略》及《英雄淚》。[115]透過前賢的統整與補充，甲午戰爭相關小說的輪廓至此大致完整，以時代來區分，現存晚清小說作品中涉及中東之役者，分別是〈夢平倭奴記〉（1895）、《海上塵天影》（1896）、《中東和戰本末紀略》（1902）、《孽海花》（1907，小說林本）、《孽海花三編》（即阿英所謂《續孽海花》或《新孽海花》[116]，1912年出版，但應作於晚清）、《無恥奴》（1907-1909）、《宦海升沉錄》（1909）及《英雄淚》（1910-1911）。其中〈夢平倭奴記〉和《中東和戰本末紀

114 收於〔清〕洪興全撰：《中東大戰演義》，附錄4，頁215。

115 林琳：《論清代通俗小說中的日本人形象及其發展演變》，頁24-25；王昊：《從想像到趨實：中國域外題材小說研究》，頁164-166、252、297-305。

116 阿英在《晚清小說史》將此書稱為《新孽海花》，後賴芳伶亦以《新孽海花》稱之。見阿英：《晚清小說史》（臺北市：臺灣商務印書館，1996年），頁33；賴芳伶：〈清末幾部有關甲午之役的小說〉，頁151。

略》雖然是專寫甲午戰爭，但前者為文言短篇且脫離現實，後者僅刊於報刊，都不如《中東大戰演義》之受矚目，是以筆者放在此處一併析論。

〈夢平倭奴記〉之外，從《海上塵天影》到《英雄淚》，大概有個共通特色，那就是小說中基本上不再稱日本（日軍）為「倭」（倭寇），換句話說，這批作品標誌著明清小說「倭患書寫」的終結。儘管本節討論之文本，可能會與本書的主軸有所參差，但作為晚清小說而以不同形式呈現中日之齟齬，仍有其可觀之處，因此筆者即以餘論方式來進行探索，以下首見〈夢平倭奴記〉和《海上塵天影》。

一　最後的黃粱事業：〈夢平倭奴記〉及《海上塵天影》

晚清小說反映甲午戰爭，而創作時間早於《中東大戰演義》者有〈夢平倭奴記〉和《海上塵天影》，兩部作品恰好寫於一八九七年以前，亦不約而同出現中國反敗為勝的情節，正好代表中國人由「仇日」到「親日」的過渡階段，自此以後之說部不復見此想像之筆，可視為最後的黃粱事業。

〈夢平倭奴記〉[117]為高太癡所作文言短篇小說，根據阿英的介紹：「此作原刊《新聞報》，〈諫止中東和議奏疏〉及《時事新編》都曾轉錄。《新編》並有按語云：『此記登諸《新聞報》，聞係長州高太癡所作。觀其筆彙酷肖此君。無論其確否，亟採選之，以快眾人心目云爾。』《新編》書前有高太癡序，而此處故作恍惚之詞，則是篇為

117 本書使用版本收於廣雅出版公司編輯部編：《甲午中日戰爭文學集》。以下為行文方便，所引原文但標頁碼，不另加註。

高氏手筆，當無疑意。」[118]〈夢平倭奴記〉顧名思義，是在幻夢當中剿平日本的故事，而與《蜃樓外史》迥異，此「倭奴」並非藉明朝倭寇指桑罵槐，而是明確以明治政府為掃蕩的對象。

該作結構頗類似唐傳奇〈南柯太守傳〉，言光緒中有「某生」，「布衣讀書，經濟學問，器宇膽略，絕世無雙」（頁165），有感於朝鮮亂作，東倭內犯，而清廷束手無策，常舉杯狂呼，拔劍斫地。一日，某生酩酊大醉，忽有輿馬造謁，迎接其入覲天顏，皇帝親問和、戰之策，於是作者透過小說人物之口，抒發其扭轉乾坤的戰略藍圖：

> 臣不敢自耽安逸，擬懇將南洋水師悉數交臣統率，兵輪不足，並以商輪繼之，約數十艘，藉壯聲威。……出倭之不意，攻倭之無備，揚帆擊楫，直抵扶桑，先據其東京，次收其西京，以恩德要結其民，相度時會，進逼廣島，俘其偽主，然後馳檄，北連朝鮮，南約琉球。……與宋慶水陸夾攻，或出奇兵登岸，與宋軍會剿。至琉球一役，懇飭南澳鎮總兵劉永福由臺灣另集舟師，逕行東渡，臣實不能兼顧。（頁166-167）

以上擘劃，與當時主戰派的思維如出一轍。獨立來看，可能會覺得在甲午戰爭小說中頗為特別[119]，但事實上前文已提到，受到乙未之役日軍攻勢受挫之鼓舞，說部之中甚至傳出「滅倭必矣」的呼聲，類此情節可謂景從而響應。〈夢平倭奴記〉續寫某生之登陸日本，重複了《野叟曝言》「師入倭京，不折一矢」的直擣黃龍：「會西南風大作，

118 見廣雅出版公司編輯部編：《甲午中日戰爭文學集》，頁20。

119 如賴芳伶：「倒是《夢平倭奴記》很特別，作者藉小說改造過去、重塑現實，將整個甲午情勢逆轉成日本為戰敗一方，割地賠款稱臣，並處死戰犯以謝中國。」見氏著：〈清末幾部有關甲午之役的小說〉，頁151。

加汽鼓輪，瞬息千里。忽大霧蔽空，迷失海道，浪洶湧勢，且不測。……焚香酹酒，禱於海神。禱畢，風浪頓息，適時濕霧盡散，旭日翔踴，……因按羅盤經緯度以測之，不覺躍起曰：『此正偽東京也，不過數十里之遙耳！』遂令陸續發炮一百二十門以示威。炮止而師抵偽東京矣。倭人見添兵至，惶駭奔竄，不知所為。飛將軍自天而下，不是過也。」（頁168-169）

雖然小遇波折，但畢竟天護大清，於是華軍遂兵不血刃地占領東京，且秋毫無犯，換來「倭民悅服，以簞食壺漿來獻者，相屬於途」（頁169）的熱烈歡迎，顯示的是傳統上國俯視外夷，以德懷柔的視角。接著又寫某生率軍進逼廣島：

> 我軍遂圍廣島，猶冀其悔罪投誠也。奈倭主不悛，揮令倭兵奮力抵拒，我軍疊發開花彈，攻其偽行宮，炮聲大震，屋瓦盡飛。……伊東祐亨業知廣島已破，不知其君亦已被俘也。方擬發炮以攻我，及倭主招之，乃懸白旗以降。……由是我兵艦之被劫者，悉數復還，而倭兵艦如松島、吉野等，亦均歸於我矣。而陸路各倭兵。駭聞家國殘破，各有思歸之念，……部伍潰散，紛紛向東北而竄。於是宋提督、李巡撫併力痛剿，……比我水陸進兵，倭氛已滅，所有敗殘倭兵數萬，盡繳軍器而降。（頁170-171）

至此，中國可謂大獲全勝，逆轉了海、陸兩軍鎩羽的恥辱，某生也因剿平倭虜，封侯賞賜，「功蓋乾坤，名垂竹帛」（頁173），上追《歧路燈》等平倭戰功之文本。從藝術的眼光來看，這篇作品布局大膽，文辭流暢，確有可觀之處，故阿英亦予以揄揚。[120]而就文中的思想內涵來看，賴芳伶、王昊等皆肯定其中愛國的精神，分別提出「其情可憫，其心可悲」[121]、「憂國憂民，奮發勃起」[122]之評價，認為小說情節安慰了中國戰敗後的萎靡氛圍。

不過，〈夢平倭奴記〉的煞尾也值得注意：「生推枕而起曰：『快哉此夢！奇哉此夢！然而我願足矣！』自是其狂若失。」（頁173）小說的結局是理性的，一如南柯、黃粱故事，一切富貴事業，皆過眼雲煙。儘管文中犁庭掃穴的描寫頗快時人耳目，但究竟屬於虛妄的夢囈，對比現實中廷臣真有持此戰略者，如前文所引之〈防倭論〉、〈緊備水軍直搗東瀛論〉、〈籌戰事六條疏〉等，其反諷的意味不言而喻。

〈夢平倭奴記〉之後，又有章回小說《海上塵天影》[123]反映中東之戰。該書為鄒弢所撰，又名《斷腸碑》，描寫花神及仙鶴因緣謫降，化身淑媛汪瑗（畹香，墮入風塵後易名蘇韻蘭）及名士韓廢（秋鶴）的繾綣故事，融合仙話、狹邪、才學、科幻、兵革等元素，而書中男、女主角實為作者煙花經驗之投射。全書原只有五十二章，後因鄒弢屬意之妓女韻蘭嫁人，為抒發其傷懷之情，又增改為六十章，即今通行之版本。

而據錢琬薇之研究，五十二章本（1894）到六十章本（1896）修訂之間，正值甲午戰爭之爆發，影響了小說家之創作，於是在六十章本出現吳平（冶秋）對日作戰，不幸殉國，之後南、北洋水軍全殲，後由吳平之子英毓及韓廢之子承元（後改名建忠）克紹箕裘，大破番

---

120 阿英：「故一般言之，關於描寫此役較可稱之小說，實只有《孽海花》與〈夢平倭奴記〉兩種而已。」見廣雅出版公司編輯部編：《甲午中日戰爭文學集》，頁20-21。

121 賴芳伶：〈清末幾部有關甲午之役的小說〉，頁151。

122 王昊：《從想像到趨實：中國域外題材小說研究》，頁254。

123 本書使用版本為〔清〕鄒弢撰：《海上塵天影》（南昌市：百花洲文藝出版社，1993年），60章本。以下為行文方便，所引原文但標章數、頁碼，不另加註。

邦。[124]除此之外，楊策更注意到，現實中韻蘭寫予鄒弢的書信：「旅順於十月二十二失守，諸將皆望風先遁，以天然之險要，而拱手讓人，若輩之肉，其足食乎！使畹根易巾幗為鬚眉，當仗劍從戎，滅此而朝食。今者風塵雌伏，不得與花木蘭、秦良玉諸人媲美，行自愧矣」（甲午除月初九）[125]，亦刺激了其愛國情緒，遂將滿腔熱情傾注於小說之中。[126]

饒富意味的是，儘管創作者對甲午兵敗似有無窮感慨，但是書中仍充斥著繁複的行令、氾濫的眼淚、龐雜的西學，且更重要的是，其自況的韓廢雖有遊歷美、日、俄、歐、南洋之壯舉，卻始終未親赴戰場殺敵，僅以「破敵計策二十四（一作十二）條」及建議吳平用兵之道透露其大才，大多是由吳平在前線衝鋒陷陣，最後馬革裹屍。何以如此？其實很明顯地《海上塵天影》模仿了《花月痕》中的韋癡珠／韓荷生之形象。

王韜在〈海上塵天影敘〉中已提到該書與《花月痕》的關係[127]，而第十六章寫韓廢閱讀《花月痕》，自云：「但我秋鶴這般的遭遇，也就是癡珠的樣兒」（頁241），更直接點明兩作之間的互文性——而此

---

124 錢琬薇：《失落與緬懷：鄒弢及其《海上塵天影》研究》（臺北市：政治大學中國文學系研究所碩士論文，2006年），頁40。

125 見〈海上塵天影珍錦〉，收於〔清〕鄒弢撰：《海上塵天影》，頁5。

126 楊策：〈析《海上塵天影》的愛國維新思想〉，《明清小說研究》第4期（1989年），頁214。

127 〔清〕王韜：〈海上塵天影敘〉：「歷來章回說部中，《石頭記》」以細膩勝，《水滸傳》以粗豪勝，《鏡花緣》以苛刻勝，《品花寶鑒》以含蓄勝，《野叟曝言》以誇大勝，《花月痕》以情致勝，是書兼而有之，可與以上說部家分爭一席。」收於〔清〕鄒弢撰：《海上塵天影》，頁3。筆者按：事實上，《海上塵天影》確可謂汲取傳統小說之集大成者，如「綺香緣奇立斷腸碑」情節，模仿了《水滸傳》「梁山泊英雄排座次」；而諸花神之謫凡，模仿了《鏡花緣》；狹邪的屬性，可聯繫《品花寶鑒》；複雜的西學，又足與《野叟曝言》爭鋒。至於此作與《紅樓夢》之承衍關係，詳見錢琬薇：《失落與緬懷：鄒弢及其《海上塵天影》研究》，頁112-142。

章也正是韓廢與吳平分手，後者因有感於東事倥傯，毅然從戎的命運交錯。因吳平堅持投軍，韓廢亦提供了「中國進兵到日本的地圖」襄助，其中反映的正是作者本人的戰略想像，文頗冗長，茲引一段為例：

> 大抵日本要害，東首近東京者為橫濱。橫濱要害，當海灣之口者為浦賀。中權要害，近西京者為大坂、神戶，而明石峽為其西戶，加太、由良、鳴門、三峽為南戶，皆大坂、神戶衝要。其要害之瀕西者為長崎，當江浙之衝，形如立鳥，尾處皆是峽汊，礁石甚多。瀕南者為鹿兒島，當閩、粵之衝。然長崎屏列之島，而山川港為鹿兒島灣口，二處亦是用兵要地。下關乃南北東西總要，我若占之，則彼之兵路、餉道在在牽制，四處皆隔閡矣。故該處為通國最要之區。平戶北，北接二島，南接五島，海道甚狹，為長崎至下關中路要區。箱根為北海道門戶，扼之亦可奪氣。（第16章，頁239）

由於五十二章本至六十章本之間恰好經歷中東之役，戰情的變化勢必影響了文本的增刪，而較早幾章可能寫於兵燹初焚，戰況尚未明朗階段，包括上引之第十六章，故小說家一開始還能侃侃而談，但隨著敗績陸續傳來[128]，其亦不能不正視日本的人強馬壯。第三十八章「燈紅

128 如第29章：「秋鶴正色道：『……。你不見日報上記的北邊軍務麼？這些統兵大帥，從政局員，平日養尊處優，位高望重，國家的民脂民膏，不知被他消耗了幾許。他們平日專媚上臺，不恤國本，其存心已可概見。果然到了敵人壓境之際，不戰潛逃，喪師辱國，反在青樓中遊玩。……。』」（頁471-472）第30章：「秋鶴向碧霄說：『冶秋弟近有信來，說連獲勝仗，已經越級飛保。這也不奇。只是還有人掣肘。聽得蘇北炮臺營不戰先退，有五個大統領不知去向，失去軍火糧餉有一千餘萬。似此局面，粵軍勢雖勇猛，恐怕獨立難支。』」（頁495）第44章：「初七日，秋鶴接到冶秋七月初三的信，說軍務一節：『現因天氣酷熱，尚未開仗，敵軍水師戰船五十七艘，巡弋海面，勢頗猛厲，陸軍亦有十餘萬。我軍日夜提防，非

酒綠雅士談兵」，韓廢一一統計日本兵制員數，得出的結論是：「通國大小兵船二十九隻，水兵官五百八十三員，兵四千七百七十二名。就這樣看起來，也是勁敵了。你去若用正兵死戰，斷不能勝，須以正兵為守，以奇兵勝他。」（頁647）已透露出直搗東瀛的艱難。到了第五十一章「將計就計智士用兵」、第五十二章「裹馬革志士絕忠魂」，作者用濃厚筆墨書寫沙場情形，乾脆拋棄其亦步亦趨的考證癖好，直接用架空方式寫甲午之戰。因篇幅頗長，姑引第五十二章其中段落為例：

> 正在部署，忽然天搖地動，巨震一聲，新營裡及新營四面八方的地雷忽起，山石迸裂，把二萬餘名敵軍頃刻化為灰燼，只留千餘人，大半受傷。……有認得地理的領著。忽聽海口山上四處地雷齊起，敗殘水師來報：「不好了，我們虛谷港兵船二十餘隻同魚腹磯的運兵船，都被水雷轟毀，……只有第三號船濟神逃出海外。」伊佐大驚，急同亞郎帶著殘軍，……覓路問：「誰識伏鷹岡、貓兒口的道路？」領路的說：「東面轉南是貓兒口，南路是伏鷹岡，此處望西向南再向東是太平灣。」（頁889）

由以上可見，文中人名（目亞郎、伊佐）、地名（虛谷港、魚腹磯、伏鷹岡、貓兒口、太平灣），甚至軍艦之名（濟神）全部出於杜撰，作者在修改過程中放棄如實反映甲午戰爭的初衷，第十六章「日國的兵度過鴨綠江來」云云，都是實錄，但寫到後面章回，甚至不稱日

出奇不能制勝。且內地奸民甚多，往往為敵軍賄餌，大局危險，惟有竭盡愚忠，以死報國而已。……。』」（頁767）第50章：「路中問冶秋的軍事，碧霄搖頭道：『不好。上月底又有信來，敵兵添了十餘萬，槍炮新式均極利，因歇熱不開戰。我們的統兵大員，個個都有逃志，後隊的還淹留在乾溝，頑姑娘，吃花酒，手下兵丁均是鴉片煙老癮，時事真不堪設想了。』」（頁869）

本，只云「敵軍」、「番邦」（第52章）、「北寇」（第60章）[129]等，可見戰局走向已完全無法切合其預測，於是遂以虛構的筆硯取代真實的戰場，讓吳平的運籌帷幄為中國爭得一點顏面。儘管小說飾敗為勝，終究不能扭轉清廷割地、賠款的現實，於是敵軍捲土重來，吳平亦孤木難支，壯烈犧牲，於是「經略密議主和，願償兵費」（第52章，頁891）。

至此，甲午戰爭算是塵埃落定，也接筍回真正的歷史，但作者在結局既寫眾花神歸列仙班，便順水推舟地化腐朽為神奇，添上吳平之子英毓受業於水師學堂，升為大副，又蒙母親馮碧霄（梅花仙姑）傳授技藝、寶劍、智囊，替父報仇的一筆，聊慰中國兵敗，簽訂城下之盟的恥辱：

> 朝廷念爭鋒海上，實乏軍旅之才，意欲降心訂約。……建忠道：「兄有血染之仇，況尊大人效命疆場，吾兄須當幹蠱，君可謝，天意不可回也。」是晚建忠手擬荐章，到次早上朝呈奏。……所統之船，係柔遠、威遠、策遠、平遠四艘，又有魚雷船八艘，滅雷船二艘。英毓一一點檢，見兵勇水手武略茫然，因電請舊日同盟，得十二人，星夜到北，每船分派三人，令其趕緊教導。遂開赴北洋，抵敵北寇去了。（第60章，頁1040-1041）

至此，是《海上塵天影》對中東大戰的收場，雖然在第五十二章已預

129 楊策以為第60章寫吳平之子「抵敵北寇」，是「如實反映了義和團運動失敗後中國局勢的新危機。沙俄趁火打劫，出兵強占我國東三省，《辛丑和約》後託詞拒不撤兵」，見氏著：〈析《海上塵天影》的愛國維新思想〉，頁218。其實乃是誤將故事時間誤認為現實之時間，或將刊刻時間誤認為是寫定之時間，實際上60章本應作於一八九六年，不可能逆睹庚子拳亂後局面。

示了吳英毓將「殺到敵國，大破番邦」（頁893），但畢竟有點潦草，看不出主帥如何運用武藝、寶劍、智囊來壓制鐵甲與火炮，只是很倉促地運用傳統小說中的神魔敘事，嫁接於不合時宜的現代海戰。相反地，在這段試圖扭轉頹勢、激勵人心的情節中，讀者看到的是「實乏軍旅之才」、「兵勇水手武略茫然」的青黃不接，這才是中國真正面臨的問題。在瀟灑的文字背後，竟透露出「金玉其外，敗絮其中」的孤寂，忠臣孝子氣吞山河的身影，也不免淪為最後的黃粱事業，豪華而荒誕，終將淹沒於時代的浪濤之中。

筆者在此討論《中東大戰演義》之前兩部反映甲午戰爭的作品：〈夢平倭奴記〉及《海上塵天影》，皆早於一八九七年。其時正逢中國由「仇日」至「親日」的過渡階段，故文中亦頗多虛妄，分別透過夢囈及仙術來蕩平「倭奴／番邦」，建功立業，富貴榮華，算是呼應戰後不久的民族情緒，但也可看出背後的荒涼之感，猶如邯鄲一夢，彩雲易散。然而，換個角度來說，卻能看到小說家不拘泥於時事的想像馳騁，因此就藝術層面來看，仍不失為別具趣味的創作。《中東大戰演義》以後的晚清小說，寫及甲午之役者，已無〈夢平倭奴記〉及《海上塵天影》之瑰奇色調，以下討論《中東和戰本末紀略》及《孽海花》，兼及《孽海花》續書《孽海花三編》，是其中尤其趨近於史實的幾部。

二　中東之戰的補充：《中東和戰本末紀略》及《孽海花》

進入二十世紀以後，中國人對甲午戰爭已有一定的沉澱，包括小說家在內，也轉而以實事求是的創作態度重現這段歷史，其中就包括了一九〇二年刊載於《杭州白話報》第二年第一期至第三十一期的

《中東和戰本末紀略》。[130]作者署「平情客演」，自言其創作動機，即學習普魯士輸給法國後，「曾將打敗情形，畫做畫圖，叫百姓人人傳觀，所以普國百姓大家發憤，同心報仇」（楔子，頁542），最終打贏普法戰爭（1870）之典故，希望喚醒同胞臥薪嚐膽的決心，因此要把甲午那年戰敗的事，詳細演說一番。

《中東和戰本末紀略》全書共十回，但第六回之回目闕漏，首回是〈東學黨大亂韓京，朝鮮王乞援清國〉，末回是〈吳清卿大言招挫敗，李少荃奉使再求和〉。小說以每期約四頁之篇幅刊載，但起訖通常非語氣連貫之段落，如第五期之開頭是「高雄、千代田、筑紫等名目」（第2回，頁620），接續的其實是第四期之結尾「還有那海軍的兵艦，停泊在朝鮮海口的，共有七隻，有松島、吉野、大和、武藏」（第2回，頁602）；而第五期斷句在「你們便可即行開炮」（第3回，頁622），下接第六期「去轟擊他的船隻」（第3回，頁638）。諸如此類，且同期旁邊常賡續不相干的文章（見本章附圖二），排版頗為紊亂，確實易造成閱讀之障礙，因此儘管王昊係少數注意到此作的前賢，但最終「鑑於其沒有卒章，且敘述凌亂，不再詳述」[131]，便一筆帶過。

然仔細閱讀這部小說，會發現該書在《中東大戰演義》以外確實補充了若干資訊。一般認為，《中東大戰演義》是晚清以甲午之役為主軸的小說中較為重要的，確實該書完整呈現戰爭之過程，且通行較廣，是中日學界都關注的作品。但是前文曾提到，《中東大戰演義》並非無懈可擊，其中就包括黃海海戰的疏漏、旅順大屠殺的簡略。相比之下，《中東和戰本末紀略》敘事多不脫《中東大戰演義》之窠

130 本書使用版本收於上海圖書館攝製：《杭州白話報（縮影資料）》（上海市：上海科學技術情報研究所，出版年不詳，藏於政治大學社會科學資料中心），第1期至第31期（1902年），根據頁碼即為微縮捲片之編碼。以下為行文方便，所引原文但標回數，頁碼，不另加註。

131 王昊：《從想像到趨實：中國域外題材小說研究》，頁252。

臼，作為晚出之文本，較無新意，且未單獨印行，流傳不廣，迴響有限；但可貴的是小說家補苴罅漏，讓甲午戰爭的過程更加清楚，裨益於時人之認識。首先見黃海海戰部分，鄧世昌見機行事，使戰情陷入膠著：

> 雖然如此，他也曉得定遠、鎮遠兩艦，是中國最利害的鐵甲船，因此不敢十分逼近，……單欺那平遠、廣甲兩艦，炮小甲薄，層層圍裹，一面又用那頂大的開花炮，看準了座船上那座瞭樓，向空發□。……他看見瞭樓被折，軍心慌亂，大勢有些不好，正在無計可施的時候，猛瞧見敵船內一隻松島，是個日本旗艦，便連忙傳令開炮，向那松島船轟去。炮聲起處，便見那船上的號旗，立時擊斷。……鄧管帶趁此機會，便調齊各艦，一齊向敵船衝突。敵船上先鋒游擊隊，看得來勢凶猛，忙把各艦避開，只苦了一隻比叡艦、一隻赤城艦，速力不及他艦，一時避讓不及，……這一場惡戰，直殺得煙焰迷失，海波鼎沸。（第5回，頁749-750）

由以上可見，《中東和戰本末紀略》所能掌握的資料的確比《中東大戰演義》還要詳細，其中包括中日海軍之艦名、噸位、航速等都較為正確，雙方的尺短寸長也相對立體。小說創作者寫起來栩栩如生，不僅有史料的價值，以敘事張力來說，亦更具懸念，跌宕多姿，因此光就黃海海戰的場景來說，《中東和戰本末紀略》可謂後來居上。旅順大屠殺一段亦是：

> 卻說日本國，向來是自號文明的，但是看了他得了旅順之後，他待旅順的百姓，真是野蠻不過，聽了都要怒髮衝冠的，那裡

> 有一點文明舉動呢？他還說待野蠻國的人，只好用野蠻法待他，不配用文明法待他的，你說這種話語，可恨不可恨呢？……那時旅順的居民，真個是禍從天降，連做夢也想不到的。火勢又大，路道又狹，搬都搬不及，逃都逃不及，只看見男號女哭，額爛頭焦，……（疑缺）可憐的是輪奸以後，還要把那個女人殺卻，以洩他抗拒之忿，這都是女人纏足，逃走不脫的害處。列位想這種舉動，野蠻不野蠻呢？（第8回，頁915、933）

創作者以批判之筆，重現日軍在旅順的燒殺奸淫，辯證了「文明／野蠻」間的位置，也達到了傳統小說「補史」的積極作用，而其苦心從書名就可窺見：「本末紀略」象徵著晚清歷史小說以紀事本末體之形式，由「史述」滲透入「說部」的推衍過程。[132]

另外可以注意的是，《中東和戰本末紀略》雖說揄揚了鄧世昌的智勇雙全，揭露了日軍的獸行，但並非盲目地以敵、我為道德之堡壘，書中亦指出中國人須反省的民族劣根性。如第三回：「列位，你想中國的兵力，也不算單薄了，就是認真同日本打仗，也可以勉強支持。但是中國向來有一種毛病，最為害事的，是喜歡任用私人，這兩箇帶兵的衛汝貴、葉志超，就是李鴻章得用的私人，毫無識見，毫無膽量」（頁638）；第四回：「那曉得這十三號戰船，已經駛出大洋之後，忽又傳令把戰船調回，仍舊駛到威海衛去。這不曉得是李鴻章的主意，也不知是丁汝昌的號令，總之虎頭蛇尾，中國人大半是如此的」（頁675-676）。綜合以上，這部作品可說是在《中東大戰演義》後另起爐灶，以史官筆法評論甲午戰爭期間所有可褒可貶的人與事，

132 相關研究，可參見邱亦縈：〈晚清歷史演義小說的「紀事本末體例」與時代圖象〉，《有鳳初鳴年刊》第10期（2015年10月），頁609-628。

企盼可以達到警醒國民的效果。

《中東和戰本末紀略》之外，以反映清末史事著稱，其中也包括甲午戰爭的另外一部重要作品，當屬《孽海花》。《孽海花》以金汮（洪均）與兩個妓女——梁新燕（李藹如）與傅彩雲（賽金花）——之間的風流情史為線索，戲謔賽金花由出身娼門終成救國英雌的身體政治神話[133]，被魯迅稱為「譴責小說」，其特色包括「雜敘清季三十年間遺聞逸事」、「書中人物，幾無不有所影射」等，是以「歷史小說」自居的[134]，也為晚清社會的實景提供了非常珍貴的鏡像。

而說到《孽海花》與甲午戰爭的關係，不能不先釐清版本問題。該書原作於一九〇五至一九〇七年，最初預計作六十回，前六回為金天翮（愛自由者）作，後曾樸（東亞病夫）接手，由《小說林》雜誌出版，共二十五回（後5回已發表未出版）。一九二八年又修訂為三十五回，由《真善美》雜誌出版（後5回已發表未出版）；因此二十回或二十五回本稱為「小說林本」、三十回或三十五回本稱為「真善美本」。[135]

綜言之，小說林本為晚清作品，真善美本為民國作品，要以清代小說的性質討論《孽海花》，當以小說林本為準，阿英、賴芳伶都有此共識——因為期間作者曾產生思想的轉變，包括對甲午之役和、戰立場之呈現。[136]而部分論者如林琳，則犯了以真善美本為「清代通俗

133 詳見王德威著，宋偉杰譯：《被壓抑的現代性：晚清小說新論》，頁135-144。

134 見魯迅：《中國小說史略》，頁207-208。

135 以上可參見阿英：《晚清小說史》，頁27；魏紹昌編：《孽海花資料》〈前言〉（上海市：上海古籍出版社，1982年），目錄前頁1-2；葉經柱：〈《孽海花》考證〉，收於〔清〕曾樸撰，葉經柱校注，繆天華校閱：《孽海花》（臺北市：三民書局，2005年），〈引言〉及〈插圖〉中間頁3-8。

136 阿英：「就藝術上講，自然是改作本更熟練一些。就考察這部書在那一時期所發生的影響說，則事實上不能不以原刊本為據。因為這本子保存了作者當時的最急進

小說」的錯誤。[137]職是，本書亦以小說林本為本，其中關於甲午戰爭之描寫，見於第二十四回至第二十五回，但因今通行者皆為真善美本，筆者將以三民書局校點本為底本，參酌魏紹昌編《孽海花資料》之修改對照表。[138]

小說林本其實未真正寫到甲午戰場，主要透過主戰派的視角，說明當時的戰雲密布，首先由東學黨之亂開始：

> 後來黨匪略平，我國請其撤兵，日本不但不撤兵，反不認朝鮮為我國藩屬，又約我國協力干預他的內政。……那時雖有威毅

的思想，也有60回的全目，使讀者能以看到整個的內容。」見氏著：《晚清小說史》，頁32-33。賴芳伶：「兩者對甲午之役的觀點有不少出入，小說林本和真善美本第24回，雖然諷刺聞韻高（文廷式，1856-1904）、章直蜚（張謇，1853-1926）兩位名士，帶了硯匣筆床到十剎海賞荷花、大談國事，準備和日本開仗，但基本上傾向主戰，故嘲諷主和的李鴻章。到了第25回，小說林本還是贊成聞韻高、龔平（翁同龢，1830-1904）的主戰，而對主和的祖鍾武（孫毓汶，？-1899）大肆醜化，幾已達人身攻擊的地步。也可以說這是曾樸在一九〇七年前後的看法。到了一九二七年後，他幾乎把第25回全部改寫過。可能由於時空的距離拉長，以及本身史識的變化，此時他的觀點已傾向主和，並極力諷刺何太真（吳大澂）的帶兵出征。至於26回至28回，則延續其第25回的主要看法，惟對整回戰役的過程就各個角度加以剖析，且對威毅伯（李鴻章）的行事充滿諒解，與小說林本判若天淵。」見氏著：〈清末幾部有關甲午之役的小說〉，頁149-150。筆者按：阿英雖注意到了兩個版本的不同，但其編《甲午中日戰爭文學集》使用的卻是真善美本，蓋因該書並不限定於清代文學，亦收入民國之文本。

137 如林琳分析《孽海花》中伊藤博文、宮崎滔天、小山豐太郎等日本人之形象，但事實上這些人物都只出現於真善美本，已溢出清代的時間範圍了。見氏撰：《論清代通俗小說中的日本人形象及其發展演變》，頁21-24。

138 因此，本書使用版本第24回為〔清〕曾樸撰，葉經柱校注，繆天華校閱：《孽海花》；參酌魏紹昌編：《孽海花資料》之〈小說林本第七回至第二十四回與真善美本修改處對照表〉，並以底線標示。第25回部分，《孽海花資料》有收錄小說林本全文，便以此為依據。以下為行文方便，所引原文但標回數，《孽海花》或《孽海花資料》之頁碼，不另加註。

> 伯老成持重，不肯輕啟兵端，請了英、俄、法、德各國出來，竭力調停，口舌焦敝，函電交馳，別的不論，只看北洋總督署給北京總理衙門往來的電報，少說一日中也有百來封。……這個風聲傳到京來，人人義憤填胸，個個忠肝裂血，……不論茶坊酒肆，巷尾街頭，一片聲的喊道：「戰呀！開戰呀！給倭子開戰呀！」（第24回，頁288-289；《孽海花資料》，頁123）

《孽海花》將當時中國民眾同仇敵愾的聲音表現得入木三分，是少數以下層百姓視角來見證甲午戰爭的描寫。緊接著寫廷臣之「征倭」策略：

> 直蜚一眼就見上面貼著一條紅簽兒，寫著事由道：「奏為請飭海軍，速整艦隊游弋日本洋，擇要施攻，以張國威而伸天討事。」直蜚看了一遍，拍案道：「此上策也！不入虎穴，焉得虎子？……！」……直蜚道：「我聽說湘巡何太真，前日致書北洋，慷慨請行，願分戰艦隊一隊，身任司令，要仿杜元凱樓船直下江南故事。……我看何珏齋雖係書生，然氣旺膽壯，大有口吞東海之概，真派他統帥海軍，或者能建奇功。也未可知。」（第24回，頁291-293）

所謂「不入虎穴，焉得虎子」、「要仿杜元凱樓船直下江南故事」，類此釜底抽薪的言論，前文亦一再討論，而透過人物對話，讀來更覺生動，也使得主戰派的思想剝離嚴肅的奏議，進入通俗文本的脈絡。緊接著小說林本與真善美本差異最大的是第二十五回，原回目是〈送鶴求書俠魁持戰議，張燈宴客名角死微辭〉，後改成〈疑夢疑真司農訪鶴，七擒七縱巡撫吹牛〉，全文幾乎重寫。儘管賴芳伶、陳曦都提到兩個版本之間的刪改，代表著曾樸由「主戰」到「主和」立場之嬗變[139]，但筆者認為，小說林本中對於書生之見不無反諷之處，真善美本也曾對李鴻章（威毅伯）在中法戰爭之議和提出批判[140]，兩者之間並非冰炭。加上小說林本只寫到第二十五回，或許作者在創作時，本有意將主戰派及李鴻章之立場皆進行陳述，但因故輟筆，只寫到了時人求戰的激情。後來在真善美本為求平衡，芟夷了若干橋段，才會看起來有所落差。

無論如何，小說林本對主戰派的刻劃，確有躍然紙上之處，也真實反映了時人的日本觀，以下可見端倪：「直蜚道：『謝傅圍棋，老師揮翰，從容坐鎮，便足氣吞東瀛，有何耽誤！』尚書道：『豈敢，豈敢！』韻高作聲道：『老師不可再謙，現在高陞沉了，牙山敗了，釁自人開，戰何可緩！若再外惑威毅伯的恫嚇，內受祖鍾武的欺蒙，損國威，失機宜，不但見輕敵人，且要受門下求書債戶的冷笑了！』」（《孽海花資料》，頁68）

接著又寫龔平（翁同龢）失鶴之夢，因追鶴而見三尊神像，一位是王者，一位是儒將，另一位則是蓋著一塊黑紗。龔平自云：「老夫把這夢一想，想著『化鶴歸來』正是遼東的故事。今日用兵，也正憂此地。倘真應了『城郭是，人民非』的讖語，這便如何是好！」（《孽海花資料》，頁71）而章直蜚（張謇）對三位人物的理解是，王者為

139 賴芳伶：〈清末幾部有關甲午之役的小說〉，頁149-150；陳曦：〈書生切莫空議論，頭顱擲處血斑斑——試論曾樸的《孽海花》中的「中日戰爭時代」〉，《解放軍藝術學院學報》第4期（2014年），頁32-37。陳曦且提到曾樸在甲午戰時曾「每以國難至此，寧可坐以待斃之說，勸說翁相，力持正義」，因此認為小說林本繼承了當時其與翁同龢主戰的立場。

140 真善美本第6回：「祇可惜威毅伯祇知講和，不會利用得勝的機會，把打敗仗時候原定喪失權利的和約，馬馬虎虎逼著朝廷簽訂，人不知鬼不覺依然把越南暗送。總算沒有另外賠款割地，已經是他折衝尊俎的大功，國人應該紀念不忘的了。」（頁57-58）這段完全是小說林本沒有的文字。

敬王爺（恭親王奕訢）、儒將為何太真（吳大澂），另一位則是龔平本人，三人若能取代威毅伯及淮軍之兵馬，便是「天示征倭之方策」，戰情將為之明朗。

以夢讖寫甲午戰時中樞之政爭，在晚清甲午戰爭相關小說中，已屬於比較活潑的敘事技巧，且小說家更上一層樓，續以戲曲典故寫和、戰兩派的針鋒相對。先是祖鍾武（孫毓汶）、莊煥英（張蔭桓）藉《連營八百里》、《奪小沛》，由蜀漢之伐吳失利、呂布轅門射戟說和劉備、袁術，呼應中國不可與日本開戰，應在外交場上借助列強調停。[141]然而，華將軍、楊金台、趕三兒等人，卻反過來以《四郎探母》、《大名府》之劇目，譏刺威毅伯公子做了日本駙馬、李家跋扈專權的賣國求榮。[142]和、戰兩邊陣營劍拔弩張，小說林本也在雙方的衝突中劃下句點：「敢誇戰議高和議，從古官場是戲場」（《孽海花資料》，頁78）。

---

141 祖鍾武：「兵凶戰危，本來不是弄著玩的。蜀漢國富兵強，不聽諸葛的好話去伐吳，開了戰禍，還弄得不可收拾。況且我們這會兒，兵不練，餉不足，威毅伯不肯輕給日本開戰，也就怕蹈了伐吳的覆轍。我只笑龔和甫、高理惺，全聽了那班說大話的名士，開口主戰，閉口主戰，倒說威毅伯私通外國，嚷得上頭的心都活了。咳，一敗塗地的日子，正有哩！」（《孽海花資料》，頁75）莊煥英：「凡事總要自知分量，不可鹵莽，只圖快意。劉先主在小沛時，自知兵弱勢孤，情願守呂布轅門射戟的約，正如我們現在國力不充，軍制未定，不幸攖著日禍，不得不求各國的調和了。我前日寫了一封萬言書，寄給前在美國結識的一位鉅公，請他出來勸和，並囑刊登各西報。總想化干戈為玉帛，不至失機損了國威才好哩。」（《孽海花資料》，頁76）

142 華將軍笑道：「我在途中聽人說，威毅伯的家產，都存在正金銀行，公子孟雄觀察已做了外國駙馬，所以威毅伯一力主和。這話到底從那裡來？」……楊金台拍著手笑道：「有的，有的，駙馬公主都在戲臺上哩。」原來此時場上恰唱《四郎探母》，想九霄穿著旗裝，婀婀婷婷的當臺立著。（《孽海花資料》，頁76）又戲伶趕三兒扮的是《大名府》裡的李固：「『你曉得現在偌大基業，是誰家的了？』賈氏道：『是盧家的。』李固仰面冷笑道：『呸！你難道還不知道，現在是李家的天下了！』賈氏道：『怎見得？』李固指著臺下道：『若不是他的，姓李的想送江山，當今中堂、尚書為什麼給他唱戲請中人酒呢？』」（《孽海花資料》，頁77）

阿英認為：「雖然《孽海花》並不是專寫中、日戰爭，其成就是超過專寫此番戰爭的《中東大戰演義》而上的。」[143]此評價雖然是給予完整描繪甲午之役全景的真善美本，但事實上小說林本光寫和、戰兩派之臉譜，及以夢、戲之元素增加作品的趣味性，也稱得上是非常精彩。透過你來我往的辯駁，亦側面道出中國「人為刀俎，我為魚肉」的進退維谷。

《孽海花》之後，又有陸士諤《孽海花三編》[144]亦寫甲午戰爭。《孽海花》之後續書，據魯迅、阿英、賴芳伶等人的說法，似以為陸士諤曾作《續孽海花》或《新孽海花》，且與中東之役有關。[145]然而，陸士諤是位多產的作家，其筆下作品靈感來自於《孽海花》者就有兩種，一為《孽海花續編》，出版於一九一二年，係在原作預設之六十回框架下，自第二十一回開始續寫的合刊本，其中反映甲午戰爭的是《孽海花三編》。另有《新孽海花》，再版於一九一〇年，則是與《孽海花》內容沒有直接關係的愛情小說。而書名稱作《續孽海花》者，為一九四五年由張鴻創作出版的小說，非陸士諤之作品。[146]綜合

143 見廣雅出版公司編輯部編：《甲午中日戰爭文學集》，頁17。

144 本書使用版本收於〔清〕陸士諤著，曉式點校整理：《新孽海花》（北京市：中國文聯出版公司，1989年）。以下為行文方便，所引原文但標回數，頁碼，不另加註。

145 魯迅：「《孽海花》亦有他人續書（《碧血幕》、《續孽海花》），皆不稱」，見氏著：《中國小說史略》，頁209。阿英：「《孽海花》有續作二種，一為陸士諤《新孽海花》（改良小說社，1910），一為包天笑《碧血幕》（小說林），一不稱，一未完」，見氏著：《晚清小說史》，頁33。又：「《孽海花》外，寫中日戰事的，還有陸士諤的《續孽海花》」，見廣雅出版公司編輯部編：《甲午中日戰爭文學集》，頁17。賴芳伶：「此外，寫中日甲午之役的還有陸士諤（1877-1944）的《新孽海花》（1909）」，見氏著：〈清末幾部有關甲午之役的小說〉，頁151。

146 以上詳見曉式：〈後記〉，收於〔清〕陸士諤著，曉式點校整理：《新孽海花》，頁261-264。筆者按：《孽海花續編》包括《孽海花三編》（甲午戰爭）、《孽海花四編》（戊戌政變）、《孽海花五編》（義和團運動）及《孽海花六編》（資產階級民族革命），合稱《孽海花續編》。

以上，陸士諤筆下寫甲午戰爭的，實為《孽海花三編》，既非《續孽海花》，也非《新孽海花》。又該書雖付梓於一九一二年，但創作時間推測在《孽海花》二十回本一九〇五至一九〇六年出版後不久，因為次年曾樸很快地又寫了後五回，陸士諤沒道理在民國後才大炒冷飯；就算真要補小說林本之缺，也應從第二十六回開始寫起，故可視之為清代作品。[147]

《孽海花三編》的特色之一，在於補充了甲午戰爭以前日本對朝鮮的染指，以及主戰派的輕蔑，不知防微杜漸，導致尾大不掉的惡果：

> 那裡曉得近幾十年裡頭，東鄰崛起了一個日本國。……趁中國多事的時候，就把左近琉球群島併吞了。得寸進尺，虎視眈眈，大有席捲朝鮮、囊括遼瀋之志。無奈中國此時國勢雖然不強，國力尚還充足，……海軍有威毅伯所練的鐵甲兵艦。……於是放出籠絡手段，卑辭厚幣，派人到朝鮮要求立約通使。……龔尚書還向威毅伯道：「這東洋國一竟說強了，強了，如今看來，強煞也不見濟甚事。朝鮮是我們的屬國，也竟情願跟他訂立條約，互派使臣，那不更以屬國自居麼？沒志氣甚了。」（第22回，頁10-11）

147 雖然《孽海花六編》第62回出現了宣統退位的描寫，必是作於民國以後，但關於中華民國建立的描寫頗為簡略。若如余宗艷所言，《孽海花續編》重在寫孫文革命活動及辛亥革命的勝利，似不應如此虎頭蛇尾。筆者推測《孽海花六編》以前內容（即《孽海花三編》等）應作於晚清，出版時才補入滿清滅亡之情節。且後余宗艷又提到，陸士諤表現愛國熱忱的作品皆在民國之前，民國之後則轉而寫武俠小說和醫學專著，《孽海花續編》卻是一個例外。其結論是：《孽海花續編》出版於民國初年，卻依然是晚清新小說的範疇。見氏撰：《《孽海花續編》探微》（濟南市：山東師範大學中國古代文學研究所碩士論文，2011年），頁6-10、63-66。

然而「三十年河東，三十年河西」，東學黨亂作後，中日釁兵，清軍卻只有丟盔棄甲的份：「不知怎樣，一遇見東洋兵，宛如老鼠見貓、山羊遇虎，竟是天生的尅星，身子就要發起毛來。所以開一仗，敗一仗。」（第27回，頁36）小說家尖銳地對腐敗的政治與懦弱的軍隊提出諷刺。

值得注意的是，《孽海花三編》因為是完全以小說林本預定的六十回回目去進行創作，不是自出機杼，難免有膠柱鼓瑟之處。例如主旨雖是要寫甲午戰爭，但二十四回目是〈革命潮伸出英雄手腕，暗殺彈飛來宰相頭顱〉，就忽地插入孫文革命的活動，才又接回中東之役，犧牲了行文的流暢度。甚至有望文生義的成分，如第二十五回回目是〈遼天躍馬老英雄自願送孤臣，燕市揮金豪公子無心結死士〉，作者竟將「遼天躍馬老英雄」解讀成「馬老英雄」，為了找到歷史上呼應「馬老英雄」的人選，就隨意把馬玉崑塑造成一位「年紀望七光景」的「老英雄」，並將其從甲午戰爭的前線抽離，把重心放在「馬老英雄」替「孤臣」魏汝貴（衛汝貴）奔走求情，明顯是為了契合回目所需的情節，反而變成捨本逐末，與史實漸行漸遠。

另外，第二十六回回目是〈豔幟重張懸牌燕慶里，義旗不振棄甲雞隆山〉，據曾樸後作三十五回本之情節，可知「雞隆山」指的就是臺灣的基隆，該回原意是寫乙未戰爭；但陸士諤不明所以，把吳大澂「天粧臺畀敵之羞」安插在一個虛構的雞隆山。其實，在小說林本原來的安排中，吳大澂投筆從戎之事該在第二十三回〈賢夫人故縱籠中鳥，勇巡撫狂吹關外牛〉就結束了——種種郢書燕說的穿鑿，都是《孽海花三編》戴著鐐銬跳舞的結果。

筆者於此介紹《中東大戰演義》以後幾部與史實相對接近的小說，包括刊載於《中東和戰本末紀略》、《孽海花》，還有《孽海花三編》。儘管一般公認《中東大戰演義》完整呈現了甲午戰爭的過程，然礙於資料及裁剪的限制，其中不免有失之簡略的部分，有待後來的文本填補。《中東和戰本末紀略》以發明國恥的心情砥礪同胞，其中在黃海海戰、旅順大屠殺都有詳實的描寫。小說林本《孽海花》未真正著墨於戰事的行進，不過在戰、和兩派的傾軋上有十分生動的呈現，也側面道出中國進退失據的窘境。至於《孽海花三編》，雖出版於民國元年，但當作於晚清，則點出了甲午戰前日本即處心積地將觸角伸向朝鮮，對比廷臣的養虎貽患，終至釀成大禍。除了上述之外，有幾部與官場有關的作品，也出現了中日之戰的情節，亦即《無恥奴》及《宦海升沉錄》，詳見下文之探討。

三　由官場見戰場：《無恥奴》及《宦海升沉錄》

《無恥奴》[148]，作者蘇同，分次出版於一九〇七至一九〇九年，加總共有四十回。該書以虛構人物江念祖之鑽營為經緯，針砭「那些官場裡頭的奴隸性質，商界中人的齷齪心腸」（第1回，頁8），而與甲午戰爭有關的回數是第五回至第七回。第五回寫江念祖拜入甄士貴（影射葉志超）幕僚，其人暮氣、退縮，聽聞日軍麇集蜂萃，不敢與之交戰。麾下只有宗寶棠（影射左寶貴）有報國之心，無奈寡不敵眾，雖向後方求救，但甄士貴卻沉迷醉鄉，視若無睹，於是宗寶棠終戰死沙場。甄士貴這時開始害怕被責罪，是江念祖跳出來獻計，先處死負責傳遞消息的營官及中軍官，封鎖消息，然後顛倒黑白：

> 把宗寶棠的一個敗仗，絕口不提。只說某日甄士貴帶了宗寶棠等幾個提鎮，和日本開了一仗，把日本殺退。宗寶棠恃勇輕

---

148 本書使用版本為〔清〕蘇同著：《無恥奴》（南昌市：百花洲文藝出版社，1993年）。以下為行文方便，所引原文但標回數、頁碼，不另加註。

> 進，中炮陣亡。又說日本軍馬甚多，頗有眾寡懸殊之勢，幸虧甄士貴帶著手下的一班將士，奮不顧身，爭先出戰，敵軍支持不定，隨即敗退。……輕輕的把一個全軍覆沒的敗仗，遮蓋過了。後來還帶著一筆，要求請撫卹的意思。說伏念該將士為國捐軀，情殊可憫，合無仰懇寵恩，酌給撫卹銀兩。這一個詳稟，真個是字字到家，一絲不漏，竟沒有扳駁的地方。（第6回，頁43）

如此，不只諱敗為勝，還收到一筆橫財。《無恥奴》便是以這樣的方式，寫出中國政治的腐敗。接下來甄士貴依然對日軍的進逼手足無措，而江念祖則建議其高掛免戰牌，直到耗到對手糧盡兵疲，自然不戰而勝。但這卻是落後的看法：「原來江念祖書生之見，看了那古時戰史，估量著如今的槍炮時代，還是和古時交戰一般，只要堅壁清野，自然就可退得敵人。卻想不到如今戰陣的利用品，都是些格林炮、克魯伯炮、後膛槍、毛瑟槍，不是縮著頭頸閉了營門，就可以躲避得過的。」（第6回，頁44-45）

中國方面紋風不動，反而顯得有些高深莫測，日軍一開始還有些忌憚，到後來發現清軍只是黔之驢，便放膽伸出爪牙。勝負一瞬間便分出來了：

> 正在打得高興，忽然中國營內飄飄蕩蕩的掛起一面白旗來。……當下日本的一班兵士見了，一個個哄然大笑，拍手高呼。一霎時歡聲雷動，都叫著「日本國天皇萬歲！」「日本國陸軍萬歲！」一片歡呼喜悅的聲音，直震得山鳴谷應。……原來他們起先開戰的時候，心中原有些七上八下的，恐怕打不過中國，吃了敗仗，貽笑歐洲。現在見中國兵士這般腐敗，放著

> 甄士貴帶了四五十營人馬，被他們一隊前鋒哨騎、五百名馬隊、二十尊快炮，便把甄士貴打得掛了白旗。……你叫他如何不喜？（第6回，頁45-46）

作者藉由兩軍士氣的對比，突顯中國高層將官的昏庸、懦弱，貽誤了多少戰機，「中國的軍事，總是地球之上腐敗到極點的了」（第6回，頁46）、「這樣的統帥，中國用著了他，也算得地球上有一無二的了」（第7回，頁49）。小說續寫江念祖教甄士貴乾脆將平壤以西土地讓給日本，自己退入金州避難。這樣退避三舍的示弱，當然不可能使敵人善罷甘休。果然日軍繼續追擊，甄士貴倉皇而逃，竟將餉銀的指揮權全交給江念祖——這下可說是賠了夫人又折兵，江念祖便大大方方地將財寶囊括一空，隻身來到上海，花天酒地。最後甄士貴反被拿解處決，為喪師失地的罪責揹了黑鍋。

然而，這樣的情節完全是小說家捏造的，歷史上葉志超的伏法乃係咎由自取，並無旁人搧風點火。作者自己也承認其並非為了還原甲午戰爭而創作的，之所以借題發揮，主旨還是要諷刺官場的醜惡，因此文中亦點到為止：「看官且住。在下的這部小說，原是專為形容那班無恥的奴才，所以別的事情，一概都從簡略。就是中國的戰地，也未免有些不清不楚的地方。看官們若是要據了在下的這些說話，把這部《無恥奴》小說，當作中日兩國的戰史，細細的考證起來，那在下就不敢動筆了。」（第7回，頁53）這個意思已頗清楚明瞭了。

《無恥奴》之外，還有《宦海升沉錄》也由官場見甲午之戰。作者黃小配，一九〇九年香港實報館出版，全書共二十二回。該書又名《袁世凱》，顧名思義，是以袁世凱的仕宦生涯為敘事之主軸，期間包括甲午中日戰爭、維新運動、義和團之變、中俄問題、向英大借款等，都與之有所聯繫，並輻射出清末滿、漢官員之政爭。[149]阿英曾注意到其中寫中日之戰的部分：「中日戰爭的部分，和一般的記載，沒有多少差異。不同的地方，是說袁世凱每次發回國給李鴻章告急的電文，都被電局長張佩綸改動，李鴻章遂以為情勢和緩，未發大兵，致遭敗績。……李伯元《南亭筆記》曾有記，惟未及改電事，不知是否真實事情，抑是為李袁二人開脫。」[150]以上可參見小說第四回：

> 話休煩絮。且說自日兵派到萬餘人，袁世凱整整打了幾通電報告知李相，不料那李相總未得接。你道什麼原因？因李鴻章自從懼與日本失和，已令龔照嶼前往鎮守旅順，又致囑張佩綸認真司理電報機關。……不提防那張佩綸自從在福州敗了仗回來，聽見一個戰字，已幾乎嚇破了膽，總不願和日人開戰。……左思右想，要設一點法子，好阻止李相派兵，便將袁世凱的電報統通改易了。……後來打成仗，才知道自己前敵兵少，一經交鋒，就失了牙山，心中正恨袁世凱不把軍情報告，又篤責葉志超無用。[151]

以袁世凱的視角去看戰爭的過程，是這部作品較為特別的地方。蓋因袁世凱自小站練兵（1895）以來，為中國建制新式陸軍，可謂頭角崢嶸，亦一躍為清末叱吒風雲的人物，遂引起小說家之注意，其發跡的朝鮮也成為映照晚清衰亡的起點。而其餘包括朝臣的無知、葉志超的虛報軍情、龔照嶼的中飽私囊等，共同構成了清軍兵敗的下場。政治

149 阿英：《晚清小說史》，頁176。

150 阿英：《晚清小說史》，頁176-177。

151 〔清〕黃世仲著，俊義校點：《宦海升沉錄》（瀋陽市：春風文藝出版社，1997年），頁174-175。

的黑暗亦使得戰場黯然無光，沙場可說官場的延伸，《無恥奴》和《宦海升沉錄》不約而同地透過甲午之役，揭櫫出時局的傾頹。

上述以外，一九一〇年有感於日韓合併，韓國滅亡，東三省危如累卵，署名「雞林冷血生」的作者遂回顧朝鮮半島被日本鯨吞虎噬之歷史，作《英雄淚》四卷二十六回，其中自然也寫到甲午戰爭。事見第二卷第十二回：

> 這日到了仁川地，上岸就奔牙山行。兩下相隔整十里，咕咚大炮開了聲。左寶貴獨擋頭一隊，衛汝貴後邊打接應。兩邊一齊開了炮，烈煙遮天令人驚。自晨打到晌午後，我國上了三千兵。老將宋慶有武勇，一人咱能把日本衝。陸軍敗陣且不表，再說海軍丁總戎。丁汝昌鴨綠江口來把守，代山岩帥（率）著海軍望前攻。兩下相隔八九里，忽聽大炮如雷轟。日本船望前直是闖，將我船就望四下衝。炸子（死）兵丁幾百名，由此又打三時整，三隻輪船又沉海中。眼看著我軍就要敗，接應兵隊不見動靜。左寶貴活活被那炮打死，可憐那多年老將喪殘生。我軍這才敗了陣，平壤兵隊跑個空。到後來又打了好幾仗，盡是我敗一人贏。日本兵簡直的望前趕，過了鴨綠大江奔海城。我兵退入奉天內，日本占了九連城。金州、鳳凰全都陷，大連、益（金）州人被敵人攻。丁汝昌一見事不好，帶著七隻輪船逃了生。後來又在威海打一仗，我國的兵丁死的數不清。丁汝昌無奈仰藥死，可憐他功未著來命亦坑。[152]

以講唱體裁，概括中日交兵的發展，在晚清小說中亦可稱得上獨樹一

---

152 〔清〕冷血生著，舒枚、張玉校點：《英雄淚》（瀋陽市：春風文藝出版社，1997年），頁120-121。

格。清代中國人寫甲午一役，至《英雄淚》、《孽海花三編》等，算是正式劃下句點，但是時尚有一種特殊的文體是翻譯小說，往往以古文筆法譯西洋小說，以求達到信、達、雅之效果，如林紓；或者以白話演述原書，用章回小說方式深入小市民層，如梁啟超、李伯元、吳趼人等[153]，可謂另類之創作。楊家駱曾注意到翻譯小說中涉及甲午戰爭的有兩種：

> 光緒三十一年「新新小說」所刊英阿倫・乾姆史撰「旅順落難記」十回（未完），原書當為回憶錄性質，而蘭言所譯，則改為章回體，足補洪書所未及，茲列為附錄一。（光緒卅四年商務印書館所刊林紓、魏易合譯日本德富健次郎撰「不如歸」中，亦曾夾敘甲午戰爭）[154]

職是，晚清尚有《旅順落難記》及《不如歸》兩部翻譯文本，可視為甲午戰爭相關小說。前者為英國水手之回憶錄，在各方面觀察中日兩國的民族性，中國人妄自尊大，日本人敏捷勤慎，但在旅順大屠殺的殺戮之中，日本人又表現殘暴的一面，而中國人卻不知抵抗為何物，助長侵略者的凶燄。[155]後者為日本作家德富蘆花之作品，主線是川島武男與片岡浪子受拆散的淒美故事，而武男曾因此悲憤地請纓投入戰場。其中第十八章「鴨綠之戰」深入探究炮火轟擊之下，主人翁的複雜心裡狀態，是其出色之處；然而林紓在翻譯時著重此章節，是希冀「今譯此書，出之日人之口，則知吾閩人非不能戰矣」。透過敵國文豪之筆，證成北洋艦隊的英勇，也算是在不同層面拼湊出甲午戰爭的

153 阿英：《晚清小說史》，頁236-237。

154 楊家駱：〈重印中東大戰演義序〉，頁6。

155 以上見賴芳伶：〈清末幾部有關甲午之役的小說〉，頁151-153。

真相了。[156]

中日甲午之役不只是戰場上的廝殺，也是政治力的延伸，而當時清政府官僚、將帥的腐敗，使得中國彷彿是一隻紙老虎，難敵眾志成城的日本，徹底逆轉了雙方的國際地位，在晚清小說寫官場生涯取勝的作品《無恥奴》、《宦海升沉錄》，都反映了這樣的情景。除此之外，還有若干作品亦寫了甲午戰爭，包括回顧韓半島被併吞血淚史的《英雄淚》，以及翻譯自英日的《旅順落難記》、《不如歸》等，可謂餘波蕩漾，在《中東大戰演義》之後，持續講述這段難忘的記憶，提醒著中國人永遠必須以戒慎恐懼的心情，來面對鄰邦給予的競爭壓力，並從中覓得進步與和平之鑰。

小結

本章旨在介紹清代小說家如何檢視甲午戰爭的挫敗，尤其在黑旗軍不敗事蹟粉碎以降，時人普遍自「滅倭必矣」的激情中沉澱下來，走向反躬自省的道路，展現出與過去「倭患書寫」較為迥異的姿態，其中又以《說倭傳》（《中東大戰演義》）的創作最為重要，標記著中國人從「倭」到「東（洋）」的日本觀的扭轉，以及以敵為師的大徹大悟。

戰後最早的甲午戰爭相關小說，首先可注意的是重新刊刻於一八九五年的《蜃樓外史》。一般來說，學界受到阿英之影響，往往關注於其中阿芙蓉（鶯粟公主）神話的熠熠生輝，目之為煙毒小說，但從該書序文來看，作者「假前明倭寇內犯事為端」來達到「援古證今」、「懲前毖後」的苦心，才是其創作的初衷。事實上，《蜃樓外

156 以上詳見潘少瑜：〈國恥癡情兩淒絕：林譯小說《不如歸》的國難論述與情感想像〉，《翻譯論叢》第5卷第1期（2012年3月），頁97-120。

史》約作於一八七三年左右，小說家之所以寫嚴嵩、趙文華一黨與島寇暗渡陳倉的故事，乃在於諷刺李鴻章無法看清日本的口蜜腹劍，與之訂立《中日修好條規》，卻旋即發生牡丹社事件的外交失策，並洞燭機先地援引〈阿房宮賦〉中「後人哀之而不鑒之，將使後人復哀後人」的警語，竟一語成讖。一八九四年，北洋水師為聯合艦隊擊潰，陸軍亦在朝鮮、遼東兵敗如山倒，李鴻章不得不在次年銜命赴日，簽下喪權辱國的《馬關條約》，又成為眾矢之的。書坊亦看中《蜃樓外史》中情節的巧合，包括兵虐於盜、貪生怕死、縱酒耽妓、買通倭寇退兵等罪狀，成為影射淮軍及李鴻章父子的最佳寫照，於是刻意標榜「前朝遺跡恰如新」、「新出」或「近時新出」等，洗淨前塵，昏鏡重磨，援用明代倭寇之記憶，接續上清、日戰爭的時事意義，並試圖達到借鑒的效果，是這部作品值得注意的地方。

雖然《蜃樓外史》可視為清代小說家對甲午戰敗提出省思的起點，卻非一個令人滿意的終點。其最大的問題，在於與當時主戰派的激進思維合流，無法客觀地檢視中國所面臨的政治、社會、經濟、制度等問題，且一味攻擊李鴻章及麾下將領，看不到其飽受掣肘的無奈，抹滅左寶貴、鄧世昌等人的浴血奮戰，頗需後起之秀的補充。《蜃樓外史》以後，包括〈夢平倭奴記〉、《海上塵天影》等作品，尚企圖以夢囈、仙術的方式，逆轉中日交兵之勝負，但顯然已成為一枕黃粱的餘歌。一八九七年，象徵中國人大夢初醒的作品《說倭傳》誕生，並在一九〇〇年易名《中東大戰演義》，這段期間恰巧符合中國師法日本現代化的「親日」階段（1897-1905）；透過題名的轉變，亦可知中國人看待日本的尋釁，已不再是四裔對華夏的侵犯，並由上而下「剿平」的概念，而是衍繹一場雙方國際地位等齊（中／東）的戰爭（大戰）。

《中東大戰演義》除表現出對日本的正視，揄揚該國「大修政事，親賢禮士」的成功之外，也能持平地檢討自身的不足。由於小說資料來源多來自於同情李鴻章的《萬國公報》，作者也試圖為之平反，除舉出中國「五不宜戰」（兵勇素不操練、藥彈儲備不多、戰艦調用不敷、商情或有阻礙、國帑不敷用度）的劣勢外，又揭櫫了官僚腐敗、奸細滲透、政局繁冗、凝聚不足、墨守成規等千瘡百孔的問題。垂垂老矣的滿清和蒸蒸日上的日本，猶如談判桌上的李鴻章與伊藤博文一樣，是「老大」與「新生」的強烈對比。在此情況下，李鴻章「馬關訂約，臺澎割地」、丁汝昌「劉公島獻船之醜」，雖是「中國之恥」，亦有非戰之罪的成分。此外，《中東大戰演義》對於敢戰之士如左寶貴、馬玉崑、聶士成、宋慶、鄧世昌等，予以了激賞；而對陣前怯敵者如葉志超、衛汝貴、衛汝成、龔照璵、黃仕林、方伯謙、蔡廷幹等，則持批判的態度。雖說其中難免有值得商榷之處，但到底是就其所知展現出史官筆法。

有別於明清小說之「倭患書寫」，《中東大戰演義》平實的海戰描寫、終須一敗的結局，都指向四面楚歌的慘痛教訓；創作者不再訴諸於仙聖或英雄的隻手遮天，才能砥礪同胞「知恥而後勇」。因此其末回所謂：「識者謂中國不有此敗，未必鼎新革故，改章變通，此亦天假日人，以成中國自強之道也」，便可見其人之寄託，亦為過去「倭患書寫」的輕蔑、貶抑之意識劃下句點。在《中東大戰演義》之後，晚清尚有《中東和戰本末紀略》、《孽海花》、《孽海花三編》、《無恥奴》、《宦海升沉錄》、《英雄淚》，以及翻譯自英日的小說《旅順落難記》及《不如歸》等，從不同面向補足了甲午之役的細節，亦可留意──小說家以理性的態度提醒了中國人「前事不忘，後事之師」，永遠須自我警惕，才能邁向進步與和平的康莊之衢。

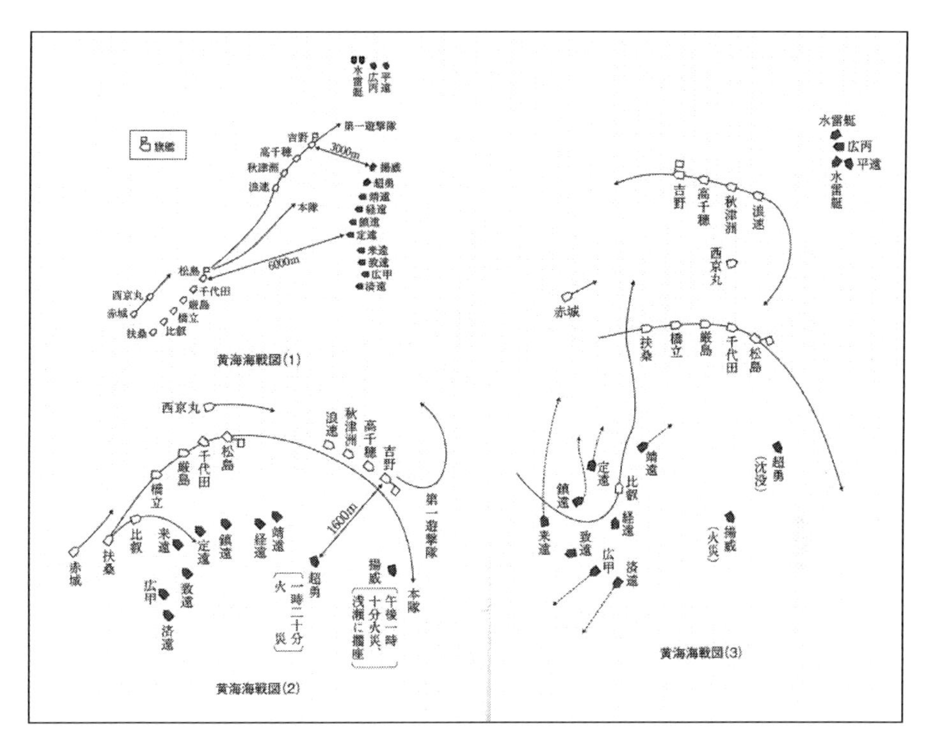

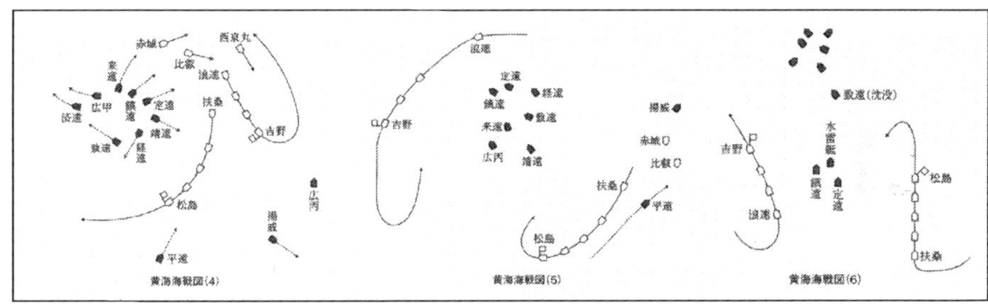

附圖一　黃海海戰形勢圖，轉引自戶高一成：《海戦からみた日清戦争》，頁193-200

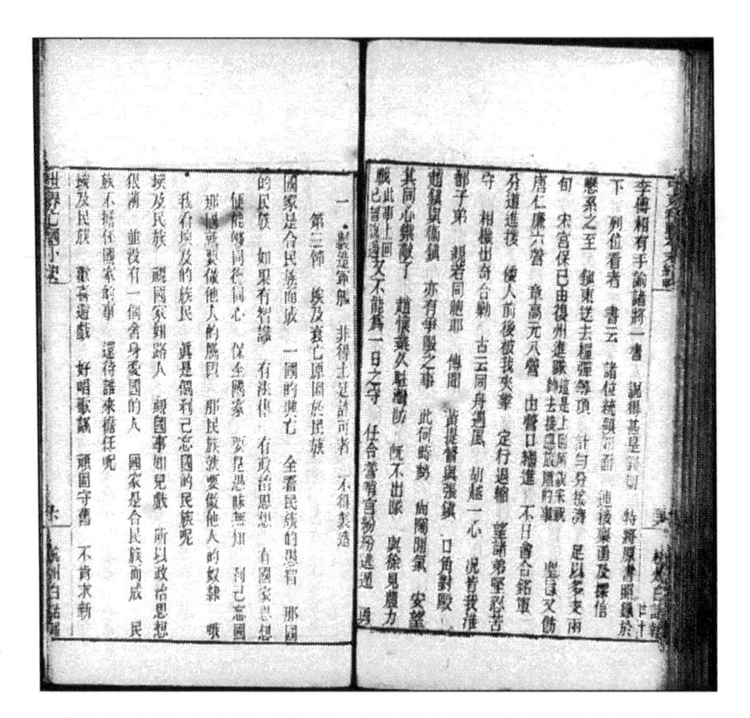

李傅相有手諭諸將一書　說得甚是剴切　特將原書照錄於
下　列位看者　書云　諸位統領將領　連接[illegible]
懸系之至　[illegible]東逆去[illegible]彈等項　計勻分接濟　足以多支兩
旬　宋宮保已由復州進[illegible]　這是上回所說宋軍[illegible]　[illegible]又飭
唐仁廉六營　章高元八營　由營口繼進　不日會合銘軍
分道進援　倭人前後被我夾擊　定行退縮　望諸弟堅忍苦
守　相機出奇合勦　古云同舟遇風　胡越一心　況皆我淮
部子弟　親若同懷耶　傳聞　[illegible]　口角[illegible]
[illegible]　亦有爭鬬之事　此何時勢　尚鬧閒氣　安望
其同心禦敵了　[illegible]　[illegible]不出隊　與徐[illegible]力
戰　此事上回　已曾說過　又不能為一日之守　[illegible]逃遁

一　[illegible]　非得[illegible]者　不得[illegible]
第三節　埃及衰亡原因在民族
國家是合民族而成　一國的興亡　全靠民族的思想　那國
的民族　如果有智識　有法律　有政治思想　有國家思想
便能夠同德同心　保全國家　要是愚昧無知　[illegible]己忘國
那國[illegible]要像他人的[illegible]　那民族就要做他人的奴隸　哦
我看埃及的族民　真是個利己忘國的民族呢
埃及民族　視國家如路人　視國事如兒戲　所以政治思想
很薄　並沒有一個舍身愛國的人　國家是合民族而成　民
族不[illegible]國家的事　還待誰來擔任呢
埃及民族　最喜遊戲　好唱歌謠　[illegible]守舊　不肯求新

世界亡國小史　杭州白話報

附圖二　《中東和戰本末紀略》在《杭州白話報》排版之情形，以第2年第18期為例，右為小說原文，左邊則接續《世界亡國小史》

第八章
結論

中國是一個歷史悠久的國度，在其文化建構的過程當中，不斷透過排斥／吸收周邊民族的特色，確立自我的獨特性與多元性，是奠定其堅韌生命力的重要基石。在這個淵遠流長的脈動之中，難免面臨不同族群或國家的挑戰，並燃起熊熊的烽火。秦、漢、隋、唐、宋等朝代，其衝突的中心主要圍繞著長城或西南，但到了明代以後，嚴厲的海禁政策無法滿足興盛的貿易行動，商賈為對抗官方的取締，由溫和的走私升級成激進的武裝，一躍成為海盜，來自四面八方的複雜群體，共同加入殘暴的犯罪組織，被政府稱為「倭寇」，中國開始面對有別於大陸民族的新敵人。

「倭寇」，一開始是來自於「倭」，也就是日本的海盜。日本是過去中國東方一個柔順的島國，曾仰慕唐朝的富庶、強盛，和朝鮮、越南一樣接受漢化，慢慢拋棄了「倭」這個「不雅」的古國名，以日出之國自居，「倭／日本」不同的稱呼，也成為中國人辨別「野蠻／文明」之界線。到了元朝，日本因國內動盪，開始有沿海民眾鋌而走險，騷擾山東一帶，成為最早的「倭寇」，也為中日關係寫下新的一頁歷史。明代之後，倭寇並未滅絕，反而愈演愈烈，擴及閩、浙、粵、臺等地，但成員卻不再以日本人為主，反而更多的是中州編戶之齊民占據主導，這使得倭寇的概念更趨複雜，中國人、日本人、朝鮮人、歐洲人等，都可能是明朝統治者眼中的「倭寇」，中日雙方甚至須結為盟友，共同打擊這些化外之徒。儘管在胡宗憲、俞大猷、戚繼光等人的剿滅之下，猖獗一時的嘉靖大倭寇逐漸銷聲匿跡，但到了萬曆年間，豐臣秀吉統一日本，發動「一超直入大明國」的軍事行動，被稱為朝鮮戰爭，此時「倭寇」的概念已不足以涵蓋包括日本政府在內的尋釁，因此本書一律以「倭患」稱呼之。

萬曆朝鮮戰爭是一個非常重要的轉捩點，影響了中國人對日本的想像與理解。雖然日本國內因由德川幕府取代豐臣政權，但就在明清鼎革之際，「日本乞師」之行為仍被質疑為「此三桂之續也；且不見世宗之倭患乎？」不僅南明因得不到實質支援而為「華夷變態」的浪濤所湮滅，滿清亦承襲勝國的海防經驗，以倭寇為假想敵。甚至連日本明治維新，蛻變為殖民帝國，李鴻章仍以「夫今之日本，即明之倭寇也」來指涉現代化之日本，可見「倭寇」記憶如何深入明清兩代的日本觀，這分戒慎之心自然也成為說部中重要的素材，亦是本書探索的焦點。

明清小說中的「倭患書寫」，主要依附於四個重要的歷史事件：「嘉靖大倭寇」、「萬曆朝鮮戰爭」、「甲午戰爭」及「乙未戰爭」，基本上皆屬於中日之間的齟齬，本書基本上亦據此安排章節。至於明清之際的「日本乞師」較為特別，實為一和平、友好的求援行動，但包括《水滸後傳》、《女仙外史》在內的遺民作家，顯然不信任日本的救濟，在書中繼承了關白及倭寇的侵略與殺戮，將乞師者／支援者都寫成反派。此外，在甲午戰爭以前，來自英法的列強亦為中國沿海掀起驚濤駭浪，但在《花月痕》中卻一律以「逆倭」稱之，亦可知是挪用了明代的防倭經驗，可視為「倭患書寫」的變形，當一併討論。

本書以上述事件之時代順序為經緯，進行歷時性的梳理。在第二章討論「『嘉靖大倭寇』相關小說中的烽火與離亂」、第三章討論「『王翠翹故事』的流衍與世情小說中的禦倭戰爭」，這部分以「嘉靖大倭寇」之「補史」記憶為主，以及小說商品娛樂化對此記憶之汲取與淡化。第四章討論「明清小說中的豐臣秀吉與神魔敘事」，這部分聚焦於「萬曆朝鮮戰爭」，並解釋這場戰役如何讓中國人回過頭來將「嘉靖大倭寇」妖魔化為「魑魅不可知之物」的恐懼心理。第五章討論「甲午戰爭前的清代小說：遺民之思與殖民帝國的登場」，即以「日本乞師」的反寫，以及英法聯軍與「逆倭」形象的重疊為主。第六章討論「『乙未戰爭』系列小說的扭轉乾坤」，係以劉永福相關小說和《臺灣巾幗英雄傳》的傳聞性質為核心。第七章討論「『甲午戰爭』系列小說的反躬自省」，看到的是戰後沉澱下的反省意識。

「嘉靖大倭寇」相關小說可注意的，首先包括具有「補史」意義的早期文本，如《戚南塘剿平倭寇志傳》及《胡少保平倭記》。上述作品分別以戚繼光及胡宗憲為主角，是史實中的抗倭將帥，文字亦多參酌自《紀効新書》、《籌海圖編》等本人或幕僚之作，因之敘述上較為樸實，彌足珍貴地紀錄下當時的海戰及日本記憶，包括海濱、潛水、潮汐、介錯、倭刀、僧兵、鳥銃等等，呈現出與大陸民族作戰的不同風光。更重要的是清楚認識到嘉靖大倭寇的首領係為王直（汪直）、徐海等中國籍海盜，保留了歷史上真實的一頁。然而，胡宗憲與王直、徐海等人爾虞我詐的鬥智雖然精彩，但其人卻與家將小說中受奸臣迫害的狄青、楊業、岳飛不同，本身與權相嚴嵩集團的關係就很良好，這使得「嘉靖大倭寇」相關小說出現第二種類型，是以胡宗憲為丑角／反派，並將平定倭寇的功績讓位予虛構的英雄，主要是盛清以降的《綠野仙踪》及《玉蟾記》，相對應的，書中的倭寇領袖也由「假倭」變成了「真倭」，且泰半是架空人物。

《綠野仙踪》及《玉蟾記》象徵了明清小說「倭患書寫」對史乘框架的鬆動，也代表了世情與神魔元素合流的可能。而「嘉靖大倭寇」相關小說除謳歌了民族英雄外，也道出海寇蹂躪之下大眾的奔逃與離亂。其中最值得關注的小說反映的「假倭」現象，包括《雪月梅》中「暗吃海俸」的奸民，以及被俘虜後被喬裝成髠頭跣足的馬前卒，如〈楊八老越國奇逢〉中的楊復。上述文本，共同揭櫫了一個刻骨銘心的教訓：中國人在「嘉靖大倭寇」中同時扮演了「加害者／被害者」的角色，關於倭患的描寫也模糊了「我／他」、「內／外」的楚河漢界。

另一方面，在嘉靖大倭寇的肆虐之下，還誕生了一條稱為「王翠翹故事」的敘事長河。從傳奇體到章回體，有別於官方以胡宗憲為平倭之功臣，「王翠翹故事」將一位教坊中人塑造成「粉黛干城」，其人公私兼盡的事蹟，為晚明的士人提供了「型世」的道德楷模，並成為「貳臣」的借鏡；而與之相知相惜的倭寇頭子徐海，則成為「劍誅無義」的草莽英雄。「王翠翹故事」翻案的力道，為「倭患書寫」提供了不同面向的想像與創新，女諜以「身」報國，其行為游離於正軌之外，係以性別與道德的雙重「邊緣」挑動著男性世界之「中心」的板塊。而在市場競爭的要求之下，「倭患書寫」也同時進入了才子佳人小說的世界，包括〈風月相思〉、《玉樓春》、《雪月梅》、《綺樓重夢》、《玉蟾記》、《繡球緣》和《玉燕姻緣全傳》等，抗擊倭寇成為才子掇青拾紫的墊腳石，戰爭的描寫亦充滿了各種怪異非常，大大偏離了原來「補史」的路徑，從傷痛的記憶到荒誕的情節，擴大了虛構王國的疆埸。

「萬曆朝鮮戰爭」相關小說方面，以〈斬蛟記〉和《野叟曝言》最為重要。雖然嘉靖大倭寇與朝鮮戰爭是獨立的事件，但從民眾的心理來說，過去的傷痕與今時的恐懼卻彼此交纏，不斷放大，竟將「倭」看成「魍魎不可知之物」，加以明軍在朝鮮「迄無勝算」的挫敗，便有由「非常之人」克制「非常之物」的心理需要，遂衍生出〈斬蛟記〉這樣由黃石公擊殺平秀吉的作品。〈斬蛟記〉將豐臣秀吉寫成出身於中國的蛟龍，翻轉了史實，與《綠野仙踪》、《玉蟾記》恰好相反，是以不同方式混淆「我者」與「他者」；而跨海斬蛟的書寫，與《野叟曝言》崇正闢邪，直搗東京的情節相互呼應，看似打破明朝「不征之國」的祖訓，但類此渡海之戰也只能在虛構文體中完成，則又從反面證成了中國面對日本侵擾的望洋興嘆。這種無力感上推回「嘉靖大倭寇」相關之小說，會發現《升仙傳》、《雪月梅》、《玉蟾記》等作品中，既出現仙聖以寶劍壓制倭寇，卻又網開一面的敘事走向，正是中國鞭長莫及之遺恨。因此，相對於家將小說常出現犁庭掃穴的情節，明清小說「倭患書寫」卻往往只能止戈於海，徒呼負負。

明清鼎革之際，《水滸後傳》、《女仙外史》對於「日本乞師」之反寫，以及清中葉小說《花月痕》之以「逆倭」稱呼歐洲列強，都不是歷史之事實，但卻的確與明朝倭患記憶有著千絲萬縷的關係，成為一批特殊且須獨立探討的文本。《水滸後傳》以殘存之星曜為主角，《女仙外史》則以「妖婦」為建文之孤臣，影射南明金甌已缺的岌岌可危，並以「飛雪／飛劍」剿滅居心叵測的倭寇，在虛構的世界中追憶作者理想的秩序觀。同樣地，受西風東漸衝擊而誕生的《花月痕》，也勾勒出「宇宙清平，夷狄歸化」的理想結局，可視為士大夫對王朝中興的願望，卻巧妙地預示了「逆倭」在甲午年的再度進犯。饒富意味的是，《女仙外史》將南明的「秦庭之哭」寫成了燕藩的「清廷之哭」；《花月痕》提到歐洲人與穆斯林的勾結是「乃躪東南，遂窺西北」，分明是前朝「南倭北虜」印象的轉化，「新」與「舊」在小說世界中產生巧妙的疊合。

而不管是「嘉靖大倭寇」相關小說或「萬曆朝鮮戰爭」相關小說，都有個共同的傾向，那就是距離事件時間較近的作品，往往奠基於作者本人或幕僚的見聞，相較趨於史實，即使是〈斬蛟記〉，也是以神魔色彩包裝的時事小說。然而，到了晚清以後，報刊興起，連帶著影響了小說家取材的來源，新聞體小說「朝甫脫稿，夕即排印」凌駕於傳統「披閱十載，增刪五次」的創作型態，這使得接近事件的小說反而省略了篩選筆下材料的程序，加上報紙本身也充斥著道聽塗說的報導，使得「新聞／小說」同樣界線模糊。

在此情況底下，本書在討論「甲午戰爭」相關小說及「乙未戰爭」相關小說時，反而必須先從後者切入，因為包括《劉大將軍平倭戰記》、《臺戰演義》、〈劉大將軍平倭百戰百勝圖說〉及《臺灣巾幗英雄傳》等，都作於戰事正酣之際，同時充斥了許多遠離事實的情節。當時日軍在臺灣受瘴癘、地勢、義軍之阻隔，接收進度延宕，加以黑旗大帥劉永福坐鎮於臺南，高深莫測，在在鼓舞了隔海觀鬥的中國大陸民眾，不僅將之推崇為與戚繼光鼎峙的靖海英雄，甚至發出「滅倭必矣」的樂觀呼聲。另一方面，孤本小說《臺灣巾幗英雄傳》歷來討論不多，但卻能補充新聞體小說之外，以章回體方式突顯「人物」之節烈的敘事側重。該書以一位半虛半實的孫夫人為主人翁，衍繹其率領娘子軍大破倭兵的故事，多有模仿《三國演義》、《水滸傳》等經典文本之處，想像力遠超過了真實的成分。此外，藉由「女性」之姿、「邊陲」之地及「布衣」之身，重振華夏的「丈夫之氣」，既辯證了「中央／邊疆」之間的錯位，亦可見作者之寄託與批判，說明了相關文本是「激情」的成分遠大於「理性」的。

乙未戰爭塵埃落定以後，檢討的聲浪開始浮現，此時可注意的文本首先是《蜃樓外史》。這部作品被重新刊載於一八九五年，而其創作時間則在一八七三年左右，根據序文，這部作品藉由嚴嵩、趙文華等籠絡島寇的故事，譏刺當朝宰相與日本的暗通款曲，顯然影射的是李鴻章所主持的《中日修好條規》，及接踵而來的牡丹社事件。饒富意味的是，序文中以「後人哀之而不鑒之，將使後人復哀後人」的警語提出預言，竟真的在一八九四年甲午戰爭一語成讖。然而，儘管該書有「懲前毖後」的用心，但其觀點卻不脫主戰派之窠臼，並非有效的反省。一八九七年，原名《說倭傳》的《中東大戰演義》撰成，經過兩年光陰的洗練，作者能夠較為客觀地檢視中日之間的優劣，如何影響戰爭的勝負，不再以「剿平」的概念看待中東之戰，才算是擺脫傳統睥睨日本為島夷的視野。透過「知恥而後勇」，中國正式從「天下」走向「萬國」，認識到世界的遼闊，之後晚清作品如《中東和戰本末紀略》、《孽海花》、《孽海花三編》、《無恥奴》、《宦海升沉錄》、《英雄淚》等，寫到甲午戰爭的，已不再以「倭」稱呼之，明清小說中帶有偏狹、輕蔑意識的「倭患書寫」到了《中東大戰演義》，也終於劃下了句點。

綜觀明清小說「倭患書寫」，可以發現以下幾個特點，是與傳統說部描寫異族齟齬不同的地方。首先，以倭寇或日本為描寫的對象，往往帶有海洋文學的屬性，戰爭的場景不管是《戚南塘剿平倭寇志傳》中樸實的短兵相接、《玉蟾記》中誇張的翻江倒海，抑或《中東大戰演義》中現代化的軍艦炮擊，都表現出與內陸截然不同的光景。驚濤駭浪、風起雲湧的畫面取代了草原與黃沙，而潮水也衍生出「不征之國」的戰略方針，是否渡洋直搗倭巢，成為「倭患書寫」敘事之熱點，從〈斬蛟記〉到〈夢平倭奴記〉，「滅倭必矣」的迷夢貫串了明代至晚清。另外，會燃起戰火的原因，也多半與貿易利潤的驅使有關，例如《歧路燈》中提到寧波事件爆發的原因：「總由日本修貢入中國，帶有番貨入內地，由市舶司太監掌之」，卻因其貪瀆無饜，激起攻劫；《中東大戰演義》則以「日人所到之處，以朝鮮國為最盛，後以可獲厚利，遂愈來愈多」一句帶出了甲午戰爭背後的市場考量。透過小說文本，亦可以輻射出東亞水域朝貢、走私、殖民的特殊樣貌，具有社會史的意義。

其次，時間跨度極大。「倭患」可以是組成複雜的倭寇，也可以是豐臣秀吉或殖民帝國，其概念多元，但指稱卻很單一，因此彼此之間會產生「內／外」、「我／他」、「新／舊」纏繞的現象，在虛構的文本世界更有許多移花接木的混淆——當《升仙傳》、《雪月梅》、《玉蟾記》以「真倭」為「嘉靖大倭寇」之主體時，〈斬蛟記〉卻把豐臣秀吉寫成了來自中國之孽龍；而《水滸後傳》、《女仙外史》之寫「日本乞師」，又以「關白」和「倭寇」的形象取代了當時執政的德川幕府，使得「真實」與「虛構」的界線不斷模糊。過去討論明清小說的「倭患書寫」，往往是斷裂的，研究「嘉靖大倭寇」或「萬曆朝鮮戰爭」相關小說的，往往不會延伸至「甲午戰爭」或「乙未戰爭」相關小說；反之，「甲午戰爭」或「乙未戰爭」相關小說之研究，通常不會進一步上溯至前面的朝代。然而，筆者卻認為二者之間具有連貫的關係。對清人來說，日本與倭寇不是完全切割的概念，像是《劉大將軍平倭戰記》以「忠義貫天誓掃倭寇，世間豪傑萬古流傳」的詠聯來揄揚劉永福；《臺灣巾幗英雄傳》也以「蝴蝶陣」和「倭刀」來描繪日軍，這顯然脫離了事實，而承繼自明朝的倭寇記憶；《蜃樓外史》更直接以倭寇隱喻來抨擊李鴻章的聯日政策及破產。

相對於北方異族止於唐、宋、明，西方列強自清代才嚴重威脅中國，「倭患」卻貫串整個明清，這也是小說創作最活躍，也是書寫型態變化最劇烈的時代，「倭患書寫」遂成為檢視中國古典小說發展歷程的絕佳材料。另一方面，明清小說「倭患書寫」有時並非作為文本主體，除了早期《戚南塘剿平倭寇志傳》、《胡少保平倭記》或〈斬蛟記〉外，絕大多數是以「衛星事件」的形式作為情節段落，其中包括總結前朝歷史教訓的《女仙外史》、《野叟曝言》等，「倭患」僅占據全書異族描寫的一部分。儘管如〈楊八老越國奇逢〉，提供了許多關於「假倭」的各種社會史材料，小說的主軸仍在於主人翁如何受到命運的擺弄，「倭患」並非作品本身的主旋律。而更明顯的則是才子佳人小說，甚至將「倭患」作為娛樂化的素材，缺乏嚴肅的反思。然而，這樣的情況在甲午戰爭以後有了重大的改變，特別是在《中東大戰演義》以降的作品，將「日本」抽離華夷秩序的邊緣位置，以對等的方式將兩「國」交戰及談判放在敘事的核心，人物的光彩退居二線，象徵了中國從「天下」到「萬國」的視野轉換。

最後，明清小說「倭患書寫」也是很好的歷史範本，見證了東亞地區的恩恩怨怨，其中甚至也有覆轍重蹈之處，例如朝鮮半島，在萬曆及光緒兩代，都成為日本染指的對象，徒增兵禍，生靈塗炭。而「乙未戰爭」相關小說中的戰場：臺灣，亦橫亙於中日兩國之間的角力之下，淪為犧牲品，其政治上的作用力延續迄今，是非難解。所以說，在小說之中，雖然寫出了「英雄／英雌」運籌帷幄，談笑用兵的風采，但「醉臥沙場君莫笑，古來征戰幾人回」，靖海澄清的背後是「一將功臣萬骨枯」的辛酸，浴血奮戰伴隨著是「寧為太平犬，莫作亂離人」的斑斑血淚。在閱讀小說的過程當中，映入眼簾的常常是熟悉且真實的地名，從平壤到旅順，從基隆到臺南，彷彿可以聽到殺聲四起，槍聲大作。可嘆的是，不只是作為侵略者的「倭」帶來無辜人民的傷痛，官兵也常在混亂當中施行著國家的暴力：《戚南塘剿平倭寇志傳》所謂「縱容家兵肆暴淫，總是吾閫欠伊債」；《蜃樓外史》中公然「搶掠東西，奸淫婦女」的也正是朝廷的軍馬。濫用正義之名的惡行，反而造成更大的損傷，令人不勝唏噓。客觀來說，中國與日本儘管在歷史上曾彼此惡鬥，但卻無法迴避雙方一衣帶水的緊密關係，應以理性、寬厚的態度相互往來。透過明清小說「倭患書寫」的檢視，當提醒著每個人殷鑑不遠，須珍惜和平的可貴。

參考書目

一　古籍文獻

〔漢〕司馬遷撰　〔日〕瀧川龜太郎考證　《史記會注考證》　臺北市　洪氏出版社　1986年

〔漢〕班固撰　〔唐〕顏師古注　《漢書》　北京市　中華書局　1962年

〔漢〕許慎著　〔清〕段玉裁注　《說文解字》　臺北市　萬卷樓圖書公司　2004年

〔晉〕陳壽撰　〔宋〕裴松之注　《三國志》　北京市　中華書局　1963年

〔晉〕干寶撰、汪紹楹校注　《搜神記》　臺北市　里仁書局　1982年

〔晉〕葛洪撰　《抱朴子》　臺北市　中國子學名著集成編印基金會　1978年　明萬曆甲申吳興慎懋官刊本

〔唐〕歐陽詢撰　《藝文類聚》　臺北市　新興書局　1973年　宋紹興丙寅年刻本

〔唐〕段成式撰　《酉陽雜俎》　臺北市　漢京文化事業公司　1983年

〔後晉〕劉昫等撰　《舊唐書》　北京市　中華書局　1975年

〔宋〕李昉等編　《太平廣記》　北京市　國家圖書館出版社　2009年　明談愷本

〔宋〕歐陽修、宋祁等撰　《新唐書》　北京市　中華書局　1975年

〔明〕朱元璋撰述　《明朝開國文獻》　臺北市　臺灣學生書局　1966年　國立北平圖書館原藏本
〔明〕羅貫中　《三國演義》　臺北市　桂冠圖書公司　1994年
〔明〕施耐庵著　《水滸全傳》　臺北市　萬年青書店　1974年
〔明〕宋濂等撰　《元史》　北京市　中華書局　1976年
〔明〕薛俊撰　王文光增補　《日本國考略》　四庫全書存目叢書·史部255　臺南市　莊嚴文化事業公司　1996年　北京圖書館藏明藍格鈔國朝典故本
〔明〕明英宗、神宗敕修撰　《正統道藏》　臺北市　新文豐出版公司　1988年
〔明〕董穀撰　《碧里雜存》　臺北市　藝文印書館　1967年
〔明〕洪楩輯　程毅中校注　《清平山堂話本校注》　北京市　中華書局　2012年
〔明〕采九德撰　《倭變事略》　臺北市　藝文印書館　1967年　明天啟樊維城輯刊鹽邑志林本
〔明〕鄭舜功纂　《日本一鑑·窮河話海》　出版地不詳　出版者不詳　1939年藏於中央研究院人文社會科學聯合圖書館
〔明〕唐順之　《唐荊川先生集》　臺北市　藝文印書館　1971年
〔明〕宗臣撰　《宗子相集》　臺北市　偉文圖書出版公司　1976年
〔明〕鄭若曾撰　李致忠點校　《籌海圖編》　北京市　中華書局　2007年6月
〔明〕歸有光著　周本淳點校　《震川先生集》　臺北市　源流文化事業公司　1983年
〔明〕俞大猷撰　廖淵泉、張吉昌整理點校　《正氣堂全集》　福州市：福建人民出版社　2007年1月
〔明〕嚴從簡著　余思黎點校　《殊域周咨錄》　北京市　中華書局　2000年

〔明〕戚繼光撰　《紀效新書》　臺北市　臺灣商務印書館　1978年

〔明〕不著撰人　《戚南塘剿平倭寇志傳》　收入於《古本小說集成》　上海市　上海古籍出版社　1990年　北京圖書館所藏明刊本

〔明〕張翰撰　盛冬鈴點校　《松窗夢語》　北京市　中華書局　1997年

〔明〕印月軒主人彙次　《廣豔異編》　收入於《古本小說集成》　上海市　上海古籍出版社　1990年　日本內閣文庫所藏明刻本

〔明〕王士性著　周振鶴校　《廣志繹》　北京市　中華書局　2006年

〔明〕胡應麟撰　〔明〕江湛然輯　《少室山房集》　景印文淵閣四庫全書・集部・別集類　臺北市　臺灣商務印書館　1983年　國立故宮博物院藏本

〔明〕吳亮輯　《萬曆疏鈔》　續修四庫全書・史部・詔令奏議類　上海市　上海古籍出版社　1997年　上海圖書館藏明萬曆三十七年刻本

〔明〕方弘靜撰　《千一錄》　續修四庫全書・子部・雜家類　上海市　上海書店　1994年　明萬曆刻本

〔明〕郭光復撰　〔明〕郭師古校正　《倭情考略》　臺北市　藝文印書館　1971年　乙亥叢編本

〔明〕焦竑編　《國朝獻徵錄》　臺北市　明文書局　1991年

〔明〕吳還初編　〔明〕余德孚校　傅惜亨校點　《天妃娘媽傳》　瀋陽市　春風文藝出版社　1998年

〔明〕沈有容輯　《閩海贈言》　南投縣　臺灣省文獻委員會　1994年

〔明〕茅元儀輯　《武備志》　海口市　海南出版社　2001年

〔明〕沈德符撰　楊萬里校點　《萬曆野獲編》　上海市　上海古籍出版社　2005年

〔明〕馮夢龍　《平妖傳》　臺北市　桂冠圖書公司　1990年
〔明〕馮夢龍著　《喻世名言》　臺北市　桂冠圖書公司　1994年
〔明〕馮夢龍　《警世通言》　臺北市　桂冠圖書公司　1994年
〔明〕不著撰人　《明珠緣》　臺北市　文化圖書公司　1982年
〔明〕穆氏編輯　《關帝歷代顯聖志傳》　收入於《古本小說集成》　上海市　上海古籍出版社　1990年　北京圖書館所藏明刊本
〔明〕陳子龍等編　《皇明經世文編》　臺北市　國風出版社　1964年　國立中央圖書館珍藏明崇禎間平露堂刊本
〔明〕談遷著　張宗祥校點　《國榷》　北京市　中華書局　2005年
〔明〕陸人龍著　覃軍點校　《型世言》　北京市　中華書局　1993年
〔明〕西湖逸史撰　《天湊巧》　收入於《古本小說集成》　上海市　上海古籍出版社　1990年　中國藝術研究院戲曲研究所圖書館藏本
〔明〕陸紹珩　《醉古堂劍掃》　臺北市　老古文化事業公司　1981年
〔明〕余颺撰　《莆變紀事》　南京市　江蘇古籍出版社　2000年
〔明〕張永祺等撰　欒星輯校　《甲申史籍三種校本》　鄭州市　中州古籍出版社　2002年10月
〔明〕張煌言著　《張蒼水詩文集》　臺北市　臺灣銀行經濟研究室　1962年
〔清〕凌雪　《南天痕》　臺北市　臺灣銀行經濟研究室　1960年
〔清〕姚文然　《姚端恪公全集》　清代詩文集彙編75　上海市　上海古籍出版社　2010年　清康熙桐城姚氏刻本
〔清〕華陽散人編輯　李昭恂校點　《鴛鴦針》　瀋陽市　春風文藝出版社　1985年
〔清〕錢塘西湖隱叟述　《胡少保平倭記》　收入於《古本小說集成》　上海市　上海古籍出版社　1990年　上海圖書館藏抄本

〔清〕瀟湘迷津渡者編輯　《筆梨園》　收入於《古本小說集成》　上海市　上海古籍出版社　1990年　北京圖書館分館所藏清刊殘本

〔清〕倚雲氏著　《升仙傳演義》　南昌市　百花洲文藝出版社　1993年

〔清〕西湖漁隱人著　《歡喜冤家（續集）》　臺北市　雙笛國際事務公司出版社　1994年

〔清〕東魯狂生編輯　程有慶校點　《醉醒石》　南京市　江蘇古籍出版社　1994年

〔清〕周清原著　《西湖二集》　北京市　人民文學出版社　1999年1月

〔清〕陳忱　《水滸後傳》　臺北市　桂冠圖書公司　1992年

〔清〕呂熊著　劉遠游、黃蓓薇標點　《女仙外史》　上海市　上海古籍出版社　1991年

〔清〕查繼佐著　《罪惟錄》　杭州市　浙江古籍出版社　2012年

〔清〕李漁　《十二樓》　臺北市　桂冠圖書公司　1994年

〔清〕谷應泰撰　《明史紀事本末》　臺北市　華世出版社　1976年

〔清〕褚人穫　《堅瓠廣集》　筆記小說大觀　23編　第10冊　臺北市　新興書局　1985年　清康熙乙亥年序刊本

〔清〕黃宗羲編　《明文海》　景印文淵閣四庫全書・集部・總集類　臺北　臺灣商務印書館　1983年　國立故宮博物院藏本

〔清〕張潮輯　《虞初新志》　收入於《古本小說集成》　上海市　上海古籍出版社　1990年　上海圖書館藏康熙刻本

〔清〕青心才人編次　李致忠校點　《金雲翹傳》　瀋陽市　春風文藝出版社　1983年

〔清〕西周生　《醒世姻緣傳》　臺北市　臺灣古籍出版社　2006年

〔清〕錢彩編次　〔清〕金豐增訂　平慧善校注　《說岳全傳》　臺北市　三民書局　2000年
〔清〕江日昇　《臺灣外紀》　臺北市　文化圖書公司　1983年
〔清〕白雲道人編輯　齊守成校點　《玉樓春》　瀋陽市　春風文藝出版社　1998年
〔清〕劉廷璣撰　張守謙點校　《在園雜志》　北京市　中華書局　2005年
〔清〕盛楓輯　《嘉禾徵獻錄》　五編清代稿鈔本　廣州市　廣東人民出版社　2013年　中山大學圖書館藏鈔本
〔清〕聖水艾衲居士　《豆棚閒話》　臺北市　臺灣古籍出版社　2005年
〔清〕張廷玉等撰　《明史》　北京市　中華書局　1974年
〔清〕鴛湖漁叟校訂　《說唐演義全傳》　收入於《古本小說集成》　上海市　上海古籍出版社　1990年　上海古籍出版社藏觀文書屋刊本
〔清〕鴛湖漁叟校訂　《說唐演義》　臺北市　桂冠圖書公司　1992年
〔清〕曹雪芹　《紅樓夢》　臺北市　桂冠圖書公司　1994年
〔清〕陳朗著　喬遷標點　《雪月梅》　上海市　上海古籍出版社　1987年
〔清〕夏敬渠著　黃坤校注　《野叟曝言》　臺北市　三民書局　2005年
〔清〕李綠園　《歧路燈》　臺北市　大申書局　1983年
〔清〕李百川著　侯忠義整理　《綠野仙踪》　北京市　北京大學出版社　1986年
〔清〕陳莫纕等修　〔清〕倪師孟等纂　《吳江縣志》　臺北市　成文出版公司　1975年　清乾隆石印重印本

〔清〕王蘭沚撰　李建茹校點　《綺樓重夢》　西安市　太白文藝出版社　1998年

〔清〕屠紳著　《蟫史》　收入於《古本小說集成》　上海市　上海古籍出版社　1990年　據上海古籍出版社庭梅竹氏藏板磊砢山房原本影印

〔清〕丁秉仁編著　《瑤華傳》　收入於《古本小說集成》　上海市　上海古籍出版社　1990年　鄭州大學圖書館所藏濤音書屋本

〔清〕不著撰人　《載陽堂意外緣》　收入於《古本小說集成》　上海市　上海古籍出版社　1990年　復旦大學圖書館藏上海書局石印本

〔清〕上谷氏蓉江著　《西湖小史》　收入於《古本小說集成》　上海市　上海古籍出版社　1990年　上海圖書館藏琅玕山館本

〔清〕沈學淵　《桂留山房詩集》　續修四庫全書．集部．別集類　上海市　上海古籍出版社　1995年　中國科學院圖書館藏清道光二十四年郁松年刻本

〔清〕通元子著　董文成校點　《玉蟾記》　瀋陽市　春風文藝出版社　1998年

〔清〕無名氏撰　于圖校點　《繡球緣》　瀋陽市　春風文藝出版社　1997年

〔清〕吳熾昌　《客窗閒話》　續修四庫全書．子部．小說家類　上海市　上海古籍出版社　1997年　遼寧省圖書館藏清光緒元年味經堂刻本

〔清〕魏秀仁　《花月痕》　臺北市　桂冠圖書公司　1986年

〔清〕王韜撰　《淞隱漫錄》　臺北市　廣文書局　1976年

〔清〕八詠樓主述　〔清〕庾嶺勞人著　《足本蜃樓外史》　北京市　中央廣播電視大學出版社　1990年

〔清〕李鴻章 《李文忠公全集》 新北市 文海出版社 1962年
〔清〕無名氏撰 談蓓芳校點 《玉燕姻緣全傳》 南昌市 江西人民出版社 1988年
〔清〕寰宇義民校印 《劉大將軍（永福）平倭戰記》 臺北市 文海出版公司 1975年
〔清〕古鹽官伴佳逸史 《新編繡像臺灣巾幗英雄全傳初集》 上海市 上海書局 1895年
〔清〕洪棄生 《瀛海偕亡記》 臺北市 臺灣銀行經濟研究室 1959年
〔清〕易順鼎 《魂南記》 南投縣 臺灣省文獻委員會 1993年
〔清〕思痛子 《臺海思慟錄》 南投縣 臺灣省文獻委員會 1997年
〔清〕鄒弢撰 《海上塵天影》 南昌市 百花洲文藝出版社 1993年
〔清〕洪興全撰 《中東大戰演義》 臺北市 世界書局 1975年
〔清〕龔自珍、〔清〕康有為、〔清〕梁啟超等著 龍應台、朱維錚編注 《未完成的革命——戊戌百年紀》 臺北市 臺灣商務印書公司 1998年
〔清〕曾樸撰 葉經柱校注 繆天華校閱 《孽海花》 臺北市 三民書局 2005年
〔清〕蘇同著 《無恥奴》 南昌市 百花洲文藝出版社 1993年
〔清〕黃世仲著 俊義校點 《宦海升沉錄》 瀋陽市 春風文藝出版社 1997年
〔清〕冷血生著 舒枚、張玉校點 《英雄淚》 瀋陽市 春風文藝出版社 1997年
〔清〕陸士諤著 曉式點校整理 《新孽海花》 北京市 中國文聯出版公司 1989年
〔清〕連橫 《臺灣通史》 臺北市 中華叢書委員會 1955年

〔清〕連横　《雅言》　臺北市　臺灣銀行經濟研究室　1963年
〔日〕高木市之助、〔日〕五味智英、〔日〕大野晉校注　《萬葉集》　東京　岩波書店　1963年
〔日〕伊藤松著　杉山二郎解說　《鄰交徵書》　東京　株式会社国書刊行会　1975年
〔日〕不著撰人　《續善隣國寶記》　改定史籍集覽・新加通記第15　東京　近藤出版部　1924年
〔日〕日下寬編　《豐公遺文》　東京　博文館　1914年
〔日〕末松保和編纂　《宣祖實錄》　東京　學習院東洋文化研究所　1960年
〔日〕末松保和編纂　《仁祖實錄》　東京　學習院東洋文化研究所　1962年
〔日〕林春勝、林信篤編　〔日〕浦廉一解說　《華夷變態》　東京　財團法人東洋文庫　1958年
〔日〕川口長孺著　《臺灣鄭氏紀事》　南投縣　臺灣省文獻委員會　1995年
〔日〕酒井忠夫監修　〔日〕坂出祥伸、〔日〕小川陽一編　《妙錦萬寶全書》　中國日用類書集成卷12　東京　汲古書院　2003年　建仁寺兩足院所藏本
〔日〕陸奧宗光著　陳鵬仁譯　《中日世紀之戰——甲午戰爭》　臺北市　開今文化事業公司　1994年
〔美〕達飛聲（James W. Davidson）原著　陳政三譯註　《福爾摩沙島的過去與現在》　臺南市　國立臺灣歷史博物館　2014年9月
〔韓〕申炅用　《再造藩邦志》　臺北市　珪庭出版公司　1980年
〔韓〕趙慶男撰　《亂中雜錄》　서울　趙台熙　1964年

黃彰健校勘　《明太祖實錄》　臺北市　中央研究院歷史語言研究所　1984年　據中央研究院歷史語言研究所民國五十一年刊本縮編
黃彰健校勘　《明神宗實錄》　臺北市　中央研究院歷史語言研究所　1984年　據中央研究院歷史語言研究所民國五十一年刊本縮編
徐興慶編注　《朱舜水集補遺》　臺北市　臺灣學生書局　1992年
國立政治大學古典小說研究中心主編　《蔡元放批點水滸後傳》　臺北市　天一出版社　1985年
中華書局編輯部、李書源整理　《籌辦夷務始末（同治朝）》　北京市　中華書局　2008年
不著編者　《岳飛故事戲曲說唱集》　臺北市　明文公司　1981年
不著編者　《清光緒朝中日交涉史料》　新北市　文海出版社　1963年
臺灣銀行經濟研究室編輯　《割臺三記》　臺北市　臺灣銀行經濟研究室　1959年
臺灣銀行經濟研究室編輯　《臺戰演義》　南投縣　臺灣省文獻委員會　1997年
朱恒夫標點　〈劉大將軍平倭百戰百勝圖說〉　《明清小說研究》第1期（1992年）
陳大康　〈晚清《新聞報》與小說相關編年（1893-1895）〉　《明清小說研究》第3期（2006年）
趙省偉主編　沈弘等編譯　《海外史料看甲午》　北京市　中國畫報出版社　2015年
劉文明編　《西方人親歷和講述的甲午戰爭》　杭州市　杭州大學出版社　2015年
萬國報館編　《甲午：120年前的西方媒體觀察》　新北市　楓樹林出版事業公司　2016年7月

許佩賢譯　吳密察導讀　《攻臺戰紀——《日清戰史．臺灣篇》》　臺北市　遠流出版事業公司　1995年

許佩賢譯　吳密察導讀　《攻臺見聞——《風俗畫報．臺灣征討圖繪》》　臺北市　遠流出版事業公司　1995年

廣雅出版公司編輯部編　《鴉片戰爭文學集》　臺北市　廣雅出版公司　1982年

廣雅出版公司編輯部編　《甲午中日戰爭文學集》　臺北市　廣雅出版公司　1982年

魏紹昌編　《孽海花資料》　上海市　上海古籍出版社　1982年

二　近人專著

'93中國古代小說國際研討會學術委員會編　《'93中國古代小說國際研討會論文集》　北京市　開明出版社　1996年7月

上海市紅樓夢學會、上海師範大學文學研究所編　《紅樓夢鑑賞辭典》　上海市　上海古籍出版社　1989年

王小林　《從漢才到和魂：日本國學思想的形成與發展》　臺北市　聯經出版事業公司　2013年

王文進　《南朝山水與長城想像》　臺北市　里仁書局　2008年6月

王明珂　《華夏邊緣：歷史記憶與族群認同》　臺北市　允晨文化實業公司　1997年

王　勇　《中日關係史考》　北京市　中央編譯出版社　1995年

王俊年編　《中國近代文學論文集（1919-1949）：小說卷》　北京市　中國社會科學出版社　1988年

王彬主編　《清代禁書總述》　北京市　中國書店　1999年1月

王　瑛　《李鴻章與晚清中外條約研究》　長沙市　湖南人民出版社　2011年2月

王嘉弘　《如此江山：乙未割臺文學與文獻》　臺南市　國立臺灣文學館　2011年12月

王夢鷗　《唐人小說研究四集》　臺北市　藝文印書館　1978年

王德威著　宋偉杰譯　《被壓抑的現代性：晚清小說新論》　臺北市　麥田出版公司　2003年8月

王德威　《歷史與怪獸——歷史、暴力、敘事》　臺北市　麥田出版公司　2011年10月

王　穎　《才子佳人小說史論》　北京市　中國社會科學出版社　2010年

王瓊玲　《夏敬渠與野叟曝言考論》　臺北市　臺灣學生書局　2005年11月

中國社會科學院文學研究所近代文學研究組編　《中國近代文學論文集（1949-1979）》　北京市　中國社會科學出版社　1983年

石育良　《怪異世界的建構》　臺北市　文津出版社　1996年

石　泉　《甲午戰爭前後之晚清政局》　北京市　生活・讀書・新知三聯書店　1997年

向　楷　《世情小說史》　杭州市　浙江古籍出版社　1998年12月

李亦園、王秋桂主編　《中國神話與傳說學術研討會論文集》　臺北市　漢學研究中心　1996年

李育民　《近代中外條約關係芻論》　長沙市　湖南人民出版社　2011年4月

李志宏　《明末清初才子佳人小說敘事研究》　臺北市　大安出版社　2008年10月

李志宏　《「演義」——明代四大奇書敘事研究》　臺北市　大安出版社　2011年

李豐楙　《許遜與薩守堅：鄧志謨道教小說研究》　臺北市　臺灣學生書局　1997年3月

李豐楙　《誤入與貶謫：六朝隋唐道教文學論集》　臺北市　臺灣學生書局　1997年
李豐楙　《神化與變異：一個「常與非常」的文化思維》　北京市　中華書局　2010年10月
吳克岐　《懺玉樓叢書提要》　北京市　北京圖書館出版社　2002年2月
吳盈靜　《清代臺灣紅學初探》　臺北市　大安出版社　2004年11月
吳禮權　《中國言情小說史》　臺北市　臺灣商務印書館　1995年3月
呂芳上主編　《無聲之聲（I）：近代中國的婦女與國家（1600-1950）》　臺北市　中央研究院近代史研究所　2003年
阿　英　《小說閒談四種》　上海市　上海古籍出版社　1985年
阿　英　《晚清小說史》　臺北市　臺灣商務印書館　1996年
沈清松主編　《末世與希望》　臺北市　五南圖書出版公司　1999年
林依璇　《無才可補天——紅樓夢續書研究》　臺北市　文津出版公司　1999年
林寬裕總編輯　《清法戰爭滬尾戰役130周年研討會成果集》　新北市　新北市淡水古蹟博物館　2014年
周建渝　《才子佳人小說研究》　臺北市　文史哲出版社　1998年
孟　森　《明清史論著集刊續編》　北京市　中華書局　1986年
苗　壯　《才子佳人小說史話》　瀋陽市　遼寧教育出版社　2000年
胡亞敏　《敘事學》　武漢市　華中師範大學出版社　2004年
胡衍南　《金瓶梅到紅樓夢——明清長篇世情小說研究》　臺北市　里仁書局　2009年
胡萬川　《話本與才子佳人小說之研究》　臺北市　大安出版社　1994年2月
胡萬川　《真實與想像——神話傳說探微》　新竹市　清華大學出版社　2004年

胡　適　《胡適文存第三集》　臺北市　遠東圖書公司　1968年

胡曉真　《明清文學中的西南敘事》　臺北市　臺灣大學出版中心　2017年1月

陳支平　《臺灣文獻與史實鉤沉》　北京市　商務印書館　2015年9月

陳平原　《陳平原小說史論集》　石家莊市　河北人民出版社　1997年

陳　悅　《甲午海戰》　北京市　中信出版集團公司　2014年

陳益源　《王翠翹故事研究》　臺北市　里仁書局　2001年12月

陳懋恒　《明代倭寇考略》　北京市　人民出版社　1957年

馬幼垣　《實事與構想——中國小說史論釋》　臺北市　聯經出版事業公司　2007年

馬幼垣　《靖海澄疆：中國近代海軍史事新詮》　臺北市　聯經出版事業公司　2009年

孫述宇　《水滸傳的來歷、心態與藝術》　臺北市　時報文化出版事業公司　1981年

高桂惠　《追蹤躡跡：中國小說的文化闡釋》　臺北市　大安出版社　2006年

袁　進　《中國小說的近代變革》　北京市　中國社會科學出版社　1992年

夏曉虹　《晚清女性與近代中國》　北京市　北京大學出版社　2005年

郭　麗　《近代日本的對外認識——以幕末遣歐美使節為中心》　北京市　北京大學出版社　2011年

臺灣師範大學歷史研究所、歷史學系編輯　《甲午戰爭一百週年紀念學術研討會論文集》　臺北市　臺灣師範大學歷史研究所、歷史學系　1995年

清華大學人文社會學院中國語文學系主編　《小說戲曲研究》　臺北市　聯經出版事業公司　1990年

康正果　《重審風月鑑——性與中國古典文學》　臺北市　釀出版　2016年2月
苟　波　《道教與神魔小說》　成都市　巴蜀書社　1999年
戚其章　《甲午戰爭新講》　北京市　中華書局　2009年7月
張　俊　《清代小說史》　杭州市　浙江古籍出版社　1997年
張哲俊　《中國古代文學中的日本形象研究》　北京市　北京大學出版社　2005年
梁啟超等撰著　《晚清文學叢鈔　小說戲曲研究卷》　臺北市　新文豐出版公司　1989年
黃仁宇　《放寬歷史的視界》　臺北市　允晨文化實業公司　1989年
黃仁宇　《萬曆十五年》　北京市　生活・讀書・新知三聯書店　2009年
黃秀政　《臺灣割讓與乙未抗日運動》　臺北市　臺灣商務印書館　1992年
黃志繁　《「賊」「民」之間：12-18世紀贛南地域社會》　北京市　生活・讀書・新知三聯書店　2006年
黃芝崗　《中國的水神》　上海市　上海文藝出版社　1988年
黃金麟　《歷史、身體、國家：近代中國的身體形成（1895-1937）》　臺北市　聯經出版事業公司　2005年
黃華節　《關公的人格與神格》　臺北市　臺灣商務印書館　1995年
黃霖、陳廣宏、鄭利華主編　《2013年明代文學國際學術研討會論文集》　南京市　鳳凰出版社　2015年12月
黃錦珠　《晚清時期小說觀念之轉變》　臺北市　文史哲出版社　1995年
馮亞琳、〔德〕阿斯特莉特・埃爾（Astrid Erll）主編　余傳玲等譯　《文化記憶理論讀本》　北京市　北京大學出版社　2012年1月

董文成　《清代文學論稿》　瀋陽市　春風文藝出版社　1994年
葛兆光　《宅茲中國：重建有關「中國」的歷史論述》　臺北市　聯經出版事業公司　2011年3月
葛兆光　《何為中國？——疆域、民族、文化與歷史》　香港　牛津大學出版社　2014年6月
楊瑞松　《病夫、黃禍與睡獅：「西方」視野的中國形象與近代中國國族論述想像》　臺北市　政大出版社　2010年9月
鄭吉雄編　《東亞視域中的近世儒學文獻與思想》　臺北市　臺灣大學出版中心　2005年
鄭振鐸　《西諦書話》　北京市　生活・讀書・新知三聯書店　1998年
鄭樑生　《明代中日關係研究——以明史日本傳所見幾個問題為中心——》　臺北市　文史哲出版社　1985年
趙　園　《想像與敘述》　北京市　人民文學出版社　2009年
魯　迅　《中國小說史略》　北京市　北京大學出版社　2009年3月
蔣星煜　《中國戲曲史鈎沉》　鄭州市　中州書畫社　1982年
蔡國梁　《明清小說探幽》　臺北市　木鐸出版社　1987年
劉衛英　《明清小說寶物崇拜研究》　北京市　中國社會科學出版社　2008年11月
樊樹志　《晚明史（1573-1644年）》　上海市　復旦大學出版社　2005年
閻崇年主編　《戚繼光研究論集》　北京市　知識出版社　1990年
錢靜方　《小說叢考》　臺北市　河洛圖書出版社　1979年
蕭相愷　《珍本禁毀小說大觀——稗海訪書錄》　鄭州市　中州古籍出版社　1998年
蕭相愷、馮保善、苗懷明、薛仲良選編　《夏敬渠與屠紳研究論文選萃》　南京市　鳳凰出版社　2012年7月

蕭登福、林翠鳳主編　《關帝信仰與現代社會研究論文集》　臺北市　宇河文化出版公司　2013年
蕭麗紅著　《桂花巷》　臺北市　聯經出版事業公司　2002年
戴不凡　《小說見聞錄》　臺北市　木鐸出版社　1983年
戴逸、楊東梁、華立　《甲午戰爭與東亞政治》　北京市　中國社會科學出版社　1994年
顏清洋　《從關羽到關帝》　臺北市　遠流出版事業公司　2006年
譚君強　《敘事學導論：從經典敘事學到後經典敘事學》　北京市　高等教育出版社　2008年11月
羅香林輯校　《劉永福歷史草》　臺北市　正中書局　1968年
羅春榮　《媽祖文化研究》　天津市　天津古籍出版社　2006年
蘇建新　《中國才子佳人小說演變史》　北京市　社會科學文獻出版社　2006年4月
嚴紹璗　《中日古代文學關係史稿》　長沙市　湖南文藝出版社　1987年
龔鵬程、張火慶　《中國小說史論叢》　臺北市　臺灣學生書局　1984年
〔日〕上田信著　高瑩瑩譯　《海與帝國：明清時代》　桂林市　廣西師範大學出版社　2014年
〔日〕木宮泰彥著　胡錫年譯　《日中文化交流史》　北京市　商務印書館　1980年
〔日〕田中健夫著　楊翰球譯　隋玉林校　《倭寇——海上歷史》　武漢市　武漢大學出版社　1987年
〔日〕加藤陽子著　黃美蓉譯　《日本人為何選擇了戰爭》　新北市　遠足文化出版事業公司　2016年
〔日〕合山究著　蕭燕婉譯注　《明清時代的女性與文學》　臺北市　聯經出版事業公司　2016年

〔日〕酒井忠夫著　劉岳兵、孫雪梅、何英鶯譯　《中國善書研究》　南京市　江蘇人民出版社　2010年

〔日〕增田涉著　由其民、周啟乾譯　《西學東漸與中國事情》　南京市　江蘇人民出版社　2010年11月

〔法〕施舟人（Kristofer Schippe）　《中國文化基因庫》　北京市　北京大學出版社　2004年

〔美〕班納迪克・安德森（Benedict Anderson）著　吳叡人譯　《想像的共同體——民族主義的起源與散布》　臺北市　時報文化出版社　2010年5月

〔美〕史蒂文・科恩（Steven Cohan）、〔美〕琳達・夏爾斯（Linda M. Shires）著　張方譯　《講故事：對敘事虛構作品的理論分析》　臺北市　駱駝出版社　1997年9月

〔美〕宇文所安（Stephen Owen）著　田曉菲譯　《他山的石頭記——宇文所安自選集》　南京市　江蘇人民出版社　2006年8月

〔美〕宇文所安著　鄭學勤譯　《追憶：中國古典文學中的往事再現》　臺北市　聯經出版事業公司　2006年

〔美〕韋思諦（Stephen C. Averill）編　陳仲丹譯　《中國大眾宗教》　南京市　江蘇人民出版社　2006年7月

〔美〕浦安迪（Andrew H. Plaks）講演　《中國敘事學》　北京市　北京大學出版社　1995年

〔美〕浦安迪著　沈亨壽譯　《明代小說四大奇書》　北京市　生活・讀書・新知三聯書局　2006年9月

〔美〕裴士鋒（Stephen R. Platt）著　黃中憲譯　譚伯牛校　《天國之秋》　北京市　社會科學文獻出版社・全球與地區問題出版中心　2014年11月

陳昭利　〈甲午戰爭小說研究——論洪子貳《中東大戰演義》〉　《萬能學報》第33期　2011年7月

陳美霞　〈論明代神魔小說中海洋情結的敘事特徵〉　《內江師範學院學報》第25卷第3期　2010年

陳瑋芬　〈「天道」、「天命」、「王道」概念在近代日本的繼承和轉化——兼論中日帝王的神聖化〉　《中國文哲研究集刊》第23期　2003年9月

陳嘉琪　〈臺灣歷史傳說與讀物中的劉永福抗日形象〉　《臺灣文學研究學報》第14期　2012年4月

陳　穎　〈中國近代反侵略戰爭小說綜論〉　《福建師範大學學報》哲學社會科學版）第2期　1997年

陳學霖　〈明朝「國號」的緣起及「火德」問題〉　《中國文化研究所學報》第50期　2010年1月

陳　曦　〈書生切莫空議論　頭顱擲處血斑斑——試論曾樸的《孽海花》中的「中日戰爭時代」〉　《解放軍藝術學院學報》第4期　2014年

孫丹虹、王枝忠　〈《花月痕》雙重含義的闡釋〉　《廈門教育學院學報》第8卷第3期　2006年9月

馬幼垣著　賴瑞和譯　〈中國講史小說的主題與內容〉　《中外文學》第8卷第5期　1979年10月

馬雅貞　〈戰勳與宦蹟：明代戰爭相關圖像與官員視覺文化〉　《明代研究》第17期　2011年12月

徐　虹　〈風雲變幻鑄書魂——《型世言》對晚明重大事件的反映〉　《淮海工學院學報》　社會科學版）第7卷第4期　2009年12月

唐海宏　〈《水滸後傳》的兩大版本系統及其差異分析〉　《長江師範學院學報》第30卷第4期　2014年8月

高桂惠　〈世道與末技：《型世言》的演述語境與大眾化文化選擇〉《政大中文學報》第6期　2006年12月

秦瘦鷗　〈晚清小說搜遺——《臺灣巾幗英雄傳》的發現〉　《書林》第1期　1980年

郭豫適、劉富偉　〈拓新、雜揉、滲透——關於嘉、道時期章回小說類型問題的思考〉　《華東師範大學學報》　哲學社會科學版）第38卷第2期　2006年3月

郭黛暎　〈以反顯正——論鄧志謨道教小說中的反面角色〉　《清華中文學報》第2期　2008年12月

張　云　〈肉欲書寫和男性中心——《綺樓重夢》研究〉　《紅樓夢學刊》第1輯　2011年

張世宏　〈明代小說《戚南塘剿平倭寇志傳》考論〉　《集美大學學報》（哲社版）第18卷第4期　2015年10月

張慶洲　〈抗倭援朝戰爭中的明日和談內幕〉　《遼寧大學學報》第1期　1989年

許　軍　〈《說倭傳》史料來源及作者考辨〉　《文獻》第4期　2013年7月

許俊雅　〈真實或虛構？／新聞或小說？——《臺灣日日新報》轉載《申報》新聞體小說的過程與理解〉　《東吳中文學報》第28期　2014年11月

曾世豪　〈烽火興浪濤——論明朝抗倭戰爭中邊塞詩的海洋新貌〉《國立臺北教育大學語文集刊》第20期　2011年7月

曾世豪　〈華夷再變：論《女仙外史》中的秩序觀想像〉　《彰化師大國文學誌》第28期　2014年6月

曾世豪　〈戲擬與感舊：論《水滸後傳》對《水滸傳》之再現模式〉《東華漢學》第23期　2016年6月

彭知輝　〈論《說唐全傳》的底本〉　《明清小說研究》第3期　1999年

游祥洲　〈論《金雲翹傳》超越宿命論的辯證思維——從佛教「業性本空」與「當下菩提」的觀點看超越宿命論的心靈關鍵〉　《臺北大學中文學報》第9期　2011年3月

程國賦、楊劍兵　〈呂熊及其《女仙外史》新論〉　《陝西師範大學學報》(哲學社會科學版)第40卷第1期　2011年1月

舒揚帆　〈試論魏秀仁《花月痕》的自敘性——兼及藝術淵源與影響〉　《呼倫貝爾學院學報》第21卷第6期　2013年12月

黃錦珠　〈甲午之役與晚清小說界〉　《中國文學研究》第5期　1991年5月

楊旺生　〈論《野叟曝言》「托於有明」的敘事謀略〉　《東方論壇》第1期　2000年

楊旺生　〈論《野叟曝言》的封建理想主義色彩〉　《南京農業大學學報》　社會科學版)第4卷第4期　2004年12月

楊明璋　〈講唱之劍——以敦煌本〈伍子胥變文〉為中心的討論〉　《政大中文學報》第18期　2012年12月

楊建波、張玲　〈神魔、歷史與世情的結合——《綠野仙踪》〉　《湖北社會科學》第12期　2005年

楊　策　〈析《海上塵天影》的愛國維新思想〉　《明清小說研究》第4期　1989年

楊雄林　〈烏托邦與救贖——論前期狹邪小說的歷史文化症候〉　《佳木斯大學社會科學學報》第25卷第4期　2007年7月

萬晴川　〈明清「抗倭小說」形態的多樣呈現及其小說史意義〉　《中國古代、近代文學研究》第3期　2016年

萬晴川　〈明代文言小說〈斬蛟記〉作者考〉　《文獻雙月刊》第1期　2016年1月

趙世瑜　〈《女仙外史》初探〉　《漢中師院學報》　哲學社會科學版）第2期　1983年

趙杰新　〈論《金雲翹傳》「持情以合性」的悲劇內涵〉　《湖州師範學院學報》第36卷第1期　2014年1月

廖肇亨　〈浪裡挑燈看劍：中國海戰詩學之書寫特質與價值信念初探〉　《中國文學研究》第11輯　2008年

廖肇亨　〈長島怪沫、忠義淵藪、碧水長流——明清海洋詩學中的世界秩序〉　《中國文哲研究期刊》第32期　2008年3月

鄭潔西　〈16世紀末日本豐臣秀吉侵略朝鮮戰爭與整個亞洲世界的聯動——以萬曆二十年明朝「借兵暹羅」征討日本議案為例〉　《海洋史研究》第3輯　2012年5月

鄭潔西　〈沈惟敬毒殺豐臣秀吉逸聞考〉　《學術研究》第5期　2013年

鄭潔西、楊向艷　〈萬曆二十五年的石星、沈惟敬案——以蕭大亨〈刑部奏議〉為中心〉　《社會科學輯刊》第3期　2014年

劉坎龍　〈才子佳人小說類型研究——才子佳人小說文化透視之二〉　《新疆師範大學學報》　哲學社會科學版）第3期　1994年

劉紅林　〈試論晚清小說《花月痕》的現代屬性〉　《明清小說研究》第3期　2008年

劉勇強　〈明清小說中的涉外描寫與異國想像〉　《文學遺產》第4期　2006年

劉海燕　〈《關帝歷代顯聖志傳》中的關羽形象與敘事策略〉　《陝西教育學院學報》第21卷第4期　2005年11月

劉曉東　〈南明士人「日本乞師」敘事中的「倭寇」記憶〉　《歷史研究》第5期　2010年

劉曉東　〈明代官方語境中的「倭寇」與「日本」——以《明實錄》中的相關語匯為中心〉　《中國史研究》第2期　2014年

劉曉軍、譚帆　〈新聞意識與商業行為——報刊連載對清末民初章回小說文體的影響〉　《中國文學研究》第4期　2010年

劉曉婷　〈明嘉靖時期的倭寇及嘉靖倭寇題材小說研究〉　《中國古代小說戲劇研究》第10輯　2014年

劉瓊云　〈人、天、魔——《女仙外史》中的歷史缺憾與「她」界想像〉　《中國文哲研究集刊》第38期　2011年3月

潘少瑜　〈國恥癡情兩淒絕：林譯小說《不如歸》的國難論述與情感想像〉　《翻譯論叢》第5卷第1期　2012年3月

蔡國梁　〈甲午戰爭的重現——《中東大戰演義》〉　《河北大學學報》第2期　1988年

衛　琪　〈乙未臺灣抗日——以女性抗日圖像為研究主題〉　《國立臺中技術學院通識教育學報》第4期　2011年1月

駱水玉　〈《水滸後傳》——舊明遺民陳忱的海外乾坤〉　《漢學研究》第19卷第1期　2001年6月

賴芳伶　〈清末幾部有關甲午之役的小說〉　《興大中文學報》第7期　1994年1月

賴信宏　〈幸福的寓言——論「三言」所見「志誠者」的生命質性〉　《政大中文學報》第23期　2015年6月

鮑家麟　〈抗日保臺的女英雄張秀容〉　《歷史月刊》第15期　1989年4月

霍現俊、趙素忍　〈論晚明「涉倭小說」的書寫特點及其思想內涵〉　《中國文化研究》第96期　2017年5月

閻瑞雪　〈黃宗羲日本乞師事考：兼論南明士大夫對中日關係的看法〉　《南昌大學學報》　（人文社會科學版）第45卷第3期　2014年5月

謝　君　〈析倭寇小說〉　《語文學刊》第4期　2010年

謝佳瀅　〈論〈姽嫿詞〉與〈芙蓉誄〉之寓意與價值〉　《彰化師大國文學誌》第33期　2016年12月

謝俐瑩　〈小青故事及其相關劇作初探〉　《戲曲學報》創刊號　2007年6月

薄培林　〈略論李鴻章早期對日外交中的「聯日」思想〉　《關西大學東西學術研究所紀要》卷42　2009年4月

顏健富　〈「病體中國」的時局隱喻與治療淬鍊——論晚清小說的身體／國體想像〉　《臺大文史哲學報》第79期　2013年11月

羅曉沛　〈韋癡珠的憂患意識〉　《零陵師專學報》第1期　1993年

羅麗馨　〈豐臣秀吉侵略朝鮮〉　《國立政治大學歷史學報》第35期　2011年5月

〔日〕山根幸夫著　邱明譯　〈明代倭寇問題研究〉　《黃淮學刊》社會科學版）第1期　1992年

〔日〕伊藤晉太郎　〈關羽與貂蟬〉　《成都大學學報》（社科版）第2期　2005年

〔韓〕李成煥著　丁煌指導　〈韓國朝鮮中期的關帝信仰（1592-1598年）〉　《道教學探索》第4號　1991年10月

〔韓〕崔溶徹　〈朝鮮時代中國小說的接受及其文化意義〉　《中正漢學研究》第2期　2013年12月

四　學位論文

王千宜　《金雲翹傳研究》　臺中市　東海大學中國文學系研究所碩士論文　1988年

王珍華　《明末時事小說人物形象之研究》　臺北市　中國文化大學中國文學系研究所在職專班碩士論文　2001年

王瓊玲　《野叟曝言研究》　臺北市　東吳大學中國文學系研究所碩士論文　1986年

白以文　《晚明仙傳小說之研究》　臺北市　政治大學中國文學系研究所博士論文　2005年

石弘毅　《清代康熙年間治臺策研究》　臺南市　成功大學歷史學系研究所博士論文　2007年

只迎博　《《雪月梅傳》研究》　濟南市　山東師範大學中國古代文學研究所碩士論文　2014年

田潤輝　《以「壬辰倭亂」為背景的漢文小說中的中國形象》　濟南市　山東大學亞非語言文學研究所碩士論文　2012年

朱紅絹　《晚清國難小說研究》　上海市　上海師範大學中國古代文學研究所碩士論文　2013年

李小文　《國家制度與地方傳統──明清時期桂西的基層行政制度與社會治理》　廈門市　廈門大學中國近現代史學研究所博士論文　2006年

李佩蓉　《說唐家將小說之家／國想像及其承衍研究》　臺北市　政治大學中國文學系研究所碩士論文　2009年

李　榕　《羅家將系列小說、戲曲研究》　福州市　福建師範大學中國古代文學研究所碩士論文　2013年

吳大昕　《海商、海盜、倭──明代嘉靖大倭寇的形象》　南投縣　暨南大學歷史學系研究所碩士論文　2002年

吳建生　《《北宋志傳》與《世代忠勇楊家府演義志傳》的敘事比較研究》　南昌市　南昌大學中國古代文學研究所碩士論文　2005年

余宗艷　《《孽海花續編》探微》　濟南市　山東師範大學中國古代文學研究所碩士論文　2011年

汪順平　《女遊記——論《紅樓夢》的閨閣、海上、詩社》　桃園市　中央大學中國文學系研究所碩士論文　2013年1月

卓美惠　《明代楊家將小說研究》　臺中市　逢甲大學中國文學系研究所碩士論文　1994年

林彩紋　《明代倭寇——以其侵掠路線及戰術為中心》　臺北市　中國文化大學日本研究所碩士論文　1988年

林　琳　《論清代通俗小說中的日本人形象及其發展演變》　杭州市　浙江大學日語語言文學研究所碩士論文　2004年

林雅芬　《「西湖小說」之研究》　臺中市　東海大學中國文學系研究所碩士論文　2002年

柳　楊　《薛家將故事的演變及其文化解讀》　太原市　山西大學中國古代文學研究所碩士論文　2006年

胡樂飛　《「薛家將」故事的歷史演變》　上海市　上海師範大學中國古代文學研究所碩士論文　2005年

徐兆安　《英雄與神仙：十六世紀中國士人的經世功業、文辭習氣與道教經驗》　新竹市　清華大學歷史研究所碩士論文　2008年

陳歡歡　《《金雲翹傳》研究》　揚州市　揚州大學中國古代文學研究所碩士論文　2009年

張清發　《明清家將小說研究》　高雄市　高雄師範大學國文學系研究所博士論文　2005年

張筱尼　《才子佳人小說《白圭志》及《玉蟾記》之比較研究》　雲林縣　雲林科技大學漢學資料整理研究所碩士論文　2010年

張慧瓊　《精怪、妖術與明代神魔小說》　開封市　河南大學中國古代文學研究所碩士論文　2005年

常　毅　《元明時期「楊家將」戲曲小說研究》　廣州市　暨南大學中國古代文學研究所碩士論文　2005年

曾世豪　《虛實與褒貶　《三國演義》變異書寫之研究》　臺北市　政治大學中國文學系研究所碩士論文　2012年

黃鈺媖　《楊家將故事形成與演變之研究——以《北宋志傳》、《楊家府演義》為中心》　嘉義縣　中正大學中國文學系研究所碩士論文　2011年

楊娟娟　《夏敬渠《野叟曝言》研究》　贛州市　贛南師範學院中國古代文學研究所碩士論文　2011年

楊　敬　《《綠野仙踪》與嘉靖史實》　煙臺市　魯東大學中國古典文獻學研究所碩士論文　2012年

楊靜波　《《雪月梅》人物形象研究》　延邊市　延邊大學中國古代文學研究所碩士論文　2016年

萬甜甜　《「楊家將」故事演變研究》　上海市　上海師範大學中國古代文學研究所碩士論文　2007年

賈偉靜　《《天妃娘媽傳》研究》　新鄉市　河南師範大學中國古代文學研究所碩士論文　2012年

鄭凱菱　《乙未劉永福抗日事蹟之作品研究》　臺中市　中興大學中國文學系研究所碩士論文　2009年

鄭舒翔　《閩南海洋社會與民間信仰——以福建東山關帝信仰為例》　福州市　福建師範大學專門史研究所碩士論文　2008年

潘志群　《清初的統治正當性問題》　臺北市　臺灣大學歷史學系研究所碩士論文　2004年

劉　芳　《《雪月梅》研究》　贛州市　贛南師範學院中國古代文學研究所碩士論文　2013年

劉柏正　《才學與情懷：清中葉（1791-1849）才子佳人小說承衍之文化考察》　臺北市　政治大學中國文學系研究所碩士論文　2011年

蔡連衛　《「楊家將」小說傳播研究》　濟南市　山東大學中國古代文學研究所博士論文　2006年

錢琬薇　《失落與緬懷：鄒弢及其《海上塵天影》研究》　臺北市　政治大學中國文學系研究所碩士論文　2006年

謝　君　《明清小說與倭寇》　杭州市　浙江工業大學中國古代文學研究所碩士論文　2010年

謝柏賢　《晚清同光年間的鴉片觀（1874-1906年）》　桃園市　中央大學歷史研究所碩士論文　2010年

顏采容　《明清時期出版與文化——以「才子佳人」小說為中心》　南投縣　暨南大學歷史學系研究碩士論文　2003年

聶紅菊　《《戚南塘剿平倭寇志傳》研究》　成都市　四川師範大學中國古代文學研究所碩士論文　2010年

嚴玉珊　《《醉醒石》研究》　嘉義市　嘉義大學中國文學系碩士論文　2009年

龔　舒　《《楊家府演義》與明清家族型歷史小說研究》　長沙市　湖南師範大學中國古代文學研究所碩士論文　2007年

〔韓〕成始勳　《狄家將通俗小說研究》　臺北市　政治大學中國文學系研究所碩士論文　1996年

〔韓〕金洛喆　《花月痕研究》　臺北市　臺灣師範大學國文學系研究所碩士論文　1993年

五　外文文獻

王　勇　《中国史のなかの日本像》　東京　財団法人農山漁村文化協会　2005年

馬之濤　《明代中国資料による室町時代の音韻についての研究——

『日本国考略』を中心に——》　東京　早稲田大学大学院文学研究科博士論文　2014年
張玉祥　《織豐政権と東アジア》　東京　株式会社六興出版　1989年11 5 10
鄭潔西　〈明代萬曆時期における豐臣秀吉像〉　《史泉》第109号　2009年1月
〔日〕小川陽一　《三言二拍本事論考集成》　東京　株式会社新典社　1981年
〔日〕中村榮孝　《日鮮關係史の研究（中）》　東京　吉川弘文館　1970年
〔日〕戸高一成　《海戦からみた日清戦争》　東京　株式会社角川書店　2011年
〔日〕中野等　《文禄・慶長の役》　東京　株式会社吉川弘文館　2012年
〔日〕平川祐弘、〔日〕鶴田欣也著　《内なる壁——外国人の日本人像・日本人の外国人像》　東京　TBSブリタニカ　1990年
〔日〕石原道博　《日本乞師の研究》　東京　株式會社冨山房　1945年
〔日〕石原道博　〈朝鮮側よりみた明末の日本乞師について〉　《朝鮮学報》第4輯　1953年3月
〔日〕石原道博　〈日明交渉の開始と不征國日本の成立——明代の日本觀（一）——〉　《茨城大學文理學部紀要》（人文科學）第4號　1954年3月
〔日〕辻善之助　《增訂海外交通史話》　東京　內外書籍株式會社　1936年
〔日〕竹村則行　〈清末小説『説倭伝』に全文転載された李鴻章編

『中日議和紀略』をめぐって〉　《文学研究》第96号　1999年3月
〔日〕竹村則行　〈『説倭伝』から『中東大戦演義』へ〉　《清末小説から》第56号　2000年1月
〔日〕京口元吉　《秀吉の朝鮮經略》　東京　白揚社　1939年
〔日〕金子堅太郎　《新撰國體論纂》　東京　大日本國體會編刊　1919年
〔日〕河上繁樹　〈豐臣秀吉の日本国王冊封に關する冠服について——妙法院伝来の明代官服〉　《京都国立博物館学叢》第20号　1998年3月
〔日〕青木正兒　《江南春》　東京　平凡社　1988年
〔日〕岩井茂樹　〈明代中国の礼制覇権主義と東アジアの秩序〉《東洋文化》第85号　2005年3月
〔日〕鹿毛敏夫　〈『抗倭図巻』『倭寇図巻』と大内義長・大友義鎮〉　《東京大学史料編纂所研究紀要》第23号　2013年3月
〔日〕遊佐徹　〈明清「倭寇小説」考（一）〉　《岡山大学文学部紀要》第23号　1995年7月
〔日〕遊佐徹　〈明清「倭寇小説」考（二）——『戚南塘剿平倭寇志伝』について——〉　《岡山大学文学部紀要》第33号　2007年7月
〔美〕ロナルド・トビ（Ronald P. Toby）　〈「明末清初日本乞師」に關する立花文書〉　《日本歴史》第498号　1989年11月
〔韓〕李進熙、〔韓〕姜在彥著　《日朝交流史》　東京　株式会社有斐閣　1995年

六　影像、報刊、微捲及網路資料

〔明〕仇英　《倭寇圖卷》　現藏於東京大學史料編纂所

Edward M. Zwick 導演　《末代武士》　*The Last Samurai*　2003年

洪智育導演　《一八九五》　2008年

《自由時報》　〈日駐北京使館被包圍　赫見臺灣國旗飄揚〉　2012年9月15日

《蘋果日報》　〈日在臺交流協會　遭噴漆寫「倭寇」〉　2012年9月18日

上海圖書館攝製　《杭州白話報（縮影資料）》　上海市　上海科學技術情報研究所　出版年不詳　藏於政治大學社會科學資料中心

〈認識桃園・各區簡介・桃園區〉　《桃園市政府》網站　2017年6月23日　網址：http://www.tycg.gov.tw/ch/home.jsp?id=10101&parentpath=0,6,10099

歐陽健　〈《臺灣巾幗英雄傳》及其他〉　《古代小說與人生體驗》網站　2007年4月28日　網址：http://qianqizhai.blog.hexun.com/9116456_d.html

薩　蘇　〈《說唐》裡的外語〉　《西西河》網站　2009年11月20日　網址：https://www.cchere.com/article/2552848

索引

一劃

二劃

三劃

四劃

五劃

六劃

七劃

八劃

九劃

十劃

十一劃

十二劃

十三劃

十四劃

十五劃

十六劃

十八劃

十九劃

二十劃

漢學研究叢書・文史新視界叢刊 0402011

明清小說倭患書寫之研究

作　　者　曾世豪
責任編輯　蘇　輗
特約校稿　林秋芬

發 行 人　林慶彰
總 經 理　梁錦興
總 編 輯　張晏瑞
編 輯 所　萬卷樓圖書股份有限公司
臺北市羅斯福路二段 41 號 6 樓之 3
電話 (02)23216565
傳真 (02)23218698

發　　行　萬卷樓圖書股份有限公司
臺北市羅斯福路二段 41 號 6 樓之 3
電話 (02)23216565
傳真 (02)23218698
電郵 SERVICE@WANJUAN.COM.TW
香港經銷　香港聯合書刊物流有限公司
電話 (852)21502100
傳真 (852)23560735

ISBN 978-986-478-378-6
2021 年 3 月初版二刷
2020 年 10 月初版
定價：新臺幣 820 元

如何購買本書：
1. 劃撥購書，請透過以下郵政劃撥帳號：
帳號：15624015
戶名：萬卷樓圖書股份有限公司
2. 轉帳購書，請透過以下帳戶
合作金庫銀行　古亭分行
戶名：萬卷樓圖書股份有限公司
帳號：0877717092596
3. 網路購書，請透過萬卷樓網站
網址　WWW.WANJUAN.COM.TW
大量購書，請直接聯繫我們，將有專人為您服務。客服：(02)23216565 分機 610
如有缺頁、破損或裝訂錯誤，請寄回更換

國家圖書館出版品預行編目(CIP)資料

明清小說倭患書寫之研究 = A study of the writing of Yawato Peril in Ming-Qing fictions / 曾世豪著. -- 初版. -- 臺北市 : 萬卷樓, 2020.10
面 ;　公分. -- (漢學研究叢書 ; 402011)
ISBN 978-986-478-378-6(平裝)

1.中國文學史 2.明清小說 3.文學評論

820.9706　　109014012